国家出版基金项目
NATIONAL PUBLICATION FOUNDATION

清詩話全編

道光期七

張寅彭 編纂
張宇超 朱洪舉 點校

上海古籍出版社

第七册目次

養一齋詩話……潘德輿　二九一一
養一齋李杜詩話……潘德輿　三〇五三
竹間詩話……盛大士　三〇九九
倚劍詩譚……黄　濬　三一三七
石樓詩話……孫　煦　三一八七

養一齋詩話

養一齋詩話提要

《養一齋詩話》十卷，據道光二十九年刊養一齋集本點校。撰者潘德輿（一七八五——一八三九），字彦輔，四農，山陽人。道光八年舉人，十五年大挑一等，以知縣候補安徽，未得實授以終。有《養一齋全集》。《清史稿》四八六有傳。此書原名「説詩牙慧」，有嘉慶十六年辛未自序。據潘氏後人陳畏人跋，作者「後手自重寫清本，乃易是名。徐廉峰太史所刻，即據此本也」。徐寶善刻此書在道光十六年，而其序云道光九年在京師，即曾得讀潘子所著《詩話》若干卷。可知成書、修訂、流傳至刊行，歷時長達二十餘年。全書宗旨，欲以儒家詩教救世道人心，其志甚堅，其意甚篤，而又深於詩藝，以致説甚嚴重而仍能饜飫士林。於歷代詩人舉曹植、陶潛、杜甫三家爲詩教風範，而黜曹操、阮籍、陸機、潘岳、謝靈運、沈約、范雲、陳子昂、宋之問、沈佺期等爲「亂臣逆黨之詩」，戒世人一概不選不讀。立説之餘，詳爲録詩摘句，多方辨析，以證成詩品繫於人品之理。又創爲「質實」一辭以明此立場，由「漢魏之質實」，而至「虞道園之質、顧亭林之實」，一部詩史，止於元明，遂竟成立於此論。尤有甚者，此一「質實」之説，或得繼神韵、格調、性靈、肌理等説之後，成爲有清一代詩學之結穴也，惟康乾諸説温厚從容之盛世氣象，亦不復得返矣。潘氏論詩高明之處，在有一「心術」、「氣體」、「時運」分疏之法，以爲「心術無古今，而氣體不能無古今，則時運爲之」。故「氣體當爲今之古，不必爲古之古」。如子建、淵明、子美三家，氣體雖因時運而遜《三百篇》，然心術可繼《三百篇》，足爲「今之古」；而潘陸、徐庾、沈宋、温李、蘇黄以迄南宋「四靈」，以心術不逮故，雖一時稱巨手，而皆爲「今人之詩」矣。其臧否詩人之信據，實在於此。其論《三百篇》，亦有「體制音節不必學、不能學」，「神理意境不可不學」之基本分别。此種分疏法最足稱道，以方法論言，已達於清人論詩之高階，極爲難得，宜其《詩話》迥異於一代之作，而爲衆家同聲讚譽也。其駁王漁洋神韵説誤會滄浪「妙悟」詩學，駁翁覃溪之解説蘇黄誤會遺山《論詩絶句》本意，見識亦確鑿，猶覃溪當年之糾駁漁洋，其論蘇黄又較覃溪爲精進，而絶非無所取於宋詩也。

此書之前身《説詩牙慧》十三卷稿本今藏北京大學，成稿甚早，然稿中又有晚至道光六年之條目。此本各卷（卷七除外）標目下鈐有「四農」印章，部分爲潘氏手跡，較《詩話》之刊本略有增删。其删賸之稿二卷，已由今人朱德慈補輯入中華書局二〇一〇年刊《養一齋詩話》增訂本内。

序

古今作詩者類喜言詩，顧言詩非知本不可，不知本則一口舌之巧盡之，雖享盛名，樹壇坫，出新奇博麗之説，震眩天下，然自識者觀之，詩之害而已矣。何則？詩之本教將以美天下之風俗也，末世視爲口舌間物，豈不謬哉！孔子謂：「不學《詩》，無以言。」而深惡巧言之害仁。蓋自宋以來之言詩者，其有得於《三百篇》立言之義，而不犯巧言之訶者罕矣。嗚呼！風俗之逮古與否，言詩者亦與有責焉，惜乎人之自卑自狹爲文藝小巧用也。山陽潘生彦輔，余典江南試首舉士也，既又延之入都，教余二子，與之居二年。其於古、今文辭靡不通，而尤沈深於詩。今年夏，出所著《詩話》就余是正，余曰生之詩，余未測其於古人何如，若言詩則知本教而戒巧言，殆能學詩矣。生年逾四十始登賢書，再試春官不遇，無民物之責。然此書所言，於天下之風俗非無益也，是即生之仁心及物者與？生而終不遇則已，生而遇也，其用此學詩之心實，被諸民物，天下乃群信生爲能學詩之人，而無空言之譏也矣。道光壬辰秋七月望，長白鍾昌。

序

道光己丑夏，余交山陽潘子彦輔於京師，讀其所著《詩話》若干卷，作而嘆曰：是書非潘子一人之言，天下之公言也！天下之公言，必公之天下。爰刊而布之，並爲序曰：詩教古矣，詩話盛於後世，大率騁其私見，不推原古昔聖賢立教之本義。其最下者，乃敢用私意以阿其平昔繫援徵逐之徒，而詩益不可問。今潘子之書以《三百篇》爲根本，以孔門之言詩爲準則，揚扢列代，至勝國而止，近世門户聲氣之習鉏而去之，可謂公矣。抑吾更有感焉。凡詩之作，由人心生也，是故人心正而詩教昌，詩教昌而世運泰。浮囂怪僻纖淫之詩作，而人心世運且受其敝。今潘子之書，必求合於温柔敦厚、興觀群怨之旨，是古今運會之所系，人人之心所迫欲言者，特假潘子之手以書之云爾。潘子既不得私爲一家言，余交潘子，久於其言深有取焉，亦非余之阿潘子也。天下之公言，當與天下共傳之。謹述刊布之意，以質之天下之知言者。

道光丙申三月既望，歙徐寶善。

養一齋詩話卷一

山陽潘德輿彦輔

「《詩》言志」，「思無邪」，詩之能事畢矣。人人知之而不肯述之者，懼人笑其迂，而不便於己之私也。雖然，漢、魏、六朝、唐、宋、元、明之詩，物之不齊也，「言志」、「無邪」之旨，權度也。權度立，而物之輕重長短不得遁矣。「言志」、「無邪」之旨立，而詩之美惡不得遁矣。不肯述者私心，不得遁者定理，夫詩亦簡而易明者矣。

言志者，必自得；無邪者，不爲人。是故古人之詩，本之於性天，養之以經籍，内無怵迫苟且之心，外無夸張淺露之狀，天地之間風雲日月、人情物態，無往非吾詩之所自出，與之貫輸於無窮，此即深造自得、居安資深、左右逢原之説也。不爲人故也。後世之士若不爲人，則不復學詩，搦管之先，祇求勝人；多作之後，遂思傳世。雖久而成集，閲之幾無一言之可存，何也？彼原未嘗學詩也。分曹詠物之作，酬和叠韵之體，諛頌悦人之篇，飣餖考古之製，窮工極巧，瀰漫浩汗，何益於身心？何裨於政教？作者詡能手，誦者稱國工，名家不能埽除，餘子倚爲活計，紛紛籍籍，皆孔子所謂「爲人」者也。此烏得有自得之一時，使人一唱三歎，諷尋不寘哉！難者曰：「爲己自得，聖學也，學詩必要諸聖，不迂則僭。」曰：「子知詩宜辨雅俗乎？」曰：「知之。」曰：「知之則無疑予言之迂且僭也。夫所謂雅者，非第詞之雅馴而已，其作此詩之由，必脱棄勢利，而後謂之雅也。今種種鬬靡騁妍之詩，皆趨勢弋利之心所流露也，詞縱雅而心不雅矣，心不雅則詞亦不能掩矣。不雅由於爲人而不自得，然則子欲畫雅俗之界，舍爲己自得之説又何從辨之？《三百篇》、漢人之詩，委巷婦孺亦厠其中，彼豈嘗探討聖學者？特其詩不爲人而自得，故足傳誦耳。子如此求之，則知予非好作頭巾語矣。不審乎此，而震驚時俗之同然，依傍他人之門户，無志無識，終於苟焉耳。」

仕而不知爲人，學而不知爲己，本是通病，何責於詩？即以詩論，此病亦不起於一時。西晉以降，陸機、謝靈運、顔延年輩業已鬬靡騁妍，求悦人而無真氣，一千五百年來，相沿相襲，雖有超世復古之士，不能盡滌悦人之念，則亦不能盡洗鬬靡騁妍之詩，而又何慨焉！然雖傳之愈久，則正之愈難；正之愈難，則挽回之心愈不可已。此吾所以不量其力，發憤抒詞，甘受人之笑罵而不顧也。

阿諛誹謗，戲謔淫蕩，夸詐邪誕之詩作，而詩教熄，故理語不必入詩中，詩境不可出理外，謂「詩有别趣，非關理也」，此禪宗之餘唾，非《風》、《雅》之正傳。

《三百篇》之體製音節，不必學，不能學，《三百篇》之神理意境，不可不學也。神理意境者何？有關係寄託，一也；直抒己見，二也；純任天機，三也；言有盡而意無窮，四也。不學《三百篇》，則雖赫然成家，要之纖瑣摹擬，餖飣淺盡而已，今人之所喜，古人之所笑也。漢唐人不盡學《三百篇》，然其至高之作，必與《三百篇》之神理意境闇合，而後可以感人而傳誦至今。夫才高者尚可闇合，而何不可學之有哉！東坡先生教人作詩曰：「熟讀《毛詩・國風》與《離騷》，曲折盡在是矣。」王伯厚曰：「《新安吏》：『僕射如父兄。』『雖則如燬，父母孔邇。』此詩近之。山谷所謂『論詩未覺《國風》遠』也。」王濟之曰：「讀《詩》至《緑衣》、《燕燕》、《碩人》、《黍離》等篇，有言外無窮之感。唐人詩尚有此意，如『君向瀟湘我向秦』，不言悵别而悵别之意溢於言外；『潮打空城寂寞回』，不言興亡而興亡之感溢於言外，最得風人之旨。」愚謂此類甚多，皆《三百篇》可學之證也。

後世詩學之卑，或由見詩太少，或由見詩太多。少見不足論，多見亦是病痛者，蓋宋、元以後流布之集，插架纍纍，半屬浮花浪蘂，而士之學詩以争名者，尤必多取時世能手之詩，勤勤觀法，故詩名愈速，而詩格乃愈卑。宋人詩曰：「男兒無英標，焉用讀書博。」書之博，無救於品之庸，况博讀時人之詩哉！亦相率爲庸而已矣。

人與詩有宜分别觀者，人品小小繆戾，詩固不妨節取耳。若其人犯天下之大惡，則并其詩不得而恕之。故以詩而論，則阮籍之《詠懷》，未離於古，陳子昂之《感遇》，且居然能復古也。以人而論，則籍之黨司馬昭而作《勸晉王牋》，子昂之諂武曌，而上書請立武氏九廟，皆小人也。既爲小人之詩，則皆宜斥之爲不足道，而後世猶贊之誦之者，不以人廢言也。夫不以人廢言者，謂操治世之權，廣聽言之路，非謂學其言語也。籍與子昂誠工於言語者，學之則亦過矣。况吾嘗取籍《詠懷》八十二首、子昂《感遇》三十八首反覆求之，終歸於黄老無爲而已，其言廓而無稽，其意奥而不明，蓋本非中正之旨，故不能自達也。論其詩之體，則高拔於俗流；論其詩之義，則浸淫於隱怪。聽其存亡於天地之間可矣，贊之誦之，毋乃崇奉憸人而奬飾詖辭乎！宋人論詩，每以陶、阮並稱，不知陶之天機自運，其言平易而昭明，君子之詩也；阮之荒唐隱譎，純爲避禍起見，小人之詩也。尚不逮嵇中散之樸直，何論陶彭澤哉！元人云「論功若取平吴例，合把黄金鑄子昂」者，亦誤也。唐之復古者始於張曲江，大於李太白，子昂與曲江先後不遠，子昂《感遇》之詩，按之無實理；曲江《感遇》之詩，皆性情之中也，安得以復古之功歸子昂哉？或謂昌黎稱唐之文章，子昂、李、杜並列，而杜公於子昂尤三致意。《送梓州李使君》云：「遇害陳公殞，于今蜀道憐。君行射洪縣，爲我一潸然。」《冬到金華山觀》云：「陳公讀書堂，石柱仄青苔。悲風爲我起，激烈傷雄才。」《陳拾遺故宅》云：「位下何足傷，所貴者聖賢。有才繼《騷》《雅》，哲匠不並肩。公生揚馬後，名與日月懸。終古立忠義，《感遇》有遺篇。」杜公尊子昂詩，至以《騷》、《雅》忠義目之，子烏得異議？曰：子昂之忠義，忠義於武氏者也，其爲唐之小人無疑也。其詩雖能掃江左之遺習，而諷諫施諸篡逆，烏得與曲江例觀之？杜、韓之推許，許其才耳，吾不謂其才之劣也，若爲千秋詩教定衡，吾不妨與杜、韓異。王元美云：「孔雀雖有毒，不掩其文章。」謂嚴嵩也。究竟今人誰肯讀嚴嵩詩者？於嚴嵩則嚴之，而寬黨逆之阮籍、陳子昂，此人之傎也，不明辨，則詩教在聖教之外，而才士一門，遂爲小人之逋逃藪，害豈小哉！

余因論阮籍、陳子昂，而有觸於宋之王安石。安石詩亦北宋名家也，然安石有六大罪，而崇信釋氏猶不與焉。欺君，一也；蠹國，二也；病民，三也；用小人，四也；逐君子，五也；侮聖經，六也。蓋合唐、虞之共、驩，春秋時之少正卯而一之，此舜、孔之所必誅，而宋人以之配享孔子，不獨欺當時，並能欺後世，信乎小人之傑魁，百代所罕見也！愛其文詞而學之，則不惡不仁者矣，亦人之傎也。

詩無工拙，朱子言之矣。蓋有工拙，乃詩之衰也。三代兩漢之世，人唯無作，作則未有不工者，性情、學問陶冶深矣。故善讀書者無不能，而能者亦不必作，作亦不以之自喜。自有工拙，而作者愈盛，詩亦愈衰。嗚呼！人才之不逮古，悉由於此，豈獨詩之衰也！

李、杜不選詩，至姚合、殷璠等乃爲之。唐人不著詩話，至宋人乃盛爲之。此可以悟詩之升降。陸務觀《示子》云：「汝果欲學詩，工夫在詩外。」至哉言乎！可以埽盡一切詩話矣。

嚴羽《滄浪詩話》能於蘇、黄大名之餘，破除宋詩局面，亦一時傑出之士，思挽回風氣者。第溯入門工夫，不自《三百篇》始，而始於《離騷》，恐尚非頂顈上作來也。然訾滄浪者，謂其專以妙悟言詩，非温柔敦厚之本，是又不知宋人率以議論爲詩，故滄浪拈此救之，非得已也。且滄浪謂漢、魏不假妙悟，夫不假妙悟，性情之中聲也。漢、魏尚不假妙悟，況《三百篇》乎？知詩之本者，非滄浪其誰？雖然，以妙悟言詩猶之可也，以禪言詩則不可。詩乃人生日用中事，禪何爲者？此則文士好佛之結習，非言詩之弊也。晚宋詩人遂以「學詩渾似學參禪」爲七絶首句，互相賡和，纍纍不休，明人亦復效顰。噫，異矣！

新城尚書不處滄浪之時，亦拈「妙悟」二字倡率天下，似乎誤會滄浪之旨。又以《滄浪詩話》與鍾嶸、司空圖《詩品》、徐禎卿《談藝録》一例服膺，皆不甚當。嶸之品評顛倒，前人多已論及。表聖《廿四詩品》，今古膾炙，然文詞致佳，而名目瑣碎，「高古」、「疎野」、「曠達」、「清奇」、「超詣」，亦大概相似耳。《談藝録》推本性情，頗敦古誼，然謂《樂府》與《詩》殊塗，是不知三代以上詩樂表裏之旨；謂子建不堪整栗，是不識子建也。此處轉讓鍾嶸見地，嶸謂「孔門用詩，陳思入室」，雖推挹微過，然子建真《風》、

《雅》之苗裔，非陶公、李、杜，則無媲美之人也。

近人詩話之有名者，如愚山、漁洋、秋谷、竹垞、確士所著，不盡是發明第一義，然尚不至滋後學之惑。滋惑者，其隨園乎？人紛紛訾之，吾可無論矣。獨《石洲詩話》一書，引證該博，又無隨園佻纖之失，信從者多。予竊有惑焉，不敢不商榷以質後之君子。其書亦推張曲江爲復古，李、杜爲冠冕，杜可直接六經，而酷好蘇詩，以之導引後進，謂學詩祇此一途。雖根本忠愛，李、杜詩，必不可學。「人不知杜公有多大喉嚨，以爲我輩亦可如此，所以棼如亂絲。」夫蘇詩非不雄視百世，而杜詩者，尤人人心中自有之詩也。今望而生怖，謂不如蘇之蹊徑易尋，則是避難就易之私心，猶書家之有側鋒、仕途之有捷徑，自爲之可耳，豈所以視天下也！又謂：「五言詩自蘇、黄後，放翁已不能脚踏實地，居此後者欲以平正自然上追古人，其誰信之。」夫蘇、黄之詩標新領異，旁見側出，原令人目眩心摇，然久於其中，竟謂舉世之人舍此斷無出路，何其輕量人才之甚也！且必不以平正自然爲詩，則詩之爲物，累人心術亦甚矣。尤可異者，偏愛蘇詩，並以遺山《論詩絶句》中攻蘇之作，亦傅會爲愛蘇之論也。如：「奇外無奇更出奇，一波纔動萬波隨。祇知詩到蘇黄盡，滄海横流却是誰。」此首明以「滄海横流」責蘇，而石洲以爲遺山自慨身世。「金入洪鑪不厭頻，精真那計受纖塵。蘇門果有忠臣在，肯放坡詩百態新。」此首明言蘇門無忠直之言，故致坡詩競出新態，而石洲以爲「收足論蘇之旨，即蘇詩『始知真放本精微』意」。「百年纔覺古風迴，元祐諸人次第來。諱學金陵猶有説，竟將何罪廢歐梅。」此首明言歐、梅甫能復古，而元祐蘇、黄諸人次第變古，學元祐者，廢金陵尤可，廢歐、梅則必不可。而石洲以爲「『迴』字乃坡公『昇平格力未全迴』之『迴』，何嘗有人諱學金陵，何嘗有人欲廢歐、梅？此可得文章風會氣脈」。凡石洲所解，皆與遺山本詩義理迴不入，脈絡絶不貫，不知何以下筆，蓋既爲偏好蘇詩所蔽，而又不敢貶駮遺山，故於無可解説處，亦强爲傅會，遂使人覽之茫然耳。且遺山貶蘇如此，而石洲猶以爲程學盛於南，蘇學盛於北，屢屢舉此語以教人，古人有知，豈不爲遺山所笑？且石洲於蘇詩亦未得其窔奥也。蘇之名作甚多，而石洲舉「溪聲便是廣長舌，山色豈非清净身」二語，謂足盡全集之妙，此非論詩，直表章禪學矣！又舉「始知真放本精微」一語，謂可作全集總評，亦禪機而已矣。「浮雲世事改，孤月此心明」，前輩多賞之，石洲恐落窠臼，獨賞其結句「二江争送客，木杪看橋横」，爲言外有神，殆故作奇論，自建一幟耳。昔漁洋謂東坡七律不可學，石洲斥其非通論，是言各體均宜學也。此一家之言，果可示後生耶！其他泛論群家，亦多可疑。如謂太白七律不工，是不識太白。謂白樂天爲似陶，沿遺山「陶爲唐之白樂天」語，不知陶乃達人天機，白乃家人瑣語，高簡平鋪，絶不相侔也。又謂《長恨歌》「獨出冠時，所以爲豪傑。後來欲復古者，實强作解事」。夫以《長恨歌》之冶蕩纖弱，衹合與歌伎讀者，而目爲「豪傑」，自流濫於此，遂可以人之復古爲多事耶？又謂「小杜『自説江湖不歸去，阻風中酒過年年』，『今日鬢絲禪榻畔，茶烟輕颺落花風』，開寶後百餘年無人道得，五代、南、北宋以後，更不能矣。」小杜二詩，洵晚唐佳語，何推尊至此？又謂長吉乃天地奇彩，直接《騷》賦，下視東野，如蚓竅蒼蠅，彌顛倒不愜人意。又謂茶山詩優於放翁，後山詩無可回味處。蓋茶山清轉處，約略似蘇；喜蘇之快辯，自不知陳之鬱轖也。總之矯七子學唐太似之病，必然師法蘇、黄。此論竹垞已及之，石洲亦引之而故蹈之，爲偏好所蔽耳。雖詩教廣大，各明一義，亦無不可，然心目之間，必能洞澈源流，乃可抑揚前哲。若自甘偏霸，遂斥中聲，震其大名，從之而靡，不能不爲所累也。夫以蘇之豪於詩而倡言學之者，猶足累人，況降於此者哉！論詩者誠不可不愼於言矣。

蘇潁濱謂坡「律詩最戒屬對偏枯，不容一句不善；古詩用韵，必須偶數」，此皆坡詩極瑣處，何必舉以示人？又謂魯直詩勝聖俞，亦不然。梅詩已造平澹，論其品實出黄上。又謂：「讀書當學爲文，餘事作詩人耳。」夫文、詩皆末也，何有軒輊？且語本退之，亦非退之意。然言：「凡爲詩文不必多，古人無許多也。」「張十二病後詩一卷，頗得陶元亮體。但余觀古人爲文，各自用其才耳，專模仿一人，舍己徇人，未必貴也。」此二則實有心得，可以垂訓後來。

劉夢得「瀼西春水縠紋生」句，晏同叔謂作「生熟」之「生」解乃健，予思之不得其義，殆宋人鍊字之法，力求峭健，多拗曲而不明，並以此忖度唐賢歟？趙昌父謂：「古人以學爲詩，今人以詩爲學。」鍊字之法傳，即「以詩爲學」之一端也。

葛稚川曰：「古詩刺過失，故有益而貴；今詩純虚譽，故有損而賤。」剴切之論也。顧使後代爲詩，必刺過失，則大將干誹謗之咎，小亦招輕薄之譏，非忠厚明哲之士所肯爲也。然葛氏所謂「純虚譽」者，獨不可恥乎？使葛氏見唐人紛紛祈請之作，更不知若何太息矣。

學詩當先求六義。唐以前比興多，宋以來賦多，故韵味迴殊。

楊誠齋愛講翻案法，稱東坡「與君蓋亦不須傾」、「有鞭不使安用蒲」、「何須更待秋井塌，見人白骨方銜杯」諸句，以爲詩法，不知此只小巧本事，坡詩生氣噴涌，可重雅不在此。然誠齋嘗言：「古人之詩天也，今人之詩人焉而已。」此二語包孕千古，不似講翻案法者。

蘇、黄並稱，其實相反。蘇豪宕縱橫，而傷於率易；黄勁直沈著，而苦於生疏。朱子云：「黄詩費安排。」良然。然黄之深入處，蘇亦不能到也。

《學齋佔畢》云：「魯直次東坡韵曰：『我詩如曹鄶，淺陋不成邦。公如大國楚，吞五湖三江。』其尊坡公可謂至矣，而實不然。其深意乃自負，而諷坡詩之不入律也。曹、鄶雖小，尚有四篇詩入《國風》；楚雖大國，而《三百篇》絶無取焉。至屈原而始以《騷》稱，爲變風矣。魯直又嘗謂坡『以文章妙一世，而詩句不逮古人』，信斯證也。」予謂此説魯直不甚服坡詩可也，謂其曹、鄶、楚之喻，暗含譏刺，殊失朋友忠直之道，似與魯直爲人不類。蓋曹、鄶、楚云云，自就詩之氣象言耳，謂以此自負而刺坡，則楚《騷》亦不易到，而魯直平時之詩，豈真能與《國風》抗衡，而敢以之自負哉？以晚近文人相輕之心，測度古賢，予不以爲然。

郊、島並稱，島非郊匹，人謂寒瘦，郊並不寒也。如「天地入胸臆，吁嗟生風雷。文章得其微，物象由我裁。」論詩至此，胚胎造化矣，寒乎哉？東坡云「要當鬬僧清，未足當韓豪」，不足令東野心服。遺山云：「東野悲鳴死不休，高天厚地一詩囚。」抑又甚矣。

每讀東野詩，至「南山塞天地，日月石上生。山中人自正，路險心亦平」，「短松鶴不巢，高石雲不棲。君今瀟湘去，意與雲鶴齊」，「江與湖相通，二水洗高空。定知一日帆，使得千里風」，「天台山最高，動躡赤城霞。何以静雙目，掃山除妄花。靈境物皆直，萬松無一斜」諸句，頓覺心境空闊，萬緣退聽，豈可以寒儉目之！惟《秋懷》諸作，如「老泣無涕洟，秋露爲滴瀝」、「秋深月清苦，蟲老聲麤疏」，真有寒意，然不可以概全集也。其《送别崔寅亮》云：「天地惟一氣，用之自偏頗。憂人成苦吟，達士爲高歌。」詞意圓到，豈專於愁苦者哉！

東野《聞角》詩：「似開孤月口，能説落星心。」東坡云：「今夜聞崔誠老彈曉角，始知此詩之妙。」東坡不喜東野詩，而獨喜此二句，異矣。此二句乃幽僻而不中理者，東野集中最下之句也。

近人好看白詩，乃學其率易之至者，試隨意舉其五律，如「尋泉上山遠，看筍出林遲」、「松灣隨棹月，桃浦落船花」、「雨埋釣舟小，風颭酒旗斜」、「早梅迎夏結，殘絮送春飛」、「佛寺乘船入，人家枕水居」、「江闇管絃急，樓明燈火高」、「近海江彌闊，迎秋夜更長」、「搴簾待月出，把火看潮來」、「暝色投烟鳥，秋聲帶雨荷」、「山明虹半出，松闇鶴雙歸」，此例一二十句，皆靈機内運，煅煉自然，何等慎重落筆！專以率易爲白之流派者，試參之。

詩有一字訣，曰厚。偶詠唐人「夢裏分明見關塞，不知何路向金微」、「欲寄征鴻問消息，居延城外又移軍」，便覺其深曲有味。今人只説到夢見關塞，託征鴻問消息便了，所以爲公共之言，而寡薄不成文也。

樂天稱夢得爲詩豪，又謂其詩「在處應有神物護持」。予讀其集，唯律絶過人，古詩三卷，風格平弱，雅不足稱作者。尤詫其《讀張曲江集詩序》，譏「放臣不與善地，以致燕翼無似，終爲餒魂。忮心失怨，陰謫最大。」詆訶亦至矣。蓋夢得身爲逐臣，心嗛時宰，故以曲江爲詞實，借昔刺今也。然意取諷時而遂橫虐先臣，加之醜詆，非敦厚君子所宜出矣。其《游桃源》一百韵略從陶公詩記引來，中間瞿氏子一段，乃別有稱述，後半自言仕進遷謫之事，皆不甚附題，不過求退居、學長生而已。其詩鋪寫宏富，詞意華美，略與元伯長律相似。吾不知樂天喜夢得詩而極稱之者，此等詩耶？抑第美其律絶耶？

吾於宋人詩話，嚴羽之外，祗服張戒《歲寒堂詩話》爲中的。其論「建安、陶、阮以前詩，專以言志；潘、陸以後詩，專以詠物；兼而有之者，李、杜也。專意詠物，雕鐫刻鏤之工日以增，而詩人之本旨掃地盡矣。」又云：「詩含不盡之意，用事、押韵何足道？蘇、黄用事、押韵之工至矣，究其實乃詩人中一害。」偉哉論乎！前此所未有也。然其言亦時有小疵，如謂「韵有不可及者，子建是也」，此已不甚確。又謂「劉夢得有高韵」，吾更不解所云，然則詩話不易爲也。

朱子論詩謂：「虞夏以來，下及漢、魏，自爲一等；自晉、宋間，顔、謝以後，下及唐初，自爲一等；自沈、宋以後定著律詩，下及今日，又爲一等。欲取經史諸書所載韵語，下及《文選》、漢、魏古詞，以盡乎郭景純、陶淵明之所作，自爲一編，而附於《三百篇》、《楚詞》之後，以爲詩之根本準則。又於其下二等之中，擇其近於古者，各爲一編，以爲之羽翼輿衛。其不合者，則悉去之，不使其接於吾之耳目，而入於吾之胸次，要使方寸之中無一字世俗言語意思，則其詩不期於高遠，而自高遠矣。」愚按：詩之源流得失，實盡此數十言之中。學者誠知詩無可學而日治其性情學問，則詩不學而亦能之，必不得已，遵朱子此論，而採摘精審，專一沈潛，庶乎其不悖於聖人之詩教，而足爲能詩之士矣。

滄浪論詩先去五俗。朱子亦曰：「須先識得古今體製、雅俗鄉背，此入門第一義。白不盡俗，白如盡俗，何以不朽？俗蓋必朽者也。」

杜詩亦多應酬之作，如《贈翰林張學士》、《故武衛將軍挽詞》、《奉贈集賢院崔于二學士》等詩是也，既無精義，而健羨榮華，悲嗟窮老，篇篇一律，有何特殊？挽武夫而不著姓名，尤無關係，殆不得已而爲之者。學者一概奉爲準繩，則識卑而氣短，不足成章矣。「杜酒偏勞勸，張梨不外求」，此小家之尤劣者，能謂杜詩一概佳耶？

杜詩一首之中，好醜雜陳，至天地懸隔者，莫如「四更山吐月」一首。此二起句高深清渾，筆有化工。第三句則曰「塵匣元開鏡」，直兒童語矣。第四語「風簾自上鈎」，則又雋拔自如，即目得景，不可思議也。五、六「兔應憐鶴髮，蟾亦戀貂裘」，又係卑格。收云：「斟酌姮娥寡，天寒奈九秋。」夫姮娥之寡不奈寒，何「斟酌」之有？「斟酌」二字下得癡重可笑。豈非好醜相懸，不可以道里計也。然杜之拙處在此，其高出千古處亦在此，非醜拙之不可及，蓋題無巨細，句無妍媸，一派滚出，所以爲江河力量也。若著意修飾，使之可人，則近人之作耳。

《古柏行》：「雲來氣接巫峽長，月出寒通雪山白。」仇滄柱本置在「君臣已與時際會，樹木猶爲人愛惜」上，謂當以贊語接住。不知「君臣」、「樹木」二語緊接「黛色」句來，方有指點神理，「雲來」、「月出」下，忽接「際會」、「愛惜」，意轉不相貫矣。且「巫峽」、「雪山」云云，非藉蜀地渲染，特隨意興到唱歎耳。「憶昨路遶錦亭東」一接，正從蜀地遊歷生出，與「巫峽」、「雪山」若斷若續，彌見蛛絲馬跡之妙，那可倒之顛之耶？大抵古人之詩接續處，正不可不留意。知仇本之誤，乃悟古人佳處，是在善讀者。

《古柏行》名語絡繹，人多愛「君臣已與時際會，樹木猶爲人愛惜」、「志士幽人莫怨嗟，古來材大難爲用」諸句，感慨激昂，獨有千古。獨劉須溪服膺「扶持自是神明力，正直原因造化功」兩語，以爲詩之元氣，良然。然予謂此二語之佳，亦由上二句生出耳。上二句云：「落落盤踞難得地，凛凛孤高多烈風」，正是「扶持」二語楔子，言孤高則多阨於烈風，所謂險途難盡、皎皎易汙也，以「扶持」二語陡然拍合，覺議論既有開合，而理足氣壯，點醒迷人不少，若不根原「落落」二句，徒贊嘆「扶持」、「正直」等字，直癡儒好作大話耳，豈詩人之長於諷諭哉？

六朝兩名士：一陸機，一謝靈運。其詩皆吾之所不喜，蓋真性爲詞氣所没，不待觀其人，而知其品之舛矣。

唐子西曰：「三謝詩，至玄暉語益工。」趙師秀詩「玄暉詩變有唐風」，皆謂玄暉薄於康樂，不知康樂之厚以排垛耳。鍾嶸知其爲蕪詞累，而登諸上品，何也？寧取玄暉，不取康樂，玄暉之雋骨，與鮑明遠之逸氣，可稱六朝健者。

鍾伯敬云：「孟襄陽詩易爲淺薄者藏拙。」此語令人慢然。其實淺薄者，萬萬不能爲孟襄陽詩也。爲人所欺，仍觀者之淺薄耳。東坡謂襄陽詩韵高而才短，非東坡不敢開此口，然東坡詩病亦只一句，蓋才高而韵短，與襄陽恰相反也。

《唐人萬首絶句》，其原本不爲不富，漁洋選之，每遺佳作，隨意簡出，如右丞「相送臨高臺」、「吹簫淩極浦」，太白「天下傷心處」、「剗却君山好」、「淥水明秋月」，少陵「萬國尚防寇」、「春水萬里客」，襄陽「移舟泊烟渚」，蘇州「獨鳥下高樹」，隨州「日暮蒼山遠」，劉方平「夢裏君王近」，耿湋「返照入閭巷」，金昌緒「打起黄鶯兒」，柳州「九扈鳴已晚」，香山「珠箔籠寒月」，義山「向晚意不適」，致光「羅幕至春寒」，以及劉采春《囉嗊曲》等，皆天下之奇作，而悉屏而不登，何也？至七絶中，遺漏尤多，於賀監之「少小離家」，太白之「舊苑荒臺」、「李白乘舟」、「楊花落盡」，龍標《采蓮曲》，少陵《贈花卿》等，指不勝屈。且既譏唐人絶句「人主人臣是親家」、「今朝有酒今朝醉」等，當日如何下筆，後人如何竟傳，而又選「近來時世輕先輩，好染髭鬚事後生」、「三十年前此院遊」、「妃子偷尋阿㒞湯」等作，何也？《清平調》原非太白佳處，然神氣飄逸自如，迥非中晚人所能摹襲。漁洋選中晚宫詞，纍纍盈幅，而削此三章，舍天姿而取脂粉，又何也？王建《宫詞百首》，雅正而有餘地者甚希，選至廿四首，猶嫌其濫。然建之《宫詞》，意境不高，尚非苟作。至羅虬《比紅兒詩》，王涣《惆悵詞》，複意砌詞，冗沓甚矣，重疊載入，又何也？

劉須溪、鍾伯敬論詩，各有獨造，各有偏見，皆非大著眼孔者。劉病迂酸，鍾病幽異；劉頭巾氣，鍾鬼怪氣。

《輞川唱和》，須溪論王優於裴，漁洋論裴、王勁敵，吾以須溪之言爲允。

漁洋謂「左司五絶，源出右丞，加以古澹」。愚按左司古澹清麗，詩源自出魏、晉，非出右丞，其年代不甚在右丞後。詩之古澹，本與右丞相似，非加以古澹也。古澹由氣骨，豈由加增而得者耶！

王、孟、儲、韋、柳，五家相似。予嘗鈔陶詩，而以五家五言古詩附之，類聚之義也。然五家亦自有高下。蓋王實體兼衆妙，孟、韋七古歌行似未留意耳，若孟、韋並衡，斷難軒輊。儲詩樸而未厚，柳詩淡而未腴，當出孟、韋下。

盛唐中常徵君、王龍標、劉眘虛五言古詩，亦有一段清趣古音，蓋陶之支派也，陶之衣被遠矣。

養一齋詩話卷二

山陽潘德輿彦輔

昌黎詩有鬬勝之意，東坡詩有游戲之意，皆非古音，而昌黎古於東坡者，昌黎讀書精于東坡故也。第鬬勝之意迫，游戲之意閒，故時人覺昌黎詩不如東坡之妙。

漢、魏詩似賦，晉詩似道德論，宋、齊以下似四六駢體，唐詩則詞、賦、駢體兼之，宋詩似策論，南宋人詩似語録，元詩似詞，明詩似八股時文。風氣所趨，雖天地亦因乎人，而況於文章之士哉！陶公曰：「黄唐莫逮，慨獨在予。」杜公曰：「許身一何愚，自比稷與契。」有此等襟抱，詩乃爲千古之冠，然又非好作褒衣大袑語者所能仿佛也。文章之道，傳真不傳僞，亦觀其平日胸次行止爲何如耳。

詩之妙全以先天神運，不在後天迹象。如王龍標「烽火城西百尺樓，黄昏獨坐海風秋。更吹羌笛《關山月》，無那金閨萬里愁」，此詩前二句便全是笛聲之神，不至「更吹羌笛」句矣。王摩詰「隔牖風驚竹，開門雪滿山」，咏雪之妙全在上句「隔牖」五字，不言「雪」而全是雪聲之神，不至「開門」句矣。太白「風吹柳花滿店香」，起句便全是勸酒之神，不至「吴姬勸酒」句矣。盧綸「林暗草驚風」，起句便全是黑夜射虎之神，不至「將軍夜引弓」句矣。大抵能詩者，無不知此妙。低手遇題乃寫實跡，故極求清脱，而終欠渾成。

明人周致堯詩「臥聽海潮吹地轉，起看江月向人低」，曩極愛之，不知乃出孟襄陽「臥聽海潮轉，起視江月斜」，直剥全句，愈見原本之簡而妙也。

趙渭南以「殘星幾點」一聯得名，愚按不如「楊柳風多潮未落，蒹葭霜冷雁初飛」，清思雅音，尋諷不竭。杜荀鶴以「風暖鳥聲碎」一聯得名，愚按不如「暮天新雁起汀洲，紅蓼花疏水國秋」清艷入骨也。「風暖」二句，尤在「殘星」二句下。

吾於六朝人，極服膺陶之古詩、鮑之樂府，蓋接漢、魏之統，開有唐之派者止此，其餘非無能者，皆出二公下。

唐人除李青蓮之外，五絶第一其王右丞乎！七絶第一其王龍標乎！右丞以淡淡而至濃，龍標以濃濃而至淡，皆聖手也。

龍標「大漠風塵日色昏，紅旗半捲出轅門。前軍夜戰洮河北，已報生禽吐谷渾」。曩只愛其雄健，不知其用意深至殊不易測，蓋譏主將於日昏之時始出轅門，而前鋒已夜戰而禽大敵也。較中唐人「死是征人死，功是將軍功」二語渾成多矣。粗中人閱之，直以爲雄快之凱歌而已者，未嘗於「日昏」、「夜戰」、「半捲」、「生禽」等字，痛下兩眼看也。

龍標《青樓曲》：「白馬金鞍從武皇，旌旗十萬宿長楊。樓頭小婦鳴箏坐，遥見飛塵入建章。」「馳道楊花滿御溝，新妝漫綰上青樓。金章紫綬千餘騎，夫壻朝回初拜侯。」予初不甚愜意，讀之數周，撫几嘆曰：「此《國風》之遺也，『彼其之子，三百赤芾』，其此之謂歟！」客曰：「何以知之？」曰：「此詩二首極寫富貴景色，絶無貶詞，而均從樓頭小婦眼中看出，則一種佻達之狀，躍躍紙上。而彼時奢淫之失、武事之輕、田獵之荒、爵賞之濫，無不一一從言外會得，真絶調也。第二首起句云『馳道楊花滿御溝』，此即南山薈蔚景象，寫來恰極天然無迹，昌黎詩云『楊花榆莢無才思，惟解漫天作絮飛』，便嚼破無全味矣。」

龍標「玉顔不及寒鴉色，猶帶昭陽日影來」，與晚唐人「自恨身輕不如燕，春來猶繞御簾飛」，似一副言語，而厚薄遠近，大有殊觀。惟深於古詩者，乃然吾言耳。

門人陸夢月欲學詩，請法於予。予手書少陵「細草微風岸」、「江上日多雨」二律示之，曰此二篇近人以爲佳詩耳，深觀之，乃知少陵詩外有事在也。「名豈文章著」，此語道不得，不知詩本；「官應老病休」，此語道不得，不知詩教。至「勳業頻看鏡」二語，命意高渾，一唱三歎，言外有神，既非詞人描頭畫角者所能窺其奥秘，亦非胸無實藴者抑鬱感慨之粗詞也。詩有何法？胸襟大一分，詩進一分耳。於詩求之，豈有入門之理哉？予故書此二詩，以昭作詩而求諸詩者之過。

子建不知愛君戀闕，報國奮身，詩必不能出七子之上；淵明不知潔身植行、安命樂天，詩必不能出六代之上。子美之於五倫，皆極肫摯動鬼神，不獨一飯不忘君已也。《三百篇》以還，得此三家，人乃不敢以詩爲小技，三家之中，人愛子建者希，蓋古音之亡久矣。

子建人品甚正，志向甚遠。觀其《答楊德祖書》，不以翰墨爲勛績、詞賦爲君子；《求通親親表》、《求自試表》，仁心勁氣，都可想見。即《洛神》一賦，亦純是愛君戀闕之詞。其賦以朝京師還濟洛川入手，以「潛處於太陰，寄心於君王」收場，情詞亦至易見矣。蓋魏文性殘刻而薄宗支，子建遭殘謗而多哀懼，故形於詩者非一，而此亦其類也。首陳容色以表其才，次言信修以表其德，繼以狐疑爲憂，終以交結爲願，豈非詩人諷託之常言哉！不解注此賦者何以闌入甄后一事，致使忠愛之苦心，誣爲禽獸之惡行，千古奇冤，莫大於此。予久持此論，後見近人張君若需《題陳思王墓》詩云「《白馬》詩篇悲逐客，驚鴻詞賦比湘君」，卓識鴻議，瞽論一空，極快事也。

子桓日夜欲殺其弟，而子建乃敢爲《感甄賦》乎？甄死，子桓乃又以枕賜其弟乎？揆之情事，斷無此理。義山則云「宓妃留枕魏王才」，又曰「來時西館阻佳期，去後漳河隔夢思」，又曰「宓妃漫結無窮恨，不爲君王殺灌均」，又曰「宓妃愁坐芝田館，用盡陳王八斗才」，又曰「君王不得爲天子，半爲當時賦洛神」，文人輕薄，不顧事之有無，作此讕語，而又喋喋不已，真可痛恨。作詩者所當力戒也。

白傅詩：「三千宮女胭脂面，幾個春來無淚痕。」又曰：「紅顏未老恩先斷，斜倚熏籠坐到明。」如此作宮怨詩，真數十百言不得盡矣，然猶愈於「含情欲説宮中事，鸚鵡前頭不敢言」者。蓋白詩止是一「淺」字，「含情」二語求深而得纖，幾於不成言語。學詩者循此爲詩，心源中無一條正路矣。

龍標《朝來曲》云：「日昃鳴珂動，花連繡户春。盤龍玉臺鏡，唯待畫眉人。」看似細寫嬌麗之景，不知用意全在「日昃」二字，此所謂俾晝作夜者也，玩渠運意，何其渾然！豈中晚人所能窺見？

龍標《題僧房》云：「彼此名言絶，空中聞異香。」相傳以爲高絶，不知此二語業已説破，且「異香」等字究屬子虛，未關清境，余只愛其上二句云「棧櫚花滿院，苔蘚入閒房」，謂可與「清晨入古寺」數語把臂入林耳。

謝客詩蕪累寡情處甚多，「池塘生春草」句，自謂有神助，非吾語，良然。蓋其一生作得此等自在之句，殊甚稀耳。湯惠休云「謝詩如芙蓉出水」，彼安能盡然！「池塘生春草」句，則庶幾矣。

「池塘生春草」句，葉石林以爲世多不解此語爲工，蓋欲以奇求之，此語之工正在無所用意，猝然與景相遇，借以成章，故非常情所能到。釋冷齋以爲古人意有所至，則見於情，詩句蓋寓也。謝公平生喜見惠連，而夢中得之，此當論意，不當泥句。張九成以爲靈運平日好雕鐫，此句得之自然，故以爲奇。田承君以爲病起忽然見此爲可喜，而能道之，所以爲貴。金源王若虛則謂天生好語不待主張，苟爲不然，雖百説何益？李元膺以爲反覆求之，終不見此句之佳，與鄙意暗同，然則謝公此句論之者凡六家，祇王、李之見相似。愚舊論適與張尚書暗合，王、李終不免以奇求之耳。若權文公謂「池塘」二句託諷深重，以池塘瀦溉之地而生春草，是王澤竭也；《豳》詩所配，一蟲鳴則一候，今日「變鳴禽」者，時候變也。穿鑿太甚，亦不足辯矣。

又黄陶庵云：「『池塘生春草』，單拈此句，亦何淡妙之有？此句之根在四句之前『卧疴對空林』，『衾枕昧節候』乃其根也。『褰開暫窺臨』下，歷言所見之景，至於池塘草生，則卧疴前所未見者，其時節流换可知矣。此等處皆淺淺易曉，然其妙在章，而不在句。不識讀詩者何以必就句中求之也？」陶庵此解，與田氏承君之意近似而不同，蓋專賞其章法也。然此等章法真淺淺易曉，無足爲貴，謝客自矜神到，斷不在此。

老杜《北征》詩「見耶背面啼」，王若虚謂「耶」當爲「即」字之誤，蓋以前人詩中亦或用「耶孃」字，而此詩之體不應爾也。此説亦太滯矣。「耶」固方言，然《北征》中間叙述家庭瑣屑，如「嘔泄卧數日」、「瘦妻面復光」、「問事競挽鬚」等句，何嘗援據經典，而獨疑「耶」字之破體也？且「見耶背面啼」正小兒久别情景，换一「即」字，情事全然繆戾，不止於晦悶而已。甚矣，古人之作不可妄易一字也。如《哀江頭》詩「一笑正墜雙飛翼」，或改作「箭」字，不知「箭」字已括入上句「仰射」二字中，此句「一笑」二字别含情緒也。深淺曲直，奚啻天淵，可妄動筆耶？

陸生仲雪喜爲詩，弱冠得四五卷，皆清光滿紙。予走筆爲詩話十則以遺之，曰：詩有三境，學詩亦有三境。先取清通，次宜警鍊，終尚自然。詩之三境也。先愛敏捷，次必艱苦，終歸大適。學詩之三境也。夫鍊意鍊氣，鍊格鍊詞，皆鍊也，近人專以「鍊」字爲詩，既求小巧，必入魔障。而一味高言者，未講磨鍊，遽希自然，彼詡神來，吾嫌手滑耳。

詩第一法，不苟作而已。名家集中，無題、遣興諸作不可枚舉，然明璫玉佩，實託喻夫君臣；燕雀桑麻，仍自抒其藴蓄。蓋脂粉媟褻，究非正始之音；鄉里瑣言，何與風人之旨？此而不辨，觸處迷塗。

詩理性情者也。理尚清真，詞須本色。若金閨之彦，結念山林；蓬户之儒，侈言經濟，情詞僞妄，夫何取焉？然循分無譏，而擇言貴雅，使身拖紫綬，但夸閥閲高華；影對青燈，頻訴飢寒憔悴。志不廣大，君子亦笑之矣。況夫屆壯盛之歲，誦聖賢之書，以悲涼則非時，以怨尤則非理，而乃鬱伊善感、侘傺無聊，揆之進德養福之方，殆均無當歟？斯義也，在讀書則爲變化氣質之良箴，在譚詩亦爲陶冶性靈之妙法，非參俗諦，非惑機祥。僕郎恨人業已悔其少作，士果有志，均宜宏此遠謨。

尚性情者，無實腹；崇學問者，乏靈心。論甘忌辛，詩教彌以不振，必當和爲一味，乃非離之兩傷。

陳勾山先生云：「學詩宜先學七古。」僕云七古之後，即當繼學五律。蓋七古詞瀾筆陣，排宕縱横，枵腹短才，萬難施手，故宜從事於此，以覘學力。五律章法變化，對仗精工，結構之嚴，一字不苟，復宜從事於此，以定準繩。此即「可與適道」、「可與立」之義例也。二體既工，詩思過半，至七律尤健於五律，五古尤高於七古，非具真氣大力者，往往難之。精義行權，深造之士，勉焉可也。

七言絶句易作難精。盛唐之興象，中唐之情致，晚唐之議論，塗有遠近，皆可循行，然必有弦外之音，乃得環中之妙。利其短篇，輕遽命筆，名手亦將顛躓，初學愈騰笑聲。五言絶句，古雋尤難。搦管半生，望之生畏。

長篇波瀾貴層叠，尤貴陡變；貴陡變，尤貴自在。總須能見其大，不得瑣屑。鋪陳短篇，却要有千岩萬壑之勢。此古風之大略也。樂府字面節拍，全異古風，須俟諷誦既多，沛然心口，始可偶一爲之。不然，神韵音節，齟齬安排，初則短長任我，必來鳧脛、鶴頸之嫌；繼則面目摹人，亦有優孟衣冠之誚。

杜云「語不驚人死不休」，陸云「詩到無人愛處工」。執彼非此，皆成膠柱之瑟。蓋少陵自言往境，故其下接云「老去詩篇渾漫與」；放翁自叙成家，故他處復云「翦裁妙處非刀尺」。匯而觀之，壯年都宜刻鍊，老成乃得渾然。蓋兵貴拙速，不貴巧遲，作詩一道，正與相反。

古之傳者，五字播其芳聲；今之作者，千篇儕於廢紙。苦境不過，甘處不來。即苦即甘，乃屬縣解，此中妙境，難爲人言。但取多多以爲觀美，一寸靈臺，究何樂哉！

詩不可爲人强作，必勃勃不可以已也，而後爲之。滄浪云：「和韵最害人詩。」此雖元、白、皮、陸諸公爲之，然皆爲人强作之一端也。而意興既到，惟所樂爲者，却又宜全力與俱，初定意格，終研詞句，如良醫診脈，精神入微；如法吏斷獄，反覆勘問。凡易悦而自足，皆文章之大病也。

劉夢得自稱其《平淮西》詩云「城中喔喔晨雞鳴，城頭鼓角聲和平」爲盡李愬之美，魏泰云：「吾不知此爲何等語。」賈島詩「獨行潭底影，數息樹邊身」，自注云：「二句三年得，一吟雙淚流。」泰云：「不知此二句有何難道？」香山賞夢得「雪裏高山頭白早，海中仙果子生遲」、「沈舟側畔千帆過，病樹前頭萬木春」數句，泰云：「皆常語也。」泰之獨得縣解，不依傍前輩如此。然介甫詩「含風鴨緑鱗鱗起，弄日鵝黄裹裹垂」，此與俗子述何異，而泰以爲佳句，何哉？中有私好，見地遂卑。故無論作詩、説詩，皆以打掃心地爲本。「含風」二語，葉石林亦稱之，謂與「細數落花因坐久，緩尋芳草得歸遲」同妙，不知「細數落花」二語稍近自然，非「鴨緑」「鵝黄」幫帖字面生活也。荆公又有「一水護田將緑繞，兩山排闥送青來」，人以爲善使事，實并不成字句。「青山捫蝨坐，黄鳥挾書眠」、「持輿度陽談，窈窕一川花」，人皆以爲名語，吾老死不能解也。

楊大年詩「峭帆横度官橋柳，叠鼓驚飛海岸鷗」，歐陽文忠賞之。愚謂此亦玉溪生「殺風景」之一也。

李華《弔古戰場文》云：「其存其歿，家莫聞知。人或有言，將信將疑。悁悁心目，夢寐見之。」六語委曲深痛，文家真境，萬不可移減一字者。魏泰則云：陳陶詩「可憐無定河邊骨，猶是春閨夢裏人」，愈工於前，此以繁簡爲工拙者也。陳詩誠緊悚，然豈能謂李文之不逮哉？文章各有境界，宜繁而繁，宜簡而簡，乃各得之。推簡者爲工，則減字法成不刊典，而文章之妙，晦而不出矣。王右丞「黄雲斷春色」，郎士元「春色臨關盡，黄雲出塞多」，一語化作兩語，何害爲佳？必謂王係盛唐能以簡勝，此矮人之觀也。然李西涯猶謂「南山與秋色，氣勢兩相高」，不如「千崖秋氣高」；「野火燒不盡，春風吹又生」，不如「春入燒痕青」，則爲簡字訣所誤者亦多矣。

魏泰云：「楊察謫信州，送者十二人，察於餞筵作詩以謝，用十二故事。如『位如星占野，人似月分卿。極醉巫峰倒，聊吟嶰管清。』用事皆恰好。」此泰游戲之筆耶？抑真以之論詩耶？游戲則不足書，論詩則止可以糊村中酒店壁耳。人往往喜此等爲新切，又察與泰之唾餘也。

《六一詩話》謂謝伯景之「園林換葉梅初熟」不如「庭草無人隨意緑」也，「池館無人燕學飛」不如「空粱落燕泥」也。予殊不謂然。王胄、薛道衡詩句，誠天然風韻矣，然宋人詩深秀，如「園林」二語者，又何少也！必取佳詩而排擠之，則王、薛二佳句，又能如「春日遲遲，卉木萋萋」、「燕燕于飛，差池其羽」否耶？此皆於無議論中尋議論之弊也。魏泰遂謂「伯景句意凡近，不如王、薛之峻潔可喜」。阿佞之談，識者笑之。

張文昌《没蕃故人》詩云：「欲祭疑君在，天涯哭此時。」語平澹而意沈痛，可與李華「其存其没」數語并駕。陳陶「無定河邊」二語，緊於李、張，而味似少減，此等處難于言説，悟者自悟。

魏泰謂：「韋左司古詩勝律詩。」此語殊妄。韋五律之清妙，都不讓五古，七律如「寒樹依微遠天外，夕陽明滅亂流中」、「身多疾病思田里，邑有流亡愧俸錢」，假使陶元亮執筆爲七律，又何以過此！

老杜詩法，得其全者無一人，若得其一節以名世者，亦有之矣。唐之義山、宋之山谷，皆是也。王若虚曰：「魯直雄豪奇險，善爲新樣，固有過人者，然於少陵初無關涉。」夫謂魯直學杜未熟可，謂其與杜「了無關涉」不可。若虚深詆山谷，歷數其「東海得無冤死婦，南陽應有卧雲龍」、「能令漢家重九鼎，桐江波上一絲風」、「卧聽疏疏還密密，起看整整復斜斜」等句，是皆深中其病，然其佳詩亦多，何不一表章之也？甚至謂「荆公『兩山排闥送青來』，讀之不覺其異；山谷『青州從事斬關來』，便令人駭愕。」等一怪譎字句，而山谷獨遭唾斥矣。蓋山谷在北宋自成一家，褒貶皆所不免，至江西君子尊爲詩派初祖，則將獨據壇坫，爲一代之主持，宜乎人滋不服，而其詩遂爲集矢之地也。

王若虚云：「以巧爲巧，其巧不足。巧拙相濟，則使人不厭。惟甚巧者，乃能就拙爲巧。」此真篤論。又曰：「首二句論事，次二句猶須論事；首二句狀景，次二句猶須狀景，不能遽止自然之勢。頸聯、頷聯初無此説，特後人私立名字而已。」破頸聯、頷聯之説可也，謂論事狀景必四句，亦平衍無筆力之作也，持論最難。

退之《雪》詩：「隨車翻縞帶，逐馬散銀盃。」誠不佳，然歐陽永叔、江鄰幾以「坳中初蓋底，垤處遂成堆」爲勝，亦瑣細而無味也。王若虚謂二公之評實當。李西涯又謂其「穿細時雙透，乘危忽半摧」爲意象超脱，到人不到處，此亦如菖蒲菹之各有嗜好歟！

門人蘇養吾問：「雪詩何語爲佳？」予曰：「王右丞『隔牖風驚竹，開門雪滿山』，語最渾然，老杜『暗度南樓月，寒生北渚雲』次之。他如『獨釣寒江雪』、『門對寒流雪滿山』、『童子開門雪滿松』，亦善於語言者。」蘇生笑曰：「獨遺陶詩『傾耳無希聲，在目皓已潔』，何也？」予曰：「此二語亦六朝人吐屬耳，非陶公造極之言，故不喜稱説。然六朝人『山明望松雪』、『山寒微有雪』二語，高秀不群，唐人倉卒未易到也。」蘇生曰：「『亂飄僧舍，密洒歌樓』，誠俗格，若歐公、坡公、荆公禁體、尖叉詩，亦善出奇者乎？」予笑而不答。

荆公云：「李白歌詩豪放飄逸，人固莫及，然其格止於此而已。至於杜甫，則發斂抑揚，疾徐縱横，無施不可，斯其所以光掩前人，後來無繼。」歐公云：「甫之於白，得其一節，而精强過之。」王若虚曰：「歐公、荆公之言適相反。荆公之言，天下之言也。」愚按：前賢抑揚李、杜，議論不同，累幅難盡，歐公、荆公，特其一端耳。要之論李、杜，不當論優劣也。尊杜抑李，已非解人；尊李抑杜，尤乖風教。自昌黎不能不並尊李、杜，而永叔、介甫欲作翻案，殆亦不自量邪！後此紛紛，益無足計。

山谷詩如「不可一日無此君」、「我醉欲眠君且去」，特偶及之，魏泰遂謂其作詩「好用南朝人語」，其詩静細雄深皆有之，如「小雨藏山客坐久，長江接天帆到遲」、「萬里書來兒女瘦，十月山行冰雪深」、「寒藤老木被光景，深山大澤皆龍蛇」，此豈局促一隅者所能道？泰題其集云：「當其得璣羽，往往失鵬鯨。」何其苛而不察也！

山谷不喜集句，笑爲百家衣，然於壽聖院快軒則集句詠之，何也？大抵文人多自蹈其所譏者，不獨詩爲然矣。陳履常謂東坡以詩爲詞，趙閑閑、王從之輩，均以爲不然，稱其詞起衰振靡，當爲古今第一。愚謂王、趙之徒推奉太過也，何則？以詩爲詞，猶之以文爲詩也。韓昌黎、蘇眉山皆以文爲詩，故詩筆健崛駿爽，而終非本色。以詩爲詞，則其功過亦若是已矣。雖然，天下猶有以詩爲文、以詞爲詩者。以詩爲文，六朝儷偶之文是也；以詞爲詩，晚唐、元人之詩是也。知以詩爲文、以詞爲詩之失，則知矯之者之爲健筆矣，而所失究在於不如其分也。夫太白以古爲律，律不工而超出等倫；温、李以律爲古，古即工而半無真氣。持此爲例，則東坡之詩詞，未能獨佔古今，而亦埽除凡近者歟！

「辭達而已矣」，千古文章之大法也。東坡嘗拈此示人，然以東坡詩文觀之，其所謂「達」，第取氣之滔滔流行，能暢其意而已。孔子之所謂「達」，不止如是也。蓋達者，理義、心術、人事、物狀，深微難見，而辭能闡之，斯謂之達。達則天地萬物之性情可見矣，此豈易事，而徒以滔滔流行之氣當之乎？以其細者論之，「楊柳依依」能達楊柳之性情者也，「蒹葭蒼蒼」能達蒹葭之性情者也，任舉一境一物，皆能曲肖神理，托出豪素，百世之下，如在目前，此達之妙也。《三百篇》以後之詩，到此境者，陶乎？杜乎？坡未盡逮也。

「微雨從東來，好風與之俱」，古詩也，上也。「珠簾暮捲西山雨」，律之古也，次也。「桃花亂落如紅雨」、「梨花一枝春帶雨」，詞之詩也，下也。

韋左司「寒雨暗深更，流螢度高閣」、范德機「雨止修竹間，流螢夜深至」、王貽上「螢火出深碧，池荷聞暗香」，巧朴之分也，而時代之遠近寓焉矣。

王若虛謂：「樂天詩情致曲盡，入人肝脾，隨物賦形，所在充滿，殆與元氣相侔。至長韵大篇，動數百千言，而順適愜當，句句如一，無争張牽强之態，此豈撚斷吟鬚悲鳴口吻者所能至？」甚矣，若虛之識量易盈也。樂天惟樂府曲中人心，歷劫不朽，謂其他詩皆「隨物賦形，侔於元氣」，是老杜所不能篇篇盡然者，樂天能之乎？至「長韵大篇，句句順愜」，此惟村學小生初摹詩法乃不能之耳，豈絶技哉？夫樂天長篇之病，正坐語語順愜，無一筆作逆勢，以致平衍寡情，豈可轉目爲擅長之地也？且世人作詩，將盡「拈斷吟鬚悲鳴口吻者」耶？何其見一充滿順適者，遂驚喜不遺餘地至此！

若虛雅服鄭厚評詩，荆公、蘇、黄曾不比數，獨云「樂天如柳陰春鶯，東野如草根秋蟲，爲造化中一妙。」此亦誤也。荆公詩本不足與蘇、黄匹，蘇、黄與樂天、東野互有得失，何必以白、孟抹蘇、黄也？至謂白如「春鶯」，孟如「秋蟲」，又不免低視二家，而不能盡其美。蓋白如平湖春漲，孟如峭石秋晴，庶幾近之耳。且若虛嘗推東坡爲文中之龍，謂其「理妙萬物，氣吞九州」，今又取「春鶯」「秋蟲」而極贊之，轉以龍爲不足比數，何哉？

王若虛謂：「古之詩人詞達理順，未有以句法繩人者。魯直開口論句法，便是不及古人處。」然老杜不嘗云「爲人性僻耽佳句」、「佳句法如何」乎？未有以句法繩人者，亦矯枉過正之論也。大抵句法非詩之全體，亦不可廢，即若虛所謂「詞達理順」者，不研句法，又何以能之？

王直方云：「東坡言魯直詩品高出古人數等，獨步天下。」王若虚云：「坡公決無是論。」允矣，然若虚所引坡評谷詩，如「蝤蛑、江瑶柱，格韵高絶。盤餐盡廢，多食亦動風發氣」者，予亦未之敢信也。予嘗謂魯直詩如塞馬未馴，高蹄峻耳，迴立生風，而乘之不能曲折隨意，與蝤蛑、江瑶柱何涉哉？魯直詩如其字，自以氣骨勝，非以格韵勝者，坡兩評皆不的，烏可疑其一，信其一也？又按，東坡嘗論魯直詩「如見魯仲連、李太白，不堪復論鄙事。雖若不適用，然不爲無補於世。」不適用而不爲無補，此論最的，若虚何不引之？若虚又謂：「老杜詩如典謨，東坡詩如《孟子》，魯直詩如《法言》。」亦非的語。老杜雖渾厚，與典謨終不似，其仁心爲質，反覆痛快，謂其或似《孟子》可也。東坡詩或似《莊子》，魯直詩或似《韓非子》《法言》何足道？若虚謂其似《法言》，鄙其無一句真詩耳，過矣。

養一齋詩話卷三

山陽潘德輿彦輔

危太樸初以文學徵起，士君子皆想望丰采。或問於虞道園曰：「太樸事業當如何？」答曰：「太樸入京之後，其辭多誇，事業非所知也。必求其人，其余闕乎，吾於其文字見之。」道園之知人如此。然道園作《范德機詩序》云：「中州人士謂清江范德機、浦城楊仲弘、豫章揭曼碩、及予詩爲四家，且以唐臨晉帖喻范，百戰健兒喻楊，三日新婦喻揭，而予爲漢庭老吏。」揭聞此序大不悦，遂往臨川訪道園，言及此事，道園曰：「非吾之言，乃中州人士之言，且亦天下之通論也。」揭咈然，即席辭別。後寄以詩云：「奎章分署隔窗紗，學士詩成每自誇。」爲道園發也。然則所謂「其詞多誇」者，非獨太樸爲然，道園實自犯之。大抵文人相輕，自昔有然，以此招謗取禍者，不可枚舉，況求事業耶！如虞、揭之相得末路猶致此，文士結習，良不易除，可以戒矣。

人以「杏花城郭青旗雨，燕子樓臺玉笛風」、「翡翠飛來春雨歇，麝香眠處落花多」、「萬點愁心飛絮影，五更殘夢賣花聲」爲元詩之佳者，而元詩信不足重矣。不知「霜氣隔篷纔數尺，斗杓插地已三更」、「天連閣道晨留輦，星散周廬夜屬櫜」、「松杉繞屋清宵響，雷雨懸崖白晝陰」，亦元詩也。道園、與礪可以晚唐概之乎！人若常常擘摩《學古録》，可安步而入老杜之門矣。與礪諸體清蒼，長律亦杜之正傳，羽翼道園，頗無愧色。

今人喜讀《雁門集》，然才極清發，而骨不堅重，尚非吴淵穎敵手，況道園哉！道園寄詩云：「玉堂蕭爽地，思爾佩珊珊。」嗟賞其才調，而下語有分寸如此。

趙、虞並稱，趙音節純似唐人，而無真氣，殊不耐咀味。「故國金人泣辭漢，當年玉馬竟朝周」，自言之自蹈之，氣焉得激昂哉！

「文章不如仲氏好，叔氏最少今亦老。五郎十歲未知學，嗟我何爲長遠道。諸兒讀書俱不多，又不力耕知奈何。」此等筆力，元一代惟道園能之。大家本色，本領在此。吴淵穎研鍊老重，而能密不能疏，能華不能樸，以此遜道園矣。

道園以質直之氣，行於争尚綺靡之時，故能矯然獨出。其詩絶句不如律詩，律詩不如古體，蓋質直者與古體爲近也。四言詩亦雅而質，未能追蹤曹氏父子，要不染潘、陸習氣，信乎其爲一代之雄也。七律如「三日新春三日雪，一分深雪一分春」、「氣似酒酣雙國士，情如花擁萬天姝」，氣粗筆縱，頗非雅音，然類此者亦鮮矣。

道園詩乍觀無可喜，細讀之，氣蒼格迥，真不可及，其妙總由一「質」字生出。質字之妙，胚胎於漢人，涵泳於老杜，師法最的，故其長篇鋪放處雖時仿東坡，而不似東坡之疏快無餘地。老勁斬絶，又似山谷，而黄安排用人力，虞質直近天機，等級亦易明耳。

余於宋詩，取梅聖俞之澹；於元詩，取虞伯生之質。以爲風雅遺意。伯生詩「歲熟無憂食，秋清不礙眠」、「水花看晚浄，風葉識天寒」，大似梅聖俞，蓋質樸者亦能爲澹泊之音也。

伯生詩「詩似仙成隨世换，學如春到只心知」，是南宋人體矣，然胸無實得者，萬難下此語也。

今人詩無一句不求偉麗峭雋，而怒張之氣、側媚之態令人不可嚮邇，此中不足而飾其外之過也。道園詩未嘗廢氣勢詞采，而了無致飾悦人之意，最爲今人上藥，惜肯學其詩者希耳。夫道園之在元，猶遺山之在金，皆大宗也。而後人學遺山者多，學道園者少，豈以其精神渾質、藏而不露故耶？然用此知道園高於遺山矣。

元人争尚工麗，然亦有質樸與道園相近者，岑安卿静能是也。略録其數首於此：「田園日蕪穢，衰邁不自治。童僕肆疏嬾，子孫習娱嬉。良苗雜稂莠，瓜瓞纏蒺藜。草深狐兔聚，水積蛙蚓滋。念兹每獨往，邈焉起遐思。世事亦如此，重令我心悲。」「石燕拂雲杪，河魚落檐前。天公半月雨，下土舒憂煎。稿壤蚓發唱，素壁蝸流涎。禾蔬鬱佳秀，樂彼園與田。既無溝壑虞，體受期歸全。插架有遺軸，足以消餘年。」「群耕斥鹵地，此計誠迂疏。種瓜春夏交，幸不致荒蕪。青丸熟秋寶，漲水爲漂如。天災世難測，詎敢尤耘耡。農家刈秔稻，我乃憂空虚。遠思韋蘇州，不如坐觀書。」「雨下山雲黑，雨收山月明。涼風蚊蚋散，活水蚓蛙鳴。露頂中庭坐，披衣曲砌行。遥憐荷戈士，觸熱入占城。」「越客半年住，閩溪千里流。山高不礙夢，日暮易爲愁。兄弟終相憶，鄉關非所憂。何當先隴側，同埋釣魚舟。」「梅花落盡五更雨，清曉捲簾庭草新。身世百年吾獨老，乾坤一氣物皆春。牀頭酒熟堪留客，夢後詩成覺有神。更欲東皋共舒嘯，醉來隨意脱烏巾。」「東山景物吾州稀，蓮宫璀粲浮春暉。過湖人騎白雪馬，待客僧立青苔磯。花邊舉杯酒一斗，石上解衣松十圍。最愛東岡老禪伯，夜窗爲我談玄機。」静能隱居樂道，人品甚高，故其詩質而無飾如此，雖未逮道園之渾健，亦元人之特立者。静能又有句云「爲言立仗馬，何似忘機鷗」，抗志不出之故，觀此而明，其時勢亦可知矣。

明季黄陶庵先生，道德忠節，一代偉人，古文如《諸葛公論》、《衛青論》、《范增論》、《夏侯玄論》、《科舉論》，卓然鴻篇，幾可争勝熙甫。制義與陳卧子齊名，詩名則不逮卧子，然其詩骨幹堅直，氣象深博，王、李、鍾、譚餘習湔除殆盡，卧子未能踞其上也。《和陶詩》數十首，雖與陶不似，而胎源實在兩晉。七古、五律，具體少陵，不掩本質。曩讀《明史本傳》，慕其爲人，觀其集亦愛不釋手。謹録數詩於此，以志嚮往。《咏史》云：「汜水據帝圖，功高意已怠。患此争功人，而難盡葅醢。草草叔孫生，彌縫雜鄙猥。遂令鞅斯毒，流漫亘千載。漢在井田亡，漢亡族誅在。卓哉兩魯生，抱經竄山海。」「季子過洛陽，買臣還會稽。當時路人心，盡是嫂與妻。勢利散淳源，陰謀生禍梯。達心亮先見，寡識至今迷。上蔡犬可牽，牽之若龍驪。華亭鶴可聽，聽之若天雞。」「高岡至神鳳，此跡曠千年。明穆豈不合，要非彼所賢。伯鸞初處室，耕織詠遺篇。容裔來上京，逍遥觀八埏。道消謝尼父，心結求魯連。避地固知幾，賃舂亦中權。《五噫》滿天地，散入臯亭烟。」《野人歎》云：「野人歎息王師勞，秦賊楚賊如蝟毛。攻城掠野官吏死，大江以北民嗷嗷。昨聞死賊劫財貨，分與官軍作賄賂。亂斫民頭掛高樹，黎明視賊賊已去。」「野人歎息年多惡，池中掘井井底涸。飛蝗引子來蔽天，辛苦將身事田作。朝廷加派時時有，哭訴官司但摇手。歸逢吏胥狹路邊，軟裘快馬行索錢。」「野人歎息朝無人，朝中朋黨如魚鱗。十官召對九官默，篋中腰下皆黄銀。不知何人理陰陽，頻年日食四海荒。我欲上書詆朝士，又恐人呼妄男子。」「野人歎息江南苦，游手奸民勇虓虎。跳向湖心作群盜，公然持兵劫官府。四海已有微風揺，鼎魚幕燕防焚燒。城中富兒不憂恤，郵童名倡留上客。」《謁于忠肅公祠堂》云：「澶淵非禍宋，代邸本安劉。力竭山河在，功成骨肉憂。草銜冤血碧，江挾怒潮流。雪涕荒祠下，乾坤正可愁。」《過廣信聞鉛山寇警》云：「十年關陝亂，江表不聞兵。税急農臣苦，年荒米賊生。斧柯誰在手，牛犢漫多驚。失涕蒼生内，何時見太平。」《舟夜》云：「大風揺獨夜，遠夢斷孤舟。不盡江濤涌，分明此際愁。長身艱負米，柔翰想封侯。掩盡窮途涕，無端更一流。」結志剛凝，感時悱惻，風人正軌，于是乎在，言者心聲，不可以僞爲也。其詩有云：「吾觀道與文，不啻分主客。永言思無邪，性情有真宅。」信乎得詩之本原者矣。

明詩不可以輕心抑之也。明開基詩，吾深畏一人焉，曰劉誠意。明遺民詩，吾深畏一人焉，曰顧亭林。誠意之詩蒼深，亭林之詩堅實，皆非以詩爲詩者，而其詩境直黄河、太華之高闊也。首尾兩家，誰與抗手？抑明詩者盍自較其所作乎！

吾學詩數十年，近始悟詩境全貴「質實」二字，蓋詩本是文采上事，若不以質實爲貴，則文濟以文，文勝則靡矣。吾取虞道園之詩者，以其質也；取顧亭林之詩者，以其實也。亭林作詩，不如道園之富，然字字皆實，此修辭立誠之旨也。竹垞、歸愚選明詩，皆及亭林，皆未嘗尊爲詩家高境，蓋二公學詩見地，猶爲文采所囿耳。

或言詩貴質實，近於腐木濕鼓之音，不知此乃南宋之質實，而非漢魏之質實也。南宋以語録議論爲詩，故質實而多俚詞；漢魏以性情時事爲詩，故質實而有餘味。分辨不精，概以質實爲病，則淺者尚詞采，高者講風神，皆詩道之外心，有識者之所笑也。

凡悦人者，未有不欺人者也。末世詩人求悦人而不耻，每欺人而不顧，若事事以質實爲的，則人事治矣。若人人之詩以質實爲的，則人心治，而人事亦漸可治矣。詩所以厚風俗者，此也。隋李諤曰：「連篇累牘，不出月露之形；積案盈箱，盡是風雲之狀。文筆日煩，其政日亂。」此皆不質實之過。質則不悦人，實則不欺人，以此二字衡之，而天下詩集之可焚者亦衆矣。

顔、謝詩並稱，謝詩更優於顔，然謝則叛臣也。顔生平不喜見要人，似有見地，然苟赤松譏其外示寡求，内懷奔競，干禄祈進，不知極已。文人無行，何足恃哉！至於張華附后助逆，矯殺汝南王亮、楚王瑋；賈后欲擅廢太子，潘岳爲之作書草；陸機始附逆穎，建春門之戰，儼然與帝相距。以《春秋》之法律之，皆賊臣也，豈獨文人無行而已！沈約力贊梁武之篡，及居齊王於巴陵，又力贊殺之，忍心至此，賊臣之尤也。范雲與沈約同謀，沈佺期、宋之問黨附逆后，與潘岳無異。數人皆博學高才，詞苑之領袖，顧得罪君父如此，豈得以其能爲詩而貸之哉？故予欲世人選詩讀詩者，如曹操、阮籍、陸機、潘岳、謝靈運、沈約、范雲、陳子昂、宋之問、沈佺期諸亂臣逆黨之詩，一概不選不讀，以端初學之趨嚮，而立詩教之綱維。蓋人品小疵，宜寬而不論，此諸人非小疵也。孟子曰：「《詩》亡然後《春秋》作。」若論詩不講《春秋》之法，是詩與《春秋》相戾，詩之罪人矣，可乎哉？

王若虚曰：「宋人之詩，雖大體衰于前古，要亦有以自立，不必盡居其後也。近歲諸公鄙薄而不道，不已甚乎！」又曰：「畫山水者，未能正作一木一石，而託雲烟杳靄，謂之氣象。賦詩者茫昧僻遠，按題而索之，不知所謂，乃曰格律貴爾。不求是而求奇，真僞未知，而先論高下，亦自欺而已矣。」此二則意議篤至，可爲好持高論者之戒，學詩者不可不書寘座隅。

學古文者，由歐、蘇入，而柳而韓，則幾矣；由韓而《左》、《國》、《史》、《漢》，則成矣。此由淺入深，由疏暢而結轖之漸也。學詩亦然，初學由七古入，七古由蘇、韓入，發軔之地，取其充暢閎遠，不局才氣，既至是則必以陶、韋、王、孟約之，一切俗想俗格，埽除殆盡，乃入門庭，而終以子美爲堂奥歸宿，方與《風》、《騷》、漢、魏有息息相通處。雖予一家私言，然較之小巧旁門與持高論而躐等者，似不可同日語。擇言之君子，或有取焉。

一唱三嘆，由於千錘百鍊，今人都以平澹爲易易，知其未喫甘苦來也。右丞「雨中山果落，燈下草蟲鳴」，其難有十倍於「草枯鷹眼疾，雪盡馬蹄輕」者，到此境界，乃自領之，略早一步，則成口頭語，而非詩矣。

蘇、李《録別》、《古詩十九首》，皆聖於詩者也，然或篇章寂寥，或姓名沈晦，推尊雖允，未厭人心。兩漢以後，必求詩聖，得四人焉：子建如文、武，文質適中；陶公如夷、惠，獨開風教；太白如伊、吕，氣舉一世；子美如周、孔，統括千秋。此論本於古人，而不盡本於古人，書之以俟識者。

香山與元九詩極多，「永壽寺中語」一首，如作家書，如對客面語，變漢魏之面貌，而得其神理，實不可以淺易目之者，與《寒食野望吟》，皆白詩之絶調也。樂府以外，此爲稱首矣。

白傅五律，有與少陵相似者，有與王、孟相似者，有與義山相似者，反覆按之，則别具流利之機，究與諸公似而不似。李西涯自命具耳，或擇白詩之僻者，偶誦其一，便知爲《長慶集》，此神明過人，後學不敢望。

東坡謂白詩晚年極高妙，或問之，曰：「風生古木晴天雨，月照平沙夏夜霜。」余按此二語殊平淺，非白詩之妙者，不解東坡何以賞之？至於「不知皇甫七，池上興何如」、「南檐納日冬天暖，北户迎風夏月涼」、「松排山面千重翠，月點波心一顆珠」、「無奈嬌癡三歲女，繞腰啼哭覓銀魚」，彌淺而俚矣，學之必成邨巷盲詞，不可不慎。

「力士傳呼覓念奴，念奴潛伴諸郎宿」、「侍兒扶起嬌無力，始是新承恩澤時」，此南北曲中猥褻語耳，詞家不肯道此，而況詩哉！然元之詩品又不逮白，而《連昌宫詞》收場用意，實勝《長恨歌》，豔《長恨》而亞《連昌》，不知詩之體統者也。「寂寞古行宫」二十字，足賅《連昌宫詞》六百餘字，尤爲妙境。詩品至微之，猶非浪得名也。瞿宗吉謂：「《長恨歌》一百廿句，讀者不厭其長；微之《行宫》詩才四句，讀者不覺其短。文章之妙也。」以二詩並稱，非知詩者。

詩最爭意格，詞氣富健矣，格不清高，可作而不可示人；格調清高矣，意不精深，可示人而不可傳遠。有以論意格爲腐談者，中其所短故耶？

微之詩云：「潘岳悼亡猶費詞」，安仁《悼亡》詩誠不高潔，然未至如微之之陋也。「自嫁黔婁百事乖」，元九豈「黔婁」哉！「也曾因夢送錢財」，直可配邨笛山歌耳。至《鶯鶯》、《離思》、《白衣裳》諸作，後生習之，敗行喪身。詩將爲人之讎，率天下之人而禍詩者，微之此類詩是也。

《歲寒堂詩話》論張文昌律詩不如劉夢得、杜牧之、李義山，文昌七律或嫌平易，五律清妙處不亞王、孟，乃愧夢得、牧之、義山哉？其《夜到漁家》、《宿臨江驛》二律，與劉文房《餘干旅舍》一作，用韻同，風韻亦同，皆絶唱也。

文昌「藥看辰日合，茶到卯時煎」、「草長晴來地，蟲飛晚後天」，絶似樂天。大抵中唐人氣味，往往相近，然樂天勝微之，文昌勝仲初，名雖相埒，又當細求其分别與優劣處，乃非無星秤耳。

文昌「洛陽城内見秋風」一絶，七絶之絶境，盛唐諸鉅手到此者亦罕，不獨樂府古澹，足與盛唐争衡也。王新城、沈長洲數唐人七絶擅長者各四章，獨遺此作。沈於鄭谷之「揚子江頭」亦盛稱之，而不及此，此猶以聲調論詩也。

楊仲弘論七言絶句，以第三句爲主，而第四句發之，沈確士謂盛唐人多與此合。此皆臆説也。絶句四語耳，自當一氣直下，兜裹完密。三句爲主，四句發之，豈首二句便成無用邪？此徒愛晚唐小巧議論，止在末二句動人，而於盛唐大家元氣渾淪之作，未曾究心，始有此等曲説。確士轉謂「盛唐多與此合」，既不識盛唐，而七絶之體亦將由此而破矣。

「寒林烟重暝栖鴉，遠寺疏鐘送落霞。無限嶺雲遮不斷，數聲和月到山家。」此宋賊劉豫詩也。清光鑑人，詩竟不可以定人品耶？元遺山云：「心畫心聲總失真，文章寧復見爲人。高情千古《閒居賦》，爭信安仁拜路塵。」是説殊可警世。

楊椒山大節卓然，詩特附人以傳耳。然相其格律字句，亦非無意於此事者。如《送王大宗伯考績》云：「北斗光芒臨紫極，東風行色動江干。春歸吴苑晴花合，天入燕雲曉旆寒。禮樂百年開萬國，星辰入座擁千官。彤庭舊識尚書履，天下蒼生賴謝安。」此律與李于鱗何異！佳句若「野樹含烟迷寺迥，晴山披雪倚雲明」、「寒欺草榻涼如洗，風捲星河動欲流」、「寒雁不堪雲暝夕，秋風況是葉飛初」，風格不在後七子後。

劉夢得《生師講堂》云「一方明月可中庭」，張籍《秋山》云「秋山無雲可無風」，朱新仲云：「兩『可』字義不同，皆新而不怪。」此宋人講字法之魔障也。放翁「山可一窗青」，亦此類也。

周伯弜輯《三體詩》，局小識短不足言，方虛谷作序，既不滿之矣，而所輯《瀛奎律髓》，割裂門類，其可笑更甚於伯弜也。近高江邨續輯《三體詩》，效尤無謂，此如元遺山《鼓吹》，多收晚唐，以爲入格，亦非善本。而瞿宗吉又欲續之，瞿書不成，而明末人又有《鼓吹新編》之選。顧茂倫選《唐詩英華》，亦專收七律。好著述而少識力，又何爲乎！

「日暮鄉關何處是，烟波江上使人愁」、「總爲浮雲能蔽日，長安不見使人愁」，運意不同，各有境地，何可軒輊？瞿宗吉曰：「太白憂君之念，遠過鄉關之思。善占地步，可謂十倍曹丕。」此頭巾氣，又隔壁聽也。

龍仁夫《題琵琶亭》云：「老大姮娥負所天，忍將離恨寄哀絃。江心正好觀明月，却抱琵琶過别船。」議論極正，然忘却此婦本是歌妓出身，直腐談耳。白香山《昭君詠》曰：「漢使却回憑寄語，黄金何日贖蛾眉。君王若問妾顔色，莫道不如宫裏時。」評者謂其惓惓舊主，過前人遠甚，然既已失身於匈奴，即眷念舊君何足貴哉？此皆好爲中正之論，而不揆其出處本末者也。

退之詩「我能屈曲自世間，安能隨汝巢神山」、「王侯將相念久絶，神縱欲福難爲功」，高心勁氣，千古無兩。詩者心聲，信不誣也。同時惟東野之古骨可以相亞，故終身推許不遺餘力，雖柳子厚之詩，尚不引爲知己，況樂天、夢得耶！

趙子昂對元世祖詩：「往事已非那可説，且將忠赤報皇元。」哀哉，若人乃至於此！其《岳王墓》詩：「南渡君臣輕社稷，中原父老望旌旗。」南渡之君，子昂何人？而忍下此筆也！詩雖工亦不足述矣。後人題子昂畫者，率寓刺譏。而詩品亦有高下，不可一例以爲工也。如虞勝伯《題子昂苕溪圖》云：「吴興公子玉堂仙，寫出苕溪似輞川。回首青山紅樹下，那無十畝種瓜田。」沈啓南《題子昂畫馬》云：「隅目晶瑩耳竹披，江南流落乘黄姿。千金千里無人識，笑看蕃人買去騎。」史明古《題子昂畫蘭》云：「國香零落佩纕空，芳草青青合故宫。誰道有人和淚寫，託根無地怨東風。」方良右《題子昂竹枝》云：「中原日暮龍旗遠，南國春深水殿寒。留得一枝烟雨裏，又隨人去報平安。」僧某《題子昂書淵明歸去來辭後》云：「典午山河半已墟，褰裳宵逝望歸廬。翰林學士宋公子，好事多應醉裏書。」數詩中惟虞君、史君有忠厚之意，餘悉雋而傷于刻矣。沈啓南詩尤欠老誠，不類名宿語。

凡作譏諷詩，尤要藴藉，發露尖穎，皆非詩人敦厚之教。如元人《博浪沙》云：「如何十二金人外，猶有民間鐵未銷。」《陳橋驛》云：「路人遥指降王道，好似周家七歲兒。」皆機警有餘，深厚不足。余獨愛袁凱《蘇李泣别圖》云：「猶有交情兩行淚，西風吹土漢臣衣。」斧鉞寓於纏綿，極耐尋諷，高出《白燕》詩百倍。

義山譏漢武云：「侍臣最有相如渴，不賜金莖露一杯。」意無關係聰明語耳。許丁卯則云：「聞有三山未知處，茂陵松柏滿西風。」雋不傷雅，又足喚醒癡愚。《始皇墓》云：「一種青山秋草裏，路人惟拜漢文陵。」亦森竦而無發露痕也。

文山致命，後人名詠甚多，獨吾郡君實丞相憑弔鮮佳者，惟元人林景熙一律云：「紫宸黄閣共龍船，海氣昏昏日月偏。平地已無行在所，丹心猶數中興年。生藏魚腹不見水，死抱龍髯直上天。板蕩純臣有如此，流芳千祺更無前。」第五句無深藴，落句亦落套，然詞氣勃發，足爲大忠生色，後無繼起得名者矣。

對偶上下相稱最難。戴石屏以「塵世夢中夢」對「夕陽山外山」固不佳，即「春水渡旁渡」猶未盡致也。然此等終不需費力求之，雖得一名聯，又何足以盡詩妙哉？「五月天山雪，無花只有寒。笛中聞《折柳》，春色未曾看。」「正月今欲半，陸渾花未開。出關見青草，春色正東來。」「帶甲滿天地，胡爲君遠行？親朋盡一哭，鞍馬去孤城。」「萬壑樹參天，千山響杜鵑。山中一夜雨，樹杪百重泉。」此數公之於律體，如大匠運斤成風，如駿馬直下千丈，何曾似石屏等之瑣瑣刻畫哉！此詩體高下大小之判，入門者不可不審。

劉改之《送王簡卿》詩云：「世事看來忙不得，百年到手是功名。」此邨夫子語耳。辛稼軒目爲「横空盤硬語，妥帖力排奡」，乃宋人習氣，以粗俗直率爲盤硬排奡者也。東坡詩云「是處青山可埋骨」，放翁詩云「青山是處可埋骨」；子美詩云「行人弓劍各在腰」，獻吉詩云「弓箭行人各在腰」，改者幾乎文理不順，吾不知襲之何意，改之又何意也。張光弼《歌風臺》詩起句「世間快意寧有此，亭長歸來作天子」。鳳洲《長平坑》起句：「世間怪事寧有此，四十萬人同日死。」張詩奇特以創調耳，鳳洲襲之，雖崛崞而乏風采矣。大抵文章貴獨造也。

前謂刺譏詩貴含蓄，論異代事尤當如此，臣子於其本朝，直可絶口不作詩耳。張祜《虢國夫人》詩：「却嫌脂粉汙顏色，淡埽蛾眉朝至尊。」李商隱《驪山》詩：「平明每幸長生殿，不從金輿惟壽王。」唐人多犯此惡習。商隱愛學杜詩，杜詩中豈有此等猖獗處？或以祜此詩編入杜集中，亦不識黑白者。

楊廉夫詩「一雙孔雀行瑶圃，十二飛鴻上錦箏」、「别院三千紅芍藥，洞房七十紫鴛鴦」、「公子銀瓶分汗酒，佳人金勝剪春花」，又以楊妃襪爲詩題，鞵杯爲詞題，江南壇坫，蒸染殆遍，洵詩之妖也。然張士誠盡致吴中名士，獨廉夫不可。聞其來吴，使要於路，不得已乃一至賓賢館。士誠飲以元主所賜御酒，廉夫作詩云：「江南歲歲烽烟起，海上年年御酒來。如此烽烟如此酒，老夫懷抱幾時開。」士誠得詩，遂不强留。此詩殊有一往不可屈之氣，廉夫一生名節，藉之以傳，拈此爲集中壓卷。其纖穠佻冶者，可略之而不必苛繩矣。

楊廉夫《題劉阮》詩云：「兩壻原非薄倖郎，仙姬已識姓名香。問渠何事歸來早，白首糟糠不下堂。」事本譎幻，何須作此莊語？豈矯其平日纖穠佻冶之失，而施之於無用之地乎？藉以喻其不事明祖之意耳。此詩作如此看，則意味深長矣。

養一齋詩話卷四

山陽潘德輿彦輔

劉後邨云：「宋詩豈惟不愧于唐，蓋過之矣。」方正學詩云：「前宋文章配兩周，盛時詩律亦無儔。今人未識崑崙派，却笑黄河似濁流。」「天曆諸公製作新，力排舊習祖唐人。麤豪未脱風沙氣，難詆熙豐作後塵。」李西涯則云：「宋人於詩無所得，宋詩深，去唐却遠；元詩淺，去唐却近，顧元不可爲法。」「歐陽永叔深於爲詩，高自許與，然較之唐詩，亦門庭藩籬之間耳。楊廷秀學李義山，更覺細碎。陸務觀學白樂天，更覺直率。概之唐調，皆有所未聞也。」「宋、元詩，就其佳者，亦各有興致，但非本色，只似禪家小乘，道家尸解。」以上諸説，予皆以爲未的也。唐詩大概主情，故多寬裕和動之音；宋詩大概主氣，故多猛起奮末之音；元詩大概主詞，故多狄成滌濫之音。元不逮宋，宋不逮唐，大彰明較著矣。且唐之高出宋、元者又有故。唐一代以詩取士，人好盡力其間，故名家獨多，多則風尚所漸被者遠，雖未成家數，不著姓氏者，往往有一二詩，足爲絶調。宋元校士，詩非所重，雖名家皆以餘力爲之，因此名家較少於唐，而不足成家者，更不待言。然則宋、元之遜於唐也，一以詩所主者不同，一以詩成名者較少故耳。後邨謂宋實勝唐，阿其本朝，固非實論；正學謂宋詩無匹，而天曆大手仍不脱粗豪氣，亦未免抑揚太偏。即西涯謂宋去唐遠，元去唐近，又豈能自言其故哉？使能确言其故，元去唐近，何以不可法也？且宋人如歐、蘇、陳、陸，元人如虞、揚、范、揭，即寘之唐人中，豈易多得？特以宋、元如此數公者太少，故爲唐絀，今必統一代，而概謂之非本色，概謂之無所得，何其不近情不達理至此！楊用修謂：「唐詩固多佳篇，然如燕趙雖産佳人，亦往往有疥且痔者，雜處其中。」語雖諧謔，却屬平允之論。學者大綱，自宜宗唐，而宋、元兩代，亦何可薄？明人大都鑽仰唐人，鄙宋、元不足道，所以音調勝宋人，風格勝元人，於唐人又有形骸太似之病，西涯所謂：「開卷視之，宛若舊本，細味之，求其流出肺肝、卓然有立者，指不能一再屈。」明人半犯此失耳。

予又考劉後邨常云：「本朝文人多，詩人少。雖人各有集，集各有詩，要之或負材力，或尚理致，或逞辯博，文之有韵者，非古人之詩也。」此與「宋詩不愧唐，而且過之」之説，大相徑庭矣。吾故曰：「阿其本朝，非實論也。」

宋人詩「釀雪不成微有雨，被風吹散却爲晴」。明人詩「薄暑不成雨，夕陽開晚晴」。明詩雖簡淡似唐人，却不如宋人之無數曲折，而自成一體，雅有勁骨。此又見詩在真氣，宗唐者不盡是，而宋人不盡非也。

吴野人《陋軒集》，沈歸愚選入《國朝别裁》，朱竹垞則入《明詩綜》，猶《晉》、《宋書》、《南史》各有《陶靖節傳》也。其詩字字入人心腑，殆天地元氣所結。予專選一百餘首，朝夕諷玩，以爲杜、陶之真衣鉢，猶恨竹垞、歸愚知之不盡。人以其窮約而少之，指爲山林一派，豈知詩之根本者！潘南邨意境相似，規模較狹，非其敵也。

《木蘭詩》云：「朔氣傳金柝，寒光照鐵衣。將軍百戰死，壯士十年歸。」聲律對偶無不諧，此必距唐人甚近，北周、隋人之作也。尤西堂謂：「木蘭魏氏，譙人，代父從軍，凱旋不受爵。煬帝知之，欲納入宫，遂自盡，贈孝烈將軍。」則隋人也。若魏泰詩話謂：「世傳《木蘭詩》爲曹子建作，似矣。然其中云『可汗問所欲』，漢、魏時，夷狄未有『可汗』之名也。」按此詩與子建所作，豈有一毫相似處？泰豈未覩子建詩耶！徒以「可汗」二字作論，疏陋甚矣。

魏泰謂：「張籍、白居易樂府，述情叙怨，委曲周詳，言盡意盡，更無餘味。」嘻，何其大而無當也。文昌樂府古質深摯，其才下於李、杜一等，此外更無人到。樂天樂府則天弢自解，獨往獨來，諷諭痛切，可以動百世之人心，雖孔子復出删詩，亦不能廢。予嘗謂其命意直以《三百篇》自居，爲宇宙間必不可少文字。若《長恨歌》、《琵琶行》，則不作可也。泰徒以六朝隱約意思爲《風》、《騷》遺響，而不知樂天、文昌樂府之可貴，此以皮毛相詩者。

沈存中謂「韓退之詩乃押韵之文，雖健美富贍，而格不近詩。」吕惠卿謂「詩正當如是，詩人以來，未有如退之者」。此二説皆過也。昌黎《琴操》高古絶特，唐人無及之者。古詩崛而堅，足爲李、杜後勁；其鬥險之作，則不可法。存中以其鬥險之失，概却全集；而惠卿矯之，謂詩正當爾爾，其謬更甚於存中也。蓋惠卿小人，徒以言語好勝而不顧其安，必至如此。

魏泰依倚曾布之勢，鄉井患苦，推荆公爲孟子後一人，數稱章惇之長，撰《東軒筆録》、《碧雲騢》，誣衊正人，士類不齒。然能知劉夢得「官軍誅佞倖，天子舍妖姬」，爲「不曉文章體裁，失臣下事君之體」，且謂鄭畋「終是聖明天子事，景陽宫井又何人」，「命意稍似，而詞句凡下，比説無狀，亦不足道」。

非其詩學之深，有此識力，蓋數詩本非人心所安也。詩教自有正大門庭，不入其門，雖詞語新巧，萬口流傳，不足當小人之一哂，況有識者乎！董宗伯《畫禪室隨筆》，乃取「終是聖明」二語，爲文家善翻公案法。夫不問情理之正，徒恃翻字訣爲行文祕要，則文之魔障已矣。

浦長源《送人之荆門》詩「雲邊路繞巴山色，樹裏河流漢水聲」二句，林子羽甚加歎賞，遂許入社。然次句吾終不甚喜。「河」、「漢」本一類，與「路」字、「山」字屬兩項者不對，一也。若是黄河，不在荆門，即是荆門尋常之水，亦不得以「河」呼之；江以南率稱水爲「江」，河以北率稱水爲「河」，荆門距黄河甚遠，未必呼水爲「河」，二也。支河分漢水可也，其聲則必不可辨爲漢水之聲矣，三也。予豈必於無過中求有過哉？「雲邊」二語，《宋詩紀事》以爲鬼詩，或以爲明人童軒詩，然則傳之者亦不定，其詞不必果足爲賞鑒矣。

楊孟載詩「柳色嫩于鵝破殼，蘚痕班似鹿辭胎」、「小雨送花青見蔕，輕雷驚筍碧抽尖」、「半醉半醒花冉冉，閒愁閒悶雨沈沈」、「恨不髮如春草緑，笑曾花似面顔紅」，皆沿元人之習，詩之近於詞者也。詩近于詞，則似婦人女子作矣。

杜牧之《題烏江廟》詩：「勝敗兵家不可期，包羞忍恥是男兒。江東子弟多豪俊，卷土重來未可知。」此翻已奇。荆公又翻之云：「百戰疲勞壯士哀，中原一敗勢難迴。江東子弟今雖在，肯爲君王卷土來。」牧之詩，好奇而不諳事理；荆公詩，於事理較合，然論項王，亦未得要害處。晚唐人「不修仁德合文明，天道如何擬力争」，皆非要害，不足爲筆挾風霜。曩一友持《續范增論》見示，力駁長公説，詞氣衮衮可愛。予謂之曰：「君作欲跨蘇文上，誠屬有志。愚意羽大罪在弑君，增甘心爲賊黨，以此十二字作主，增案乃定，蘇文亦不攻自破。此似得其要害處也。」夫要害處乃經史之大義，大義與好議論自别，作論史佳詩，非深於經法不可矣。

沈啓南詠楊花云：「借風爲力終無賴，與水何緣却託生。」詠落花云：「萬物死生寧離土，一場恩怨本同風。」語意渾然，足以警世。若詠錢云：「有堪使鬼原非繆，無任呼兄亦不來。」詠門神云：「檢爾功名惟故紙，傍誰門户有常情。」詠簾云：「外面令人倍惆悵，裏邊容眼自分明。」詠混堂云：「未能潔己嗟先亂，亦復隨波惜衆同。」題既纖俗，詩亦淺陋，非名家所宜有。啓南《落花》詩三十首，警句無出予所引一聯之上者。凡一題作詩十首、百首，皆俗格，啓南乃未解此。

淵明詩云：「縱浪大化中，不喜亦不懼。」又云：「古人惜分陰，念此使人懼。」進道觀化，兩義並行而不相悖，此真知六籍之藴者。若徒解作「笑傲東軒下，聊復得此生」，只一石隱之流耳。

李西涯謂古詩不可涉律調，是也。然謂靈運「池塘生春草」、「紅藥當階翻」，已移於流俗，則不可解。「池塘」句天然流出，與「明月照積雪」、「天高秋月明」，同一妙境，皆靈運所僅。以此爲俗，將以「薄霄愧雲浮，栖川怍淵沈」、「持操豈獨古，無悶徵在今」等拙句爲古耶？「紅藥」句乃玄暉作，謂靈運亦誤。玄暉如「紅藥」句甚多，頗含清韵，不可以爲俗也。如老杜「不通性字粗豪甚，指點銀瓶索酒嘗」、「銜泥點涴琴書内，更接飛蟲打著人」，雖大家亦有此俗句。而西涯轉謂與右丞「返景入深林，復照青苔上」、太白「桃花流水杳然去，别有天地非人間」，同一淡遠之妙。評語幽深，令人昏然如夢。

宋人作七律，多以瘦硬斬絶學杜，豈知杜者！如「落花游絲白日静，鳴鳩乳燕青春深」、「楚江巫峽半雲雨，清簟疎簾看弈棋」、「更爲後會知何處，忽漫相逢是别筵」、「魚吹細浪摇歌扇，燕蹵飛花落舞筵」、「短短桃花臨水岸，輕輕柳絮點人衣」、「穿花蛺蝶深深見，點水蜻蜓款款飛」，何其風流自賞，摇曳生姿，豈專以枯筆畫松者？

杜詩「風簾自上鈎」、「風江颯颯亂帆秋」，此非倒字，乃筆力高簡故也。西涯云：「詩用倒字倒句，乃覺勁健。」因效之曰：「風江捲地山蹴空，誰復壯遊如兩翁。」論者曰：「非但得倒字，且得倒句。」此真詩人魔氣。詩貴勁健，乃筆力使然，若以字句顛倒求之，必有首尾衡決者矣。

詩不盡於句法，初學好如此求詩，因即拈此示之。偶與兒輩談及元僧圓至詩云：「『春路晴猶滑，山亭晚更凉。』欲求句法，先準諸此，便無直率雜湊病。」兒輩常憶此語。予笑曰：「此清矣，未厚也。如岑嘉州『舟移城入樹』，錢仲文『烟火隔雲深』，一句凡幾轉折，此乃句法之正傳耳。然此厚矣，未化也。子建『明月照高樓』，陶公『依依墟里烟』，斯入於化，以此求《三百篇》風旨不遠矣。雖然，化境非初學所知，正傳猶非初學所能，仍於清者效之，庶幾不致躐等，不誤歧途，而可以馴致也。」

李西涯《漸臺水》樂府末句：「君不還，妾當死。臺高高，水瀰瀰。」張亨父欲易爲「君當還」，乃見楚王出遊，不忍絶望意。西涯自謂用「不」字，乃見「高高」、「瀰瀰」，無可奈何，有餘不盡意。質之謝方石，亦不能決。予謂字法固當著功，要之先争命意。意之上者，無問字法；意之下者，雖鍊字施百分力，終無入處。惟意之次者，須字法轉斡，使遒健耳。此詩末四句意本平平，無論「不」字、「當」字，味皆不足，則舍旃可矣，何必用精神於不必用者也。西涯嘗自述其題扇詩云：「揚風帆，出江樹。家遥遥，在何處？」意到矣，機自流，神自遠，何曾校算字法而後出群哉？其《觀棋》三言曰：「勝與負，相爲端。我因君，得大觀。」此等率筆，雖百般改字又何益？若謝方石者，《送人兄弟》云：「坐來風雨不知夜，夢入池塘都是春。」此直剥宋人雪詩「看來天地不知夜，飛入園林總是春」全句，而味亦不足者也。西涯詩中鉅公，何亦傳賞不置？

詩與樂相爲表裏，是一是二。李西涯以詩爲六藝之樂，是專於詩韵求詩，而使詩與樂混者也。夫詩爲樂心，而詩實非樂，若於作詩時便求樂聲，則以末汩本，而心不一，必至字字句句，平側清濁，亦相依仿，而詩化爲詞矣。豈同時人服西涯詩獨具宫聲，西涯遂即以詩爲樂乎？

西涯謂「五七言古詩仄韵者，上句末字類用平聲。惟杜子美多用仄，其音調起伏頓挫，獨爲趫健，回視純用平字者，便覺萎靡無生氣。」此即趙秋谷《聲調譜》耳。詩原不可廢此，而豈詩之本耶？然西涯詩如「童子無語對人閒」，實古詩之不合調者。「芳草晴烟已滿城」，一句中三用上聲字，又於聲調合耶？唐人張喬詩「起讀前秋轉海書」，亦一句三上聲，皆不合調。

「開闢以來原有此，蓬萊之外更無山」、「天地此生惟故友，江湖何處不漁翁」、「百年事業丹心苦，萬世綱常赤手扶」，此皆廓而無當，以皮殼爲詩者。以西涯精詣，而亦賞之，異矣！然學詩之失，戒廓則每入於纖，纖亦不可不防也。如《紅梅》詩云：「錯認桃林誤放牛。」纖極矣！西涯又賞之。且桃林，地名，非桃花林也。桃林之放牛，乃周王武功告成時事，與牧人何干？由纖得誤，直不堪一笑者，而猶以爲名句耶？

錢思復《西湖竹枝》云：「阿姊住近段家橋，山妬蛾眉柳妬腰。黄龍洞前黑雲起，早回家去怕風潮。」瞿宗吉和云：「昨夜相逢第一橋，自將羅帶繫郎腰。願郎得似長江水，日日如期兩度潮。」二詩予以爲有唐人《竹枝》法。解此方不是七絶，方不是謡諺，方不是市井語。今人所傳《竹枝》，門外漢耳。

李義山「虹收青嶂雨，鳥没夕陽天」、「池光不受月，野氣欲沈山」，真類老杜。「江海三年别，乾坤百戰場」，范晞文以此爲杜，不知乃得杜之皮也。「黄葉仍風雨，青樓自管絃」，亦有杜意，然從「古牆猶竹色，虚閣自松聲」、「江山有巴蜀，棟宇自齊梁」脱换而出，識者謂終是食而不化。若「求之流輩豈易得，行矣關山方獨吟」，學杜而得其粗率者，又開宋人一派矣。

隨州古近體清妙，可與王、孟埒。若「楚國蒼山古，幽州白日寒」、「卷簾高樓上，萬里看日落」，直摩少陵之壘，又不止清妙而已。蓋隨州開元間進士，論詩必分時代，當繫盛唐，以文房爲中唐者，誤也。沈歸愚謂在大曆十子中，尤誤。

南唐張泌《春晚謡》云：「雨微微，烟霏霏，小庭半拆紅薔薇。鈿箏斜倚畫屏曲，零落幾行金雁飛。蕭關夢斷無尋處，萬叠春波起南浦。凌亂楊花撲繡簾，憑窗時有流鶯語。」《春江雨》云：「雨溟溟，風泠泠，老松瘦竹臨烟汀。空江泠落野雪重，江邨鬼火微如星。夜驚溪上漁人起，滴瀝篷聲滿愁耳。子規叫斷獨未眠，罨岸春濤打船尾。」二詩字字精潤可愛，然大可闌入《花間》、《草堂》詞選中矣。固不解李、杜大境界，即義山、牧之輩豪爽之氣，亦無之也。泌有《寄人》一絶云：「别夢依依到謝家，小廊回合曲欄斜。多情只有春庭月，猶爲離人照落花。」比之司空表聖「故國春歸未有涯，小欄高檻别人家。五更惆悵回孤枕，猶是殘燈照落花。」風流略似。其第二首「倚柱尋思倍惆悵，一場春夢不分明」，則又鄙陋不成語矣。《洞庭阻風》云「青草浪高三月渡，緑楊花撲一溪烟」，豈似詠洞庭者？氣局之瑣可知。若「烟垂柳帶纖腰軟，露滴花房怨臉明」，即在詞中，其品亦居下下。

曹唐「水底有天春漠漠，人間無路月茫茫」，羅隱「雲中雞犬劉安過，月下笙歌煬帝歸」，固屬鬼詩，然未若黄滔之「冢上題詩蘇小見，江頭酹酒伍員來」爲尤足笑也。蓋晚唐醜態，無所不備。

魏、晉、六朝人詩，率多前後沿襲，雖爲唐人所祖，然風氣至唐而又一轉，視前此之陳陳相因者有别矣。如蘇子卿詩「俯觀江漢流，仰視浮雲翔」，魏文帝則云「俯視清水波，仰看明月光」。《古詩》「浮雲蔽白日，游子不顧返」，謝康樂則云「圓景早已滿，佳人猶未還」，謝元暉則云「春草秋更緑，公子未西歸」，江文通則云「日暮碧雲合，佳人殊未來」。子建詩「始出嚴霜結，今來白露晞」，王正長則云「昔往倉庚鳴，今來蟋蟀吟」，顔延年則云「昔辭秋未素，今來歲載華」。子建詩：「朝遊江北岸，日夕宿湘沚」，潘安仁則云「朝發晉京陽，夕次金谷湄」，劉越石則云「朝發廣莫門，暮宿舟水山」。一唱百和，甫見於此，旋見于彼，望之無色，咀之寡味。此如《七發》之後有《七啓》、《七命》，《答客難》之後有《解嘲》、《釋誨》等作，轉相倣效，了無心聲，生氣盡矣。六朝風氣類然，非有唐大手「下筆如有神」「巨刃摩天揚」者，何以起歷代之衰，爲《風》、《騷》之繼也？嘗謂人於詩文當自我作古，偷古固非，擬古亦屬多事。如「自君之出矣」，乃徐偉長《雜詩》末四句，後人亦拈出相效，豈有得意之筆？仍是原詩「思君如流水，無有窮已時」，爲天然流出，耐人百讀耳。杜子美作樂府，並不用漢、魏舊題，元相所謂「不著心源傍古人」者，後人之所宜法也。

「纔入維揚郡」五律，或云祖詠作，或云鮑溶作。「縣宜清且儉」五律，或云儲光羲作，或云鄭谷作。「朝宴華堂暮未休」七律，或云李群玉作，或云許渾作。「露濃烟重水萋萋」七律，或云王建作，或云温庭筠作。「寂寞古行宮」五絶，或云顧況作，或云元稹作。「君恩已盡欲何歸」七絶，或云趙嘏作，或云孟遲作。皆兩集并刻而有一誤，非相襲也。此如秦少游「攜杖來追柳外涼，畫橋南畔倚胡牀。月明船笛參差起，風定池蓮自在香」，本是七絶，放翁七律直以此爲前四句，殆秦集誤入耳。若羅隱《隴頭水》詩：「借問隴頭水，年年恨何事？深疑嗚咽聲，中有征人淚。」于濆則云：「借問隴頭水，終年恨何事？深疑嗚咽聲，中有征人淚。」或以二詩爲相襲，亦非是。人即不善作詩，未必有全首或數句相襲者。于濆《巫山高》極佳，固錚錚者，而肯八句詩襲隱四句乎？至於「水田飛白鷺，夏木轉黄鸝」，王維、李嘉祐皆有之，一則五言，一則增二字爲七言。「祇今惟有西江月，曾照吴王宫裏人」，李白、衛萬皆有之，一則七絶，一則七古。然則唐詩時有一二句相襲者，要之刻苦摹擬之習，較之六朝則漸少矣，此唐人高出前代處也。

范晞文論七律，謂「李、杜之後，當學者許渾而已」，吾甚不喜其説。如「雲開星月浮山殿，雨過風雷繞石壇」、「山殿日斜喧鳥雀，石潭波動戲魚龍」、「風傳鼓角霜侵戟，雲捲笙歌月上樓」，不過峥嶸其貌而已。若「一聲山鳥曙雲外，萬點水螢秋草中」、「高樹有風聞夜磬，遠山無月見秋燈」、「兩岸晚烟千里草，半帆斜日一江風」，不免有圓熟太過之病。況如「聚散有期雲北去，浮沈無計水東流」、「昔年顧我長青眼，今日逢君盡白頭」、「琴曲少聲重勘譜，藥丸多忘更尋方」，尤淺易不耐咀含。放翁云：「文章光燄伏不起，甚者自謂宗晚唐。」然翁閒居遣興七律，時或似此，雖圓密穩順，一時可喜，而盛唐之氣魄，中唐之情韵，杳然盡矣。必求渾之名語，惟「山鳥一聲人未起，半牀春月在天涯」、「湘潭雲盡暮山出，巴蜀雪消春水來」、「潮生水國蒹葭響，雨過山城橘柚疏」，稍能振作，自成一隊。而全篇又不盡老成，未能如五絕之「夜戰桑乾北」、七絕之「勞歌一曲解行舟」、五律之「紅葉晚蕭蕭」，全局俱動，爲晚唐之翹秀也。大抵渾之絕句、五律，綽有家法，若必推重其七律，則久將以熟套爲詩，而無獨得之妙。晞文轉謂渾之絕句是其所短，怪矣。

杜荀鶴詩品庸下，諂事朱温，人品更屬可鄙。其《溪居叟》云：「溪翁居處静，溪鳥入門飛。早起釣魚去，夜深乘月歸。」極有老氣，然此詩前四句，亦云僧景雲作，殆未必出其手。觀其「有園多種橘，無水不生蓮」、「山川多少地，郡邑幾何人」、「九州有路休爲客，百歲無愁便是仙」、「此時晴景愁於雨，是處鶯聲苦似蟬」、「争知百歲不百歲，未合白頭今白頭」、「舉世盡從愁裏老，誰人肯向死前閒」、「回頭不忍看羸童，一路行人我最窮」等，辭氣粗鄙，亦云至矣。除「暮天新雁起汀洲」一絕外，惟「字人無異術，至論不如清」、「高下麥苗新雨後，淺深山色晚晴時」數句，「月華星彩坐來收，嶽色江聲暗結愁。半夜燈前十年事，一時和雨到心頭」、「山雨溪風卷釣絲，瓦瓶篷底獨斟時。醉來睡著無人喚，流下前灘也不知」二絕耳。乃自編其集，號以《唐風》，又作《苦吟》詩云：「一句我自得，四方人已知。生應無輟日，死是不吟時。」不亦夸而拙乎！

司空表聖奇鄭都官幼慧，許爲一代風騷主。然觀其《早入諫院》詩云：「紫雲重疊抱春城，廊下人稀静漏聲。偷得微吟閒倚柱，滿衣花露聽宫鶯。」詩雖旖旎，豈諫院中言語？《風》、《騷》意旨，未易窺尋也。「揚子江頭」一絶，今古流誦，然「花月樓臺近九衢，清歌一曲倒金壺。坐中亦有江南客，莫向春風唱鷓鴣」，何不以此鷓鴣得名？較之「雨昏青草湖邊過，花落黄陵廟裏啼」，不尤有風調耶？「遊子乍聞征袖濕，佳人纔唱翠眉低」，亦屬卑卑語，與「雪下文君酤酒市，雲藏李白讀書山」、「烟開水國花期近，雪滿長安酒價高」，皆便於流俗之耳目，無當於詩家之雅音。其《詠懷》云：「苦吟殊未補《風》《騷》」，自知者能自屈也。

方干愛押「來」字韵，如《别墅》云「一池寒月逐潮來」，《贈葉尊師》云「有夜自擕星月來」，《千峰榭》云：「斜行沙鳥向池來」，《南亭》云「谿聲常送落花來」，惟《别墅》、《南亭》二「來」字工。然古今「來」字佳句極多，未易悉數，擇其上者言之，如太白之「濤白雪山來」、「單于秋色來」、「黄河之水天上來」，少陵之「春帆細雨來」、「黄知橘柚來」、「不盡長江滚滚來」，是何曲折氣象，可見詩不在下字押韵。

昔人恨曾子固不能詩，然其五、七言古，甚排宕有氣。近體佳句如「流水寒更澹，虚窗深自明」、「宿幌白雲影，入窗流水聲」、「一徑入松下，兩峰横馬前」、「壺觴對京口，笑語落揚州」、「時見崖下雨，多從衣上雲」，頗得陶、謝家法。七言如「濼水飛綃來野岸，鵲山浮黛入晴天」、「一尊風月身無事，千里耕桑歲有秋」、「微破宿雲猶度雁，欲深烟柳已藏鴉」、「一川風露荷花曉，六月蓬瀛燕坐涼」、「娟娟野菊經秋澹，漠漠江潮帶雨渾」、「入陂野水冬來淺，對樹諸峰雪後寒」。又七言絶句如「亂條猶未變初黄，倚得東風勢更狂。解把飛花蒙日月，不知天地有清霜」、「紅紗籠燭照斜橋，複觀飛翬入斗杓。人在畫船猶未睡，滿堤涼月一溪潮」、「雲帆十幅順風行，臥聽隨船白浪聲。好在西湖波上月，酒醒還對紙窗明」，皆清深婉約，得詩人之風旨，謂其不能詩者妄矣。唐李文公翱，人亦謂其能文不能詩，其全集詩止七首，無一上乘語，惟《贈藥師僧》云「我來問道無餘説，雲在青霄水在瓶」，稍有清脱之氣。若《拜禹歌》則奇詭不可解。詩、文二途，殆不可以相兼歟？皇甫持正古詩則略勁整，較勝習之矣。

晚唐於詩非勝境，不可一味鑽仰，亦不得一概抹摋。予嘗就其五、七律名句，摘取數十聯，剖爲三等，俾家塾後生知所擇焉。如「高閣客竟去，小園花亂飛」、「古戍落黄葉，浩然離故關」、「孤雲與飛鳥，千里片時間」、「猿啼洞庭樹，人在木蘭舟」、「島間知有國，波外恐無天」、「前邨深雪裏，昨夜一枝開」、「西風滿天雪，何處報人恩」，五言之上也。如「雞聲茆店月，人迹板橋霜」、「亂山殘雪夜，孤燭異鄉人」、「秋風滿關樹，殘月隔河雞」、「高窗雲外樹，疏磬雨中山」、「曙分林影外，春盡雨聲中」、「亂離何處甚，安穩到家無」、「長疑即見面，翻致久無書」，五言之次也。如「柳占三春色，鶯偷百鳥聲」、「葉寒凋欲盡，泉冷落微遲」、「緑奔穿内水，紅落過牆花」、「樹摇幽鳥夢，螢入定僧衣」、「廢巢侵燒色，荒塚入鉏聲」、「遠鐘驚漏壓，微月被燈欺」、「酒無通夜力，事滿五更心」，五言之又次也。上者風力鬱盤，次者情思曲摯，又次者則筋骨盡露矣。以此法更衡七律，如「江涵秋影雁初飛，與客攜壺上翠微」、「玉帳牙旗得上游，安危須共主君憂」、「永憶江湖歸白髮，欲迴天地入扁舟」、「半夜秋風江色動，滿山寒葉雨聲來」，七言之上也。如「一院落花無客醉，五更殘月有鶯啼」、「黄菊倚風郫酒熟，緑蒲低雨釣船歸」、「城臨戰壘黄雲晚，馬渡寒沙夕照微」、「孤嶼池痕春漲滿，小欄花韵午晴初」，七言之次也。如「玉璽不緣歸日角，錦帆應是到天涯」、「回日樓臺非甲帳，去時冠劍是丁年」、「薜荔惹烟籠蟋蟀，芰荷翻雨潑鴛鴦」、「牆頭細雨垂纖草，水面回風聚落花」，七言之又次也。若「羞多轉面語，妬極定睛看」、「怨魂迷恐斷，嬌喘細疑沈」、「鴛鴦占水能嗔客，鸚鵡嫌籠解駡人」、「香燭有光妨宿燕，畫屏無睡待牽牛」，皆晚唐之最下最傳者。愛其輕靡，從此問途則詩爲惡道。必須將義山之《無題》、曹唐之大小《遊仙》、温李之《錦檻》、《洞户》等五排，一概汰除，方有清浄基址。而才人必好言此，以爲風華韵事，蓋並晚唐之次乘兩等，而亦無心審其分量，遑問其上焉者乎！

養一齋詩話卷五

山陽潘德輿彦輔

許棠有《洞庭》詩，號爲「許洞庭」，然「四顧疑無地，中流忽有山」，語意平弱。「鳥飛應畏墮」，尤涉痕跡。惟「帆遠却如閒」五字佳，然亦不必是洞庭詩。少陵、襄陽後，何爲動此筆耶！棠又有《洞庭湖》七律「空江浩蕩景蕭然，盡日菰蒲泊釣船」云云，然别本又作張泌詩，要之皆不稱題，惟「閒賞步易遠，野吟聲自高」十字可誦耳。嘗云：「自得一第，筋骨輕健，愈于少年。」咸通十哲，議論可笑如此。

司空表聖《詩品》，首列「雄渾」一門，然其五言如「草嫩侵沙長，冰輕着雨消」、「坡暖冬生笋，松涼夏健人」、「夜短猿愁減，風和鵲喜靈」、「馬色經寒慘，雕聲帶晚飢」、「棊聲花院閉，旛影石壇高」、「地涼清鶴夢，林静肅僧儀」、「暖景雞聲美，微風蝶影繁」，七言如「得劍乍如添健僕，亡書久似憶良朋」、「孤嶼池痕春漲滿，小欄花韵午晴初」、「五更惆悵回孤枕，猶是殘燈照落花」，佳句纍纍，終無可當「雄渾」之目者。若其《漫題》、《偶題》、《雜題》諸小詩，亦多幽致。如「破巢看乳燕，留果待啼猿」、「鳥窺臨檻鏡，馬過隔牆鞭」、「曬書因閲畫，封藥偶和丹」、「鷗和湖雁下，雪隔嶺梅飄」、「溪漲漁家近，烟收鳥道高」、「陂痕侵牧馬，雲影帶耕人」、「緑樹連邨暗，黄花入麥稀」，頗令人應接不暇，要於「雄渾」兩字，概乎未有聞也。表聖以後善論詩者，首數滄浪嚴氏，平時以李、杜之金鳷擘海，香象渡河爲法。而李西涯謂「滄浪所論，超離塵俗，反覆譬説，未嘗有失。顧其所作，徒得唐人體面，少超拔警策處。凡識得十分，只做得八九分，其一二分，乃拘于才力，其滄浪之謂乎。」愚謂表聖善論詩，而自作不逮，亦猶是也。而自題其集云：「撑霆裂月，劼作者之肺肝，亦吾言之無作。」蹈恕己則昏之弊，不類善論詩者所云矣。雖然，表聖勁節清標，映蔚史乘，詩即未造穩境，後人猶諒之，況有進於此者哉！詳本而略末，凡持論者所當知也。

王陽明詩「江流天地變秋聲」，宋荔裳詩「江流日夜變秋聲」，此襲而善者也。襲而善者，意轉而境深，否則意浮而調舊。毫釐之分，天地懸隔，作詩者仍以不相襲爲審慎耳。漢人樂府「白露變爲霜」，杜詩「馬鳴風蕭蕭」，只添《風》、《雅》一字，而別成氣格。此唯漢人、杜公可也，他人免效此捧心矣。

張子野《湖州西溪》詩「浮萍斷處見山影，野艇歸時聞草聲」，上句佳，却似詞；下句不佳，尚是詩。箇中消息當參。

袁簡齋謂「唐、宋者，歷代之國號，與詩無與。詩者，各人之性情，與唐、宋無與。」雋語解頤，一空蔀障。簡齋詩可議，此論不可廢也。明人詩大致學唐，惟吴文定作詩作字，皆學蘇公，李文正主張唐人者，亦稱其詩之醲郁深厚。唐、宋原不分畛域也，第專學蘇公，亦恐做病耳。

前謂劍南閒居遣興七律，時仿許丁卯之流，非冤之也。如「數點殘燈沽酒市，一聲柔艣採菱舟」、「高柳簇橋初轉馬，數家臨水自成邨」、「似蓋微雲纔障日，如絲細雨不成泥」、「夜雨長深三尺水，曉寒留得一分花」、「童兒銜雨收漁網，婢子聞鐘上佛香」、「繞庭數竹饒新筍，解帶量松長舊圍」、「釣收鷺下虚舟立，橋斷僧尋別徑歸」、「瓶花力盡無風墮，爐火灰深到曉温」、「緑葉忽低知鳥立，青蘋徐動覺魚行」，如此更僕難盡，無句不工，無工句而非許丁卯之流也。陳訏曰：「放翁一生精力，盡於七律，故最多最佳。古詩稍有鬆處。」夫謂陸之律勝於古，已屬一誤。又謂七律乃一生精力全注，尤不識其用力處也。且放翁七律，佳者誠多，然亦佳句耳，若通體渾成，不愧南渡稱首者，嘗精求之矣。如「地連秦雍川原壯，水下荆揚日夜流」、「早歲君王記姓名，至今顛頽客邊城」、「時平壯士無功老，鄉遠征人有夢歸」、「少日壯心輕玉塞，暮年幽夢墮滄洲」、「諸公勉畫平戎策，投老深思看太平」、「一點烽傳散關信，兩行雁帶杜陵秋」、「三峽猿催清淚落，兩京梅傍戰塵開」、「只要閭閻寬箠楚，不須亭長肅弓刀」、「今皇神武是周宣，誰賦南征北伐篇」、「老子猶堪絶大漠，諸君何至泣新亭」、「十月風霜欺客枕，五更鼓角滿江天」、「夷甫諸人骨作塵，至今黄屋尚東巡」、「細雨春蕪上林苑，頽垣夜月上陽宫」、「遠戍十年論的博，壯圖萬里戰皋蘭」、「綠沈金鎖俱塵委，雪灑寒燈淚數行」、「滎河温洛帝王州，七十年來禾黍秋」，此十數章七律，著句既遒，全體亦警拔相稱。蓋忠憤所結，志至氣從，非復尋常意興。較之全集七律，數十之一耳。然論放翁七律者，必以此爲根本，而以「數點殘燈沽酒市」等詩附之，乃知詩之大主腦，翁之真力量，否則贊翁而翁不願也。翁詩云「苦心自古乏真賞」，其信然矣。

放翁詩學，所以絶勝者，固由忠義盤鬱于心，亦緣其於文章高下之故，能有具眼，非後進軨才所能知也。《白鶴館夜坐》云：「袖手哦新詩，清寒愧雄渾。屈宋死千載，誰能起九原。中間李與杜，獨招湘水魂。自此競摹寫，幾人望其藩。蘭苕看翡翠，烟雨啼青猿。豈知雲海中，九萬擊鵬鵾。」《書歎》云：「文章有廢興，蓋與治亂符。慶曆嘉祐間，和氣扇大鑪。諸公實主盟，渾灝配典謨。吾猶及故老，清夜陪坐隅。論文有脉絡，千古著不誣。久幽士固有，速售理則無。」《感懷》云：「世儒鑿户牖，道術將瓜分。孤陋守一説，百氏殆可焚。後來豈無人，鼻堊誰揮斤。巍巍貞觀治，房魏出河汾。」《文章》云：「文章本天成，妙手偶得之。粹然無疵瑕，豈復需人爲。君看古彝器，巧拙兩無施。漢最近先秦，固已殊淳漓。后夔不復作，千載誰與期。」此等議論，乃千古大匠嫡傳，拙工淫巧，兩無是處。能之者，一代不過數人，即知之者，亦未可多得。朱子論放翁詩曰：「近代惟見此人有詩人風致。」劉後邨曰：「放翁學力似杜甫。」蓋放翁固知之而幾幾乎能之者。

放翁詩擇而玩之，能使人養氣骨，長識見。如《題十八學士圖》云：「但餘一事恨千載，高陽繆公來竄名。」《長門怨》云：「早知獲譴速，悔不承恩遲。」《古意》云：「士生固欲達，又懼徒富貴。素願有未伸，五鼎澹無味。」《灌口廟》云：「姓名未死終磊磊，要與此江東注海。」《古離别》云：「死即萬鬼鄰，生當致虞唐。丹雞不須盟，我非兒女腸。」《艾如張》云：「稻粱滿野棄不啄，雖有奇禍無階梯。」《書志》云：「肝心獨不化，凝結變金鐵。鑄爲上方劍，釁以佞臣血。」《古意》云：「夜泊武昌城，江流千丈清。寧爲雁奴死，不作鶴媒生。」堆阜峥嶸，壁立千仞，所謂「字向紙上皆軒昂」也，彼豈以消遣景物爲事者哉？

放翁作梅詩，多用全力。如「山礬水仙晚角出，大是春秋吴楚僭。餘花豈無好顔色，病在一俗無由砭。朱欄玉砌渠有命，斷橋流水君何欠」。又如「冰崖雪谷木未芽，造物破荒開此花。神全形枯近有道，意莊色正知無衺。高堅政要飽憂患，放棄何遽愁荒遐」。又如「精神最遇雪月見，氣力若戰冰霜開。羈臣放士耿獨立，淑姬静女知誰媒。摧傷雖多意愈厲，直與天地争春回」。筆力横絶，實能爲此花寫出性情氣魄者，但不無著力太過。至於「平生不喜凡桃李，看了梅花睡過春」、「梅花自避新桃李，不爲高樓一笛風」，語涉譏刺，亦非本色。若「坐收國士無雙價，獨立東皇太一前」、「相逢只怪影亦好，歸去始知身染香」，又嫌好使事也。嘗謂放翁詠梅七律至數十首，惟「孤城小驛初飛雪，斷角殘鐘半掩門」一聯，稍得神耳。

梅詩最難工，即以千古名句論之，如鮑明遠「霜中能作花」，樸質寡深情。庾子山「定有詠花人」，流動闕精理，「枝高出手寒」，高簡不細入。陰鏗「從風還共落，照日不俱消」，緊切乏餘藴。陳君倩「草短猶通屧，梅香漸著人」，旖旎少真致。老杜「幸不折來傷歲暮，若爲看去亂卿愁」，别致異中鋒；「巡檐索共梅花笑，冷蘂疏枝半不禁」，閒情未獨造。崔道融「香中别有韵，清極不知寒」，刻摯無渾涵。王荆公「遥知不是雪，爲有暗香來」，親切有稚氣。坡公「數枝殘緑風吹盡，一點芳心雀啅開」，精妙近瑣屑；「海南仙雲嬌墮砌，月下縞衣來扣門」，綺思妨正骨。張文潛「清香侵硯水，寒影伴疏燈」，婉約亦側面。謝叠山「天地寂寥山雨歇，幾生修得到梅花」，悲鬱非即景。即逋仙以梅詩擅名，而「池水倒窺疏影動，屋簷斜入一枝低」，亦雅淡嫌寬泛；「疏影横斜水清淺，暗香浮動月黄昏」，猶韶秀乏遠神也。必求名句，惟老杜「山意衝寒欲放梅」、坡公「竹外一枝斜更好」、釋齊己「前邨深雪裏，昨夜一枝開」、逋仙「雪後園林纔半樹，水邊籬落忽横枝」，及放翁「孤城小驛」一聯耳。晚宋張澤民有「纔放一花天地香」句，似奪胎於晦翁「數點梅花天地心」句，而脱去道學門面，語便可誦，然韵味終未深也。梅詩難工如此，而方虚谷所選多至二百首，佳句不能三五聯，冗濫無識，一何可笑。

宋人蕭士德，梅詩有「江妃危立凍蛟背，海月冷挂珊瑚枝」，看似崛强，實與「雪滿山中高士卧，月明林下美人來」，一太熟，一太生，同是詩家左道。凡學詩者入手即闢此二種，方有根基可望，勿認蕭君二語勝于季迪也。

宋人梅花詩，如戴復古「水邊山際頻凝顧，怕有寒梅昨夜花」、杜小山「尋常一樣窗前月，纔有梅花便不同」、張良臣「梅花到得吹成雪，盡是清愁不似香」、史文卿「夜半和風到窗紙，不知是雪是梅花」、嚴月澗「昨夜瓦瓶冰凍破，梅花無水自精神」、徐元杰母「不知簾外溶溶月，上到梅花第幾枝」，皆舌尖上言語，非詩藴也。惟黄穀城「一夜霜清不成夢，起來春意滿人間」，略可與逋仙亞耳。

韓子蒼「倦鵲繞枝翻凍影，飛鴻摩月墮孤音」、俞秀老「有時俗事不稱意，無限好山都上心」，純是筋骨，然皆語盡意中，唐人不肯爲者。或曰：唐、宋真有分乎？曰否。胡少汲「同是行人更分手，不堪風樹作離聲」，此即唐人語矣，胡猶宋之不甚著名者也。

賀方回《定林寺》詩：「破冰泉脈漱籬根，壞衲遥疑挂樹猿。蠟屐舊痕尋不見，東風先爲我開門。」荆公見之，大加稱賞。僧顯忠《閒居》詩云：「竹裹編茆倚石根，竹莖疏處見前邨。閒眠盡日無人到，自有春風爲埽門。」荆公亦常誦不去口。二詩風味甚似，然方回雖名手，猶未逮僧詩之清絶也。

杜紫薇謂李長吉詩「少加以理，奴僕命《騷》可也」。夫「奴僕命《騷》」者，惟《三百篇》耳，長吉爲《騷》之奴僕而不足者也。長吉古詩，吾惟取其「星盡四方高，萬物知天曙」、「買絲繡作平原君，有酒惟澆趙州土」、「二十八宿羅心胸，元精耿耿貫當中」、「雄雞一聲天下白」、「涼風雁啼天在水」諸句，及「長卿寥落悲空舍，曼倩詼諧取自容。見買若耶溪上劍，明朝歸去事猿公」一絶耳。餘非鬼語，則詞曲語，皆不得以詩目之。嚴滄浪云：「玉川之怪，長吉之詭，天地間自欠此體不得。」立論已屬支離。劉後邨並謂「古樂府惟李賀最工」，直反易東西，倒亂黑白之言也。後邨頗學長吉，如《趙昭儀春沐行》：「小蓮夾擁真天人，紅梅犯雪敧一朵。」《東阿王紀夢行》：「軟香蕙雨裙衩濕，紫雲三尺生紅韡。」此類成何言語？詩之妖而已矣。

李長吉「天若有情天亦老」，秦少游以之入詞，緣此句本似詞也。至於「黑雲壓城城欲摧」、「酒酣喝月使倒行」、「石破天驚逗秋雨」、「酒中倒卧南山緑」、「卷起黄河向身瀉」，凡有意作奇語者，皆易爲之，何也？無理之奇，本不奇也。變險而媚，則又如「一雙瞳人翦秋水」、「小槽滴酒真珠紅」、「玉釵落處無聲膩」、「高樓唱月敲懸璫」、「春營騎將如紅玉」等句，此尤詞場騁妍之慣技，即之可喜，久之生厭者。然釣名之士，欲人一見驚喜，刻意造句，必險必媚，而後易於動目。嘔出心肝者，竟爲後世聲氣用矣，悲夫！

長吉「漆炬迎新人，幽壙螢擾擾」、「石馬卧新烟，陵樹風自起」、「旋風吹馬馬踏雲」、「紙錢窸窣鳴旋風」、「秋墳鬼唱鮑家詩」、「嗷嗷鬼母秋郊哭」、「彭祖巫咸幾回死」、「酒不到劉伶墳上土」、「柏陵飛燕埋香骨」等句，固鬼詩矣。即如「瘦馬秣敗草」、「冷花寒露姿」、「霜重鼓聲寒不起」、「老兔寒蟾泣天色」、「空山凝雲頹不流」、「九節菖蒲石上死」、「劫灰飛盡古今平」、「東關酸風射眸子」、「鯉魚風起芙蓉老」、「家人折斷門前柳」、「況是青春日將暮」、「秋風吹地百草乾」、「從君翠髮蘆花色」、「妾顏不久如花紅」，隨意拈出一語，皆夭亡徵也。人非與壽爲讎，何苦傚之哉！至如「畫欄桂樹懸秋香，三十六宮土花碧」、「漏催水咽玉蟾蜍，衛娘髮薄不勝梳」、「蘭風桂露洒幽翠，紅絃裊雲咽深思」、「寒入罘罳殿影昏，彩鸞簾額著霜痕」、「畫絃素管聲淺繁，花裙綷縩步秋塵」、「麒麟背上石文裂，虬龍鱗下紅肢折」，皆以極艷之辭寫極慘之色，宛如小説中古殿荒園，紅妝女魅，冷氣逼人，挑燈視之，毛髮欲豎，吾不解世人何以愛好之也？

鮑溶詩云：「門前青山路，眼見歸不得。」姚合詩則云：「門外青山路，因循自不歸。」憤婉各盡其妙。合詩體氣清整，人以爲宋末四靈之開山，恐不盡然。

元微之目張承吉爲「雕蟲小巧，獎藉之恐變風教」，此雖讒譖之詞，不足爲據，然如承吉所製《邠王小管》、《李謩笛》、《玉環琵琶》、《邠娘羯鼓》、《耍娘歌》、《悖拏兒舞》、《容兒鉢頭》、《寧哥來》、《阿鴇湯》、《集靈臺》諸絶句，專覓宫闈瑣事，被之諷詠，揚其闕失，得不有妨名教？至於《病宫人》、《愛妾换馬》諸律，以及「玉釵斜白燕，羅帶弄青蟲」、「鐙金斜雁子，鞍帕嫩鵝兒」、「紅粉美人擎酒勸，錦衣年少臂鷹隨」、「鴛鴦鈿帶抛何處，孔雀羅衫付阿誰」諸律句，豈非纖俗害正之尤耶！吾獨惜以承吉之才，能爲「晴空一鳥渡，萬里秋江碧」、「河流出郭静，山色對樓寒」、「海明先見日，江白迥聞風」、「地盤山入海，河繞國連天」、「仰砌池光動，登樓海氣來」、「風帆彭蠡疾，雲水洞庭寬」、「人行中路月生海，鶴語上方星滿天」、「潮落夜江斜月裏，兩三星火是瓜洲」諸句，可以直跨元、白之上，而竟爲微之所短，又爲樂天所遺也。凡有才者總須貴重其言，承吉不自慎惜，天耶？人耶？當自反矣。然樂天薦徐凝而抑承吉，心實不公。計敏夫乃謂樂天以實行取人，殆喜凝之樸略椎魯，而以祜之宫體艷詩爲輕薄。不知凝詩如「恃賴傾城人不及，擅妝惟約數條霞」、「一日新妝拋舊樣，六宫争畫黑烟眉」、「憶得倡門人送客，深紅衫子影門時」，何嘗非宫體，何嘗非艷詩耶？且凝詩無語不拙，自夸「一條界破青山色」，坡公目爲惡詩，而後人猶理其冤，可笑甚矣。祇《古樹》一絶云：「古樹歌斜臨古道，枝不生花腹生草。行人不見樹生時，樹見行人幾回老。」歷落有姿致。而此詩或謂僧伯皎作，編入宋詩中，亦未信其果爲凝詩否也。考凝之詩，既無以過人，其所以得白公之推重者。白刺杭州，訪求牡丹，開元寺僧植一本以待白至，凝不識白，而先有「含芳只待舍人來」句，殆捷于逢迎耶。中聯云：「海燕解憐頻睥睨，胡蜂未識更徘徊。虚生芍藥徒勞妬，羞殺玫瑰不敢開。」以拙筆而爲巧媒，猶夸於韓侍郎，云「一生所遇惟元白」，宜張承吉之滋不服耳。

宋絶句尤不似唐，然王漁洋《池北偶談》專録宋七絶之似唐者數十首，何嘗不可與唐人匹？予又從近人嚴長明用晦所選《千首宋人絶句》中，反覆揀擇，得其似唐者百數十首，承漁洋之風旨，廣漁洋所未備，世之於唐、宋分左右祖者，喙亦可以息矣。第用晦此本，較之洪容齋《唐人萬首絶句》，纂次頗核，所選詩皆有可觀，亦較勝王漁洋《唐人萬首絶句選》本，而宋人絶句之佳者，仍未盡於是也。如歐陽公《豐樂亭》云：「紅射青山日欲斜，長郊草色緑無涯。游人不管春將老，來往庭前踏落花。」蘇子美《夏意》云：「別院沈沈夏簟清，石榴開偏透簾明。樹陰滿地日卓午，夢覺流鶯時一聲。」蘇長公《澄邁驛通潮閣》云：「倦客愁聞歸路遥，眼明飛閣俯長橋。貪看白鷺横秋浦，不覺青林没晚潮。」《南堂》云：「埽地焚香閉閤眠，簟紋如水帳如烟。客來夢覺知何處，挂起西窗浪接天。」韓子蒼《代葛亞卿作》云：「君住江濱起畫樓，妾居海角送潮頭。潮中有妾相思淚，流到樓前更不流。」陳簡齋《清明》云：「卷地風抛市井聲，病扶危坐了清明。一簾晚日看收盡，楊柳微風百媚生。」范致能《横塘》云：「南浦春來緑一川，石橋朱塔兩依然。年來送客横塘路，細雨垂楊繫畫船。」陸務觀《讀晉書》云：「諸公日飲萬錢廚，人乳蒸豚玉食無。誰信秋風雒城裏，有人歸棹爲蓴鱸。」《聞雁》云：「過盡梅花把酒稀，薰籠香冷换春衣。秦關漢苑無消息，又在江南送雁歸。」《游寒岩釣磯》云：「竹裏茆茨竹外溪，粼粼白石護苔磯。想應日日來垂釣，石上簑衣不帶歸。」嚴坦叔《兵火後還鄉》云：「萬屋烟銷餘塔身，還家何處訪情親。舊時巷陌今難認，却問新移來住人。」嚴滄浪《酬友人》云：「湘江南去少人行，瘴雨蠻烟百草生。誰念梁園舊詞客，桄榔樹下獨聞鶯。」釋道潛《臨平道中》云：「風蒲獵獵弄輕柔，欲立蜻蜓不自由。五月臨平山下路，藕花無數滿汀洲。」戴復古《江郵晚眺》云：「江頭落日照平沙，潮退漁舠閣岸斜。白鳥一雙臨水立，見人飛起入蘆花。」此十數絶句，與唐人聲情氣息不隔累黍，何故遺之？且無論唐、宋，即以詩論，亦明珠美玉，千人皆見，近在眼前，而嚴氏置若無睹，故操選枋爲至難也。

宋人絶句亦有不似唐人，而萬萬不可廢者。如陸放翁《讀范致能攬轡録》云：「公卿有黨排宗澤，帷幄無人用岳飛。遺老不知應有恨，亦逢漢節解沾衣。」《追感往事》云：「諸公可歎善謀身，誤國當時豈一秦。不望夷吾出江左，新亭對泣亦無人。」朱繼芳《淮客》云：「長懷萬里北風客，獨上高樓望秋色。説與南人未必聽，神州只在闌干北。」吴則禮《絶句》云：「華館相望接使星，長淮南北已休兵。便須買酒催行樂，更覓何時是太平。」路德章《盱眙旅舍》云：「道傍草屋兩三家，見客擂麻旋點茶。漸近中原語音好，不知淮水是天涯。」鄭汝諧《題盱眙第一山》云：「忍耻包羞事北庭，奚奴得意管逢迎。燕山有石無人勒，却向都梁記姓名。」此類純以勁直激昂爲主，然忠義之色使人起敬，未嘗非詩之正聲矣。至於元吉《夜坐》云：「忽憶梅花不成語，夢中風雪在江南。」宋无《杭州》云：「内前尚有中官在，却聽西番寺裏鐘。」張琰《官柳》云：「裊裊亭亭忒無賴，又將春色誤江南。」亡國之餘，尤爲痛絶，讀之令人欲涕，是亦性情之正也。

張文潛以魯直「桃李春風一杯酒，江湖夜雨十年燈」爲奇語，魯直自以「人得交遊是風月，天開圖畫即江山」爲奇語，均未奇也。魯直「山圍燕坐圖畫出，水作夜窗風雨來」、「落木千山天廣大，澄江一道月分明」，奇語矣。魯直「水作夜窗風雨來」，履常「客有可人期不來」，均得唐人句意。

張文潛、秦少游並稱，而秦之風骨不逮張也。秦之得意句如「雨砌墮危芳，風軒納飛絮」、「菰蒲深處疑無地，忽有人家笑語聲」、「林梢一抹青如畫，知是淮流轉處山」，婉宕有姿矣。較文潛之「新月已生飛鳥外，落霞更在夕陽西」、「斜日兩竿眠犢晚，春波一頃去鳧寒」、「欲指吴淞何處是，一行征雁海山頭」、「芰荷聲裹孤舟雨，卧入江南第一州」、「川明半夜雨，卧冷五更秋」、「漱井消午醉，埽花坐晚涼」，力量似遜一籌。蓋秦七自是詞曲宗工，詩未專門也。「漱井」一聯尤爲山谷所賞，楊誠齋所謂「山谷前頭敢説詩，絶稱漱井埽花詞」是也。

瞿宗吉《歸田詩話》頗多揚扢，所作《天魔舞》樂府，聲調殊不盡合。至《義士行》「陋矣哉烏江八千軍，壯矣哉海島五百人」，尤不成詩句。《看燈詞》：「官府榜文初出了，今宵喜得晚來晴。邨裏兒童暫入城，隨群齊上大街行。」此與邨歌何別？吾惟愛「白蓮橋下暫停舟，垂柳陰陰拂水流。舞榭歌樓俱寂寞，滿天梅雨過蘇州」一絶耳。

「亭亭畫舸繫春潭，只待行人酒半酣。不管烟波與風雨，載將離恨過江南。」張文潛絶句也。漁洋《池北偶談》取宋七絶之似唐者數十首，此亦與焉。《宋人千首絶句》則以爲鄭文寶詩，繫於寇萊公前，誤矣。又改「春潭」爲「寒潭」，與下三句意尤不洽。予考文潛此題詩又有一首云：「風棹浮烟匝地回，雨將濃翠撲山來。晚涼鼓角三吹罷，夕照江天萬里開。」前詩以情致勝，此詩以氣格勝，皆唐人佳境，漁洋遺之何也？予又考文潛所詣，在北宋當屬大家，無論非少游、无咎所能，即山谷、後山，亦當放出一頭地。蓋勁于少游，婉于山谷，腴于後山，精於无咎，蘇公以爲超逸絶群，山谷以爲「筆端可以回萬牛」，誠非虚譽。其《離黄州》七古，酷摹老杜，洪容齋賞之，然尤非其至者。予最愛其《昭陵六馬》五古、《孫彦古畫風雨山水歌》七古，真得老杜神理。其《輸麥行》、《牧牛兒》兩詩，摹寫情態，質而愈文，雖使文昌、仲初爲之，寧復過此？佳句如「星低春野路，月淡夜淮風」、「江城過風雨，花木近清明」、「風江客帆疾，晴野雁行遲」、「雲露窗前日，秋明樹外天」、「淺山寒帶水，旱日白吹風」、「川平雙槳上，天闊一帆西」、「春雲藏澤國，夜雨嘯山城」、「溪田雨足禾先熟，海樹風高葉易秋」、「愁如明月長隨客，身似飛鴻不記家」，是皆中唐以上風格，不墮晚唐門徑。即其下者，如「幽花冠曉露，高柳旆和風」、「花鬚嬌帶粉，樹角老封苔」、「澗泉分代井，山葉埽供廚」、「蝶衣曬粉花枝午，蛛網牽絲屋角晴」、「幽花避日房房歛，翠樹含風葉葉涼」、「柳色漸經秋雨暗，荷香時爲好風來」、「緑野染成延晝永，亂風吹盡放春歸」，猶堪與趙倚樓争席矣。歷代以來，推崇稱述，不止一人，然以爲出山谷、少游之右者無之，蓋均爲成見所蒙、大名所壓耳。

或問六言詩法，予曰王右丞「花落家童未掃，鳥啼山客猶眠」，康伯可「啼鳥一聲郵晚，落花滿地人歸」，此六言之式也。必如此自在諧協方妙，若稍有安排，只是減字七言絶耳，不如無作也。

養一齋詩話卷六

山陽潘德輿彦輔

徐仲車先生《寄陳瑩中》詩：「湘江之竹可爲箭，吴江之水可淬劍。箭射讒夫心，劍斫讒夫面。讒夫心雖破，胸中膽猶大。讒夫面雖破，口中舌猶在。生能爲人患，死能爲鬼害。」數語雄快痛切，與《小雅·巷伯》同風，昌黎《利劍》詩劇有勁骨，猶當遜此。此正治心直養氣之效也，豈怪放之謂哉？句如「醉卧不知雲到枕，吟行惟許鶴隨身」、「隴上耕隨殘月去，日邊帆帶落霞收」、「小艇醉眠寒夜雨，短帆閒挂夕陽風」，皆淡然自胸腹中流出，不假工力雕鑿，此即安定教以勿安排者歟？其《贈山谷》云：「不見故人彌有情，一見故人心眼明。忘却問君船住處，夜來清夢繞西城。」寥寥短章，而質實深厚之意，溢於楮墨。先生嘗示學者曰：「爲文字無學纖麗，須是渾渾有古氣。」此章近之矣。《宋人千首絶句》選之，有旨哉！

李西涯《花將軍詩》縱横激壯，音節入神，真得歌行之奥。尤妙後幅：「帝呼花雲兒，風骨如花雲。手摩膝置泣復歎，雲汝不死猶兒存。兒年十五官萬户，九原再拜君王恩。」數句瀠洄峭健，面面懇到，真有《史記》、《漢書》筆力，所作論史樂府，轉不逮此。論史諸樂府，予只取《安石工》後數句云：「匹夫憤泣天爲悲，黄門夜半來毁碑。碑可毁，亦可建。蓋棺事，久乃見。不見奸黨碑，但見奸臣傳。」筆筆轉側有鋒，論斷神境，然終與古樂府不類。陳元孝謂可自爲一格，平允之論。尤西堂專仿此格，爲《明史樂府》，愈不逮西涯之簡勁矣。西涯七古，大氣流行，亦欠簡勁，然音節無不可愛。此翁於音節最留神，且其振起衰靡，吐納衆流，實聲詩一大宗。王元美以爲西涯之於李、何，如陳涉之於漢高，不無抑揚失當。愚謂崆峒如淮陰侯雄略蓋代，大復如張子房英氣内聳，而西涯則蕭相國之包含群策也，可漫爲軒輊哉？

吾鄉詩人入古人堂奥者，前推宛丘，後則虞山。「南樓楚雨三更遠，春水吴江一夜生」，《漁洋詩話》録之，而《感舊集》則「生」改作「增」，殊無意緒。然《古調堂集》本作「增」，閻再彭《送虞山之江南》詩「濤聲二月不知冷，花氣三山到處增」正用此韵，漁洋從其原本刻耳。集中佳什纍纍，「南樓楚雨」一聯，尚非至者。歸愚《别裁》衹選五律二首、七律一首，亦未盡其美也。如《雞鳴行》云：「天上飛星似飛箭，荒雞喔喔鳴村店。夢裏心驚是惡聲，挑燈直視牀頭劍。開門星散喜重明，躍馬披衣共北征。丈夫暗昧那能處，會向青天白日行。」悲壯可接高常侍。《花朝泊廣陵》云：「東風三百里，一日下雷塘。春水波微緑，江天柳乍黄。」居然謫仙風度。《出洋》云：「客愁深似海，到海轉無愁。萬念同歸盡，孤帆已莫收。」「一氣歸何所，茫茫不可知。只疑無水處，便是到天時。」邁往清雄，中唐以下不屑措意也。句如「沙老磯横出，灘高水亂流」、「螢光依燭暗，蟲語逼人清」、「岸篠低攲翠，岩花濕倒紅」、「雨過峰群出，天清鳥自歸」、「人迷黄葉渡，馬縮白橋霜」、「稻花蒸日晚，瓠葉動風涼」、「樹喧山雨過，燈暗草蟲飛」、「秋泥三尺雨，古樹萬重山」、「樹垂官岸老，山壓縣樓低」、「烟光一鳥白，秋色萬山明」、「枕殘孤棹月，山瘦五更霜」、「魚窺人影散，鴉抱夕陽歸」、「署臨黑水邊雲暗，歌動梁州漢月高」、「高樹寒烟孤鳥過，大湖涼雨一天收」、「磬寂鳥聲喧佛座，簾開花氣入詩龕」、「詩客暮雲卭竹杖，美人秋水木蘭舟」、「萬里瘴痍增客淚，千山風火動邊聲」、「風吹鐵甲鳴駝背，雲捲牙旗斷雁行」，足使表聖失步，仲晦變色。歸愚操選枋，不能表章英彥，殊可惜也。然歸愚所選七律云：「左顧潮陽右贛州，新羅高處萬山頭。番猺接地蟠關隘，烽火連天起戍樓。日夜鄉心皆北向，古今汀水獨南流。可憐滿眼崎嶇路，惟有清猿伴客愁。」清蒼深重，直接少陵，一勺水亦可知大海味矣。

吾鄉石石丈論詩云：「今之作者，不附于瑯琊、北地，則附於公安、景陵。詩以位置性情，攘取他人之性情而私爲己有，尚得謂之有廉耻乎！」此論快絶。昔鍾嶸、司空圖皆作《詩品》，二字都排向外面去，石丈説到無廉耻上，方是爲「詩品」的解耳。其《弔潘若雅明府舞陽殉節》詩云：「舌斷常山白日斜，空教明日滿齋銜。燕臺六月猶飛雪，春到河陽不敢花。」蓋石丈以明季一諸生，闖賊入京，北向痛哭，鬱鬱遂卒，宜其吐詞激烈如此。又《立秋前一日飲黄君擬邸中》詩云：「檐鈴風響亂松聲，涼月吹人襟袖明。冷燭畫屏紅粉意，澹雲河漢故人情。潯陽舊淚弦中落，楚客新愁笛裏生。一夜清歌催木葉，明朝秋色滿江城。」與錢、郎何異？又《讀曲歌》云：「人皆樂歡笑，郎獨無言語。非郎無言語，窺儂眉未許。」「儂坐鸜鵒旁，郎坐青梅下。却嫌梅子酸，只將鸜鵒打。」神似齊、梁人，斷非依傍瑯琊、北地、公安、景陵者。又《湖居》云：「暮色湖上來，遠天束漸小。一榻坐林中，停目數歸鳥。」造意幽秀入神，淺薄者無從問渡，其揅摩亦深矣。

唐六如詩：「青山白髮老痴頑，筆硯生涯苦食艱。湖上水田人不要，誰來買我畫中山。」清狂道人郭翊詩云：「雨脚風聲滿樹頭，隨身蓑笠勝羊裘。柴門猶道牛歸晚，江上風波未泊舟。」此等詩看似淺薄，實有無窮之味，自王、李鍾、譚作，此等遂成《廣陵散》矣。六如又一絶云：「烏衣深巷閉門居，滿榻清風卧讀書。借問十年何所守，炊烟不繼腹長虚。」六如負才拓落，而清苦如此，其品殊不可及。郭翊雖一畫師，而中官蕭敬啗以錦衣世官，力却之。宸濠數召與語，辭謝遠遁，求之弗得。二人之胸次極清曠，故脱口能有佳詩，非倉卒可襲也。

元末群盜縱横，時事不堪言矣。詩家慷慨陳詞，多衰颯無餘地。獨愛張光弼《感事》一律云：「雨過湖樓作晚寒，此心時暫酒邊寬。杞人惟恐青天墜，精衛難期碧海乾。鴻雁信從天上過，山河影在月中看。洛陽橋上聞鵑處，誰識當時獨倚欄。」悲淒婉篤，尋諷不厭。五句痛使命之梗，六句歎金甌之破，尤爲寄託入微。竹垞謂其派出西崑，以「萬斛春光金盞酒，百年心事玉人箏」、「燒殘蠟燭渾成淚，折斷蓮莖却是絲」、「牡丹開後春無力，燕子歸來事可憐」盡之，殊不然。其「未添白髮三千丈，又見銅駝五百年」、「長空孤鳥望中没，落日數峰烟外青」、「揚州城郭高低樹，瓜步帆檣上下風」，雄爽可愛，西崑無此吐屬也。

謝茂秦五律堅整如城，宛然唐調，然終以有心爲之，非其至也。明初詩人郭子章者，名不甚著，而五律獨得唐人法外之意。如《送孫良玉》云：「送君江上去，山路雨初晴。落日平淮樹，春潮帶睆城。愁人酒因今日醉，人是故鄉情。莫説王孫怨，芳洲緑樹生。」《歲暮》云：「寒月出在户，江城雁獨飛。愁人不能寐，鄉淚忽沾衣。丘隴十年别，星霜兩鬢稀。爲言叢桂老，歲暮憺忘歸。」《寄陳檢校》云：「遥想紫薇省，郎官直禁樓。瓊花天上去，清夜憶揚州。二十四橋月，玉簫吹兩頭。秋風挂帆席，幾度大梁遊。」此三詩句句字字無非唐人聲息，而又不從刻意摹仿而來，書之以爲五律之楷。

予讀陳後山集，而嘆杜之未易學，而不可以不學也。杜詩沈而雄，鬱而透，後山祇得其沈鬱，而雄力透空處不能得之，故彌望皆晦僿之氣。然使假以大年，功力至到，則鋒鍛洞穿，其所造必在山谷上。後山詩「人言我語勝黄語」，當信有之也。如《送外舅郭大夫西川提刑》云：「丈人東南行，復作西南去。連年萬里別，更覺貧賤苦。王事有期程，親年當喜懼。畏與妻子別，已復迫曛暮。何者最可憐，兒生未知父。盜賊非人情，蠻夷正狼顧。功名何用多，莫作分外慮。萬里早歸來，九折慎馳騖。嫁女不離家，生男已當户。曲逆老不侯，知人公豈誤。」《别三子》云：「夫婦有同穴，父子貧賤離。天下寧有此，昔聞今見之。母前三子後，熟視不得追。嗟乎何不仁，使我至於斯。有女初束髮，已知生離悲。枕我不肯起，畏我從此辭。大兒學語言，拜揖未勝衣。唤爺我欲去，此語那可思。小兒襁褓間，抱負有母慈。汝哭猶在耳，我懷人得知。」《示三子》云：「去遠即相忘，歸近不可忍。兒女已在眼，眉目略不省。喜極不得語，淚盡方一哂。了知不是夢，忽忽心未穩。」此數詩沛然至性中流出，而筆力沈摯，又足以副之，雖使老杜復生不能過，而山谷但稱其《温公挽詞》「時方隨日化，身已要人扶」，絶可怪也。然其累句如《觀六一堂圖書》云：「誰爲第一手，未有百世公。」謂公論也，韵似歇脚。又云：「平生一瓣香，敬爲曾南豐。世雖嫡孫行，名在惡子中。」謂曾爲六一門人，已又師曾，如子之子爲孫也。稱謂殊太過，以「惡子」自謙尤不倫，門户之見深，不自知其言之卑矣。他如「畫樓著燕春風裏，楊柳藏鴉白下東」，平添一「東」字。「大府禮容寬嬾慢，故家文物尚嫖姚」，以「嫖姚」當《漢》志注「飛揚」字用。「可堪親老須三釜，又著儒冠忍一羞」，以「一羞」當《左傳》「一慙」字用。以及《次韵坡公》、《次韵朱智叔》，争奇鬥押，皆非少陵所謂波瀾老成者。然終以用力於杜者久，故下筆深重，爲一代作家而有餘。故曰杜不易學而亦不可不學也。若見後山之晦僿，而遂以學杜爲戒，始求輕利，繼入佻淫，不亦謬歟！

元末之詩宗楊鐵崖，乃入於妖；明末之詩宗鍾伯敬、譚及夏，及流于鬼。王彦泓《疑雨》一集，以淫靡之思，刻劃入骨，使人心流氣蕩，覺鐵崖徒炫其貌，惑人伎倆，猶有未盡致者，彦泓乃足爲妖中之妖耳。句如「含毫愛學簪花格，展畫慚看出浴圖」、「翻成繡譜傳人畫，會得琴心允客挑」、「窗下有時思夢笑，燈前長不卸頭眠」、「陳王著眼先羅襪，温尉關心到錦鞵」、「體自生香防姊覺，眉能爲語任郎參」、「素艶乍看疑是月，清歡何暇想爲雲」，能以佻冶不堪之事，寫到通微入玄處，此即朱竹垞《静志居琴趣》所本。然在詞家亦爲下乘，况以之玷污風雅哉！古之燕女溺志，恐亦未臻此境也。竹垞斥劉欽謨、瞿宗吉、楊君謙、張君玉之艶詩如膩污人，而獨謂彦泓追李軼韓，深得唐人遺意，既無定志，且誤後學。他如選魏忠節公長子學洢詩數首，幽光勁氣，發乎忠孝，令人起敬，而復選其弟學濂詩二首。夫學濂乞降闖賊，乃父兄之罪人，縱有佳詩，亦不當録，而况所録之詩乃「帳鈎觸柱人初起，奩粉吹香撲未收」、「開箔先籠金約臂，插花仍露玉搔頭」，與王彦泓相類者乎？竹垞之志亦荒矣。

詠子陵釣臺者，或云：「經過百世見清風，争羨羊裘一釣翁。不有雲臺諸將力，釣壇亦在戰争中。」或云：「一著羊裘便有心，虚名傳誦到如今。當時若著蓑衣去，烟水茫茫何處尋。」自以爲獨開生面，而不知其刻繩無味也。以嚴先生之高節，而猶不免詆諆，何不樂成人之美如此！晚唐王貞白詩：「山色四時碧，溪光七里清。嚴陵愛此景，下視漢公卿。」不著議論，而行以古直之氣，最屬高格。惜其下接云：「垂釣月初上，放歌風正輕。」局振不起，晚唐通病。末云：「應憐渭濱叟，匡國祇論兵。」欲揚子陵，遂抑太公，何無識乃爾！此亦如温飛卿《磻溪》詩：「橋上一通名利迹，至今沙鳥背人飛。」同一揶揄古聖，犯大不韙也。方密之《釣臺》詩云：「先生無行事，先生不著書，但能不肯爲人臣。今人不能棄富貴，乃以藏拙譏古人。」兀傲不群，深中時人隱痼之疾。如「不有雲臺諸將力」、「當時若著蓑衣去」二詩，皆不能棄富貴而以藏拙譏古人者也，徒見其輕薄可哂而已矣。

孟子學孔子，其文絶不與孔子類；韓子學司馬公，其文絶不與司馬公類。吾讀李空同樂府，五古學漢、魏、三謝，真似漢、魏、三謝也；七古、七律學老杜，真似老杜也；七絶學太白、龍標，真似太白、龍標也。何大復摹古之心稍深于李，而古貌未能脱化，則似古者亦多。似古則如古人復出，故必令人喜，令人敬；似古則與古人相複，亦必令人疑，令人厭。吾惜二子以蓋代之姿禀，而蹈此愚惘之窠臼，蓋生於詩教不振之時，但能採取最高之境而追摹之，即可以弋大名而有餘。而李又秦人，倔强不能服善；何又短折，學問不能大成。遂致守其故智，以終一生。爲當世之襟冕，來萬世之吹求，亦可悲矣。使二子者本無好名之念，專以陶寫爲詩，天賦卓絶，加以學力，斷然匹休古人，何必爲古人所役，一至此哉！王弇州評空同詩「金翅擘天，神龍戲海」，評大復詩「朝霞點水，芙蕖試風」，一謂其奇變，一謂其鮮新。不知皆古人之奇變鮮新也，于二子何與！雖然，近之不師古者多矣，如二子之英姿高韵雄視四海，而猶以返古爲事，不敢自作主張，是又今人之韋弦，不可不知者也。

青丘《送沈左司從汪參政分省陝西》云：「重臣分陝去臺端，賓從威儀盡漢官。四塞河山歸版籍，百年父老見衣冠。函關月落聽雞度，華嶽雲開立馬看。知爾西行定回首，如今江左是長安。」同時吴尚書友雲《送李侍郎宣諭陝西》云：「侍郎將命出金鑾，道路傳呼遠近歡。關内官曹迎使節，秦中父老見衣冠。雲開太華三峰秀，水繞黄河九曲寒。寄語渭川千畝竹，西風還解報平安。」嘉靖間，姚光虞《送周國雍守順慶》云：「使君千騎擁朱幡，此去誰云蜀道難。列郡分符虞岳牧，前驅負弩漢衣冠。溢城月色揚舲渡，巫峽濤聲倚劍看。行矣外臺今不薄，循良卿相滿長安。」吴詩形似季迪，而聲情氣骨去之甚遠，竹垞譏其土木形骸是也。然姚詩亦屬優孟，顧選之而不加議論何也？大抵詩家偷意偷調甚多，李端詩「盤雲雙鷺下，隔水一蟬鳴」、東坡詩「白水滿時雙鷺下，緑槐高處一蟬吟」；吴僧詩「到江吴地盡，隔岸越山多」，薩天錫詩「出江吴水盡，接岸楚山稠」；陳子昂詩「雁山横代北，狐塞接雲中」、王漁洋詩「萬山横代北，匹馬入雲中」；岑嘉州詩「尋河愁地盡，過磧覺天低」，趙秋谷詩「馬足蹙時疑地盡，溪雲多處覺天低」。明玉欽佩《柳枝詞》「渭水西來萬里遥，行人歸去水迢迢。垂楊不繫離情住，只送飛花過渭橋」，王漁洋詩「太華終南萬里遥，西來無處不魂消。閨中若問金錢卜，秋雨秋風過灞橋」。李空同詩「雲雷畫壁丹青壯，神鬼虚堂世代遥」，朱竹垞詩「陰洞蛟龍晴有氣，虚堂神鬼書無聲」。名手相襲，竟成恒事。

劉青田《二鬼詩》，或云擬昌黎《二鳥》而作，或云在盧仝、馬異間，或云直破劉叉之膽。然吾不責其好作奇語爲不經，而恨其多參俚語爲不雅也。如云：「急詔飛天神王，捉此兩鬼拘囚之。飛天神王得天帝詔，立召五百夜叉，帶金繩，將鐵網，尋蹤逐跡，莫放兩鬼走逸入嶮巇。五百夜叉个个口吐火，搜天刮地走不疲。搜到九萬九千九百九十九仞底，捉住兩鬼眼睛光活如琉璃。」語意太俚率任情，盧仝、馬異、劉叉尚不肯出此，況昌黎哉！一概褒許，詩不兒戲，即成惡道。

徐文長《陰風吹火篇》「有身無首知是誰，寒風莫射刀傷處」，沈嘉則《凱歌》「狹巷短兵相接處，殺人如草不聞聲」，偏才耳。文長詩「八月廣陵濤，一葉渡殘照」，嘉則詩「馬蹄明日天涯路，誰是燈前昨夜人」，此方有唐人意。

明之前、後七子遥相賡續，王、李命意，原以李、何自居，然弇州宏富有餘，精渾豈如獻吉？滄溟修整自喜，風神那及信陽？況獻吉之病，已在摹擬太過，歷下效之而又甚焉。漁洋云：「滄溟、弇州皆萬人敵，惟蹊徑稍多，古調寖失，故不逮弘正作者。」是仍以弇州之不甚摹擬，滄溟雖摹擬而不似李、何之專篤爲病也，誤人不亦甚歟！

青田《旅興》、《感懷》，青丘《擬古》、《寓感》諸五古，氣格逼似唐人，然皆非如李、何等刻意摹畫之也。王敬美謂「季迪生弘正李、何之間，未知鹿死誰手。」似以青田爲不逮李、何，而季迪第可與李、何匹也。不知李、何痕跡未融，劉、高天機自轉，高之秀偉，劉之深重，豈惟開國之巨擘，實亦一代之宗工。陳黃門謂「文成終傷婉弱，季迪不中和鸞」；而推李爲「籠罩群俊，各體見長」，推何爲「徽音芳訊，瑶臺嬋娟」，於二子悉無貶詞，其亦疏於持論矣。

青田「人生無百歲，百歲復如何？古來英雄士，各已歸山阿」。青丘「征塗嶮巇，人乏馬飢。富老不如貧少，美遊不如惡歸。浮雲隨空，零落四野。仰天悲歌，泣數行下」。此二詩殆不知有魏、晉，無論宋、齊以下，彼其胸中，豈復有摹擬仿佛之念滓之哉！李、何傑作不少，如二詩則無矣。此即優劣之分也。予又就青田、青丘二子衡之，則青田之雄渾博大，又非青丘之所能及。蓋青丘猶詩人之詩，而青田則士君子言志之詩也。豈惟明一代之開山，實可跨宋、元上矣。予之論青田、青丘優劣如此，此猶王敬美、陳黄門所不敢言者。

老杜「朝廷袞職雖多預，天下軍儲不自供」，言外藩預政而不貢也。空同《謁陵》云「明禋袞職雖多預，備物祠官豈盡供」，語意支雜不貫矣。老杜「即從巴峽穿巫峽，便下襄陽向洛陽」，襄陽在巫峽之東北，故云「下」。空同《別徐子》云：「新從北極看南極，便自吴江下楚江。」吴居楚之下游，「下」字可通乎？老杜「江天漠漠鳥雙去，風雨時時龍一吟」，叠字悲壯，正以意藴深遠。空同《朱仙鎮》云：「有時風雨一龍吟」，淺直無義。老杜「回首可憐歌舞地，秦中自古帝王州」，念前此之繁華，以歎今之不然。空同《秋懷》云「回首可憐鼙鼓急，幾時重起郭將軍」，既思名將，可知寇賊滿眼，「回首可憐」是往事矣，與「幾時重起」意那復相攝？然則空同之於老杜，即杜詩所謂「天吴及紫鳳，顛倒在裋褐」者，徒斥其摹襲之弊，猶未盡審。

何大復《畫魚》詩：「青天萬里拂絹素。」《畫馬歌》：「萬里精神開絹素。」《江山圖歌》：「萬里青天動海岳。」《飛泉圖歌》：「萬里誰論到海心。」猶沿襲己作，況前人哉？如《畫馬》二篇全摹少陵體格。

鄭平子謂「仲默《畫馬》二篇，比之杜陵雄偉少遜，而逸宕有餘。」然則青出藍而勝藍耶？過矣。

元《西湖竹枝詞》，竹垞以爲沈自誠作第一。其詞云：「儂住西湖日日愁，郎船只在東江頭。憑誰移得湖山去，湖水江波一處流。」然釋道元詩云：「湖西日脚欲没山，湖東月出牙梳彎。南峰北峰船上看，恰似阿儂雙髻鬟。」措語質樸，而奇雋可喜，此真《竹枝》也。若沈作亦絶佳，然猶可移入七絶中耳。

何大復《得獻吉江西書》云：「近得潯陽江上書，遥思李白更愁予。天邊魑魅愁人過，日暮黿鼉傍客居。鼓舵襄江應未得，買田陽羨定何如。他年淮水能相訪，桐柏山中共結廬。」徐昌穀《贈别獻吉》云：「爾放金雞别帝鄉，何如李白在潯陽。日暮經過燕市客，解裘同醉酒爐旁。徘徊桂樹涼飈發，仰視明河秋夜長。此去梁園逢雨雪，知予遥度赤城梁。」二詩風姿映蔚千古，可云雙璧，昌穀尤有六朝風致，皆七律中之古調也。予見時彦七律甚多，不見此種，書之以諗來者。

鄭少谷《寄太白山人》云：「爲問山人孫太初，交情歲晚莫教疏。孤山梅萼春相惱，滿地松苓日自鋤。江夏肯容禰處士，茂陵初卧馬相如。知君不廢苕溪釣，書帛能無寄鯉魚。」此詩與適所録大復、昌穀二律，形質相似，情韵則不能逮。然細讀少穀全集，古厚鬱轖，在七子外别成一隊，轉是真詩。觀其律絶近體，皆入古音，非大復、昌穀修飾音姿者比。樸拙處雖專師老杜，亦不似空同之偷竊意調望之可憎也。予意欲存風教，七子當首推繼之，庶幾詩有實用。然震于何、李之名者，固不知此還淳反樸之功耳。

竹垞《明詩綜》可謂覈矣。選詩不盡可人意，猶未敢盡議之。乃致有編緝之誤，人人共見者，如六十八卷顧俊彦詩：「病臥經旬滿面埃，梅花落盡杏花開。畫梁無數空巢在，社雨蕭蕭燕未回。」七十卷黄翼聖《邨居雜興三首》，其第一首直襲顧詩，惟首句换作「廿四番風取次來」耳。四十七卷王世懋詩：「歸來雙鬢兩蕭然，見畫猶能記昔年。風雨一船曾泊處，借人燈火草堂前。」九十一卷僧德祥《題春江聽雨圖》，直此一詩，惟「兩」字换作「各」字耳。三十八卷文徵明《夏日同次明履仁治平寺納涼》詩：「竹根雨過石苔斑，鐘梵蕭然晝掩關。坐愛微涼生碧殿，忽看飛雨失青山。雲飛暝色來天外，風捲湖聲落樹間。最是晚晴堪眺詠，夕陽横抹蓼花灣。」五十卷陸治《治平寺納涼》，直此一詩，惟「堪詠」字换作「宜聽」字耳。又陳淳《聞鳥》詩：「重重烟樹鎖招提，野客來尋路不迷。纔過板橋塵路隔，落花無數鳥争啼。」此詩亦文徵仲題畫之作，見張泰階《寶繪録》，絶非陳淳詩也。按陸治師陳淳，陳淳師徵仲，故徵仲詩可誤入兩家集中。若顧俊彦、黄翼聖、王敬美、僧德祥，果何以誤入耶？要之有因之誤，無因之誤，選者悉當釐訂也。尤足異者，四十二卷録吴瓊《送方際明之金陵》、《旅邸除夕》、《歲暮書事》五律三首，五十卷又録吴瓊《歲暮書事》、《旅邸除夕》五律二首，一人編二次，一詩采二次，而忘之何耶？四十二卷瓊小傳云：「瓊字邦珍，婺源人。嘉靖乙未進士。」五十卷瓊小傳云：「瓊字邦珍，休寧人。有《紫芝社稿》。」又微示其異何耶？且目録書吴瓊二次，居然本係二人，然詩無異同何耶？凡此皆著述之小過，不害大體，以《明詩綜》之媕雅，豈以此等累？然亦可知選輯之未具苦心矣。

李于鱗「尊中十日平原酒，袖裏三年薊北書」，上句平添「尊中」二字，下句平添「薊北」二字，句法支撑不稱。「宛馬如雲開漢苑，秦兵二月走胡沙」，句法稍健，「如雲」、「二月」，此對又適意耶？「一時藝苑人無恙，千載蘭亭事可求」，並句法之健亦無之。弇州如此等，亦將云「商船明珠，貴堪敵國」乎？弇州琢鍊似遜于鱗，然氣力較閎大，運掉較變化，如《當廬江小吏作》，激昂渾浩，于鱗萬萬不能爲也。

何大復《短歌行》：「冉冉秋序，肅肅霜露。蓄我旨酒，召我親故。鳥歡同林，水歡同源。矧我同鄉，胡能弗敦？耀靈西藏，明燈在室。更長夜闌，可以繼日。園有藝菊，庭可樹蘭。秋芳是悅，春芳曷觀。高陵可升，海水可測。出門異路，安知南北。生年幾何，去日苦多。子不我樂，聽我短歌。」歐楨伯《短歌行》：「樂樂自生，人窮反本。生世幾何，倏忽已晚。去者日疏，來者日親。水流同源，木生同根。父母兄弟，豈伊異人。況有旨酒，云胡弗歡。白日冉冉，明膏繼夕。調軫鼓絲，樂我親戚。春有催耕，秋有促織。歲事方勤，及此游息。今日同堂，明日異鄉。聽我短歌，心如之何。」大復愛襲古調，楨伯此詩又竊大復緒餘，展轉相仍，伊于胡底。吾常謂《文選》詩温雅可觀，然易爲僞名士藏身之地。人多不信，觀大復、楨伯兩家前後相襲，而此案遂發露矣。

養一齋詩話卷七

山陽潘德輿彦輔

唐人詩「長貧惟要健，漸老不禁愁」、「乍見翻疑夢，相悲各問年」、「少孤爲客早，多難識君遲」、「長因送人處，憶得别家時」、「問姓驚初見，稱名憶舊容」、「客淚題書落，鄉愁對酒寬」、「旅望因高盡，鄉心遇物悲」、「道直身還在，恩深命轉輕」、「乍見翻無語，别來長獨愁」，皆字字從肺肝中流露，寫情到此，乃爲入骨。雖是律體，實《三百篇》、漢、魏之苗裔也。初學欲以淺率之筆襲之，多見其不知量。

大曆十才子，盧綸第一，吾鄉吉侍郎孚第二。盧詩清高，可以與劉文房匹，不愧稱首。吉嘗薦盧於朝，盧集憶吉詩甚多，兩人蓋尤相契也。盧稱吉「新詩滿帝鄉」，又云「侍郎文章宗，傑出淮楚靈」，定非虛譽。然吉詩傳于今者，惟《送歸中丞使新羅》一首，其詩云：「官稱漢獨坐，身是魯諸生。絶域通王制，窮天問水程。島中分萬象，日處轉雙旌。氣積魚龍窟，濤翻水浪聲。路長經歲去，海盡向山行。復道殊方禮，人瞻漢使榮。」此詩起四句，劇有氣岸，「島中」二語尤雄傑稱題。第「日處」二字，未知所本。「濤翻水浪聲」，一句中水凡三見，未免複沓，或「水浪」二字有譌。要其通幅氣體宏闊，與盛唐鉅手相似，無中、晚疲薾態也。又侍郎棄黄冠而返儒服，非有識力者不能，而李端轉作詩以譏之曰：「還鄉見鷗鳥，應愧背船飛」，此等議論，似高實謬。即此以衡端，同在十才子中，而識力不逮多矣。

吾鄉龔聖予題趙子昂《雪中高士圖》云：「雪氣侵人卧欲僵，勞勞明府到藜牀。主賓問答皆情話，何用問名人薦章。」諷刺之意，在於言外，不獨品高，詩亦深遠。譏子昂者多矣，不逮此也。龔又有《題山水》詩云：「谷口長松澗底藤，石橋山路遠登登。囊琴斗酒攜何暮，空負寒齋昨夜燈。」風味直似倪高士。

同里丁儉卿考證宏富，偶以秋谷《聲調譜》平仄之一定者爲疑。作書以答之曰：按譜中所注古詩字音平仄一定者，如于鵠「年年山下人」句，趙氏注曰：「下句是律，上句第五字必平。」愚按不獨平韻五古，即仄韻五古亦然。如襄陽「天邊樹若薺，江畔洲如月」，「薺」字必用仄聲者，以下句是律也。蓋不如此，恐與律詩混耳，此無可疑者也。「靜聞水淙淙」句，趙氏注「聞」字曰：「此字不平則爲律。」蓋亦恐與律詩混耳，亦無可疑者也。東坡「扁舟渡江適吴越」句，趙氏注「越」字曰：「此字不可輕用平聲。」蓋仄韻七古上句尾可仄，平韻七古上句尾若用平聲則不諧，杜公「昔隨劉氏定長安」、「問之不肯道姓名」，究竟變格非法，亦無可疑者也。李賀「衰蕙愁空園」句，趙氏注曰：「第三字不平，則律句矣。」蓋李賀此詩參用齊、梁，不盡合調，惟此句得法，故趙氏特注此句以明之，亦無可疑者也。太白「怳驚起而長嗟，失向來之烟霞」句，趙氏注曰：「此四句皆六言，若非下句用三平則失調。」蓋不惟恐與賦類，仍爲音節較響耳，亦無可疑者也。杜詩「屢貌尋常行路人」，趙氏注「行」字云：「平最要緊。」蓋七古第七字平，第五字必平，乃爲正調，而「屢貌」句又必得「行」字平聲，乃非律句，故云「最要緊」也，亦無可疑者也。李義山「相與煊赫流淳熙」句，趙氏注「赫」字曰：「此字必仄。」蓋下面三平，此處亦平，則音不諧。如「封狼生貙貙生羆」七字平聲，轉覺其諧，而一「赫」字易平聲則不諧者，以字之平仄相雜故也。韓詩「快劍斫斷生蛟鼉」、「杲杲寒日生於東」，皆用此義，不可枚舉。獨《陸渾山火》詩：「風怒不休何軒軒」、「命黑螭偵焚其元」、「溺厥邑囚之崑崙」不然，故趙氏謂止可用於《柏梁》體，尋常七古斷不可用。蓋《柏梁》句句用韵，自相諧應，他詩不爾，慮不諧矣，亦無可疑者也。趙氏謂「平平平平仄平平句，於轉韵中不宜」。蓋轉韵最喜流美，此等非古非律之句，殊覺聱牙，故不合用，亦無可疑者也。以上八則，趙氏所謂古詩一定之平仄，義例皆确不可易。僭疏其意如此，亦未知當否也。若其不必一定者，趙氏既未特下重筆，此在後人之變通，以合天然之節奏爾。然趙氏亦有可疑者，如東坡「四方水陸無不便」句，趙氏注云：「第五字平，第六字仄，便非律句。」愚按此句「不」字，必易平聲方諧，若「不」字不改，則「陸」字必易平聲方諧。趙氏止以非律句注之，未盡音節之妙也。「紫金百餅費萬錢」，愚按此句誠非律矣，究不如「水脚一綫争誰先」、「一半已入薑鹽煎」爲不轉韵七古之正調也。趙氏注云：「即六字仄，獨令末一字平亦可。」是其啞更甚於坡句，彌不入調也。若謂七古專用正調，恐不能變化參錯，相生相應，得「四方水陸」、「紫金百餅」等一二句間之，更見挺動。即如此説，趙氏亦當注明，不得如所注云云也。右丞「我心素已閒」，襄陽「北山白雲裏」，趙氏注云：「皆天然古句。」愚按「北山白雲裏」誠天然入古；「我心素已閒」，不律則有之，若謂其爲天然之古，則必「我素心已閒」而後可也。此皆僕之所疑於趙氏者也。近歙人吴蘇泉紹澯《聲調譜説》，較趙氏爲益詳，其言一定之平仄，亦均不誤。惟注老杜「征衣颯飄颻」「颯」字下云：「此字用仄妙。」愚按上句「連笮動嫋娜」已四仄矣，此處即易「颯」字爲平聲，亦未見其不妙也。又注「高通荆門路」「荆」字云：「必平。」愚按「荆」字即易仄聲，亦是古句，今云「必平」是必宜用四平聲也。五古得四平、三平句誠佳，然亦何其滯也。總之此事不可不嚴，不可太滯。吴氏謂「不屑章句者，奸聲詖律，盡裂閑檢，墨守者又形模肖而生氣少」，真篤論也。僕嘗謂漁洋不肯以此譜示人，不如秋谷之有遠見。秋谷云：「不知此者，固未爲能詩，僅無失調而已，謂之能詩可乎？故輒以語人無隱。」此三四語較之吴氏尤曲而盡也。然漁洋答劉大勤云：「無論古律正體拗體，皆有天然音節。唐、宋、元諸大家，無字不諧，明何、李、邊、徐、王、李亦然，袁中郎之流，便不了了矣。」又云：「七言古凡一韵到底者，其法度悉同。惟仄韵詩單句末一字，可平仄相間用，平韵詩單句末一字，忌用平聲，若换韵者則當別論。」是漁洋亦未嘗不以聲調示人也，特不如趙氏之備耳。凡趙氏所致譏於漁洋者甚多，其詞氣憤懣，非盡由論詩之相失，恐自以蹉跌不振，由漁洋門下所擠故耶？抑以婦舅之親，不能出氣力相拔故耶？要之《聲調》一譜則趙氏之功爲大，殆歷劫不敝者也。

張文定安道《題漢高廟》詩：「縱酒疏狂不治生，中陽有土不歸耕。偶因亂世成功業，更向翁前與仲争。」議論極有關係，但「治」字誤讀去聲。然徐騎省《觀習水師》詩「元帥樓船出治兵」，「治」字已讀去聲矣。按《説文》，治本水名，出東萊曲城陽丘山，南入海。從水，台聲，直之切。是「治」字本平聲。陸氏《釋文》於諸經中平聲者，並無音去聲者，乃音直吏反，蓋借用乃爲去聲也。今騎省亦誤讀「治」字，豈校定《説文》者所宜出耶？然昌黎《諱辨》：「諱吕后之雉爲野雞，不聞又諱治天下之治爲某字也。」則「治」字誤讀，又不始於騎省。第騎省佳詩甚希，且以南唐大臣復仕於宋，選者必以其詩殿唐人之後，何所取哉！

晏元獻《詠上竿伎》云：「百尺竿頭裹裹身，足騰跟挂駭旁人。漢陰有叟君知否？抱甕區區亦未貧。」比擬雖不倫，然不害爲守正之士也。而荆公題其後云：「賜也能言未識真，誤將心許漢陰人。桔槔俯仰何妨事，抱甕區區老此身。」此直以隨俗爲通方，守道爲迂士，不經之論，無過於此。荆公亦非通方之人，總欲翻前人成案耳。二詩均不佳，特拈出以爲好翻成説而有害心術者之戒。荆公同時有王介者，以荆公屢召不起，至熙寧初，聞翰林學士之命遂出，寄詩云：「草廬三顧動幽蟄，蕙帳一空生曉寒。」蓋諷之也。荆公作詩云：「丈夫出處非無意，猿鶴從來自不知。」實爲介發。然荆公之出處，果何意哉！小官則辭，要官則受而已矣。此可使漢陰丈人見乎？桔槔俯仰之術，至此遂發露而無餘矣。

郭功甫在王荆公座，和太白《鳳皇臺》云：「高臺不見鳳皇遊，浩浩長江入海流。舞罷青蛾同去國，戰殘白骨尚盈丘。風摇落日吹行棹，潮擁新沙换故洲。結綺臨春無處覓，年年荒草向人愁。」一座盡傾。然實不中與太白作僕，蓋大家絶作，本不應和也。就中惟「潮擁新沙换故洲」句稍研練耳。功甫《金山》詩：「鳥飛不盡蒼天碧，漁歌忽斷蘆花風。」幾有太白意境，却又從太白「鳥飛不盡吴天長」句化出，非真實獨造本領，梅聖俞遂許爲太白後身，何哉？

「馬思邊草拳毛動，雕盼晴雲倦眼開」、「城臨戰壘黄雲晚，馬渡寒沙夕照微」，皆趙倚樓集中名句。或以「馬思邊草」一詩爲劉夢得作，以「城臨戰壘」一詩爲李群玉作，非也。倚樓七律，佳語甚多，如「武帝未能忘塞北，董生纔足使膠西」、「竹户半開鐘未絶，松枝晚霽鶴初還」、「鷓鴣聲中寒食酒，芙蓉花外夕陽樓」、「高鳥過時秋色動，征帆落處暮雲平」、「兩見梨花歸不得，每逢寒食一潸然」、「樹色老依官舍晚，溪聲涼傍客衣秋」、「故園何處風吹柳，新雁南來雪滿衣」、「花外鳥歸殘雨暮，竹邊人語夕陽閒」，較之許丁卯，尤覺生動有姿態。其對句不稱而出句甚佳者，如「月觀静依春色邊」，不能如「江帆自落飛鳥外」；「隨步花枝欲礙山」不能如「映鞭柳色微遮水」。然名章秀句，亦絡繹不絶矣。獨其分咏薛道衡《昔昔鹽》詩，逐句爲五律一章，體如試帖，詞亦卑陋，殊爲全集之瑕耳。然其五律氣體勝於七律者尤多，如「巖空秋色動，水闊夕陽多」、「傳家有天爵，主祭用儒衣」、「風雨落花夜，山川驅馬人」、「斷崖時避馬，芳樹欲留人」、「野橋連寺月，高竹半樓風」、「風消滎澤凍，雨净圃田沙」、「馬嘶芳草渡，門掩百花塘」、「殘花春浪闊，小酒故人稀」、「月影連山盡，鐘聲隔浦微」、「此夜雁初至，空山雨獨聞」等詩，無論全局緊於七律，即以句法論，用意極深，措詞極静，亦非七律之好以緣情綺靡勝者。七絶多於五絶，然亦在五律下。蓋倚樓五律高處，往往似大曆十子，其佳在骨韻間，不可以言語摸索而得，而在當時轉以七律得名，此晚唐之所以卑也。

葉石林《詩話》頗多可采，其最誤人者，好取荆公詩句以教人，而實皆庸下。如「新秋浦溆綿綿白，薄晚園林往往青」、「自喜田園安五柳，但嫌尸祝擾庚桑」，皆絶無深趣者。「天下蒼生待霖雨，不知龍向此中蟠」、「濃緑萬枝紅一點，動人春色不須多」、「平治險穢非無力，潤澤焦枯是有才」，石林亦以爲非其至者。至晚年乃盡深婉不迫之趣，而石林所取晚年作，亦不過「含風鴨緑鱗鱗起，弄日鵝黄裊裊垂」、「名譽子真矜谷口，事功新息困壺頭」等語。「含風」二句余前已議之，若「谷口」、「壺頭」巧對，又豈詩家所尚哉！石林爲蔡元長黨，宜誦説荆公不置耳。

石林以老杜「波飄菰米沈雲黑，露冷蓮房墜粉紅」爲函蓋乾坤句，以「落花游絲白日静，鳴鳩乳燕青春深」爲隨波逐流句，以「百年地僻柴門迥，五月江深草閣寒」爲截斷衆流句，皆未免武斷之失，此亦陷入釋皎然之魔障者也。皎然所列《偷語詩例》、《偷勢詩例》、《偷義詩例》、「跌宕格」二品：曰越俗，曰駭俗。「淈没格」一品，曰淡俗。「調笑格」一品，曰戲俗，有一語不見笑於大方之家耶？

晁君誠「小雨愔愔人不寐，卧聽羸馬齕殘芻」，山谷吟賞不已，遂摹其句云：「馬齕枯萁喧午夢，誤驚風雨浪翻紅。」自以爲工，而不知其氣味去之甚遠。石林取之，無鑒别也。歐公被酒時，語其子云：「吾詩《廬山高》，今人莫能爲，惟太白能之。《明妃曲》後篇，太白不能爲，惟杜子美爲之。前篇則子美亦不能爲，惟吾爲之。」歐公三詩具在，猶是宋人駕氣勢、行議論詩耳，遽云李、杜所不到，此真被酒時言語。石林津津述之，亦無鑒别也。坡公「水底笙簧蛙兩部」，石林云：「以『笙簧』易『鼓吹』，不礙其意同。」不知蛙聲擬以「鼓吹」可，擬以「笙簧」則不可。歐公《聚星堂》詩禁體物語，石林云：「能者出入縱横，有何拘礙？蘇子瞻『凍合玉樓寒起粟，光摇銀海眩生花』，超然飛動，何害其言銀與玉也！」論誠通脱。然「凍合玉樓」二語，字生新，句工整，則有之矣，「超然飛動」之妙，吾亦無從得之。此自由石林眼低耳，鑒别未精，遽欲持論抑揚，可乎？

歐公極許梅聖俞、蘇子美詩，而謂聖俞「寒魚猶著底，白鷺已飛前」、「絮暖鮆魚繁，豉添蓴菜紫」，晏元獻之稱賞爲不知人。然《六一詩話》所載聖俞《河豚》、《春雪》二詩，皆非至者。公許河豚詩爲絶唱，惟首二語「春洲生荻芽，春岸飛蘆花」差可無忝，餘則有韵之文耳。許子美《新橋對月》詩「雲頭灩灩開金餅，水面沈沈卧彩虹」，爲雄偉稱題，尤不可解。且二公佳詩甚多，略而不録，而所賞在此，萬萬非淺學所能喻矣。

帝王作詩，工拙皆不足計。然《庚溪詩話》極尊《大風歌》爲英主氣概，謂「武帝《秋風辭》，言固雄偉，終有感慨之語。魏武帝父子詩雖悲壯，仍乏帝王之度。六朝以後人主，言非不工，而纖麗不逞，無足述者。」亦未爲無識也。乃獨取唐文皇「昔乘匹馬去，今驅萬乘來」、「新豐停翠輦，譙邑駐鳴笳。一朝辭此去，四海遂成家」，詞氣壯偉，足與功烈相副，未免太過。如此六句，乃陳、隋人氣格，特多填帝王門面字耳。較之魏武，猶有愧色，况漢高哉！文皇詩大率未脱文士氣，此亦風會使然，不必苛繩者，而謂其高出魏、晉，則非矣。

賈島詩「寫留行道影，焚却坐禪身」，歐陽公笑之，然謂：「『步隨青山影，坐學白塔骨』、『獨行潭底影，數息樹邊身』，亦島詩，何精觕頓異。」「步隨青山」數語，果謂之「精」乎？吾第見其幽怪酸澀而已。

《庚溪詩話》以宋元憲「漢皋佩冷臨江失，金谷樓危倒地香」、宋景文「將飛更作回風舞，已落猶成半面妝」爲落花佳句，又謂余襄公「金谷已空新步障，馬嵬徒見舊香囊」不減二宋。落花詩最難高雅，宋、余皆格之卑卑者，以此爲佳，風雅安在？就中衡之，景文詩猶屬翹楚，若大宋、余公，琢句用事，拙滯極矣。並列而同譽之，迷塗未指，况門牆堂奥乎？

用前人成句入詩詞者極多，然必有另有意象以點化之，不能用入排偶或直寫偶句也。如歐公長短句云：「平山欄檻倚長空，山色有無中。」此實别有意象，故坡公復作長短句云：「記得醉翁語，山色有無中。」以王摩詰語專歸之歐，轉見别致。若韋蘇州「緑陰生晝寂，孤花表春餘」，而王荆公直襲「緑陰」全句，又對之曰「幽草弄秋妍」，此可云意象點化乎？葉石林猶附和之曰：「大抵荆公閱唐詩最多，其去取之間，用意尤精。」貢諛亦至矣。石林又云：「頃見晁无咎舉魯直『人家圍橘柚，秋色老梧桐』，自以爲莫能及。」吾不解黄魯直、晁无咎、葉石林皆博雅之流，竟不讀李太白詩耶！太白「人烟寒橘柚，秋色老梧桐」，千古名句，兒童皆能拾誦，而魯直乃襲之，又故易二字耶？抑果由暗合耶？劉貢父云：「諷古人詩多，則往往爲己得。」吾謂後人作詩，無論立志太卑，有意襲古，與讀詩太多無意合古者，要當精心洗滌，斯免詬笑，特書此以存鑒焉。

劉貢父愛閩僧朋多詩「虹收千嶂雨，潮展半江天」、「詩因試客分題僻，棊爲饒人下子低」，貢父亦忘却「虹收青嶂雨，鳥没夕陽天」爲義山詩耶？此亦葉石林所夸「人家圍橘柚」之類也。「詩因試客」二語，格調卑俗，更無足道。

楊蟠《金山》詩：「天末樓臺横北固，夜深燈火見揚州。」吴僧《錢塘白塔院》詩：「到江吴地盡，隔岸越山多。」皆雅健精切，不可磨滅者。王平甫以楊詩爲「莊宅牙人語」，陳後山以僧詩爲「分界堠子語」，有意訾謷，不中肯綮。矮人觀場，當駭吾此論也。

黄魯直謂樂天「笙歌歸院落，燈火下樓臺」，不如子美「落花游絲白日静，鳴鳩乳燕青春深」，誠然。然謂襄陽「氣蒸雲夢澤，波撼岳陽城」不如九僧「雲間下蔡邑，林際春申君」，則語意茫昧，令人百思不能得也。後山采入詩話，過矣。後山於杜詩極深，然謂摩詰「九天閶闔開宮殿，萬國衣冠拜冕旒」，子美取作五字，曰「閶闔開黄道，衣冠拜紫宸」，而語益工，此則阿其所好。杜勝王處甚多，此處獨王勝杜，未可以五言勝七言也。又謂「鮑照之詩，華而不弱。陶淵明之詩，切於事情，但不文耳。」論陶之語，實有三病：陶詩之美不止於「切事情」一也；陶詩未嘗不文，其文並勝後山之詩，二也；陶之平淡入神，即「不文」，並不足以爲陶病，三也。其論鮑亦未盡，鮑詩純以骨勝，奚啻「華而不弱」哉？又魯直《乞猫》詩云：「秋來鼠輩欺猫死，窺甕翻盆攪夜眠。聞道貍奴將數子，買魚穿柳聘銜蟬。」此等瑣俗之詩何足録？而後山則贊之曰：「千載而下，讀者如新。」吾不解其寄託何在矣。然魯直、後山論詩，亦有極精者，謹書於左，玩之以自求進焉。魯直曰：「二十年來，學士大夫有功於翰墨者，不爲不多，卓爾名家者則少。蓋嘗深求其故，病在欲速成耳。」又曰：「近世少年，多不肯治經術，及精讀史，乃縱以助詩，故致遠則泥。」又：「古之能爲文章者，真能陶冶萬物，雖取古人之陳言入於翰墨，如靈丹一粒，點鐵成金也。文章最爲儒者末事，然既學之，又不可不知其曲折。」後山云：「詩欲其好，則不能好矣。王介甫以工，蘇子瞻以新，黄魯直以奇，而子美之詩，奇、常、工、易、新、陳，莫不好也。」又曰：「詩非力學可致，正須胸中度世耳。」

自李、杜後，詩遂無大句。元裕之崛起四百年後，有志追而復之。如「開門望吴楚，鳥去天無窮」、「斜陽半天赤，飛鳥大江遠」、「長鯨駕空海波立，老鶴叫月蒼烟愁」、「太行元氣老不死，上與左界分山河」、「管涔汾源大車輪，平泉丈八玻璃盆」，豪情勝概，壯色沈聲，直欲跨蘇、黄，攀李、杜矣。

劉裕爲宋公，游戲馬臺，命僚佐賦詩，謝瞻所作，一時以爲冠。予讀之，未見冠時之妙，惟「輕雲冠秋日」五字佳耳。靈運一作，尤無情緒。且裕未即真，而瞻詩云：「聖心眷佳節。」靈運詩云：「良辰感聖心。」何其無恥而無忌也？此皆詩中之罪人耳。

王漁洋謂小杜「至竟息亡緣底事，可憐金谷墜樓人」，不如摩詰「看花滿眼淚，不共楚王言」，不著議論之高。愚謂摩詰平日詩品，原在牧之上，然此題自以有關風教爲主，杜大義責之，詞色凛凛，真西山謂牧之《息嬀》，作能訂千古是非，信然。余尤愛其掉尾一波，生氣遠出，絶無酸腐態也。王雖不著議論，究無深味可耐咀含，鄙意轉舍盛唐而取晚唐矣。明人有《題二喬觀兵書》者：「香肩並倚讀兵書，韜略原非中饋圖。千古《周南》風化本，晚涼何不誦《關雎》。」此則純是酸腐態，理雖正而詞不佳，蓋皮毛之理，非由解悟而得者也。題即不雅，詩可知矣。

四言如潘安仁《關中》詩、陸士衡《皇太子宴玄圃》詩、陸士龍《大將軍宴會》詩、應吉甫《華林園集》詩、顔延年《應詔讌曲水》詩《皇太子釋奠》詩，體製聲色，都如一轍。顔雖琢鏤較甚，然亦無甚高下。蓋皆《雅》、《頌》之皮毛，阿諛之圭臬，而四言之奴隸也。漢、魏以來，四言自以韋孟《諷諫》爲第一，魏武帝《短歌行》、《觀滄海》、《龜雖壽》，曹子建《應詔》、《責躬》、《朔風》等詩次之，皆在晉、宋人上。然晉人如淵明《停雲》、《時運》等作，又不可以風會論。其次如束晳《補亡》，古樸不足，安雅有餘，同時大手亦無出其右者，況後人哉！朱竹垞乃謂「嘉靖時鄭世子載堉所著《補亡》詩廿餘首，櫽括古訓，比之束晳，似爲過之。」予觀之直似集經語時文耳，何足當晉人一盼也。

束晳《南陔》詩「彼居之子」，即彼其之子也。「何居」、「何其」古通用。李善注：「居，未仕者。」泥矣。《白華》詩「鮮侔晨葩」四字，的是晉人好言語。然如「蕩蕩夷庚，物則由之。蠢蠢庶類，王亦柔之。道之既由，化之既柔。木以秋零，草以春抽。獸在於原，魚躍順流。」筆墨到此，直欲化去，《三百篇》氣味亦約略去人不遠，此豈潘、陸諸公所能動一筆者！

曹子建《責躬應詔詩》：「伏惟陛下，德象天地，恩隆父母。」又曰：「七子均養者，鳲鳩之仁也。矜愚愛能者，慈父之恩也。」皆不合理。何則？子建與子桓爲親兄弟，尊之爲君，禮也，稱之爲父，非禮也。其詩曰：「逝慙陵墓，生愧闕庭。」是念其父也。念其父而又以父尊兄可乎？此卑而入於謬者也。

《公讌》詩以子建爲首，無卑乞狀也。如王仲宣、劉公幹，皆弱而無氣者，應德璉託物自喻，稍有變動，而氣終不甚軒舉。仲宣云「不醉且無歸」，德璉云「不醉其無歸」，各增《毛詩》一字，未見其妙，祇形其弱，氣屈則言自無情也。

養一齋詩話卷八

山陽潘德輿彦輔

朱竹垞指摘陸放翁複句，纍纍盈紙。近趙甌北又取元遺山複句而悉數之。然愚以爲趙之所舉猶未盡也。今除趙所已舉者，如「百錢卜肆成都市，萬古詩壇子美家」，已見於《寄辛老子》詩，又見於《過三鄉望女几追懷辛敬之》詩。「撑腸正有五千卷，下筆須論二百年」，已見於《贈郝經仲常》詩「讀書略破五千卷，下筆須論二百年」，又見於《贈徐威卿》詩「書破三千牘，詩論二百年」，又見於《答李唐佐》詩。「泰山北斗千年在，和氣春風四座傾」，已見於《别王使君丈從之》詩「東南人物未彫零，和氣春風四座傾」，又見於《徐威卿相過》詩。「藤垂絶壁雲添潤，泉漱山根玉有聲」，又見於《挈家游龍泉》詩。「酒船早晚東行辦，共舉一杯持兩螯」；「藤垂石磴雲添潤，澗落哀湍雪共流」，已見於《望嵩少》詩；「見説常山可歸隱，從公未覺十年遲」，已見於《寄希顔》詩「西風先有龍門約，共舉一杯持兩螯」，又見於《曹壽之平水之行》詩。至句字相類者更多，如「雷霆萬萬古」，「斷鼇立極萬萬古」，「宇宙有此水，萬古萬萬古」，「此山行人萬萬古」，「醉鄉日月萬萬古」。「潁水嵩山又一年」，「潁水嵩山去住心」。「緑水紅蓮見杲之」。「春風和氣隨詩到」，「和氣春風在眼中」，「春風和氣見眉宇」。「盧後王前盡故人」，「王後盧前舊往還」。「秋霜烈日凛如生」、「烈日秋霜今更新」。「靈椿丹桂偶相值」，「靈椿丹桂知難老」，

「靈椿丹桂詩將應」。「玉潤冰清德有鄰」，「知水仁山德有鄰」。「平地烟霄副公等」，「文章正脈需公等」。「老雁叫群江渚深」，「老雁叫群秋更哀」。何其太不檢也？若以「了」字煞句尾者更多，如「人間只怨天公了」、「因君錯怨天公了」、「一瓶一鉢平生了」、「丹房藥鏡平生了」、「兩椽茆屋平生了」、「一杯盡吸東風了」、「一龜早已揞床了」、「一拳秀碧烟霞了」、「瓦盆一醉糊塗了」、「只知大事因緣了」、「只愁化作浮萍了」、「人間只説乘蓮了」、「劉郎著手乾坤了」、「莫把青春等閒了」、「栽花種柳明年了」、「生子但持門户了」、「山林鍾鼎無心了」、「心地待渠明白了」、「學似玉山樵客了」、「故山定已移文了」、「從今弟姝通家了」、「書來且只平安了」、「但教殺鼠如丘了」、「不因脱免投林了」、「枉教棄擲泥塗了」，有意爲此，其法亦不甚新奇；無意爲此，則又不應概行忘却也。放翁一生詩近萬首，或者不易檢尋，遺山未及十之二，而亦複沓如此，則斷不可解矣。

遺山詩雄偉蒼秀，實一大家。然其字句不協人意，似誤後人，不可不一拈出。如「人皆傳已死，吾亦厭餘生」，直寫蘇長公四六。七絶「人生只合梁州死，金水河頭好墓田」，直襲張祜句調。七律「忽驚龍跳九天門」，「跳」讀去聲；「長阪安行氣已王」，「王」讀平聲。七律中聯「多病所需惟藥物，一錢不值是儒冠」、「風流豈落正始後，詩卷長留天地間」、「東閣官梅動詩興，洞庭春色入新篘」，以杜句對己句。「天公不禁人間醉，崔瑗空留座右銘」，以「天公」對「崔瑗」。「冀北已空天下馬，江東全倚謝家安」，以馬對古之名臣。「郎君未省曾開閤，王翰何緣得買鄰」，以「郎君」對「王翰」。「雲卧無時不閒住，樓居何處不超然」，以「不」字對「不」字。「黄耳定從秋後到，白頭新自夜來生」，髮可言生，頭不可言生。此等皆不老成也。又如「三十餘年老兄弟，此回情話獨難忘」、「因風寄謝劉夫子，極口推稱恐太高」、「舐痔歸來位望尊，髮髮雷李入平吞」、「無端恨煞商山老，剛出山來管是非」、「造物若留殘喘在，我儂試舞你儂看」、「低昂自看水中影，好箇山間林下人」、「可道海棠羞欲死，能紅能白更能香」、「問愁何怨復何讎，直要青春到白頭」、「知君聖處工夫到，且道心盲作麽醫」，粗浮淺率，不類作家，後生所不當奉爲師範者也。

趙甌北謂元遺山自創一種拗體七律，拗在五六字。如「來時珥筆誇健訟，去日攀車留淚痕」、「市聲浩浩如欲沸，世路悠悠殊未涯」、「東門太傅多祖道，北闕詩人休上書」之類，不一而足。予按此體亦不始於遺山，蘇詩「扁舟去後花絮亂，五馬來時賓從非」，南宋初四明劉良佐應時詩「青山空解供眼界，濁酒不能澆別愁」是也，特不能如遺山之多耳。然遺山七律亦有自成一體，而用之太多，則成褎衣大袑，廓落無當之調者，好用平對四實字裝之句首也。如「神功聖德三千牘，大定明昌五十年」、「皇統貞元見題字，良辰美景盡昇平」、「金初宋季聞遺事，草靡波流見古儒」、「虞卿仲子死不朽，石父晏嬰今豈無」、「淵明太白醉復醉，季主唐生鳴自鳴」、「長江大浪欲横潰，厚地高天如合圍」、「來鴻去燕三年別，深谷高陵百事非」、「林影池烟設清供，物華天寶借餘光」、「遺編墜簡文章爛，糲食粗衣歲月長」、「陣馬風檣見豪舉，雪車冰柱得真傳」、「狗盜雞鳴皆有用，鶴長鳧短果如何」、「禪房道院留連夜，酒榼詩囊浩蕩春」、「賣劍買牛真得計，腰金騎鶴恐非才」、「異縣他鄉千里夢，連枝同氣百年心」、「秋風古道將誰語，殘月長庚更可憐」、「清泉白石言猶在，赤日紅塵夢已通」、「霽日光風開白晝，瓊林珠樹照青春」、

「流星淡月魚龍夜，老木清霜鴻雁秋」、「荒畦斷壟新霜後，瘦蝶寒螿晚景前」、「斷雲落日天無盡，老樹遺臺秋更悲」、「槐火石泉寒食後，鬢絲禪榻落花前」、「水碧金膏步兵酒，天香國色洛陽花」、「離合興亡竟如此，淒迷零落欲安之」、「雲窗霧閣有今夕，寶靨羅裙無此聲」、「輕舟矮馬追隨遠，翠幕青旗笑語譁」、「販婦庸兒識名姓，故鄉遺族見衣冠」。更有用之起句者，如「薄雲晴日爛烘春，高柳清風便可人」、「露菊霜華薦枕囊，石泉崖密破松房」、「遠水寒烟接戍樓，黄花白酒浣羈愁」。更有前六句全用者，「南楊北李閒中老，欒丈張兄病且貧。叔夜吕安許命駕，牧童田父實爲鄰。功名富貴知何物，風雨塵埃惜此身。」按七律此體雖始於老杜，如「小院回廊春寂寂，浴鳧飛鷺晚悠悠」、「清江錦石傷心麗，嫩蘂濃花滿目斑」、「書籤藥裹封蛛網，野店山橋送馬蹄」、「落花游絲白日静，鳴鳩乳燕青春深」、「珠簾繡柱圍黄鵠，錦纜牙檣起白鷗」、「卧龍躍馬終黄土，人事音書漫寂寥」、「楚江巫峽半雲雨，清簟疏簾看弈棊」，未嘗不疊見，而豈至如遺山無十首不一見耶？是必平日專取應用字面，寫之一紙，以待分撥，故往往纔見於此，又見於彼。持此摹杜，愈近愈遠，貌即宏偉，何關妙詣哉！

遺山詩七古最健，五古次之，故能長雄北方，爲蘇、黄之後勁。然如《平湖曲》：「越女顔如花，吴兒潔於玉。天教並牆居，不著同被宿。」此等成何言語？《前芳華怨》云：「金谷樓臺悄無主，燕子不來花著雨。」詩也近於詞矣。《後芳華怨》云：「白玉搔頭緑雲髮，玫瑰面脂透肉滑。春風著人無氣力，不必相思解銷骨。」皆褻狎太甚，又蘇、黄所不肯爲也。此外歌行放恣新奇處，亦時以蘇、黄爲粉本，大體則學杜耳。五律平衍處多，變化處少，如「老樹高留葉，寒藤細作花」、「風雪貂裘暗，關山馬骨高」、「地古郵墟迴，川迴縣郭斜」、「古木凍欲折，斷崖行復通」、「風霜侵晚節，天地入歸心」，真少陵苗裔，然不多見也。五絶惟學少陵四句全對者，致有波峭。七絶佳者雖多，而率者亦多，此體亦非其所擅場也。總之遺山全賴不仕新朝，足挽救崔立碑文之過。而李治仁卿作其集序云：「主上嚮居藩邸，挹君盛名。神聖御天，文治蝟興，使遺山不死，則登鑾坡，掌綸誥，稱内相久矣。際昌辰而身往，非遺恨耶？」夫遺山正以不仕元爲完人，而仁卿轉引爲恨事，蓋仁卿乃金臣而仕元者，宜有此鄙論耳。予嘗仿遺山《論詩絶句》論遺山詩云：「評論正體齊梁上，慷慨歌謡字字遒。新態無端學坡谷，未須滄海説横流。」「氣挾幽并格老蒼，中原旗鼓孰相當。如何兩曲《芳華怨》，塗抹妖紅作晚唐。」遺山詩云：「先儒骨已腐，百罵不汝酧。胡爲文字間，刮垢搜瘢疣。吾道非申韓，哀哉涉其流。」予不幾涉申、韓刻覈之流哉？非也。遺山詩在金、元間無敵手，其高者，即南宋誠齋、致能、放翁諸名家，均非其敵。愛之愈深，則求之愈細，一例推崇，恐仿其疵纇處耳。不然，予何獨多求於遺山？

遺山詩有不用意而直入古人堂室者，如「寒波淡淡起，白鳥悠悠下」是也。若《黄金行贈王飛伯》云：「君詩只有《貧女謡》，何曾夢見《金縷衣》。外家翁媪日有語，嫁女書生徒爾爲。」此下忽接云：「昆陽城下三更酒，醉膽輪囷插星斗。一夕詩腸老蛟吼，十丈長人隨車走。」此又以用意變動而得之，真七古之丹訣也。其《論文》云：「工文與工詩，大似國手棊。國手雖漫應，一著存一機。文須字字作，亦要字字讀。咀嚼有餘味，百過良未足。今人誦文字，十行誇一目。毫釐不相照，覿面楚與蜀。」真道盡作文覽文者利病，後生所不可不知也。

李治仁卿與遺山爲友，其攷訂之學，迥出遺山上，著《古今黈》，凡四十卷，今祇存十之四五。所辨載籍疑義，劇有功於後學。如論子建、仲宣、孟陽《七哀》，駁去呂向「痛而哀，義而哀，感而哀，怨而哀，耳目聞見而哀，口歎而哀，鼻酸而哀」之陋説，謂「人之七情，有喜、怒、哀、樂、愛、惡、欲之殊，今而哀戚太甚，喜、怒、愛、惡等悉皆無有，情之所繫，惟有一哀而已，故謂之《七哀》」也。疏解明确，蓄疑久矣，得此爲之一快。又如駁東坡詩「計拙集枯梧」、「奈有中郎解摸金」、「絶勝倉公飲上池」、「到處賣刀收藺栗」、「得我新詩喜折屐」、「罔罔可憐真喪狗」、「鍾乳金釵十二行」、「赤髯碧眼老鮮卑，迴策如縈獨善騎」等句用事下字未安處，皆确鑿不刊。獨其譏彈退之「業已觝排異端，不應與浮屠之徒相親，又作爲歌詩語言以光大之。而《與孟尚書書》，則若與人訟於有司，別自是非，過自緣飾。以是觀之，何特荀、揚之小疵而已。」此蓋未審退之之心者。夫退之之心，所憎者佛也，非僧也。佛，立教者也，故可憎。僧，或無生理而爲之，或無知識而爲之，可憫而不可憎也。觀退之《送惠師》云「惠師浮屠者，乃是不羈人」，言其雖爲浮屠，而人則不爲彼教所束，故用「乃」字見意。《送澄觀》云「皆言澄觀雖僧徒，公才吏用當今無」，是欲其歸正而用其才能，不以僧徒異視，故用「雖」字見意。《送靈師》云：「飲酒盡百錢，嘲諧思逾鮮。」「飲酒」、「嘲諧」皆戒律所禁，靈師能爾，轉用以譽之，亦愛僧闢佛之意也。退之曷嘗光大其教哉？若《送文暢序》，直斥其「溺乎故不能即乎新」爲弱，《送高閑序》直斥其「頹敗不可收拾」，并草書亦不能工。退之之素志亦未嘗撓也。惟與大顛三書，綢繆款洽，然亦退之所云：「乃人之情，非求福田利益者。」且攷皇甫湜有《送簡師序》云：「韓侍郎貶潮洲，浮圖之士歡快以作。師獨憤起適潮，不顧萬里之嶮毒，若將朝得進拜而夕死者。」是僧徒感服退之之言者，亦不乏人矣。退之既許大顛識道理，殆亦簡師之流耳，烏得轉以爲退之改操哉？其《與孟尚書書》，正論叠出，磊落光明，乃退之文章大節目處。仁卿謂其「若與人訟」，是亦疑孟子爲好辯者之流也。孟子專闢楊、朱、墨翟，而於楊、墨之徒，不欲爲入苙之招，亦退之意。愚愛仁卿考證之精，説詩亦有風旨，惜乎論退之而不明其心也，故正之以告後之讀退之詩者。

郭景純《遊仙詩》與顔延年《五君詠》同一命意，皆憤激之詞耳。延年云：「途窮能無慟」、「龍性誰能馴」、「一麾乃出守」，非詠五君，沈約已言之。景純《遊仙詩》七首首四句云：「京華游俠窟，山林隱遯栖。朱門何足榮，未若託蓬萊。」末章收四句云：「王孫列八珍，安期鍊五石。長揖當途人，去來山林客。」起結處命意分明，又豈真欲遊仙哉？譏彼時朝貴擾擾膠膠，身握權要，皆蜉蝣耳。故一則曰：「借問蜉蝣輩，寧知龜鶴年？」再則曰：「蕣榮不終朝，蜉蝣豈見夕。」揮斥不容餘力，而以游仙爲託詞，所以妙也。江文通擬景純詩，專以遊仙爲題，昭明又厠景純詩於何敬宗《遊仙詩》後，標爲遊仙一門，均非縣解。至曹唐鋪陳詭誕，大小《遊仙》等作，累幅不休，癡人前政不得説夢。偶一覽之，輒笑不能仰也。

陳無已《小放歌行》云：「春風永巷閉娉婷，長使青樓誤得名。不惜卷簾通一顧，怕君著眼未分明。」「當年不嫁惜娉婷，傅白施朱作後生。説與旁人須早計，隨宜梳洗莫傾城。」山谷曰：「無己平日詩極高古，此則顧影徘徊，衒耀太甚。」愚謂無已兩詩亦顔延年《五君詠》之流也，豈自衒哉？憤世疾俗之詞耳。第一首惡倖得名位之人，必欲知我者真一著眼。第二首明獨居自愛之懷，不似隨時者工於早計。品甚超，詞甚激，正是好高志古、不浪結納者口吻，何爲不「高古」哉？無已安貧守道，窮厄以死，豈肯爲顧影賣弄之詞？吾恨山谷久與之交，而不能因其詞而察其心也。無已又有《芍藥》詩云：「九十風光次第分，天憐獨得殿殘春。一枝賸欲簪雙髻，未有人間第一人。」此真眼空一世，無人之見者存也。衒耀干進者，胸次有此等語耶！

殷璠《河岳英靈集》選王灣《江南意》云：「南國多新意，東行伺早天。潮平兩岸失，風正一帆懸。海日生殘夜，江春入舊年。從來觀氣象，惟向此中偏。」芮挺章《國秀集》選王灣《次北固山下》云：「客路青山下，行舟緑水前。潮平兩岸闊，風正一帆懸。海日生殘夜，江春入舊年。鄉書何處達，歸雁洛陽邊。」殷、芮皆唐人，何所傳各異如此？愚按「兩岸闊」，「闊」字不如「失」字之雋，而首尾四句，當以芮選爲正，殷選首尾詞意殊欠老成。沈歸愚《別裁》亦主芮氏，而「失」字獨從殷氏，未免任意取攜。王新城删纂殷、芮選本，不加攷訂，至《三昧集》乃從芮氏，但注曰「一本作《江南意》」云云而已。

唐張萬頃詩云：「洛陽城東伊水西，千花萬竹使人迷。臺上柳枝臨岸低，門前荷葉與橋齊。日暮待君君不見，長風吹雨過前溪。」此詩風調之美，直逼齊、梁，後人鮮用其格者。

常建「松際露微月，清光猶爲君」，劉昚虛「松色空照水，經聲時有人」，陶翰「夜來猿鳥静，鐘梵寒雲中」，李頎「行客暮帆遠，主人庭樹秋」，岑參「不見林中僧，微雨潭上來」，綦毋潛「晚風吹行舟，花路入溪口」，王昌齡「遠山落日在，空波微烟收」，崔曙「空色下低水，秋聲多在山」，李嶷「月色偏秋露，竹聲兼夜泉」，萬楚「野閒犬時吠，日暮牛自歸」，皆曲盡幽閒之趣，每一誦味，煩襟頓滌。乃知盛唐諸公，古詩深造如此，不必儲、王、孟、韋而後盡物外之妙也。

元次山《補樂歌》，皮襲美《補九夏》，皆可已而不已者也。如元補伏羲《網罟歌》爲首章，其詞云：「吾人苦兮水深深，網罟設兮水不深。」「吾人苦兮山幽幽，網罟設兮山不幽。」雖戛然而止，而有一點淳古氣否？皮《補九夏》爲末章，其詞云：「桓桓其珪，衮衮其衣。出作二伯，天子是毘。」「桓桓其珪，衮其服。入作三孤，國人是服。」反覆有何義藴？唐人畢竟是韓、柳得古《雅》、《頌》深處，如《琴操》十章，《平淮夷雅》二篇，雖謂其脱出於周人之口可也。元平日雖有古奥之筆，到此亦成僞體；皮平日佳構已希，此作更屬不量力矣。

王新城謂姚氏《唐文粹》别裁具眼，其書頗貴重於世，猶惜其雅俗雜糅，未盡刊削，因加删定，自稱千載一快。然如牧之《杜秋娘詩》「聯裾見天子，盼眄獨依依」、「低鬟認新寵，窈窕復融怡」，夫秋娘本李錡之妾，籍之入宫，憲宗寵之，實累盛德。牧之既不爲先帝諱，又作此褻狎語耶？中間比以夏姬、西施、薄后、蕭后，尤爲失倫。後幅「地盡有何物？天高復何之？指何爲而捉？足何爲而馳？耳何爲而聽？目何爲而窺？」此等於題何義？於詩何法？纍纍五六百言，不如廢紙。姚於《英華》千卷中選之，已可怪，新城知姚氏之雜而猶選此，尤可怪也。又如賀蘭進明《古意》二首，亦在選中。進明乃小人之尤，大忠之賊，千載而下恨不食肉寢皮者，彼徒習古人之言語，又何爲哉！且此詩漁洋已采於殷璠《河岳英靈集》中，又采於《唐文粹》中，是真以其詩爲不可廢也。今觀其二詩云：「秦庭初指鹿，群盜滿山東。忤意皆誅死，所言誰肯忠。武關猶未啓，兵入望夷宫。爲祟非涇水，人君道自窮。」「崇蘭生澗底，香氣滿幽林。采采欲爲贈，何人是同心。日暮徒盈把，徘徊幽思深。慨然紉雜佩，重奏丘中琴。」雖無舛戾，亦少風神，徒以詩論，棄之亦不足惜。何爲録此凶人之詩，以汙其纂輯哉？

《篋中集》王季友《寄韋子春》詩：「出山秋雲曙，山木已再春。食我山中藥，不憶山中人。山中誰予密，白髮惟相親。雀鼠晝夜無，知我廚廩貧。依依北舍松，不厭吾南鄰。有情盡捐棄，土石爲同身。」而《河岳英靈集》王季友《山中贈十四祕書兄》云：「出山祕芸署，山木已再春。食我山中藥，不憶山中人。山中誰予密，白髮日相親。雀鼠晝夜無，知我廚廩貧。有情盡捐棄，土石爲同身。依依舍北松，不厭吾南鄰。夫子質千尋，天澤枝葉新。余以不材壽，非智免斧斤。」字句互異，又多二韵。愚謂當以《篋中集》爲正，蓋季友本次山之友，故次山録之《篋中》，殷璠本不足據也。漁洋兩詩並遷，絶不一加論斷。沈确士轉據殷本選入《别裁》，非是。又按季友詩最沈奥有古骨，然如《觀于舍人壁畫山水》詩云：「獨坐長松是阿誰，再三招手起來遲。于公大笑向予説，小弟丹青能爾爲。」未免質而有俚氣，靈而有稚氣。《英靈集》及《文粹》皆選之，漁洋又選之。又按《才調集》顧況《悲歌》四首，與《文粹》顧況《悲歌》三首，章句多少互異。愚謂當以《文粹》本爲正，蓋《文粹》本前有顧況自序，似爲詳覈。且《文粹》本第二首云：「新繫青絲百尺繩，心在君家轆轤上。我心皎潔君不知，轆轤一轉一惆悵。何處春風吹曉幕，江南渌水通朱閣。美人二八顔如花，泣向春風畏花落。臨春風，聽春鳥。别時多，見時少。愁人一夜不得眠，瑶井玉繩相對曉。」首尾宛轉關生，完整一片，較之《才調》本以「新繫青絲百尺繩」四句爲一首，「何處春風驚曉幕」四句爲一首，而又無「臨春風」以下六句者，格韵實屬過之。漁洋亦第云章句不同而已，未加論斷也。又按令狐楚《御覽詩集》梁鍠《美人春怨》詩：「妾家巫峽陽，羅帳寢銀牀。曉日臨窗久，春風引夢長。落釵猶罥鬢，微汗欲銷黄。縱使朦朧覺，魂猶逐楚王。」《國秀集》則作《觀美人卧》題爲正。然以《觀美人卧》四字命題太欠雅馴，而詩亦委靡不振，雖入《國秀》、《御覽》兩集，漁洋究可不選，況又選入《三昧集》中，用意果何取耶？

自來詠雷電詩，皆壯偉有餘，輕婉不足，未免猙獰可畏。惟陶公「仲春遘時雨，始雷發東隅」，杜審言「日氣含殘雨，雲陰送晚雷」，李義山「颯颯東風細雨來，芙蓉塘外有輕雷」，最耐諷玩。電詩則可玩者絶少，如太白之「三時大笑開電光」，劉夢得之「輕電閃紅綃」，東坡之「電光時掣紫金蛇」，均非雋句。憶八年前，曾與故友郭蘧蘧閉關賞雨，各得詠電數聯。如郭之「野水亂飛電，晚山齊納雲」、「緑窗深處電斜入，畫上遠山時一明」，殊有清思。後讀盛唐崔曙「雲外飛電明，夜來前山雨」句，予深歎其超妙不可及。乃知古人落筆，别有意象在，無意於詩而自得之也。後又讀金源趙閒閒詩云「倚闌遥認天邊電，何處行人帶雨歸」、「行過斷橋沙路黑，忽從電影得前邨」、「夜深古殿無燈燭，畫壁時因掣電明」，皆爲詠電輕婉之句，然持較崔曙，則不如其渾成矣。而蘧蘧運意偶與閒閒暗合，亦一奇也。

唐詩極含古意者，當以曲江《感遇》、青蓮《古風》爲第一，必欲以「極玄」、「又玄」、「三昧」題集者，當選此等詩。姚合、韋莊、漁洋皆名流也，而竟汶汶於此。若盧照鄰《詠史》四首、李華《詠史》十一首、吴筠《覽古》十四首，鋪排陳言，閲之欲卧，《唐文粹》與曲江、青蓮等古詩一概選入，美玉碔砆，混混而不辨也。

右丞、東川、常侍、嘉州七古、七律，往往以雄渾悲鬱、鏗鏘壯麗擅長，漁洋選入《三昧集》，十居其四五，與其初意主於鏡花水月，羚羊挂角，妙在酸鹹之外者，絶不相合。此等詩如明珠美玉，千人皆見，誠不可以無選；顧即專拈興象，託喻禪悦，似不得以此自亂其例。漁洋爲一代宗工，所選五、七古既傷於繁，猶曰與宋牧仲共之。《唐詩十種選》多遺絶作，猶曰元本則然。若《三昧集》，則其一生之宗旨，隻眼之冥搜也，而又參差不整如此。此皆由好標名目，以張壇坫，而千古傳誦之作，又愛不忍割，故進退無所據，而强以附之耳。今人競駁漁洋選詩神韵爲宗，未窺實際，詎知所選者固非專標神韵也。請得而斷之曰：《三昧集》之詩不可廢，《三昧集》之名可不從。

宋人詩話，《滄浪》及《歲寒堂》兩種外，足以鼎立者，殆惟《白石詩説》乎？其説極簡極精，極平極遠，此道中金繩寶筏也。獨謂「詩有四種高妙：一曰理高妙，二曰意高妙，三曰想高妙，四曰自然高妙」。夫「理」即「意」之託始，「想」即「意」之别名，既曰「高妙」，不「自然」者何以能之？吾惜其名目之瑣而複也，雖自爲疏解，庸可訓乎？

白石云：「句意欲深、欲遠，句調欲清、欲古、欲和，是爲作者。」予觀儲太祝古詩，深、遠、清、古則有之矣，獨於「和」字有缺。彼雖自有一種沈奥音節，然終不似陶、韋、王、孟之諧適入人心者，殆由强探力索而爲之，非其本心所欲出歟？其詩云「爲己存實際，忘形同化初」，又曰「松柏生深山，無心自貞直」，可謂極有見地者，而何以失節于禄山也？其非本心安之，亦可知矣。白石云：「思有窒礙，涵養未至也。當益以學。」又曰：「吟詠情性，如印印泥。止乎禮義，貴涵養也。」此可爲强作高古語者良藥，雖以之當論學之書也可。

嚴滄浪云：「孟襄陽學力下韓退之遠甚，而其詩獨出退之之上者，一味妙悟故也。」然則盛唐惟孟襄陽，乃可以一味妙悟目之。然襄陽詩如「東旭早光芒，浦禽已驚聒。卧聞漁浦口，橈聲暗相撥。日出氣象分，始知江湖闊」、「太虚生月暈，舟子知天風。挂席候明發，渺漫平湖中。中流見匡阜，勢壓九江雄。香爐初上日，瀑布噴成虹」，精力渾健，俯視一切，正不可徒以清言目之。則謂襄陽詩都屬悟到，不關學力，亦微誤耳。

嚴滄浪謂崔郎中《黄鶴樓》詩爲唐人七律第一，何仲默、薛君采則謂沈雲卿「盧家少婦」詩爲第一。人決之楊升庵，升庵兩可之。愚謂沈詩純是樂府，崔詩特參古調，皆非律詩之正。必取壓卷，惟老杜「風急天高」一篇，氣體渾雄，翦裁老到，此爲弁冕無疑耳。王元美謂沈末句方是齊、梁樂府，「風急天高」篇結亦微弱。既不解沈詩起轉風情，又不識杜詩煞筆深重，皆非确論。至沈、崔二詩，必求其最，則沈詩可以追摹，崔詩萬難嗣響。崔詩之妙，殷璠所謂「神來氣來情來」者也。升庵不置優劣，由其好六朝、初唐之意多耳。尤西堂乃謂崔詩佳處止五六一聯，猶恨以「悠悠」、「歷歷」、「淒淒」三疊爲病；太白不長於律，故賞之，若遇子美，恐遭小兒之呵。嘻，亦太妄矣！

養一齋詩話卷九

山陽潘德輿彥輔

李于鱗選唐詩，五古不取老杜《北征》，七古不取太白《蜀道難》、《遠別離》，知其于此事所見甚左。然于鱗七律，當代首推，而所選七律，於老杜《諸將》、《詠懷古蹟》等作，亦一概不録。若初唐人應制諸篇，則纍纍選之，不知有何意緒？于鱗七律自是規橅右丞、東川處多，非從初唐入手，何爲濫收如許？然于鱗選右丞、東川七律，亦不盡如人意。如右丞「欲笑周文歌燕鎬，還輕漢武樂横汾。豈知玉殿生三秀，詎有銅池出五雲。陌上堯尊傾北斗，樓前舜樂動南薰。共歡天意同人意，萬歲千秋奉聖君」。東川「物在人亡無見期，閒庭繫馬不勝悲。窗前緑竹生空地，門外青山似舊時。悵望青天鳴墜葉，巑岏枯柳宿寒鴟。憶君淚落東流水，歲歲花開知爲誰。」調平意複，豈獨非絶作而已，而于鱗皆選之。然則于鱗之於右丞、東川，猶未窺其精要也。

于鱗于嘉州「到來函谷愁中月，歸去磻溪夢裏山」，注云：「是三昧語，最要頓悟。」是即漁洋《三昧集》之開山也。愚按嘉州此聯，宛轉入情，虚實相副，妙處正在目前，詮以「三昧」，轉覺鑿之使深，令人難喻。漁洋祖襲此論，亦好高之弊也。

李于鱗論唐人七絶，以王龍標「秦時明月」爲第一，人多不服。王敬美云「于鱗擊節『秦時明月』四字耳。」按于鱗雅好飣飣字句爲奇，故敬美用此刺之。然敬美首選「黄河遠上」、「蒲萄美酒」二詩，究之調高議正，仍以「秦時明月」一篇爲最，不得緣于鱗好奇，而抑此名構也。

王敬美曰：「作詩者初命一題，神情不屬，便有一種供給應付之語，畏難怯思，即以充役，故每不得佳。能破此一關，沈思忽至，種種真相見矣。」此一段真文章不二法門，不獨論詩宜爾。予每欲書之席端，以爲行文準的。又曰：「今世五尺之童，纔拈聲律，便能薄棄晚唐。然取法固當上宗，論詩亦勿輕道。詩必自運，而後可以辨體。詩必成家，而後可以言格。」又曰：「不惟情性之求，而但以新聲取異，安知今日不經人道語，不爲異日陳陳之粟乎？」此皆能爲末學膚受輩進苦口之藥石、針害身之膏肓也。徐昌穀《談藝録》極求簡奥，其實膚庸，無此切中痼疾之言。作詩工於敬美，論詩遜之甚遠。漁洋極尊《談藝》，於《藝圃擷餘》則忽之，偏矣。

崔郎中《黄鶴樓》詩，李太白《鳳皇臺》詩，高著眼者自不應强分優劣。瞿宗吉謂「太白結語，懷君戀闕，意較閎遠」。予前已駁之。王敬美乃謂「崔之『使人愁』，『烟波』使之愁也。『長安不見』，逐客自應愁，寧須使之？是太白爲不當。」不知兩詩皆以十四字成句，崔之愁生于「日暮烟波」，李之愁生於「浮雲蔽日」，或興或比，皆愁所繇結耳。箇中旨趣，豈有軒輊？敬美衹就末七字索意，遂覺不敵，是敬美自誤，非太白誤也。予笑太白此詩人人習誦，而評者都不甚允。范德機云：「登臨詩首尾好，結更悲壯。」謂登臨詩首尾不易全好，而此獨完整耶？抑非登臨詩，首尾便可以不全好耶？既曰「首尾好」，何云「結更悲壯」耶？結之悲易見，壯則安所指耶？劉會孟云：「若無後兩句，亦不必作，出于崔顥而特勝之以此。」然則太白所以作此詩者，專爲末二句另翻一意，求勝於崔，而後爲之耶？然前六句較遜于末聯，末聯之較勝於崔，曾孟何又不能明言，而作啞語不了語以示人耶？王元美云：「太白《鸚鵡洲》一篇，效颦《黄鶴》可厭。『吴宫』『晉代』二句，亦非作手。律無全盛者，惟得兩結耳：『總爲浮雲能蔽日，長安不見使人愁』、『借問欲棲珠樹鶴，何年欲向帝城飛』。」夫作詩各有意到，何況供奉天才，豈難自立？《鳳皇臺》人疑學步，《鸚鵡洲》又説效颦，太白非崔郎中，將不作七律耶？「吴宫」二語閒接甚緊，婉接甚遒，正古氣流行變動處，所謂「非作手」者，將不能矜張字句以求工耶？「三山半落青天外，二水中分白鷺洲」、「瑶臺含霧星辰滿，仙嶠浮空島嶼微」，豈塵凡下士步伐思議所及者？獨以兩結爲美，將此超玄入天之句亦遺之耶？合數子以求之，孰爲當可之論？元美、敬美同氣聯鑣，論太白詩，忽相違反，又何耶？《世説》云：「非但能言人不得，並索解人亦不得。」茫茫古今，足爲三歎。

沈存中云：「鸛雀樓前瞻中條，下瞰大河，唐人留詩多矣，惟王之涣、暢當、李益三詩能狀其景。」按之涣「白日依山盡」一絶，市井兒童皆知誦之，而至今嶄然如新。暢當詩「迥臨飛鳥上，高出世塵間。天勢圍平野，河流入斷山」，興之深遠，不逮之涣作，而體亦峻拔，可以相亞。若益詩云：「鸛雀樓西百尺檣，汀洲雲樹共茫茫。漢家簫鼓空流水，魏國山河半夕陽。事去千年猶恨速，愁來一日即爲長。風烟併起思鄉望，遠目非春亦自傷。」較之吴融《鸛雀樓》詩「鳥在林梢脚底看，夕陽無際戍烟殘」諸句，稍有詩局。然前半平適落套，後半粗率任情，去王、暢二詩終不可以道里計。存中並舉之，過矣。大抵益詩深於七絶，律體乃其所短，即《飲馬泉》一律，于鱗、歸愚等皆選之，佳處果安在乎？

《容齋隨筆》引《温公詩話》云：「唐之中葉，文章特盛，其姓名湮没不傳于世者甚衆。如河中府鸛雀樓，有王之奐、暢諸二詩，二人皆當時所不數，而後人擅詩名者，豈能及之哉！」按「奐」字必係「涣」字之訛，「諸」字必係「當」字之訛。王之涣與王昌齡、高適齊名，暢當與韋蘇州屢有唱和，本屬勝流，故其《鸛雀樓》詩卓絶時輩如此。歷攷他本，皆無作王之奐、暢諸者，温公所見，不知何據，容齋未加訂正，亦不可曉。

《中州集》以党竹溪與趙閒閒並列大家。閒閒亦謂「堂堂竹溪翁，如天有五星。篆籀深漢魏，文章仿《六經》」。愚按党非趙匹也。党詩清脱有餘，雄渾不足。七古如《吴江新霽圖》、《春雲出谷圖》，跌宕處頗得坡公遺意，惜不多見。傑句如「地傾濰水北，山斷穆陵東」、「潮吞淮澤小，雲抱楚天低」，亦不多見也。閒閒則氣體閎大，健筆縱横，名篇鉅製，不可悉數，金源之國手，遺山之先師，信無媿色。如《遊華山寄元裕之》七古，雖使裕之執筆不能過。乃裕之選者衹數十首，所遺佳什甚夥，均待我朝補訂而後傳。其於閒閒義分不薄，何不竭蒐輯之苦心耶？

閒閒亦有率句開裕之派者，如《上方》云「貪看歸鳥過林隙，不覺奇峰墮眼前」，沿襲長公句法。《光武廟》云：「灑落君臣契，艱危廟社圖。」《侯公雲溪圖》云：「滄海未全歸《禹貢》，山東且願變齊民。」徑以杜句對己句，均非詩法，而裕之亦時復犯此。又如「一證萬萬古」、「洪荒萬萬古」，則尤裕之所習見之調也。

趙閒閒、元裕之詩，脱口便有勁氣，此豈幽、燕之風土爲之，抑寢饋于古大家者深耶？予欲專取二家詩，擇而鈔之，醫婞娜罷軟之陋習，未嘗非一助也。然裕之澹遠之作甚希，而閒閒則多有之，集中和韋諸作，當其合處，頗有焚香埽地之趣。如「岸幘送歸鳥，隱几見遥岑」、「不下溪頭路，坐看檐際山」、「雲蒸坐禪石，露濕行道徑」、「宿雲不歸山，野水自成塘」、「呼兒問牛飽，又向山田耕」、「近樹斂暝色，遠山猶夕暉」，未必即左司，而塵土之氣，洗鍊殆盡，惟和陶則率筆多耳。

「工部百世祖，涪翁一燈傳」、「老杜詩家初祖，涪翁句法曹溪。尚論淵源師友，他時派衍江西」。皆曾茶山詩也。夫祖工部可也，竟以涪翁爲杜之法嗣可乎？此自茶山之見耳。茶山五言時有清迥之格，如「卷書坐東軒，有竹甚魁偉。清風過其中，戛戛鳴不已。寫之以素琴，音節淡如水。不惜爲人彈，臨流須洗耳。」「叢蘆受風低，積潦得霜淺。沙匀洲渚浄，水澹鳧鴨遠。禪扉掩晝夜，短紙開秋晚。欲問此間詩，半山呼不返。」趙仲白所謂「清於月白初三夜，淡似湯烹第一泉」，當指此種言之。他作則多筆率氣羸，雖嘗受法於韓子蒼，在江西宗派中，然與涪翁之崛崥，已絶不似，況老杜哉！所以得盛名者，或由劍南爲其高足耳。評者謂其「全集風骨高騫，藴含深遠，居涪翁、劍南間，未爲蜂腰」，非篤論也。

暢當《河中鸛雀樓》詩，《容齋隨筆》以爲暢諸，予前已正之矣。或謂暢諸乃暢當之弟，皆河東人，皆有詩名，則此作屬之于諸，亦似可通者。然攷諸詩，今祇存《早春》一首云：「獻歲春猶淺，園林未盡開。雪和新雨落，風帶舊寒來。聽鳥聞歸雁，看花識早梅。生涯知幾日，更被一年催。」才氣甚卑，不類「迥臨飛鳥上」一絶風格。若當詩則如「夜殿若山横，深松如澗涼」、「陽厓全帶日，寬嶂偶通耕」、「酒渴愛江清，餘酣漱晚汀」。又如蒲州絶句：「蒼蒼中條山，厥形極奇魄。我欲涉其厓，濯足黄河水。」皆極超拔，與《鸛雀樓》詩相類，則此作不得屬之於諸也決矣。

太白詩「我志在刪述，垂輝映千春」。昌黎詩「先王遺文章，綴緝實在余」。此皆高著眼孔，有囊括百世之意，然後吐氣奮筆，足爲一代宗匠。學者徒於聲律字句間，鞭心低首，反覆攻苦，求爲傳人，而終與秋草並腐、烟雲等滅者，非不幸也，其樹立使然也。

「垠崖劃弃豁，乾坤擺雷硠」、「刺手拔鯨牙，舉瓢斟天漿」、「文章自娛戲，金石日擊撞。龍文百斛鼎，筆力可獨扛」，自是昌黎詩法得手處。然昌黎不又云「狂詞肆滂葩，低昂見舒慘。姦窮怪變得，往往造平澹」乎？公詩有「滂葩」而無「平澹」，終非詩教之本指也。如《月蝕詩》雖刪改盧仝作，終苦怪僻。《譴瘧鬼》、《嘲鼾睡》尤游戲不經。至如《雙鳥詩》：「天公告雷公，百物須膏油。不停兩鳥詠，百物皆生愁。不停兩鳥詠，自此無春秋。不停兩鳥詠，日月難旋輈。不停兩鳥詠，大法失九疇。周公不爲公，孔丘不爲丘。天公怪兩鳥，各捉一處囚。朝食千頭龍，暮食千頭牛。」此等詩由怪僻而入詭誕，頗於詩教有害，殊非游於《詩》、《書》之源者之吐屬也。唐人謂元和之風尚怪，殆指公此等詩而言之歟？抑公亦爲風氣所移歟？要之「滂葩」、「平澹」間，學者酌而用之，斯善學昌黎矣。

昌黎《贈東野》云：「文字覷天巧。」此「巧」字講得最精，蓋作人之道，貴拙不貴巧，作文亦然。然至于「天巧」，則大巧若拙，非後世之所謂巧也。孟子曰：「能與人規矩，不能使人巧。」巧從心悟，非洞澈天機者不足語此。若以安排而得，則昌黎所云「規摹雖巧何足誇，景趣不遠真可惜」也。

王建《上昌黎》詩云：「重登太學領儒流，學浪詞鋒壓九州。不以雄名疏野賤，惟將直氣折公侯。」

頗能得昌黎一生佳處。然建詩惟樂府可貴，《宮詞》已浮冗，律詩尤淺俚不入格。如《答寄芙蓉冠子》云：「雖經小兒手，不稱老夫頭。」《新居》云：「自掃一間房，惟鋪獨臥牀。」《題禪院僧》云：「不剃頭多日，禪來白髮長。」《題金家竹溪》云：「山頭鹿下長驚犬，池面魚行不怕人。」《官舍》云：「眇身多病惟親藥，空院無錢不要關。」《贈田將軍》云：「大小獨當三百陣，縱橫祗用五千兵。」《送唐大夫》云：「旄節抱歸官路上，公卿送到國門前。」《贈索暹將軍》云：「渾身著箭瘢猶在，萬槊千刀總過來。」《贈王屋道士》云：「法成不怕刀槍利，髓實常欺石榻寒。」《贈王處士》云：「鼠來案上常偷水，鶴在牀前亦看碁。」其淺俚多類此。佳句如「一院落花無客醉，五更殘月有鶯啼」，則温飛卿詩「斜月照牀新睡覺，西峰夜半鶴來聲」，則姚武功詩，誤入建集耳。自云「鍊精詩句一頭霜」，吾未見其精也。然以樂府得與張文昌齊名，學詩者信以古體爲先務矣。

趙閒閒詩多倣古人，除擬和陶、韋數十首外，又有《雜擬》十首，《倣右丞獨坐幽篁裏》一首，《仿嚴武臨邊》一首，《仿太白登覽》一首，《擬李長吉擊毬行》一首，《仿張志和西塞》一首，《仿玉川子爲吕唐卿作》一首，《仿樂天新宅》一首，《仿郎士元寶刀塞下兒》一首，《擬東坡謫居三適》三首，《仿梅聖俞月出斷崖口》一首，何其好摹古人一至於此？姜白石云：「一家之語，自有一家之風味。模仿者語雖似之，韵則無矣。」誠哉是言也。且無論趙閒閒輩，即如《文選·雜擬》上、《雜擬》下，凡六十首，惟陶公「日暮天無雲」一首得自然之趣，然亦渾言擬古，故能自盡所懷。若陸士衡專取一題而擬之，共十二首，謝康樂、江文通專取一人而擬之，謝共八首，江共三十首，舍自己之性情，肖他人之笑貌，連篇累牘，夫何取哉！然則渾言擬古、傚古，猶之太白之《古風》，誠作者所不廢。若專傚一題一人之作，惟全集中偶見一二，可爲排悶遣日具，多至數十首，斷非通達詩本者也。嚴滄浪謂「擬古惟江文通最長，擬淵明似淵明，擬康樂似康樂，擬左思似左思，擬郭璞似郭璞，獨擬李都尉一首，不似西漢」。吾取江詩，反覆細讀，如《擬左記室》詩，只是數史中典故，《擬郭弘農》詩，只是砌道書景物，《擬謝臨川》詩，只是狀山水奇奥，此爲神似，吾亦能之，何必五色筆也？若《擬陶徵君》詩，氣味去之亦遠，惟刺取陶集「東皋舒嘯」、「稚子候門」、「或巾柴車」、「種豆南山下」、「帶月荷鋤歸」、「濁酒聊自持」、「但道桑麻長」、「聞多素心人」諸字句，能爲貌似而已，豈獨不似李都尉哉？文通一世儁才，何不自抒懷抱，乃爲贋古之作，以供後人嗤點。滄浪回護，仍是爲古人大名所壓。如謂「謝靈運詩，無一首不佳」。無論靈運他詩，蕪冗實多，即《擬鄴中集》詩，豈非索索無真氣者？摘其累句，如「忝此親賢性，由來常懷仁」、「既作長夜飲，豈顧乘日養」、「哀哇動梁埃，急觴盪幽默」、「清論事究萬，美話信非一」、「朝遊牛羊下，暮坐括偈鳴」、「求涼弱水湄，違寒長沙渚」、「自從食苹來，唯見今日美」、「良遊非晝夜，豈云晚與早」，用事抒詞，湊補支絀，乃兒童裝字爲詩者耳。以此爲美，直是怪事。《滄浪詩話》吾所最喜，然大體精切，微疵所在，亦誤後人，不可不與抉出，匪敢云好而知其惡也。

洪容齋攷訂他書極詳，於唐、宋詩證據亦核，獨其所録同時人詩，不盡得風旨。如以蔡天任《漆塘邨》四絶、劉彦沖《遊絲書》七古，爲題詠絶唱。予讀之，但見其多議論耳。又録童敏德《題顔魯公祠》七古、葉晦叔《和容齋》七古、《送容齋别》二七律，皆贊之不容口。然多用虚字折轉，筋骨盡露，沿西江派之末流，而自云得老杜之祕要者也。又録郭明復《琵琶亭》詩云：「賈胡老婦兒女語，淚濕青衫如著雨。」此妓自言其夫浮梁爲商，未嘗云「賈胡」也。惟録僧圓復二絶云：「燒燈過了客思家，獨立衡門數暝鴉。燕子未歸梅落盡，小窗明月屬梨花。」「灘聲嘈嘈雜雨聲，舍北舍南春水平。拄杖穿花出門去，五湖風浪白鷗輕。」真可耐人咀嚼。然此僧《竹軒》七古、《和韓子蒼三馬圖》七古，又平率不必録。他如陳簡齋《池上避暑》詩：「長安車轍邊，有此萬荷柄。談餘日亭午，樹影一時正。清風不負客，意重百金贈。微波喜搖人，小立待其定。」詞意新峭可喜，雖西江風格，而能藥俗，録之可也。若其《水墨梅》詩云：「粲粲江南萬玉妃，別來幾度見春歸。相逢京洛渾依舊，惟見緇塵染素衣。」猝乍閲之，幾不省爲何題，而亦喜而録之，此殆由宋詩習氣蒸染至深耳。

權文公《嚴子陵釣臺》詩：「潛驅東漢風，日使薄者醇。焉用佐天子，持此報故人。則知大賢心，不獨私其身。柰何清風後，擾擾論屈伸。交情同世道，利欲相紛綸。人世自今古，清輝照無垠。」此詩議論風格俱到，當爲釣臺詩壓卷，即范文正《嚴先生祠堂記》所本也。容齋謂文正本作「先生之德，山高水長」，李泰伯改「德」字作「風」字，文正殆欲下拜。不知此字亦權文公詩句所及也。

坡詩「中郎解摸金」、「倉公飲上池」，駁于李冶，先駁于嚴有翼，此皆無可辭之責備。而容齋以爲「坡詩抉雲漢，分天章，萬斛泉源，不擇地而出。如用五十本葱爲薤五十本，鄭餘慶蒸胡蘆爲盧懷慎，及倉公、中郎等，皆不失爲名語。有翼《藝苑雌黄》歷詆坡公用事之誤，意見甚淺。」余謂未免左袒太過也。容齋論坡公《二疏贊》云：「作議論文字，須考引事實無差忒，乃可傳信。」今詩句之失，原非文比，然必一一文飾之，恐亦非坡公意。如玉川子《月蝕詩》之董秦，自是李忠臣耳，坡公以忠臣爲非無功而食禄者，見駁于嚴有翼，而容齋又以爲不然。後來李治所駁，較之有翼尤詳，則容齋之曲護非也。且容齋以董秦爲董賢、秦宫，無論賢、宫，自古未嘗並稱，即可以類及，而玉川子詩「歲星主福德，官爵奉董秦」，賢爲大司馬矣，宫第爲梁冀夫婦所寵，其官爵未顯奕也，何能與董賢並哉！又坡公《有美堂》詩：「天外黑風吹海立」，用杜公《三大禮賦》「四海之水皆立」可也。若和陶《停雲》詩「雪立三江」，容齋又以爲用此賦，此恐係蘇公自造字句，容齋臆斷用杜可乎？又《唐書》載李密從楊玄感起兵被獲，以計得脱，變姓名教授諸生自給，鬱鬱不得志，哀吟泣下。而劉仁軌《行年河洛記》載密往來諸賊帥間，説以舉大計，莫肯從者，因作詩言志曰「金風蕩初節，玉露垂晚林」云云，諸將見詩漸敬之。容齋曰：「吾意此詩正其哀吟中所作也。」愚按《隋書・李密傳》明云：「密詣淮陽，舍于郡中，變姓名聚徒教授，鬱鬱不得志，爲五言詩云云，因泣下數行。時人有怪之者，以告太守捕之，密乃亡去。」容齋不引《隋書》而徒以意斷之，何耶？信乎論古之難也。

容齋極尊坡公而曲護之，然坡公以徐凝「一條界破青山色」爲惡詩，容齋曰：「家藏凝集，觀其餘詩，亦有佳處。」因録數絶云：「水色簾前流玉露，趙家飛燕侍昭陽。掌中舞罷簫聲絶，三十六宫秋夜長。」「蕭娘臉下難勝淚，桃葉眉頭易得愁。天下三分明月夜，二分無賴是揚州。」「遠客遠遊新過嶺，每逢芳樹問芳名。長林遍是相思樹，争遣愁人獨自行。」「一樹梨花春向暮，雪枝殘處怨風來。明朝漸校無多去，看到黄昏不欲回。」「一生所遇惟元白，天下無人重布衣。欲别朱門淚先盡，白頭遊子白身歸。」予反覆讀之，究不省其佳處。惟「天下三分」二句，至今傳誦，然「明月夜」何以「三分」，創意造語，奇而未确。至「遠客遠遊」、「一樹梨花」兩首，直是學究常言。「明朝漸校無多去」，彌拙滯不成文也。「一生所遇」一首，夸鄙可笑，「白身歸」三字尤俗。惟「水色簾前」一首，略有清機，然末二句以飛燕之寵形後宮之寂，則「簫聲絶」「絶」字尚不甚工緻耳。容齋云：「皆有情致，宜其見知於微之、樂天。」意與玻反，殆又爲元、白所誤。容齋嘗謂「薛能詩格調不能高，而妄自尊大」，何於徐凝則曲恕之哉！

余二十餘歲時，嘗作《重陽坐雨述懷》詩，押盡十一軫一韻，自以爲前此未有。後觀《容齋隨筆》謂「向作《汪莊敏銘》詩八十句，惟蕭敏中讀之曰：『押盡二腫一韻。』今攷之，猶有十字越用一董内韻。」按此皆好奇，非詩法也。詩尚不可，況銘也哉？容齋取張文潛愛誦杜公「溪回松風長」五古，坡公「梨花淡白柳深青」七絶，以爲美談。二詩何嘗有一字求奇，何嘗有一字不奇？僕少年不學，鹵莽於詩，不謂容齋鉅手，久已爲此。必知容齋述文潛之意，方于詩學有少分相應耳。予又考坡公七絶甚多，而合作頗少。其高才博學，縱横馳驟，自難爲絃外音。「梨花淡白」一章，允屬傑出，文潛所賞，足稱隻眼。然坡之七絶高唱猶有數章，漫識於此，供愛者之諷誦焉。「江東賈客木綿裘，會散金山月滿樓。夜半潮來風又熟，卧吹簫管到揚州。」「青山斷處塔層層，隔岸人家喚欲譍。江上秋風晚來急，爲傳鐘鼓到西興。」「黑雲翻墨未遮山，白雨跳珠亂入船。卷地風來忽吹散，望湖樓下水如天。」「野水參差落漲痕，疏林欹倒出霜根。扁舟一棹歸何處，家在江南黄葉邨。」「溶溶晴港漾春暉，蘆筍生時柳絮飛。還有江南風物否，桃花流水鮆魚肥。」「竹外桃花三兩枝，春江水暖鴨先知。蔞蒿滿地蘆芽短，正是河豚欲上時。」

張文潛愛誦坡公「梨花淡白柳深青」一絶，而放翁譏之曰：「杜牧之有句云：『砌下梨花一堆雪，明年誰此凭闌干？』東坡固非竊人詩者，然竟是前人已道之句，何文潛愛之深也，豈別有所謂乎？」愚按坡公此詩之妙，自在氣韵，不謂句意無人道及也。且玩其句意，正是從小杜詩脱化而出，又拓開境地，各有妙處，不能相掩，放翁所見亦拘矣。

范致能《春曉》二絶云：「陰陰垂柳閉朱門，一曲闌干一斷魂。手把青梅春已去，滿城風雨怕黄昏。」「夕陽槐影上簾鉤，一枕清風夢昔遊。夢見錢塘春盡處，碧桃花謝水西流。」聲情婉轉，微嫌近於詞耳。其《四時田園雜興》六十首，予獨愛其一首云：「梅子金黄杏子肥，麥花雪白菜花稀。日長籬落無人過，惟有蜻蜓蛺蝶飛。」可與坡公「溶溶晴港」一絶相配也。若其《州橋》詩云：「州橋南北是天街，父老年年等駕迴。忍淚失聲詢使者，幾時真有六軍來。」沈痛不可多讀，此則七絶至高之境，超大蘇而配老杜者矣。

崔珏以賦《鴛鴦》三詩得名，其詩實庸下。羅鄴有《鴛鴦》詩云：「一種鳥憐名字好，都緣人恨別離多。」風致清脱，勝崔作多矣，而人顧莫之傳也。然鄴末二句云：「相對若教秦女見，便須攜向鳳皇窠。」亦粗鄙不成言語。何此題之難得佳詩耶？珏詩如「烟分頂上三層緑，劍截眸中一寸光。雖然不似王孫女，解愛臨卭賣賦郎」，「心迷曉夢窗猶暗，粉落香肌汗未乾。兩臉夭桃從鏡發，一眸春水照人寒」。諸句粗鄙之態至矣。寫美人至此，亦屬文章一厄。而近之選唐詩者，猶謂崔珏詩極旖旎，惜不多見，人之好惡不同乃至是。

元微之《贈嚴童子》詩自注：「童子十歲能賦詩，詩題有成人風。」此注最有見。今人詩固不逮古人，即詩題已不堪入目矣。然微之詩如《以州宅夸于樂天》、《初除浙東妻有沮色因以四韻曉之》之類，其製題猶未甚高雅簡净也。

予論唐詩，小與人異。東野《獨愁》詩云：「前日遠別離，昨日生白髮。欲知萬里情，曉卧半牀月。常恐百蟲鳴，使我芳草歇。」《洛陽晚望》云：「天津橋下冰初結，洛陽陌上行人絶。榆柳蕭疎樓閣閒，月明直見嵩山雪。」筆力高簡至此，同時除退之之奥，子厚之淡，文昌之雅，可與匹者誰乎？而人猶以退之傾倒不寘爲疑。陸魯望古風律體，不散漫則湊帖，佳詩甚寥寥。每覽其詩，倉卒惟恐不盡，然有三絶句可喜，皮襲美不能爲也。「陵陽佳地昔年遊，謝脁青山李白樓。惟有日斜溪上思，酒旗風影落春流。」「且將絲絆繫蘭舟，醉下烟汀減去愁。江上有樓君莫上，落花隨水正東流。」「素蘤多蒙別艷欺，此花端合住瑶池。無情有恨何人見，月曉風清欲墮時。」而人以皮、陸爲晚唐高手，且謂皮、陸爲唱和勍敵。杜牧《題宣州開元寺》云：「南朝謝脁城，東吴最深處。亡國去如鴻，遺寺藏烟隖。樓飛九十尺，廊環四百柱。高高下下中，風繞松桂樹。青苔照朱閣，白鳥兩相語。溪聲入僧夢，月色輝粉堵。閲景無旦夕，憑欄有今古。留我酒一尊，前山看春雨。」牧之雄直如此，而人第以艷麗盡之。

養一齋詩話卷十

山陽潘德輿彥輔

陶公詩雖天機和鬯，静氣流溢，而其中曲折激盪處，實有憂憤沈鬱、不可一世之概。不獨於易代之際，奮欲圖報，如《擬古》之「枝條始欲茂，忽值山河改。本不植高原，今日復何悔」，《詠荆軻》之「雄髮指危冠，猛氣衝長纓。其人雖已歿，千載有餘情」，《讀山海經》之「精衛銜微木，將以填滄海。刑天舞干戚，猛志故常在。徒設在昔心，良晨詎可待」也。即平居酬酢間，憂憤亦多矣，不爲拈出，何以論其世、察其心乎？如「醒醉還相笑，發言各不領」、「是非苟相形，雷同共譽毁」、「賜也徒能辯，乃不見予心」、「擺落悠悠談，請從予所之」、「知音苟不存，已矣何所悲」、「孰若當世士，冰炭滿懷抱」、「不怨道里長，但畏人我欺」、「多謝諸少年，相知不忠厚」、「迂轡誠可學，違己詎非迷」、「我心固非石，君情定何如」、「不見相知人，惟見古時丘。此士難再得，吾行欲何求」。蓋所學任天，自與俗異，同時必有貌爲推尊、内實非薄者，必又有多方訕笑、交訌其側者，非具定識定力，何以能不爲之動，而卒成所學也。故端居自勵，亦深以懷疑改轍爲警，曰「當年詎有幾，縱心復何疑」，曰「達人解其會，逝將不復疑」，曰「一往便當已，何爲復狐疑」。然則和鬯流溢，學成之候也。憤激沈鬱，刻苦之功也。先有絶俗之特操，後乃有天然之真境。彼一味平和，而不能屏絶俗學者，特鄉原之流，豈風雅之詣乎？

漁洋以陶詩「傾耳無希聲」二語爲詠雪絶境，不知陶詩於風雷日月、雨露雲烟，吟興偶到，無非絶境也。「平疇交遠風」、「泠風送餘善」、「涼風起將夕，夜景湛虚明」、「幽蘭生前庭，含薰待清風」、「微雨從東來，好風與之俱」、「靈淵寫時雨，晨色奏景風」、「微雨洗高林，清飈矯雲翮」、「藹藹停雲，濛濛時雨」、「重雲蔽白日，閒雨紛微微」、「仲春遘時雨，始雷發東隅」、「飄飄西來風，悠悠東去雲」、「日暮天無雲，春風扇微和」、「山氣日夕佳，飛鳥相與還」、「春秋多佳日，登高賦新詩」、「白日淪西阿，素月出東嶺。遥遥萬里輝，蕩蕩空中景」、「晨興理荒穢，帶月荷鉏歸。道狹草木長，夕露沾我衣」、「露凝無遊氛，天高風景澈」、「山中饒霜露，風氣亦先寒」、「曖曖遠人邨，依依墟里烟」，體物之妙，疇非以化工兼畫工者。六代以後積桉盈箱，不出風雲月露，徒争勝于一字一句之間，自詫奇特，而不知其陋之甚。愚嘗謂陶公之詩，三達德具備：沖澹胸有實得者，無意於詩，而觸物肖形，都成絶境，其根柢使然也。蓋夷、惠之間，曾晳、原思之流，右丞、左司尚不能盡虚明，智也；温良和厚，仁也；堅貞剛介，勇也。其閫奥所在，況餘子哉？

徐仲車「瀲瀲灩灩天盡頭，祇見孤帆不見舟。斜陽欲落未落處，盡是人間今古愁。」風神何限。東坡謂其詩文怪放如玉川子，亦不盡爾。後人心眼匆爲古事往説印定。予笑晚宋喻汝楫《征夫》詩：「殘陽欲落未落處，照見行人今古愁」，直襲仲車二句，「盡是」改爲「照見」，尤覺鄙拙。豈真以仲車文字怪放，人不愛讀其集耶？

近人論詩，多以蜂腰爲病。然如楊盈川「天將下三宫，星門列五戎。坐謀資廟略，飛檄伫文雄」，駱義烏「晚風連朔氣，新月照邊秋。竈火通軍壁，烽烟上戍樓」，明皇帝「火龍明鳥道，鐵騎繞羊腸。白霧埋陰壑，丹霞助曉光。澗泉含宿凍，山木帶餘霜」，張曲江「寵錫從仙禁，光華出漢京。山川勤遠略，原隰軫皇情」，錢仲文「苦調淒金石，清音入杳冥。蒼梧來怨慕，白芷動芳馨。流水傳湘浦，悲風過洞庭」，皆歷世相傳之名作，而亦犯此病，並不累其氣體，何也？乃知此病在詩爲至小，而徒去此病，亦不足以爲佳詩耳。

宋人詩話，予向以嚴羽、張戒、姜夔爲佳，然皆就詩論詩，若黄徹之《碧溪詩話》，更能知詩外有事在，尤可敬也。其書論杜詩者十居其七，頗有發明。予向謂杜詩或似孟子，徹已先言之。其論岑參「聖朝無闕事，自覺諫書稀」、韓昌黎「年少得途未要忙，時清諫疏尤宜罕」，皆謬從荀卿「有聽從，無諫争」語，遂使阿諛姦佞，用以藉口，極爲嚴悚不苟。而以老杜「致君堯舜付公等，早據要路思捐軀」、「歲時高議排君門，各使蒼生有環堵」、「惜哉俗態好蒙蔽，亦如小臣媚至尊」，爲蓄積之厚，自比稷、契不爲過。徹之識議，過人遠矣。

碧溪謂老杜「不眠憂戰伐，無力正乾坤」、「安得壯士挽天河，净洗甲兵常不用」，即《孟子》「善戰陣爲大罪，戰必克爲民賊」意。「一朝自罪己，萬里車書通」，即《無逸》、《旅獒》意。「明朝有封事，數問夜如何」，即「幸而得之，坐以待旦」意。「避人焚諫草，騎馬欲雞栖」，即「嘉謀嘉猷，入告於内，順之於外，日斯謀斯猷，惟我后之德」意。皆真見此老心曲，非阿所好者。詩必如老杜作，方有益於人；詩必如碧溪讀，方有益於己。嘗謂經術不通，不可以作詩，觀碧溪之言，經術不通，亦不可以讀詩也。

宋詩送人洪州云：「干斗氣沈龍已化，置芻人去榻猶懸。」送人襄陽云：「四葉表閭唐尹氏，一門逃世漢龐公。」送人鄂州云:「黄鶴晨霞傍樓起,頭陀秋草繞碑荒。」砮溪許爲善使事,雖鄰封密邇,不可移易。此則砮溪之蔽也。送人與詠古蹟不同,何取搜羅地志?不抒别情,而積故實,安取此送爲哉?且即憑弔古蹟,亦當經以情思,緯以議論,若但取此地之人之事而數之,隊仗雖工,終同木偶。自來憑弔諸作,晚唐人失之空,宋人又失之實,皆不可爲訓也。

詩積故實,固是一病,矯之者則又曰詩本性情,予究其所謂性情者,最高不過嘲風雪、弄花草耳,其下則歎老嗟窮,志向齷齪。其尤悖理,則荒淫狎媟之語,皆以入詩,其獨不引爲耻,且曰此吾言情之什,古之所不禁也。於虖!此豈性情也哉?吾所謂性情者,於《三百篇》取一言,曰「柔惠且直」而已。此不畏彊禦,不侮鰥寡之本原也。老杜云「公若登台輔,臨危莫愛身」,直也。「窮年憂黎元,歎息腸内熱」,柔惠也。樂天云「況多剛狷性,難與世同塵」,直也。「不辭爲俗吏,且欲活疲民」,柔惠也。兩公此類詩句,開卷即是,得古詩人之性情矣。舍此而言性情,詩之螟螣也。「性情」二字頗不易言,更勿誤認。

王荆公詩「求田此山下,終欲忤陳登」,又云「無人語與劉玄德,問舍求田意最高」,力翻成案,人不甚以爲然,然此案惟荆公不可翻,以其人品殊也。若專論此案,翻之亦非無説。李二曲先生云:「志在世道人心,又能躬親稼圃,囂囂自得,不願乎外,上也。志在世道人心,而稼圃不以關懷,次也。若志不在世道人心,又不從事稼圃,此其人爲何如人?與其奔走他營,何如取給稼圃之爲得。故在樊遲則不可徒稼徒圃,在吾人則不可不稼不圃。肯稼肯圃,斯安分全節,無求於人也。」此段議論,實可爲荆公詩下注脚，但荆公非其人耳。

唐喻凫以詩謁杜牧之不遇，曰：「我詩無綺羅鉛粉，安得售？」然牧之非徒以「綺羅鉛粉」擅長者，史稱其剛直有大節，余觀其詩，亦伉爽有逸氣，實出李義山、温飛卿、許丁卯諸公上。如「樓倚霜樹外，鏡天無一毫。南山與秋色，氣勢兩相高」，「長空碧杳杳，萬古一飛鳥。生前酒伴閒，愁醉閒多少。烟深隋家寺，殷葉暗相照。獨佩一壺游，秋毫太山小」，「寒空動高吹，月色滿清砧。殘夢夜魂斷，美人邊思深。孤鴻秋出塞，一葉暗辭林。又寄征衣去，迢迢天外心」，「長空澹澹孤鳥没，萬古銷沈向此中。看取漢家何事業，五陵無樹起秋風」，皆竟體超拔，俯視一切。又如《雪中書懷》云：「北虜壞亭鄣，聞屯千里師。牽連久不解，他盜恐旁窺。臣實有長策，彼可徐鞭笞。如蒙一召議，食肉寢其皮。」骨沈氣勁，頗欲追步少陵。牧之與趙倚樓詩云：「少陵鯨海闊，太白鶴天寒。」是其志氣可想也。烏可以「玉筯凝時紅粉和」、「滿街含笑綺羅春」等句，盡其生平耶？喻凫今存詩六十三首，誠無綺羅鉛粉語，然皆近體，無古風。其近體格頗不高，警句亦罕，惟「鐘沈殘月隝，鳥去夕陽邨」、「雁天霞脚雨，漁夜葦條風」、「風雪坐閒夜，鄉關來舊心」兩三聯可喜耳，欲以此傲牧之，未可得也。人可不量己力，妄持論薄人哉？

東坡云：「辨才詩，如風吹水，自成文理，吾輩與參寥，如巧婦織錦耳。」愚謂千古詩如風水成文者，止淵明一人，辨才詩何遽語此？參寥詩佳句，如「隔林彷彿聞機杼，知有人家住翠微」、「數聲柔艣蒼茫外，何處江邨人夜歸」、「五月臨平山下路，藕花無數滿汀洲」，措意清微，亦似與「巧織」無涉。至坡詩之美，又不止於「錦」。其七古豪縱處，他日自謂「文如萬斛泉水，不擇地涌出」是也。此與淵明境地不同，而不可以偏廢。其七律以和韵弄巧，直一機上婦，若錦不錦，猶未可定也。

坡詩「何須更待飛鳶墮，方念平生馬少游」、「不須更説知幾早，直爲鱸魚也自賢」，此固詩家翻弄之小術，然詞旨清迴，可箴俗慮，吾每愛誦之。劉夢得詩「去來皆是道，此别不銷魂」，吾每於客邸無聊賴時亦誦之。然夢得自是送僧詩，非吾之所謂道也。

予嘗謂常讀詩者，既長識力，亦養性情。常作詩者，既妨正業，亦蹈浮滑。古來詩之脱口而成者，當無踰靖節先生，然觀其田舍詩題紀年，一年只一首，合之他作，一生不過一百十餘首耳。今人好作詩，一年可抵淵明一生，自以爲求益，不知不苟作乃有益，常作轉有損也。世之好作者多，必不得已，余請進一策焉，只取詠古蹟及詠史兩種題目爲之，此非讀書而有識力者不敢操管，即成亦不敢輕易示人，如此雖日作一詩，亦能爲學識助。舍此而常爲之，必爲氣體累也。然此惟學子則可，一行作吏，即足覘學識之詩，亦可不作。退之詩云：「吏人休報事，公作送春詩。」究屬戲論耳。

宋張建論詩云：「作詩不論長篇短韵，須要詞理具足，不欠不餘。如荷上灑水，散爲露珠，大者如豆，小者如粟，細者如塵，一一看之，無不圓成，方爲盡善。」此論乍閱甚佳，然細衡之似太高，又似太卑。蓋觸手成形，一一具足，此造物之妙也。《三百篇》中猶不盡能之，況其下乎？若徒取圓成而已，則臺閣舊體平適無奇，而體格字句頗無虧欠，何關風雅妙詣乎？又宋高復古論詩云：「胸中無千百家書，乃欲爲詩，如賈人無貲，終不能致奇貨。」亦乍閱似佳，然細衡之似太苛，又似太易。胸中無書，誠不可以爲詩，必謂致千百家之多，乃有佳詩，亦苛矣。然第能涉獵千百家之多者，即能爲詩，詩之爲教又不如是之易也。又宋周子充論詩云：「文章有天分，有人力，而詩爲甚，蓋才高者語新，氣和者韻勝。」亦乍閲似佳，然細衡之「天分」、「人力」乃陳言，「詩爲甚」句理殊不足。詩即文也，以爲有二事者，乃後人之詩，非古義也。「才高者語新」，當易云「才高者語闊，思尖者語新」，「氣和者韻勝」當易云「氣和者理周，神閒者韻勝」。綜上三則觀之，作詩難，説詩亦難。

宋宣和間，教坊大使袁綯應制詩：「金瓶芍藥三千朵，玉軸琵琶四百絃。」此真教坊使語也。今之詩人好寫富貴家景色者，亦教坊詩耳。然如魏華父先生《墨梅》詩：「素王本自難緇涅，墨者胡爲亂等差。玄裏只知揚子白，皜中謾見聖人汙。」以理學經術入詠物小詩，不獨寡情韵，並覺褻聖經。此又矯風華而爲方正之過，皆於詩格爲最下也。

宋人張無盡《題武昌靈竹寺》云：「孟宗泣竹筍冬生，豈是青青竹有情。影響主張非别物，人心但莫負幽明。」理何嘗不是，而詞有迂腐直率之病，此宋派也。或謂宋詩少興象，類不長於絶句，亦不然。予於《宋人千首絶句》外，前已略數宋之名絶句矣。今又得思致清婉，足供誦玩，而不甚著名者數首，録於此：「少年公子出皇都，勒馬途中倒玉壺。却問路旁耕稼者，夜來風雨損花無。」「遲明騎馬傍朱門，安得梅花入夢魂。慙愧高人眠正熟，一生知不受人恩。」「集賢仙客問生涯，買得漁舟度歲華。案有《黄庭》尊有酒，無風波處即爲家。」「紛紛紅紫已成塵，布穀聲中夏令新。夾路桑麻行不盡，始知身是太平人。」「欲挂衣冠神武門，先尋水竹渭南邨。却將舊斬樓蘭劍，買到黄牛教子孫。」

詩話之簡而當者，莫如明末方密之《通雅詩話》二十餘則，極有契會。如謂「法嫺辭贍，無復懷抱，使人興感，是平熟之土偶。仿唐泝漢，作相似語，是優孟之衣冠」。「古人奇懷突兀，躍而騎日月之上，憤而投潢汙之中，不可以莊語，故以奇語寫之。奇者多創。創，創於不自知，俗人效步邯鄲，則杜撰難免矣。」「《周易》爲大譬喻，盡古今皆譬喻也，盡古今皆比興也，盡古今皆詩也。存乎其人，乃爲妙叶。」「人不能反覆於《三百》、《楚辭》、漢魏樂府，烏有能蘊藉温雅者乎？」「六朝組練明麗，別爲《選》體，佳者不數篇，仿之者似乎遒鬱，實拙滯耳。」「宋以山谷爲杜之宗子，號曰江西詩派。嚴羽闢之，專宗盛唐。然今以平熟膚襲爲盛唐，又何取乎？」「一句之致易曉，通章之致難論。詩未嘗不可析理，析理之詩，非詩之勝境也。」以上七則，皆極中末世詩家之病。然亦有駁而未醇處，如以中邊論詩，和聲合拍爲邊，蘊藉造意爲中，必爲中邊皆甜之蜜而後可。夫中邊皆甜，禪語也。禪味之宜甜不宜甜，吾不得而知，若詩味則惡甜而喜苦。密之云：「俗之爲病，至難免矣。」甜不入於俗乎？又謂「太白得古詩之奇放，專效之者，久則索然。」不知太白七古、樂府，時入奇放，若五古則一代雅音，幾復漢、魏，後人萬不可以不學，即專學之亦無害也，可以「奇放」概之乎？此等於詩家關鍵，猶未盡開通也。

密之之後能以簡勝者，近又有仁和宋大樽《茗香詩論》，其論尤爲精澈不刊。如謂「潄六藝之芳潤，非本也；約《六經》之旨，乃爲本。若不本之《六經》，雖復熟精《文選》理，有是非頗謬者矣。雖然，揚子雲非聖哲之書不好，何爲乎《劇秦美新》？蓋本之中又有本焉。」「詩以寄興也。有意爲詩，復有意爲他人之詩，修辭不立其誠，蓋競利而非詩賦之正也。」「嚴君平依蓍龜爲言，與人子言依於孝，與人臣言依於忠。然則詩之益人，何間於窮達哉？知此庶乎其道尊。」「近體有止境，古體無止境。君子之於學也，爲其難者。」「游山水無本，雖模山範水，道不存焉。謝康樂襲晉封爵，宋代復仕，不免見法，與陶並稱，幸矣。」「《雅》之變，有憫時疾俗者，然既出於是非之公，又其忠厚惻怛，雖蒙其訕譏者，猶感激焉。不則失所養，亦喪詩品，其嬰累悔生，抑後矣。」「齊、梁、陳、隋詩格之降而愈下也，由於詩人多仕二姓者，廉恥道喪久矣。若簡文宫體，後主男女唱和，煬帝江都宫掖諸作，好色而淫，則無廉恥。無廉恥，安得有氣節哉！誦其詩不知其人，斤斤焉斥其詩格之卑，何異向名倡而責之曰：『曷不綴道論以自娛乎？』」以上七則，皆正色昌言，根極道要。近之詩人争名好奇，胸次未嘗有此，鄙之爲頭巾氣。僕硜硜之性，固不以彼易此。且風化如水，易下難挽，士君子無論升沈，皆有世道之責，必揚其波而助之東乎！

茗香謂「孔氏之門如用詩，則漢之古歌辭升堂，《十九首》入室，廊廡之間坐陶、杜。」此説較之「公幹升堂，思王入室，景陽、潘、陸可坐于廊廡之間」自勝矣，然亦未盡允也。三代以後詩，或一代，或一集，無全入《三百篇》之室者，以聖賢相傳「詩言志」、「思無邪」之旨，或不得之，或得之而未醇也，然其中可擇而取焉。漢之樂府古歌辭及《十九首》，氣體古質淡泊，皆與《三百篇》爲近，則皆升堂者，不能謂《十九首》獨入室也。陶之高逸，杜之沈厚，氣體雖不盡與漢同，亦皆升堂者也。使陶、杜猶坐廊廡，則王、孟、韓、白等將安置乎？然漢之樂府古歌辭、《十九首》與陶、杜集，其中有精而又精者，實足以動天地而感鬼神，是又時入《三百篇》之室者也。茗香高視《十九首》而卑樂府，高視漢而卑陶、杜，此第以氣體論詩，非知詩之本教者。

茗香又謂：「漢詩之於《二南》，猶春秋時之魯，魏詩猶齊，陶詩猶漢之文帝，雖不用成周禮樂，猶時時有其遺意。」亦不然。漢詩比《國風》，時或相似，然揚厲處多，以爲似春秋時之魯，則太弱矣。魏世高手如仲宣、公幹等，皆不足於古澹，去漢已遠，去周更遠，何能似春秋時之齊也？若子建直逼漢詩，陶公亦《三百》之苗裔，予故曰升堂也。今概言魏不及漢，已不足服子建之心，謂陶更降於魏，豈通論乎？大抵論詩有三要：一曰心術，二曰氣體，三曰時運。心術無古今，而氣體不能無古今，則時運爲之，不可貶也。或曰：氣體可不講乎？曰：否。如晉之潘、陸以逮梁、陳之徐、庾，唐之沈、宋以逮晚唐之温、李，宋之蘇、黄以逮南宋之四靈，逞妍鬬博，尚氣弄巧，皆不能不爲詩累，雖一時稱巨手，然皆今人之詩也。氣體烏可忽哉？雖然，氣體當爲今之古，不必爲古之古。爲古之古，則仿效形跡而爲古之皮毛；爲今之古，則獨濬靈源而爲古之苗裔。曹、陶氣體，雖遜《三百》，然足爲今之古。爲今之古，則爲時運轉而不爲時運累，即可許其復古。昔孟子挺亞聖之才，其文不能脱戰國風氣，而究非《戰國策》也，能謂其文與孔子異乎？故作文以心術爲主，氣體爲輔；論文則心術、氣體、時運三者兼焉。近人論詩，不知心術、氣體，固屬卑下，茗香不審時運，而徒以氣體分升降，亦非通達而無滯者也。

宋景濂《答章秀才書》，於詩人源流甚詳，而詞多不精。如謂「陸士衡兄弟仿子建，顔延之祖士衡，陶元亮出於太沖、景陽，盧昇之、王子安欲跨三謝，韋蘇州祖襲靈運，錢、郎遠師沈、宋，韓昌黎初效建安，張文昌過于浮麗，劉夢得步驟少陵，孟東野陰祖沈、謝」。殆皆仿鍾嶸而失之者。詞多故不及辨，其所論詩人，各集具在，亦不必辨也。要之景濂長於文而不長于詩，故致此蔽耳。然明初高漫士廷禮著《唐詩品彙序》，彼固列於閩中五詩人者也。於沈、宋第曰「新聲」，於王右丞第曰「精緻」，於韓昌黎第曰「博大」，於李義山第曰「隱僻」，於許丁卯第曰「偶對」，其品藻又可解乎？無論文人詩人，凡持論皆非易事，君子於其言，無所苟而已矣。

顧華玉謂「詩當要諸後世，不可苟悦於目前」，名論也。然謂「杜宗《雅》、《頌》而實其實，其蔽也樸，韓昌黎是也。李宗《國風》而虚其虚，其蔽也浮，温庭筠是也。盛唐王、岑諸公，依稀《風》、《雅》而以魏、晉爲歸，沖夷有餘韵矣，其蔽也俚而易，王建、白樂天是也。」是皆不免武斷。三代以後，學《風》、《雅》者稀矣，學《頌》者尤稀，杜詩仰追《風》、《雅》，亦未及《頌》也。謂其詩無不實，亦非也。彼其運意深微屈曲，得風人之虚婉者多矣，華玉未之審耳。太白宗《國風》，又兼《離騷》，其樂府古詩，往往有沈著入微處，謂其純蹈虚，則窺太白亦淺矣。王、岑諸公，造詣淵源，不可輕議，大略以晉爲始耳，謂其宗魏，吾不敢知，其「依稀《風》、《雅》者」安在？若「樸」乃詩之佳境，不可言「蔽」，昌黎亦未可言「樸」。温庭筠非因宗太白而「浮」。王建與樂天不相似，又未必宗岑、王也。種種失當，實誤後人。詞場名士，聲譽既樹，任意雌黄，吾見亦多矣。華玉詩與空同、大復、昌穀亞，猶蹈此失乎？然華玉謂「空同氣雄，大復才逸，昌穀情深，醇駁優劣，可略而言。」則所謂「樸」與「浮」與「俚而易」者，殆指此三家之受蔽而言歟？要之空同之蔽，在粗而不在「樸」也。華玉又謂「論詩者言《風》、《雅》則妄，上漢、魏，次李、杜、王、岑諸賢，詞林之規槼在是。」夫以宗漢、魏祧《風》、《雅》爲不妄，而不知其爲無頭腦學問，乃妄之尤者也。且既不知《風》《雅》，又何以宗漢、魏、李、杜哉！恐其所謂宗漢、魏、李、杜者，亦姑飾其體貌以服人，而非中心所實好也。

空同、大復貽書相箴，此良友之誼，而其意則主於尚氣好勝，君子無取焉。其詞則各中所短，如大復謂空同爲「艱佶晦僿，野俚輳積」，空同以大復爲「太咄易，寡言節。七言翦得上二字，言何必七」，是也。惜哉！二子以之相訾而不以之相救耳。然大復自言「欲通古今，攝衆妙，虛其竅不假聲，實其質不假色」，與古人「不相沿襲，而相發明」，而其詩終不免摹擬古人，不能擬議以成變化也。蓋空同之失，大復亦革之而未盡，而空同轉謂其「搏巨蛇，駕風螭，步驟不足訓」，何哉？至大復謂「古文之法亡於韓，詩弱于陶」，尤爲誕謾。前人多駁正之者，予不復論。

明人論詩多大言，不獨大復譏陶、謝也。王子衡云：「《風》、《騷》包韞本體，標顯色相。若子美《北征》之篇，昌黎《南山》之作，玉川《月蝕》之詞，微之《陽城》之什，漫敷繁叙，填事委實，言多趁帖，情出附輳。」嗚呼！何其誕也？《北征》一篇原本忠愛，發以史筆，根柢槃深，關係宏遠，乃杜集之鉅製，與《風》、《雅》相出入者，比以昌黎《南山》詩，已覺不倫，況儕諸盧仝、元稹輩哉？彼蓋祇知意在詞表爲《三百》、爲《離騷》，而不知《風》、《騷》之暢叙己懷，鋪陳亂始，直詆匪人者，固指不勝屈也。大抵詩知賦而不知比興，則切直而乏味，知比興而不知賦，則婉曲而無骨，三緯所以不可缺一。子衡崇比興而廢賦，直知一而不知二矣。

楊升庵援《張均集序》，謂「晚唐詩止兩派，一派學張籍，一派學賈島。」持論已不堅緻。至謂「晚唐唯韓、柳爲大家，元、白各自成家，温庭筠、權德輿學六朝，馬戴、李益不墜盛唐風格。」尤不可解。初、盛、中、晚，原屬後人拘執之見，然沿之者多，亦可借覘時代風會。今以權德輿、李益及韓、柳、元、白爲晚唐，則中唐又屬何等人乎？況以温庭筠置權德輿上，以馬戴置李益上，先後倒置甚矣，豈博雅者所宜出乎？此雖於詩教所關者細，然頌詩則宜論世，未可率爾弄筆也。

白詩雖時傷淺率，而其中實有得於古人作詩之本旨，足以扶人識力，養人性天，不可不分别擇出，以求益焉。如《古劍》詩：「可使寸寸折，不能繞指柔。」《孤桐》詩：「四面無附枝，中心有通理。」《京兆府新栽蓮》詩：「托根非其所，不如遭棄捐。」《贈元稹詩》：「無波古井水，有節秋竹竿。」《送王處士》詩：「寧歸白雲外，飲水卧空谷。不能隨衆人，斂手低眉目。」《文柏牀》詩：「刮削露節目，拂拭生輝光。雖充悦目用，終乏周身防。華采誠可愛，生理苦已傷。」《敓陶》詩：「形委有事牽，心與無事期。中臆一以曠，外累都若遺。但對松與竹，如在山中時。」《答友問》詩：「置鐵在洪爐，鐵消易如雪。良玉同其中，三日燒不熱。君疑才與德，詠此知優劣。」《感鶴》詩：「鶴有不群者，飛飛在野田。飢不啄腐鼠，渴不飲盜泉。一興嗜慾念，遂爲矰繳牽。委質小池内，争食群雞前。不惟懷稻粱，兼亦慕腥羶。不惟戀主人，兼亦狎烏鳶。物心不可知，天性有時遷。一飽尚如此，況乘大夫軒。」綜而觀之，心甚淡，節甚峻，識甚遠，信有道者之言。詩可以興，此類是也。若《重賦》詩：「奪我身上暖，買爾眼前恩。」《傷友》詩：「雖云志氣高，豈免顔色低。」《不致仕》詩：「朝露貪名利，夕陽憂子孫。」《買花》詩：「一叢深色花，十户中人賦。」勁直沈痛。詩到此境，方不徒作，若概以淺率目之，則謬矣。

香山詩「數峰太白雪，一卷淵明詩」，東野詩「一卷冰雪文，避俗常自攜」，常以此等句在心頭轉運，落筆當有異人處。又少陵詩「文章一小技，於道未爲尊」，昌黎詩「可憐無益費精神，有似黄金擲虚牝」，永叔詩「文章無用等畫虎，名譽過耳如飛蠅」，東坡詩「新詩綺語亦安用，相與變滅隨東風」，作詩文者，胸中必具此等見地，方有入處。若驅逐聲華，自夸壇坫，縱多傑構，終未得門。

香山《讀張籍古樂府》云：「爲詩意如何，六義互鋪陳。《雅》、《頌》比興外，未嘗著空文。上可裨教化，舒之濟萬民。下可理情性，卷之善一身。言者志之苗，行者文之根。所以讀君詩，亦知君爲人。」數語可作詩學圭臬。予欲取之以爲歷代詩人總序，合乎此則爲詩，不合乎此，則雖思致精刻，詞語雋妙，采色陸離，聲調和美，均不足以爲詩也。學者可以知所從事矣。

養一齋李杜詩話

養一齋李杜詩話提要

《養一齋李杜詩話》三卷，據道光二十九年刊養一齋集本點校。輯撰者潘德輿生平見《養一齋詩話》提要。此篇以排比前人之論爲主，選擇甚精，又必申論各説優劣，而發爲本人之言。潘氏原本朱子「作詩先看李杜，如士人治本經」之旨，輯有李杜詩選，此篇即選旨綱領，故稿本原題爲「作詩本經綱領」，刊行時易爲本題，附於《詩話》後。大抵論李則尊朱子「太白詩非無法度，乃從容於法度之中」一語，以破歷來「詩仙」之虚無縹緲不可知者，而歸太白於「實」；論杜則准東坡「發乎性，止乎忠孝」一語，而置杜詩於「發乎情，止乎禮義」之變《風》變《雅》上，諸家之論有不達此一高度者，皆一一糾駁之，最終得出杜非變調、李乃復古之結論，以維護二公詩教偉人之形象，可謂嘉、道質實詩學一典型之論也。其間不無過當處，如謂杜之五古、樂府非變古，不合於事實甚明，此非潘氏不知，實其論之不得不然爾。稿本今藏北京大學圖書館，説李一卷次第頗有不同，説杜未析爲二卷，文字略同。

養一齋李杜詩話卷一

山陽潘德輿彦輔

朱子曰：「作詩先看李、杜，如士人治本經，本既立，方可看蘇、黄以次諸家。」予篤信此説，十年前，輯《作詩本經》一書，專取李、杜集，擇而録之，並爲《總論》二卷附焉。既而思之，李、杜所作，誠不能篇篇與《風》、《雅》合，然非淺陋如予者所宜定去取也，故此書不敢示人。其《總論》則偶出管見，不忍割棄，綴諸拙著詩話後，質世之知言者。

朱子曰：「李太白詩非無法度，乃從容於法度之中，蓋聖於詩者。」按古今論太白詩者衆矣，以朱子此論爲極則。他人形容贊美，累千百言，皆非太白真相知者，以本不知詩教源流。故子美爲「詩聖」，而太白則謂之「詩仙」，萬口熟誦，牢不可破。究竟仙是何物？以虚無不可知者相擬，名尊之實外之矣。若緣謫仙之號定於賀監，謫仙之歌賦於同朝，少陵贈什亦嘗及之，遂爲定評。不知賀監老爲道士，回惑已深，明皇好仙，朝列風靡，無稽品藻，何足效尤；少陵特叙其得名之始云爾，非以爲確不可易也。且賀監又嘗目之爲天上星精矣，豈亦可從張旭太湖精之例，以「詩精」目之乎？若見太白咏仙者多，乃以「詩仙」當之，則高如郭璞，卑若曹唐，亦將號以「詩仙」耶？朱子以其從容法度爲聖，何等了當！楊升庵曰：「太白爲古今詩聖。」語據朱子，顛撲不破。而他日又謂「太白詩仙翁劍客語」。何其仙聖之雜糅也！此義不明，看太白詩焉能入解？故皮襲美謂其詩「言出天地外，思出鬼神表，非世間人語」。極力推尊，皆成幻妄。敖氏臞庵謂其詩「如劉安鷄犬，遺響白雲，覈其歸存，恍無定處」。推尋不入，轉致揶揄也。至王氏百穀，乃直謂「李詩仙，杜詩聖，聖可學，仙不可學矣」。豈非名尊之、實外之之明驗也哉！惟周氏伯弜曰：「太白詩號雄俊，而法度最縝密。」此乃可與朱子之言相發明耳。

張氏邦基曰：「孟子之言道，如項羽用兵，直行曲施，逆見錯出，皆當大敗，而舉世莫能當，何其横也！左丘明之於詞令亦甚横。自漢後千年，惟韓退之之於文，李太白之於詩，亦皆横者。」按孟子不可以「横」言，左氏亦不可以「横」盡。若「項羽之用兵，直行曲施，逆見錯出，舉世莫能當」，擬太白詩，頗得其神。然朱子云：「太白詩不專是豪横，亦有雍容和緩者，如首篇『《大雅》久不作』，多少和緩？」此論又不可不知也。

許氏有功曰：「張碧，貞元中人，自序其詩云：『嘗讀李長吉集，謂春拆紅翠，闢開蟄户，其奇峭不可攻也。及覽太白詩，天與俱高，青且無際，鵾觸巨海，瀾濤怒翻，則觀長吉之篇，若陟嵩之顛視諸阜者耶！』」按《滄浪詩話》云：「人言太白仙才，長吉鬼才，不然，太白天仙之詞，長吉鬼仙之詞耳。」《海録碎事》亦言：「唐人以李白爲天才絶，白居易人才絶，李賀鬼才絶。」又漁洋山人戲論「李白飛仙語，李賀才鬼語」。愚實不解仙鬼之才、仙鬼之語，諸公何從悉其高下而公然以評詩也？張碧論太白，長吉别處，奇古確實，遠勝天仙、鬼仙、鬼才、才鬼諸説。碧詩萬不可以追蹤太白，而名碧字太碧，摹仿令人失笑，然此論獨可存也。

嚴氏羽曰：「觀太白詩者，要識真太白處。太白天才豪逸，語多卒然而成。學者於每篇中，識其安身立命處可也。」按滄浪論詩，以禪爲喻，頗非古義，所以來馮氏之攻。然謂「李、杜二集，須枕藉觀之，如今人之治經」，則吻合朱子之論，不可攻也。其謂太白詩有「安身立命處」，語殊深微不易解，而於太白詩煞有見地，學者不可不究其旨。究之若何？吴子華所謂「太白詩氣骨高舉，不失頌咏風刺之遺」者，即其「安身立命處」矣。滄浪又謂「太白發句，謂之開門見山」。夫詩有通體貴含蓄者，有通體貴發露者，豈有「發句」必求「開門見山」之理？此可以論唐人試帖之破題，而不可以論太白詩也。誤傳惑人，莫此爲甚，故附辯之。

魏氏慶之曰：「爲詩欲氣格豪逸，當看退之、太白。」按退之文，乃太白詩之敵也；退之詩，則不可與太白詩並。蓋退之詩，豪則有之，逸處甚少，千古以來，足當「氣格豪逸」者，太白一人而已。後來蘇長公七古豪逸處，幾欲亂真。然李詩源出《風》、《騷》，痕迹都融；蘇詩行以古文，議論不廢。李實正聲，蘇爲别徑，終難方駕。朱子曰：「蘇、黄只是今人詩，蘇才豪，一滚説盡無餘意。」是也。

楊氏慎曰：「莊周、李白，神於文者也，非工於文者所及也。文非至工，則不可爲神，然神非工之所可至也。」按升庵軒李輊杜，不足訓，此以莊子比太白，却不誤。顧氏璘亦云：「文至莊，詩至太白，草書至懷素，皆兵法所謂奇也。」然懷素之草書，非右軍之左規右矩也，太白却於古法無脱漏處耳。

黄氏庭堅曰：「太白歌詩，超越六代，與漢、魏樂府争衡。」按《李詩緯》云：「太白愠于群小，乃放還山，縱酒浪游，豈得已哉！故於樂府多清怨，蓋不敢忘君也。」夫太白之不敢忘君，與子美何異？情深故文明，所以越六代而齊漢、魏也。朱子謂「鮑明遠才健，太白專學之」。此語轉不若黄太史之的。

周氏紫芝謂「太白詩太高而微短於韵」，彌妄矣。

葛氏立方曰：「李白樂府三卷，於三綱五常之道數致意焉。慮君臣之義不篤也，則有《君道曲》之篇。慮父子之義不篤也，則有《東海勇婦》之篇。慮兄弟之義不篤也，則有《上留田》之篇。慮朋友之義不篤也，則有《箜篌謡》之篇。慮夫婦之義不篤也，則有《雙燕離》之篇。」按此條於太白詩能見其大，太白所以追躡《風》、《雅》爲詩之聖者，根本節目，實在乎此。後人震眩其才，而不知其深合古詩人之義，故譽之則謂其擺去拘束，如元微之；毁之則謂其不達義理，如蘇子由，皆大誤也。

高氏棅曰：「李翰林樂府古調，能使儲光羲、王昌齡失步，高適、岑參絶倒，况其下乎！」按太白嘗言：「齊、梁以來，艷薄斯極，將復古道，非我而誰？」其一生式靡起衰，全在古風、樂府。儲、王、高、岑誠一代之翹秀，顧其志非以古道自任者也，惡得與太白争席哉？《藝苑卮言》云：「太白古樂府，杳冥惝恍，縱横變幻，極才人之致，然自是太白樂府。」嘻！此以形似論樂府者也。齊、梁後之樂府，非太白起而振之，不至五代，已流入于詞矣。太白樹復古之偉功，王氏謂其極才人之能事而已，亦淺矣哉！

王氏士禛曰：「唐五言古詩，李白、韋應物超然復古。」按左司五古，高步三唐，然持較青蓮，色味不欠，形神頓踞，似難連類而及。且左司割秀於六朝者也，漁洋以太白、左司並言，疑所謂復古者，復《選》體之古焉耳。太白胸次高闊，直將漢、魏、六朝一氣鑄出，自成一家，拔出建安以來仰承《三百》之緒，所謂「志在删述」、「垂輝千春」者也，豈專主《選》體哉！予韙漁洋能揭明李詩五言之復古，而恐其以《選》體當之，猶非了義也，故録而辯之。若《酉陽雜俎》謂「太白前後三擬《文選》不成，悉焚之，唯留

《恨》、《别》二賦」。此真夢囈。夫《文選》三十卷，太白全擬之，則有此才力而無此文體，試問卜子夏、孔安國《詩》、《書序》，亦可擬乎？此劉晝賦《六合》之爲耳，太白爲之乎？若有擬有否，又不可徑謂其擬《文選》也。段氏徒見集中有《恨》、《别》二賦，遂傳此大語，以尊太白，而不知其庸且妄耳。總之李、杜無所不學，而《文選》又唐人之所重，自宜盡心而學之，所謂「轉益多師是汝師」也。若其志向之始，成功之終，則非《選》詩所得而囿。故謂太白學古兼學《文選》可，謂其復古爲復《選》體則不可，謂其擬古屢擬《文選》則尤不可。

李氏攀龍曰：「七言古詩，惟杜子美不失初唐氣格，而縱横有之。太白縱横，往往强弩之末，間作長語，英雄欺人耳。」按于鱗謂「太白五七言絶句，唐三百年一人，蓋以不用意得之」。此則誠然。至論七古，何其誖也！太白歌行，祇有少陵相敵。王阮亭謂「嘉州之奇峭，供奉之豪放，更爲創獲」。又謂「李白、岑參二家，語羞雷同，亦稱奇特」。屢以太白、嘉州並稱，已爲失言，試問《襄陽歌》、《江上吟》、《鳴皋歌》、《送别校書叔雲》、《夢遊天姥吟》等作，嘉州能爲之乎？嘉州奇峭，人力之極，天弢未之解也。于鱗轉以太白爲「强弩之末」，爲「英雄欺人」，更不堪一笑耳。《詩辨坻》亦謂「太白歌行，跌宕自喜，不閑整栗，唐初規制，掃地欲盡」，與于鱗一鼻孔出氣。此皆誤以初唐爲古體，故嫌李詩之一概放佚，而幸杜詩之偶一從同。豈知詩之爲道，窮則變，變則通，《風》、《雅》之不能不爲《楚騷》，《楚騷》之不能不爲蘇、李，皆天也。詩之古與不古，視其天與不天而已矣。今必以初唐爲古，不知初唐已變江左；必以太白爲蔑古，不知蘇、李已變《風》、《騷》。余最笑何大復《明月篇》，舍李、杜而師盧、駱，以爲

「劣於漢魏」而「近《風》、《騷》」歟？不知「劣於漢魏近《風》、《騷》」句，乃言「劣於漢魏」之「近《風》、《騷》」耳。不解句義，既堪哈噱，況當時之體，老杜已明斷之。于鱗欲爲後來傑魁，仍拾信陽餘唾，徒以初唐一體繩太白、子美歌行之優劣，所以終身宗法唐人而不免爲優孟歟？阮亭猶曰：「接迹風人《明月篇》，何郎妙悟本從天。」雖其詩末二語，微辭諷世，喚醒無限，已無解於「接迹風人」、「妙悟從天」稱揚之過矣。胡氏應麟云：「七言歌行，垂拱四子，詞極藻艷，未脱梁、陳。太白、少陵，大而化矣，能事畢矣。」此爲得之。

方氏静宏曰：「太白耻爲鄭、衛之作，律詩故少。編者多以律類入古中，不知其近體猶存雅調耳。」按太白復古之功，不獨在樂府歌行，於五律亦可見。《李詩緯》所謂「太白五律，猶爲古詩之遺，特於《風》、《騷》爲近」，是也。故知其薄聲律，乃得詩源，謂其憚拘束，則成瞽論。觀其一生，七律祗得八首，固緣陽冰編次之時，著述十喪八九，亦由七律初行，篤於古者尚不屑爲耳。太白嘗自言：「寄興深微，五言不如四言，七言又其靡也。」何況七律哉？柴虎臣乃云：「太白不長於七律，故集中厥體甚少。」吾不知「三山半落青天外，二水中分白鷺洲」，「城隅渌水明秋月，海上青山隔暮雲」，「樓臺含霧星辰滿，仙嶠浮空島嶼微」等詩，柴氏何所見而斷其不長也？

胡氏應麟曰：「五言排律，沈、宋二氏，藻贍精工；太白、右丞，明爽高秀。」按沈、宋排律，人巧而已。右丞明秀，實超沈、宋之上。若氣魄閎大，體勢飛動，亦未可與太白抗行也。「湖清霜鏡曉，濤白雪山來」，「地形連海盡，天影落江虚」等句，右丞恐當避席。若「獨坐清天下」、「黄鶴西樓月」等高調，更不待言。故論詩者胸無等級，語即近似，皆成隔閡，此類是也。

高氏棅曰：「開元後五言絶句，李白、王維尤勝諸人。」宋氏犖曰：「李白、崔國輔五絶，號爲擅場。」按二説高氏爲近之。右丞五絶，沖澹自然，洵有唐至高之境也。但右丞五絶佳處，太白五絶佳處，右丞未嘗有之，並論終嫌不敵。若崔國輔，特齊、梁之餘，謂不失五絶源于樂府之遺意則可耳。太白五絶，雖亦從六朝清商小樂府而來，而天機浩蕩，二十字如千言萬言，前人所謂回飈掣電，令人縹緲天際者，國輔能之乎？徐而庵謂「唐人五絶，惟太白擅場」，此言獨見得到。然徐氏以太白五絶爲似陰鏗，陰工此體，故子美詩云「李侯有佳句，往往似陰鏗」也。此又不免泥解杜詩，且不省太白五絶佳處之原委耳。

高氏棅曰：「七言絶句，太白高於諸人，王少伯次之。」按《藝苑卮言》謂「七言絶句，王少伯與太白争勝豪釐，俱是神品」。《詩藪》謂「太白、江寧，各有至處」。《弱侯詩評》謂「龍標、隴西，七絶當家，足稱聯璧」。《漫堂説詩》謂「三唐絶句，並堪不朽，太白、龍標，絶倫逸群」。然吾獨取高氏「少伯次之」之説。夫少伯七絶，古雅深微，意在言表，低眼觀場，隨聲贊美，其實墮雲霧中，並不知其意脈所在，此其境地，豈可易求？顧余謂少伯詩，咀含有餘，而飛舞不足也。屈紹隆云：「詩以神行，若遠若近，若無若有，若雲之於天，月之於水，詩之神者也。而五七絶尤貴以此道行之。昔之擅其妙者，在唐有太白一人，蓋非摩詰、龍標之所及，所謂鼓之舞之以盡神，谿神入化者也。」細玩屈氏之論，則知高氏所謂「少伯次之」者，非臆見矣。王氏謂「争勝豪釐」，太白勝龍標處，誠在豪釐之間，非老於詩律，不能下斯一語。惜王氏以「俱是神品」一語混之，説成李能勝王，王亦勝李。於是胡氏《詩藪》謂「李寫景入神，王言情造極。王宫辭樂府，李不能爲；李覽勝紀行，王不能爲」。意議淺滯，妄分畛域，更不足駁也已。

葛氏立方曰：「太白古風兩卷近七十篇，身欲爲神仙者殆十三四。然《梁父吟》云：『閶闔九門不可通，以額扣關閽者怒。』人間門户，尚不可入，太清倒景，豈易凌躡乎？有談玄之作云：『茫茫大夢中，惟我獨先覺。騰轉風火來，假合作容貌。問語前後際，始知金仙妙。』則所得於佛氏者益邃。」按太白一生，篤好仙術，嘗與陳子昂、司馬承禎、賀知章爲仙宗十友，又請北海高天師授道籙於齊州紫極宫，亦惑之至矣。必謂其詩中「凌倒景」、「遊八極」、「折若木」、「飡金光」等語，盡如騷人之寓言而爲之諱，誠屬多事。然亦由其志大運窮，如少陵贈詩所謂「才高心不展，志屈道無鄰」者，乃憤而爲此輕世肆志之言。觀其對當時宰相稱海上釣鼇客，且謂以天下無義丈夫爲餌，則知其憤激不平，舌唾一世之大意。譬如劉伶、阮籍之遁于酒，不可謂其純正，亦不能笑其荒湎者也。葛氏乃以「閶闔不可通」句，謂太清尤難倒躡，則真癡人前不得説夢。而又贊美「風火」、「假合」、「金仙」等句，以爲得之佛者較前益邃，則知葛氏之惑，痼於太白多矣。夫太白咏仙咏佛，雖云遊戲神通，終屬瑕疵，不得曲護。後人於李集旁涉異教之作，學其寓言諷世者，而棄其惑溺不明者，斯爲善學太白者耳。

王氏安石曰：「李白詩詞迅快，無疏脱處。然其識汙下，十句九言婦人酒耳。」按荆公此論，《冷齋夜話》、《捫蝨新語》皆載之。《老學庵筆記》則謂其非荆公語，乃讀李詩未熟者妄言之。此辯極爲明通。然務觀解爲荆公辯誣，却自謂「太白識度甚淺」，舉「王公大人借顔色，金章紫綬來相趨」，「一別蹉跎朝市間，青雲之交不可攀」等句，斥其「淺陋有索客風」。又云：「得一翰林供奉，此何足道，遂云『當時笑我微賤者，却來請謁爲交歡』，宜其終身坎壈也。」務觀之識度誠偉矣，然伊古以來，文章出群之雄，而詩中往往縈情富貴者，亦不獨太白也。子美詩云：「富貴必從勤苦得，男兒須讀五車書。」退之詩云：「一爲馬前卒，鞭背生蟲蛆。一爲公與相，潭潭府中居。問之何因爾，學與不學歟。」子美能言「致君堯舜上，再使風俗淳」。退之能言「生平企仁義，所學皆孔周」。而以學問爲富貴公相之餌，且津津教人，抑又何也？瑕不掩瑜，一難廢百，讀古人詩者，亦觀其大端可矣。太白一生飄然不群，富貴要人，實非其心目中所有。蘇子瞻謂「士以氣爲主，方高力士用事時，公卿大夫争事之，而太白使脱韡殿上，固氣蓋天下矣。夏侯湛《贊東方朔》曰：『凌轢卿相，嘲哂豪傑，雄節邁倫，高氣蓋世。』吾於太白亦云」。曾南豐亦謂其「捷出横步，志狹四裔。始來玉堂，旋去江湖。麒麟鳳皇，世豈能拘」。務觀何均不之引而爲此異論也！夫詩理性情，世俗見地，自宜痛掃；然必摘其全集之微玷，蓋厥終身，儕之淺人，亦無當於論世知人之識矣。

蘇氏軾曰：「太白之從永王璘，當由迫脅。以璘之狂肆寢陋，雖庸人知其必敗；太白能識郭子儀之爲人傑，而不能知璘之無成，此理之必不然者。」按太白於永王璘一案，千古物議之所叢集；詩以教人忠孝爲先，此事不辨，亦安用詩聖爲哉！竊取白本傳、詩集及他人論斷此事者而合勘之，則知白之從璘，始由迫脅，而《舊唐書》所謂「在宣州謁見，遂辟從事」者，誤也。既脅以行，見其起兵，遂逃還彭澤，而曾鞏《太白集序》所謂「璘兵敗，白奔亡宿松」者，誤也。按《新唐書》本傳云：「安禄山反，白轉側宿松、匡廬間，永王璘辟爲府僚佐。璘起兵，逃還彭澤。」夫起兵即逃，可見白非佐璘之人，與事敗而逃，天淵迥隔，失節與否，專勘此處。論世者一以《新唐書》爲主，而白之非失節亦明矣。白後爲《宋中丞自薦表》云：「避地廬山，遇永王東巡脅行，中道奔走。」又《憶舊遊書懷》詩云：「僕卧香爐頂，飡霞漱流泉。半夜水軍來，尋陽滿旌旃。空名適自誤，迫脅上樓船。徒賜五百金，棄之若浮烟。辭官不受賞，翻謫夜郎天。」夫脅而來，逃而去，辭官棄金，未汙爵賞，白之心事行跡，亦可以告天下後世矣。徒以平日跆籍貴勢，世皆欲殺，故朝無平反之人，遂至冤坐大辟，幸郭令援手，乃得免死。杜公所以哀之曰：「蘇武先還漢，黄公豈事秦？楚筵辭醴日，梁獄上書辰。已用當時法，誰將此義陳？」曰「先還漢」，曰「豈事秦」，曰「辭醴」，曰「上書」，曰「當時法」，亦剴切示人，字字昭雪矣。蘇長公不能據《新唐書》、白本集、杜長律以洗千古之誣，但以白平日知人，斷其不從永王，「當由迫脅」，未免臆測無據。且祇言「迫脅」，不著辭官棄金、中道逃去之事，則安知非「迫脅」而反乎？論事不核不備，焉能塞議者之口也！若蘇次公直謂「永王竊據江、淮，白起而從之不疑，遂以放死」。絶不考究始末，一筆抹倒，讀書鹵莽之過，又愧其兄多矣。至蔡絛故爲太白斡旋，謂其「學本縱横，氣俠自任，當中原擾攘時，欲藉之以立功名。大抵才高意廣，未必成功，知人料事，尤其所短，若其志亦可哀矣」。似能爲太白末減厥罪，不知「藉以立功」四字，已將太白説成從逆之人，而不止於不知人之過，仍非究明此案根末者。若王百穀並謂「靈武之位未正，社稷危於累棋，璘以同姓諸王，建義旗，復神器，白亦王孫帝胄，慨然從之；璘本非逆，從璘乃爲逆乎」。此則全與史傳相戾，徒欲爲太白頌冤，而不知永王不受肅宗召命，直犯江、淮之師，萬不可以義旗目之者。文人高談，無當實蹟，徒爲古人增謗而已。觀太白《永王東巡歌》曰：「二帝巡遊俱未迴，五陵松柏使人哀。」又云：「南風一埽胡塵静，西入長安到日邊。」是太白直言東下之非，而勸以西上勤王，擁衛二帝，與永王如冰炭之不相入；迫脅之困，逃去之勇，均於此詩可見。而淺者非加以詆訶，則爲之文飾，蒙冤不洗，而徒日誦其詩，以爲神品，又何賴有此知音哉？爲之三嘆！

方氏宏静曰：「太白《白頭吟》，頗有優劣，其一蓋初本也。天才不廢討潤，今人落筆便刊布，縱云揮珠，無怪多纇。」又曰：「太白讀書匡山，十年不下，潯陽獄中，猶讀《留侯傳》，苦心如此。今忽忽白日，而嘐嘐古人，是自絆而希千里也。」按東坡云：「太白詩飄逸絶塵，而傷於易，學之不至，玉川子是也。」陶開虞亦謂「以天分勝者近李，以學力勝者近杜，學者各自審焉可也」。此論一出，幾疑青蓮純恃天分，而流弊甚多矣。予故録方氏之説示人，知詩至聖境，都縁學力精純，紛紛之喙，可以稍息。

洪氏邁曰：「李太白以布衣入翰林，既而不得官。唐史言高力士以脱韡爲耻，摘其詩以激楊貴妃，爲妃所沮止。今集中有《雪讒》詩一章，大率言婦人淫亂敗國，略云：『妲己滅紂，褒女惑周。漢祖吕氏，食其在旁。詞殫意窮，心切理直。如或妄談，昊天是殛。』予味此詩，豈貴妃與禄山亂，而太白曾發其奸乎？不然『飛燕在昭陽』之句，何足深怨也？」按太白《雪讒》詩一章，誠有合於古《巷伯》之義，此義烈之性，激發於不得不然者，雖以此萬死不辭，若終身不官何患焉！齷齪小夫，懼禍結舌；大忠奇勇，痛快敢言。此其所本者厚薄異也，可第以詩人目之哉？劉氏鑒《太白詩序》，謂「《梁父》、《行路》諸吟，《巧言》、《巷伯》之倫」。楊氏遂《太白故宅記》，亦謂「《蜀道難》可以戒爲政之人，《梁甫吟》可以勵有志之臣，《猛虎行》可以勖立節之士，《上雲曲》可以化愚夫之懵，《懷古》可以革澆漓之俗。其餘雖感物因事而發，終以輔世匡君爲意」。兩説均得太白詩之本原者。世人徒誇其縱横任俠之風，縹緲出群之想，而不知其忠義勃發，直抉大奸，非徒以草《清平調》、賦《行樂詞》了事，猶沿蘇子由之餘論，譏其以詩酒事君，亦大誤矣。子美《麗人行》云：「炙手可熱勢絶倫，慎莫近前丞相嗔。」其發國忠之奸，亦能明目張膽言之，與太白英烈，可謂兩絶。朱子曰：「偶記太白詩云：『世道日交喪，澆風變淳源。不求桂樹枝，反栖惡木根。』今人捨命作詩，開口便説李、杜，以此觀之，何曾夢見脚板？」據朱子此論，則可見詩有本原，不可不究，性情既厚，心聲乃精。若以「無迹可尋」「不著一字」，爲盛唐大家妙處，則「心切理直」之詞，「澆風」、「惡木」之句，反似發露太過，無弦外音，而變風變雅之道，幾乎息矣。李陽冰《太白集序》云：「不讀非聖之書，耻爲鄭、衛之作。」又自遜云：「論《關雎》之義，始愧《卜商》；明《春秋》之辭，終慙杜預。」李華《太白墓誌》云：「仁以安物，公其懋焉；義以濟難，公其志焉。」又曰：「立言謂賢，道奇於人而侔於天。」推尊皆不免太過。然亦可知太白作詩本原，與《三百篇》相表裏，而虚鋒掉弄之小才，狂吟爛醉之惡習，信不可以借口學步矣。

洪氏邁曰：「世俗多言李太白在當塗采石，因醉泛舟於江，見月影俯而取之，遂溺死，故其地有捉月臺。予觀李陽冰《草堂集序》：『陽冰試絃歌於當塗，公疾亟，草稿萬卷，手集未修，枕上授簡，俾余爲序。』又李華作《太白墓誌》，亦云：『賦《臨終歌》而卒。』乃知俗傳良不足信，蓋與杜子美因食白酒牛炙者同。」按捉月之誣，辨正確不可少。而《舊唐書》謂以飲酒過度死。皮日休作《李翰林詩》亦云：「竟遭腐脅疾，醉魄歸八極。」是太白真醉死矣。然陽冰《集序》云「枕上授簡」，李華《墓誌》云「賦《臨終歌》」，此豈醉死者所爲哉？余故録容齋辨正之語，俾捉月、醉死兩誣，皆得白焉，否則仍與食白酒牛炙而死之説，同一嗤點前賢也。

養一齋李杜詩話卷二

山陽潘德輿彦輔

蘇氏軾曰：「太史公論詩：『《國風》好色而不淫，《小雅》怨誹而不亂。』以予觀之，是特識變風、變雅耳，烏睹詩之正乎？先王之澤衰，然後變風作，發乎情，雖衰而未竭，是以猶止乎禮義，以爲賢於無所止者而已矣。若夫發乎性，止乎忠孝，豈可同日而語哉！古今詩人衆矣，而子美獨爲首者，豈非以其流落飢寒，終身不用，而一飯未嘗忘君也與？」按少陵之詩，千古無不推奉，然至比之變風、變雅止矣，東坡更謂其爲風雅之正，尤在「發乎情止乎禮義」者之上，非徒以大言伏世人也。「發乎性止乎忠孝」七字，評杜實至精矣。荆公詩「吾觀少陵詩，謂與元氣侔」，又足爲發乎性止乎忠孝注脚也。

秦氏觀曰：「杜子美之詩，實集衆家之長，適當其時而已。昔李陵、蘇武之詩，長於高妙；曹植、劉楨之詩，長於豪邁；陶潛、阮籍之詩，長於沖澹；謝靈運、鮑照之詩，長於峻潔；徐陵、庾信之詩，長於藻麗。於是子美窮高妙之格，極豪邁之氣，包沖澹之趣，兼峻潔之姿，備藻麗之態，諸家之作所不及焉。然不集諸家之長，亦不能至於斯也。豈非適當其時故耶？孟子曰：『伯夷，聖之清者也；伊尹，聖之任者也；柳下惠，聖之和者也；孔子，聖之時者也。孔子之謂集大成。』嗚呼！子美其集詩之大成者與？」按東坡云：「子美之詩，退之之文，魯公之書，皆集大成者也。」「集大成」之説，首發於東坡，而少游和之。然考元微之《工部墓誌》曰：「予讀詩至杜子美，而知大小之有總萃焉。上薄《風》、

《雅》，下該沈、宋，言奪蘇、李，氣吞曹、劉，掩顔、謝之孤高，雜徐、庾之流麗，盡得古今之體勢，而兼文人之所獨專。能所不能，無可無不可，詩人以來，未有如子美者。」此即「集大成」之義，特未明言耳，則亦非東坡、少游之創論也。顧少游謂子美「集衆家之長」可，謂由於「適當其時」則不可。假令子美生於六朝，生於宋、元，將不能「集衆家之長」耶？抑非其時而遂降與衆家等也？少游，詞人之儁耳，論詩則膠矣。且孔子所以爲「聖之時者」，時中之義。今既謂子美「集詩之大成」，則宜取微之所言「無可無不可」者當之。若以「適當其時」之「時」，爲「聖之時者」之「時」，不幾於郢書燕説耶？至以「豪邁」目曹植，則不盡其量；以「沖澹」目阮籍，以「峻潔」目靈運，則不得其情。此與微之以「孤高」目顔、謝者，同一粗疎也。其尤疎者，微之、少游尊杜至極，無以復加，而其所以尊之之由，則徒以其包衆家之體勢姿態而已，於其本性情、厚倫紀、達六義、紹《三百》者，未嘗一發明也，則又何足以表洙、泗「無邪」之旨，而允爲列代詩人之稱首哉？元遺山云：「少陵自有連城璧，争奈微之識碔砆！」所見遠矣。

黄氏庭堅曰：「子美作詩，退之作文，無一字無來處，後人讀書少，故謂杜、韓自作此語耳。古之能文章者，直能陶冶萬物，雖取古人陳言入翰墨，如靈丹一粒，點鐵成金也。」按《東皋雜録》云：「或問荆公，杜詩何故妙絶古今？荆公云：老杜固嘗言之：『讀書破萬卷，下筆如有神。』」予考「破」字之義，張氏邇求謂識破萬卷之理，仇氏滄柱謂熟讀則卷易磨。愚以張氏爲近之，惟其識破萬卷之理，故能無一字無來處，而又能陶冶點化也。元氏遺山云：「子美之妙，元氣淋漓，隨物賦形，謂無一字無來處可，謂不從古人中來亦可。」遺山之説，尤兼賅無流弊。今人詩非空疎則餖飣，未嘗不讀杜也，亦考遺山此説耶？又程氏棨云：「韓文杜詩號不蹈襲者，然無一字無來處。大抵文字中自立語最難，用古人語又難，須是用古而不露筋骨。」王氏世懋云：「杜子美出，而百家稗官都作雅音，牛溲馬勃咸成鬱致。子美之後，欲令人毁靚妝，張空拳，必不能也。然病不在故事，顧所以用之何如耳。」愚以荆公、遺山、程氏、王氏四説互證山谷，前輩金針，殆已度盡。

李氏綱曰：「王者迹熄而《詩》亡，《詩》亡而《離騷》作。《九歌》、《九章》之屬，引類比義，雖近乎俳，然愛君之誠篤，而疾惡之志嚴，君子許其忠焉。漢、唐間以詩鳴者多矣，獨杜子美得詩人比興之旨，雖困躓流離而心不忘君，故其詞章慨然有志士仁人之大節，非止摹寫物象，風容色澤而已也。」按作詩當先辨六義，《風》、《雅》、《頌》，朱子謂之三經；賦、比、興，朱子謂之三緯。三代以後，《風》、《雅》、《頌》之體，不可摹襲，而賦、比、興，則作者之性情，觸物流露，雖無《風》、《雅》、《頌》之貌，而實《風》、《雅》、《頌》之心也。作詩若有賦而無比興，則詩心凋喪，而去《風》、《雅》、《頌》益遠。惟子美以志士仁人之節，闡詩人比興之旨，遂足爲古今冠。學詩者熟玩《三百篇》之比興，而子美之真心不難求，大節不難見矣。不然，導源已差，誦覽著述，愈多愈繆。陸務觀所謂「淫哇解移人，往往喪妙質。正令筆扛鼎，亦未造三昧」者也。

朱子曰：「杜詩佳處，有在用字造意之外者，惟虚心諷咏，乃能見之。」按薛文清公云：「『水流心不競，雲在意俱遲』，可以形容有道者之氣象。『寂寂春將晚，欣欣物自私』，可以形容物各付物之氣象。『江山如有待，花柳自無私』，唐詩皆不及此氣象。」此即朱子所謂「佳處在用字造意外，虚心諷咏，乃能見之」者乎？然此類亦甚多。李氏于鱗謂「如『文章有神交有道』，『白小群分命』，『隨風潛入夜』，『出門流水住』，皆道也，悟者得之」。愚竊取此意以讀杜詩，嘆其淵源活潑潑地，取之不盡。而黄山谷則謂「子美詩法出審言，句法出庾信」。陳繹曾《詩譜》又謂「劉琨、盧諶，忠義之氣，自然形見，杜以此爲根本。謝靈運以險爲主，以自然爲工，杜深處多取此。劉越石、鮑明遠有西漢氣骨，杜筋骨取此」。趙氏汸又謂「杜審言、陳子昂、沈佺期、宋之問皆杜詩淵源」。范氏温又謂「杜律詩法度全出於沈佺期，如『人如天上坐，魚似鏡中懸』之類」。此皆於杜之格律字句間求杜之淵源者，亦管中窺豹，時見一斑耳。至如坡公愛「輕燕受風斜」「受」字，陳舍人愛「身輕一鳥過」「過」字。葛常之謂「飛星過水白，落月動沙虚」，是鍊中一字；「地折江帆隱，天清木葉聞」，是鍊末一字。潘邠老謂七言詩第五字要響，如「返照入江翻石壁，歸雲擁樹失山村」「翻」字、「失」字；五言詩第三字要響，如「圓荷浮小葉，細麥落輕花」「浮」字、「落」字。此直以用字造意盡詩人之能事，尋求不已，必墮入魔障者也。惟葉氏石林曰：「詩人以一字爲工，世固知之。惟老杜變化開闔，出奇無窮，不可以形迹捕詰。如『江山有巴蜀，棟宇自齋梁』，遠近數千里，上下數百年，只在『有』與『自』兩字間。而吞吐山川之氣，俯仰今古之懷，皆見於言外。此工妙至到，人力不可及，而雍容閒肆，略不見其用力處。今人多取其已用字，模倣用之，偃蹇狹陋，盡成死法。不知意與境會，出言中節，凡字皆可用也。」此段議論，雖講用字造意，而所見超乎象外，入其環中，可以參佐朱子之説，而痛砭今之專研《律髓》、《詩眼》，至於病入膏肓者。

蔡氏絛曰：「詩家視陶淵明，猶孔門視伯夷。集大成手，當終還子美。」按東坡云：「淵明作詩不多，然其詩質而實綺，癯而實腴，自曹、劉、鮑、謝、李、杜諸人，皆莫及也。」愚竊謂東坡持論太易，如子建、公幹，先不可以並稱，鮑、謝亦非子建之匹，三代以下之詩聖，子建、元亮、太白、子美而已。子建、元亮，渾然天成，不在太白、子美下。其詩體則不如太白、子美之兼容并包，不可以元亮爲勝子建，亦不可以元亮爲勝太白、子美也。蔡氏比元亮於伯夷，是亦以詩聖品之，極得分際；惟脱漏子建爲不精密。鍾記室曰：「子建之詩，如人倫之有周、孔，羽毛之有鱗鳳。孔門用詩，陳思入室。」胡氏應麟曰：「兼六代者陳思，兼唐人者杜。」鍾氏以周、孔屬子建，實不料後有子美；胡氏以子美爲祇兼唐人，似不甚確，然藉此可知子建、子美無優劣也。敖氏器之謂「子美如周公制作，後世莫能擬議」，幾矣，終不如杜詩「集大成」語爲尤的實耳。

嚴氏羽曰：「少陵詩，憲章漢、魏，而取材於六朝；至其自得之妙，則前輩所謂『集大成』者也。」按言憲章，必當言祖述，少陵所祖述者，其《風》、《騷》乎？滄浪不言，何也？且少陵取材，奚啻六朝？觀其《過宋之問舊莊》云：「枉道祇從入，吟詩許更過。」《陳拾遺故宅》云：「公生揚馬後，名與日月懸。」《郭代公故宅》云：「高咏《寶劍篇》，神交付冥漠。」《觀薛稷書畫壁》云：「少保有古風，得之《陝郊篇》。」《贈蜀僧閭邱師叙閭邱均》云：「晚看作者意，妙絶與誰論？」《哀故國相張公九齡》云：「自我一家則，未缺隻字警。」則知少陵於本朝諸巨公，靡不息心研玩，安得以其「熟精《文選》理」，「續兒誦《文選》」之句，遂謂其取資止於六朝哉？

范氏温曰：「老杜詩，凡一篇皆工拙相半，古人文章類如此。使其皆工，則峭急無古氣，如李賀之流是也。」又曰：「齊、梁諸詩人，以至劉夢得、温飛卿輩，往往以綺麗風花傷其正氣，由於理不勝而詞有餘也。杜公雖涉於風花點染，然窮理盡性，巧移造化矣。」按王敬美云：「杜詩有深句，有雄句，有老句，有秀句，有麗句，有險句，有拙句，有累句，拙累不能爲掩瑕也。抑知拙累正所以爲古氣哉？」陳後山云：「詩欲其好，則不能好。王介甫以工，蘇子瞻以新，黄魯直以奇，而杜子美之詩，工、易，新、陳，奇、常，莫不好也。」觀此，乃知詩不嫌拙。昔趙秋谷議漁洋、竹垞之詩曰：「朱貪多，王愛好。」愛好則與「拙」字相反，故爲漁洋詩病。范氏之言信當矣。然予考王氏琪曰：「子美詩有近質者，如『麻鞵見天子』，『垢膩脚不韈』之類，所謂轉石於千仞之山，勢也。學者效之過甚，豈遠大者難窺乎？」屠氏隆亦曰：「人謂少陵最可喜處，不避粗硬，不諱樸野。予謂老杜大家，言其兼雅俗文質，無所不有，是矣。乃其所以擅場當時，稱雄百代者，則多得之悲壯瑰麗，沈鬱頓挫。至其不避粗硬，不諱樸野，固云無所不有，亦其資性則然，擅場正不在此。」此二則最平正無流弊。蓋「拙」字不可故避，致來「愛好」之譏；亦不可目爲擅場，但裝拗語硬語，自許浣花衣鉢，實墮小徑旁門，如王元美所謂「不畫人物而畫鬼魅」，柴虎臣所謂「獻吉摹仿杜詩，多任心率筆，拙而無味，俗而傷雅」者也。范氏能知杜詩工拙相半，固爲有見。但李賀、温岐，刻劃害理，其病正坐一巧。夢得優游，差勝兩家。范氏並貶之，似太過。至謂「杜詩凡一篇皆工拙相半」，亦不盡然。杜有全首拙者，七言絶最多；全首工者，七言絶亦有之。他詩愈多。其工拙雜糅之作，誠難更僕數，終不得謂其篇篇皆如此耳。

江氏盈科曰：「子美作詩之時，即有意於傳世。其詩曰：『爲人興僻耽佳句，語不驚人死不休。』」

按詩之爲道，非驚人事也。必以驚人爲事，李賀之奇，盧仝之僻，將爲正宗，而温柔敦厚之教晦矣。且傳與不傳，非己之分内事。方作詩時，即有意於傳世，是詩爲務外徇名之物，非言志之用也。世教陵夷，學校浮薄之子，鑽研吟咏，無非爲驚人傳世之資，好名棄實，鑿情害理，詩未傳而心術學術已不可問。然則杜公有此二語，何也？曰：杜公自遜其初年學術之未成耳。言「興僻」則非中正之道甚明，故緊接二語曰：「老去詩篇渾漫與，春來花鳥莫深愁。」則知老而學力大醇，不復有此偏僻之興，所以春來花鳥，無事雕肝鉥腎之深愁，而物情自然由中也。若以「老去漫與」者爲不精，則其結句云：「安得詩如陶謝手，令渠述作與同遊」，語意已不貫注。何者？謝公險句固多，要以天然爲拔萃，「池塘生春草」，「明月照積雪」，人人膾炙，杜豈不知。陶公一生，本天爲詩，曷嘗有驚人之意挂其胸次哉？杜公他日又云：「晚節漸於詩律細。」「細」與「漫與」是二是一，「漫與」乃所以爲「細」也。必求驚人者，粗中之徒，任氣陵蔑焉耳。杜公殆故抑其少作，而發此微言，以教人歟？程氏棨曰：「杜詩如董仲舒策，句句典雅，堪作題目。餘人詩非不佳，可命題者終少。好詩與好句，政自不同。」程氏此論極有味。人能知好詩與好句之優劣，則知驚人之句，必非典雅之詩；看董子三策，渾灝優游，殊不存一驚人之志也。黄山谷亦云：「文章好奇，自是一病，須以理爲主，理得而辭順，文章自然出群。觀子美到夔州後詩，退之自潮州還朝後文，皆不煩繩削而自合。」朱子謂「杜詩晚年横逸不可當」。夫「横逸不可當」者，風動雷行，神工鬼斧，即山谷所謂「不煩繩削而自合者」也。世人不玩朱子「横逸不可當」之意，而耳食朱子夔州以後自出規模之説，便疑其老而漫與，率筆頹唐，無關佳處。試問夔州以後詩，如《謁先主廟》、《古柏行》、《諸將》、《秋興》、《咏懷古蹟》諸作，煌煌名篇，可慭置之耶？總之，杜公早年晚年，皆有極意研練之詩，亦皆有興到疾揮之詩。謝無逸所謂「老杜有自然不做語到極至處者，有雕琢語到極至處者」。黄氏生論亦如此。予極韙之。若論其大概，則山谷晚年「不煩繩削」之言，實不謬。故唐子西謂「子美到夔州以後詩，簡易純熟，無斧鑿痕，信如彈丸」。而杜公亦自以老去之漫與，爲欲追陶、謝也。世人不知詩家真境，轉取吕氏本中驚人即警策之説，謂「文章無警策，不能悚動世人，不足傳世」。豈知悚動世人，乃詩之外心哉？吕氏又云：「晉、宋間人，專力於此，故失於綺靡，而無高古氣味。」是亦自知前語之有流弊矣。僕平日論詩，竊取杜公「意匠慘淡經營中」、「下筆如有神」二語，分觀今古，不拘一格，而以「下筆有神」者爲極致。又恐「意匠經營」與驚人奇句，相似而不同之處，學者不能深辨，往往迷誤終身，識流於怪僻，志失於務外，所害不細，故録江氏盈科語一則，而詳言以折之，不憚其瑣瑣也。若觀者仍有駁難，是必不讀魏、晉以上之詩者耳。李于鱗所謂「求工於字句，心勞而日拙」者，其此輩耶？山谷《大雅堂記》曰：「子美以來，四百餘年，未有升子美之堂者。子美妙處在無意而意已至，非廣之以《風》、《雅》、《頌》，深之以《離騷》、《九歌》，安得咀嚼其意，闖然入其門耶？」噫！心勞日拙者之多也，觀此又不足怪矣。

宋氏祁曰：「甫混涵汪茫，千彙萬狀，兼古今而有之。他人不足，甫乃厭餘；殘膏賸馥，沾丐後人多矣。又善陳時事，律切精深，至千言不少衰，世號詩史。」按仇滄柱謂「《舊唐書》記事略而論文詳，備載元稹原序，亦失史家裁制之法。《新唐書》記事稍詳，其論贊一段，簡括遒勁，頗類歐史筆意」。愚謂宋氏此贊，簡則有之，括未能也。「千彙萬狀，兼有古今」，第言其體繁變詞富有耳，故接以「他人不足，甫獨厭餘」也。又以能切時事，千言不衰爲詩史，則杜詩之足貴，第在精而多耶？予考陸象山曰：「詩學原於《賡歌》，委於《風》、《雅》。《風》、《雅》之變壅而溢者也，《騷》又其流也。《子虛》、《長楊》作而《騷》幾亡，黄初而降，日以澌矣。惟彭澤一源，與衆殊趨，而玩嗜者少。隋、唐之間，否亦極矣。杜陵之出，愛君悼時，追躡《風》、《雅》，才力宏厚，偉然足鎮浮靡，詩爲之中興。」此數行文字，能貫三四千年詩教源流，又洞悉少陵深處，語意筆力，皆臻絶頂，乃可謂遒勁簡括耳。以作杜公傳贊，庶幾不愧。

屠氏隆曰：「王元美謂『少陵集中，不啻有數摩詰』。此語誤也。少陵沈雄博大，多所包括，而獨少摩詰之沖然幽適，泠然獨往，此少陵生平所短也。少陵慷慨深沈，不除煩熱；摩詰參禪悟佛，心地清涼，胸次原自不同。」按少陵詩如「陰壑生虚籟，月林散清影」，「燈影照無睡，心清聞妙香」，「天寒鳥已歸，月出山更静」，「林疏黄葉墮，野静白鷗來」，「荻岸如秋水，松門似畫圖」，「谷鳥鳴還過，林花落又開」，「蟬聲集古寺，鳥影度寒塘」，「一徑野花落，孤村春水生」，「漁人網集寒潭下，估客船隨返照來」，「落花游絲白日静，鳴鳩乳燕青春深」，「楚江巫峽半雲雨，清簟疏簾看弈棋」，如此之類，不堪枚舉，置之右丞集中，當亦高境。屠氏偏執之論，其不知詩猶可恕也。至謂少陵「不除煩熱」，彼將以感時憤俗，迸淚驚心，爲禪悟所不屑乎？不知倫紀纏綿，人生大節，一概掃除，置身何等？摩詰「凝碧池頭」一作，將亦謂煩熱未除耶？耽禪味而忘詩教，此《三百篇》之罪人矣。且少陵詩集大成，何獨缺摩詰一體之有！元美語自不誤，無可攻也。

李氏東陽曰：「古律詩各有音節，然皆限于字數，求之不難。惟樂府長短句初無定數，最難調疊，然亦有自然之聲。故隨其長短，皆可以播之律吕。而其太長太短之無節者，則不可以爲樂。如太白《遠别離》，子美《桃竹杖》，皆極其操縱，曷嘗按古人聲調，而和順委曲乃如此。固初學所未到，然學而未至於是，亦未可與言詩也。」按西涯此則論樂府，頗得懸解，不似于鱗等摹襲爲古，割裂爲奇。然論杜則獨以《桃竹杖》引爲極則何也？太白《遠别離》一作，恍惚變化，實造絶之構；若《桃竹杖引》，特一時興到語耳，非其至也。必求其至，《兵車行》爲杜集樂府首篇，其長短音節，拍拍入神，在《桃竹杖引》之上。西涯殆舍熟就新，遂不自知其偏耳。

蔡氏絛曰：「齊、梁以來文士，喜爲樂府辭，往往失其命題本意。《烏生八九子》但咏烏，《雉朝飛》但咏雉，甚有并其題而失之者，如《相府蓮》訛爲《想夫憐》，《楊婆兒》訛爲《楊叛兒》之類。惟老杜《兵車行》、《悲青坂》、《無家别》等篇，皆因時事，自出己意立題，略不更蹈前人陳迹，真豪傑也。」按蔡氏此論，最得樂府真處。詩爲樂心，本以言志，若樂府必作古人題目，摹古人聲調，是詩莫古於樂府，亦莫卑於樂府矣。王氏嗣奭謂「杜公《曲江三章》學《三百》，《七歌》學《離騷》，《新安吏》諸作學古樂府，俱自開堂奥，不肯優孟衣冠」。張氏綖謂「李、杜二公齊名，李集中多古樂府之作，而杜公絶無樂府，惟《前》、《後出塞》諸首耳。然又别出一格，用古體寫今事，大家機軸，不主故常」。胡氏應麟謂「少陵不傚四言，不仿《離騷》，不用樂府舊題，是此老胸中壁立處」。黄氏生謂「六朝好擬古，往往無其事而假設其詞。杜詩詞不虚發，必因事而設，此即修詞立誠之旨」。王氏士禛謂「《新婚》、《無家》諸「别」，《石壕》、《新安》諸「吏」，《哀江頭》、《兵車行》諸篇，皆樂府之變也。滄溟詩名冠代，祇以樂府摹擬割裂，遂生後人詆毀，則樂府寧爲其變，不可以字句比擬也明矣」。諸説皆可與蔡氏之論相證合。總之，杜有樂府而無樂府，無樂府之樂府，乃樂府真處，而非後世所可及也。又沈氏德潛曰：「唐人達樂者已少，其樂府題，不過借古人體製，寫自己胸臆耳，未必盡可被之管絃也。」據此則後世詩人本宜自創一題，咏歌時事，沿襲舊題，情理未篤。故余竊謂杜之樂府，非變也，真也；今之好沿樂府題者，非古也，僞也。若于鱗之比擬字句，更不足笑矣。

沈氏德潛曰：「蘇李、《十九首》以後，五言所貴，優柔善入，婉而多風。少陵才力標舉，篇幅恢張，縱横揮霍，詩品又一變矣。其爲國愛君，感時傷亂，憂黎元，希稷、卨，生平抱負無不流露於楮墨中，詩之變，情之正也。新寧高氏列爲大家，具有特識。」按李于鱗謂「唐無五言古詩，而有其古詩」。蓋言唐人之五古，與漢、魏、六朝別也。王元美遂謂「杜長篇曼衍拖沓，於《選》體殊不類」。又謂「五言《選》體，太白以氣爲主，子美以意爲主。太白多露語率語，子美多穉語累語，置之陶、謝間，便覺不倫，乃欲使之奪曹氏父子耶？」王貽上亦以于鱗、元美爲定論，而謂「唐五言古詩，杜甫沈鬱，多出變調」。愚皆以爲不然。李之《古風六十首》，直追正始以前，其才力更在射洪、曲江而上，昔人既以復古許之，不待言矣。杜之短篇，有建安氣骨者，昔人屢言之，今亦不縷述。即以杜之長篇論，《北征》一作，謂與《風》、《雅》相表裏可也，況漢以下乎？《奉先咏懷》一作，非即蔡文姬《悲憤》之規模，而又超出其上者乎？且《焦仲卿詩》、《贈白馬王彪》詩，或千餘字，或四五百字，皆非寥寥短章，故胡氏應麟謂「杜之長篇叙事，有漢人遺意」。乃于鱗、元美、貽上等，第以《選》體之清婉簡净者號爲古詩，而忘漢、魏詩之犖犖大者，遂覺杜公之恢閎崛峍，創此變調耳。確士亦不敢定爲漢、魏以來之正體，而特尊之曰「詩之變，情之正」，此與高廷禮不敢目爲「正宗」，而别以「大家」尊之，同一遷就調停之見，而不自知其眼光纖仄也。且天下文章有非「正宗」而足爲「大家」者耶？名目瑣碎，而無理解，徒成笑柄耳，確士以爲特識何哉？至統李、杜之全集以觀，露語率語，穉語累語，誠間有之。然徑謂其五古病率坐此，不足以争衡陶、謝，更不敢望曹氏門庭，立論之果敢而無忌，莫此爲甚矣。況杜之似《選》體者正復不少，概謂變調，杜亦不受也。夫于鱗、元美、貽上、確士，皆詩家之錚錚者，而議論之沿訛習謬乃如此，此無他，徒就成見以立言，而蔽於所不見也。是故特識未易自許，亦未易推人也。

胡氏應麟曰：「七言古，初唐以才藻勝，盛唐以風神勝，李、杜以氣概勝，而才藻風神稱之，加以變化靈異，遂成大家。」又曰：「李、杜歌行，雖宕逸沈鬱不同，然皆才大氣雄，非子建、淵明判不相入者比。」又曰：「李、杜之才，不盡於古詩，而盡於歌行。」又曰：「李、杜歌行，廓漢、魏而大之，而古質不及。」按胡氏論七言古，以李、杜並稱大家，頗有見地，不似漁洋論七言古詩，獨推老杜横絶古今，同時大匠，無能抗行，而以太白與嘉州並稱也。然李、杜分别處，言之尚不詳覈。予考弇州云：「李、杜歌行之妙，冠於盛唐，咏之使人飄揚欲仙者，太白也；使人慷慨激烈、歔欷欲絶者，子美也。」確士云：「七言古詩，李供奉鞭撻海岳，驅走風霆，非人力可及，爲一體。杜工部沈雄激壯，奔放險幻，如萬寶雜陳，千軍競逐，天地渾奥之氣，至此盡洩，爲一體。」分論兩家，各肖其妙，較胡氏爲勝。雖胡氏亦嘗分别李、杜之歌行，曰：「闔闢縱横，變幻超忽，歌也；位置森嚴，筋脈聯絡，行也。太白多近歌，少陵多近行。」此又不免强别歌行以狀李、杜耳。且胡氏謂「李、杜才不盡於古詩，而盡於歌行」，尤不然。詩各有體，體各有才，才各宜盡，謂「李、杜之才不盡於古詩」，將子建、淵明歌行絶少，其才猶有未盡者耶？無怪乎謂子建、淵明與李、杜爲判不相入也，無怪乎謂李、杜七古廓大於漢、魏，而古質不及也。蓋胡氏以貌論詩，不知古詩歌行，貌分而才一，故亦不知豐約文質，貌異而神融，殆所謂皮相之士也耶？至張氏篤慶，又謂「初唐七古，轉韵流麗，動合風雅，爲正體；工部一氣奔放，宏肆絶塵，爲變體」。此又揚何信陽、李滄溟之餘波，予已辨于《李詩説》中，不更贅矣。

李氏夢陽曰：「叠景者意必二，闊大者半必細，此最律詩三昧。如『浮雲連海岱，平野入青徐。孤嶂秦碑在，荒城魯殿餘』，前景寓目，後景感懷也。如『詔從三殿去，碑到百蠻開。野館濃花發，春帆細雨來』，前半闊大，後半工細也。唐法律甚嚴惟杜，變化莫測亦惟杜。」按崆峒學杜，摹擬有痕，刻劃過甚，誠開剽竊之風，若此論五律一則，則方圓之規矩也。胡氏應麟亦謂「老杜五律，雖中聯言景不少，大率以情間之。故習杜者，句語或有枯燥之嫌，而體裁絶無靡冗之病。乃初學入門第一義，不可不知」。此與崆峒皆爲閲歷之言。今人自以爲情景交融，而不知夙非老手，何可揮霍任意哉？然周氏弼必謂「前聯情而虚，後聯景而實，輕前重後，酌量乃均。若前聯景而實，後聯情而虚，前重後輕，多流于弱」。又未免拘執過甚，視律詩如印板矣。

胡氏應麟曰：「五言律體，工部氣象巍峩，規模宏遠，錯綜幻化，不可端倪。宏大則『昔聞洞庭水』，富麗則『花隱掖垣暮』，感慨則『東郡趨庭日』，幽野則『風林纖月落』，餞送則『冠冕通南極』，投贈則『斧鉞下青冥』，追憶則『洞房環珮冷』，弔哭則『他鄉復行役』等，皆神化所至，不似從人間來者。」按胡氏鋪叙杜公五律勝場，美矣大矣。然盧氏世㴶曰：「五言律至盛唐諸家，而聲音之道極矣。然未有富如子美者，既富矣，又有用也。感天地，動鬼神，訏謨定命，遠猶辰告，蒿目時艱，勤恤民隱，主文而譎諫，言者無罪，聞者足戒，所謂有用之文章也。」如盧氏所論，乃洞澈杜公五律勝場處，胡氏猶論其粗焉者耳。學者於胡氏之説，求杜律之大，於盧氏之説，求杜律之精，不患不得門而入矣。

高氏棅曰：「七言律詩，盛唐作者不多，而聲調最遠，品格最高。崔顥、賈至、王維、岑參各極其妙，李頎、高適當與並驅。少陵七言律法，獨異諸家，篇什亦盛，如《秋興》諸作，前輩謂其渾雄富麗，小家不可髣髴，信然。」按杜之七律較勝諸家處，不在渾雄富麗也。高、岑何嘗不渾雄，王、李何嘗不富麗哉？且《秋興八首》，興象聲色，誠爲名構，然持較《九日藍田崔氏莊》、《聞官軍收河南河北》、《登高》、《登樓》、《諸將》、《咏懷古蹟》等詩，則《秋興》猶非杜公七律之止境也。胡氏應麟曰：「近體莫難於七言律。高、岑明浄整齊，所乏遠韵；王、李精華秀朗，時覺小疵。學者步高、岑之格調，合以王、李之風神，加以杜陵之雄深變幻，七律能事畢矣。」又曰：「七言近體，盛唐至矣，充實輝光，種種備美，所少者曰大曰化耳，故能事必老杜而後極。」二段於杜律勝諸家處，獨得其微，過高氏遠矣。然胡氏以「錦江春色來天地，玉壘浮雲變古今」等句，爲字中化境；「二儀清濁還高下，三伏炎蒸定有無」等句，爲句中化境；「昆明池水」、「老去悲秋」等，爲篇中化境，强爲分晰，殊屬多事。蓋既曰化境，則從心所欲，神動天隨，何篇章字句之能辨哉？王元美曰：「七律句法，有直下者，有倒插者，倒插非老杜不能。」此與胡氏同一膠而不化之見，不可以論變化無方、境與天會之杜詩也。

周氏敬曰：「少陵七言律，如八音並奏，清濁高下，種種具陳，真有唐獨步也。然其間半入大曆後格調，實開中晚濫觴之端。」按中晚七律能手，如劉賓客、柳柳州、白樂天、王仲初、許丁卯、杜紫薇、温八叉、羅昭諫之流，皆絶不學杜，非杜詩開之也。略能學杜而涉其藩籬者，惟一李義山，遂爲晚唐七律之冠。杜之七律，何誤於人？周氏不加詳考，徑立議論，妄矣！張氏遠曰：「杜詩七言律，往往入《竹枝》、樂府，如《十二月一日三首》之類，俱有厚力深思，淺學不能及，亦不可學。」觀此則杜律有不可學者，或坐古質太過耳，烏得謂濫觴中晚乎？中晚流易纖穠，惟不學杜故至此，今轉以爲杜罪，豈不冤哉！

養一齋李杜詩話卷三

山陽潘德輿彦輔

郝氏敬曰：「子美才富學博，其爲近體長篇，多至千言，而氣力愈壯，稱擅場矣，然詩家妙義，正不在多。且如《麟趾》、《甘棠》，每章十餘字，漢高《大風》二十三字，傾動千古。自《三百篇》一變爲辭，再變爲賦，泛濫旁薄於古風，壯浪豪舉於近體者，足矣。若夫長律娓娓，祇足當其富有，無關性情。蓋詩至近體，不免雕琢，更加湊砌，興味已盡，葛藤蔓延，甚覺無味。故予於長律，不甚解頤。」按高氏棅曰：「排律之作，源自顔、謝諸人，唐興，始專此體。開元後，作者之盛，聲律之備，少陵獨得其兼善者。其出入始終，排比聲韵，發斂抑揚，疾徐縱横，無施而不可也。」據此則排律導源甚遠，不得疑其在近體之後；而少陵之無施不可，又不可以「琱琢」、「湊砌」、「葛藤蔓延」斥之也。郝氏必謂詩家妙不在多，而以《麟趾》、《甘棠》、《大風》爲例，則《賓筵》、《閟宫》，何以列於《雅》、《頌》？《孔雀東南飛》一作，何以高於漢人？詩殆未可以多少論也。然僕竊疑少陵酬應之章，排律爲多，即如《贈翰林張四學士》、《贈集賢崔于二學士》、《贈鮮于京兆》等作，大都褒稱先達，感述沈淪，習染時賢，格亦無甚變化，較之《謁玄元皇帝廟》、《行次昭陵》、《重經昭陵》等作，精力甚遜，蓋亦猶五七律中有率不經意之篇也。平心而論，排律一塗，杜直以餘力行之，固不可慕其宏富，鬬靡夸多，亦不可斥其冗長，舉一廢百。胡氏應麟曰：「杜排律五十百韵者，極意鋪陳，頗傷蕪碎。惟贈汝陽、哥舒、見素、李白諸作，格調精嚴，體骨匀稱。每讀一過，無論其人履歷，咸若指掌，且形神意氣，踊躍毫端，如周昉寫生，太史叙傳，逼奪化工。而杜從容聲律間，真古今絶詣。」又曰：「杜大篇鉅什，如《謁先主》、《贈哥舒》等作，闔闢馳驟，如飛龍行雲，鱗鬣爪甲，自中矩度；又如淮陰用兵，百萬掌握，變化無方。雖時有險樸，無害大家。」此二段措議平允，不似京山概貶長律爲「無關性情」，太高而無當也。若楊誠齋云：「杜排律多矣，獨《奉觀嚴鄭公廳事岷山沱江圖》一首，瓊枝寸寸是玉，栴檀片片皆香。然排律僅可止此，五十韵、百韵非古法矣。予嫌其以次乘爲上駟，既不甚的；又詩患長而無力，不在古人有之與否，若能以筆筆奮迅之才，行滔滔百韵之體，雖自我作古何害？」誠齋以少爲古，是亦京山之見也。若德州盧氏統謂「杜公排律，自六韵以至百韵，無不從容研玩，鋒發韵流，盡洗排當，力由天授」。此則一例推尊，予亦未之敢從耳。

盧氏世㴶曰：「天生太白、少伯，以主絶句之席，亘古今來，無復有驂乘者矣。子美恰與兩公同時，乃恣其崛强之性，頹然自放，獨成一家，可謂巧於用拙，長於用短，精於用粗，婉於用戇者也。」按胡氏應麟曰：「以少陵之才攻絶句，即不能爲太白，詎不若摩詰？彼自有不可磨滅者，無事更屑屑也。」又曰：「五七絶各極其工者太白，五七絶俱無所解者子美也。」又曰：「少陵不甚攻絶句，遍閱其集，得『東逾遼水北滹沱』、『中巴之東巴東山』二首，與太白《明皇幸蜀歌》相類。」信如胡氏之言，是杜之五七絶，大率無足法矣。然敖氏英曰：「少陵絶句，古意黯然，風格矯然，用事奇崛樸健，與盛唐諸家不同。」鍾氏惺曰：「少陵七絶，長處在用生，往往有别趣，有似民謡者，有似填詞者。但筆力自高，寄托有在，運用不同。看詩取其音響稍諧者數首，則不如勿看。」觀此二説，則知杜公絶句，在盛唐中自創一格，乃由其才大力勁，不拘聲律所致。而無意求工，轉多古調，與太白、龍標正可各各單行，安得謂其不屑爲此，遂致絶無所解，祇「東逾遼水」、「中巴之東」二首足傳哉！盧氏謂「崛强自放，獨成一家」，乃在箇中。但又有「巧於用拙」云云，則似此老弔詭爲心，求勝同時名士。此小家閃奸伎倆，心術不廣，文章必怪。杜公一生平直，似無此見地也。果如盧氏之説，曷不全力出奇，而又爲花卿、龜年風流蘊藉之作何哉？總之，杜公天挺之才，横絶一世，無所不可。自率本懷，則爲絶句創調；偶從時軌，則爲絶句冠場。疑其不習者非，疑其弄巧者亦非。學者論詩，當兩體兼收，不可專取音響稍諧者，亦豈可專仿詞氣奇僻者哉！黄氏生曰：「杜公絶句，不入正聲，特聞蜀中《竹枝》之音，聊戲效之耳。讀者不必律以正法。」此則不知其爲大手創調，而徑斷其爲摹仿戲作，識彌[illegible]矣。

劉氏會孟曰：「子美年四十五，自鄜陷賊。明年，自拔取拾遺，扈從還京。又明年，始外補。又明年，始棄官入秦州。自是流離展轉，凡三遷。當時朝廷雖亂，道路無壅，雄藩賓客之盛自若也。公以三朝遺老，負海内詩名，其遊跡所經，如錦江、洞庭，意氣浩然，江湖勝境，樓臺高會，長歌短賦，傾晤賓主。當奔走流離，倉卒患難，而所遇猶若此，宜其詩之淋漓悲壯，邁群傑出乎！」又曰：「古今窮詩人，獨稱子美。然在天寶，則及見麗人，友八仙；在乾元，則扈從還京，歸鞭左掖；其間苦厄，惟陷鄜數月耳。後來流落夔、蜀，田園花柳，亦與杜曲無異。」按江氏盈科曰：「李青蓮是快活人，當其得意時，斗酒百篇，無一語一字不是高華氣象，及流竄夜郎後，作詩甚少，當由興趣蕭索。杜少陵是固窮之士，平生無大得意事，中間兵戈亂離，飢寒老病，皆其實歷，而所閲苦楚，都於詩中發出，故讀少陵詩，即當得年譜看。」此君論杜，與辰翁却相反。然予每笑辰翁之論杜，與此君之論李，同是一副鄙陋心胸，而考之又不悉也。夫詩爲心聲，枯菀窮通，皆可自見。今謂少陵之出群，由於東道之豪盛，已覺不成議論，又以得見麗人爲少陵喜幸，此其鄙惡居何等乎？青蓮奇氣淩雲，視爵賞如塵芥。今謂流竄夜郎以後，興趣索然，此稍有氣概者所不爲，況儻蕩如青蓮者乎？就使少陵境遇稱懷，亦不得謂詩之冠世，即由乎此；就使青蓮夜郎以後，詩篇少見，安知不由編輯零落，亦不得斷其興趣頽唐，而況皆不然哉！今詳據杜公《年譜》，並核其詩以爲證。廿四歲，赴京兆貢舉，不第，詩所謂「忤下考功第」者也。其後遊齊，趙，在東都，至長安，既未通籍，困境可知。三十六歲，帝詔天下有一藝詣轂下，李林甫命尚書省試，皆下之，公應詔而退，詩所謂「青雲却垂翅，蹭蹬無縱鱗」者也。四十歲，進《三大禮賦》，始命待制集賢，又爲宰相所忌。明年，召試文章，送隸有司，參列選序，其實無以自遣，詩所謂「才傑俱登用，愚蒙但隱淪」，「微生霑忌刻，萬事益酸辛。有儒愁餓死，早晚報平津」，「飢卧動即向一旬，敝衣何啻聯百結。君不見空牆日色晚，此老無聲淚垂血」者也。四十四歲，始授河西尉，不拜，改右衛率府胄曹參軍，乃得一官，詩所謂「耽酒須微禄」者也。十一月，往奉先，詩所謂「入門聞號咷，幼子飢已卒」，「所愧爲人父，無食致夭折」者也。四十五歲，自奉先往鄜州，自鄜奔行在，遂陷賊中，其痛苦不待敘。四十六歲，四月脱賊，謁上，拜左拾遺。此一生最得意處，然家室未卜存亡，詩所謂「比聞同罹禍，殺戮到雞狗。山中漏茅屋，誰復依户牖」者也。旋即以疏救房琯，詔三司推問，賴張鎬救之獲免。八月，放還省家，詩所謂「晚歲迫偷生，還家少歡趣」，「經年至茅屋，妻子衣百結」者也。即在諫省中，亦不甚霑足，詩所謂「朝回日日典春衣」，「我貧無乘非無足」者也。明年六月，即出爲華州司功，詩所謂「無才日衰老」，「削迹共艱虞」，「孤城此日腸堪斷」者也。四十七歲，關輔饑，七月，棄官西去，度隴客秦州，詩所謂「車馬何蕭索，門前百草長」，「囊空恐羞澀，留得一錢看」者也。十月，發秦州往同谷，寓焉，詩所謂「無食問樂土，無衣思南州」，「歲拾橡栗隨狙公」，「手脚凍皴皮肉死」，「短衣數挽不掩脛」，「男呻女吟四壁静」者也。十二月，入蜀至成都，寓居浣花溪寺，詩所謂「古寺僧牢落，空房客寓居」者也。明年，卜居浣花溪，詩所謂「卜宅從茲老，爲農去國賒」，「百年粗糲腐儒餐」，「恒飢稚子色淒涼」者也。又明年，公年五十，仍居成都，間往蜀州，仍歸成都，詩所謂「老被樊籠役，貧賤出入難」，「蜀酒禁愁得，無錢何處賒」，「布衾多年冷似鐵，嬌兒惡卧踏裹裂」，「入門依舊四壁空，老妻睹我顔色同」者也。五十一歲，仍居成都，詩所謂「畏人成小築，褊性合幽棲」，「年荒酒價乏，日并園蔬課」者也。其秋至綿州，冬挈家至梓州，又至射洪，詩所謂「計拙無衣食，途窮仗友生」，「將老憂貧窶，筋力豈能及」者也。五十二歲，在梓州，間往漢州，秋往閬州，冬復回梓州，是歲召補京兆功曹，不赴，詩所謂「世亂鬱鬱久爲客，路難悠悠長傍人」，「窮愁但有骨，使君寒贈袍」，「别家三月一書來，避地何時免愁苦」者也。五十三歲，歸成都草堂，嚴武表爲節度參謀、檢校工部員外郎，賜緋魚袋。此晚年最適意處，然屈居幕下，實非其志，詩所謂「束縛酬知己，蹉跎效小忠」，「白頭趨幕府，深覺負平生」者也。五十四歲，辭幕府，歸草堂。嚴武卒，遂離蜀南下，自戎州至渝州，六月至忠州，秋至雲安，居之，詩所謂「往時文采動人主，此日飢寒趨路旁」，「空看過客淚，莫覓主人恩」者也。五十五歲，自雲安至夔州，詩所謂「杖藜嘆世者誰子，泣血迸空回白頭」，「沈綿疲井臼，倚薄似樵漁」者也。五十六歲，遷赤甲，又遷瀼西，又遷東屯，復還瀼西，詩所謂「亂後居難定，窮荒益自卑」，「囊虛把釵釧，米盡拆花鈿」，「無錢從滯客，有鏡巧催顔」者也。五十七歲，出峽至江陵，秋移居公安，冬晚之岳州，詩所謂「暮年飄泊恨，今夕亂離啼」，「倚著如秦贅，過逢類楚狂」，「饑藉家家米，愁徵處處杯」者也。五十八歲，自岳州至潭州，未幾入衡州，夏復還潭州，詩所謂「窮困挫曩懷，常如中風走。羸骸將何適，履險顔益厚」，「艱危作遠客，干請傷直性」，「年年非故物，處處是窮途」者也。五十九歲，春在潭州，夏再入衡州，欲如郴州，因至耒陽，詩所謂「隱忍枳棘刺，遷延胝趼瘡。蕭條向水陸，汩没隨漁商」，「疏布纏枯骨，奔走苦不暖。妻孥復隨我，回首共悲嘆」者也。而其秋竟以寓卒矣。統觀一生，無非窮困，「樓臺高會」，「田園花柳」，特偶一遭逢耳，安得謂其苦厄之境，祇居鄜數月乎？辰翁讀杜不熟，遂論其詩，亦可嗤矣。若太白以乾元元年戊戌長流夜郎，以寶應元年壬寅冬卒，首尾四年餘耳。然此四年中，自《流夜郎留别宗十六璟》詩、《流夜郎贈辛判官》詩以下數之，長歌短賦，不下四五十篇。其中高華豪邁之作，指不勝屈也，況又有蒐輯未備，分年未的者哉？且太白臨終尚有詩，安在其興趣索然也？雪濤任意揶揄，當由心境猥瑣；而考古不審，貽誤後人，與辰翁所論，皆李、杜之障蔽也。予故不憚詳覈以辨之，且以戒世之識鄙而學疏者。

趙氏次公曰：「杜陵野老負王佐之才，有意當世，而骯髒不偶，胸中所蘊，一寓於詩。其曰：『許身一何愚，自比稷與契。』又曰：『致君堯舜上，再使風俗淳。』此其素願也。至其出處，每與孔、孟合。『尚憐終南山，回首清渭濱』，則有遲遲去魯之懷。『勳業頻看鏡，行藏獨倚樓』，則有皇皇得君之意。」

按杜公之詩，人之推服至極者，如秦少游以爲孔子大成，鄭尚明以爲周公制作，黄魯直以爲詩中之史，羅景綸以爲詩中之經，楊誠齋以爲詩中之聖，王元美以爲詩中之神，亦蔑以加矣。其爲人，則《新唐書》本傳云：「數嘗寇亂，挺節無所污。爲歌詩傷時橈弱，情不忘君，人憐其忠云。」數語亦簡而核。然本傳又謂「甫放曠不自檢，好論天下大事，高而不切」，則於杜公之經濟出處，猶未之識也。考杜公詩，於國家之利病，軍國之成敗，往往先事而謀，援古而諷，無不洞中竅要。而其難進易退，去就皎然，亦何嘗非「接淅而行」、「三宿出晝」之宗派哉！詳見集中各詩，不及備述。趙氏止引二聯，尚屬挂漏。然斷之曰「王佐之才」，「出處與孔、孟合」，則信非溢美矣。故杜公祠堂，凡有數處，而鄜州學孔廟戟門則祀子美。夫以子美之詩，抉經心，執聖權，以從祀孔子廟，不較勝於唐人之從祀何休、王弼哉？元順帝追謚文貞，爲千古詩人之僅事，要亦當之而無愧色者也。黄氏徹曰：「東坡問老杜何如人，或云似司馬遷，但能名其詩耳。」愚謂老杜似孟子，蓋原其心也。據此則謚以文貞，其美尚有不盡者歟？

李氏綱曰：「肅宗之怒房琯，人無敢言，獨子美抗疏救之，由是廢斥終身，與陽城之救陸贄何異！然世罕稱之者，殆爲詩所掩故耶？予因序其集而及之，使觀者知公遇事不苟，非特言語文章妙天下而已。」按葛常之《詩話》引張無盡《孤憤吟》云：「房琯未相日，所談皆臯夔。一朝陳陶下，覆没十萬師。中原已紛潰，老杜尚嗟咨。」蓋爲琯罷相時，杜上疏力救而發也。是則琯之衄師非無罪，而杜之救琯爲徇私矣。然琯之敗也，由於恢復兩京之遽，固志大而慮疏；而琯之初意，亦欲持重竢時，中人邢廷恩等促戰，倉皇遂及於敗，則亦不當專爲琯罪也。況考琯之罷相，《舊史》即係之兵敗下，殊覺失之不審。

《新史》曰：「琯時敗陳濤斜，又以客董廷蘭罷相」，雖兼二事，言仍未覈也。予檢杜公《奉謝口敕放三司推問狀》云：「琯以宰相子，少自樹立，晚爲醇儒，有大臣體。時論許琯必位公輔。陛下委以樞密，衆望甚允。觀琯深念主憂，義形于色，畫一保泰，素所蓄積。而性失於簡，酷嗜鼓琴，董庭蘭今之琴工，遊琯門下有日，貧病之老，依倚爲非，琯之愛惜人情，至於玷污。臣不自度量，嘆其功名未垂，志氣挫衄，覬望陛下棄細録大，所以冒死稱述。」據此，則琯之罷相，自爲琴工董庭蘭事，與陳濤之敗，了無交涉，蓋陳濤之事，在前一年也。且琯嘗建議遣諸王爲都統節度，禄山見分鎮詔書，撫膺嘆曰：「吾不得天下矣。」則琯之善謀，業已功在社稷，似可與陳濤之罪相抵。今祇爲琴工一事，遽免宰相，是欲使秦穆必替孟明，以一眚掩德也，豈用人之道哉！杜公救琯之疏，自爲國家起見，故當時名臣，如顔真卿、韋陟，則謂甫此疏不失諫臣體，如張鎬則謂朝廷罪甫，必塞言路，皆爲能見其大。而《舊史》、《新史》既以琯之罷相，仍爲陳濤斜之故，又以公之救琯，專爲布衣交之故，於琯則不考時事，於公則測以私心，均不足爲信史。若張無盡之作詩揶揄，尤闇陋而不足道也。嗚呼！觀公《陳濤》之詩，則知公於琯無徇私諱匿之心；觀公救琯之疏，則知公於國有愛惜人材之意，直筆忠悃，可質百世。故公之《謝推問狀》云：「陛下貸以仁慈，憐其懇到，不書狂狷之過，深容直臣，勸勉來者。」夫以肅宗震怒之餘，而公之引罪曰「懇到」，曰「狂狷」，曰「直臣」，亦可謂自信而不疑，果毅而有守矣。世人見琯素負時名，而談釋、老，仿車戰，名實不稱，比之殷浩。不知琯於建議分藩外，如救王思禮，薦嚴武，頗能裨益帷幄；殷浩釣名之鄙夫，非其倫也。公救琯之明年，琯爲賀蘭進明所譖，兼譖及公，同時貶謫。琯既功名不終，公亦羈旅以老。皆屬時命，無可言者。然進明已殺張、許，又讒房、杜，凶人之讒賊善類如此，持論豈可更揚其餘燄而助之哉！李肇云：「宰相自張曲江之後，稱房太尉、李梁公爲重德。」司空圖《房太尉》詩云：「物望傾心久，匈渠破膽頻。」劉克莊云：「房琯雖敗，不失爲名相。」綜是數説，琯之德望，豈易企及！若董庭蘭依倚一事，考之朱長文云：「薛易簡稱董庭蘭不事王侯，散髮林壑者六十載，貌古心遠，意閒體和，撫絃韵聲，可感鬼神。給事中房琯，好古君子也，庭蘭聞義而來，不遠千里。予因此説，亦可以觀房公之過而知其仁矣。當房公之爲給事中也，庭蘭已出其門，爲相豈能遽絶哉？賕謝之事，予疑譖琯者爲之，庭蘭朽耄，豈能辯釋，遂被惡名耳。故房公貶廣漢，庭蘭詣之，公了無愠色也。」觀長文所辯，房公誠不失爲長者；而易簡即天寶時人，其言又信而可徵也。然則董庭蘭尚不足以累房次律，而房次律何足以累杜子美哉！李伯紀比諸陽城之救陸贄，夫次律即非敬輿匹，而子美實無愧於亢宗也。後人讀唐史，輒以房貽口實，杜之救房，即同瑕玷。予故録伯紀語，而歷歷證之如此。蓋伯紀一代偉人，故能洞悉賢達事君交友之心胸，而嘆其不苟於事；彼葛立方、張無盡之徒，何足以知之！

黄氏生曰：「杜公屢不第，卒以獻賦受明皇特達之知，故感慕終身不替。雖前後鋪陳時事，無所不備，而於當時荒淫失國，惟痛傷而不忍譏，此臣子之禮也。説者不得公心，影響附會，輒云有所譏切。此注杜大頭腦差失處，妄筆流傳，杜公之目，將不瞑於地下矣。」按宋氏濂曰：「注杜者稱其一飯不忘君，發爲言辭，無非忠君愛國之意，至於卒爾咏懷之作，亦必遷就爲説，子美之詩，益不白於世。」

此論最通。夫杜即愛君，豈有篇篇寄意者？果如是，徒形其瑣屑好名而已矣。此注者之鑿也。黃氏之說，劇得杜意，然黃氏亦有所本。宋張戒《歲寒堂詩話》已譏唐人咏楊妃者，爲無禮於君矣。此等處有關名教，學詩者之開宗明義章也。顧黃氏謂杜公「獻賦受明皇特達之知，故感慕終身不替」，此論亦陋。君臣之義，無所逃於天地之間，何關窮達事！使明皇不賞《三大禮賦》，子美將肆其詆諆耶？抑肅、代二帝於子美無知己之感，便可不需感慕耶？意在主持名教，而發論不本於性天，即不可以教忠而明禮。然則「大頭腦差失處」，黃氏亦未能免。子美詩云：「葵藿傾太陽，所性固莫奪。」斯言也，乃純臣之言也。

黃氏徹曰：「『性豪業嗜酒，嫉惡懷剛腸』，『飲酣視八極，俗物都茫茫』，子美胸中語也。宜其孩弄嚴武，藐視禮法，而朱老、阮生皆與莫逆，遭田父泥飲，至被肘而不悔。其内直外曲，强禦不畏，矜寡不侮，非世俗所能測也。」按《舊史》杜本傳云：「嘗憑醉登武之牀，瞪視武曰：『嚴挺之乃有此兒！』武性雖急暴，不以爲忤。」《新史》語與《舊》同，其下云：「武亦暴猛，外若不爲忤，中銜之。一日，欲殺甫及梓州刺史章彝，將出，冠鈎於簾三。左右白其母，奔救得止，獨殺彝。」《新史》本《雲溪友議》，不足信，故魯訔以嚴武鎮蜀，章彝入覲證其僞。劉克莊云：「世傳嚴武欲殺子美，殆未必然。觀子美《哭嚴僕射》詩云：『老親如夙昔，部曲異平生。』極其悽愴。至列之《八哀詩》中，忠厚藹然。」王嗣奭亦云：「觀公《九日寄嚴大夫》、嚴公《巴嶺答杜二見憶》兩詩，兩人交情，形骸不隔，可知欲殺之訛。觀《八哀》中『小心事友生』句，亦知武無欲殺公事。」以上諸說，皆足明嚴之未嘗忮公矣。若公之憑醉登牀，斥嚴家諱一事，《舊史》則貶之曰「性褊躁，無器度，恃恩放恣」，《新史》則貶之曰「性褊躁傲誕」，此亦未免已甚也。史稱公與武世舊，而武又少於公十四歲，則知挺之已與公爲交好，公親見武之成立，故《八哀》詩云：「昔在童子日，已聞老成名。」明友其父也。唐人朋友呼名，如李詩稱杜甫，杜詩稱李白，不足爲異。其直呼挺之，用此禮也。特施之死後，而對子名父，爲不宜耳。然玩其語意，實是追念故交，且愛武之極，乃有此驚喜過望之詞。以沈醉不檢，故脱口觸諱，本非不足於武，何「褊躁傲誕」之有！是以武雖卞急，亦能略其形迹，諒其心曲，而不以爲釁，且待之加厚也。今以醉中一言之疵，遽概之曰「褊躁傲誕」，其性實然。然則杜詩中所以愛美嚴公不一而足者，皆將儕於虛言而不足信，而公之醒時，轉爲諛佞詐僞之流，非第「褊躁傲誕」之過而已也。豈知杜公者哉！至其在武幕中之詩，曰「强移棲息一枝安」，曰「蹉跎效小忠」，曰「白頭趨幕府，深覺負平生」，方若有不屑俯就之意，未嘗以爲恩也，何「恃恩放恣」之有？吾嘆作《舊史》者之視富貴人太重，而視公太輕也。然即其不屑相就者，亦自嗟時命之乖，不能展其康濟之志耳，非有憾於武也。以欲大庇天下之人，而老作諸侯之客，謂稱其本懷感恩思報不可，謂形諸嗟咏，即同怨望，亦不可。惟登牀一語，不能謂非無心之小失，而要不當如史臣科斷云云也。若常明黄氏，直以公之醉語，爲疾惡剛腸，爲孩弄嚴武，爲不畏强禦。此又於君子之過，從而爲之辭者，鄙意殊不謂然。武本非惡人，公亦未嘗疾武，疾武亦不應醉中名武之父，以此爲豪視八極，士之禔身接物，將何所不至也！故《新》《舊史書》論公已甚之處，斷不敢從，而黄氏之説，予不敢不辨之，以明學者身世間之常法焉。

王氏應麟曰：「鮮于京兆，仲通也；張太常、博士，均、垍也。所美非美。然昌黎之於于頔、李實類此。杜、韓晚節所守，如孤松勁柏，學者不必師法其少作也。」按少陵酬應投獻之詩，不盡符其平素鯁直之誼，蓋唐人風氣使然，亦不獨於鮮于京兆、張博士也。《投哥舒僕射》詩云：「君王自神武，駕馭必英雄。開府當朝傑，論兵邁古風。」而《潼關吏》則云：「哀哉潼關卒，百萬化爲魚。請囑防關將，慎勿學哥舒。」何其前後違戾如此？此皆古人躁率失檢處，而置之集中，不肯删其少作，又見古人樸實，不諱過也。然於翰等，猶可解曰：前時敗闕未見，自不應逆探其惡而斥之。若王維、鄭虔，大節已玷，猶從而美之曰：「一病緣明主，三年獨此心」；「反覆歸聖朝，點染無滌盪」，何其深加惋惜乃爾！至稱維曰天下高人，稱虔曰天然生知，此真不能爲少陵解矣。予嘗反覆推求其故，以少陵植志立身，忠愛貞潔，豈於此大節而反忘之？祗緣於朋友一倫，長厚太過，有悱惻纏綿之仁，而無剛健斷決之義。見維之取痢稱瘖、作詩志痛也，則以爲心尚可原；見虔之潛以密章達於靈武也，則以爲未忘反正；而不知寺中之僞署，市令之求攝，皆法之所不得宥，而義之所必當絶也。故太白之可諒，在於辭官而逃；維與虔之難逭，在於已汙僞命。少陵混視爲一，雖無損於己之節目，然已增後學之疑矣。昔王伯安素善劉養正，養正從逆，伯安逼令引決。其母喪暴露，伯安使人葬之，且祭以文云：「君臣之義，不得私於其身；朋友之情，尚可施於其母。」有儒生馳書辨論，君臣朋友，本無二理，伯安愧屈。夫維與虔之罪，即不至如養正之甚，而豈得謂其清白無玷，仍以朋友之禮待之，且爲之嗟慕不置哉？然則少陵投獻應酬之作之不能抗直者，轉爲唐人之常事，文字之末節，而不必申駁矣。然少陵之美王維也，顧氏炎武譏之。而王伯厚之譏鄭虔失節也，何氏焯則駁之曰：「名士如珠玉犀象，雖無用而不可少。」至顧氏宸且文之曰：「供奉之從永王，司户之仕禄山，皆文人敗名事，使硜硜自好者處此，不知作幾許雲雨反覆！少陵當二公貶謫時，深悲極痛，至欲與同生死，古人不以成敗論人，不以急難負友，其交誼真可泣鬼神。」此二説乃名教之蠹也。夫所貴乎名士者，貴其識大義耳。使倫常之際，心目不清，則與糞土何異，而曰「珠玉」也？若供奉之辭官辭賞，先事而逃，與鄭司户公然並論，此已不考之過。至司户之汙僞命，第目之曰「敗名」，何其不知類也！且朋友，以義合者也，友如未汙，則當辨其冤于「傷心」、「嚴譴」之時，友如已汙，則當絶其交於功罪覈實之日，此非硜硜自好也，義也。今也知其汙而不得鳴冤，又痛其窮而爲之歈泣，此温良而不斷之失也。乃曰「不以成敗論人」，交誼始可歌泣，是少陵之偏好，亦皆爲天地之常經，豈非疑誤後人之極者哉！總之，愛古人者當爲其諍臣，不當爲其佞友。少陵祇以中允、司户文學絶人，遂成偏好。然文章本非性命，朋友究次君親，此義偶疏，難爲典訓。故「食肉不知馬肝，未爲不知味」。學者不讀昌黎《上于襄陽》、《京兆李實》等書，少陵《贈張學士》、《鮮于京兆》、《哥舒僕射》等詩，未爲不知韓、杜，而況《贈王中允》、《送鄭十八》等作，大有累於義理者哉！剔其繁枝，乃識孤松勁柏之成就非常處。此予之愛杜，而非予之謗杜，深於詩教者必知之耳。

黄氏鶴曰：「公如郴，因至耒陽，訪聶令，經方田驛阻水旬餘，聶致酒肉。而史云：『令嘗餽牛炙白酒，大醉，一夕卒。』常考謝聶令詩有云：『禮過宰肥羊，愁當置清醥』，其詩題云『興盡本韵』，又且宿留驛亭。若果以飫死，豈復能爲是長篇，又復遊憩？以詩證之，其誣自可不攻。況元稹作誌在《舊史》

前，初無是説。」按：仇氏兆鰲云：「元稹《墓誌》：『扁舟下荆楚間，竟以寓卒，旅殯岳陽。』或乃兼采本傳，謂公卒於耒陽而殯於岳陽。考公之卒在大曆五年，而史謂永泰二年，年次既屬差訛，記事安得真確？」又唐人李觀作《杜傳補遺》，謂「公往耒陽，聶令不禮。一日過江上，醉宿酒家，是夕江水暴漲，驚湍漂没，其尸不知落於何處。玄宗思子美，詔天下求之。聶令乃積空土於江上，曰：『子美爲牛肉白酒脹飫而死，葬于此矣。』」夫子美卒於代宗時，玄宗之崩久矣。此皆誣妄可笑，不值攻駁者。以與太白皆臨終被誣，故既論其生平梗概，而遂及此。

竹間詩話

竹間詩話提要

《竹間詩話》八卷，據天津圖書館藏稿本點校。撰者盛大士(一七七一——一八三八)，字子履，號逸雲，江蘇鎮洋人。嘉慶五年舉人，任山陽縣教諭。有《藴素閣集》。此本由行草抄録，文字尚有大段增删，觀其勾乙處多爲述己之語、責人商榷之語及論未穩者，知出自作者親筆。前有一頁題「藴素閣詩後集」，未知何人所書，而各种《藴素閣集》已刊未刊本皆未收。考書中記本人之事，有晚至道光十六、七年者，已届逝世之前一、二年。大士學詩於王昶，論詩則服膺袁枚，尊爲大家，於述庵之譏諷隨園頗致不滿。至謂學詩「當從宋代名家入手，其性靈易於濬發」，「得南宋人之一鱗片甲，勝於學盛唐人之長江大河」云云，則於隨園亦有所不拘矣，而立論稍未穩。嘉慶中滯留京師多年，得廣交法式善等中樞人士及各地詩人。然其詩之得力處，終在家鄉一帶之吴越詩壇。卷八詳析吴梅村長篇之用韵特點，卷五記弇山園舊址，録畢華珍五古七古佳作各一首，皆屬致意於鄉賢也。同時人中與陳文述同年生，交往甚深，而與郭麐最相契合。評詩頗從頻迦之説，從靈芬館諸詩話中轉録各條，而後再生發己見。如評彭兆蓀詩《南鴻星社集》後始自成面目，《寒夜題沈文起詩卷》爲「最高之作」，即據郭説而後足成者也。與潘德輿、姚椿、黄培芳等，亦時有切磋之舉。評張船山詩幾無異詞，評黄仲則詩喜其「無題」諸作，而嫌其「鬼仙氣」，則不免失之偏私矣。於嶺南詩人之評，每藉張維屏《國朝詩人徵略》，全文抄入，似可不必。然亦有補《徵略》闕者，如黄玉衡（小舟）有目無詩，即據《安心竟齋詩集》補録，而指出張南山未及見其集耳，深中南山此書之弊。全書終以嘉道間吴中詩人之記録爲最詳盡，詩識雖未可謂精，然略可備詩史之採擷也。

竹間詩話序

盛大士撰

射陽學舍之東偏，有屋三楹，繚以緑竹。五六月之交，涼風颯然，頓忘炎暑。余徘徊其下，嘯詠自適。興之所到，取古人詩，手胝口沫，丹黄夾注。或客至談藝，各述舊聞，相賞新得，退則援筆書之。歲閲數稔，積成卷帙，顔曰《竹間詩話》。夫竹以虚心，柯葉乃茂；學惟多識，聞見斯廣。是編所輯，聊寓尚友之思，兼採他山之助，至於馳騁詞壇，弋獵浮譽，惟尚所託，雅不樂此。若夫忘辛嗜甘，是丹非素，門户之見，更不堪存，所願與海内詩人質正焉。鎮洋盛大士。

竹間詩話卷一

幼時見執友多枕經葄史，問學浩博，而詩不多作，作亦不輕示人。其深於詩者，皆未嘗以詩人自居，不敢以詩藁問世，故刻集者少。近日則無人不言詩，亦無人不刻詩。刻集愈多，而詩不逮前人遠甚。夫必讀破萬卷，而後下筆有神，然則詩豈易言哉！學貴心得，不求人知，況詩以道性情，尤不當以此獵取名譽。詩雖不工，但陶情遣性，亦足自怡，若刻而問世，是適以彰己之短也。且刻詩過早，少作壯悔，不及删改。古人傳集多在没世以後，果能卓然成家，不患其不傳，何必急於自炫？余自閱所刻詩少愜意者，故云：「少作什二三，一炬恨不早。頗喜中年詩，略比少時好。得意只在此，可知進境少。」又《秋感》云：「病每逢秋欺獨客，詩因早刻悔中年。」不可謂非閱歷過來人語矣。

閱人詩集，不暇問其詩之工拙，當先觀其製題之當否。題合於古，其詩必有家數；題戾於古，雖有合作，必是未經探討者，無足取也。製題之法，繁簡詳略，各有一定之程矱，李、杜、韓、蘇諸大家體例各有不同，後人作詩不必專主一家，總期無失乎古人之程矱。即以稱謂言之，或書官、或書名、或書字、或書行輩，皆當原本前賢，不宜沿襲時俗。嘗觀魏、晉、六朝人投贈倡和，率稱官、稱名、稱地，唐人亦然。少陵於本支不稱姓，如「弟觀」、「舍弟濟」是也，惟杜位冠之以姓，則其人非本支可知。昌黎於儕輩中位卑齒少者及門弟子，皆姓名並稱，如李觀、張徹、唐衢、侯喜、李翺、皇甫湜諸人是也。有稱名又稱字者，孟郊亦稱「東野」是也；有稱名又稱行輩者，張籍亦稱「張十八」是也；稱官不稱名，杜侍御、鄭兵曹、李司勳；稱行輩不稱官，李二十八；稱行輩兼稱官，崔十六少府、裴十六功曹、元十八協律、張十一功曹是也。惟位尊者不名，如李尚書、武相公、裴相公、鄭尚書、李相公，蓋尊台輔，即以尊朝廷也。蘇詩稱字者居多，亦有官與字、官與名並稱者，有徑稱名者，亦有始稱名繼稱字者。尋其意旨，大抵以文章道義相期許，而交契至深者則字之，其稱謂之審慎，亦可見矣。近人作詩不諳體例，其於姻長戚屬牽引比附，尤屬無稽。竊意姻戚行輩之尊者，祇可稱之曰「某丈」。若以流俗之稱載入詩集，陋孰甚焉。至於「先生」之稱，自非達尊及親受業於其門者，不得稱也。古人字以表德，稱字最爲推崇，今乃置字不稱而稱其號，如堂、齋、園、亭之類，開卷皆然，大可一噱。或不詳其字，不得已以號代之，要不若直稱其名或稱行輩，方合體例。至位高齒尊者，方可以號稱之，然亦近今通俗之稱，衡諸古法，不甚合矣。

稱人官階宜遵本朝官制，今人詩中，如知府稱「太守」，知州稱「大令」之類，原無不可，然或本朝並無此官而比類書之，或其人止有虛銜而拉雜書之，皆大謬也。地名如山陽直稱「山陽」，清河直稱「清河」，最爲合例。每見山陽或稱「淮陰」，不知淮陰縣漢屬下邳郡，晋屬山陽郡，宋、齊屬兖州，唐以後屬楚州，而其地不專指山陽一境也。或因直隸廣平府屬亦有清河縣，遂別之以南清河，則陝西亦有山陽縣，安得以淮屬山陽名之曰「東山陽」乎？且山陽有自署其地曰「淮山」者，此更可笑。以此類推，然則蘇州之吴縣稱之曰「蘇吴」，松江之華亭稱之曰「松華」，可乎？云縣以山名可稱「淮山」，然則紹興之山陰，亦可稱「紹山」，蘇州之崑山、松江之金山，亦可稱「蘇山」、「松山」耶？舛陋若此，詩雖不觀可也。

余少學詩於青浦王少司寇述庵先生。先生論詩大旨：曰學、曰才、曰氣、曰調。學以經史爲主，才以運之，氣以行之，調以舉之。四者皆備，然后可以成家。集中從軍諸作，語奇句重，縋幽鑿險，洵足横絶一世。《渡大金江即事》云：「南荒經南空未鑿，誰攷江源溯臼霍。蠻暮南來大展拓，斷岸長天莽寥廓。何爲銜風振長薄，不見軒然大波作。野田秋鶴長於人，盤雲忽落呼其群。大魚躍水蒼無鱗，丙穴石首非其倫。小船三人槃礴祼，時與阿補堂制府、諸肇仁臬司同渡。數尺斜陽射林邏。殺氣如山蔽雲墮，激電一聲飛礟火。」《攻克羅博瓦四峰》云：「山横十里碉九座，喇穆巉巖不可過。偏師忽指此山偏，出奇絶險須臾破。偏峰崱屴登古名，前羅博瓦尤峥嵘。四峰相次賊門户，峰峰刀槊攢青冥。將軍愁寂計忽發，先令虎臣海蘭察。第二三峰汝往攻，佐汝往攻額與達。謂護軍統領額爾特、侍衛達蘭泰。是日天凍風如刀，緣厓積雪一丈高。軍未及登賊早覺，舉鎗投奔何嗃哮。自上下下衆不動，持滿而迎射輒洞。豖突狼顧躅且奔，乘勢飛追躡其踵。別隊紆道穿林躋，所據與賊地勢齊。兩軍合擊呼動地，兩峰連克無留稽。其第四峰亦席捲，餘第一峰尚未剪。領隊普爾普圍之，火器騰空盡焚燹。縣其首級陳其俘，取其器械充軍須。封羊釃酒饗將士，更掃喇穆清前途。」先生以文臣佐戎幕，立功萬里外，受純廟特達之知，鴻猷駿烈，見諸歌詠，非可僅以詩論也。

述庵先生《春融堂集》五七古，奇崛峭拔，而近體則滔滔清絶。《過吳江》云：「烟村一路鷓鴣啼，油菜花殘豆莢齊。幾日東風微雨過，春蕪緑遍畫橋西。」「筠溪早放貓頭筍，柳岸初添雉尾莼。鶯脰湖邊風物好，緑陰深處繫漁艑。」《題李長蘅西湖小幀》云：「一桁遥山翠色濃，白雲渺渺路重重。斜陽欲落微風起，吹過南屏寺裏鐘。」《黄平州道中》云：「隔嶺殘陽雪已晞，風迴石竇約雲衣。人家漸有初春意，翠鳥啼烟竹半扉。」「沙際春歸草甲開，尖於韭葉緑於薹。可憐未作裙腰樣，已費江郎賦别才。」《過許州》云：「柳陰一路似江鄉，撲面西風漸送凉。昨夜山前新雨過，沿溪十里稻花香。」

紀文達公以雅頌之才，膺著作之任。余座主石門陳少司馬梅垞先生，公之門下士也。同人赴公車者以小門生禮晋謁，甫升堂，即傳語曰「老病人扶再拜難」。三揖命坐，清談移晷，其風致可想已。有《西域入朝大閲禮成恭紀》十首，其第四云：「曲宴芳園酒乍醺，將軍飛遞羽書聞。窮荒更遣蟠桃使，降表連收貝葉文。兩國名王馳贊普，同時别部走奚斤。殷勤攜得昭華琯，計日中朝覲聖君。」第五章云：「日行三百入長安，别苑層城畫裏看。宿衛舊聞唐頡利，衣冠今賜漢呼韓。多時逋寇擒狼種，幾輩高蹄付馬官。好續《周書》《王會解》，千秋勝地記田盤。」第七云：「朔風獵獵下盤雕，上將持麾下紫霄。天上星辰張玉弩，軍中鼓吹應金鐃。珠旒摇曳旗初展，銅埒回旋馬更調。十萬貔貅齊入伍，分明氣象認天朝。」第十云：「羽衛交馳玉踠騮，陪遊仍遣召渠搜。重看犀首三千弩，争拜龍旂十二旒。見説須臾禽母寡，果然容易戮蚩尤。願將聖主天威重，傳到西荒海盡頭。」其高華宏整，漁洋後無此鉅製矣。

嘉定錢宫詹竹汀先生，於經史百家之書無所不讀，綜覈前聞，洮汰後惑。余年十六肄業婁東書院，即侍講席。及先生主紫陽書院，余復從遊，熟聞先生論詩，以清醇樸實爲宗，斥冗浮重滯之習。

《村行》云：「幾日輕陰暑漸消，孤村稍喜避塵囂。秋粱已穗宜删葉，晚豆將花亟護苗。細細菱絲浮水面，纍纍瓜蔓掛牆腰。雨餘準備前途滑，伐柳填薪當小橋。」佳句如《趙北口》云：「淺渚平沙通薊北，板橋流水似江南。」《畢中丞靈巖山館》云：「地高合讓名公占，水静還招冷客聽。細雨秋添谿溜白，遠峰晚借樹烟青。」《定州道中》云：「行來明月清風店，恰稱輕雲細雨天。」《真定道中》云：「日高風力緩，霜重樹心寒。」清氣撲人，迥非俗響。

昌黎《石鼓歌》爲横絶千古之作，至東坡而風格一變，詩亦足以相埒。韓於奇麗中見樸實，蘇於清超中見精鍊，兩詩皆空前絶後，無可軒輊。姚姬傳先生謂文章之事後出者勝，東坡《石鼓》實過昌黎。自余觀之，蘇詩清氣盤空而句皆琢對，無一字放鬆，韓詩不以對仗勝，而愈見才力之厚。必謂蘇勝於韓，吾不謂然。

杜陵之《北征》，昌黎之《南山》，皆前無古人，後無來者。或謂子美感懷家國，俯仰身世，其詩自足不朽，若退之《南山》詩，雖不作可也。此輕議古人而不知詩境之妙者。顧嗣立謂杜之《北征》實叙事情，韓之《南山》虚摹物狀，能以畫家之筆寫得南山靈異縹緲，光怪陸離。中間連用五十一「或」字，復用十四叠字，如駿馬下岡，手中脱轡。忽用「大哉立天地」數語作收，又如柝聲忽驚，萬籟皆寂，可謂深得韓詩之妙矣。

詩必有爲而作。義存忠愛，每飯不忘，此杜陵之詩旨也。然或與杜陵身世迥乎不同，而故作憂國憂民之語，其孟浪孰甚焉。即以聲調格律而論，揣摩依倣，直優孟之不若，而猶以學杜自居，安望其後能作一性靈語乎？夫學詩者，漢魏六朝、三唐兩宋，缺一不可。而或限於才力，未能熟讀萬卷，縱横如意，則當從宋代名家入手，其性靈易於濬發，故得南宋人之一鱗片甲，勝於學盛唐人之長江大河。余之持論若此，世當有以余爲知言者。

余家舊居州城之南關外，有補陀禪院，桃花極盛，先君子嘗偕曾弢庵舅氏煜及湘亭季丈均，游咏其地。後舅氏館於嘐城，歸家必往游焉。《絶句》云：「寂寞僧房掩翠苔，辛夷零落爲誰開。情親一别空成憶，難得今朝把臂來。」「一縷茶烟颺午風，曲欄閒憑思無窮。重過少日論文地，十五年來似夢中。」

弢庵舅氏刻意爲詩，家無儋石儲，歌聲琅琅，如出金石，咏古律體幾欲與陳元孝抗手。《咏漢武》云：「神山弱水望悠悠，嵩岱頻登意未休。五利何人虚尚主，貳師得焉遂封侯。異時玉盌魂難返，故國銅仙淚自流。一曲横汾哀樂變，白雲飛盡漢時秋。」《項王》云：「如何一炬棄咸京，便擬還鄉衣繡行。逐鹿未全歸漢主，沐猴早已笑韓生。數行窮淚虞兮舞，百戰餘威豎子名。縱使江東猶足王，渡江那有八千兵？」《淮陰侯》云：「提軍百萬掃鯨鯢，鍾室他年悔噬臍。垓下歌殘方破楚，關中鼎定不封齊。但知快意烹功狗，誰遣司晨屬牝雞？終古王孫哀未歇，淮陰芳草日萋萋。」他如《咏寒月》云：「烏飛一枝遠，人定萬家寒。」《秋晚》云：「斷鴻遥截雨，獨樹忽奔雲。」《舊宅》云：「寒花依檻瘦，秋草閉門深。」《荒園》云：「有情舊燕春還到，無主閒花晚自飛。」詩筆皆清朗可誦。

梅村先生處家國興亡之際，寓黍離麥秀之思。詩仿初唐，參以元白，哀感頑艷，悱惻纏綿。尤西堂贈以詞云：「江山如夢，眼前誰是舊京人物。」又云：「椽燭衣香，少年情事，頭白今成雪。」梅村讀之爲泣下。舅氏《書梅村集後》云：「亂餘才士無完節，老去詩篇有盛名。空羨修書楊鐵史，可憐作賦庾蘭成。」議論平允，可謂深得梅村之心事者矣。

詩有善道人意中事，隨口而出，遂成絶調者，如鐵梅蓀先生之「愁裏逢春驚老至，中年生女作兒看」是也。大意從「弱女雖非男，慰情差勝無」化出，而不落窠臼，其妙處全在一真字耳。先生名句如《登太白酒樓》云：「天上有星堪命酒，人間無客可談詩。」《古北口》云：「对面馬隨飛鳥没，上山人帶斷雲來。」「草深僻路客談虎，日暮遠山人牧羊。」《秋日雜詩》云：「寒雨尚滋當路笋，西風未損向陽花。」筆俱新雋。

詞料與詩料不同，然點化前人之詞，亦足以成妙句。吴穀人先生《虎丘》絶句：「一半櫻桃一半笋，送春天氣不多時。」蓋竹垞《虎丘樂府》有「一半兒櫻桃一半兒笋」，可謂善於選用矣。

吾州詩派最正，諸老輩中抗心希古，深入唐宋諸賢之室者，如蘇丈餐霞加玉、汪丈静厓學金、畢丈静山憲曾，其尤著也。三家詩格不同，皆爲大雅正聲。近日里中後進，談詩者日衆，而接踵曩哲，大非易事。今三家之詩具在，或有譏其近於頹唐、流於纖仄者，後生末學，妄逞詆訶，亦可笑已。余欲輯三家詩彙成一集，而卒不果。因各録數篇，以見一斑焉。蘇丈《游從姑山歌》：「誰斬媧皇巨鼇足，陡拔雙峰雲際矗。嬴政當年不敢鞭，留與仙人作石屋。建昌山鬱盤，最説麻姑壇。借問此何境？云是從姑山。出郭三里青巑岏，未到已覺松風寒。旋螺詰屈一徑上，山腰跂脚開禪關。却怪麻姑跡未至，老僧不辨滄桑事。鬼神呵護讀書巖，苔斑剥蝕懸崖字。山爲明羅汝芳讀書處，石壁有「飛鼇峰」三字，大尋丈。懸崖倒掛步仙橋，羽軿芝蓋紛相邀。方平恍惚移清宴，月明往往聞吹簫。恨無金繩鐵鎖鈎連到絶頂，飛行捷足輸猿猱。其下雙玉樓，何年始崩圻。人間斧鑿鑿不開，劃然中斷巨靈擘。陰閟雙扉烏兔死，天爭一線乾坤窄。幾度仙家劫火紅，此地尚有蓬萊宫。棋盤石上日對弈，手摘星斗摩蒼穹。不然徑入伏虎之洞中，破除塵網逃虛空。吁嗟乎！甕底醯鷄徒自苦，惆悵迴車日卓午。」《雲陽書院謁王陽明先生祠》：「祠宇深沈鐙火青，階除瞻拜肅儀型。勳名自可追諸葛，道脈何曾異考亭。易代江山還被澤，至今子弟盡横經。宵分客夢俄驚覺，颯爽回飆恍降靈。」《許昌懷古》：「漢魏興亡總劫灰，許昌城外客徘徊。子魚真愧龍頭譽，文若虛傳王佐才。廢殿有基秋草緑，荒陵無樹夜烏哀。摩挲欲搨鍾繇隷，千載傷心受禪臺。」《新安訪何數峰》：「雪浪層灘掛碧霄，扁舟訪戴不辭遥。停雲近繞黄山樹，别夢曾隨彭蠡潮。爾汝交深人轉訝，解推誼重我非要。開尊話舊心先醉，不覺羈愁一夜消。」《雨夜感懷》：「乞食歸來掩薜蘿，深宵愁聽雨滂沱。爨虛忍餓妻孥睡，窗破吹燈鬼魅過。親戚情隨財共竭，友朋怨與債俱多。無田亦願逢年稔，春麥摧殘更奈何？」汪丈《石匣曉發》：「水自層厓落，雲從大漠還。涼風初入塞，殘月不離山。寒馬窺邊色，秋花笑客顔。回看薊門道，曉日照三關。」《登廣仁嶺》二首：「夾道松蘿一馬穿，欲規遠勢上層顛。片雲飛帶遼西雨，叠嶂濃遮薊北天。屬國諸籓青海外，羽林千騎翠華邊。遥瞻佳氣山莊好，榆柳陰中萬井烟。」「此日車書朔漠同，烏桓置驛往來通。九邊秋色山河曉，七月寒聲草木風。已分生涯隨代馬，那堪鄉思付南鴻。壯夫莫作登臨感，絶塞還憑意氣雄。」《晚秋感興》：「江樓東望盡三吴，落照西風彭蠡湖。鄉信已聞荒稻蟹，客懷何處覓蓴鱸。晚霞繞郭山深淺，秋水連洲雁有無。却喜郡齋吟詠地，免教詩興敗催租。」《喀喇河屯》：「樂郊休作塞垣看，山脈膏腴地勢寬。歲歲居民收穫畢，一村紅葉候回鑾。」《咏秋》：「落葉清霜碧樹灣，晴峰點點露烟鬟。謝家詩句米家畫，江上夕陽山外山。」「空濛秋色露華多，十里芳塘漾碧荷。鏡裏紅衣秋月冷，夜深人静不聞歌。」「獨坐空堂欲二更，松濤萬壑起秋聲。小窗一夜聽風雨，不道星河分外明。」畢丈《咏梅》：「遠處分明別有邨，無風無雨澹無痕。四山雲合乍封洞，一院月來深閉門。未免有情憐瘦骨，偶然相見斷吟魂。嫩寒天氣成孤坐，松下烹茶酒又温。」《登西嶽萬壽閣》：「便欲乘雲俯八荒，天門浩蕩氣青蒼。袖邊詩句通呼吸，檻外芙蓉接混茫。豈有公超五里霧，曾傳玉女九霞觴。鈎梯直上非容易，好架長虹作石梁。」《秦中懷古》：「四塞河山遂霸秦，詩書禮樂竟灰塵。揭竿早兆銷鋒帝，識鹿徒爲夢虎人。滄海蓬瀛方士幻，咸陽鐘鼓曲房春。寰中咫尺桃源路，未許求仙一問津。」「千門萬户建章宫，秦地山川落照中。太液鯨魚分碧海，畫欄桂樹怨秋風。珠襦玉匣園陵冷，仙掌金盤霄漢通。不是元年重儒術，武皇直與始皇同。」「揚州烟月接長安，錦纜三千迓玉鑾。天馬幾時浮海至，神鼇終日戴山看。後庭花謝翻新調，西苑秋高憶舊歡。願作長城公亦得，沈香甲煎且盤桓。」「渭水春寒繞苑牆，碧桃醉罷舞霓裳。雲屏窈窕蛾眉緑，蜀棧迢遥羯鼓涼。父老群呼瞻二聖，唐家天意屬儲皇。藏珠捐玉開元事，宰相何人策廟堂？」《輓洪稺存太史》：「豈似將軍老數奇，無端痛哭值明時。豪情真駭庸夫聽，囈語終邀聖主知。萬里壯遊酬夙願，百年孺慕補亡詩。君親兩字誰無忝？我欲臨風奠一巵。」「風義應居師友間，梁園小住話秦關。誰知酒國詩壇後，相見冰天雪窖還。刀鋸餘生空及第，丹鉛未老戀名山。嗟予粗涉雕蟲業，悔不從君學馬班。君史學最精。」又《月夜》句云：「遠杵聽疑蛩外落，暗雲看到月邊明。」《咏白蓮》云：「一尺瘦腰空抱月，三更清夢易飄烟。」《秋感》云：「短檠高閣人呼酒，老屋荒江獨聽潮。」中唐人名句也。

法時帆先生，本名運昌，奉純廟旨改今名，所著有《存素堂集》。先生博稽文獻，熟諳掌故，在詞館中曾著《清秘述聞》、《槐廳載筆》等書，又輯海内知交詩爲《朋舊及見録》。余自戊辰冬介汪厚夫樞曹彦博謁先生，先生以余詩入選。及丁丑復遊京師，先生已歸道山矣。先生詩宗陶公，出入於王、孟、韋、柳。《游西山五古》云：「日脚不落地，峰陰生白晝。人鳥俱無聲，松籟空音湊。三里始出林，巖際天光透。借問採樵人，何處尋乳竇？」又如《雨後游極樂寺》：「兩三竿竹自秋色，千萬叠山皆雨容。」皆幽寂清峭。

虞山吴竹橋儀部蔚光，性尚幽閒，澹視榮利，杜门著述，嘯傲湖山，尤好引獎後進，提倡風雅。余辛酉、壬戌以前詩皆先生所點定也，著有《素修堂集》。佳句如「江城遠笛秋風早，山館疏鐙夜雨多」、「逢花客有留連意，對月人多太息聲」、「紅雨半簾飛蛺蝶，緑雲千葉蓋鴛鴦」、「空江短櫂春波色，小院重簾暮雨聲」、「夙緣未了時開卷，舊侶無多日掩關」，皆自然入妙。

吴煮石明經大烈，昭文人，竹橋儀部之老友也。沈酣騷雅，所著詩多哀艷之作。晚年僻處窮鄉，足跡不入城市。儀部詩成，每馳箋往質之。曾選録同人詩，名《藏珠集》。惜其窮老病苦，没後遺文零落，即所輯《藏珠集》亦久散佚矣。有古樂府二首，神似昌谷。《玉鈎斜》云：「冢纍纍，烟娟娟，玉鈎斜上春風早。酹酒弔香魂，千年不知曉。二八盈盈掌上擎，舞衫紅簇歌喉小。長願侍君恩，争妍被花惱。簾前䳇鴂一聲聲，香蘭無數先秋槁。明月常懸玉鏡函，黛眉不共春山掃。欲補鴛鴦冢上碑，牽情滿地紅心草。」《將進酒》云：「典鷫鸘，貰酒漿，洞庭春色橘柚香。昆刀細切元豹肪，卓女曳珮聲琅鏘，蕭然四壁回春光。蜀弦繁，羌管咽，揮緑綺，歌《白雪》。不奈春歸花落時，杜鵑啼碎千枝血。勸君痛飲破愁城，莫待白頭吟決絶。」

語濂涇在常熟小東門外三十里，俗名東塘市。其地水木清華，邑人多能詩者。余館於程氏、譚氏、殷氏，先後凡四載，與邑中諸君酬倡無虚日。倪布衣賜字三錫，號閒谷，年八十，史茂才慶全字謙吉，號益村，年七十，皆詩叟也。閒谷《題明妃出塞圖》云：「一出關山行路難，琵琶空抱不成彈。憐渠已被丹青誤，何忍還從畫裏看？」益村《曉雪即霽》云：「窗疑殘月照，不道六花飛。獨客開青眼，千山盡白衣。」《過静寄軒偶成》云：「香草能留客，春風亦醉人。」《偕友赴歲試》：「漸驚舊侣如雲散，不覺新愁逐草生。」皆不愧清才。同時如李山人世則《春暮即事》有「酒香思客過，花落厭禽飛」之句，蘇明經一元《殘菊》有「霜重難欺骨，風高不墮香」之句，皆清新有致。而余門人譚明經天成字韶九，號石舲，年未二十，即工於古近諸體。惜多病，未臻中壽。憶昔時倡和之什，久已散佚，篋中祇存《歌風臺》一首，亟爲録之。云：「海内加威遠，沛宫置酒過。凄涼遊子淚，慷慨大風歌。此日關中去，當年猛士多。空餘懷舊意，父老竟如何？」又《送人出門》句云：「淡月晨雞遊子夢，緑波春草故人情。」亦有逸致。

壬戌之春，余客譚氏戛雲樓，與友人分韵作《賣花篇》。余詩已删，不復記憶，僅憶韶九有二句云：「珠簾斜卷畫樓西，名花别有藏春處。」同人皆爲之擊節。

孫子瀟庶常源湘，詩名滿於海内。余久聞其詩名，自甲子仲秋始定交焉。時將北上，適逢水災，當事者延勸賑務，居語溪浹月，與余晨夕談藝，甚相得也。明年赴公車，成進士，入詞館，旋奉母諱南歸。余客於虞城之板橋張氏，相聚凡四、五年。子瀟之詩發抒性靈，驅遣才氣，涉獵各家，而以太白爲鼻祖。《黄金臺》云：「燕王高築黄金臺，齊王顔色如死灰。七十餘城一臺取，如此築臺真快舉。國家重士須輕金，黄金能買英雄心。英雄肯爲黄金死，畢竟時無一真士。君不見，魯仲連，一言能止衆帝秦，千金笑却平原聘，不是尋常商賈人。」筆意清析透達。《媚香樓歌》云：「秦淮一片焦土香，當時美人樓上粧。樓前桃花似人面，面障桃花定情扇。忽來豪奪勢紛披，墜樓耻作飛花飛。血痕汙扇扇更好，一滴一花花不老。甲申三月桃花明，無愁天子來中興。宰相誰？馬士英。防江誰？阮懷寧。隔江城頭刁斗鳴，宫中歌舞教《春燈》。扇上桃花只幾片，扇外江山血痕遍。不須更説李與張，滿紙刀兵一家戰。嗚呼！四鎮驕，送南朝。南朝空，走狡童。亂軍中屍史閣部，斷頭將軍黄得功。忠臣熱血恣飛灑，一齊争作桃花紅。骨鯁何論男與女？樓中拒聘殊可取。君不見，天津三月桃花開，又見侯生應舉來。」音節琅然，極承接轉换之妙。

黄琴六茂才廷鑑，漢中人，修學好古，熟於鄉邦文獻。照曠閣所刊《太平御覽》，余與子瀟及張椒卿明經鐸同事校讎，而琴六實始終其事。余自丁丑入都後，音問闊絶者二十年。昨忽寓書於淮上，始知其年已八十，窮愁著書，又無子嗣，天之厄之，何其酷也！琴六不以詩名，而詩亦清絶。嘗與余同游石梅澗，《觀荷》截句云：「底事湖波夏漲頻，水鄉蔆芰等流蘋。只羸城内芙蕖好，焦尾溪頭水似鱗。此地向來淺涸，兩年春夏盛漲，始得種植。」「此花栽向水田多，山下人誰種碧荷？從此西城添勝事，蘼行並唱採蓮歌。」

椒卿明經，吾邑人，家於吾州雙橋鎮之楊林塘，與余同歲入學。甲寅中副車，曾館宜興，晚客湖州，而作虞山寓公爲最久。余在虞山，亦惟椒卿忘形爾汝。自入都門，旋羈淮浦，故人寥落，如晨星秋葦，而椒卿即世已十載矣。昨得琴六書，知其嗣隰華亦已夭逝，僅生一子，年纔舞勺，依於琴六家。蓋椒卿之兒婦，即琴六之女也。孤寡煢煢，貧無立椎，爲之泣下。其生平詩古文詞，皆才華宏贍，根柢深厚，而懶散不自愛惜。聞有騈體文一册，琴六付諸剞劂，而艱於刻貲，尚難告竣，甚可傷已。余藏椒卿詩甚多，而今皆散佚，亟就篋中所存者録之。《五代宮詞十六首同子履作》云：「楊枝賜曲戰場勞，頻向中宮問六韜。半道忽馳飛騎至，玉人親待解征袍。」「繡幰車迎奏凱歌，堦前娣姒鬉雙蛾。君王名比桓宣武，此事輸他郡主多。」「晝長風細百花濃，秘殿虹梁走應龍。天子夢酣宮婢倦，牽衣只有李昭容。」「夾寨紅粧謝寵妍，玉笙吹出陣雲前。美人善伺英雄意，魏博承恩已十年。」「貢得奇珍暖殿時，深宮徹夜曲如絲。三千鄴下纖腰女，齊唱君王御製詞。」「楊花飄泊去家鄉，記得成安北塢旁。此日中宮門第貴，阿耶新已拜齊王。」「洛陽衢市百花馨，蔬果薪芻滿驛亭。一事内家原諱絶，不教拆賣到葠苓。」「寶馬匆匆去不回，願施金帶築蓮臺。申王此日承恩甚，又見親攜法喜來。」「掩映名花絶世姿，六宫多半進訣詞。費他將府黄金餅，莫笑兒家是餅師。」「是誰偷染御衣香，鶴籞清嚴晝漏長。却道天家兄弟篤，許王生小戀秦王。」「手捧千春介壽杯，自家兄妹偶疑猜。石尤哪有西風惡？却怪聲聲杜宇催。」「大家今夕宴西莊，妙舞清歌影殿旁。牆外盡聞宫女笑，新天子又作去聲新郎。」「金犢香車聘麗娃，百牀宫錦爛如霞。玉卮手賜鑾坡宴，今日人臣是親去聲家。」「後宫金帛幾多存，敕賜雖微亦感恩。天子改容軍吏拜，始知挾纊有奇温。」「明珠的的掌中擎，少小偏能辨樂聲。吹出雲和天上曲，前身原是董双成。」「鐵騎如雲劍拂霜，有人端坐殿中央。生來姿表儀天下，忍截盤雲委地長。」《盛子履王葆初同和墨井亭韵後次一首》云：「不知何者客，同以醉爲鄉。遠樹分襟緑，飛英入酒香。故人投句重，老輩論交長。謂言丈爰山。五字俱千古，緘題喜欲狂。」《將移居入城答胡蛟門韵》云：「負郭無田悵索居，一枝棲息尚躊躇。小人近市思謀宅，貧士牽船便結廬。廨别東西情正爾，漳分南北計何如。我來攜得閒鷄犬，爲語胡寬迹未疏。」

孙少初茂才理，邑之沙溪人，與椒卿同客虞山。凡遇文酒之會，與余往來唱和，無慮數十百首。少初應制律賦直入唐賢之室，後亦以窮愁不得志而没。其《暮秋感興》云：「世情彈鋏苦，吾道作詩窮。狂易遭時忌，貧惟望歲豐。」讀竟爲之憮然。又《題述庵先生三泖漁莊圖》：「一聲柔艣破烟去，隔浦好風吹雨來。」《寒窗雜感》：「空庭風急烏啼月，虚室人孤鼠瞰燈。」皆傑句也。性疏狂嗜酒，不諧於俗。陸茂才仁欽贈以詩云：「説著酒滋味，饞涎口欲流。是真天所棄，乃與俗爲仇。肺腑貯玄妙，夢魂耽僻幽。斯人渾似我，醉後動招尤。」陸字南一，又字少雲，亦吾邑人。工詩，早世。

吾鄉南園老梅，名「一隻瘦鶴舞」，王文肅公手植也。二百年來，里中諸詩人名作甚多。胡蛟門明經金誥有七律四章，爲洪稚存太史亮吉及静厓先生所激賞。其一云：「山中宰相舊茅堂，賸有孤根鐵石香。瘦伴枯曇同寂寞，嬌如老鶴尚昂藏。褵褷野翮含詩態，抖擻寒林映古裝。太息緱峰音杳絶，凍雲長鎖寺门荒。」其二云：「烟火天寒少四鄰，倏然隻影卧溪濱。倦飛已分青山老，獨立還憐白屋貧。時矯首爲塵外想，不梳翎似病餘身。野陰籬落深深處，日暮迴翔待美人。」其三云：「姑射何因下碧霄，聲聲鐵笛托長謡。明姿照水風初舉，緑骨撑寒雪未凋。林下有人來宛宛，烟中無語感寥寥。西逋老應相憶，除却孤山莫漫招。」其四云：「更憐瘦玉重徘徊，静護柴扃已倦開。道士荒江長揖去，花仙明月欲呼來。縞衣迴望春生渚，赤脚漸行冷印苔。知爾高寒吹不到，夢魂空自想瑶臺。」胡君蛟門一字晋階，又字密廬，蛟門其號也，爲邑中篤行君子。詩亦和平温雅，無叫囂習氣。年甫四十，遽歸道山，余哭之慟。著有《紺雪山房稿》。

余與陸子若孝廉學欽同里，同舉鄉薦，文章、詩畫得子若切磋之益爲多。蓋三十年以前里中素心人，惟椒卿、蛟門、子若最稱莫逆。子若詩宗唐賢，兼近東坡、放翁。書法從晋、唐入手，行草喜學米襄陽。畫法師雲林、大癡。又善鼓琴，病目後每藉以排遣云。體素羸弱，养疴家居，不赴計偕，没年僅四十有四。平生孤介性成，雖當事以禮羅致，不得一見顔色。海内才俊奔走聲氣者，亦罕知子若之名。惟今子若下世三十年矣，讀其遺詩，不禁子敬人琴之感。《虞山東皋草堂故址》云：「此地應棲留守魂，荒原落日野烟昏。空聞耕石藏書畫，誰記平泉付子孫？宗社久虚仍氣節，青山無恙又乾坤。絳雲紅豆同灰滅，舊事緼周忍重論。」《過拂水山莊故址》云：「莫問當年舊草堂，絳雲樓閣共淒涼。八厨名籍歸鉤黨，七子詩篇故謗傷。遺恨金甌虚夢卜，自攜紅袖看滄桑。劇憐身後家難保，轉使蛾眉姓氏香。」子若游海虞，以詩見示，余亟稱其弔古諸作。君謂：「餘詩未盡愜心，惟『自攜紅袖看滄桑』七字頗有意味。」

王相國予告南歸，其仲女曇陽子者得道化去。州城有曇陽觀，即其祠也。自湯若士有木客花妖之曲，論者遂多誣罔。述庵先生撰《太倉州志》，時大興朱文正公巡撫皖江，郵書力辨其誣。今《春融堂集・樂府・孤鸞》一闋有云：「落花久經夢斷，又臨川，誤傳珠唾。試看名賢往昔，著詩篇唱和。」蓋以竹垞詩話已辨臨川之誤，而吴梅村、陳確庵俱有《過曇陽道院》詩，並無譏諷，其爲無稽，更曉然也。百年琳子若《曇陽詩》云：「曾聞仙魄閟幽宫，月佩霞裳想像中。跨鳳不隨秦弄玉，乘雲真見李騰空。宇埋殘碣，當日琅函拜鉅公。重向荒原問香火，霓旌何處卷靈風？」

子若與其兄子尚學錦、沈方立端、沈安成靖、吴秀文本、錢少眉宗潁相唱酬，號爲「溪南六子」。時余授徒北鄉，旋客虞山，不與於會。比歸，則六子之詩互相傳觀。今諸君皆墓有宿草，存者惟方立耳。庚申鄉榜，吾邑獲雋者北闈一人，南闈六人。而六人中，溪南詩社得其二，余及王君葆初則又詩社中最親狎者，一時稱極盛云。當時拈題分韻，各有佳什。子尚《七夕詞》：「年年夜静織璇宫，雲錦裁奪成化工。縱使天孫真送巧，人間花樣可相同？」《唐宫詞》：「華萼樓高月色鋪，添香侍女笑相呼。無人肯進樓東賦，樂府休歌《一斛珠》。」方立《塞下曲》：「殺氣連沙磧，陰風滿黑山。無功奏天子，不敢夢刀環。」《姑蘇懷古》：「二隧曾看姑蔑旗，六千又報泝江師。釁成蠶妾争桑日，國破宫娃點屧時。麋鹿場中人盡去，梧桐園裏夢先知。只今樓上烏棲夜，猶唱當年白紵詞。」《讀史記偶題》云：「隧道魚燈冷未灰，望夷回首接平臺。庭前有鹿何人識？天下紛紛逐得來。」「太息咸陽焚突如，文章都付劫灰餘。六經諸子元何用？一卷亡秦黄石書。」安成《簇蠶詞》：「南山桑葉春萋萋，大婦中婦相扶攜。手執籠繩上山去，採桑飼蠶蠶欲齊。蠶簇編成蒿草細，密室無風紙窗閉。三眠四眠蠶未成，焚香更向蠶神祭。蠶娘辛苦蠶不知，但願今歲多新絲。不織流黄不織錦，將絲换米療我飢。誰將艷服光耀日？皆自寒閨手中出。」《舟中聞雁》：「篷窗寂寂悄寒生，嘹唳霜天雁幾聲。似爾迢遥方北嚮，有人憔悴尚東征。夢回鄉國風初厲，水落沙灘月自明。一紙家書何處寄？暮雲千里不勝情。」秀文《鬥蟋蟀二十韵》：「涼意隨秋到，風霜氣已嚴。莎雞林下化，促織草中潛。逸響通籬落，宵聲到葄簷。呼燈兒戲覓，搜穴客頻覘。舊事唐宫記，新名宋相忺。金籠風細細，玉宇月纖纖。煎翅須教紫，梳翎或取黔。錦蓑頭項異，金帶爪牙銛。飼養求珍餌，周防護竹簾。分曹揚彩幟，列局賭花籤。拔寨軍容壯，聞聲敵氣熸。一揮初展足，再合旋開箝。騰擲紛難解，交鋒意未厭。譚兵來紙上，併力到鬚尖。雌伏身難竄，雄鳴氣益添。班師同奏凱，失律每輸縑。戰鬥機先動，平吞勢欲兼。驚心分勝負，轉瞬陷危阽。蠻觸争何事，沙蟲類自殲。何如長在野？吸露總安恬。」少眉《過梅村别墅》：「寒梅零落委芳塵，寂寞蝸廬枕水濱。枯樹漫尋庚信宅，浣花曾寄杜陵身。敦槃孰繼當年會，烟草空餘此地春。惆悵琵琶舊詩句，南園池館亦荆榛。」

竹間詩話卷二

戊辰六月，京師霪潦纍旬，宣武門外平地水高二三尺。余同里汪厚夫太守彦博，時官刑曹，在軍機處，每乘車入直，如坐危舟。余有《連雨排悶七古》一章，其起四句云：「吴儂生長魚蛙鄉，夢中怕見梅雨黄。那知騎驢來到此，中宵避漏頻移牀。」蓋此詩下半首憫中渚之哀鴻，動江關之客思，故起筆以生長水鄉説入，乃厚夫所增改者也。原本徑言都門苦雨，則失之平實矣。後數年，復遊京師，以所録舊稿質厚夫，厚夫了不記憶，而極誇此詩之工於起筆。余曰：「此即君所改正者也！」怳然大悟，相視而笑。余語厚夫：「異日若輯詩話，必記此文字緣，不敢如郭象之竊向秀以注《莊》也。」厚夫爲静厓先生之冢嗣，其詩原本家學，精深沉鍊處有出藍之目。年未弱冠，即成進士，入詞館，後改部曹，擢侍御，奉命主试粤西，旋任學政。丁母憂歸。

厚夫由翰林改官刑曹，有七言律云：「自古讀書兼讀律，一條冰作白雲司。爲郎漫笑東方朔，決事惟慚雋不疑。仙吏謫輕餘舊夢，都官曹冷有新詩。祇憐風動琅璫夜，不似鈴聲掣院時。」

戊辰七月初旬，積雨始霽，厚夫扈獮木蘭，余送以詩，有云：「天開三日霽，月出萬山明。」蓋紀實也。圍中諸公各以詩相唱和，長篇短歌，分箋授簡，極一時之盛。厚夫《塞上八咏》尤爲都下所傳誦。《塞山》云：「風雲拱護接盧龍，夾嶂雄開氣鬱鍾。長劍倚天容一握，大旗落日照千重。古稱長塹無鴻度，今見神臯有鹿蹤。笑煞書生騎款段，朝朝側帽看錘峰。」《塞水》云：「武列烏灤舊有名，縈環百折抱龍城。非關赤水磨刀咽，盡作黄河劈箭行。飲馬慣尋移頓地，捕魚或有濈鶩烹。鳴沙數里濺濺外，裙褶寒生夢不成。」《塞雲》云：「莽莽秋高暮色沉，孤臺西北壯登臨。箭邊突兀鵰眸倦，帳外氤氳虎戹深。屯户萬家護耕牧，巖關一綫亂晴陰。門前老將猶能識，蒼狗無心變古今。」《塞月》云：「帳前帳後可憐光，猶照秦時古戰場。曾伴明妃來朔漠，幾看老將卧漁陽。城頭星斗天垂盡，笛裏關山夜未央。今日龍堆皆户闥，免教少婦怨流黄。」《塞馬》云：「房精夜半降祠壇，苜蓿花開滿上闌。萬里勳名求汗血，三邊聲價動雕鞍。氣深解聽鮮卑語，骨聳能禁大漠寒。牽向黄金臺下過，中原驚倒老奚官。」《塞鴻》云：「朔氣邊愁併在君，單于臺下不堪聞。黄榆霜早留前約，紫邏天長戀故群。數點殘星投磧影，一聲畫角度關雲。不知蘇李河梁後，幾度秋書遞夜分。」《塞草》云：「平沙漠漠竟如何？没到烏桓短勒韉。雲散騊駼濃染嶺，烟低羖䍽莽連河。年深都尉知埋鏃，道遠王孫感踏莎。絶域獨留青塚恨，春風吹入燒痕多。」《塞花》云：「禁得風烟綽約姿，短榆疏柳間參差。探從雁磧知名少，嫁向龍沙識面遲。暮艷冷澆蕃帳酒，曉粧紅入客程詩。臙脂山上多顏色，看取秋容最好時。」

學仙學佛，文人之慧業也。然吟咏風月，而或涉語録氣、蔬筍氣，或好作玄妙語、誕曼語，皆非風雅之意旨。厚夫詩亦多奉道之作，不落禪露玄虛語。錢塘陳雲伯大令文述，示余《頤道堂戒後詩存》，有《讀养泉齋集》云：「花含秋氣香偏遠，鶴抱冬心骨自高。」可以知厚夫之詩格矣。

東坡不喜孟郊詩，比之於「寒蟲之號」。又云：「如食小魚，得不償勞。」然東野字字鏤心刻骨，如：「試妾與君淚，兩處滴池水。看取芙蓉花，今年爲誰死？」又：「妾恨此斑竹，下盤煩冤根。有筍未出土，中已含淚痕。」乃怨詩絕唱也。《審交篇》之「莫躡冬冰堅，中有潛浪翻」，《勸學篇》之「擊石乃有火，不擊元無烟」，皆清言喻道，刻削歸於自然。《秋懷篇》之「冷露滴夢破，峭風梳骨寒」，《春愁篇》之「故花辭新枝，新淚落故衣」，《送從叔南歸》之「寒草根未死，愁人心已枯」，《咏曉鶴》之「如開孤月口，似説明星心」，清刻乃爾，爲率滑者對病之藥。余嘗以此論質之厚夫，厚夫以爲「足下不學詩仙而願作詩囚，何自尋煩惱若此？」厚夫最好坡詩，亦未免有先入之見也。

東野詩亦有不可爲訓者。《旅次湘沅有懷靈均》一首，議論甚屬偏駮。如「《騷》文衒貞亮，體物情崎嶇。三黜有慍色，即非賢哲模。五十爵高秩，謬膺從大夫。胸中積憂愁，容鬢先彫枯。死爲不吊鬼，生作猜謗徒。」此何語耶？夫東野言哀言怨，當是服膺靈均者，不应作此謬論。玩其結句云：「寄君臣子心，戒此真良圖。」或別有所指，而故作此翻案語也。班孟堅譏屈子露才揚己，詩意殆濫觴於此。然怨悱不亂，龍門自有定評。東野此言，吾何肯服？

戊辰、己巳間，余在都門，下榻厚夫齋中，與馬秋藥太常履泰過從頗密。後數年，余客杭州，秋藥太常主講敷文書院，尋詩湖上，重拾舊歡，甚相得也。秋藥有《抵掌吟》七言律，題皆咏古而托爲問答投贈之辭。如《范蠡扁舟載西施游五湖留別文種》、《馬援藁葬西城故人朱勃詩以哭之》、《桃源送漁人出洞贈別》、《羊雍伯種玉得好婦作催粧詩》，題新而詩亦妙。

柳太守邁祖，甘肅人，字宜齋。七律甚蒼健。《宿衡州旅次》：「小立平岡眺晚烟，萬家燈火照無邊。天連遠樹雲千丈，河斷長橋月半川。草色低隨蓬鬢禿，林光遥浸竹根圓。元龍豪氣猶存否？湖海消磨四十年。」《湘潭道中》云：「雲收雨氣埋幽壑，春帶花陰出短牆。」《自寶慶入都》云：「雲山過客春如醉，花樹催人老更忙。」亦佳句也。宜齋從楚南入都，余與厚夫皆讀其近作，招集藤花吟館，時相酬倡。

王惕甫學博芑孫，自言平生肆力爲古文，於詩不甚措意，然格律謹嚴，詞筆亦清峻。《崑山寓齋賞雨分韵》云：「雨聲困客春匆促，花氣薰人夢有無。」《滸墅關書所見》云：「市聲千屐雨，人語半帆風。」《馬蘭口》云：「壯心照落日，邊氣結孤雲。」皆可誦。

淮陰釣臺詩，自來作者多感憤之詞。錢塘何夢華元錫一律頗含藴有味：「劉項興亡代幾更，釣臺三尺尚峥嶸。早知推解翻成餌，只合烟霞老此生。渭水後車王者夢，桐江高卧故人情。可憐一樣投綸處，獨有淮流怒未平。」夢華亦余之故人舊雨。今知其久歸道山矣。雲伯《輓夢華詩》：「跌宕名場四十年，江湖載酒米家船。唐裝畫寫烟霞癖，宋槧書留翰墨緣。避俗欲招巖桂隱，多情曾放海棠顛。葛林園樹蘇臺雨，回首前塵一惘然。」

彭甘亭兆蓀以沉雄博麗之才，運清新超雋之筆。少時隨宦山右，其詩名《樓煩集》。如《雁門關》、《枳兒嶺》、《白登》、《馬邑道中》諸作，奇情豪氣，淩厲無前，然非甘亭之絶詣也。至《南鴻星社集》後，食古而化，與道大適。吴江郭頻伽麐稱其《題靈芬館圖》、《題沈文起詩卷》、《贈顧澗蘋》、《示甥式如》諸作，化去筆墨畦畛，直造古人難到之境，非溢美矣。余觀諸詩中，尤以《寒夜題沈文起詩卷》爲最高之作，其一云：「薄醨不成温，凍雨不作陣。破窗坐深宵，尖風利於刃。一卷雲卿詩，中夜兩眸振。六書炫雷靁，百怪離蛟蜃。古錦天吴衣，蠙珠越人賫。殘鐙不敢花，簌簌落寒燼。廿稔少年場，結交有才儁。誰能破萬卷，所見亦云僅。吹毛吾豈爲？獻芻或可信。君立百尺竿，僕請一言進。」其二云：「人讀等身書，如將兵十萬。兵多行慮譁，書多語愁蔓。何以節宣之，一心制衆亂。不見陸士衡，才富轉爲患。亦有淮陰侯，多多乃益辦。氣清馬行空，肉重沙摶散。要以我用書，勿爲書所絆。子才如金城，有衆兼楚漢。慎彼寸鐵攻，偏師來一旦。」其三云：「古人咏史詩，一一皆有託。今人咏史詩，紛紛乃無着。徒抱炫學心，聊博時流愕。龍門逮脱脱，所著塞六幕。本爲習讀書，匪曰饋貧藥。今皆入歌詩，毋乃彈詞若。欲探風騷原，先須體裁度。一言以蔽之，毋無爲而作。」其四云：「昌黎論文章，頗譏崔立之。平生頫首逐，獨有東野詩。崔詩多戢戢，今無寸卷垂；孟詩何寥寥，百世不敢疵。一易而一難，公早爲之辭。心旌必奕奕，筆端勿纚纚。先愁我肺腑，乃入人肝脾。」其五云：「我年方舞象，抗志攻詞章。交賢豪長者，歷燕晋齊梁。同儕頗我許，有筆如鐵槍。所嫌好奇博，不復勤簸揚。墨瀋恣淋漓，心苗轉微茫。荏苒十年來，迷途返康莊。立言必根情，選字必擷芳。敢誇臻粹精，頗解除秕穅。黄河泥五斗，銀漢清且長。盍迴崑崙槎，獨駕天上航。」其六云：「學詩聖人教，非求名譽延。子史爲之輔，經術爲之先。毫釐争一着，無本木乃顛。念我同心人，樸學相窺研。貢言勿嫌迂，愛摯求其全。世俗戔戔者，聞規必護前。彼哉小夫耳，我黨慎毋然。」其七云：「歲晏無完衣，瓶空無斗筲。不苦乃復樂，刺促寒蟲號。責人斯無難，我亦良自嘲。冷案抱冰雪，古懽抗劉曹。不登泰山巔，不與談九霄；不超俗工遠，不與談鈞韶。我心惟子期，我舌惟子饒。三更梅花屋，一笑天寥寥。」甘亭此詩自道其心得，爲學者作指南鍼，湛深樸老，清刻洗鍊，詩境到此，非易易也。

甘亭小詩多迴腸盪魄之作，其《春陰》絶句及《花燭詞》，頻伽採入《靈芬館詩話》。此外如《蕊室花史小影册子》：「芙蓉城裏證香芽，蕙果蘭因總一家。此是人天分界處，斷無風雨只雲霞。」《蘅笑軒游仙詩》三首：「御風御雨御飛烟，萬頃銀河十丈蓮。穿過市垣星九曲，碧琉璃現小情天。」「白榆斜間碧桃枝，瑶圃耕烟問導師。帶得人間紅豆子，漫天都與種相思。」「明明抱月坐瓊樓，歷歷星辰綴鈿頭。偶撥紅霞成一笑，下方梅雨滿蘇州。」仙心綺想，非鈍根人所能學步。

厚夫爲粤西學使，古學題有「游仙」詩一卷，云：「準擬排空遍九圍，異書先與訪靈威。洞庭波浪連天遠，要乞花龍送我歸。」厚夫大爲激賞，拔置第一。後檢《小謨觴館集》，方知其爲甘亭舊作也。

蔡茂才春霖，字玉堂。與甘亭少同里，聞又係戚屬。其詩得甘亭之切琢具體而微。《潁州送甘亭扶柩南歸》云：「昔歸載親心，今歸載親骨。歸骨更歸人，關山頗難越。送君出孤城，城頭半殘月。殘月落潁水，慘澹玄靈結。分手各無言，别淚已先竭。憶昔同君來，謂伴比肩鼈。君歸我不歸，天涯更悽切。羈留豈願君，臨别恨倉卒。一步一回顧，憐君瘦如鶻。珍重報親身，毋使霜蹄蹶。」《柬汝陰諸友》云：「當日騷壇真灑落，至今名士盡風流。晴雲載酒尋花塢，白日看雲上郡樓。」《聚星堂》云：「寒更雪急詩成韵，春席花濃酒帶香。」俱有清致。

梅垞先生，詩思清絶，體羸善病。自庚申典試江南後，不久即歸道山，恨不得親受詩學。先生《咏樵斧》云：「烟長引絶磴，雲叠翳高掌。不見伐木人，但聞伐木響。試持白玉柄，月殿攀援上。瓊枝樵作薪，仙乎結遐想。」《通州道中》云：「幾簇人烟野店開，門前古樹認雙槐。停車小憩閒惆悵，玉雪歌兒勸酒來。」「轉漕居奇百貨操，潞河舟檝静風濤。麴車無數趨燕市，尚説樓頭酒價高。」《崇效寺看菊》有「霜中花信如官冷，松下茶烟爲客添」之句，皆極清雋。

平澹之語却有深味。楊叔温明經雲璈「讀史不平姑掩卷，安禪未定且焚香」，王秋泉士麟「地爲相思遠，春於獨坐長」，彭甘亭之「已過去時誰愛惜，最繁華地亦蕭條」，陸子若之「黄葉落未已，始知此身寄」，皆可謂清言見道者矣。叔温、秋泉皆吾邑人。叔温工駢體，通禪理，與静厓先生、厚夫太守兩世交契，養泉齋中之詩老也。秋泉隱於醫，《題聽秋舫》云：「古城月色臨河望，深樹秋聲隔岸來。打窗林葉風疑雨，入檻溪聲屋似船。」《咏白燕》：「夕陽巷口人稀見，夜月村中影獨留。」皆工妙。

東坡云：「有田不歸如江水。」近世士大夫以官爲家，罷則無所於歸，離鄉去國，宦海浮沈，亦甚有所不得已也。闕里孔俊峰大令昭杰有句云「事到無聊始作官」，可爲慨然。順德黄小舟待御玉衡「多病登臺仍作客，不歸如水嘆無田」，亦是此意。然世上固有官癖在胸，固結不解者。偶檢金人劉無黨詩云：「馬虺隤，牛觳觫，山行縈紆車轣轆。路傍指點是官人，老矣一翁雙鬢禿。汝牛幸可耕，汝馬幸可騎，有此可載琴書歸。胡爲奔走東西道，白髮刁騷被人笑。」乃知人各有志，無能相强也。

《靈芬館詩話》云：劉豫爲宋賊臣，其詩却甚清絶。如「畫色晴明著色圖，山光凝翠接平湖。烟嵐自古人難畫，遠即深深近却無。」清新可誦。余尤愛其「紅日轉西漁艇散，一川山影暮天涼」，「碧山幾點塞鴻静，紅葉一林秋意深」，真是詩中有畫。

余之定交於頻伽也，嘉善黄霽青太守安濤介而相見。頻伽爲霽青之父執，霽青尊甫退庵居士凱鈞爲魏塘詩老，没後刊其詩十卷。卷首頻伽有序，作於嘉慶乙丑，時頻伽年三十有九，而退翁自序亦作於是年，時年五十有四。頻伽少退翁十有五歲，爲忘年交。自乙丑以後，頻伽詩余得盡讀，而退翁之詩，余僅見其所編《友漁齋集》十卷，計八百餘首。其詩祖陶、謝，宗韋、柳，出入於蘇、陸、范、楊之間。要其生新清雋，自在流出，於放翁爲尤近。《晚春》云：「落花時節雨濛濛，冷澹生涯一味慵。徑草刪除留野鞠，紙窗點破放游蠭。將歸春似良朋去，新霽天如快友逢。料得東莊榆蔭合，聽鸝正好策疏笻。」《新秋》云：「羅雲漏日尚驕陽，竹裏風來薄薄涼。無事時思棋客過，久晴花纍灌童忙。繞籬曲水依人澹，喧樹疏蟬傲日長。只爲習閒今已慣，世間憂樂兩相忘。」《重陽後二日遣興》云：「寂寞無人問起居，蕭蕭落葉滿庭除。養生説爲憐兒弱，寄遠詩因會面疏。兩鬢却如秋草短，一年又是菊花初。挑鐙不厭更深坐，牀上新添幾帙書。」《閒中自述》云：「紡織書聲鎮日聞，平居功課各成群。梅天晴雨常三變，閏歲虀鹽增一分。僕久住能關痛癢，婢將嫁倍效殷勤。迭書瑣事真無謂，聊作閒中自懺文。」《冬夜讀劍南集》云：「更漏沉沉卧獨遲，挑鐙愛讀放翁詩。功夫到此從心欲，平澹拈來亦自奇。性近何妨爲渡筏，習深生怕寄籓籬。先生志氣干牛斗，弄筆東窗豈素思。」《除夕》云：「流光如客信難羈，坐看紅輪又墜西。夜氣迷漫三里霧，年華新舊一聲鷄。隔窗小犬吠新僕，蹲榻貍奴伴病妻。猶喜群兒能解事，當筵交手强偏提。」《即事》云：「六扇疏櫺鎮日開，雨雲未晚晴庭隈。山妻知買新書得，一點疏鐙早上來。」《漁家新婚詞》云：「月映清流夜未闌，隔船扶過茜裙寒。漁童雖見樵青慣，未許從前當面看。」「双髻簪花十五餘，生來習慣是舟居。三朝新婦非容易，便要隨郎去打魚。」《夏日田園雜興》云：「鄰女相過學鬥茶，烟青竹裏響繅車。共憐蠶事今年薄，不剪端陽繭子花。」「午後微微雲氣生，山翁跂脚夢初成。兒童戲掬盆池水，灑向芭蕉誑雨聲。」《夏日閨中詞》云：「露濕苔階立不禁，一鈎涼月上花陰。昨宵忘記收香合，繞遍闌干没處尋。」「芙蓉帳小簟紋清，斜墮齊紈午夢成。檐馬不知人好睡，珊珊樓角報風生。」

余性畏藥餌。《寓齋小病》云：「暫避酒人因膽怯，每聞藥氣輒心憎。」退翁則云「少因多病却成醫」，是口頭語，然却未經人道。

退翁律句如《春陰遣悶》云：「春常作暝情如醉，夜爲工吟晝欲眠。」《蕭齋》云：「閒中客過情逾好，夢裏詩成記不全。」《歲暮》云：「檢點曆頭知歲閏，商量詩藁付兒鈔。」《遣興》云：「蛛絲雨過重看補，棋局風翻一笑休。」《喜頻伽兄弟移居我里魏塘》云：「心愛地偏猶近市，人看舟重不知書。」《秋齋即事》云：「枯樹删餘猶望活，小山叠久竟如真。」《春晚閒居》云：「驟暖又飛三日雨，一寒能駐幾朝花。」

霽青自幼工詩。頻伽至友漁齋，霽青贈詩云：「作黍不知誰是客，過庭何幸又聞詩。」頻伽深賞之，謂退翁當讓出一頭地。其後擢高第，入詞館，奉使黔西，出守江右，又移粤東。得江山之助，延覽海内名流，故其詩縱横揮霍，無不如意。所著有《詩娱室集》，頻伽稱其「清澌綿邈之思，恢張宏闊之氣，因地而變，隨年而深。逸蕩而不佻，深湛而不昧，鴻博巨麗而不同於諠囂夸耀者之所爲。」洵非溢美。集名《詩娱》，蓋取前者頻伽贈句「定有新詩娱此翁」之語也。

己卯春初，都門大雪，時霽青在史館，余有《冒雪訪黄太史》七古一首，又有《雪夜集霽青齋用十藥韵》五古一首。及將出都，爲作《話雪圖》。故霽青守粤東，寄余詩有云：「何年再話鐙窗雪，白戰吟寒擬聚星。」

余五試春官，五薦不售。己卯下第，霽青送余詩云：「儒官雖冷猶堪試，春夢能醒莫再尋。」余自己卯後不復赴公車，蓋不忘故人之言也。

霽青《使黔集》奇氣横溢，醇而後肆，尤足上追古賢。《辰龍關》云：「一山當道卧老羆，四山貼地長蛇圍。不知馬首向何處，石路細裊晴空怨。兩崖高高立積鐵，猿猱窮攀飛鳥絶。楚南鎖鑰黔咽喉，咫尺雄關本天設。蠢尔吴逆乃作昏，醜徒百萬如蠭屯。將軍帳下用奇策，目中早已無崑崙。間道滄溪細溪入，狼奔豕突嗟何及。一朝失却泥丸封，戰血斑斕土花濕。界亭驛，清捷河，凱旋坦蕩王師過，南陲從此銷金戈。方今户闥開九有，底用區區一夫守？」《牟珠洞》云：「松明燒雲細徑入，雪竇空嵌石僵立。何年暗壁施鬼工？百丈陰森萬靈集。拄杖落地聲敲鏗，下方純作天鼓鳴。陽烏不到野馬避，祇有燕蝠昏朝争。石髓風乾鐘乳凍，蘚蝕巖扉碧無縫。天龍行雨何時歸？帖帖眠羊正酣夢。心知靈境更在幽，悄然不敢窮冥搜。前頭暑路卓火繖，天花自落山龕秋。」

霽青《無題》六首，追蹤竹垞閒情之作。其詩云：「何事狂花遍處看，雙棲或有女牀鸞。金錢入市輸偏易，羅纈經年贈却難。獨漉酒醒燈黯黯，判春詩就雨珊珊。無聊悔策尋芳騎，已耐天涯十載寒。」「東風閒煞七香車，枉把單情惜歲華。未免六州共聚鐵，何堪千劫付蒸砂？黄金賣賦籌長策，碧玉迴身問小家。難道三生無艷福，長垂清淚聽琵琶。」「星珠誰肯買相思？鴛牒生憎判斷遲。無定連朝青鳥信，有懷終夜素蟾知。結束綺夢重重障，縛到柔腸寸寸絲。惆悵枇杷花下路，陸郎幾度駕斑騅。」「花間圓月柳梢星，笑指良期藕卜靈。油壁迎來車代楫，畫簾垂處燭爲屏。鬢黏綵勝先占喜，爪擘黄柑暗送馨。燈下容光須子細，比初時見更惺惺。」「圖中儀態掌中身，此夕魂消可是真？四壁銀光新砑月，一奩金火緩回春。袖凝碧唾餘香遞，帕膩紅蕤細喘勻。枕臂片時幽夢足，曲瓊風定斷聞塵。」「閒拈針線伴吟哦，玉鏡臺前領略多。磨墨愛聽金鈿響，下堦時見繡裙拖。雙鬟花韵丁香顫，半枕潮痕卯酒酡。詩筆白描愁未穩，待看周昉畫如何？」

無題詩有二體：其一寓感身世，原本《離騷》，鴆鳥導媒，豐隆求女，美人香草，託興遥深，義山、冬郎意皆各有所屬。其一言情緘怨，盪魄迴腸，濫觴《國風》，沿波《騷》、《選》，自飛卿、牧之後，得王次回《疑雨》一集，遂成絶調。近人工此體者，莫如黄仲則《綺懷》十二首，次回所不能及也。郭君頻伽與仲則異曲同工。仲則哀感頑艷，苦調淒清；頻伽仙心綺想，别具天人姿致。兹擇余所尤愛録之。《欲訴》四章云：「欲訴幽離不自由，東風如夢月如愁。桃花深處元名隖，燕子飛來尚有樓。半脱輕彄金約指，斜攏寶髻玉搔頭。西施只在東牆住，直得三年一笑留。」「淺笑輕顰隔絳幮，幾重簾柙卷鰕須。南園春雨生紅豆，西曲秋孃號緑珠。笛裹新聲怨楊柳，夢中芳草識芝芙。仙山樓閣猶難畫，何況真靈位業圖？」「小艇蜻蛉繫隔谿，鱗鱗春水拍長堤。不堪烏鵲橋邊別，又值杜鵑枝上啼。天外星光如替月，廊邊屧響未霑泥。何曾等得胡麻熟，纔説歸來路已迷。」「不愁情少恨才多，短夢真成長恨歌。前夜月明今夜雨，南山有鳥北山羅。六萌車走如雷響，三里花深奈霧何？金帶玉鏤消息斷，還憑詞賦託微波。」《檇李雜詩》八章云：「今生愁是宿生緣，不見淒然見惘然。遠道人來烟雨外，傷心事在别離前。親煩纖手調羹臛，更典金釵當酒錢。自笑書生窮骨相，受人磨折受伊憐。」「紅闌碧柳蘸輕波，白石橋梁雁齒磨。獨處青溪憐蔣妹，薄梳叢鬢舞曹婆。人緣蘿蔦關心早，湖號鴛鴦比目多。帬許肩挑鞵掌拓，作閒男女定如何？」「同是人間薄命人，六張五角豈無因？明知相見難於别，便恐重來不是春。殘夢尚能尋舊路，落花何苦認前身？定緣一念生天隔，從此蓬山又幾塵？」「静聞刀尺動聞香，只隔銀河不隔牆。極意周防勞悵望，微通聲影教思量。分明窗户三重閣，宛轉車輪一寸腸。總向秋來作顦顇，恨伊何事唤秋娘。」「子夜琴心午夜鐘，雲輕月淺記惺忪。花因顦顇成秋色，鐙不分明照病容。六幅仙帬猶簇蜨，三年玉骨已飛龍。請看羅綺能勝否？薄薄銖衣只一重。」「恩深多怨亦多猜，相見雙眉總未開。欲露微詞偏掩斂，怕提前事小徘徊。當頭月又團欒夜，屈指今經二十回。一語傷心忘不得，年年此度也應來。」「來如秋燕不安巢，一枕西風到柳梢。題扇詩篇猶省記，隔簾鸚鵡是誰教？弓屧怕唐梯響，歷歷窗嫌綺網交。知否夜來渾不寐，繡餘鍼線滿牀拋。」「傾脂河下水如脂，踠地楊枝与柳枝。已許同乘舟一葉，何心再結網千絲。身能自主除非夢，事本難言賴有詩。手出研紅綾一幅，淚痕和墨寫盟辭。」《揚州感舊》二章云：「邗江滑膩水層波，生長村元舊苧蘿。丁字簾前眉子月，辛夷花下聽孃歌。青衫落拓成名少，紅粉叢殘入道多。莫向平山堂上望，一痕遥黛似修蛾。」「瑟瑟疏簾小小門，兩株絲柳作黄昏。花能稱意成連理，人解傷心是夙根。春夢不離前度路，冬郎猶有未銷魂。水天閒話憑肩語，寫上蠻牋是淚痕。」數詩次回復作，能無積薪之嘆？

陽湖陆祁生大令繼輅，《崇百藥齋集》，樂府歌行神與古會，小詩亦娟娟清麗。如《聞擣衣》云：「淚經幾浣還如昨，線已重縫不似前。每到乍凉成悵惘，乞留殘月共嬋娟。」《有寄》云：「倚樓便作凌雲想，點屐微聞對月歌。」《春潮》云：「夢裹吴船輕似葉，望中越女遠如仙。」《燕羽》云：「細語共誰通夜坐，重逢已誤隔年期。」《采菱》云：「根從牽宛轉，心已厭風波。」《即事》云：「人恐乘風去，庭疑積雪寒。」《苦雨》云：「明朝暫放新晴否？留住秋塍蕎麥花。」《秋海棠》云：「猶恐前身情劫重，儘教風夜減環肥。」讀之黯然魂消。祁生於言情之作夙擅勝場，余在皖江相晤，贈以詩云：「倦游尚有豪情在，苦語偏因艷體工。」

祁生《春愁》詩：「聽盡高樓玉笛風，春愁如夢繞芳叢。簾前幾陣疏疏雨，二月江南有落紅。」可謂不着一字，盡得風流。

祁生《三十初度述懷》云：「門左懸弧事漸訛，潘郎三十奈愁何？雲中雞犬成仙早，世外溪山入夢多。艷思難消花作骨，清吟長對月如波。依稀一片香光影，不信華年爾許過。」「綵筆當筵賦玉簫，梨渦旁暈不勝嬌。墨翻素手香初浣，牋印紅脂艷未銷。四面鶯花圍畫舫，一湖鷗鷺識蘭橈。軍門夜半催歸騎，小隊鐙光過段橋。」「鶴易離巢雁失群，江湖愁煞杜司勳。歸帆細雨潮三折，客館清簫月二分。

一代仙才成小集，殘年鄉思入斜曛。梅花未放人先去，别酒匆匆只半醺。」「十三橋畔草如茵，便算燕南二月春。獨上荒臺愁馬骨，最消奇氣是車塵。暗中偏索飛花句，衆裏争看下第身。此日倚閭添白髮，泥金望罷望歸輪。」「將離紫燕惜分飛，慰藉翻教意慘悽。夫壻漫夸傾一座，神仙可羨是雙棲。黄茆屋小連雞栅，白草霜乾聽馬蹄。却話征塗憐瘦損，燈前不覺翠鬟低。」詩思如芙蕖出水，絶遠塵氛。

丁丑之春，余與祁生會合都下。報罷後，余留京邸，祁生將南歸，屬作《話舊圖》。諸同人皆有題咏，祁生載入歸裝。《塗中見懷》云：「偶作宣南話舊圖，傳觀一昔遍皇都。夕陽紅葉江南景，中有漁莊住得無？」蓋嘆余之終年飄泊也。余題頻伽《靈芬館圖》有云：「下牀動足便天涯，别後寒梅着花未？」同此寄慨。

婁縣姚春木椿神交最久，識面甚遲。曩辱見訪，如雁燕之相避，而詩筒投贈已歷數年。庚寅、辛卯之間，春木從河南來，始得相見於淮上，示余近刻《通藝閣詩録》四卷。五七古才力雄邁，逸氣横溢。《醉中狂歌贈友人》云：「我行少入蜀，脚踏峨眉四萬八千歲之古雪。彭君生在吴，手弄太湖三萬六千頃之明月。人間雪月萬萬里，飛入詩中兩奇絶。雪亦不能白，月亦不能圓。少年光景速復速，西風一夜吹長安。長安城中多酒人，可惜拋却今年春。初秋冷雨卧蕭寺，對此可以驅浮塵。邵生儒者與我故，兩手把杯頭不舉。古來飲酒賢達人，醉倒猶勝醒時語。酒酣示我棧行詩，一樹一石我舊知。君言樹石被焚劫，山色大減當年姿。深山出没群盜賊，鬼鳥連聲叫林黑。把君詩卷走且歌，一片白雲行不得。飲君酒，歌君詩，詩能愁人酒止之。青天不語秋作語，正是霜氣横空時。蒼茫磊落懷古意，此夜逢君豈辭醉？西南洗兵置酒歡，噴酒爲雨雨爲淚。君今居此殊苦憂，策蹇合作西山遊。昨年我向此中去，山骨洗出橫清秋。富貴欺人易成老，畢竟置身巖壑好。人生於世一蜉蝣，醉裏忽愁天地小。」讀此詩如攜太白驚人句「搔首問青天」也！

春木近體詩亦清婉有風致。余尤愛其《咏秋雁》句：「二月濃陰留燕子，一生短夢托蘆花。」《宿遷道中》句：「滿地哀鴻新樂府，一天風雪古徐州。」《湘潭道中》句：「楚雲似夢難成賦，湘草無名愧讀騷。」

詩句有與前人暗合者，有直用舊句者。元遺山《亂後題故家所藏詩卷》云：「風流豈落正始後，詩卷長留天地間。」「東閣官梅動詩興，洞庭春色入新蒭。」是直用杜句也。又如《壬子月夕》云：「遥憐小兒女，把酒望東州。」《贈張鍊師》云：「金砂霧散風雨疾，一點黄金鑄秋橋。」《和白樞判》云：「白日放歌須縱酒，清朝有味是無能。」皆直用成句。又有自相襲用者。《寄辛老子》云：「百錢卜肆成都市，萬古詩壇子美家。」後《過三鄉追懷溪南詩老》復直用此二句。《晚望少室》云：「十年舊隱拋何處？一片傷心畫不成。」《雪香亭》又云：「賦家正有傷心畫不成。」《家山歸夢圖》又云：「卷中正有家山在，一片傷心畫不成。」《挈家還讀書山》云：「老樹婆娑三百尺，青衫還見讀書孫。」《題晦道堂圖》又云：「喬木未須論巨室，青衫今有讀書孫。」大家作詩，不必於句調之間移步換影，然如遺山之信手拈來，不加檢點，亦終非後人所宜學也。

陽湖趙厚子仁基，一别二十年矣。憶在吴興郡署時，君年二十餘，已有英絶領袖之目。後舉孝廉，成進士，作宰皖江，以緝獲南河罪人，擢任州牧，并拜花翎之賜，入都引見。歸道經淮壖，過訪，適余往袁浦，交臂失之。留其近刻《九疊山房和陶詩》見示，托興高遠，遣詞道古，以之儷美坡公，何多讓焉？《和飲酒二十首》其一云：「平生無深嗜，縱心任所之。當其酣適處，亦在花月時。美酒亦已斟，良朋感在兹。胸次各浩浩，相遇無復疑。飲少乃輒醉，空杯常自持。」其五云：「晴光到虛牖，側耳鳴禽喧。庭花已坼壘，似詡春风偏。覆手持緑醅，舉頭酹青山。青山無今古，朱顔有往還。及此春風時，痛飲復何言？」其六云：「昨亦未盡非，今亦未必是。低頭世網中，兩免咎與譽。虛舟任無心，行行聊復爾。達不企夔龍，窮何附園綺？」《和止酒》云：「清晨起觀書，日暮不知止。相對惟古人，寂寞空齋裏。誰云遊宦客，類彼巢居子。款門來友生，聞聲跫然喜。短晷坐彌永，長劍舞欲起。清談兩相對，粲然發名理。家釀傾已盡，市醞沽可已。活火烹新泉，瀹茗而已矣。客去室幽幽，相隔水之涘。古人行復來，遥情託千祀。」《和擬古九首》其四云：「登高臨廣武，矯首望八荒。平野静漠漠，歲月馳堂堂。土花蝕遺鏃，血碧何微茫。昔聞急鼓聲，今作茂草場。安能錮南山，且欲平北邙。白骨久委化，青史誰低昂？世有赤松子，願受辟穀方。榮華等朝露，毋爲心永傷。」其九云：「桃李敷春華，繁枝宜可採。艷色信獨殊，芬芳還易改。涼風從西來，秋氣浩如海。微霰積已盟，繁霜若爲待。願貞歲寒姿，寂寞無所悔。」夫淵明以晉室遺民，志存肥遯，東坡則謫居儋耳，心戀闕廷，兩公之身世迥不侔，坡雖和陶，祇以自道其性情也。厚子身逢景運，努力春華，境地既殊，立言亦異，要其吐棄凡庸，獨抒所抱，無愧於古之作者矣。

竹間詩話卷二

作詩專尚格律，不解風趣，徒襲面目，不尚性靈，此近人之通病也。要皆於詩中真境入未深，故有規模依倣之病，楮墨間有詩，性靈中無詩也。學詩者要以古人發我之性靈，不可以古人汩我之性靈。夫人心之不同，如其面焉。况言爲心聲，若聲音笑貌可以僞爲，則鸚鵡能言，不離飛鳥，吾不知詩家何苦而效此。

明人倡言復古，以爲文主秦漢，詩必盛唐，海内談者翕然宗之。至虞山錢蒙叟出，而攻之不遺餘力，力排七子，而獨奉程孟陽爲風雅總持。要皆門户之見也。明人好黨同伐異，其於詩文亦復互相詆諆。其實著述之事，祇以自道其所得，安用此紛爭聚訟者爲？

學明七子詩易落窠套。若詩中無我而專仗門面語，以爲音節宏亮，則惑矣。或又多作感憤牢愁語，以爲余法杜陵，則惑之甚者也！

詩有大家之詩，有名家之詩。大家磅礴萬有，陽開陰闔，以發揮其性靈；名家新峭雋永，吐棄凡近，以涵泳其性靈，其爲成家則一也。隨園先生謂「作者自命當作名家，而使後人置我於大家之中。不可自命爲大家，而使後人屏我於名家之外。」亮哉斯言！余少時不及通謁隨園，獨於先生之詩不敢妄有譏訶。蓋讀破萬卷書，不肯輕炫其典博，自居於名家，而後人當奉之爲大家者也。

隨園不喜山谷詩，比之於「果中之百合，蔬中之刀豆」，言其少味也。且引王弇州言，以山谷詩爲瘦硬，有類「驢夫脚跟、惡僧藜杖」。竊謂山谷集中如「野水自添田水滿，晴鳩却唤雨鳩啼」、「山隨宴坐畫圖出，水作夜窗風雨來」、「清曉采蓮來盪槳，夕陽收網更横舟」、「山銜斗柄三星没，雪共月明千里寒」、「春風春雨花經眼，江北江南水拍天」、「似逢海若談秋水，始覺醯鷄守甕天」，儘有意味。弇州一例抹倒，乃明人習氣。隨園「百合」、「刀豆」之喻亦過矣。

有客咏《桃源》詩曰：「漁人應識君臣義，無所逃於天地間。」學究語也。楊廉夫《咏劉阮》詩：「兩壻元非薄倖郎，仙姬已識姓名香。問渠何事歸來早？白首糟糠不下堂。」大可一粲。《隨園詩話》載人詠琵琶亭詩：「司馬青衫何必濕？留將淚眼哭蒼生。」皆是殺風景語。

商寶意太史詩：「名心未了難遺世，晚景無多怕受恩。」蔣苕生太史詩：「不是微禽敢辭惠，只愁無處覓金環。」隨園謂其不立身分而身分彌高，然孰若東坡「闕食惟應爨婦知」七字含蘊入妙。

淮安郡城距袁浦三十里。丙戌、丁亥數年間，每至人日，余必買舟訪汪已山員外敬，信宿歐齋，與頻伽及錢塘江聽香青、蕪湖汪小迂鴻爲題詩之會。已山精書法，工詩，倜儻好客，四方知名之士傾襟納交，有鄭當時之風。其叔父審庵慎，篤行君子也。衣冠了鳥，禮數簡略。終日手一編，倦則與客作葉子戲，不與賓客酬應事。聞一生客至，則走避如不及。其所訂文字交，終日談笑不倦者，聽香、頻伽、小迂、朱鐵門春生、曹種水言純、改七薌琦及余，落落數人而已。初因聽香交於頻伽，後因頻伽復交於余。余至歐齋，則鐵門已即世。不數年，聽香、頻伽、已山先後徂謝。審庵晚年得子，十齡又殤。

黃鑪之感，童烏之悼，老淚盡涸，不久亦歸道山矣。審庵癖嗜古書，搜求僻典，至於廢寢忘食，著有《老佚庵雜記》，詩不多作，作輒清新可誦。《送頻伽歸里》云：「春到江南動客愁，緑楊今已滿汀洲。且教絲竹陶嘉月，莫漫鶯花憶舊遊。身後名寧將酒换，眼前事合量才休。蓬山在望還風引，空見烟鬟日夜浮。」已山詩云：「兩載因依友亦師，忽看芳草動歸思。原知此別無多日，欲問重來在幾時。檻外流鶯初命侶，橋邊新柳未成絲。摶沙聚散何須歎？翻恨年來識面遲。」二詩皆載入《靈芬館詩話》。

已山古近體詩清氣撲人，絶遠塵俗。《題石田碧浪湖圖次頻伽韵》云：「游山發興同謝客，敗意忽染疥癬疾。豈山與我未有緣？不肯驟教真面識。」「水精宫好非人寰，碧浪中湧蓬萊山。有時湖平波若鏡，流出畦畛分潺潺。」「撲人蒼翠迷陰晴，傾耳不辨風水聲。郭君出圖誇示我，勸我急束嚴裝行。」「今春探幽窮曲折，日暮時時洗韡韈。天台雁宕各攀躋，行路何辭石頭滑？」「石角鈎衣肘半露，出没蒼烟逐飛鷺。靈巖突兀幻奇峰，净明岑邃園深樹。」「雁山雄秀卞山娟，過眼各已如雲烟。此生能着幾多屐，行自斷之休問天。」「石田老手稱能事，卧遊更勝讀游記。回頭一笑問小迂，君不作圖復誰繼？」《咏寒月》云：「一天素景逼人寒，況復沉沉漏向殘。還似秋來好顔色，更憐歲暮與團圞。堅冰在地明如拭，老竹摇空瘦欲乾。憑仗醉餘渾不覺，添裘猶自倚闌干。」「疏簾垂地影蕭蕭，鎮日輕陰細雨飄。忽訝池邊聲太急，亂荷葉上碎珠跳。」「亭亭翠蓋不摇風，時有迷離薄霧籠。一段斜陽明水面，晚來花比曉來紅。」「樹影蒼茫暮色催，竹籬笆外小徘徊。青蘆幾葉忽摇動，知有漁船打槳來。」「憶昔頻游水竹邨，又來乘興款柴門。請看堦下青苔跡，是否當年舊屐痕？」「选勝何須問主賓？但清幽處屬閒人。

遥知今夜虹橋畔，一様飛花勸酒頻。謂藹人、一庵諸君。」嗟乎！已山本賈人子，先世自休寧遷袁浦，擁厚貲幾三百年，自審庵始多學好古。已山具此清才，結納名流，極東南賓主之美，卒以不事生産，黄金揮盡，而卒窮以死，能不爲之一慟乎！余《懷已山》詩有云：「世途誰識貧非病，身事真堪哭當歌。」又云：「傳來詩好知非福，驟爾家貧賀也宜。」皆實録也。

袁浦人日之集，丙戌年則題《龍池紀游圖》；丁亥年則以「思發在花前」分韵，同作五古一首；戊子年則以「涉七氣已弄」分韵，分咏歐齋花木。丁亥之集，曾倩汪小迂作圖，而各書詩於其後。頻伽欲以戊子之詩合爲一圖，而叙其顛末，後卒不果。及裝成長卷，適曹種水自嘉興至，不及與於斯會，故題詩有「抽帆應笑我來遲」之句。後攜至皖江，適陸祁生在皖，題五古一首，有云：「居然聚五星，我乃識厥四。」祁生與頻伽、聽香、已山，皆舊雨也。

《人日圖》題者甚衆，且多佳句。朱菽堂漕帥爲弼七古一首，清蒼樸老。其詩云：「半世人日春明門，今年人日淮之滆。與君同譜隔垣住，菜把未及同咬春。因思古人重古誼，高三十五詩却寄。今人何以古不如？雁後花前忙底事？花前忽展靈晨圖，丹青恨未親小迂。題詩分韵盡舊識，多半鄰笛怨黄壚。桃花潭深空逝水，郭眉江髯亦已矣。陸子枉自叢百藥，五君我亦識四子。廣文巋然雙鬢絲，婁東詩老兼畫師。丁乙相距祇九載，草堂閒煞梅花枝。古言七人與八穀，歲值晴明驗和熟。送租船趁秋風回，先約重陽就籬菊。」此詩作於乙未，而圖成於丁亥，故曰「乙丁相距祇九載」。「陸子」謂祁生，「枉自叢百藥」，蓋祁生有《叢百藥齋詩集》，近聞其已逝矣。與下句對法入妙。

小迂以畫得名，詩亦工。人日之集，有句云：「慚余如土牛，向春亦先鞭。」極有風趣。又云：「座中有倪黄，敢與争媸妍？」則非鄙人所敢承也。

江聽香性嗜手談，嬾於作詩，敦槃文酒之会，非促迫不能成篇也。零章斷句，不自收拾，没後，已山輯成若干首。清詞麗句，層見叠出。己山欲付梓人，未果而没。聽香有子，不能讀父書，此藁不知消歸何處矣！亟録數首，以見一斑。《久客不歸追憶浙中風景用蘇集韵》云：「人生慕禽向，妄意希先賢。自謂一隅僻，未睹山水全。故鄉豈不佳，往往輕棄捐。我家住西湖，付与良由天。如何爲飢驅，别輒經歲年？眷言託微波，清夢迢迢傳。螺痕澹逾媚，花靨濃更鮮。美人在天際，中隔幾點烟。靈境渺難接，韶景誰爲妍？客心信棖觸，仰屋徒高眠。山禽唤歸去，使我生憂煎。苟無四方志，曷不圖安便？好謀買山貲，待結塵外緣。春風却相笑，滿地飛榆錢。」《送春詞》云：「聲聲鶻鳩聲聲雨，瞥眼春光過百五。宵鐘催徹不成眠，緑章誰乞東皇府？春來天上歸何所？搔首問天天不語。春辭我去我不歸，作客送春翻作主。送春江上年復年，新柳笑人鬢如許。故里鶯花託錦書，征衫襟袖沾塵土。細數韶華我慣經，等閒哪復縈愁緒？且折將離糝玉羹，試傾婪尾浮香乳。一任輕風吹絮飛，天涯化作青萍絮。」《田家守歲詞》云：「登登街鼓夜未央，豐年除夕田家忙。竈婢執炊婦行炙，瓦盆木豆陳茆堂。整衣肅拜祀先畢，飲酒團欒坐促膝。豚肩肉大魚尾斜，門東索飯兒童譁。阿女持杯阿翁勸，祝翁長似今年健，百年此日皆如願。阿翁醉答朱顔酡，願汝有聓腴田多，布裙换却新紅羅。阿女含羞阿翁笑，喔喔寒鷄隔鄰叫。」《曉寒用波箋韵同頻伽作》：「十載淮壖意若何？客中消受曉寒多。晨炊未動烟猶冷，卯飲難禁色半酡。挽馱鈴聲和短漏，打冰人語出長波。探梅却憶西谿路，拚得淩霜盪槳過。」「布衾如鐵不成眠，畫角聲聲欲曙天。壓酒燈殘茅屋底，踏霜人遠板橋邊。棲禽瑟縮難辭樹，初日曈曨未破烟。坐斂薑芽孏呵凍，一編遲爾答吟箋。」《袁浦人日同頻伽子履己山小迂集觀復齋分韵得思字》：「七日稱靈晨，屈指位當次。占書驗東方，晴光喜妍媚。草堂誰寄詩？枯坐憶常侍。款關故人來，有約肯虚遲？也如渡江梅，春風與之至。汪倫踏歌遠，客到主未厠。同儕二三輩，跅弛無禁忌。菜羹出春厨，煎餅索鄰肆。主人薄暮歸，豪飲各盡醉。抗論名世才，莫問斗筲器。泥塗與軒冕，泡幻豈殊致？古今一丘貉，枉用託褒刺。今夕是何夕？此樂洵非易。漏殘聞雁聲，點點動鄉思。衰顏笑我頹，擁被欲先睡。」《桐綿詞八首》：「一樹清陰罨曉烟，春風吹老子規天。桃花紅雨梨花雪，又見新桐盡坼綿。」「露洗銀牀絶點塵，濛濛香霧糝苔茵。殘紅畢竟隨流水，耐爾纏綿愛傍人。」「窗網交通映夕陽，一庭暖玉静飛香。有人對鏡先愁絶，爲怕星星誤鬢霜。」「嫩乳低垂罥畫檐，香綿如雪點瑶匳。不關謝女工吟絮，也唱吴儂《昔昔鹽》。」「色界諸天尚有情，兜羅花雨坐來清。最憐共命雙么鳳，消得温柔過一生。」「桑影童童豆莢肥，春衫寄後錦書稀。江城五月寒猶峭，珍重餘温上客衣。」「非霧非烟墜杳冥，吹來簷隙影瓏玲。無情莫學顛狂絮，飛向天涯即化萍。」「黄梅雨歇緑雲稠，容易荷塘見浴鷗。記取金風催落葉，寒蘆已占十分秋。」聽香小楷工絶，曾寫此詩於扇頭見贈。其戊子人日分韵，余得「梧桐」限「七」字，聽香得「薜荔」限「已」字，附見余集中，不復録。

頻伽詩無體不備。其《靈芬館》第四集，真所謂銑貞轂潔，川静谷瀓，絢爛之極，歸於平澹也。五古如《蘧盦詩》、《自題月下傳經圖》、《和陶》諸作，七古如《歸自吴門》、《風雨不能上墳用昌黎寒食出游韵》、《會飲百一山房》、《走筆柬古雲》、《除夕》諸作，七律如《旅館消寒用東澗韵四十六首》，讀之可以想見其爲人。其己卯以後詩在第四集十二卷之外，適余來淮浦，唱和甚多。頻伽自訂爲《老復丁庵集》。兹以尤欣賞者録之。《題奚鐵生雪泉卷》云：「元詩有清閟，真若冰雪凈。惟其詩格高，畫手亦相稱。天真見荒率，孤抱此幽夐。偶作雪泉詩，寒籟滿清聽。吾友奚蒙泉，風骨老益勁。坎壈纏終身，但博虚名盛。詩篇或遜之，畫乃幾季孟。點筆爲此圖，兼以一詩媵。流傳歸鶩農，得之動色慶。大弓已失楚，玉環非取鄭。圖爲曹氏作，今藏景氏。摩挲感雲烟，先後富題詠。老我閲世久，萬事等墮甑。衹餘文字交，宿昔同性命。展卷盪心魂，怳如玉山映。題詩苦筆弱，著語不能硬。」《人日子履至浦分韵得在字》：「獻歲月始和，涉七蓂屢改。餘寒雖肩奥，旭日炯光采。故人惠然來，前諾不我紿。醽飲卷白波，清談落珠琲。客中有此歡，視昔得如倍。平生重朋交，素心契蘭茝。靈辰數招要，出户聽欬乃。就中誰最敦？袁盎與朱亥。湘湄、鐵門。逝川無迴流，沄沄肯相待。旅酬散賓筵，坐客惟某在。念往諒難追，失今後將悔。苦憶草堂前，梅花應蓓蕾。」《和子履韵即送還山陽》：「樓居頗清嚴，簷角挂寒月。將無謫仙人，許住白玉闕。佳客此從容，薄主匪倉卒。薄主見《三國志》注。云何遽告行？倚裝待明發。各懷憂時心，齊嬰語鄭肸。人才要成就，取辦豈嗟咄？紛紛志與蜍，何啻冢中骨？往时見尋常，衹今已難得。廟堂登董秦，甿畒辱寧越。年歲苦駸駸，聲名恐没没。就令譏清狂，猶足傲干謁。何時偕歸老？山林從散髮。」《百一山房感舊》：「華屋依然遊不留，重來掃榻獨愁秋。勝情早結雲霞侶，晦迹終辭名號侯。隨會倘能九原作，子車何惜百身酬？分明一樣西州路，底事羊曇無淚流？」昔人一飯之恩，尚思冥報。自世道日衰，人情日薄，於是有解推誼重反肆誅求，文字見知轉資攻擊者。吾讀頻伽詩「快意休持無鬼論，負心偏是受知人」，爲之浩嘆。

頻伽篤於氣誼，故其哀逝之作，悱惻動人。乙亥四月，余長子徵璵以瘵疾早逝，痛不欲生。時頻伽歸魏塘，至秋杪來淮浦，寄余一函，其略云：「抵浦見所與己山書，知有西河之戚，傷悼不能已已。伏讀詞語，更極酸哀，鍾情吾輩，何以遣此？麐歸家後，亦喪一幼姪，年已上殤，雖愚下，又患癇疾，然爲之作惡者彌月。況賢子之學有成立，其宜愁傷怛悼，亦非過情。然吾輩年皆衰暮，平生憂患之來非一，若再以恩愛糾纏，牢着心腑，傷年促命，恐殆來哲之譏。望勉割愛緣，歸諸宿命，是則區區友朋之意也。麐在家忽已半載，觸事感懷，每忽忽不樂，所過皆邈然。比年覺顧影可厭，一二老友，尚期同此歲寒，可不厚自愼愛耶？」余輯璵兒舊藁，屬頻翁訂定。頻翁爲作序文，并繫以詩云：「後來英絶意相親，重爲遺編嘆息頻。如子合題梁妙士，乃翁要是漢名人。誰言一去將同草？便有千秋已後身。相見但須判痛飲，不容老淚更霑巾。」讀竟不禁雪涕。

乙酉、丙戌兩年間，悽愴悲傷，久已無意於人世，惟賴此數卷詩得以過日。因憶《靈芬館詩話》引錢起詩云：「有壽亦將歸象外，無詩兼不戀人間。」殆天地特設此一事，以娱苦惱衆生也。璵兒詩名《嘯雨集》，乃其生前所自定者。忽憶太白詩「猩猩啼烟鬼嘯雨」，已是不祥之兆，此殆有定數耶？詩藁梓成，不忍開卷，鐙前月下，偶一披閲，涕泗迸流。其詩清和平暢，後乃哀音苦調，促柱幺絃，早知非少年所宜矣。《春日遣懷》云：「牆陰羃䍥暗生烟，漸見林花帶雨妍。草長鶯飛春易老，酒闌鐙灺客遲眠。新詩脱口成聊爾，舊事關心更惘然。多少閒愁消未得，梨雲一枕夢遊仙。」《積雨書悶》云：「一簾宿雨漏沉沉，岑寂空階渺足音。江渚楊花身世感，池塘春草弟兄心。縱傾濁酒愁難滌，不讀《離騷》怨已深。無賴游絲兩三尺，半明半滅濕牆陰。」《寒夜偶成次韵四首》其末云：「本無長句敵山東，强半豪情折病中。倦不看花非爲霧，寒思倚竹又生風。宵闌頗有扁舟想，吟罷纔知四壁空。一片傷心誰解得？此身來自廣寒宮。」《雪夜有作》云：「孤館寒多雪亂飛，憑欄此夕撫征衣。殘鐙沙路行將瘦，秋屐荒苔點不肥。久客翻憐愁漸薄，華年可惜事都非。故園欲問梅消息，滿地江湖雁影稀。」頻伽極賞其《野步絶句》：「負郭人家蠶上箔，隔溪邨路犢歸田。滿堤楊柳滿畦菜，黄到維摩嶺上烟。」《春寒》云：「簷前雨意先花釀，枕上冰痕待日消。」《曉行》云：「遠樹欲浮何處櫂？孤村猶帶昨宵雲。」《和人》云：「不信有香堪入夢，果然惟别最銷魂。」諸句載入《爨餘叢話》。璵兒病苦耽吟，性惡醫藥，又恐傷老人心，病日益篤，而諱病愈深。余亦恐拂其意，未忍强以藥餌。沉綿五載，卒以不起。是吾負兒也，悲夫！

黄仲則之「茫茫來日愁如海，寄語羲和快着鞭」，頻翁以爲古之傷心人。余尤愛其「人間别是消魂事，客裏春非望遠天」「久病花晨常聽雨，獨行草路自生烟」，真傷心人而能作鬼語者也。璵兒詩「柳明草暗牽詩夢，風澹雲孤送客魂」，又「空有月痕沉碧瓦，羌無釵影墮紅樓。多情伴我筵前燭，看到天明淚未收」，庶乎近之矣。

《靈芬館詩話》載李白樓方湛詩藁，中有《和鵑紅女子題壁詩》，并附其原作及序一首，末記年月。頻伽謂此詩不知白樓何從得之，豈好事者託爲此哀怨之章以眩惑行客，抑真有薄命紅顔馬上來耶？余見嶺南黄子實明經培芳《香石詩話》亦載鵑紅詩，爲之惜其才，怨其遇。及閲《崇百藥齋詩集》，則知陸祁生偕劉芙初嗣綰同上公車，夜宿旅店，戲爲此作，題於壁上。往來詞客互相傳鈔，遂以爲真有鵑紅其人。頻伽作詩話時，祁生集尚未刻。頻伽先有疑詞，亦可謂别具慧眼矣。序與詩淒艷婉弱，酷摹小女子口角，而語經洗鍊，非清才不能有此手筆也。録之以見詩人游戲神通，亦足資藝林談助云：「妾生自劍嶺，遠别衣江。鋒鏑之餘，全家失所。慈親信杳，夫壻音訛。命如之何，心滋戚矣。得姻親以依傍，同躑躅於道途。攜至蘇州，遂偕南下。妄意少遲玉碎，猶冀珠還。期秋扇之重圓，願春暉之永駐。流離數月，甫達此間。嗟乎！陌頭楊柳，總是離愁；門外枇杷，都非鄉景。望齊門而泣下，思蜀道而魂歸。阿鵑阿鵑，生何如死？扶病夜起，勉書數絶。郵程信宿，便入江南，當是薄命人斷送處也。時嘉慶六年正月十九日，蜀中女史鵑紅題於河間道中。」「萬里漂零百劫哀，青衣江上别家來。朝雲暮雨翻翻看，一路山眉掃不開。」「深閨小命弱如絲，金鼓聲中怯幾時？回首驃姚軍裏望，分明馬上盡男兒。」「阿母音書隔故關，兒身除有夢飛還。年年手濯江邊錦，不彀人間拭淚斑。」「藁砧望斷路盈盈，敲罷金釵憶定情。妾自馬嵬坡下住，此生只合卜他生。」「小婢嬌癡代理粧，窮途怕檢女兒箱。兒時愛譜江南好，未到江南已斷腸。」「霧鬢風鬟一段魂，喘絲扶住幾黄昏。殘膏背寫傷心句，界亂啼痕與粉痕。」

丙戌初冬，余次子徵琪歲試入泮，明春到淮讀書。余曾倩改君七薌作《横舍課經圖》，痛瑛兒之早殤，勗琪兒之勤讀。圖成，頻伽、己山各有題咏。曹種水五古四首，詞意樸實，四詩即以「横」、「舍」、「課」、「經」定爲韵。「横」字韵云：「鱸堂燈火影，夜半伊吾聲。丹青傳史筆，授經圖伏生。喜照丹穴彩，益悲桓山情。豈知至樂地，中有涕泗横?」「舍」字韵云：「妙年析經義，視等金昆價。東軒長老身，老境若噉蔗。昂昂千里駒，方整萬里駕。識塗詣聖賢，日歷幾傳舍。」「課」字韵云：「雲間二陸著，競爽弱一个。尚紹箕裘傳，可弔仍可賀。朝虀暮後鹽，春近臈欲破。發篋振鼓餘，可及梅花課。」「經」字韵云：「埽地净如鏡，學宫門晝扃。負笈諸弟子，循陔共趋庭。絃歌議宰邑，牛刀發新硎。侯芭挽征鞍，請留《太玄經》。」祁生題絶句三首，其二云：「卅載研經悔已遲，又將古義訓佳兒。願伊休被而翁誤，早向長安訪導師。」别有風趣。

七薌畫法直追宋人，《老復丁庵圖》、《横舍課經圖》皆其晚年得意之作。閒吟小詩，亦清新有味。工於填詞，曾爲余題《烟潯雲嶠圖》，調寄《湘月》，云：「暖翠浮巒，寫江南一片，烟光摇盪。卷裹沙鷗應笑我，三十六陂風浪。卯酒斟紅，丁香凝紫，墨灑溪藤上。醉餘吟嘯，壁琴微和清響。此地擬泛菰蒲，么荷貼水，趁新凉打槳。輸與幽人乘興去，昨頻伽歸，約同舟來相訪，不果。過雨蘋花初放。茶夢未闌，畫禪同證，雲影流仙掌。買山偕隱，結廬空復瑶想。」余有《懷歐齋諸子》詩，第四首云：「七薌吾畫友，絹素堆案前。目力苦不濟，手腕何輕便。叠用雙眼鏡，有似重輪錢。座客皆失笑，相對轉自憐。吾衰近更甚，羨君如神仙。樂府況清妙，不獨丹青傳。」

朱鐵門明經客己山家，余往访之。病甚，不能談詩，不數日而殁。己山爲之料理殮具，送櫬南歸，并刊其《鐵簫庵詩文鈔》。詩筆清超，無塵土氣。《人日集頻伽齋分韵》云：「水邨雲氣晝陰陰，艤櫂昏鴉已滿林。殘雪白於新酒面，東風寒入小梅心。溪痕一尺前宵漲，春信三分待曉尋。早有候門童子笑，安排無睡聽狂吟。」「殘年直約到新正，豈謂臨歧半負盟？約爲人日之會者，吾里凡十四人，今不至者過半。客少數將梅樹補，詩成中有別離聲。草堂人日今朝始，此事千秋一刻争。二主七賓先結社，欲嘲餘子後成名。」《春夜》云：「笙歌放散冷流霞，春夢迷離記欲差。斜月在簾燈在壁，起扶殘醉看梨花。」《題秦淮垂釣圖》云：「紅樓夾岸曉粧成，水檻憑虚鏡檻明。一夜春潮經雨漲，釣船高與畫簾平。」《秦淮水榭》云：「歌扇飄零酒盞捐，春風殘夢懶重圓。今朝鮑老郎當甚，纔上歡場又惘然。」「金船不放百分空，可許雙扶翠袖紅。好囑畫師錢舜舉，寫儂酒態上屏風。」

王仲瞿孝廉良士，本名曇，後改今名。其人議論俶詭，好談兵法。有謬爲薦舉者，遂挫頓不振。其詩古體放奇氣奔，如其爲人，近體瀟灑有意趣。如《過華不注下》：「此日華跗注，經秋木葉多。」《峭底懷漢將軍馮異》：「河不奈何公且渡，樹猶如此我消魂。」對法巧妙。

詩家鍊句鍊字最難，昔人云「吟安一箇字，撚斷數莖髭」是也。頻伽《常山道中》句「山行争道擔夫工」，語經百鍊。《夜半與友人飲酒》句「譚深頻怒酒長寒」，「怒」字絶妙，皆真得鍊字訣者。至其《山塘即事》云：「星明河畔原名女，人在雲中合是君。」《集友漁齋》云：「偶逢舊雨能無酒？暫放新晴定爲花。」《新秋即事》云：「人能無意憐歸燕，天已將心到候蟲。」《咏秋葵花》云：「騷人顦顇生何晚，寒女神仙嫁亦遲。」《無題》云：「山遠漸如眉曲折，燭偏時有淚縱横。」此又鍊到自然，有神無迹者也。

吴蘭雪同年嵩梁，都門舊雨也。才名滿海内，而不得成進士，官爵亦不甚通顯，爲黔西州牧三載，卒於官舍。蘭雪詩天風縹緲，靈氣往來。長歌如《太白讀書臺》、《王文成紀功碑》、《建威將軍歌》，皆足摇五嶽而淩滄洲。詞多不能盡録，録其《黄巖絶頂觀瀑同惲子居作》：「君持一杖遊山南，我戴一笠來山北。開先寺裏一相逢，狂叫拍肩人不識。人間失脚四十年，朱顔漂泊俱華顛。今日同結名山緣，君寧非佛吾非仙。九十九峰高插天，峰峰妙有飛來泉。泉流所經我亦到，上求石梁下玉淵。青玉峽前水奔注，雷雨翻騰氣逾怒。瀑布源從雲上來，探源更入雲深處。黄巖壁削天當中，山飛水立争清雄。冰綃萬丈捲迴風，夕陽紫翠難爲容。文殊塔頂摩蒼穹，下界擾擾如沙蟲。咄哉我輩青鞵布襪底，迺有星宿之海垂天虹。仰天一笠墮山背，吹作仙雲大於蓋。請將君杖擲空中，定化神龍戲滄海。雲龍萬古常相逢，投筆仍爲雙劍峰。」

蘭雪小詩亦琅琅可誦。《紀遊》云：「一角荒亭夜寂寥，聽風聽水又蕭蕭。古松不辨親栽樹，明月依然似六朝。」《感舊次吴玉松太守虎丘雜咏韵》：「花意紅酣柳碧毵，尊前羅袂捲雲藍。才人落魄狂游徧，天遣飄零郭十三。」「歸心萬里白雲馳，投老看花醉不辭。生作寓公死才鬼，秋墳争唱鮑家詩。謂張船山。」

胡瑀章茂才寯年，一字石梁，吾邑人，子若之婦翁也。其詩筆修整雅潔。《錢塘懷古》有句云：「爲愛西湖忘北敵，不妨南渡作東周。」爲竹橋儀部、子瀟庶常所稱賞。又《黄葉集潭影軒分賦》云：

「霜林黄葉最淒清，村落江南倍有情。攜得菊花九日酒，夕陽影裏弔崔生。」亦有神韵。潭影軒，吾邑竹娛詩人之别業也。

朱佩芳明經宫桂，一字蕁湄，常熟人。工詩善病。余在語溪，嘗分賦紅牡丹、杜鵑花諸作。又分咏虞山古蹟，蕁湄得「昭明讀書臺」，云：「落梅飄晚風，修篁滴春雨。青山猶六朝，帝子渺何所？殘月下深宵，鵑啼頗清苦。時代雖云遥，風流尚堪數。維揚有高樓，與此共千古。詎比江陵城，藏書付一炬。」筆意遒緊。

蕁湄七律多精深華妙之作。《咏史》云：「百戰經營創國基，誰教立愛致傾危？法嚴錦綺挑强敵，情溺烟花集艷詞。御仗尚排回鶻隊，降書已達鬥雞兒。銅鐘摧落由前定，畢命秦川最可悲。」「作鎮西川創業難，一籌得蔭任偷安。鴛衾夜設芙蓉帳，鶴殿晨供薯蕷盤。繡斧軍容空炫耀，錦城國勢忽摧殘。老臣倉卒修降表，銜璧牽羊忍再看。」「築室匡廬性愛閒，難共英傑濟時艱。群工佚樂開香宴，幻術瑰奇孌玉顔。敵騎已臨揚子渡，壽杯全失皖公山。紛紛五鬼蒙榮寵，枉使中丞請斬姦。」「風流國主憶南邦，禮佛曾懸寶勝幢。螺筆點青翻艷譜，麝囊堆紫映雕窗。共拈金葉常耽戲，纔寫瓊箋已促降。一自教坊揮淚去，那堪回首望春江？」蕁湄之子詒燕亦工詩。《咏昭君》云：「琵琶一曲怨纏綿，絶代嬋娟忍棄捐。倘使紅顔邀帝寵，豈教青塚動人憐？當時却被和親誤，此日翻緣薄命傳。倚得新粧成禍水，築臺空自號留仙。」

淮壖爲四方輻輳之區，文士往來，時相會合，所恨甫盟鷗鷺，即賦驪駒。君子至斯，吾皆得見，而未嘗有所終三年淹也。天長程禹山孝廉虞卿，主講淮關之文津書院，作寓公三十餘年。余至淮上，即訂文字交。自嘉慶之庚辰迄道光之乙未，其間雪泥鴻爪，過眼如雲，河梁之别，鄰笛之悲，不勝屈指，惟禹山巋然獨存。故余贈詩有「白頭同作淮壖客，十六年來舊酒人」之句。禹山曾從鐵梅莾尚書爲遼海之遊，策馬醫巫閭，吐其胸中奇偉之氣。其詩如幽燕老將，刁斗森嚴，轉戰無前，撼之不動。後以數奇不遇，戢影荒江，烹鍊愈深，風格益上，所著《水西閒館集》，長篇鉅製，惜不能備録也。《悲笳行》：「昔有文姬《十八拍》，邊兒聞之淚沾臆。南人不聞不解愁，誰從塞北聽颼飀？一拍依稀音一變，北風吹斷孤鴻遠。不是琵琶出塞聲，争如羌笛關山怨。吹笳健兒破一足，獅鼻虬鬚髮不束。自言三十從軍行，百人手刃霜刀輕。囊中有笳興不滅，獨上戍樓吹秋月。一朝又令出行伍，轅門喧喧擂大鼓。誰知日暮抵敵軍？馬逸小谿折左股。凱旋猶得幸生還，踦跂乞食幽燕間。我聞是言酌以酒，一飲尚能空十斗。不見吴中伍子簫，誰知栗里淵明柳？嗟嗟燕頷封侯身，無命亦是吹笳人。爾吹不須憂和寡，我乃燕市愁歌者。」《野望》云：「枯桑颯颯生悲風，沙石飛渡遼河東。遼河之水逆不流，狂波倒卷寒雲愁。回馬遮面登戍樓，樓頭有客彈箜篌。箜篌一彈聲激楚，渺渺關山淚如雨。日暮青燐送我歸，天寒鬼聚沙中語。」《旅館題壁》云：「疲馬長愁遠道艱，一鞭斜日亂峰間。炊烟黑壓平頭屋，暝色紅分對面山。躡蹻歧途憐趙客，隔鄰鄉語異吴蠻。深閨料有金釵卜，此夜遼西夢未還。」

禹山《咏春草》詩云：「北郭清明早，南朝廢寺多。」人皆傳誦，因目之爲「程春草」。「山碧尚餘前度草，江春不是去年波」，「紅豆未妨前世種，黄鶯已過别枝啼」，皆情韵深至。

曩在都門，與劉芙初太史寓邸甚近，宣南文酒之會，晨夕過從。其詩名《尚絅堂集》，然未見其全稿。篋中所存者，率皆一時投贈應酬，非得意之作。《晚過法源寺》詩云：「碧天吹斷玉參差，吟坐秋堂有所思。霜未退紅篁退粉，艷情不似舊來時。」蓋亦引以自喻也。芙初咏史樂府一時紙貴，摘録數首，讀之琅然有金石聲。《啄皇孫》云：「啄皇孫，誰家燕？朝入長安宫，暮宿昭陽殿。昭陽殿裏别築屋，燕燕舞時赤鳳來。赤鳳來，舞不止，燕巢將傾安得子？子不生子空啄孫，延秋烏，啼上门。」《車中閉》云：「弓弦能鳴箭能叫，快馬如龍逐年少。鼻頭火，耳後風，一朝閉置帷車中。不識兒女悲，但言新婦苦，武臣能文今不武。吁嗟乎！丈夫退走三關兵，當時笑倒夫人城。」《螺子黛》云：「燕支井底嫦娥死，殿脚三千賜螺子。日賜五斛不值錢，長眉幾人如絳仙。妾好眉，君好頸，可惜朝朝鏡中影。鏡中蛾緑看幾何？玉鈎斜畔秋螢多。」《畀大秤》云：「宰相之過女主嗔，夢中一秤畀婦人。婦人才，量天下，壓倒陳宫袁大捨。誰言沈宋儔，不如江沈流？二十二人詩滿樓。夜珠無價非暗投，君王方點雙陸籌。」《金帶圍》云：「姚黄魏紫開唐花，宰相與花同一家。宋時金帶四花並，宰相與花同一命。廣陵二十四品圖，似此一品花中無。花中宴，客中折，他日黄花誰晚節？」《歐公柳》云：「桓公柳，金城邊；歐公柳，平山前。官塘楊柳千株植，柳眼曾看幾今昔？醉翁一醉七百年，記得荷花爲公折。荷花依舊邵伯湖，此柳得似甘棠無？」《詔諭降》云：「詔諭降，宋兩宫。謝太后，瀛國公。詔諭降，辱宋國。張思聰，許文德。詔書可焚不可降，臣負斯言如此江。江流到海萬萬古，無人降得厓山土。」《葬袍笏》云：「閣部堂堂好男子，孤軍半壁揚州死。閣部死，城不完，風吹碧血餘衣冠。梅花嶺上愁雲黑，騎鶴魂歸招不得，馬阮淩烟好顏色。」

芙初佳句，如「目行疑讀畫，花坐當薰衣」，「風竹有聲畫，草蟲無字詩」，「垂簾算弈留仙客，隱几看花當美人」，「茶聲細欲成泉夢，酒氣多能暈月華」，「人如風柳時三起，酒似春潮日兩回」，「自入世來無世想，不應春去有春愁」，「西風畫出勞人樣，吹得衣裳似葉聲」，「東塢夕陽西塢雨，哪容人世不炎涼」，皆甚清妙。

郭丹叔鳳詩名幾與伯兄相埒，而余未讀其全藁，惟於頻伽集中附刻者，録其一二。如《送蔣伯生歸虞山》云：「天寒酒作通宵飲，路遠書常隔歲傳。尚記形容差覺老，試思離别幾多年。」《探梅》云：「横波清瘦只如無，走近花前奈密何？揀折一枝無折處，始愁花少又愁多。」「花前埋我有詩篇，記着徐熙爲黯然。買取西山三百樹，歸來齊插墓門前。」皆詩思戛然異人。

竹間詩話卷四

嘉慶初年，邪匪之亂，秦、豫、川、楚荐罹鋒鏑。一時詩人見諸歌詠者，恐傳聞異辭，未足以爲信史。遂寧張船山太守問陶秦蜀往來，目擊寇亂，及都門羈宦，悵望鄉關，滿地干戈，歌以代哭。故其詩蒼涼激楚，沉鬱頓挫，叙事既確而怨憤之語亦不同無病呻吟。杜陵復作，定當把臂入林也。《丙辰十一月二十三日懷亥白兄作》：「風雪征途一劍寒，計程此日過長安。傳聞羽檄馳三輔，或恐鄉雲阻七盤。何處淹留驚戍火？有人辛苦據歸鞍。漢中形勝關秦楚，何止崎嶇蜀道難？」「莽莽巴渠又列營，滔滔漢沔正徵兵。故鄉山影愁難破，客路風聲夢亦驚。衰老庭闈頻悵望，飄摇兄弟倍關情。一官我更歸何日？搔首西南欲請纓。」《歲暮雜感》：「餞歲迎軍已四年，幽并花雪苦流連。思鄉有夢驚烽火，報國無文愧俸錢。薄宦門庭常似水，愁人詩酒不能仙。天街急景催車馬，搘肘風窗白日眠。」「兩軍兵火照三湘，將帥連營守夜郎。誰埽欃槍清洞穴？轉驚笳鼓動荆襄。故人寂寞多新鬼，古戍荒寒半夕陽。馬革總疑非上策，重臣何用死沙場？」「悄無人語夜迢迢，代馬銜寒氣已驕。雪仗風威終易化，烟隨雲勢亦須消。高歌斫地聲悲壯，醉眼看天影動摇。浮世功名是何物？酒鑪慷慨擲金貂。」「誰量身世數恒沙？渺渺浮生此一涯。久息名心翻貝葉，强摩冷眼看冰花。貧無可捄愁原誤，詩有難言注轉差。回首高堂天萬里，不堪風雪問三巴。」《戊午二月十九日出棧宿寶雞縣題壁》十八首：「群盜如毛久未平，棧雲來往一身輕。干戈草草催離别，婚宦勞勞纍死生。有用年華拚棄擲，無聊家計費經營。關山銷盡輪蹄鐵，猛虎磨牙看此行。」「石磴縈紆戰馬麄，入山符疊辟兵符。殺人敢恕民非盜，報國真愁將不儒。豺虎縱横隨地有，貂蟬恩寵愧心無。荒寒驛路匆匆過，焦土連雲萬骨枯。」「輕裝休問辦裝錢，短堠長亭望悄然。燐火飛殘新戰壘，枯髏吹斷舊人烟。此中託命惟奔馬，何處招魂不杜鵑？大帥連兵甘縱賊，生靈塗炭已三年。」「窮山避處敞軍門，威望遥遥萬馬屯。不戰豈能收殺運？無功先已負君恩。祇聞怨毒歸諸將，可有心肝奉至尊？一樣沙場征戍死，模糊敢信是忠魂。」「功罪朦朧合自寬，苞苴餽贈且偷安。民窮轉覺軍中好，寇過惟從壁上觀。俗吏飛騰推挽易，妖氛飄瞥送迎難。逍遥無暇談攻守，不及鄉農早議團。」「故事虚張諭蜀文，懸軍安養募新軍。山中城破官仍在，閫外兵譁將不聞。大賈隨營緣我富，連村無寇是誰焚？烽烟未掃偏流毒，萬鬼含冤指陣雲。」「連城閉後萬山荒，忍棄郊原作戰場。賊有先聲如唳鶴，官無奇策任亡羊。飄摇鴻雁飛難緩，潦草弓旌氣不揚。猶勝驕淫諸將吏，移營終歲避鋒鋩。」「憂憤書來處處同，故人幾輩尚從戎？能文未易參軍事，有口都能説戰功。爲我驚心籌去住，看君彈指定窮通。東溟西域曾帷幕，猛將還應憶海公。」「斷無苻拔混麒麟，大酒肥羊誤保身。攘刦翻誇裨將勇，需求誰諒縣官貧？賊能退舍尊廉吏，令敢梟渠起義民。祇爲英雄惜成敗，論兵安肯恕庸人？」「莫倚重關護益州，時危曾困武鄉侯。誰看鴻鵠猶扶來？人佩刀韃早賣牛。戰鬥心疲千帳冷，驚呼聲亂一城秋。老師糜餉成何事？宵旰空貽聖主憂。」「三川人滿欲烹珠，曾問今年米價無？餉道幾難通劍閣，商船新已斷夔巫。蟬連糧運舟車險，錯雜民風士馬麄。猶幸未摇根本地，尚留嚴武在成都。」「漢沔東流雪未消，軍符絡繹馬蹄驕。倉皇鬼域來無定，破碎峰巒望轉遥。地險不聞由我據，城危幾度看人燒。商於何止關秦楚，隴蜀河潼路萬條。」「嫠也横行起禍胎，桃花馬上看重來。不貽巾幗先逢怒，欲辨雄雌已自猜。黄鵠特翻貞女調，白蓮都爲美人開。請纓便是秦良玉，可惜征苗失此才。」「千里奇峰接宕渠，才聞王三槐冉文壽又高均德徐添德。城狐中夜聲相應，穴鼠空山技有餘。焚掠難歸皆盜賊，風波未定且吹噓。傷心已亂無全策，祇仗天威盡勦除。」「議撫招降計已施，凋殘民力久支持。不明賞罰終何益？真舉才能倘未遲。將相有权甘自棄，英雄無種要人爲。孫吴兵法非天授，誰竭誠謀報主知？」「纔過黎州又鳳州，含情重問草凉樓。磨驢步步皆陳跡，風柳條條是别愁。花鳥三春禁雨雪，關河千里見戈矛。元戎誰有書生膽？快馬輕刀自遠遊。」「長途心緒久寒灰，蜀壘秦關去復回。兩地有家離聚苦，連營無路夢魂猜。幾人還唱從軍樂，何日真逢撥亂才？行盡殘山重嘆息，年時已是賊中來。」「夔萬巴渠鳥路長，通秦連楚鬥豺狼。天如有意屠邊徼，我忍無情哭故鄉？八口艱虞猶劍外，一身飄忽又陳倉。風詩已廢哀重寫，不是傷心古戰場。」《庚申二月十八日聞賊自定遠渡嘉陵江由蓬溪擾遂寧作》：「談虎聲低亦變顔，驚聞烽火照鄉山。親衰稍幸移家早，劫大方知出世間。誰撤江防輕蟻穴？自傷歸夢泣刀環。亂離那及红襟燕，故壘銜泥尚往還。」「仰屋深宵迴自哀，一官如爲避兵來。看春眼冷疑天象，弔古心灰哭將才。事有難言空抱膝，命無可用且銜杯。東風何苦吹塵世？鬼面奇花處處開。」「指揮隨意説三巴，啞啞渾如白項鴉。人盡談兵真有口，我方憂世已無家。竟抛庸蜀天應悔，不信孫吴計總差。廣坐吞聲聊斷酒，傷心何處問桑麻？」「誰言閲歷更須深，十載浮生變古今。幾處飄零憐骨肉，向來游戲説山林。積尸列柩何勞罵？狡兔封狼未易擒。束手自愁無死法，金經一卷耗雄心。」《聞遂寧兵警邵五作詩相弔並寄懷亥白成都依韵酬謝》：「豕突鄉閭次第開，一家人悔不同來。感君有禮驚相弔，惱我無言隱自哀。難辟妖氛怨故里，能成殺運讓庸才。祝宗祈死天應許，駒隙流光莫漫催。」「移居草草錦官城，風鶴遥知夜有聲。經世才難空弔古，思親心亂忍談兵。窗摇短燭愁看劍，烽起連江夢築營。聽雨對牀虚舊約，東坡他日是餘生。」按：川楚用兵，始於乙卯，終於辛酉，界連五省，事閲七年。詩中所指將帥之士，玩敵縱賊，逡巡退縮，皆爲實録。閲十餘年，而後有林李之亂。余有《豫東紀事》五古及《新樂府》諸作，具載藁中。詩雖不工，其叙述時事，義存諷諭，亦猶先生之志也。

癸酉九月，山東、河南之亂，同時諸君如陸祁生、周保緒濟各有詩紀事，而保緒之《新樂府十二首并序一首》最爲詳盡。祁生所謂「此才竟以詩人老，紀事聊同野史傳」是也。詞長不能備録，止録其《咏曹縣令》云：「趙女歌，吴兒舞，銀燭高燒日當午。歌闌舞罷擁吴兒，趙女擎燈照錦帷。鴛鴦婁艾誰能辨？行樂未終聞急變。可憐白刃潔如霜，頸血先將賕吏濺。寇戎伏莽豈不知？羽書鄰境曾飛馳。老翁七十猶滑稽，踞牀謾駡白眼嗤。邀功生事翁不爲，梨園菊部取自怡。一門駢首何足恨？絶恨從此勞王師。此翁有子亦跌宕，是日青樓試高唱。模糊髑髏催夢醒，繡被猶翻鄂君浪。」亦可謂言者無罪，聞者足戒矣。

保緒倜儻豪邁，詩有奇氣。《夜宿京口》云：「海門潮雜雨聲來，潛壑龍吟助客哀。自古狂瀾皆勝局，不能飛渡是庸才。佛貍死戀揚州郭，實誌生營建業臺。西望白沙雲黯黯，迎鑾雄鎮久蒿萊。」具此才而爲廣文，可惜也。

保緒小詩亦極清雋。《祥符鬧馬上口占》云：「短衣長策上征驂，慣把疏林當畫嵐。秋燕亂飛湖草緑，昨宵涼雨夢江南。」

嶺南向推詩藪，自南園十先生後，暨翁山、元孝、藥亭而臻極盛焉。近則馮魚山太史提唱後進，鴻才碩彦，揚扢風雅者後先接踵，而憔悴專一之士，竭其畢生之精力，亦足自成一家言。昔翁覃溪學士選陽春譚康侯部敬昭、香山黄香石明經培芳、番禺張南山司馬維屏爲「嶺南三子」。余又於三子外，增順德黄小舟侍御玉衡、吴秋航大令梯、吴川林辛山大令聯桂、鎮平黄香鐵孝廉釗，爲「粤東七子」。夫嶺南詩人多矣，余所録者不過記縞紵之贈投，願雲龍之追逐，而此邦人士之盛，亦可想見其大凡云。

康侯《聽雲樓詩》樂府歌行追蹤太白，極惝怳迷離之勝。《昇天行三首》其一云：「昇重霄，躡奔月。仰手搴白榆，繁星落如雪。鶴背風泠泠，電光瞥過芙蓉城。銀河淩空走西海，耳畔但覺波濤聲。瑶池桃花蘂宫樹，恍惚曾經舊遊處。千齡一瞬能幾時？汗漫人世多狂辭。天人窈窕顧我笑，碧雲一去來何遲！歸來歸來兮，雲中君兮知未知？」其二云：「蓬萊之山滄海邊，斷鼇聳背高連天。山中瑶草如春烟，龍鸞並駕相後先。騰輕飈，載玉女，咳唾雲端作飛雨。朝與予遊陽之阿，夕與予遊瑶之圃。神烏顧兔西復東，金支貝闕光玲瓏。精誠耿耿仙靈通，般裔裔兮紛來同。抽毫命我銘新宫，鯨噓電掃聲摩空。雕蟲瑣細不敢動，一百二十鳳皇鼓翼鳴雝雝。章成仰面西向笑，人間百日生東風。」其三云：「我從東方蒼茫雲海之間來，上排天路中徨徊。青童手持白鸞尾，夜掃紫霧閶門開。玉階丹戺趨雲雷，二十八宿環三台。七襄文錦摩天裁，淩雲獻賦揮袖回。司命憐我貧，處我金銀臺。被我丹鳳裘，傾我流霞杯。南洲俯瞰不見底，但見一片飛紅埃。昇天行，何壯哉！古來無世無仙才。」康侯小樂府節短韵長。《瑤池宴》云：「宴罷瑤池碧樹春，白狼白鹿擁朱輪。百年幾度西巡守，不向南征問水濱。」《秦鏡詞》云：「龜龍虎雀未銷磨，收取長江萬頃波。照見關中天子氣，風雲無限漢山河。」《迷樓曲》云：「解道真仙也自迷，高樓上壓五雲低。可憐博得雷塘土，依舊空梁落燕泥。」又如《咏春草》云：「一碧自千里，四山多夕陽。離亭侵馬足，古道斷人腸。」可與程禹山之「北郭清明早，南朝廢寺多」異曲同工。

香石著述甚富，曾輯《易宗》一書，彙唐宋諸儒而折其中，又有《嶺海樓詩文全集》及《雲泉隨札》、《浮山小志》、《香石詩話》諸書。性好山水，嘗五上羅浮，於絶頂築粵嶽祠以觀滄海日出，自称粵嶽山人。年四十游京師，與余定交於宣南旅邸。其論詩嘗云：「七古以多作對仗爲妙，如老杜歌行『我能拔爾抑塞磊落之奇才』，下即對云『豫章翻風白日動，鯨魚跋浪滄溟開』。蓋上句正提奇才，下二句接寫奇才，必對方見宏整。又《渼陂行》中幅云：『宛在中流渤澥清，下歸無極終南黑。』得此二語對仗作停頓，精神百倍也。七古有雙、單字法，如《渼陂行》『黯慘』、『琉璃』、『散亂』、『啁啾』、『沈竿續蔓』、『菱葉荷花』、『湘妃漢女』、『金支翠旗』，皆雙字。曰『歌』、曰『舞』、曰『有』、曰『無』、曰『雷』、曰『雨』、曰『神』、曰『靈』，皆單字也。又如『動影裊窕沖融間』一句中，嵌入『裊窕』、『沖融』等雙字，『間』字便是單也。此即叠字之法，由三頓、五頓，至一字一頓，各極其變。又七古多用三平正調，則音節自諧。如老杜《觀公孫大娘舞劍器行》篇中，『驂龍翔』、『凝清光』、『傳芬芳』、『神揚揚』，皆三平，獨『增惋傷』句，『惋』字忽轉聲，因下段轉入仄韵，此處領起，有换羽移宫之妙，極變化亦極自然也。余按唐人歌行，惟初唐、長慶聲叶宫商，餘則上四字仄，下三字皆平，或上二字平，中二字仄，下三字一平一仄一平，音節自然合拍。此雖不必拘拘於此，然觀杜、韓集中，可以悟鍊調之法。至如李義山《韓碑》有七平七仄句，則是變調，不宜輕用也。」香石之言是也。其論「七古須多作對仗」，尤爲確論。余謂即五古亦以對仗見精整，若通首單行，即牽弱矣。杜陵七律結句多用對，如「請看石上藤蘿月，已映洲前蘆荻花」、「關山極天惟鳥道，江湖满地一漁翁」、「即從巴峽穿巫峽，便下襄陽向洛陽」，結句多用對以鍊其氣。且「風急天高猿嘯哀」，通首無字不對，是以一氣流轉，倍見整鍊者。大家每以對仗見真實力量，非如近人之隨筆寫成，漫無紀律也。

香石《羅浮放歌》：「我思太古洪荒來，川澤融液山胚胎。水流山峙天地奠，更有離合何奇哉！堯時九年嗟湏洞，禹甸九土猶蒿萊。水患懷襄極泛濫，山疑飄蕩無根荄。相傳神山在渤海，三峰上聳金銀臺。一朝蓬萊失左股，南溟涌出浮崔巍。巨靈有意故附會，羅浮合并難中開。鐵橋横亘入雲漢，造物好奇爲此玩。兩儀原自太極生，二山定有元精貫。曠觀五嶽鎮中原，衡山乃在諸夏半。羅浮徒以佐命名，傑出空負炎州冠。北嶽既臨北地隅，南嶽合居南海畔。不爾當推粤嶽崇，肇錫嘉名成壯觀。仙居第七古洞天，畸人逸士求神仙。稚川獲得丹砂日，安期不遇祖龍年。竹符丹竈本恍惚，靈禽異蝶還蹁躚。逃名洗耳來古澗，盡醉買酒餘平田。當時周濂溪、羅豫章諸鉅公，流連景物兹山中。儒先豈有烟霞癖？山水偶契仁智胸。粤洲祖，泰泉翁，居山著述侔化工。圖經特爲闢真面，賢關何意埋荒叢？先祖粤洲先生嘗隱居山中，著《三五元書》、《皇極變窺》等書。文裕公繼此講學，闢泰泉精庵，修《山志》，著《圖經》，弟子黎民表爲之注，《山志》由此始傳。今秋我來追奇蹤，遥探四百三名峰。飛流萬丈白練素，列岫千朵青芙蓉。出門前導呵啞虎，入室近玩摩銅龍。忽看雲氣驟彌合，却似海鼉翻鴻濛。陰晴朝暮各變態，淡濃遠近紛修容。荒村幾度綻梅萼，古亭盡日吹松風。蠻烟蛋雨憶坡老，參横月落懷師雄。我生未得遊五嶽，五嶽披圖思大略。莽蒼崇宏定有餘，幽秀靈奇當不若。我與山靈信知己，山靈於我如有約。使我來時風日佳，天公爲我净林壑。題詩何必碧紗籠，放懷且倒金樽酌。」詩筆汪洋排宕，而章法又極精整，其妙處在得鍊字訣也。香石《山行雜咏詩》，如「青壁萬尋溪一曲，桃花開向水聲中」、「仙風遠度梅花放，知有人來過石梁」、「行上坡陀時小憩，一天空翠落松花」，自是神仙中人語。

南山弱冠負盛名，及遊京師，才望騰茂，嘗自言平生詩七古與七律最爲愜意。今讀《聽松庵詩》，其五古蒼野樸實，五律渾厚精純，亦非凡手所及。七古如《宋三大忠祠》、《聽雲樓歌》、《舟中望廬山》諸作，兼擅青蓮、玉局之長；七律《秋懷八首》具體杜陵。其言情之作清綺芊綿，紀遊詩亦托興深遠。倘遇雙鬟，定以檀板銀箏誦之。《遺恨四首》云：「方壺昨夜起罡風，誰信瓊華一瞬空？斑竹淚枯來渴鳳，碧夢聲斷失驚鴻。梢頭荳蔻春猶淺，臉際芙蓉酒正中。莫唱黄鷄催白日，尊前癡夢尚朦朧。」「西母驂鸞入絳烟，曉風環珮散群仙。卷葹拔去心難死，烏鵲飛來恨莫填。玉境有臺安寶魄，金丹無術駐華年。紫藤花裏娟娟月，曾照娉婷小閣前。」「依舊星辰愴舊遊，紅牆銀漢望悠悠。冰輪蝕破蟾蜍泣，玉杵舂殘蜥蜴愁。錦里看花偏隔霧，茂陵聞雨易傷秋。香泥千尺埋雲子，腸斷金魚鎖畫樓。」「水邊樓閣暗輕陰，佇苦停辛思不禁。小雨似烟寒消消，遠天如夢晝沈沈。月中楊柳曾舒眼，風裏芭蕉未展心。莫向蓮塘重倚檝，紅衣狼藉冷珍禽。」《旅懷雜感》云：「風緒烟光總可憐，罽袍欲卸試吴綿。雙柑釀暖聽鶯地，百草吹香射雉天。古刹客來談寶劍，芳郊人去拾金鈿。摩挲醉眼蘇臺近，土碧成花有鹿眠。」「短簿叢祠送曉鐘，虎丘孤塔插晴空。歡場跌宕烟波裏，梵宇參差紫翠中。驄馬有時行蹀躞，鷓鴣無賴唱玲瓏。五人墓上誰澆酒？花片飛來似血紅。」「破楚門空霸業銷，青山猶作翠眉嬌。生公法滅留頑石，伍相魂飛徙怒潮。扇影衣香三里霧，風廊水榭百枝蕭。扁舟載得吴宮月，直到揚州廿四橋。」「騎鶴何人自在行？竹西亭畔緑楊城。珠簾十里春風面，畫舫三更夜月情。小杜鬢絲烟黯澹，阿麼頭頸鏡分明。迷樓簫管青樓夢，併作邗溝一夜聲。」「選舞徵歌樂未央，牙旗玉帳氣飛揚。春風燕子燈前影，暮雨桃花扇底香。上將登壇悲擊楫，重臣開府愛雕牆。長淮閲盡興亡事，依舊滔滔送夕陽。」

小舟侍御工隸法，愛寫墨梅，有《安心竟齋詩集》。五七古規摹杜陵，兼學東坡，律體尤清蒼合格。《江城六首》云：「風雨此遥夜，江城秋又歸。經年牛馬走，偏地鳥蛇圍。燈下歌長鋏，尊前試短衣。永懷班定遠，投筆壯心違。」「海國動秋濤，屠鯨技孰操？斯人非不出，群盜竟如毛。孔道人蹤絶，晴村鬼哭高。飛章定斟酌，多恐聖心勞。」「百里膏腴地，傷心付劫灰。連山烽作戲，中澤雁流哀。一月春糧去，千艘饋水回。似聞鄰婦哭，愛女不歸來。」「營巢混鳩鵲，繞郭半無家。五夜欃槍影，三秋桃李花。居人賣牛犢，匝野委稷秏。獨上禾亭望，愁風急暮笳。」「水軍時一至，堅壁老謀成。海闊鼉鼉戲，烟昏草木兵。縱擒誰決策？迎送但懸旌。稍喜盧都督，臨危肯背城。」「大府論兵地，頻書咄咄空。鬟分雙劍白，血噀羽書紅。争效秦庭哭，微聞蜀檄通。攻心須不戰，早晚奏奇功。」《泊胥江》云：「泝洄江上路，日落且停橈。鴉色荒村樹，雞聲別浦潮。勞生隨泛梗，静契惜懸瓢。無限春歸雁，雲深不可招。」《録別》云：「殘臘匆匆去，還家轉別家。有官仍浪跡，歸路更無涯。雪盡馬方健，酒闌燈又斜。朔風吹獵獵，愁聽暮城笳。」數詩逼真唐音。他如七律之「全家尚寄燕雲裏，遠夢先歸嶺雪邊」、「采風欲訪田何宅，徧地驚看鄭俠圖」、「白日看雲遥憶弟，青山攜酒喜逢人」、「怒濤卷海疑奔馬，怪石盤渦欲吼鯨」、「清流觴詠剛三月，細雨帆檣又一年」，皆中唐人高響也。張南山有《國朝詩人徵略》六十卷，其目録有小舟而集中無詩，得此可以補入。

秋航大令与小舟同里，兩人唱和之作無慮數十百首。客於京師，其寓齋即竹垞古藤書屋也。《咏老松》云：「落落古君子，對之清俗塵。經過苦寒歲，閲盡著書人。壇迥雲留夏，山空月照秦。靈根已凝結，偃蓋待仙真。」筆意清警。秋航中嘉慶辛酉鄉試第一，屢赴春官不第。其《歲暮書懷》云：「貌不如人何況老，瑟非王好復難工。」

辛山大令原名家桂，後改今名。所著《見星庵詩集》，多新雋之思。余最愛其《舟夜》七律，云：「船涸淺流沙有聲，四圍坐對短檠明。漁燈入水星浮出，山影沈江樹倒生。一韵同拈詩客狎，兩舟齊發榜人争。霜風露氣前村暗，何處遥遥夜弄笙？」《梅嶺道中》云：「塵飛古驛路何如？絡繹行人是貫魚。看得輿夫争道處，似臨懷素草中書。」妙得未經人道。

香鐵孝廉倜儻亮直，軀幹短小，而豪氣迅發，篤於友朋之誼。庚辰秋曾偕小舟待御出都南歸，行至信州，小舟没於途次。時霽青爲信州守，爲之經紀喪具。香鐵崎嶇數千里，扶柩送歸羊城，復自羊城行數百里，始歸鎮平。中間遭風覆舟，屢瀕於危，卒以無恙。其詩名《讀白華堂集》，生氣滿紙，讀之如見其爲人。

香鐵有《夜光木歌》，蓋引以自喻也。序云：「癸酉夏，河水驟漲，村人沿堤拾竹葦，得枯木，擕歸劉自冰谷。皮膜剥盡，根株拳曲，入夜輒有光，如積雪然。余異之，爲作歌。」詩曰：「夜光木，乃産自陰山，充爨。初疑變晝之草出拘彌，又疑四照之花號迷轂。樵蘇拾得置薪舍，入夜晶光透茆屋。我思汝木上禀太陰精，當其韜晦叢莽，曜光厓麓，膏節晶瑩，枯根熠煜。雷火不放光，黄蟻不敢逐。寒宵炯炯閃驪頷，幽餤森森張鬼目。將使照乘珠，玄圃玉。珊瑚樹十丈，雲母屏九曲。夜明簾照織成來，水精宫伴湘娥宿。太乙仙人取之作藜杖，龍宫神女刻之作華燭。胡爲漂流泅没下長江？小兒拾之當濕葦，漁人燒之等枯竹。君不見，柯亭之箭焦尾桐，入爨猶聞老龍哭，況爾萬古積雪千年老冰結成夜光木。」

香鐵小詩亦清妙。《過儲潭》云：「蕭條旅橐迴清貧，難得雞豚拜水神。但屬檣烏歸反哺，不勞辛苦送征人。」《白門上巳》云：「水邊誰續麗人行？柳線桃鬟看不清。花底似聞雙燕語，再遲五日是清明。」

凡人詩名藉甚，且有專集者，雖未必盡屬可傳，而其傳也尚易；若名不出里巷，又無刻集，則雖溺苦於學，而其傳也甚難。憶三十年前故人，大半墓有宿草，存者亦音問闊絶。惟篋中尚有舊稾，或零章斷句，殘缺不全，擇其可存者，亟爲録出，以誌懷舊之感，使其苦心不盡消歸於烏有，亦區區友朋之意也。

王茂階上舍槐，太倉人，錢塘商籍。所著有《廢莪軒吟草》。《横山曉起》云：「蒼松高矗天，白日不到地。忽聞竹雞聲，游人不能寐。徘徊草堂前，山光擁朝翠。胸懷净緇塵，衣袂流雲氣。世人漫求仙，神仙此何異？」

黄平泉明經臣燮，寳山人。精醫理。嘗入蜀，著有《蜀游草》。丙寅之春，寓居海虞。嘗答次余韵，兼柬張椒卿云：「虞仲城邊兩客星，晶簾促坐茗甌停。懷如朗月空中皎，眼爲貧交分外青。示我一編新著作，識君千佛舊名經。吟筒賫到人何在？獨自看山水上亭。詩來時正在西城外。」

王淡愫茂才清蘭，常熟人。有《寄閒居詩集》。《胥江客夜聞笛》云：「何處飛來玉笛聲，秋風吴苑不勝情。倚樓月冷湘簾静，立馬霜寒畫角清。江渚三更梅盡落，關山萬里雁初横。高吟恐有魚龍聽，又作胥濤拍枕驚。」《秋閨曲》云：「西窗微月夢刀環，萬頃雲烟萬叠山。吹破一聲江上笛，何人昨夜唱《陽關》？」《星橋竹枝詞》云：「錦峰如黛影如蛾，溪上人家傍樹多。直到昆湖與郎别，暫時相送定風波。」《與舊歌者》云：「白雪飄來花下聽，梁塵委處按初停。龜年流落延年老，休向江南唱《後庭》。」格調清遠，微噍殺之音。同時有趙布衣貴珏，與之友善，舟中話舊送以詩云：「契闊經旬望，烟波一櫂留。窮途同灑淚，蓬鬢各驚秋。舊雨揚州夢，新詩笠澤遊。登樓應作賦，何處更依劉？」貴珏字藴暉，語溪人。

潘元愷茂才愷，崇明人。窮愁工詩，屢應秋試不遇。《九日有感》云：「寂寂重陽落帽辰，西風簾捲一傷神。計年易過真流水，伏枕常醒似老人。誰識尊前無限思？最憐籬下苦吟身。霜砧幾度催寒急，范叔綈袍莫厭貧。」

王瑞庭茂才若鳳，鎮洋人。余同歲入學，壬戌歲同客語溪，過從甚密，後以瘵疾早逝。《送春絶句》：「雨妬將離花事摧，送春江上只傾杯。青山日落舟無數，南浦何人載酒回？」《遊法音庵》云：「客尚思眠石，僧仍不掃花。」《曉窗》云：「山從薜荔牆邊起，人在芭蕉院裏居。」皆佳句也。瑞庭嘗遊白雲、天平諸勝，有紀遊詩一册。俞殷六茂才瑚題云：「白雲縹緲山之阿，山山娟静如媌娥。高吟須得山水助，探幽拾磴攀藤蘿。太原公子耽游癖，每到三春時杖策。爲述天平諸勝遊，清辭雋句殊絡繹。吴中山勢最稱奇，蜿蜒曲折如蟠螭。法螺空谷蹊徑別，泉聲激激風生衣。忽向蒼冥得樓閣，疊嶂層巒氣盤礴。云過范公舊草堂，高懷千古渾如昨。却尋樵徑叩禪關，人語殘陽好下山。山色溪光兩殊絶，芒鞋布韈飄然還。昔讀江南賦，靈區足企慕。安得十萬買山錢，攜手雲巖最高處。」殷六亦同里同歲入學者，著有《澮園詩鈔》。

陸成孚孝廉堃，太倉之沙溪人。與余同歲鄉薦。《張夏道中》云：「半生猶未習長征，始信崎嶇不易行。千里更無春草色，一旬獨聽馬蹄聲。飛沙卷地塵難埽，怪石當車夢易醒。頻問僕夫前路好，得安旅客幾多程?」能曲肖行旅之真景。

單師白茂才學傅,昭文人,竹橋儀部之高弟。其詩工雅,得儀部之具體。《陽關曲》云:「離筵對飲淚潸潸,何必馬蹄西出關。只過長亭逢酒肆,深杯不照故人顔。」師白與余不相見者三十年,近得其手書,始知其客遊汴梁,惜未獲見近藁。

孫嘉玉茂才玘,太倉人。移家南鄉,以課徒餬口。《南渡觀桃》云:「東風如剪雨如絲,冷澹清明寒食時。今日小庵聯縱目,濃烟碧草爲遲遲。」「聞説花時渡口遊,紅桃十里錦帆舟。可憐一片寒烟裏,不見當年歌舞樓。」「崔護尋春艷冶時,去年今日不勝思。我來只有桃花笑,也向東風賦一詩。」讀之黯然消魂。又《吴塘閒眺》句云:「曉烟欲共春愁結,旅思難隨宿雨收。」亦婉約有致。

吴慎三茂才鋼,太倉人。余少時見其詩甚多,今僅憶《花朝喜晴》有「乍喜中林開艷舞,翻疑前夜爲濃妝」之句,措語頗工。

王禹諧上舍枚吉,長洲人。其令嗣其福,余之門下士也。禹諧没後,余曾輯其遺詩欲付梓,而卒未果。《爲浦流槎題梅花村圖》云:「朝烟一抹散江村,瘦幹疏疏帶雨痕。身在萬山寒雪裏,苦吟獨立到黄昏。」

張永叔孝廉景江,太倉人,一字補蒋。篤行績學,家無儋石儲。年四十餘始登賢書,再上公車,不第。窮困以殁,同人皆痛悼之。而補蒋遺詩零落,余篋中存者絶少,惟《春日懷海虞山中人》六首,已附刻余藁中,今僅得七古一首,亟爲録出,俾《廣陵散》不至淪亡也。《長安行柬畢孝廉華珍兼寄陸元文汪元爵兩明經》云：「畢生早上長安路，兩載京華背人住。十玉徒留垂露文，千金孰買淩雲賦。拂衣歸釣東海東，夢中記得青門樹。西風一夜吹客心，茸帽疲驢踏冰去。曈曈旭日城門開，車塵堀堁往復來。燕昭郭隗安在哉？側身長望黄金臺。故人汪陸交情厚，同領離亭一尊酒。冰雪惟餘古膽肝，關河不見新楊柳。明年城闕生春風，祝汝軟蹴天街紅。飢鷹離絛出半漢，天馬脱勒行長空。丈夫失意便潦倒，出門我亦思西笑。作詩遺汝暨汪陸，他日同賡薊門曲。」

朱翰西茂才墨林，秀水人。竹垞太史之玄孫。所著有《桂之樹藁》。其家有竹垞未刻詩，欲謀補鐫，而苦於無貲。又補注《曝書亭詩》，旁搜博采，頗見苦心。翰西《咏柳眼》云：「旗亭遠望傷春客，灞岸頻看渡水人。」《楊花》云：「此生只爲輕離别，願作青萍送客行。」人多誦之。

胡軼群茂才一麒，鎮洋人。《早春絶句》云：「門外青青草色斜，沿溪曲折數人家。春風作意催楊柳，剪出長堤幾樹花。」「烟卷輕寒柳脚斜，春光一半屬誰家。柴門寂寂空庭晚，簾外東風落杏花。」筆意清婉。自王茂階以下，皆曩時舊雨，就其存藁，從篋中檢出録之。此外有數十年文字素心而詩已散佚者，當更俟異日之搜采焉。

余甚愛臨川樂元淑孝廉鈞之駢體文，而未及見其詩也。《靈芬館詩話》載其《題病起懷人圖》云：「離群病鶴强昂頭，半憶鵷鸞半鷺鷗。報道沈郎腰帶緩，藥烟千縷是新愁。」風致甚佳。

粤東多詩人，其總集搜羅精博者，莫過於《嶺南群雅》，係劉樸石太史彬華所輯。樸石詩多名句，如「苦吟人似寒山瘦，久客裝如落葉輕」、「待完婚嫁應垂老，猶賸詩書未赤貧」皆妙。樸石，番禺人，乾隆丙午補博士弟子員。是科舉於鄉，同榜謝君啓祚年九十四，君年十六，一老一少，時人以爲美談。至嘉慶辛酉成進士，入詞館。歸省，以贈公不及見爲恨，遂不復作仕宦心。

余録船山先生詩多感事憂時之作，而其名篇雋語，美不勝收。今復補録絶句云：「秭歸城下秭歸啼，江出夔巫水漸低。莫上柁樓高處望，鄉山都在夕陽西。」「草樹經秋雨又風，老青荒翠間疏紅。閒攜小缽收花種，要替明年補化工。」「門無芳草徑無苔，灑掃黄塵日幾回。如此零星花數朵，虧他蜂蝶會尋來。」其《論詩》云：「名心退盡道心生，如夢如仙句偶成。天籟自鳴天趣足，好詩不過近人情。」「也能嚴重也輕清，九轉丹金鑄始成。一片神光動魂魄，空靈不是小聰明。」夫詩以道性情，近乎人情而未經人道者方謂之好詩。先生此言，不刊之論也。

竹間詩話卷五

題有大小，詩須與題相稱。或即景咏物，或偶題書畫，只須寥寥數語，轉有不盡之味。今人必動輒千百言，甚無謂也。《隨園詩話》引李玉洲重華云：「小題偏作長篇，如獅子搏兔用全力，終屬獅子之愚。」妙哉斯言！

玉洲《貞一齋詩説》頗得作詩之訣，然其持論亦有不可爲訓者。其言「天地間情莫深於男女。君臣、朋友不容直致者，每借男女言之。」可謂得《風》、《騷》之義矣。至謂「義山詩顯然是寄寓言情，若致堯《香奩》别無解説，知《香奩》決非致堯所作。」此則但知其一，不知其二者也。東坡云：「作詩必此詩，定知非詩人。」安得謂致堯《香奩》别無解説？夫人情所不能已者，聖人弗禁，果其言情之作，一往而深，則就香奩一體，自是傳作，讀者且迴心盪魄，感動於其不自知，聖人所謂「《詩》可以興」者，此也。若恐其誨淫而擯棄之，則《鄭》、《衛》淫奔之詩，聖人不宜録存矣。又謂「詩道最忌輕薄，凡浮艷體皆是，加以淫媟，更是末俗穢詞，六義所當棄絶。觀《三百篇》所存，淫奔都屬詩人刺譏，代爲口吻。朱子從正面説《詩》，始云男女自言之。究竟此等人安得有此筆墨？孔子謂『思無邪』者，正爲穢跡昭章，使人猛省也。」此論更屬巨謬！無論《鄭》、《衛》諸詩，《小序》之説具在，即就詩而論，亦多男女自叙之作，若云「意在刺譏」，何以必代爲口吻耶？

《詩説》又謂「七古自晋世樂府以後，成於鮑參軍，盛於李、杜，暢於韓、蘇，凡此俱屬正鋒。唐初王、楊、盧、駱體，爲元、白所宗，可間一爲之，不得專意取法，恐落卑靡一派。何仲默《明月篇》未可奉爲確論。」夫「王、楊、盧、駱當時體，不廢江河萬古流」，杜陵論之詳矣，《詩説》乃坐井之見也。

《漁洋詩話》云：「蕭山毛奇齡不喜蘇詩，聞人誦『春江水暖鴨先知』之句，曰：『鵝也先知，何只説鴨？』」此真不足與言蘇詩之妙者。西河詩音節宏亮，似陳黄門，大旨沿明七子派，以宋詩爲不足學，蓋英雄欺人語也。西河《除夕》句云：「如何纔聽金雞唱，便説今宵是客年？」頗有風趣。七律如《朔方》云：「三秋白草緣關斷，萬里黄河入塞長。」《少年》云：「雞鳴曉日黄河動，雁陣秋陰紫塞空。」《禹廟》云：「玉帛千秋新祼薦，衣冠萬國舊來同。」一時皆謂「盛唐高響」，余獨不喜之。

詩中艷體一門，可以意會，不可以言傳。阮亭先生《詩話》中載其從伯文玉工艷體詩，所著有《籠鵝館集》。《無題》云：「二十五年將就木，一千里路不通書。」「熒熒白兔東西顧，恰恰黄鸝四五聲。」今《籠鵝集》不之見，然即此數句，了無意味，其餘不足觀已。

錢塘陳雲伯大令文述，余同歲生也。南北分歧，如雁燕之相避。彼此寓書往來，未得一面。及與淮上會合，則蕭然白髮，已成兩秃翁矣。余贈以詩云：「瑶圃瓊田記昔游，別來三十六回秋。分飛病鶴摧仙翮，方信元龍自有樓。」而陳雲伯大令詩，初刻名《碧城仙館鈔》，錯彩鏤金，風華綺麗。後乃刊落才華，力追正始，雄深雅健，愈唱愈高，重刻《頤道堂詩選》，長篇鉅製，不能備録，祇録近體七言，在作者不過即景抒情，而讀者已可作天際真人想也。《西湖歸夢和錢吏部》：「六橋楊柳曉啼鴉，往事分明記夢華。秋澗白噴龍井雪，春風紅上馬塍花。西陵松柏埋蘇小，南宋樓臺説趙家。何處酒壚堪貰醉？竹梢輕颺一旗斜。」《春日雨中示松壺》：「料峭輕寒透碧紗，春陰如夢客思家。一天微雨生新水，二月山城見落花。末路漁樵虛後約，故園雲樹隔天涯。輞川畫筆香山詠，佛火蒲團證歲華。」《春日小齋宴坐》：「何處風絃漢殿箏，空齋掩卷數瓶笙。落花到地飛還起，芳草如烟踏更生。經歲棲遲憐薄宦，十年飄泊誤躬耕。閒來一卷思歸引，回首西湖樹樹鶯。」《新秋過鷗隱園有懷》：「飄零塵海幾閒鷗，來過芳園話舊游。花氣涼生千點露，樹陰疏帶一分秋。名場壁壘人俱遠，琴涵官京師，松壺客中州。宦海帆檣我未收。更憶南歸庾嶺客，計程應過岳陽樓。」

《頤道堂戒後詩存》一卷，刻於道光癸巳仲秋，其詩多奉道之作。故其《自述》云：「詹尹何勞更卜居，此身衹合混樵漁。求仙别起懷仙閣，學佛新營奉佛廬。粥鼓全家妙香室，蒲團終夜小華胥。久知文字爲身纍，散盡牙籤萬卷書。」雲伯嘗有西河之戚，語余云：「中年哀樂，絲竹所不能陶寫者，惟奉道可以忘憂。」然余病未能也。又云：「凡字『小雲』者多不永年，令嗣與余子及阮小雲皆然。」余爲哽咽。

雲伯雖奉道，而詩亦清綺。《逸園翠香池館題壁》云：「翠疏香澹曉生烟，畫閣分明似畫船。胡蝶飛來書榻上，鴛鴦浮近水窗前。詩成殘墨留班管，琴罷餘音在玉絃。消受白蓮花世界，美人名士兩神仙。」

甲戌之春，余與青浦陸萊臧我嵩相遇於都下。其後同客武林，倚竹山扉，采蓴湖舫，擘箋分韵，殆無虛日。及余丁丑北上，留滯京邸，己卯秋歸婁東，旋之淮上，萊臧丁父憂，戢影里门，不得相見。迨壬午捷南宫，遠宦閩海，舟過淮安，匆匆執别。後十餘年，復以内艱服闋，補官入都，重過學舍。憶甲戌至今，屈指二十有二年矣。萊臧之詩清真拔俗。《題三徑圖》云：「故衫塵浣紅如海，老屋烟棲緑到門。」《寄友》云：「半籬花影清無夢，一笛秋心瘦入詩。」《嘉興道中》云：「津鼓嚴更聲墮水，野航歸路棹生風。」《理安寺》云：「寺圍修竹元通鶴，人倚高雲倒聽鐘。」《紅橋泛月》云：「酒氣潑沉雙槳霧，簫聲吹冷一江秋。」皆可入摘句圖。

萊臧公車下第南歸，有《山行雜詩》四首，道中情景歷歷如繪。其一云：「馬口草聲芻欲飽，柝夫催客夜行早。星明沙暗宵氣澄，火光亘接如龍燈。長鞭勁響裂竹石，四蹄叱撥擁梁脊。輪飛忽歷山坡高，又入磵道穿峰椒。怪石怒踞勢欲鬥，以鐵擊石撼將覆。左輪躍起左輪跳，使我兀坐神魂摇。思躡行雲展禹步，忽聽前車轅馬仆。」其二云：「一峰行過天微明，平皋十里趁曉征。棗花香來指村屋，穀穀黄鴉鳴灌木。馬渴遥聽轉轆轤，知有水飲急奔逐。停轡問途阻且長，經過幾堠幾田莊。道旁忽見一屍卧，肌肉狼藉衣衫破。認是餓殍馬亦憐，移轍讓路愁壑填。吁嗟荒景何凄絶，高原無麥土皴裂，樹皮削盡如白鐵。」其三云：「驕陽當午炎風扇，黄塵和汗裝鬼面。欲語先銜滿口沙，一笑沁脾大呼嚥。饑眼望穿古戍樓，山程迢遞騾鐸柔。村人攔路招行客，蘆簾土銼釜塵積。脱銜馬滚旋奔槽，人亦入室暫息勞。彈冠此日喜新沐，相視各還真面目。羹湯微雜馬糞香，飯能礪齒餅充腸。孤鐙係壁仰首看，過客題詩無數行。」其四云：「車帷掩映露雲髻，側抱琵琶向人睨。眼熟店檐旗影飄，新妝買曲娱殘宵。十五成群去復止，翠黛朱唇紛作市。四歲女孩不解絃，啞啞集户慣索錢。少小學成走街技，一囀歌喉父母喜。最愁貴客來燕京，青蚨情重紅粉輕。今宵更習檀槽譜，明日襄陽來大賈。」

萊臧絶句詩多清微悽惋之音。《悼亡後客居邗上清明有感》云：「芳草新烟拜掃天，傷春觸撥廢琴年。蕪城飛絮東風冷，吹作江南萬紙錢。」「平山堂下踏春行，花送香車曉出城。記得去年人上冢，茜紅裙褪過清明。」「杏粥榆羹列蕙幬，高堂祭婦淚應流。煩君掃却梨花雪，莫點江鄉二老頭。」

吾鄉顧容堂農部王霖《五是堂集》，爲虞山張鹿樵觀察大鏞所刻。而余所見者猶不止此，豈晚年手自删去耶？農部詩宗唐賢，而不落窠臼。《過玉河橋》絶句：「石梁高映苑牆紅，水影分明掛斷虹。兩岸垂楊千萬緑，碧玻璃是水屏風。」「枯樹秋後退紅衣，菱葉菱絲没釣磯。昨夜一番涼雨過，銀塘拍拍水鳧飛。」「小車轣轆繞堤行，夾岸人家傍郭城。一樣軟紅塵裏住，門前水注玉泉清。」「玉署逶迤傍玉河，當年芸館屢經過。今朝重向橋頭望，依舊青青柳葉多。」農部令嗣皆工詩，其仲子晞元字子雨，邑諸生，有《且飲樓詩》四卷。詞筆清麗，得溫、李之遺。

與農部同里同時，詩名相埒者，蕭百堂孝廉揆及其弟子山明經掄，其最著也。百堂孝廉游京師，與農部唱和頗多。《梁家園施粥歌》後半首云：「廣和樓頭奏曼聲，慶春園裏翻新曲。朝擁歌童鬧管絃，夜邀紅袖傾醽醁。何不移將買笑錢，來向梁園振孤獨？我欲生綃染細圖，鼓吹筵前點一幅。」子山詩余所見不多，嘗挹其緒論，能守鄉前輩之宗派，不隨時俗爲波靡者。

吾鄉詩人自餐霞、静山、甘亭諸君後，清才接踵，輝映後先，可謂盛矣。余闊别鄉里二十年來，如徐秋士元潤、畢子筠華珍兩大令，汪竺君比部元孚、陸子鐵學博元文、劉蒼林明經應鈞，皆在都門聚晤，始得讀其所作。此外削跡家衖者，雖富有篇什，余卒未及管窺，爲可惜也。秋士《秣陵懷舊》詩六首，甘亭謂其「精深華妙，拔秀于林。及此盛年，壯其英采，漁洋復起，當使前賢畏後生也。」「夢醒南朝寺裏鐘，登山閒話舊樵農。寒烟翠冷諸陵草，落日黄低六代松。寶石轍成空繼馬，阿童謡後定成龍。鷄鳴十廟寒雲漠，一片秋聲急晚蛩。」「新聲璧月與瓊枝，芳樂臨春異代思。碧玉内人翻艷曲，斑騅名士演新詞。北軍飛渡韓擒虎，南國飄零江總持。腸斷後庭花幾樹，已拚青冢葬胭脂。」「秦淮花月舊陪都，風影誰言此日殊。水榭徵歌桃葉渡，畫船載酒莫愁湖。簫樓辭去紅襟燕，笳堞驚飛白項烏。流涕新亭徒感慨，哪知江左有夷吾？」「蠻觸紛紛好鬥争，廟堂青犢尚縱横。盧諶北去無良策，袁粲東來是憒兵。諸鎮風雲多戰氣，六州士馬少堅城。沿邊盡撤防淮戍，不用長江鐵鎖横。」「草草偏安事寂寥，景陽宫井又前朝。尚書箋奏惟徵伎，都尉頭銜半續貂。舊怨黨人修秘録，中原玉馬聽長謡。洗兵少緩臨瓜步，北寺南冠恨未消。」「臺城縹緲倚江樓，虎踞龍盤鎮石頭。三百年來銷王氣，五千里内舊神州。文章已入青衫夢，花月重移碧樹秋。一片齊梁金粉地，歌成商女不勝愁。」

秋士少登賢書，才華迅發。及屢赴春官不第，羈棲岑寂，絶少好懷，故其詩多商聲。如「鄉國夢迴窮鳥路，江湖星散酒人群」、「已分風塵消傲骨，更無絲竹寫中年」、「花落幾曾歸緩緩，燕來常惜睇匆匆」、「天壤斷無愁可遣，心情惟與病相宜」、「屏除綺語拈花後，收拾雄心伏櫪中」，所謂「愁苦之音易好」也。

丁丑之春，余與秋士同車北上。夜過鄒縣，有車中聯句，刻入余詩第九卷。是夜風雨驟至，同行者車各分散，余兩人危坐車中，四顧昏黑，杳無人跡。輿夫有劉某者，短小鷙悍，自負驍勇，嘗引筯自刺其喉，一呼吸間，其筯如飛矢躍出數十步外。秋士有所佩小刀，劉輒注目睇視。余兩人懼甚，疑其爲巨盜也。窘急無策，惟得句則朗誦狂笑，以視無所疑懼。劉蹲坐微哂。聯句畢而風雨息，且天將曙矣。明晨同行者會合於旅店，述其事，無不大駴。乃給劉車價，遣之去，别雇他車，偕畢子筠作曲阜之遊。

子筠大令承弇山尚書之家學，又習聞静翁過庭之訓，故其詩律細而才大，旨清而味厚，所刻有《小弇山人集》。後又自悔少作，欲重爲删節。余所録者有百餘首，子筠悉爲索還，以爲此尚未足傳也。今篋中所存，僅有都門唱和之作。《陶然亭分韵》云：「真得方外意，遂來城南亭。有如鷄豚社，吴語出郊坰。亮兹除熱惱，塵土十日醒。列坐延風涼，夏屋敞無櫺。故池已竭涸，彌望葭葦青。安得雨下尺，徒聞白鵝刑。吾儕猶賈胡，到處輒一停。笑談無虚晷，酒盡雙玉瓶。路窮亦不返，尚想乘高瓴。往來大都市，鬢髪行星星。轟然箏笛作，疾走已厭聽。清空百首詩，胸如秋水渟。誰謂我有懷，徒乞草木靈。謏文貢玉堂，俗學況不經。必思校衆藝，正當鬭畦町。吾言聊爾爾，賢愚兩冥冥。」送余南歸云：「廿年結交盛夫子，齒髪始壯神揚揚。最後春明兩傾倒，下馬不異年少場。讀書折節衆人後，片善推挹無時忘。歌詩鬱鬱數百紙，邇來自作夙格蒼。心肝豁達叫閶闔，感時論事增慨慷。即看市儈盡冠蓋，吾儕一笑歌滄浪。眼中流輩憂患始，腐儒未足知行藏。不妨仕宦居户限，白日哪辦終奔忙？念昔同袍盡才傑，先生作賦工長楊。中間來往數相見，較量人物雙瞳光。爲言道喪終一雪，公卿側席如平常。詎知舉步得蹭蹬，頻年下第思故鄉。如今已無金閨彦，文章高會山丘荒。滿襟冰雪卷懷退，時俗安得相雌黄？起居況復念時癘，百物辛螫毒中腸。紅塵熱惱良作惡，經旬嘔泄走且僵。憑高茫茫限南北，遠郊無人下牛羊。塵顔俗面豈長接？青山要與人低昂。君言入山恐不深，昔遊未竟行春糧。九登十陟始快意，倚天照海窮扶桑。男兒不死會相見，百年但保逢康彊。羨君同行劉與陸，羈人臨别意慘傷。吞聲躑躅望親舍，哀鴻嗷嗷思稻粱。此身未要填溝壑，明日千金縱博償。」

竺君比部，静厓宫庶之孫，耐山司馬之子，厚夫太守之猶子也。身有鳳毛，譽馳驥子，詞流推挹，富有篇章。前歲寄余書云：「平生有三大恨：纍試僅譽京兆，不中甲科，一也；年過四十，膝下無人，二也；浮沉仕途，吟事久廢，三也。」竺君由内閣授部曹，入軍機，官階漸顯，遽爾徂謝。余思輯其遺詩，而篋衍無有存者，惟己卯送余南歸之作，猶及記憶，因亟録之：「新篇唱出共沾襟，豈爲窮愁鬢暗侵？鴻雪有痕成聚散，鶴雲何意問升沉？寒氊一片儒生福，古瑟千秋大雅音。畫趣詩材歸槖富，繫船最好緑楊陰。」

子鐵學博少負異才，壯游湖海。縱横詞社，跌宕酒場。紅袖傳箋，緑鬟按曲。滄江槃敦，藉甚才名。鄉薦後屢上春官不第，窮愁牢落，彈鋏依人，興會迥非疇昔矣。詩才綺麗，情致悱惻，浴碧夢紅，鏤金刻玉，濫觴於温、李而變本加厲者也。《板橋雜詠》云：「南部笙歌北部妝，彄環麗事記横塘。渡名桃葉花爲楫，人號楊枝月是裳。軟水温山非六代，零珠剩粉又千場。曼翁小傳從頭記，興廢蒼茫付夕陽。」「彈出離鸞别鵠聲，琵琶齊擅頓揚名。當門蘭草香無價，繞帳梅花夢亦清。定有千錢珠市擲，果然雙璧石城傾。尊前涕泣談天寶，白髮黃絁卞玉京。」「禿襟小袖按陽阿，巧笑媞嫛醉頰酡。髯叟新詞工曉月，眉娘小字稱橫波。星團鵜館才名盛，雪散鴻軒別恨多。芳草王孫腸斷也，銀鉤好句盼蹉跎。」「一曲瓊花壓後庭，太平萬歲無零星。羊車望幸銜金璧，虹棟藏嬌緻甓瓴。鬥草巧排秋蟀籠，吠花深護夜猧鈴。祇愁塞上《箜篌引》，唱到黃沙掩淚聽。」「上陽春恨訴龜茲，楴鈿飄零冷翠眉。蛸戶苔荒江令宅，鴉巢烟鎖蔣侯祠。就中多少青衫淚，此意分明絳蠟知。試問江湖誰健者？牧之以外又徽之。」「黑風吹劫大江流，銅瓦何年廢選樓？芝盦貪香朘豹胛，椒蝓粘粉搨鸞鉤。愁人江上題楓驛，倦客天涯滯菊郵。多半羽林好夫婿，當罏典盡鷫鸘裘。」「曾向姮娥乞紫綃，碧天矯首失虹橋。霓衣縵舞偷三疊，霜袖蕤音促六么。鸚鵡卿真憐婉婉，鳳皇爾亦怨翛翛。蠻腰素口工摹擬，頻界烏闌笑續貂。」「明珠論價錦綸纏，一舸鴟夷福是仙。百感庾郎空賦樹，三生溫尉本名荃。描殘綺麗珊毫落，話到蒼涼玉筯懸。只有清淮半輪月，照人啼笑自年年。」

蒼林明經居吾州之弇山園舊址，承其世父之後，占籍崑山，孤貧力學，操行醇謹。客京師六年，不得一第，遘疾沉痾。余與子鐵挈之南歸，附糧艘與櫬舟中半載，始達里門。支離牀褥又二年，疾稍瘳。卒以多服温熱之劑，疽發於背，遂以不起。文章憎命，可悲也已。其詩古體學昌谷，近體亦研鍊自然。《漢注水匜歌》序云：「匜高一寸二分，深一寸一分，口徑三寸，旁有一大流，背銘小篆二十二字。乾隆間，畢秋帆尚書得之西安古冢中。外舅竹嶼先生見而寶之，後以遺余婦，余故得藏於家。今按《博古圖》所載漢注水匜，形製脗合。銘曰：『律人衡蘭注水匜，容一升。始建國元年正月癸酉朔日制。』余讀班書《王莽傳》，孺子嬰初始元年戊辰十二月，改爲始建國。此言元年正月，則當是明年己巳歲制此器也。因作詩紀之。惟『律人衡蘭』四字無可考，存之以俟博雅者質證焉。」歌云：「齋亭白石浚井出，曼子改元始建國。銅符金匱受廟中，元年正月朝七公。承陽執爵，安陽舉觥。玉杯延壽獻人主，當時更有新垣平。此匜注水古所銘，碎瑶泠玉浸一泓。紫鳳銜嬌碧螭泣，團霞迸灑珊瑚汁。斗杓西指横庚庚，截得夔肪扱波立。烟零雨斷碧血漬，黄龍墮死中黄山。帛圖泥檢兩已矣，此匜不共泉刀毁。君不見，茂陵甲帳亦可哀，匣襦零落通天臺。秦耶周耶籀與篆，路人耕出隗囂盌。」

薈林《女酒歌》哀感頑艷，置之《昌谷集》中，幾無以辨。歌云：「椰漿寒沁梨漿冷，碧缸春瀉琉璃影。女兒酒賽黄嬌黄，雲母一杯漱冰井。東家女兒十二三，銅芘不動扱髩鬖。去年壓酒酒未熟，杏花太小芙蓉憨。西家女兒十五六，丫鬟碧共桃鬟緑。有酒不嫁奈酒何？海棠紅瘦春風多。三星燗燗高如此，女兒約扇遮黄子。蜜房羽客唤欲狂，卅六鴛鴦醉香死。君不見，龍頭酒濾珍珠槽，女兒顔色嬌更嬌。玉瓶一雙賸花雨，阿母明朝來暖女。」

同年王葆初大令履基客虞山時，與余唱和甚多，今遍覓其詩不可得。余藁中《古井》、《古宫》、《古墓》、《古壘》諸詩，皆與葆初同作。及戊辰客京師，刻兩人詩爲《蘭雲唱和集》。今板已不存，甚可惜也。

丁丑至己卯，同里友人在都中者秋士、子鐵諸人外，周小石鹾尹曰堅、錢伯瑜方伯寶琛、陸範莽大令模，皆有唱酬。伯瑜、範莽詩不多作。小石與厚夫太守爲中表兄弟，每至養泉齋，必邀同作詩，故其詩較錢、陸二君爲多。《消寒分賦暖鍋》云：「沸揚合待湯官進，熟薦先經竈妾烹。」《火研》云：「鴝眼半枯經火炙，馬肝微潤耐烟薰。」頗有意趣。伯瑜自入詞館，出守河南，嗣後敭歷中外，而亦不廢吟詠。前歲過淮，示《訪秋四咏》，皆清新可誦。範庵官金華，分校浙江鄉試。《闈中偶作》有云「幾輩濃花生風管，有人大澤泣龍梭」、「一葦已教過彼岸，三山多恐有迴風」，語皆耐人尋翫。

詩以陶寫性情，不可獵取浮譽，余既言之詳矣。乃近人既自炫其詩，以飾竿牘，而作詩話者，類皆以耳爲目，隨聲附和，拉雜牽連，以侈其交遊之廣，甚者羅列名公鉅卿，爲異日干求賄賂起見，此亦詩壇之一大劫也。余詩有云：「奇絶詞場局又更，選樓人盡古昭明。零星桃葉才鐫就，突兀金臺已築成。」此輩伎倆若此，可發一粲。偶檢篋中，得伯瑜主講鍾山時惠寄之函，乃真先得我心。其略云：「近得友人書，知有《乾嘉詩鈔》之刻。鄙意謂此書備兩朝風雅則可，謂操選政則大不可。海内貿聲者多，碩望者少。高才大力，詩卷裒然，或未可深信；後生小儒，呻吟月露，或無當大雅。概爲闌入，不知後之論者以爲何如也？若夫經術、行誼、功名、節概之卓卓可傳者，或不必有詩，即有而不必得，得而不必佳，往往俱遭斥退，可不惜哉！愚以爲詩必以人爲斷，如前所云，從嚴可也；如後所云，從寬可也。指歸既定，然後網羅放軼，以廣其收，區別存亡，以防其濫，遏絶聲氣，以著其真，以待後之選家出而去取之，成兩朝定本，庶所傳者皆可傳者也，其於風俗人心兩有裨益。既復友人書後，以質之執事，望賜數言以重其信焉。某頓首。」

吾鄉城南友人工詩者，以黄氏爲極盛。亦宋孝廉景濂，一字友蓮，氣格清超，音節宏亮，與菽原鎔、少淵鑑、雪蕉錞諸昆仲，皆抗心希古，併力作詩人者也。友蓮《和王葆初彗星韵二律》：「芒角欃槍閃，棲烏警夜啼。狂雲鬥牛馬，薄暈失虹霓。梓慎矜曾見，東方逞滑稽。羿弓不在手，瞻彼大辰西。」「天星衆牢落，行事客先嗟。月齒光初啓，羲鞭影待撾。秋風盤鸛鶴，殺氣掃龍蛇。直恐青林拂，紛紛墜若沙。」筆意遒緊。他如《雨後》云：「客中燈漸暖，林外塔成陰。」《瀨暮渡江》云：「潮平山勢失，舟遠客心孤。人語催燈出，斜陽照水無。」《夜坐》云：「雲陰衣霞凈，花態月華流。」《棲霞道中》云：「萬松香滿路，一鶴去無聲。水市穿林出，山雲近樹生。」《將赴秣陵留别》云：「地當東海回波少，山到南朝落照深。」題余《焦山詩册》云：「放懷江海無邊地，杖策金焦最上頭。」皆清蒼研鍊。

菽原茂才《歲盡同諸姪悶坐二首》：「荆樹摧殘百感滋，凋年急景費支持。卧薪嘗膽此何日？讓果同衾又一時。薄薄茶湯難得永，淒淒松竹易成悲。飄零别有傷心事，除却陳人總不知。」「眼看諸孤改歲辰，問安何處唤雙親？九重泉路無消息，一穗燈殘共苦辛。到此存亡均福薄，算來手足太情真。昨宵夢裏連牀語，吹雪成花雨似塵。」詩極沈痛。是時菽原之弟菘畦夫婦偕亡，痛定思痛，讀之但覺淚痕滿紙。

少淵孝廉《練湖絶句》：「高樓聳峭倚危欄，匹練湖光勢渺漫。七十二流遠縈抱，諸山都入水中看。」唐人高響也。

雪蕉茂才詩清雋，無門面語。有《歲暮雜詩》數章，得南宋人筆意。《江南種棉歌》五首，其二云：「黄梅時節雨連宵，碧草芊芊欲長苗。相約攜鋤呼姊妹，魚羹麥飯渡溪橋。」其五云：「團鳳飛花蹙細紋，三朝五匹尚辛勤。輸將官税猶餘布，留作兒家六幅裙。」婉約有致。雪蕉於庚寅春夏間扁舟見訪，留寓學舍，極唱酬之樂。有《高麗古鼎四韵》、《唐楚州石柱五十韵》諸篇，俱見余稾中。余逢大敵，執金鼓以抗顏行，不能不爲三舍之避也。

揚子泉茂才政源，余内子之中表弟也。歌行善學梅村，近體亦風神駘宕，不愧清才。往歲寄示近稾，惜有同里友人過淮，匆匆攜去，將俟余南歸後重讀其詩，補録之。自蹭蹬名場，遨遊湖海，其詩更激宕沉鬱，風格進而愈上。

陸子愉孝廉麟書少負異才，尤工韵語。曩於秋士齋中見其唱酬之作，深爲欣賞。惜久客西江，未及識面也。壬辰舉京兆，時年將五十矣。癸巳南歸，道經淮上，始得相見。後客邗江，復得來訊，序余詩文總集。余報書索其詩稾，而又爲洪喬所浮沉，爲悵悒者久之。

下第詩如袁香亭之「共説文章原有價，若論僥倖豈無人」、「愁看僮僕淒涼色，怕讀親朋慰藉書」，程魚門之「也應有淚流知己，只覺無顏對俗人」，隨園以爲可與唐人頡頏。然孰若萊臧之《歸家五首》，情景逼真，不作牢騷憤懣語，乃真突過前人也。詩云：「一水達門巷，小艇疾如駛。忽矚鄉樹緑，客心先自喜。入門一犬譁，銜衣亂摇尾。急遽呼爺孃，驚言兒歸矣。相與雜沓問，就道何日始。審視辨肥瘦，屈指計道里。都忘失意返，和氣溢槃匜。喜罷轉媿生，默自檢行李。」「問父顏何悴？父言我頗好。酬應删冗繁，烟霞契襟抱。汝發書三通，到家收閲早。歷言故鄉事，瑣屑悉了了。曰某倏病死，曰某仍壽考。須知風花幻，旦暮竟莫保。偶談及科第，父笑置勿道。挑鐙看兒詩，夜餐呼太飽。」「阿母夜少睡，見兒問訊頻。謂我無别慮，恐汝太苦辛。始也默心祝，願汝早致身。十年成薄宦，或可娱衰親。及余二月病，喜幻憂則真。夢囈時呼兒，病愈乃蹙顰。僮婢笑我癡，積想時出神。壯遊豈不好？生汝僅一人。今兹下第回，吾欲展微嚬。未知狀元家，父母果何云？」「夜静入深房，鐙熒碧紗幮。新婦前致詞，欲語還躊躇。謂姑日衰病，謂舅少歡愉。倚閭迫憂鬱，妾勸意稍紓。但恨尺書中，不能積懷攄。今君賦歸來，未容泣窮途。明日潔甘旨，佐君高堂娱。我方息心聽，聽之增欷歔。翻問遠遊樂，欲答哂婦愚。」「六歲憨女兒，雙丫伺門隙。見耶笑不止，欲出又藏匿。問爺京師遠，可在揚州北？爺出大父憂，髮不似爺黑。教女讀唐詩，字已大半識。我愛女語真，攜手立籬側。笑指茉莉花，開比去年白。」

慰人下第詩，如梅村祭酒《送趙友沂南歸》云：「趙氏只應完白璧，燕臺今已重黄金。」可謂工絶矣。近見辛筠谷少宰從益《送林大宏下第歸》云：「坊錦逐年花様異，齊竽殊好瑟工難。」真有慨乎其言也。

筠谷少宰憐才如命，嫉惡如仇。爲江南學使，釐奸剔弊，端士習而申士氣，至今人皆思慕之。詩筆清新拔俗。《瀋陽返役登醫巫閭山》云：「酒因知己傾懷易，詩爲名山覓句難。萬壑停流松起籟，千峰答響爆衝寒。」《魏太守招飲平山堂》云：「客到湖山知有主，天開圖畫喜當晴。」《題徐斗垣臨江小閣卷》云：「起閣巧當孤塔迴，開筵每值放花初。」又《雄縣道中遇雪絶句》：「天清古樹轉槎枒，點點平原散曉鴉。一帶疏林淡於畫，不知何處是梅花？」

長白富筠圃觀察斌守淮安時，與余訂文字交。每隨賓寮進謁，客退必留余談藝，或至夜分始出。及觀察河南，六七年來，二千餘里，詩筒猶不絶於道也。《舟泊界首》云：「片帆初卸晚風横，棹倚珠湖待月明。繫我柔情春草色，動人羈思暮潮聲。青山放眼琴三弄，白髮驚心酒再行。顧影燈前還自笑，支離不似擁長城。」好句如《寄都門友人》云：「柳塢春深鶯囀細，蘋洲水暖雁飛遲。」《旅感》云：「風吹海氣春猶冷，雨雜村烟晚更多。」《夏暮》云：「仕爲家貧腰屢折，詩因句纍手頻叉。」《杪秋坐雨》云：「雨聲欲釀寒花老，風力能欺落葉輕。」《瓜步守風》云：「渡頭草色迷吴楚，江面濤聲咽古今。」《泊秦郵》云：「傳人共説孫莘老，倦客方懷馬少游。」俱得南宋人風致。

湖州沈叙軒觀察敦彝服官四十年，熟悉水利，五七言古詩多南河紀事之作。余獨愛其近體，戛戛生新。《上海水仙宫寓次》云：「客裏棲遲到處安，鬢絲禪榻月光寒。勞如轉轂心無定，曉未鳴鐘夢早殘。雙槳自南還自北，一身非隱又非官。水仙名刹清嚴地，莫作郵亭旅舍看。」《曉寒次頻伽韵》：「兩載吴淞節候和，重游袁浦問如何？五更有客思添被，百鳥無聲懶出窠。漸喜日光穿户牖，先驚霜意滿林柯。寒堤只恐西風急，默禱洪湖水不波。」

竇松軒司馬汝鉤詩名《怡情集》，其生平酷嗜吟咏，以詩自怡，而不求其工，然亦時露警句。《老將》云：「虬鬚長挂劍，猿臂瘦開弓。莫惜驃姚少，應憐頗牧忠。」頗矯健。

李海帆觀察宗傳以古文名家，得姬傳先生之嫡派。詩學明七子，而詞意甚新警。《蕪湖關口作》有「風約千帆一字行」之句，爲船山先生所稱賞。《海上待月》云：「九天全化水，一月乍穿雲。」亦警句也。

頻伽《詩話》稱山陽盧明經湧詩才清峭，學有根柢，抱伯牛之疾，抑塞杜門，良可嘆息。然盧君余所熟識，工詩豪飲，並無疾也。惟抑塞阨窮，則誠如頻伽所云。《雷塘道歌》：「吴公臺下行人少，丹楓月落雷塘道。青燐夜出學流螢，荒雞不報泉臺曉。」「錦帆帝子愛揚州，東京不駐駐邗溝。如花殿脚三千女，挽得龍舟次第游。」「玉管金絲歌不足，《念家山破》重翻曲。獨有傷心老伎師，當年曾爲江都哭。」「螢苑迷樓事盡非，淒涼抔土耿斜暉。隋堤十里垂垂柳，猶向東風作雪飛。」《雨中過竹西亭感舊》云：「畫閣聲聲唱《柳枝》，竹西亭外雨如絲。酒旗歌扇揚州路，腸斷三生杜牧之。」《即事》云：「湘簾半捲日西流，小立空庭豁倦眸。五日盲風三日病，不知紅杏上梢頭。」風調絶佳。

潘四農孝廉德輿詩骨高超，不作唐以後語。嘗寒夜寄余詩，有云：「霜聳萬葉盡，滿貯一庭月。」又：「夢里成連琴，風烟隔海水。」蓋以自喻其詩境也。年未弱冠，已有出群之目。至四十後，始舉戊子科鄉試第一。是時余□皖江歸舟，有句云：「頻年挾策憐蘇季，垂老看花羨孟郊。」四農見而笑曰：「君此詠殆爲我而作耶？」

余門下士工詩者，在山陽必推李少白茂才續香，性情既真，學力亦到。歌行風格老蒼，音節轉換處動合自然。近體獨攄性靈，不落門面語。《秋雨和韵》如「遠樹隔雲藏宿鳥，寒窗破夢咽鳴雞」，「望殘遠浦涼楓葉，冷到疏籬瘦菊枝」，「斷橋自滑歸村路，野岸誰停隔水舟」。《咏懷》如「身健猶勞慈母問，家貧只許故人知」。又《旅館鐙》云：「十年夢醒三更雨，一縷烟生四壁愁。」皆清真淒婉，絶遠恒谿。

少白善病。余嘗作書詢其近狀，答詩二律云：「紙帳風尖料峭寒，餘生拚作古人看。何心更説山林好？此腹全消塊壘難。詩不驚人偏有祟，病來厄我太無端。披衣坐起愁如海，況聽深宵漏鼓殘。」「問訊頻勞長者車，藥囊料理竟何如？世無扁鵲醫難信，坐有元龍氣未除。寒餓欲酬知己感，寂寥不信故人疏。枚生《七發》殊多事，哽咽殷拳一紙書。」以彼清才，艱於一第，命也何如？纏綿往復，讀竟輒喚奈何！

少白弟友香，字莒江，詩名與伯兄相埒。每大比之年，大江南北會合白門者，必詢及山陽二李。乃少白既貧病纏身，莒江年甫三十，遽返玉樓。天之忌才何太甚也！莒江《白桃花》詩：「遠村潭影春無迹，殘步花陰夜未央。擬似虢姨矜寵澤，蛾眉澹掃侍君王。」同人皆爲推服。其《咏秋草》云：「野田雨過留鴻爪，客路霜寒滑馬蹄。」《秋柳》云：「武昌舊恨斜陽地，湓浦新涼薄暮天。」亦有神韵。

李子洤茂才啓山，少白之從子也。英姿高邁，富有詩篇，山陽諸生中獨爲後起之秀。所著《扶疏閣集》，如《新緑》云：「眠雲不礙琴三弄，繞屋難遮路一條。」《閨怨》云：「只願紅樓都化水，可憐紫玉易成烟。」《九日》云：「緑酒但拚今日醉，黄花不似去年多。」俱清新有風致。自非生有夙根，何能作此語耶？

子洤《寒夜怨》云：「流蘇斗帳銀鐙炧，霜華亂落鴛鴦瓦。下階拜月前致詞，終身自笑姮娥寡。轆轤風冷紅闌干，花陰背立衣裳單。胡笳有聲雁影没，欲寐不寐愁漫漫。愁緒今宵杳無着，美人倦倚芙蓉幕。」風致與飛卿、玉溪相近。

余與山陽諸同人，惟邱月樓茂才熤相見最早，李君少白、郝君杏樓其燮，皆月樓所介而相見者。及郝、李諸君過從甫密，而月樓已謝世矣。詩篇零落，存者寥寥。《菜花次韵呈閻太守》云：「辛苦柴門抱甕頻，英雄事業向誰陳？絶無旖旎工畦夏，剩有風神繪野春。碧玉霏烟誰作偶？黄金鋪地不沾塵。自從雪圃開萌甲，慚愧村傭負此身。」「羞賣街頭鎮日呼，聊供苜蓿佐觴壺。根香到口憑咀嚼，民色關心仗拯扶。十里倉庚春似夢，一庭蛺蝶曬成圖。願甘開在桃花後，爲待劉郎再入都。」「陶徑新鋤覺昨非，清香半畝挹晴暉。鄰惟學士通蔬圃，坐有賢侯飽布衣。荼薺衹堪知己喻，兒孫能守素風稀。不嫌枝葉多疏散，請向春風賦采菲。」

月樓家住城南之蒲葭巷口，老屋數椽，名「十一聲山房」。庚辰之冬，招同人分咏梅花。月樓《咏夢梅》云：「歌枕猜詳被未温，梨雲一唤便銷魂。北風吹入香成海，東閣招來酒滿尊。銀燭分明紅袖影，玉釵依約翠眉痕。林逋紙帳無惆悵，悟得《南華》是寓言。」杏樓《尋梅五絶》其四云：「雲深凍不流，水清溪可渡。橋影與沙痕，隔斷來時路。」筆意高淡。又陸春堂從星《憶梅》句云：「三徑月明思往事，一年春信負歸期。」寄託亦深。

竹間詩話卷六

余應童子試，受知於仁和胡文恪公，補博士弟子，試以「梯倚緑桑斜」七言律，爲公所稱賞。公視學江蘇先後六載，論詩和平中正，宗法唐賢。惜余未睹全集，僅從《湖海詩傳》中録得二首。《春日就亭即景》云：「碧蘿掩映小林坰，繞屋平岡迤邐經。一曲蕭江晴入畫，幾層閒岫暖浮青。登臨到處開襟抱，風雅當年見典型。好景無邊添勝賞，佳遊彷佛峴山亭。」《校士寧都途中有作》云：「春光駘宕過梅川，民物熙和境静便。膏雨乍收青畎外，人家多住翠微邊。翠微峰距寧都城西十里，金精十二峰之一也。魏冰叔有《翠微峰記》。關心芳序搴蘭節，入畫輕陰釀麥天。最喜時平風俗美，星軺周覽記經年。」

吴方伯曇繡先生俊《榮性堂詩集》，《蒲褐山房詩話》稱其取徑幽深，精心獨造。從軍後崎嶇烽火，所見益奇，筆足以發難顯之情，尤非時手所易及。余最愛其《重游千像寺就僧飯作》：「山門故依然，斷紐懸危鐘。寺僧如猿猱，跳躍捧我筇。親切竹裹路，狎熟林梢峰。經唄講堂歇，水磨齋厨舂。豌葉嫩勝蒻，椒茅芬可供。彊彊鵲覓粒，窣窣鼯窺墉。師談往日虎，我怵缽底龍。落日且辭去，花霧堆重重。」

吴巢松學士慈鶴習聞曇繡先生過庭之訓，其詩工鍊秀整，妥貼排奡，騷壇之正聲也。都門合并，富有贈答。余年長巢松數歲，而叙世誼則巢松爲丈人行。所著《蘭鯨録》，詩各體俱妙。《曉觀太湖》

云：「曉寒如刀割青冥，人間喔喔天雞鳴。老蛟高眠喚不起，夜光自醉朝嵐醒。」「神飈勝波大星没，羲和走馬驅白日。金庭紅霧鎖飛香，病倒天仙藥龍骨。」「昨夜銀河酒星送，蓬萊玉女司春夢。梳頭亦是世間粧，飛出雲窗一雙鳳。」昌谷以後有替人矣。其《咏梨花詩》有句云：「色素難勝酒，光寒太損春。」一時推爲絶唱。

咏物詩借題以紀時事，寄托既深，骨力自健。巢松《彭蠡湖見白雁》云：「宫亭寒水浸征鴻，毛羽淒涼雪色同。天末素書回北使，日斜銀浦急西風。魂穿霧雨秦關黑，眼見旌旗蜀塞紅。知爾遠來非得已，中原猶未洗刀弓。」是詩作於嘉慶初年，正教匪煽亂，秦蜀用兵時也。又《春懷五首》，仿少陵《秋興》，而出入於義山、遺山之間。詩云：「一片飛花一點蘋，幽居雲物望中新。吴天白捲今年雪，楚雨青歸萬古春。野水竹弓捎孔雀，荒墳烟草葬麒麟。群書卓犖真何用？略喜多愁似古人。」「藤刺花梢亦近天，霏霏紅葉得人憐。雕梁紫燕憂身世，高館青梧忍歲年。病馬且隨騏驥後，鴟梟終集泮林前。春來春去愁烽火，只在秦關百二邊。」「頗聞笳鼓動荆襄，復恐旌旗照洛陽。諸將不嫺魚鳥陣，幽人休老芰荷裝。蒼生爲盜堪哀痛，白社求才稍激昂。巴蜀地形便轉戰，韋皋談笑取侯王。」「紅閨消息近何如？翡翠穿簾蛺蝶扶。天入畫屏帆背楚，地平香絮客歸吴。銀鐙紙閣三條燭，鞶鑑花枝八出圖。萬里壯懷終不減，醉思生馬出飛狐。」「社鼓餳簫處處同，麥場蠶市過匆匆。遮天薜荔終能緑，墜地櫻桃不肯紅。幽夢碧山芳草外，生涯殘酒亂書中。何妨決意嬉游去，莫漫傷春恨轉蓬。」

達誠齋榷使三，内府正白旗人。官江南淮宿海關，調廣東粵海關税務。性伉爽磊落，而詩甚清綺。在淮關時，招余同程君禹山、蕭君梅生令裕，於後湖草亭分賦蘋花。榷使詩云：「明珠翠鈿競新鮮，踏浪淩波不計年。一瓣心香祝仙子，底須問卜擲金錢？」「水榭玲瓏散遠香，渚蒲深處有魚梁。漢濱解珮應相許，何事遲疑笑柳郎？」又《平山堂口占》：「平橋幾曲畫欄紅，路入青溪景不同。好把船窗齊挂起，放來面面芰荷風。」「水心亭子納新涼，要與蓮花鬥艷粧。最是畫船相近處，隨風輕送海南香。」「天公净洗好園林，欲愜詩人游賞心。細雨如絲雲脚直，飛泉處處作琴音。」「白羅裙子碧羅衣，暫住蘭橈步翠微。不是阿儂閒玩景，觀音山上進香歸。」韵致嫣然。其《重遊盤山》詩如「桃紅欲滴非關雨，柳黛頻摇不爲風」、「老僧略識曾遊客，石壁猶存舊咏詩」、「沿山脂粉新花笑，到處笙歌野鳥啼」、「清奇勝讀名人畫，險奥如觀上古書」、「對石如逢塵外客，看花恍晤意中人」，好句魂消，足使名山生色矣。

梅生，清河人。家住淮關。應誠齋榷使之聘，壯遊粤海，其詩得江山之助。潤州道中題余畫卷云：「麗日曈曨向曉開，渡江景物足徘徊。青山滿目勞相訊，今日真從畫裏來。」《嚴州中秋》云：「秋深露下客衣單，坐對青山感百端。明月最宜今夕好，老親獨在故鄉看。遥知諸弟牽衣拜，旁有童孫繞膝觀。尊酒團欒言笑裏，也應説着望平安。」其弟子敬文業能爲古文章，兼工韵語。《詠貓》云：「虎威久已穿帷霽，鼠竊因之入社憑。他日若從江上過，好共翦紙付清澄。」其意蓋有所指也。

山陽老輩中能詩者，惟朱亦僑紵與余過從甚密。屠壽補璜居鄰學舍，亦得讀其近稾。亦僑《千金亭懷古》云：「極目南昌何處亭，百錢却稱眼青青。頡羹封已垂盟誓，轢釜人應愧尹邢。不信蒯通分漢鼎，却輪少伯放吴舲。當年空有酬恩地，淮水湝湝不忍聽。」壽補《宿靈巖山寺》云：「禪堂西畔草堂東，人宿靈山第一峰。燈火騰空千尺塔，塵心打破五更鐘。諸天香散崖邊桂，永夜濤鳴澗底松。莫訝巖扉遲見日，石牀高處有雲封。」

禹山主講文津書院，後進之士學詩者皆有造就。許茂才肇祁字焕伊，一字蘗溪，刻意苦吟，多清峭出色之作。《列女操》云：「城爲一笑傾，城爲一泣圮。笑泣辨幾何？貞邪判在此。所貴分飛鴛，不浴淤泥水。枯樹止復止，何忍巢連理？妾心介石如，妾貌古冰似。」筆意頗近東野。

篆香樓在文津書院之東南數步。有僧宏度字淵如，學詩於禹山，近體頗多合作。乙未春暮，禹山招諸同人集篆香樓，淵如和余「渾」字韻絶句：「晴絮濛濛罨寺門，烟條如夢裊春痕。題詩我愧非齊己，一字師偏遇許渾。」

田茂才純春亦淮關人，五古樸實清老。《送寶山毛生甫嶽生南歸》云：「杜若搴孤芳，蒼葭漾中沚。一鶴倏南飛，風高不知止。斗大淮陰城，不容一國士。想像倚閭思，只有歸去是。」

生甫以奇傑英偉之才，年踰四十，不得一遇。遨游湖海，貧無儋石儲，而豪情逸氣，傲岸不凡。所著《休復居詩》，攄詞瑰麗，寓意幽敻，戛然異人，迥殊凡近。《江行望九華山》云：「江波入杳冥，峭壁青巉巉。太清渺宫闕，雲霧生寶函。龍泉外晶耀，蒼玉中鐫鑱。玲瓏濯高浪，江景明空嵌。謫仙久寥闃，敗屋圍溪杉。青熒緬玉樹，異境空幽纖。笑余頗好道，騫逸同傷讒。蓮花落杯酒，明鏡移征帆。豈果通正直？或勸歸耘芟。魚龍静不驕，紫翠日暖銜。塵寰復何樂？谷隱神所監。便思與高韋，松雪哦虛岩。」《早春汀州郊外看梅花行十餘里登朝斗巖夜半醉歸馬上作》：「東南湍盡山不止，終古蠻荒萬峰底。不知何處來春風，澗谷梅花三百里。雲濤一瀉南海波，太始清寒凝石髓。登高出没望孤嶼，峭壁鑱空去天咫。海山仙人不可知，洞壑窈窕巖扉啓。石湍冰碎環玦響，湘瑟波寒怨蘺芷。江南江北氤氲初，曲榭平臺障紈綺。夢回鸞尾曉雲薄，豈識巉巉凍相似？江湖獨客我塵沙，雨雪空山花净洗。忘歸他日更何人？酒醒明朝没天水。猨啼鶴叫歲幽僻，月竈今誰返彼美？嶺外東坡真斷魂，參横欲没松風起。」又如《行瑞金山中》云：「春風入苕穎，清翠明烟鬟。欣欣草木中，歲月何由還？休嗟湖海士，儋此嵯峨間。悠然乘化逝，與物同一天。」遊山詩到此境界，真能别開生面，平揖古人。

程與九參軍得齡，先世休寧人，以鹺商占籍安東，僑寓淮安郡城。杜門著述，不事生產。家道中落，遂扁舟南遊，往來於吴越之间。所著《棗花樓詩》，清而能腴，麗而不縟。《旅懷》云：「又逢南雁至，客思正茫然。家在秋雲外，心飛落葉先。夜砧千户月，寒笛一江烟。旅館無長策，難爲縮地仙。」他如《聽彈琴》云：「幾回涼月地中白，無數好山天外青。」《偶步園中》云：「長空雁去暮雲合，昨夜雪消春水深。」《雨霽》云：「水遠添波緑，雲疏漏日紅。」《三十詠懷》云：「花憶揚州紅藥艷，酒如淮浦緑波深。盟心欲與鷗同白，添鬢還如柳共青。」皆自然入妙。

與九久客不歸，人有訛傳其爲僧者。昨得京口寄書，知應借庵上人清恒之招，小住焦山，乃避地逃名，非披緇剪髮也。所寄近刻八卷，其第六卷以後則皆客中所作。《登六和塔》云：「七寶莊嚴界，騰身陡出群。鬼神諸幻相，吴越一江分。獨鳥没烟樹，連帆飛海雲。如今潮不怒，鈴語静中聞。」《翁家山題酒家壁》云：「路繞烟霞洞壑幽，酒旗招客上雲樓。我雖未飲心先醉，門外春泉釀碧流。」儀徵阮仲嘉明經亨採其佳句，五言如「野鷗閒似客，髡柳禿於僧」，「秋移千里月，春暖一家風」，「雲低翻鳥背，水湧壯潮頭」。七言如「柳邊喚渡廥人語，沙上修船落斧聲」，「樹影在牆知月上，篙聲落岸覺船歸」，「寒鴉陣破西風急，髡柳心焦野火傷」，皆刻入《珠湖草堂筆記》。仲嘉一字梅叔，芸臺相國之弟，亦工於詩。幼隨宦京師，《賦蕉花》云：「小欄空有吟花客，淺碧羅衫一樣長。」以此得名。中年著述更富，詩亦清超出俗。

借庵上人語帶烟霞，氣無蔬筍。余於丁亥杪秋遊焦山，訪之不遇，口占一絶云：「聞道山僧嗜苦吟，新詩藜杖許同尋。隔江遠嶼見歸鳥，何處白雲深更深。」又《讀瘞鶴銘漫題絶句》云：「華表迢迢悵落暉，空山惟見白雲歸。題碑名氏憑誰辨，試問當年丁令威。」二詩刻入續集中。後二年，梅叔以余詩入焦山書藏，借庵見之，和韵見寄，云：「君來澤國聽龍吟，竹塢松寥處處尋。不是置身雲海際，誰摩古鼎石堂深？君有《焦山古鼎》詩，句云：「我來置身雲海際。」」「空山古木映斜暉，識得孤帆天際歸。肯向蝸牛廬一宿，琅函何必問靈威？」

陳石士少宗伯用光，江西新城人。初由翰林授御史，後仍官詞曹。陸祁生贈以詩云：「重歸東觀罷南臺，帝意三長重史才。未礙退之耽雜戲，棋奩研匣一時開。」平生肆力於古文，得桐城正傳，詩亦清和瀏亮。余在都下見其《太乙山房稿》，有中唐人風格。《贈高麗徐鍾園進士》云：「生年同歲尋常事，抗手欣逢海外人。萬里來隨賓雁使，一杯相屬帝城春。交無異地惟師古，學可經時各愛身。隨分山林與簪組，莫教孤負此星辰。」《過趙北口》云：「荒荒古戍暮雲開，獵獵寒風客騎來。世有平原能好客，士非樂毅敢言才。浮沙水涸緣堤立，遠樹天空挾路迴。百載承平閒斥堠，簡書日夕漫相催。」少宗伯能作吴語，在都門每值文酒之會，與吴中故人同操土音，絕不知其爲西江人也。後以翰詹洊擢春官，迭掌文柄。乙未之春，自越中奉使還朝，訪余淮上，不相見者已十有六年矣，豪情勝概仍無異春明摻袂時也。

華亭張遠春先生興鏞秉鐸吾州，與畢静翁、徐秋士諸君爲文字交，相得甚歡。適孫平叔宫保爾準時撫安徽，其弟謁選無爲州學正，例應迴避，遂彼此互調。遠春奉檄匆匆而别，諸同人皆爲黯然。所著有《紅椒山館詩鈔》。如「病起懶尋攜酒約，春來慣費惜花心」、「獨樹疑人村舍黑，野橋過路市鐙紅」、「消磨春色征塵裏，約束鄉愁旅店中」、「願鑒惜花心一片，不催花落但催開」、「神自司花花自怨，莫教花更替人愁」，皆風神清婉。

吴門顧南雅學士蒓視學滇南，課士如課子弟。比入都，擇其最賞識者留寓京邸，教以詩文，兼習書法，滇南登上第者大半皆南雅門下士也。南雅與余同膺庚申鄉薦，余有輓座主何茂軒先生詩六首，南雅閲之，涕泗迸流，遂相嚮而哭，座客爲之墮淚，其篤於師誼如此。有《秋樹》詩：「孤幹貞心迴出塵，不隨凡木共沈淪。還期鸞鶴重留跡，無那風霜老此身。大厦於今望梁棟，空山到處是荆榛。漢家大將思馮異，不爲江潭淚滿巾。」蓋是時阿文成初薨，正秦蜀用兵時也。詩有關係，可以想其懷抱。

南雅偶寫花卉，亦飄飄有淩雲氣。曾贈余墨梅，扇頭題云：「一枕虚窗暑氣微，醒來拈筆送斜暉。

此心縹緲渾無着，只向空山冷處飛。」

頻伽於嘉慶戊辰杪秋，同潘壽生眉渡錢塘江，爲南昌之遊。二人舟中唱和詩極多，頻伽編爲《江行日記》一卷。壽生有《過七里瀧》七古一章，能肖難狀之景，非親歷其境者，不能作是語也。諺云：「有風七里，無風七十里。」余亦曾過其地，千摇萬兀，出瀧甚遲，故得盡歷其妙。今讀壽生詩，覺雪鴻舊蹟，如在目前。其詩云：「風聲水聲作繁響，對面青山擘成兩。數篙齊下氣力并，萬兀千摇一舟上。一舟直上灘勢平，兩岸山光劇蕭爽。群峰絡繹勢不已，或環或抱或側仰。或長而隋或曲凹，或雲爲封或開朗。或墾荒穢列方罫，或植松巒間篠簜。忽然當前一山塞，不信此中通楫槳。瞥見前帆已轉灣，匼匝厓間僅尋丈。霏霏烟霧灑蒼翠，漠漠鷺鷥飛浩蕩。一轉一重又一境，來路全迷去難想。碧流清淺時見魚，迴瀾湍急不受網。東西釣臺久寂寞，時有漁郎棹烏榜。我儕到此一長嘯，今夜客星大如掌。已分平生名利虚，不如來署江湖長。」

余年十二、三時，讀書家塾。先君子或晚出未歸，孤燈獨坐，誦《離騷》、《九歌》、《招魂》諸篇，輒生怖懼，想其時不知所謂詩也。比長，學韵語，遇前人幽秀悽艷之作，輒心慕之。乃知「若有人兮山之阿，被薜荔兮帶女蘿。既含睇兮又宜笑，子慕予兮善窈窕」，千古鬼語之祖也。頻伽嘗與袁湘湄棠夜坐無俚，相約各爲鬼仙語。頻伽有絶句八首，見《樗園銷夏録》，讀之真覺紙窗颯颯，樹枝習習，網户鐙昏，草根蛩語，攪幽夢於夜闌，聽秋墳之鬼唱也。「白羅衣薄御風行，月澹雲輕夜不明。閒拂秋烟看人世，一星螢火出蕪城。」「手攀瘦竹立昏黄，羅袖低垂鬢影長。冷透弓鞵行步澀，西風只白草頭霜。」「荷葉菱華斷送秋，亂螢照水碧幽幽。月光偪得羅衣冷，獨自夜深還上樓。」「殘月一鈎低向西，風吹蘆葉如人啼。垂髫髮短玉釵直，背立枯槎浮過溪。」「斷魂不耐野風吹，悔與郎期月上時。一片薄雲遮不定，棲鴉閃閃落寒枝。」「小寒食近子規啼，短短桃花吹作泥。玉骨不温殘月墮，曉風又落野棠梨。」「癡恨難償幽怨深，年年滴淚種紅心。紅心仍作墳頭土，郎便能來無處尋。」「弱魂如霧不知寒，浮世還從夢裏看。走上樓心拜明月，蛛絲吹滿舊闌干。」

黄仲則詩多鬼仙之語。如《秋風愁》云：「秋草摇天碧，白楊醉霜紫。驄馬嘶不歸，秋風葬紈綺。」《途中遘病》云：「事有難言天似海，魂應盡化月如烟。」《八月十六夜景陽閣》云：「只欲化烟山黯黯，每於對月客淒淒。」《湖陰》云：「似聞人語不見人，轉過林梢見燈火。」《即目》云：「似曾見影人投磧，略不聞聲鳥下原。瓦盆酒熟香初透，土壁蟲寒語漸休。」《湖樓》云：「暗中草氣兼秋氣，烟外山容似病容。」《曉行》云：「小店欲隨平野去，殘燈都被曉風收。」《聞子規》云：「只解千山喚行客，誰知身是未歸魂？」《重九夜偶成》云：「有酒有花翻寂寞，不風不雨倍淒涼。依依水郭人如雁，戀戀寒衣月似霜。」此種詩，有烟火氣者所不能讀，亦不欲讀。九原下有傷心人能解此等語者，當共讀之。

詩有眼前語而拍案叫絶者。桐城左蘭釜錡《感懷》云：「得志范睢多叱咤，窮途項羽亦文章。」「窮途」句新絶警絶，見《樗園銷夏録》。

咏史詩，朱尊湄之百律獨擅勝場。後有董琴涵太守國華《明史二十首》，係在詞館奉敕修《明鑑》時所作，都中傳鈔紙貴。其《詠熹宗》云：「趙嬈曹節久交通，禍起茄花滿地紅。要典三朝翻積案，封疆一網盡群忠。馬牛幾欲居奇貨，彪虎争先媚阿翁。呵壁莫言天竟醉，炎精指顧運將終。」《詠莊烈帝》云：「一劍從容戮巨姦，分憂誰與策時艱。舉朝水火人心渙，于野玄黄戰血殷。將壞長城悲道濟，士多大節類常山。定知魂返蒼梧日，遺恨中涓督九關。」《詠福王》云：「《玉樹》歌成國已亡，小朝一載説孱王。喧呶臺閣猶新局，破碎河山易夕陽。堪笑處堂如燕雀，尚争鈎黨到螗蝗。梅花嶺上重回首，姑孰空江戰壘荒。」琴涵在京師與余及畢子筠酬唱甚多，五古如《旅夜感興》，七古如《十二巫峰》、《靈璧石歌》，近體如《苦熱遺懷》諸作，皆蒼渾有骨力。嘗云：「詩必有爲而作，所關係不在一時，方可以傳之後世。」亮哉是言！

凡紀遊、題畫諸作，惟深於六法者，能曲繪山水之妙境。余亦粗解弄筆。《東陽道中》：「夕陽已瞰西山背，猶照東山一角紅。」「日暮松梢晴忽雨，倒飛泉溜濕青衫。」《渡錢塘江》：「天遠碧如洗，江空山欲飛。」《舟過大通驛》：「山村缺處僧龕出，殘照紅銜橘柚來。」《遊萬松山》：「烟生衲子頭，雲過樵者足。」《皖江歸舟》：「斜陽欲落仍留住，楓葉中間一點山。」皆畫中真粉本也。杭州屠琴塢太守倬、徐西磵茂才鉽，皆深於畫學，故其詩中皆有畫，且有畫所不到者。琴塢《南屏看紅葉》云：「秋林雜丹黄，淺深不一態。西風梳落葉，空翠隱其内。人行秋色裏，山在夕陽外。孤鳥側身下，烟光忽破碎。寺門正當湖，日與兩峰對。微徑通城壕，疏鐘出水埭。意行隨所憩，目炫不可畫。湖水白如雲，又向樹梢掛。」《南屏歸舟》云：「雲氣欲成雨，萬山都是烟。烟開見山色，落日又歸船。時有白鷗影，飛來水底天。疏燈出湖口，已泊藕花邊。」《題畫絶句》云：「數弓老屋支秋水，幾箇漁樁繫釣船。短短笆籬遮不斷，青山飛落草堂前。」《西磵龍井一片雲石歌》：「深山古井神龍宅，龍過蓬萊雲五色。攫得青雲一片歸，擲向巖前化爲石。玲瓏瘦碧雷斧雕，至今屹立神自超。望之髣髴如輕綃，勢將一躍干層霄。雲頭欲起雲脚牢，依然閣在青林梢。停雲不動行雲聚，雲去雲來作雲主。」居詩畫中之倪、董也，徐詩畫中之荆、關也。

王海村騎尉斯年，海寧人。爲船山先生高弟。屢試京兆不遇，而才名益著。爲禄仕計，浮沉漕弁，非其志也。船山序其《秋塍書屋詩鈔》云：「海村爲東南之秀，而性沈毅，言動勁直，有燕趙豪士風。故所著詩語真氣厚，如其爲人。」《題吴山峩嵋峰延翠閣》云：「峭閣出雲表，縹緲山之岑。四望積蒼翠，與閣遥相迎。湘簾捲花氣，茜窗浮濃陰。笑彼螺髻假，樂此峨嵋真。涼風從空來，百感增煩襟。秋月入我牖，流輝鳴素琴。好景不歸去，空勞遊子心。」詩格與建安、黄初甚近。

奚鐵生岡畫入神品，題畫詩亦疏雋清邁。《靈芬館詩話》載其稾中所逸之詩，讀之，覺清涼之氣，沁人肺腑。「閒將散筆寫倪迂，樹色嵐光澹欲無。心似孤蓬隨去住，一窗寒雨夢江湖。」「小閣憑闌映水光，東風無樹不鶯簧。桃花記得江南岸，一片春帆帶夕陽。」「茅屋高低烟樹重，陰厓飛瀑玉淙淙。溪翁不放尋詩艇，荷鍤劚雲何處峰。」「歸鴉數盡夕陽村，久坐西泠釣石温。最是秋來連夜雨，湖波又過舊沙痕。」「一峰含雨一峰晴，晴意無多雨意生。石壁盤盤泉落處，杖藜扶出李長蘅。」「千頃蘆花看作雪，數峰寒翠遠堆烟。道人撥棹不歸去，自愛五湖秋水船。」

題畫之作，工此體者，吴鐵生外，惟錢叔美杜最爲擅勝。《題武夷山居圖》云：「江風颯颯打琴絃，傍午鳩啼欲雨天。一院蜻蜓人不見，蕉花紅到碧簾前。」《模雲西老人》云：「荻蘆陰裏小徘徊，薄暝輕舠且未開。山葉打篷風拍水，蟲聲如雨過溪來。」

詩畫本是一理，故畫臻絶妙者，詩亦必無俗筆。王椒畦孝廉學浩題余《烟潯雲嶠圖》云：「暖翠浮巒手自摹，石師家法近來無。心香一瓣婁東派，留作他年半幅圖。」余見椒畦詩頗多，惜不能盡憶也。

余識頻伽於道光壬午歲，故倡酬之作不及載於《靈芬館詩話》，而載入《夑餘叢話》中。《叢話》刻於己丑十月，凡四卷，其中所採友人詩佳句甚夥。虞山蔣霞竹寶齡《自題破樓風雨圖》：「白板双扉晝亦關，連天陰雨放晴慳。寂寥詩境稱孤坐，四壁暝雲樓半間。」「樓後樓前竹木繁，隔牆多半好林園。兩枝風籜各成響，併入小窗終夜喧。」「巷柝沉沉失報更，瓦溝溜急聽愈清。殘膏將盡一花墮，何處怪禽啼數聲？」霞竹，余二十年畫友也。

張芥航河帥井、梁茝鄰方伯章鉅，皆工韵語。張《題老復丁庵圖》句云：「每從垂白憶華年，衹恨桑榆景易偏。海内奇書難讀徧，腹中殘藁懶成篇。」不勝去日苦多之感。梁《江上清明》云：「十年蹤跡東流水，幾度清明北固山。」《春草和韵》云：「春回隔岸湖光外，緑到斜陽塔影西。」《夜集》云：「詩成何必争高格？春到依然是冷官。」《寒雲》云：「且喜接天無雜色，須知出岫即冬心。」二公官皆顯達，而詩骨高寒，無食肉相，如聽冰雪窨中人語。

長洲李虎觀司马邦燮僑寓虞山。余自己巳都下南歸，下榻其家。虎觀詩草清絶，有陶、謝之風。群從翩翩，一門風雅。其愛女紉蘭女士佩金，一字生香，時已適武林何氏。每歸省，則步幃談詩，座客皆爲斂服。生香工於倚聲，詩思悽惋。《咏秋雁》云：「誰倚高樓一笛横？憑空吹落苦吟聲。能鳴未必真爲福，有跡都嫌纍此生。入世豈容矰繳避，就人終覺羽毛輕。越皃楚乙休題品，識字何曾爲近名？」「夜庭飛渡恨漫漫，多恐江南到亦難。偶聽弓絃驚寤寐，久疏箋字報平安。箏無急柱寧辭鼓，琴有哀音未忍彈。可奈西風吹別調，離群還較此間寒。」生香年甫三十即化去，虎觀在滇中聞信痛悼，不久亦殁於官舍。

湘芷上舍元塏，虎觀司馬之冢嗣，紉蘭女士之弟也。執經於余數載，好爲沉博絶麗之文。癸酉省試，已入魁選矣，揭榜時忽以第三藝題字筆誤見黜。遂浪游湖海，牢愁羈屑，而才名愈著。《淮上對月獨酌》云：「一杯惟此月，千里有孤舟。水氣吞魚鑰，波聲壓雉樓。雄心何太怯？霜鬢不堪秋。强醉終難醉，鄉愁又旅愁。」又《舟中寄曉潭三弟》云：「客瘦夢孤衾影窄，宵深燭短劍花新。」亦研鍊。曉潭名宗埴，亦工詩，兼通畫理。

久不得春木信，雨窗悶坐，檢其近刻，如見故人。《驛柳四首》之二云：「看慣天涯木葉零，眼中有意是西泠。酒人舊雨還今雨，遊子長亭更短亭。此地自然春水緑，相逢無奈客衫青。湖頭莫奏《關山》曲，羌笛聲高不忍聽。」「驢背桑乾慘不驕，重來怕折最長條。黑頭似我仍飄泊，青眼憐渠也寂寥。如此婆娑知意盡，黯然離別覺魂消。衹今走馬章臺客，嬾更閒情憶舞腰。」《將遊西山前二日同人陶然亭晚眺》云：「忙到登高節，槐花又菊花。悲秋宜適野，望遠當還家。鄉訊通霜雁，歸心託暮鴉。夕陽留不住，山影亦西斜。」「我與西山約，明朝策蹇行。遥知白雲際，先有故人情。濁酒思三徑，芒鞋託一生。如何亭外樹，已作不平聲。」嗟乎！白雲天際有懷，故人當亦同懸懸也。

丹徒錢元鎮孝廉之鼎，一字鶴山。七歲登金山，賦七律二章，鮑雅堂先生嘆爲奇才。弱冠後，才譽日起。游京師，客鄭親王邸，與汪竺君、陸子鐵友善。余亦介而相見，出《三山草堂稿》見示。如《懷彭守威》云：「山色萬重碧，孤雲疑是君。」《荏平夜發》云：「一車渾載夢，車往夢偏歸。」《邗上晤吴澹川》云：「馬上功名詩卷在，天涯歌哭鬢毛斑。」皆清警。《宫詞》云：「永巷無人春色殘，畫圖脂粉倩誰看？明知薄命難承寵，猶抱琵琶到夜闌。」蓋自喻其屢躓春闈也。

鄭瘦山孝廉鑚，與頻伽同里，詩亦得頻翁切磋之力，風姿清艷，情韵纏綿。《小滄浪館咏海棠》云：「信有佳人絶世粧，淺深濃淡費商量。天涯已度三寒食，簾角能禁幾夕陽？緑酒乍酣人意倦，碧雲如畫雨絲香。明朝或恐生紅滴，屬付東風漫作狂。」《瓜步待潮》云：「荻葦蕭疏秋意成，扁舟小住待潮平。烟痕澹見南朝寺，風力强於北府兵。扇底更無殘暑在，酒邊一笑大江横。靈妃縹緲來何處？鶴背寥寥奏玉笙。」《悼亡後抵家三首》末云：「燈前小女話依依，苦道年來信息稀。不覺老去悲又喜，憐渠漸可着娘衣。」

常熟蔣伯生因培嶔崎歷落，狂名滿於人口。爲縣令，忤上官。黄君霽青嘗贈以詩云：「故人能記狂奴態，天子猶聞傲吏名。」罷官後與余相晤於南河節院，豪興依然如舊也。《出關寄弟詩》云：「乘醉聊爲絶塞行，有書未暇付梁成。惡詩也附烏臺案，好夢難追白髮兄。聽雨對牀他日約，毀車殺馬此時情。天寒易水蕭蕭極，可抵風泉激盪聲。」《答嚴秋槎見懷》云：「杯酒從容話夕曛，郡符忽下急如焚。

一州斗大難容我，四海交空剩有君。遠别判隨孤戍去，卜鄰不願兩家分。别來著作添多少？駡鬼書兼歎逝文。」《昌平過刘蕡故里》云：「石榴甘露總滄桑，尚有行人指故鄉。我亦直言非對策，公惟下第未投荒。敢因諫議輕司户，不藉科名重有唐。千古憐才誰李郃？臨風酹酒一悲涼。」亦可以見其疏狂之態矣。嘗入淮陰市，醉歸，以三錢買一蒲扇，小僅如掌，招摇行市中，群兒咸指目之以爲狂人。袒衣垢弊，積兩月不浣，人欲以己衣易之，則曰：「吾正恐汝衣不潔耳！」

孔俊峰大令制藝力追先正，間作小詩，能善道人意中事。《述懷》詩云：「不善經營非惡富，未能慷慨始知貧。」不啻爲余寫照也。其哲嗣繡山上舍憲彝，性嗜吟咏。《題錢叔美烟雨樓圖卷》云：「萬重柳影緑烟輕，四面湖樓照水明。昨夜夢飛烟雨外，滿船涼月櫂歌聲。」《過漁溝》云：「西風吹夢客多愁，落葉瀟瀟近杪秋。記得年時寒食節，一衫春雨過漁溝。」風致不減漁洋。繡山之弟經之憲緯《静海道中》云：「衰草陂陀一徑斜，午鷄聲裏暫停車。前村烟樹迷離處，颺出青簾賣酒家。」詩中有畫。

吴門孫子和茂才義鈞，詩情畫意，妙擅勝場。客袁浦數年，曾在叙軒觀察署與余聯牀翦燭，談藝十日，致足樂也。子和《集己山齋中作送春詞》云：「青牖也是閲年華，容易歌殘金縷斜。簾外緑陰檻外水，鶯啼蜂去各天涯。」「年時嬾問踏青游，雲黯瑶房静掩樓。碧草斜陽歸路遠，短長條綰短長愁。」令人黯然魂消。其時同客袁浦者，畢仲白簡、沈西雝濤、嚴子通達及吾鄉王子若應綬，皆工詞翰，善清談。而萬廉山太守承紀公餘談讌，過從甚密，與歐齋諸子契洽味歸，固一時之盛也。無何朋輩彫零，酒人星散，余雖時至袁浦，苦無信宿之地矣。

王惜莽相，秀水人，僑寓宿迁。工於詩。《客至》云：「窖酒甕深初破臘，冰魚市小不論錢。」《秋蟬》云：「春鬢雙垂棲欲重，秋絲孤引咽還驚。」語意清新。令嗣絅之炯《咏秋燕》有「紅雨樓頭成往事，烏衣巷口又斜暉」，亦得味外味。

鹽城沈小庚孝廉照《咏枯樹》云：「幾姓又添新里社，旁人能説故將軍。」新警絶倫。旅館荒涼之景，惟行客知之最深。毛秋伯大令夢蘭《江夏山坡驛館題壁》：「急雨空庭留鬼迹，無烟荒竈聽蛙吟。風生窗隙燈凝碧，淒絶殘宵坐擁襟。」荒村野店，實有此種景況。射陽諸同人工倚聲者惟熊蘭坡德慶，而詩亦甚佳。《秋日客中偶作》云：「緑楊城郭舊紅橋，幾處吹簫伴寂寥？一帶遠峰横極浦，二分明月話南朝。荒烟古道嘶征騎，涼雨孤烟咽暮潮。如此江天好風景，不堪惆悵荻蕭蕭。」

丁儉卿孝廉晏精於説經之學，嘗言《論語》孔安國注是王肅等所僞託，與《孔子家語》相類，且有意與鄭君發難，皆前人所未發之論也。偶作韵語，亦不屑吟弄風月。《寫懷》有句云：「處世未能容白璧，干時何苦逐黄塵？」感慨係之矣。

芥航河帥長身鶴立，性坦直，不設城府，延覽名俊，虚懷下士。雖河患屢作，日不暇給，然猶留心翰墨，獎引賢流，以故人皆慕之。有《宿迁工次聞逆回就擒喜賦七律四首》，第三首云：「烏什平來六十年，如何撫馭失機權。使君偏愛羅敷婦，荒徼難輸劉寵錢。魚沸詎堪忘鶴警？狐鳴竟使起狼烟。即今底定勞天討，取鑒應知慎守邊。」可謂婉而多諷矣。同時歌詠其事者甚多，鄧嶰筠中丞廷楨《回疆凱歌》十章，高華宏亮，具體盛唐。其二云：「相臣威望重雲臺，羽扇親麾八陣開。百萬花門羅拜處，馬前争識令公來。」其三云：「百戰聲威震鼓鼙，樓船兩兩大名齊。中朝自有無雙將，未必關西讓隴西。」其五云：「浩蕩天台下四城，尚從徼外丐餘生。朝來虎翼軍飛出，赤手屠將碧海鯨。」其六云：「登壇號令讋烏孫，一戰生禽吐谷渾。共道將軍天上下，居然元夜奪崑崙。」其七云：「捷書昨夜到甘泉，香案前頭進奏牋。聖主聲靈大無外，不誇琛賮貢和闐。」其八云：「羽林壯士唱刀鐶，齊裹貂褕振旅還。千騎桃花萬行柳，春風吹度玉門關。」

竹間詩話卷七

菽堂漕帥以《新安先集》見貽。菽翁世籍徽州，後遷丹陽，分支於浙江之桐鄉，復占籍平湖。集名《新安》，從其始也。集凡四種，一曰《春明吟稿》，朱霞山先生著。先生名蔚，詩體沖淡猶夷，去襄陽未遠。《送龔明水之官甘泉》云：「仙令淮南去，孤裝一葉輕。春風揚子渡，殘雪廣陵城。繞閣梅花白，垂簾月影清。西堂公事少，午夜有琴聲。」《送杭大宗南歸》云：「意氣旋從难後平，送君此日信關情。井梧飄落隨人意，記取新涼第一聲。」「玉河衰柳影毿毿，馬上離情落照酣。此去故園休悵望，秋風秋雨滿江南。」一曰《香南詩鈔》，朱子年先生著。先生名荃，霞山先生之弟也。詩筆洗鍊清峭。《同人自古梅庵過藕香橋小憩雪崖作》：「春山嵐氣重，際曉濕雲斂。人行空翠來，衣上緑於染。山南面重湖，百頃水光瀲。兹峰横截之，中斷若分陝。同遊二三子，心夷忘路險。得得度平岡，行行入重隒。山家列屋居，結構類巖庵。茶烟出深竹，門静晝長掩。過橋聞暗香，幽蘭蔽叢蘄。亦有野梅開，紺蝶飛冉冉。微風一枝拂，緣溪落紅點。驅犢負來歸，見客絶崖檢。不比乞食僧，寒温語多諂。繞莽竹萬箇，青青圭去玷。以此代耕桑，凶歲不知儉。惜哉簫笛材，終然供刳剡。草木有本心，勁節無少貶。林中暫棲止，快若鳳在苒。更進趙州茶，昏慮豁夢魘。清磬出東林，斜日東西崦。山中不可留，去去意猶慊。迴頭烟霧生，原陸光晻晻。何以識歸途？前村酒旗閃。」押險韵如生鐵鑄成，置之《曝書亭集》中，幾無以辨。近體亦妙，得南宋人風味。《臨流草堂曉起對雨絶句》：「髣髴牽船岸上居，疏簾小閣映清渠。前山昨夜風雨急，滿地落花人打魚。」一曰《史山樵唱》，朱含叔先生著。先生名英，詩才清綺，尤工詠物。《柳絮》七律二首云：「輕於微霰白於綿，吹盡春風便放顛。慣逐淡紅香白隊，忽來牧笛酒壚邊。無聊依約耽遊屐，觸忤連番悵別筵。曾托長條頻照水，還歸色相緑浮天。」「卅載飄零最感渠，夕陽渡口裌衣初。簇團那比沙難聚，點滴恒添淚有餘。春色三分頻送盡，客心萬里總成虚。而今聲按《楊枝》曲，觸撥花時悵遠居。」一曰《雲谷書堂集》，朱仲嘉先生著。先生名鴻猷，即莪翁之大父也。先生之尊甫遠戍巴蜀，其思親之作可歌可泣。其後辭家長征，省父於蜀，途次僕忽病瘧，有七律一首云：「祇攜一僕赴去途，萬里間關爾最劬。伴我天涯同骨肉，恨他瘧鬼敢揶揄。爲煎藥裹心先碎，獨坐篷窗客愈孤。轉幸布帆無阻礙，行行已過洞庭湖。」《蜀棧行》云：「我登雲棧行，不知雲棧高。回首巴陵洞庭路，衆山歷歷同兒曹。虎豹喜人過，狐狸向人嗥。伊誰伴我勞者歌？惟有四山猿與猱。日輪月輪避峭崿，大劍小劍相岧嶤。馬前雲霧迷道路，足下澗石翻波濤。捫參歷井起長歎，此时性命輕鴻毛。其南有天名大漏，媧皇煉石補不牢。忽然注面雨淋漓，更兼入耳風刁調。急竄穹谷衣半濕，慘慘徒御心悲憀。須臾風静雨亦歇，夕陽半嶺烟霾消。行李得得不能止，山程渺渺惜轉遥。翹首遠望白帝郭，失手忽落青絲條。馬蹄一蹶控不住，翻身已掛古木梢。上有隱谷之山魈，下有潛淵之老蛟。行人急救始得免，驚魂飛去憑誰招？吾身非杜宇，血淚時悲號。蜀道之難有如此，此行直抵登青霄。老父廿年經患難，嶮巇百倍兒所遭。兒今方壯歌陟岵，敢以行役心煩勞？」《抵成都得家信知家母患

疾》云：「一紙書來淚不乾，慈闈思念減眠餐。殊方作客憂疑並，兩地教兒去住難。白帝城頭吹暮角，

黄陵廟口急驚湍。人無兄弟真煢獨，東望家山感萬端。」「兩地教兒去住難」七字，瀝出孝子心肝，不朽之作也。

乙未五月，余謁安化陶宫保雲汀先生於袁浦，賜示《蜀輶日記》、《皇華草》合編。宫保於嘉慶庚午奉命典四川鄉試，是編紀道里、郵程、山川、風土、人物、古蹟，條分縷析，攷覈精確，足以補經注之闕，正史傳之誣。途中紀游諸作，尤足宣上德而通下情，非徒摛班馬之鴻詞，侈淵雲之麗藻已也。《棧道弔蘇將軍》序云：「將軍名維龍，官游擊。嘉慶四年二月，教匪張漢潮自三坌竄唐藏，將軍遏之，力戰三時，大駡赴賊死。兵丁焦忠孝恐賊毁其尸，自詭爲將軍，被賊支解。一軍皆盡。賊退，土人瘞其遺齒，立廟以祀。尋贈參將，焦忠孝亦贈千總。守備尚某以觀望被杖，自勒死。」詩云：「蘇將軍，氣如雲，報國淚，常熒熒。忽聞有賊至，奮起聲如霆。一解或曰賊萬而我五百人，百一之勢懼不敵。將軍曰嘻！殺賊是吾職，丈夫死職耳，焉能避鋒鏑？二解將軍馳而左，壯士亦皆左。將軍馳而右，壯士亦皆右。將軍愛士得士心，轉戰而前誰敢後？三解賊既不得脱，士亦不肯休。頽雲慘慘苦霧合，戰血噴起懸崖愁。四解維時日向暮，苦戰猶不已。手揮魯陽戈，面著雷公矢。須臾馬踣，一蹶不起。將軍大呼曰，吾得死所矣！慷慨而結纓，壯士皆死之。五解死之日，難民方作壁上觀。曰有焦忠孝，同時被寸剜。生爲烈士英，死爲雄鬼先。爲民捍大患，配祀無愧焉。六解吁嗟乎！豺虎縱横兵雜沓，將軍不死必死法。泰山鴻毛等死耳，得死爲難何用怯？君不見，閶丘不救張睢陽，身死杖下誰爾傷？七解」《梓

潼過德將軍戰蹟碑作歌》序云：「嘉慶庚申春，教匪冉添元等偷渡嘉陵江，擾及劍州、梓潼一帶，川西大震。將軍輕騎追及，擒斬略盡。士人感之，立是碑也。」詩云：「妖星夜向西川炪，長蛇吮人血流赭。赫然一震迅雷霆，將軍旗鼓從天下。憶昔么麽煽亂初，祭酒鬼卒號嗚嗚。始由襄鄖及唐鄧，遂渡漢沔穿夔巫。數千里内肆蹂躪，勢若火燎秋原枯。卓哉將軍好身手，長嘯欲激龍泉吼。健鋭故是佽飛英，叱咤曾令逆苗走。有詔將軍兵最精，指揮更作巴西行。西行幾載冒鋒鏑，驀澗緣厓事搜剔。霜刀不放鯨鯢逃，晴空屢見鷹隼擊。遂得籌參裴令公，謂經略額公，將軍時爲參贊。遥看幟樹楊無敵。謂提督楊公遇春。三巴已靖人可耕，移兵北向趋階成。誰知晝伏夜復動，窮穴突出鼯與鼪。將軍聞之捲甲返，疾馳颯若風雨聲。是時群賊正蠭起，我軍新敗鼓聲死。欽鵶得意毛羽張，投鞭欲斷涪江水。士女蒼黄如亂麻，牽衣跣足哭不止。將軍下令整且嚴，持滿勿發視吾矢。餓鴟忽叫箭滿眼，十萬賊人同草靡。窮追五日四接戰，手斬鵂狐戮封豕。輕騎進解四寨圍，歡聲上沸天雲委。潼河兩岸遂肅清，重脱刀兵事耘耔。嗚呼此戰何可無？稍緩須臾蜀危矣！衹今事隔十年來，陰雨猶聞鬼夜哀。山坡往往拾遺鏃，斑斕血色凝蒼苔。豐碑屹屼當道路，惜無文字鎸崔嵬。僅刻將軍官階及「萬民感戴」數大字。我行棧道繚若綫，恍惚當年此酣戰。如公自是頗牧儔，却憶潢池誰召變。教匪初起，建白旗，以「官逼民反」爲辭。幾人善學孫吴書，不如且讀循良傳。」《江口明楊展破獻賊處》序云：「明末張獻忠亂蜀，鎔括民金銀，載以東下，將變名爲商賈。桂王將嘉定伯楊展邀擊於江口，大破之，沉其舟。獻賊遁走西充，適遇我朝肅親王豪格，射殺，臠其尸。展追至漢州而還，尋亦爲賊降將袁韜、武大定所害。」詩云：「扁舟夜泊江津口，野梟拍拍翻輕艫。片月遥穿蛟窟來，光明有若金珠吐。獻賊當年肆荼毒，鋸齒人呼黄面虎。火城雪鰍等嬉戲，白骨如山壘人脯。礟聲一發天亦驚，六丁錯愕收雷鼓。遂令平地血流紅，杜鵑不敢啼冤苦。藏金搜括靡孑遺，却欲潛蹤變商賈。嵯峨大艑横江來，一炬移時化灰土。至今遺鏃捲寒濤，往往掇拾隨漁罟。嗟哉草賊何代無？衹爲興主供前驅。英雄成敗有數定，不遇時會功難圖。君不見，楊展驍雄蓋西蜀，血戰幾年空逐鹿。豈知天兵天外來，一箭吹萬不用竹。」《泊西界沱寄題秦良玉舊樓》序云：「樓在石砫廳署後，凡三層。中層良玉所居，今設像以祀。所用白桿兵尚存。」詩云：「忠州女子天下奇，父是秀才良玉父名葵，忠州明經。夫土司。天生智勇不世出，坐令巾幗慚鬚眉。詞翰淹通意嫻雅，錦袍艶照桃花馬。天子臨朝識姓名，請纓獨對平臺下。白桿之兵鋭無前，巨寇親擒射塌天。弟兄死國身許國，平生忠義何皎然！陸知州，誠可耻，肉眼不識奇女子，抽刀斷袖應羞死。邵捷春，亦庸才，坐受屠戮吁可哀。吾謀不用竟如此，嗚呼群鼠真來哉。夔門已失關塞黑，忍使此身重事賊。閉關坐卧小樓中，大節直同文信國。何須更論冼夫人？多少麟臺愧顔色。」

張嵩三慶成，平湖才士也。舉孝廉，纍上春官不第，後以縣令擢州牧，不踰年解組歸。《甲戌會試號舍中口占》云：「從此請辭如白水，哪堪再到盡黄金？」可與久困場屋者同聲一哭。

詩須有江山之助。平湖張熙河孝廉誠足跡半天下，入蜀後詩沉深樸實。《七盤關》、《木寨山》、《五丁峽》、《聖積寺》、《遊峨嵋山》諸作，皆能心古人而追之，詞多不能備録。律句亦清新合格。《歲暮》云：「宿草新阡耆舊感，暮雲春樹故交心。」《題耜洲山莊》云：「數峰缺處雲遮屋，一水迴時風引舟。」《濯塵亭簡婁東畢静山》云：「積雨山徑滑，落花潭水深。」其夫人顧昭德慈，響泉先生光旭之次女，亦工詩。少時隨父入蜀，有《雲棧紀行詩》，風格清遒。所著名《韵松樓詩藁》。

張含珍女士鳳，韵松夫人之姪，高君芝亭蘭曾之室也。有《讀畫樓詩藁》二卷。《聞砧》云：「凉月落荒戍，寒砧聲未休。驚殘千里夢，擣碎一天秋。燈火客欹枕，關山人倚樓。西風吹斷續，竟夕不勝愁。」《秋蟬》云：「滿林烟靄碧濛濛，漏出參差夕照紅。曲院風高新雨霽，一聲聲斷畫樓東。」《春雪》云：「春暮又飛雪，東風作意嚴。可憐鶯語澀，無奈蝶愁添。樹老多成玉，梅欹半壓檐。依人如有意，故向小窗黏。」娟静修整，得林下之風。

石鏡女史郭瑩，山陽人。適陸氏，家酷貧，針黹之餘，兼工韵語。《咏雪美人》句云：「短夢虛花誤此生。」讀之令人悽絶。《咏飛絮影》云：「看他舞態回頭失，捉得飄蹤到眼空。」妙有感諷。《訪菊》云：「踏來苔徑人雙屐，約到霜天月一鈎。」亦清新無烟火氣。子懷生字孟月，次瑞生字仲雪，兄弟工詩，皆得力於母教者也。孟月早逝，人皆惜之。其《浣雲齋遺藁》有「秋雨能留入夢人」及「殘月戀閒人」之句，皆清妙。

完顔見亭河帥麟慶之太夫人惲氏，常州陽湖人。名珠，字星聯，一字珍浦，晚號蓉湖道人。詩畫雙絶。嘗夢玉海中一孤嶼，上有蓮花，遇人告以前身爲紅蓮島妙蓮大士侍者，掌司秘籍，偶謫人世。因自繪《紅島護書圖》，且以「紅香」名其館。少時隨任肥鄉，適河帥之大父河南公爲其縣長，眷屬往來，索綽羅夫人器其才且賢，甚且親愛。一日，試以錦雞詩，援筆立成絶句云：「閒對清波照綵衣，遍身金錦世應稀。一朝脱却樊籠去，好向朝陽學鳳飛。」夫人深爲賞異。未幾，隨父南歸，曾手箋寄夫人云：「咏絮無才，簪花願學。素承青眼，折秋柳以何堪；遠隔絳紗，望春風而結想。」其後以寅好締昏，遂于歸泰安贈公焉。太夫人曾選國朝閨秀詩，計一千七百餘首，釐爲二十卷，附録一卷，補選一卷，名曰《正始集》。自著弁言，其略云：「孔子删《詩》，不廢閨房之作。後世鄉先生每謂婦人女子職司酒漿、縫紝而已，不知《周禮・九嬪》掌婦學之法。婦法之下，繼以婦言。言固非辭章之謂，要不離乎詞章者近是。則女子學詩，庸何傷乎？獨是大雅不作，詩教日漓，或競浮艷之詞，或涉纖佻之習，甚且以風流放誕爲高大，失温柔敦厚之旨，則非學詩之過，實不學之過也。」是選體裁不一，性情各正，雪艷冰清，琴和玉潤，庶無慚女史之箴，有合風人之旨爾。

《正始集》載金陵女士紀映淮《秦淮竹枝詞》：「棲鴉流水點秋光，愛此蕭疏樹幾行。不與行人綰離别，賦成謝女雪飛香。」麗而有則，清而能腴。映淮字阿男，布衣映鍾女弟，杜李室，以節賜旌。前明崇禎壬午，莒州城破，杜君被難，阿男與姑先匿深谷，得不死，攜六歲孤兒茹荼三十年，以節孝著。王阮亭尚書作《秦淮雜詩》，多言舊院時事，内有「棲鴉流水空蕭瑟，不見題詩紀阿男」之句。映鍾寓書責之云：「以青燈白髮之嫠婦，與莫愁、桃葉同列，後世其謂之何？」阮亭謝之。後官禮部時，力主覆疏以旌其閭，笑曰：「聊以懺悔少年綺語之過。」

王韞蘭蕙，吾邑人。著有《凝翠樓詩》。《正始集》摘其佳句云：五言如「紈扇三春月，湘琴五夜霜」、「風懷看緑柳，愁緒比黄楊」，七言如「蕭蕭竹影遮紅葉，細細波紋映白魚」、「楊柳溪橋初過雨，杏花樓閣半藏烟」、「淚淹紅袖傷離日，愁在黄昏細雨中」、「牆角紅殘桃結子，石盆青淺菊分芽」、「棠梨謝後猶花信，櫻筍過時已麥秋」，皆爲阮亭先生所稱賞。

海虞女士歸懋儀字佩珊，上海李復軒學璜之室。復軒工詩古文詞。仁和龔定盦舍人自珍贈詩所謂「李家夫婦各一集，數典唐宋元明希」是也。珮珊詩跌宕沈雄，無閨閣脂粉之氣，古風尤排奡有氣骨。《錢塘弩》云：「怒濤滚滚排山到，此是英雄不平氣。英雄靈爽豈易降？人中乃有吴越王。錢王意氣邁當世，所貴存心在利濟。裂石穿波强弩開，潮頭轉向西陵逝。勢如轟雷震山嶽，水底蛟龍盡驚避。寶劍光横十四州，得意難忘根本地。父老歡呼草木榮，丈夫至此豈無情？龍飛鳳舞應前讖，他年遂作長安城。陌上花開春復春，鈿車零落埋香塵。至今江口寒潮急，猶似當年射弩聲。」《五人墓》云：「千古人心終不死，吴中義激五男子。貂氛肆燄朝野昏，翻手勢欲傾乾坤。印綬纍若不知數，鞠躬俯首聲復吞。平居持議徒雄壯，袖手委蛇誰奮往。翻將文墨飾奸貪，捫心内愧曾無狀。五人生不讀詩書，位不列簪裾，但以善惡爲毁譽。當其攘臂共赴難，義勇直欲淩專諸。嗚呼！名敗身殃餘賄賂，穹碑峻宇等朝露。松板青青耐歲寒，冶遊人莫山塘路。」珮珊律體亦甚沈着，《即事述懷》云：「萬種傷心蜎集時，況兼貧病費支持。典殘釵股空存篋，減盡腰圍瘦到詩。温語聊將嬌女慰，淚容生恐侍兒窺。鏡臺曉日分明甚，照見星星鬢上絲。」

劉芙初太史之母夫人虞氏友蘭，字藹仙。工詩，有《樹蕙軒集》《擬白紵詞》具體六朝。芙初以詩文名世，得力於慈訓者居多。芙初之女兄名琬懷，字撰芳，有《問月樓詩鈔》。撰芳適虞氏，生女名叶虁，字佩祁，著有《藤花閣詩草》。虞、劉兩家詩法相承，極藝林之盛事矣。

詩不可早刻，早刻則後將不及刪改。人之學問器識與年俱進，若少時偶有所作，詡詡然自鳴得意，灾及梨棗，此特獵取聲譽者之所爲，非所語於名山著述也。闕里孔荃谿方伯昭虔，鴻才博識，沉酣風雅，富有篇什，而不肯問世。友人屢勸付梓，終不見許。吴蘭雪官黔中，得其由浙至黔途中紀遊數十首刻之，而題五律七首於卷端。其末二章云：「古洞閟蒼烟，玲瓏别有天。劖空皆玉笋，湧地一青蓮。石透雲漿滴，潭深月脇穿。驪珠容探取，妙悟合通禪。」「公詩有神助，句法本天成。獨以高風格，而兼古性情。回瀾收大海，堅壁擁長城。蠡測吾何有？心香爇此生。」亦可謂推崇之至矣。編名《叩舷小草》。七古如《題梁芷林方伯重摹禹鴻臚卜居圖》云：「江風瑟瑟吹薜蘿，一帆涼夢青山多。不知身在畫圖裏，卧游咫尺皆烟波。誰寫烟波入横幅？榕城仙吏今梁鵠。典領江天非鑑湖，底事鴻臚舊居卜？君初通籍金馬門，拂衣故山招白雲。武夷君來一抗手，幔亭仙樂空中聞。幾年持節東南遍，黍雨棠陰滿春甸。鵲華山色滄浪亭，嘯咏依然寄槃澗。香山湖上曾勾留，雪堂坡老傳黄州。今古名臣此心跡，由來後樂皆先憂。誦詩讀畫識君趣，招隱非耽太沖句。相期緑野平泉間，我是他年訪君處。」五言如《江行雜詩》：「采石青如此，長庚去不還。有情千古月，無限六朝山。北埭鷄聲少，中洲鷺影閒。待邀三弄笛，相和水潺潺。」「風景還如昨，三年别大孤。分風出彭蠡，插日上香爐。山色遥迎楚，江聲自入吴。白公亭下過，回首媿銅符。」「迢迢漢陽渡，鬱鬱武昌城。水合雙條壯，風迴五兩輕。掛雲帆葉暗，流月浪花明。唤起閒鸚鵡，芳洲弔正平。」「匝月浮輕舸，滄波詩思清。已隨鷗鷺狎，何事夢魂驚？峽東水皆立，濤飛雲有聲。太真犀許借，一照快平生。」兼擅青蓮、玉局之長。

嚴子通部曹，少時受業於鄭瘦山孝廉，師弟唱酬，所作甚富。又與令弟子容並以詩名，一時稱爲「二嚴」。子通《有憶》云：「略減風情猶病酒，不多時節況斜陽。」《露坐》云：「花當午夜香逾細，月傍銀河色不明。」《重九金粟山登高》云：「一重一掩山中樹，半白半紅溪上花。」《秋夜東孫雨生》云：「寒色一燈瘦，西風四野高。」《留别雨生》云：「吾輩生涯祇文字，男兒歲月半江湖。」飲冰餐雪，不愧清才。

王海邨有《湖樓秋思圖》，寓悼亡之意。余題句云：「一樣西湖好明月，秋來詩思此樓多。」齊秋舫教授康五律二首云：「空翠撲危樓，樓高人自愁。湖光與山色，併作十分秋。故劍酬知己，中年感昔游。溯洄吟宛在，月色冷汀洲。」「雲水蒼茫裏，天教看此人。登臨成獨往，風雨又今晨。别有懷難訴，空憐迹已陳。鍾情原我輩，珍重倚樓身。」秋舫《咏菜花》：「曲徑泥粘高士屐，短籬香送野人家。莫嫌白社難留客，不傍朱門是此花。」《即事》云：「竹疏雲影漏，風定雨絲柔。」《夜過篆香樓》云：「月高樓影直，烟重樹身肥。」《郊行》云：「花殘尚有將開蕊，草積難尋舊燒痕。」皆清而能鍊，戛戛生新。

錢塘陳君曼生鴻壽，余神交之，而未及相見。曩於觀復齋中，見其畫《龍池紀游圖卷》及扇頭山水，嘆爲六法中逸品，惜未讀其詩藁爲恨。偶於《八甎吟館集》中見其《後漢李忠印歌》，筆意雅近東坡。又分咏琅嬛仙館所藏畫扇絶句，皆極清雋。《題祝昌峭壁流泉》云：「摩崖題破舊苔痕，淺翠深紅擁鹿門。自汲清泉三百斛，不知人世有崑崙。」《趙左秋山霜葉》云：「青山黄葉白雲中，轉厭繁花二月紅。人澹不如秋更澹，尋秋直過小橋東。」《周之冕白蘆紅柹》云：「一夜霜催柹子紅，蘆花如雪舞西風。西溪莫待探梅去，最好秋痕晻靄中。」《陳洪綬攜笻獨立》云：「飄然誰識古衣冠？海闊天空仰首看。我我周旋寧作我，一笻瘦影話荒寒。」《李璧草蟲》云：「一鐙如豆掩疏櫺，歷歷秋河引衆星。我自微吟蟲自語，更無幽恨倩誰聽？」

菽堂漕帥精於金石文字，其五七言古詩典重肅穆，如陳三代樂器，乃近體又清新出俗，不着一字，盡得風流。《八磚吟館》載其咏畫扇絶句，《題顧時啓蘭花》云：「日暮湘江冷白雲，幽蘭吹氣動風薰。題詩爲報同心者，未到花時便憶君。」《吴偲松林策騎圖》：「鎮日山行翠欲迷，茂林隱翳路高低。最難人與松俱健，萬壑濤聲送馬蹄。」《惲壽平秋山夕陽》云：「寫花餘技寫山巒，山亦如花秀可餐。縱是夕陽秋影淡，墨花飛灑未曾乾。」

石門方鐵珊廷瑚，余二十年前都門舊雨也，淵雅工詩文。《八磚吟館》載其古近體皆絶佳。余記其有《印泥》五言長律十六韵，云：「吞篆曾符夢，研朱别有才。芝泥傳雅製，桃印妙新裁。勾漏分仙藥，醍醐潤薄胎。佳名稱火齊，細質碾冰臺。用莫司農倒，光教尹喜猜。黄麻成草後，丹詔出花來。字字榮先發，重重護未開。軟疑堆韎韐，艷轉奪玫瑰。餘事韜斑管，叢編展玉杯。紅雲霏四面，錦字漫周回。半角痕初淡，中央色詎摧？似將珊作骨，不比蠟成灰。畫古仍留押，書成或被催。赤心千里共，紫氣一丸該。迹肯符鴻爪，香猶壓麝煤。祗應薇省客，把玩重徘徊。」

金匱孫文端公爾准，天才亮特，自少不屑以文人自居。年三十，嘗作自壽詞云：「但説文章能報國，恐蒼蒼未盡生才意。」其抱負可知已。後以詞臣敭歷中外，荷聖主特達之知，膺海疆重任，文謨武略，功施爛然。所著《泰雲堂詩集》十八卷，其中亦有清微婉約之作，不盡作金華殿中語。《咏秋燕》云：「白社壇前桑柘稀，風塵滿目舊烏衣。小樓簾幕寒初入，絶塞關山客欲歸。逝水年華春已遠，傍人門户計原非。營巢辛苦成何事？地主恩深未忍違。」「倦羽頻驚弱彈危，别離誰爲繫紅絲？差池肯忘天涯信，遲暮終尋海上期。寄語昭陽休更妬，浮蹤長信不多時。珠簾盡捲秋堂冷，獨倚雕闌有所思。」「零落香泥涴畫梁，商量費盡語言長。夢迴故國餘衰草，魂斷高樓但夕陽。北客應憐同逆旅，南鴻未許共行藏。平生漫詡封侯相，不及來賓有稻粱。」先生兼工倚聲，《泰雲堂詞集》亦出入於玉田、白石。《賀新涼·題李蘭卿舍人彦章薇垣歸娶圖》：「朵殿鳴梢曉。傍彤墀，兩行玉筍，最誰英少？一品仙衣珊珊骨，只數鄴侯風貌。圍金帶，風池春早。花艷紅樓簾卷盡，驟驕驄，踏遍長安道。看争指，獨孤帽。　潞河一夕歸帆峭。拜君恩，口脂面藥，青廬擎到。荔子香濃紅雲宴，仙樂幔亭飄渺。休但説，催粧詩好。更有宣麻新樣脚，翦緑綈，親寫金鸞誥。趁筆勢，黱蛾掃。」

儀真阮芸臺相國學紹漢唐，文高燕許，韵語其餘事也。梅叔明經寄余《揅經室詩録》，受而讀之，其陽開陰闔，靈氣往來，直入古大家之勝境。《題陳曼生種榆仙館圖》云：「白雲飛斷天空青，抽筒疊鏡窺窈冥。上有神仙之福庭，壽星躔次開畦町。白榆落莢如蓂莢，呼龍畊烟種不停。仙人山館敞未扃，十行高樹圍虚亭。銀河珊珊聲可聽，河邊大石排蒼屏。石破漏雨驚秋霆，瑶枝玉葉敲瓏玲。仙人館中睡不醒，一夢下墮一百齡。精光在心耿耿靈，有時如珠復如熒。枌陰古社春風馨，館中書卷甘石經。夜半起看天南星，門前歷歷疏如櫺。」《八月十五闈中作用坡公催試官詩韵》：「八月十五夜，月愛杭州好。西子湖邊似蟾窟，試官堂外如仙島。少年科第不覺難，爲歎白袍人易老。八月十五潮，其險天下無。海水驟來高一丈，長堤力護役萬夫。濤聲入院夜春枕，驚夢常繞雙浮屠。鎮海、六和二塔。世間萬事難預必，三更無雲月始得。我且向東看月背官燭，遠寄羽書招海鶻。時合三鎮兵船，破蔡牽、朱濆於舟山之北，二寇復遁入閩。」近體詩亦清蒼警健。《登八咏樓》云：「蛟龍城外迹，鴻雁澤中聲。山破雪猶積，野荒風易生。三冬氣寥落，六代意縱横。怪底休文瘦，誰能遣此情？」《古北口月夜》：「邊月照長城，蒼涼萬古情。西風入遥夜，秋色更分明。客路無多日，鄉心何易生？江南如有夢，香露桂花清。」《甬江夜泊》：「風雨暮瀟瀟，荒江正起潮。遠帆連海氣，短燭接寒宵。人静怯聞角，衣輕欲試貂。遥憐荷戈者，孤島夜蕭寥。」《登滕王閣》：「千年詩序到今存，誰見当時棨戟尊？爲有大文射牛斗，才教高閣老乾坤。棟雲簾雨復飛卷，彭澤臨川相吐吞。倚檻獨思百城寄，寒江極目静無言。」《荆州懷古》：「紀南山外古荆州，一片江城渺渺愁。春夜梅花沙市月，西風荷葉渚宫秋。蕭梁書盡名猶在，巫峽雲來夢可留。豈有才人不惆悵？未應王粲獨登樓。」

毛生甫之大父海客先生大瀛，官四川簡州知州。嘉慶五年教匪渡嘉陵江，率兵逆戰於土橋溝，不克，死之。事聞，命祀昭忠祠，祭葬恤廕如制。事載生甫所撰行狀中。先生詩名《戲鷗居詩鈔》，古體遒邁，力追建安。《擬魏太子丕公讌用芙蓉池韵》：「置酒樂高會，輕輦遊西園。流雲度飛閣，華薄榮清川。月出散清景，衆星羅高天。幽吹相間發，驚鳥紛來前。衆賓同所樂，宴坐華池間。涼飈自遠至，吹我羅纓鮮。人生須樂飲，難得松喬仙。逍遥放志意，無爲孤盛年。」《擬陳思王植贈友用贈徐幹韻》：「白日忽西匿，驚風起寒山。丹霞被明月，韡爗華星繁。攬衣起夜遊，顧望無休閒。徘徊文昌內，宴笑冰井間。緬維秉鉞初，八紘戴高天。黄髮緤珪組，深巖賁車軒。念予同心侶，顧影殊自憐。滔蕩本不虧，時俗難圖全。咄唶心煩憂，援筆成長篇。良材不見用，班匠成其愆。令德自輝光，古來共知然。積善多獲慶，力田當逢年。閒居尠勳績，經綸及時宣。懷君篤明義，慷慨爲此言。」

友人曾攜大興舒鐵雲位詩見示，未及遍讀。僅記其《豐臺即事》云：「橋横流水客纔到，門掩落花僧未歸。」《重九日作》：「疏雨獨聽楓葉外，嫩寒初試菊花前。」自是好句。

沈養愚圻一字鐵龍，蘇州人。曾寓淮上，見其《倚梧吟稿》。《咏燕》云：「掠破江南二月春，紅襟裁貼剪刀匀。多情也動關山意，社雨年年戀主人。」甚有韻致。

咏楚漢事者多矣，會稽姚半林宗木《讀項羽本紀》七律一首，最爲沈鬱頓挫：「歌罷虞兮泣數行，美人駿馬兩神傷。總然天下歸亭長，畢竟英雄屬大王。勿聽范增雖取敗，不除義帝亦終亡。陰陵道上難回首，衣繡無由到故鄉。」

竹間詩話卷八

杜詩「澗道餘寒歷冰雪」，仇注：「冰雪，猶凍雪也。『冰』讀去聲。」余按下句「石門斜日到林丘」，「冰雪」、「林丘」皆是實字作對，若作「凍雪」解，便不精整。况「歷」字仄聲，「冰」字平聲是一定之音節，如「多少材官守涇渭」、「殊錫曾爲大司馬」、「西望瑶池降王母」之類，不勝枚舉。而此處「冰」字不作平聲讀，殊屬可笑。吴梅村《西田賞菊》句：「花似賜緋兼賜紫，人曾衣白更衣黄。」有爲梅村諍者曰：「此『衣』字之義，讀作去聲，似不可作平。」梅村言：「字義固如此，然二句自佳，不必改矣。」可知詩之妙處，平仄皆不必拘擬。唐詩中以平爲仄，以仄爲平者甚多。太白「西飛精衛鳥，東海何由填？鼓角徒悲鳴，樓船習争戰」，「填」字作去聲。獨孤及「所嘆在官成遠别，徒言屼水纔容舠」，「纔」字作去聲。至元、白尤多，「柳付風排比」、「征櫂遽排比」，「比」字皆作入聲。「當時綺季不請錢」，「請」字作平聲。「紅闌三百九十橋」，「十」字作平聲。非如今之作試帖體者，一字不可假借也。

昔人謂杜之律、李之絶皆天授神詣。然杜以律爲絶，如「窗含西嶺千秋雪，門泊東吴萬里船」等句，本七律壯語，而以爲絶句，則斷錦裂繒也。李以絶爲律，如「十月吴山曉，梅花落敬亭」本五言絶境，而以爲律詩，則駢拇枝指也。余謂以律爲絶，以絶爲律，兩家各擅勝場，非後人所可妄議。

梅村《吴門遇劉雪舫》五古五十韵，「真」、「文」、「元」、「庚」、「青」、「蒸」、「侵」七韵通轉，此沿吴才老之《韻補》。若論古韻，則「真」、「文」、「元」、「寒」、「删」、「先」六韻皆通，而「庚」、「青」、「蒸」則不能相通；「侵」、「覃」、「鹽」、「咸」四韻可通，而不能通於「真」、「文」。此不可以不辨。

老杜《彭衙行》，「真」、「文」、「元」、「寒」、「删」、「先」六韻通用。他如《義鶻行》，亦「元」、「寒」、「删」、「先」通押。《石壕吏》首聯「人」字韻，次聯「看」字韻，此「真」、「寒」通用也。按：宋鄭庠《古音辨》分古韻六部：「東」、「冬」、「江」、「陽」、「庚」、「青」、「蒸」七韻皆協「陽」音；「支」、「微」、「齊」、「佳」、「灰」五韻皆協「支」音；「真」、「文」、「元」、「寒」、「删」、「先」六韻皆協「先」音；「魚」、「虞」、「歌」、「麻」四韻皆協「虞」音；「蕭」、「肴」、「豪」、「尤」四韻皆協「尤」音；「侵」、「覃」、「鹽」、「咸」四韻皆協「覃」音。其書出吴氏《韻補》後，按之古音，十得八九。所略不足者，「魚」、「虞」、「歌」、「麻」與「蕭」、「肴」、「豪」、「尤」尚分兩部耳。

梅村《清涼山讚佛詩》，《集覽》但知爲宫妃事，而不得其實。吾鄉程迓亭先生穆衡作《梅村詩箋》云：「爲世祖皇貴妃董氏咏也。」第一首云：「王母攜雙成，緑蓋雲中來。」暗藏「董」字。「言過樂游苑，進及長楊街。張宴奏絲桐，新月穿宫槐。」叙貴妃之由大同入京，及從幸獵南海子也。第二首：「可憐千里草，萎落無顔色。」蓋貴妃薨於順治十七年七月七日，「千里草」亦暗藏「董」字也。「南望蒼舒墳，掩面添悽惻。戒言秣我馬，遨遊淩八極。」蓋世祖每歲幸南海子必纍月，是年傷貴妃之薨，只駐蹕數日也。第三首：「惜哉善財洞，未得誇迎鑾。」蓋十八年正月將幸五臺，未及啓鑾而晏駕也。末首：「澹泊心無爲，怡神在玉几。長以兢業心，了彼清净理。」收足讚佛之詩義也。四詩體仿齊梁，神追漢魏，太白擬古樂府庶乎近之。

有人戲作集句春帖於醫生之門首云：「新鬼煩冤故鬼哭，他生未卜此生休。」見者絶倒。偶檢頻伽《樗園銷夏録》一條云：「有宰官以貪酷從政，而好自誇大，元日大書春帖署廨檻云：『愛民若子，執法如山。』有士人援筆續其下云：『牛羊父母，倉廩父母，供爲子職而已矣；寶藏興焉，貨財殖焉，此豈山之性也哉。』」集句如此，神而化矣。

《銷夏録》又云：「楹帖之佳者，歸玄恭贈某公云：『居東海之濱，如南山之壽。』其自署云：『兩口寄安樂之窩，妻太聰明夫太怪；四鄰接幽冥之地，人何寥落鬼何多？』竹垞贈顧亭林云：『入則孝，出則弟，守先王之道以待後學；誦其詩，讀其書，友天下之士尚論古人。』汪次舟題山陽學署云：『昌黎起八代之衰，想當年苜蓿齋中不過尋常博士；文正以天下爲任，問今日虀鹽隊裏可有此等秀才？』竹垞賑粥廠中云：『同是肚皮，飽者不知飢者苦；一般面目，得時休笑失時人。』」

集杜七古，至竹垞乃嘆觀止矣。《酬吴江顧處士詩》第四聯恐嫌卑薄，故作對句云：「飄零已是滄浪客，醉後常稱老畫師。」而即用叠字接入云：「畫師不是無心學，合沓高名動寥廓。」下句又作對仗云：「漫勞車馬駐江干，數問舟航留製作。」以後又用單行以疏通其氣，而仍以「虚無只少對瀟湘，天下何曾有山水」二句振作之，然後以「浴凫」四句收束通篇，如程不識刁斗森嚴，無一懈筆，真絶技也。

梅村《過淮陰有感》七律二首，第一首云：「世事真成反《招隱》，吾徒何處續《離騷》？」第二首「登高悵望八公山」及「我本淮王舊雞犬，不隨仙去落人間」，皆用淮南王事，與淮安了無干涉，亦失於攷訂之故也。然梅村特以自喻，雖非事實，而其詩自佳。

梅村歌行合初唐、長慶而自成一體，真爲空前絶後之作，其音節大率四句一轉，平仄相承，而神明變化。《卞玉京彈琴歌》：「中山有女嬌無雙，清眸皓齒垂明璫。曾因内苑直歌舞，坐中瞥見塗鴉黄。問年十六尚未嫁，知音識曲彈清商。歸來女伴洗紅粧，枉將絶技矜平康，如此纔足當侯王。」「商」字、「粧」字、「康」字、「王」字，連用四句平聲，而末句以單行煞住，則轉仄韵更響亮。故下云：「萬事倉皇在南渡，大家幾日能枝梧去聲。詔書忽下選蛾眉，細馬輕車不知數。」以下宜轉入平韵矣，却仍承前韵云：「中山好女光徘徊，一時粉黛無人顧。艷色知爲天下傳，高門愁被傍人妒。盡道當前黄屋尊，誰知轉盼紅顔誤？南内方看起桂宫，北兵早報臨瓜步。」然後接「聞道君王走玉驄，犢車不用聘昭容」。「細馬」句下不即轉韵，遲其聲以諧其節，如彈琴欲用鈎挑，必先和弦，此是梅村不傳之秘，初唐四傑暨長慶諸公，俱未講求及此。

余求樂蓮裳詩不多見。今於《樗園銷夏録》上見有《烟夢詞》，亟爲録之：「燕子歸時記乍逢，廢池閒館傍西風。客如春草闌珊緑，人對秋花黯澹紅。憑過樓闌都屈曲，聽來櫚鐸尚丁東。如今更是傷心地，無復苔階咽斷蛩。」「綺席無詞詠墮釵，黄衫有夢脱弓鞋。團雲舞隊猶聯臂，畫壁詩人盡愴懷。玉鏡花空難寫照，紙錢風冷欠營齋。千金欲買驊騮骨，换取遺香擇地埋。」「吴語喁喁怨鷓鴣，自言生小别姑蘇。新粧忍學抛家髻，獨坐愁看奏樂圖。扉上粉書頻決絶，壺中血淚久模糊。女墳湖畔歸來晚，魂是梅花第幾株？」「身命都如六出花，宜書小字刻苕華。蘭香自幼漂湘岸，杜裹從來弔楚沙。生託鴛鴦貽珮玦，死無鸚鵡喚琵琶。人間何處堪回首？料得蕭娘不憶家。」「翩翩長袖不勝情，六尺氍毹一燕輕。平日笑啼俱掩抑，此時哀樂轉分明。愁多儘向東風訴，坐久渾忘北斗横。太息劉郎幽怨句，無由吹入小紅笙。」「莫更華筵戀酒尊，斜陽未落早黄昏。燈前刺促成良會，坐上迷離見艶魂。痛惜尚煩諸女伴，浪遊終笑舊王孫。分明歲暮風吹雨，疑有飛花夜打門。」詩凡十二章，今僅得其六，其哀艶之致，令人迴心盪魄。按：此詩爲邗上女伶雪如作也。蓮裳有《雪如小傳》，其略云：「雪如名葆珠，長洲人，不知其姓。生數月，爲袁嫗者養女，遂姓袁氏。娟楚婉慧，志識芳遠。年十四，鬻於王甲。吴俗多鬻女爲優，雪如悲怨，飲鹵汁求死。救而甦，王乃詭言良家，延師教之讀。已而雪如識其書院本也，始悟果將爲女伶矣，則夜投繯，又以救而免，愈益防守之。雪如既求死不得，因勉習其藝。從至廣陵，蓋欲陰相所歸，久之不遂。有南陽生者，客邗上，嘗與諸名士宴集。雪如識之坐間，遂傾心焉。凡三見，以情告。於是生之友知其事者咸韙之，謀贖之以歸生。生貧，恐相負，遲迴不遽諾。雪如泣謂其友曰：『不諾則仍死耳。貧與死孰重？不畏死，豈畏貧哉？且不得其人而死，孰與貧而死？今得其人矣，而以貧故不諾，命也。不諾則必死！』生感而許之，各以佩玉爲質。質交，雪如病。病三十三日，竟死。嗟乎！雪如不以仰藥死，自縊死，而卒以疾死。何哉？天殆早許其死，而又欲有以彰之也，故質交乃死。既死，生與諸名士斂金殯之，將銘其壙，碣其墓，且繪圖像，弔以詩文詞。哀爲一册，俾傳之於後。雪如病中，生數回往視，初尚能言，繼則但注目流涕，最後不復有淚，然猶欲有所語，喉哽而罷。悲夫！雪如居廣陵數年，内抱幽苦，外以温默自晦，然眉黛悽結，背人往往淚承睫，以是多爲有心者所識。今潔其身以死，死則愈潔矣。字之曰『雪如』，允哉！」

張南山謂洪穉存先生刻意厲行，希蹤古人。觀其論好名，可好而不能假，則先生生平直情徑行、鋭於自見之意，亦可睹矣。又言穉存先生未達以前，名山勝遊詩多奇警。及登上第，持使節，所爲詩轉遜於前。至萬里荷戈，身歷奇險，又復奇氣漬溢。信乎山川能助人也！其詩如：「客有一寸心，抱此亦云久。妻孥不能知，庶可喻良友。一世乏賞音，吾將寄身後。」又云：「好名亦是文人事，不近情人不近名。」真不磨之論。

孫淵如觀察星衍翰林散館試《厲志賦》，用《史記》「匔匔如畏」。大學士和珅疑爲別字，置二等。引見，以部員用。故事，一甲進士或奏請留館。時相國知其名，欲令屈節一見，卒不往，曰：「吾自得上所改官，不受人惠也。」遂就職。又編修改官可得員外，前此吴文焕有成案。或謂君一見和相即得之，又不肯，曰：「主事終擢員外，何汲汲爲？」自是編修改主事，遂爲成例矣。觀察詩如「千杯酬我上北邙，不及容我生前狂。千言相思寄行路，不及逢君得君怒」，又如「獸鑪紅深三寸灰，哪信急雪淩春來？停歌出户一驚顧，醉影忽落瓊瑶臺」，皆有太白神氣。

何蘭士太守道生《方雪齋集》，清蒼雄健，力掃陳言。述庵先生評其詩如千金戰馬，騰溪注澗，無所不宜。山西自澤州相國以來，若蓮洋居士，清妙則有餘，排奡則不及也。張南山謂蘭士詩云：「『客子中夜興，卧榻以車代。瞑行就坦夷，鼻息出晻曖。忽驚急雷響，迸此夢魂碎。石力拒輪起，如豆爆釜內。』『車行石路』數語善於形容。又如『乾坤清氣在在有，不解領取真可痛。人生寂寞即奇福，斯世繁華皆大夢。飲酒何須舞歌侑，講學莫爲鄒魯鬪』，此真實語，亦解悟語。」

趙味辛司馬懷玉詩，如「舉世人誰醒春夢，此官我未補秋毫」，「急流肯退斯爲勇，清福能消即是仙」，「莫把江湖當平地，收帆要在未風前」，「神仙也要填橋渡，莫怪人間風浪多」，皆見道之言也。又《七夕》詩云：「蜘蛛結網鵲成橋，河漢無聲夜寂寥。不是病餘貪久坐，秋來第一可憐宵。」末句甚雋妙。

嶺南多詩人。在乾嘉年間，如馮魚山農部敏昌，巋然一大宗也。劉樸石太史《嶺南群雅》云：「魚山先生遍游五嶽，凡名山大川雲烟變滅、波濤起伏之狀，盤礴胸次，而注於筆端，渾渾浩浩，包孕萬象。粤詩自曲江後，一振於南園，再振於海雪、藥亭、獨漉、湟溱，以迄於今。其力追正始，以弁冕百餘年來風雅群英者，非先生其誰與歸？」張南山云：「魚山先生《謁杜少陵祠》詩有云：『大哉《北征》作，元氣高淋漓。初陳戀闕心，乾坤悲瘡痍。繼述行旅傷，回首覘旌旗。』又云：『浣花開草堂，成都得栖遲。雖然縱嘯咏，亦自關蒸黎。況迺君不忘，中餐時墮卮。嗟嗟老賓客，所需特饘糜。奚偏捋虎鬚，幾同掩麟骴。才人自古窮，夫子尤堪噫。霜嚴先主宫，風披武侯帷。魚水憶君臣，咨嗟涕漣洏。陣圖走風雲，檜柏森蛟螭。高秋白帝城，暮雨昆明池。併作一生愁，茫然千古悲。』又云：『重惟古文章，質厚關秉彝。忠孝苟不根，文采空葳蕤。惟兹真粹氣，鬱作雄奇姿。高爲歲寒松，下亦傾陽葵。長鯨既海掣，雷雨方天垂。衆體皆集成，萬古誠獨推。』《謁韓文公祠》詩有云：『周昔衰仍戰，言訌墨與楊。聖徒工放距，異説爲懲創。二氏來何自？群迷勢益猖。求仙前古妄，迎佛國人狂。不有名賢憤，何由至教張？五原供蹕奧，一表遂排閶。髮引千鈞重，瀾迴巨手障。偉功同禹孟，高識邁荀揚。事與聞知並，仁還大勇將。先時從上相，已佐尅淮疆。鎮將兇尤熾，王朝使但恇。長驅踐牙距，鋭辨攝彊梁。信靚儒臣效，真爲白刃當。躬危因正直，筆振自雄剛。述作先秦擅，流風盛漢芳。起衰從八代，作鎮向三唐。并約六經旨，還窺數仞牆。詩篇祇餘事，李杜亦同行。霞佩高飛燄，天瓢倒浥漿。兩間盈浩氣，萬丈發光芒。』此二詩篇幅甚長，節録之。先生平生宗法杜韓，故於謁二公祠不覺罄所欲言，滔滔不竭。『濡染大筆何淋漓』，此足當之。」

吴穀人先生试帖詩，士林傳誦，家置一編。兼工駢體，尤善倚聲。古今體詩意清詞秀，奄有衆長。五言如「蟲聲千葉雨，月氣一湖烟」、「春雲寒貼地，海氣濕黏天」，七言如「樹自老蒼花自韵，竹能疏瘦筍能肥」、「葉纔脱樹月流地，秋欲浸人河在天」、「蘆三尺裏通蛙語，桑萬葉中聞剪聲」、「名畫要如詩句讀，古琴兼作水聲聽」，清氣撲人，南宋人得意之句也。

唐人「黄河遠上」、「奉帚平明」、「渭城朝雨」、「寒雨連江」諸作，爲七言絶句登峰造極之作。後來襲其聲調，自詡唐音，不免有婢學夫人之誚。其實學七絶者，須先從晚唐起手，而氾濫於宋元諸名家，求其清疏新儁者學之，則塵羹涂飯，漸知吐棄。門面既除，性靈自出。由此而上窺唐賢，或不至衣冠優孟也。《靈芬館詩話》於蘇、黄、楊、陸諸家外，别録宋人七絶。又於宋人外，録元人之疏朗清新有逸調而無軟熟之習者，以資吟誦。余又以己意去取，得如干首，録之。凡飫肥肉大酒者，當奉此爲清涼散劑也。秦少游《秋日》云：「月團新碾瀹花甆，飲罷呼兒課楚詞。風定小軒無落葉，青蟲相對吐秋絲。」范石湖《田園雜詩》云：「步屧尋春有好懷，雨餘蹄道水如杯。隨人黃犬纔前去，走到溪橋忽自迴。」「三旬蠶忌閉門中，鄰曲都無步往蹤。猶是曉晴風露下，采桑時節暫相逢。」「黃塵行客汗如漿，少住儂家漱井香。借與門前盤石坐，柳陰亭午正風涼。」郭功甫《答人》云：「渡江乘興泊江干，草襯殘花色未乾。慣在釣魚船上住，一簑一笠伴春寒。」曹公顯《飛泉》云：「曉入飛泉帶月華，山如相識路如家。百蟲不響霞初下，開盡一川蕎麥花。」《雜詩》云：「款段揚鞭過雨村，沙平步穩轉山根。好花一簇牆頭見，深院誰家尚掩門？」俞希郄《溪流》云：「雲脚才行又復開，一聲隱隱只空雷。家童忽報溪流漲，知是前山落雨來。」《東山》云：「東山隨分作生涯，即是清高隱者家。粗有小園供日涉，不愁無地種梅花。」張武子《過西溪》云：「罨畫層波蕙草荒，冷雲客雁兩回皇。梅花到得吹成雪，盡是清愁不是香。」《夏夜》云：「恰到黃昏雨便晴，青池迤邐盡蛙鳴。月明已在芭蕉上，猶有殘檐點滴聲。」葉景文《次韻》云：「燕入虛簷教子飛，風簾不卷和新詩。綠陰滿地蜻蜓小，正是黃梅欲雨時。」姜堯章《除夜自石湖歸苕溪》云：「細草穿沙雪未消，吳宮烟冷水迢迢。梅花竹裏無人見，一夜吹香過石橋。」「沙尾風回一棹寒，椒花今夕不登盤。百年草草都如此，自琢春詞剪燭看。」何子翔《吳蠶》云：「正是吳蠶出火時，交交窗外一禽啼。溪西有葉高難采，遥見青裙上竹梯。」葉嗣宗《西湖秋晚》云：「愛山不買城中地，畏客常撑屋後船。荷葉無多秋事晚，又同鷗鷺過殘年。」《出北關》云：「脱衣命僕洗塵埃，籬落人家未見梅。出得城門能幾步，船頭便有白鷗來。」《九日》云：「秋風吹客客思家，破帽從渠自在斜。腸斷故山歸未得，借人籬落種黃花。」吳中孚《曉吟》云：「翠悵香消捲碧紗，風梢殘雨濕蘭芽。蜻蜓亦被涼勾引，清曉低飛入水花。」又元人薩天錫《宮詞》云：「清夜宮車出建章，紫衣小隊兩三行。石闌干畔銀燈過，照見芙蓉葉上霜。」「楊柳樓心月滿牀，錦屏繡褥夜生香。不知門外春多少？自起移燈照海棠。」黄星甫《池荷》云：「紅藕花多映碧闌，秋風才起易凋殘。池塘一段榮枯事，都被沙鷗冷眼看。」迺易之《雪霽》云：「東風悄悄著羅衫，秉燭歸時酒半酣。聽得隔簾人笑語，夜來春氣似江南。」余廷心《南歸》云：「二月不歸三月歸，已將行篋卷征衣。殷勤爲報家園樹，緩緩開花緩緩飛。」于彦成《欸歌》云：「對酒清歌窈窕娘，持杯勸客手生香。袖中藏得雙頭橘，一半青青一半黄。」繆叔正《西湖竹枝詞》云：「初三月子似彎弓，照見花開月月紅。月裏蟾蜍花上蝶，憐渠不到斷橋東。」貢友初《湖上春歸》云：「湧金門外柳垂金，三日不來成緑陰。折取長條入城去，教人知道已春深。」張仲疇《梅雨》云：「輕雲薄薄暗江干，幾陣紗窗送嫩寒。濃睡呼童新摘得，未黄梅子已微酸。」宋顯夫《寒食》云：「街頭老父髮垂肩，拄杖支頤話可憐。粔籹不甜寒具小，風光那似十年前？」郭天錫《宿焦山》云：「揚子江頭风浪平，焦山寺裏晚鐘鳴。爐烟已斷燈花落，唤起山僧看月明。」

《靈芬館詩話》所録元人絶句，有孫蕙蘭詩二首。蕙蘭名淑，新喻傅汝礪若金之室也。陶南村《輟耕録》載其《緑窗遺藁》七言絶句共十一首，皆佳，今並録之：「樓前楊柳發青枝，樓下春寒病起時。獨坐小窗無氣力，隔簾風亂海棠絲。」「緑窗寂寞掩殘春，繡得羅衣懶上身。昨日翠帷新病起，滿簾飛絮正愁人。」「小妹方纔習《孝經》，可憐嬌怯性偏靈。自尋《女誡》窗前讀，嗔道家人不與聽。」「幾點梅花發小盆，冰肌玉骨伴黄昏。隔窗久坐憐清影，閒劃金釵記月痕。」「繡被寒多未欲眠，梨花枝上聽春鵑。

明朝又是清明節，愁見人家買紙錢。」「春雨隨風濕粉牆，園花滴滴斷人腸。愁紅怨白知多少？流過長溝水亦香。」「春風昨夜碧桃開，正想瑶池月滿臺。欲折一枝寄王母，青鸞飛去幾時來？」「空階日晚雨纔乾，小婢相隨倚畫闌。金釵誤掛緋桃落，羅袖愁依翠竹寒。」「小窗今夕繡鍼閒，坐對銀蟾整翠鬟。凡世何曾到天上？月宫依舊似人間。」「乞巧樓前雨乍晴，彎彎新月伴雙星。鄰家小女都相學，鬥取金盆看五生。」「庭院深深早閉門，停鍼無語對黄昏。碧紗窗外初生月，照見梅花欲斷魂。」

霽青太守自潮州罷郡南歸，刻其近詩一卷。有《潮風》十首，其末章曰《罌粟瘴》，序云：「歎鴉片也，向由西洋來，本取罌粟花脂熬膏而成。近日内地亦有種以射利者，流毒日廣，有識者目爲罌粟瘴。是可歎也。」詩云：「罌粟瘴，難醫治。黄茅青草衆避之，中此毒者甘如飴。牀頭熒熒一燈小，竹筒呼吸連昏曉，渴可代飲饑可飽。塊土價值數萬錢，終歲但供一口烟，久久黧面聳兩肩。眼垂淚，鼻出涕，一息奄奄死相繼。嗚呼！田中罌粟猶可拔，番舶來時哪得遏？」余按：十數年來，此毒已流遍海内，朝廷例禁森嚴，官吏奉行故事，雖中此毒者皆庸下之徒，自戕性命，了不足惜，然亦有子弟可造就者，一犯此病，罄家蕩産，百事坐廢，而死不旋踵。讀霽青詩，能無痛哭流涕！

霽青潮州近刻詩名《韓江詩斑》，感懷身世，旨遠辭文，多卓然可傳之作。《思歸》云：「非關作達薄浮名，官裏常牽物外情。實際但求今我是，衰年漸覺俗緣輕。乞憐世上無竿牘，知己天涯有弟兄。已分行藏同守拙，養真何似老柴荆？」「待詔金門記十年，而今作守已華顛。得騎鶴背原無恨，一化蟲身便可憐。塵外凡心仙入夢，世間公道我歸田。詩名官職乘除定，萬古千秋只聽天。」「吾生萬事信乾坤，瑣瑣南眥更莫論。自喜宦囊官有集，人言書種子生孫。分甘晚境心先慰，炳燭餘光眼未昏。整備杖藜兼蠟屐，篋中游記待重温。」「擬構園名小竹林，買山結屋費千金。三生有福堪娱老，十畝無多也稱心。紫筍出時春送酒，緑雲圍處夏眠琴。放翁萬首詩難擬，願學堯夫《擊壤吟》。」《書懷》云：「區區墮甑莫回頭，只合歌詩擬四休。不嗜殺人差自信，未能寡過更誰尤？退飛已似當風鷁，藏拙何如避雨鳩？安見推排非玉汝，幾人宦海得身抽？」「怕聽輿人説好官，敢誇治譜寸心殫。廉原本分非奇節，勤尚無功敢宴安。只恐太平徒粉飾，誰憐民氣漸凋殘？去思哪問留遺碣，我却臨行恝置難。」「頻歲思歸不自聊，得歸塵慮盡冰消。非無一着仙棋失，爲有千杯濁酒澆。送別詩多争出手，壓裝書重勝纏腰。此生留得清名在，哪羨峩冠更珥貂。」

東坡《和陶·貧士》「夷齊耻周粟」一首，其意蓋譏四皓，而諷世之貪戀官爵、徘徊歧路者也。上四句言周武之聖，尚不能得夷齊，而産、禄之徒竟能招致四皓；中四句言四皓非真於避世者，是以末路改節；下四句言淵明以絃歌爲三徑資，故彭澤令亦所不辭，至於不樂折腰，則脱身徑歸，賢於四皓，何啻霄壤？而其耻爲宋臣，與夷、齊之耻食周粟亦復何異乎！余雅不喜四皓之白首出山，妄與人家國事。《讀史記作》託言子房學仙既成，召群真以游戲人間，假四皓之名小試其術耳。若四皓則高祖尚不能屈，豈因太子而一呼即出耶？語雖近詭，而所以譏四皓者更切矣。竊以爲太白之「功成身不居，舒卷在胸臆」，香山之「何必長隱逸，何必長濟時」，似未免被四皓之欺也。

東坡《和陶》、《擬古》諸作，如「有客叩我門，繫馬門前柳。庭空鳥雀散，門閉客立久。主人枕書卧，夢我平生友。忽聞剥啄聲，驚散一杯酒。倒裳起謝客，夢覺兩愧負。坐談雜今古，不答顔愈厚。問我何處來？我來無何有」。又如「客去室幽幽，服鳥來坐隅。引吭伸兩翮，太息意不舒。吾生如寄耳，何者爲我廬？去此復何之？少安與汝居。夜中聞長嘯，月露荒榛蕪。無問亦無答，吉兇兩何如」？此種詩游行自在，一片化機，陶公復起，必把臂入林。此坡公所以云「樂道雖恨晚，賦詩豈不如」也。

詩家運用成語，自出新意，能到天然巧合地步，談何容易？查梅史大令揆《戲答内子謀爲納姬》云：「伊其相謔卿休爾，我見猶憐事或然。」可謂蘊藉之至矣。又有絶句《即事》云：「玉匣冰奩鉛水流，垂楊影裏見梳頭。夕陽似與紅窗約，不近黄昏不上樓。」亦天然入妙。梅史之族弟春園有新詩，亦新雋。《夕陽》云：「當樓漸覺山容澹，極浦遥連雨脚明。」《吴江雨中》云：「疏烟到岸忽升樹，急雨穿雲亂入船。」《答南廬》云：「山向人青如愛客，病依身久似憐才。」皆佳句也。

曾賓谷先生燠古體、歌行，兼擅少陵、東坡之勝，七絶風神宕往，亦迥出時賢數倍。《揚州柳枝詞》云：「揚子江頭緑漲天，蕪城一片是春烟。春來何處無楊柳？不似揚州最可憐。」「淮水春連江水春，枝枝賜姓主恩新。阿誰似爾風流甚？曾蔭三千殿脚人。」「絳仙眉黛寳兒腰，妒盡春風一萬條。今日飛花寒食節，玉鈎斜畔雨瀟瀟。」「曾沾雨露上林枝，三載移栽楚水湄。送客迎人都倦矣，青青兩鬢已成絲。」

樊補之鍾嶽，嘉善人。隱於吴門，習賈人業，而恂恂儒雅，且工於詩。往歲介頻伽索余作山水小幅，且郵寄詩篇，互相贈答，惜未及識面也。其詩名《壺山堂稿》。《帆影》云：「平移曉日三竿出，暗剪吴淞半幅來。」又如「窗外小梅如静女，階前新筍是奇男」、「歸尋籬下無多種，親向霜中揀數枝」，皆耐人尋味。

顧子雨《悼亡》六絶情詞悽惋，其末二首云：「影堂獨自對遺容，一盞寒鐙四壁蟲。莫怪寫生無妙手，年來長自鎖眉峰。」「訣别猶勞勸夕餐，劇憐衣薄不禁寒。青衫零落渾如舊，留得針痕未忍看。」又《抵家》七律一首，亦爲悼亡作也：「故鄉漫説勝他鄉，偏我還家也斷腸。賸有梅花迎舊主，了無人影守空房。吐絨餘蹟猶留幕，網户殘絲漸到牀。却憶去年同玩月，燈昏回首倍淒涼。」又《秋夜四首》，如「何處閒歌聞子夜，怕逢佳節近中秋」、「天上樓臺裝七寶，海東風雨冷孤琴」、「忘機鷗鷺非關嬾，駭俗文章不笑真」、「失學哪堪思往事，悲秋未必爲長貧」，語皆洗鍊，命意清真。

朱鐵門《鐵簫庵詩鈔》清詞麗句，層見疊出。頻伽稱其五言古體暢所欲言，而七古則微傷於冗。余謂鐵門近體詩居然南宋名家，蓋已成就此一種筆墨，而又從各家涉獵過來，方能臻此境界也。爲篴生題《風雨憶兄圖》云：「竹梧蕭瑟紙窗清，三尺烏皮一短檠。是爾憶兄吾憶友，畫工總寫不分明。」《曉出錢塘門遊湖上諸山晚歸紀遊得截句二十四首》其三云：「晴雲不動日光融，湖水無波鏡面同。看見船窗飄柳絮，始知今日是東風。」其六云：「小桃經雨踏成泥，細草紅心一翦齊。記取鴛鴦塚畔路，殘春猶放野棠梨。」其九云：「一道蘇堤柳萬行，平湖界破緑雲涼。南山呼得北山應，不信堤身十里長。」其十八云：「丹鑪宿火石幢斜，知是山陰道士家。到底洞天飛不去，入門便有碧桃花。」其十九云：「洞臨絶壑晝陰陰，俯視寒潭無底深。投石忽聞金鼓響，遊人來慣也驚心。」《西湖竹枝詞和鐵厓韵九首》其一云：「蘇堤看遍柳千株，第六橋邊問酒罏。天意不晴還不雨，今朝西子試妝無？」其三云：「烏石峰前舊釣磯，輕陰連日繡苔衣。緑波底事浮萍少？柳絮春寒未肯飛。」其八云：「波平雲散水天空，烟柳萋迷望幾重。晚景兒家門外好，夕陽一塔畫雷峰。」其九云：「芳信遥遥暮復朝，錢塘江近不通潮。郎心比似西湖水，如此春晴總易銷。」

潘壽生與頻伽自錢塘泛舟，爲西江之遊，路過衢州，有《衢州橘枝詞》云：「上塘下塘橘樹寒，橘枝白露曉漙漙。天許成霜恁容易，結青時候未來看。」「種橘那知采橘愁？簹籠裝了木梯收。憐伊立地剛三尺，早是青黄掛兩頭。」「桐子灘西夕照黄，歸來打槳橘船香。福州種大洞庭小，好與檀郎細較量。」「匀圓顆顆恰堆盤，也算人天懽喜丸。容易説來甘勝蜜，妾心總覺有微酸。」「江山船上買新嘗，笑看同年小妹忙。香到可憐寒到骨，纖纖指爪最思量。」「龍游郭外紅滿株，蘭溪舟中香透襦。漫道投懷没分别，郎心冷澹只憐衢。」又《常山道中》句云：「石色漸除青緑氣，樹身偏擅綺羅情。」亦新警。

山陽吴蔗田農部準，以其尊人揖堂先生進所著《一咏軒詩草》見示，沖澹清遠，一洗綺靡之習。《宿板浦寓齋》云：「數日荒原路，清齋此夕安。花深春霞重，人静夜星寒。海上行將久，天涯夢已闌。幽窗風習習，孤坐一鐙殘。」《兒歸》云：「里塾從師去，歸來雞已棲。晚風深巷雨，秋草滿塗泥。在路無僮僕，關心只老妻。年來頻作客，哪得一提攜？」《七夕》云：「日落禽歸定，新秋坐草亭。竹花涼細雨，桐葉漏疏星。身以愚終老，人思巧乞靈。夜分天宇净，深碧出流螢。」《春日即事》云：「獨卧庭幃清夢賒，霏霏暮雨霽朝霞。呼兒試訪前村去，一夜新開幾樹花。」可以想其閒逸之致。

余喜作艷體詩，今雖才盡，不能下筆，然每見佳篇，必沉吟數四，倘亦性之所近也。吴江朱茘生文琥有《紀事詩》七律四首，真能奪《疑雨》之席，亟爲録之。詩云：「兩地關心已十年，只通聲影便堪憐。雙烟自綰同心結，斷藕還開並蒂蓮。梅子雨多交夏五，楊花風軟過秋千。當時期約明明在，下九初三只眼前。」「百就千攔一見難，相思未訴淚先彈。藥闌紅雨愁中盡，緑閣銀燈別後寒。書不傳情牋短短，病偏助媚骨珊珊。對人指説天時冷，杏子羅衫可太單。」「春寒破曉立蒼苔，生怕愁容對鏡臺。剪燭通宵千淚落，殘枝墮地一花開。毵毵細柳猶如此，曲曲柔腸剩幾回？輸與東風雙蛺蝶，隔鄰飛過短牆來。」「曲房低小似吴舠，風静秋河月影高。酒緑觥船浮蘂玉，燈明銀蠟膩蘭膏。醉中一掐麻姑爪，窗下三偷曼倩桃。歷歷平生惆悵事，幾回欲寫轉蕭騷。」

贈友之作，須自己分際與所贈者之分際兩無所失，方爲合作。東坡《和章七出守湖州》詩，章七即章惇，蔡京之黨也，故第一首云：「只應未報君恩重，清夢時時到玉堂。」言外見其志在榮進也。《答李邦直》五古一首，邦直與章惇輩鋭意紹述，竄逐正人，東坡七年瘴海，其禍本實自邦直發之。坡公守高密時，邦直以京東提刑行部至密，以詩贈坡公。坡公心薄其爲人，而勉强應酬，末有云：「聞子有賢婦，華堂咏螽斯。盍不倒囊橐，賣劍買蛾眉。不用教絲竹，唱我新歌詞。」乃調之也。

虞山錢曾字遵王，家富圖籍，多蓄善本，嘗仿歐陽《集古録》輯《讀書敏求記》四卷。其評李商隱詩，可謂深知義山之心事矣。其略云：「文宗時群小用命，朝士箝結。甘露之變，爲千古所未有，國勢亦岌岌乎殆哉。義山忠憤逼塞，不敢斥言，美人香草，讔詞託寓，其旨微矣。《留贈畏之》詩題下注云：『时將赴職梓潼，遇韓朝迴，三首。』夫時事日非，期望畏之來有所論建，而喑無一語，如囈如醒，故云『待得郎來月已低，寒暄不道醉如泥』也。隨例趨朝，轉輾迴去，國成誰秉，若瑱耳不聞。宫鄰金虎，委之蜩螗沸羹之徒。忠於君者若是乎？故繼之以『五更又欲向何處？騎馬出門烏夜啼』也。首章起句即責韓，以『清時無事奏明光』反言之，亦激言之耳。詞臣引領，歸客迴腸。義山於君臣朋友之間，詞義剴切，又托爲艶詩，以委曲諷諭，此豈笨伯所能解乎？朱鶴齡箋注義山詩，初藁云：『此題有誤。』予笑語之曰：『義山既誤作於前，《才調集》又誤選於後，無知妄作，賢者無是焉。』鶴齡面發赤，因削去。今聊引此以啓其端，見義山之詩之難讀如此。」

倚劍詩譚

倚劍詩譚提要

《倚劍詩譚》不分卷，據浙江省圖書館藏稿本點校。撰者黃濬（一七七九—一八六六），字睿人，號壺舟、古樵，浙江台州太平人。道光二年壬午進士，官江西雩都、彭澤等地知縣。有《壺舟詩存》等。黃氏有詩才，而不諳仕途，官彭澤一百九十日，被議落職。因任職天數倍於陶淵明，人稱「雙料彭澤令」。道光十八年謫戍烏魯木齊，此書即其西行之詩話也。此舉與稍前袁潔之《出戍詩話》同。然黃氏所記詳於行前之餞別、途中之迎送，詩酒文會，酬唱不輟，酒洗離愁，詩壯行色，頗顯其重情之詩人本真，一路之異域風情反在其次也。出玉門關後至哈密一千二百餘里，哈密至烏魯木齊一千六百餘里，竟只各作一首五言長古括之；次年抵達烏垣後，方纔「追憶」作《塞外二十詠》，列有二十小目及摘句圖。末則悼亡，記其妻妾解詩之趣，而不言關外關内，觀書中有句「走到窮邊尚一家」，重情始終而柔腸實勝「倚劍」塞外之題也。

題辭

宦海曾經，只剩得、清風兩袖。縱然是，仙班淪落，壯懷如舊。劍倚冰天虹氣亘，車催玉塞霜華透。走西陲、萬里任遊遨，君恩厚。

渾忘却，鄉心逗。也不管，吟身瘦。且採芬摘艷，自消昏晝。詩夢醒時佳茗瀹，談鋒快處芳樽侑。想古來、賢士困而亨，言非謬。

調寄《滿江紅》。

輯軒成瑞初稿

倚劍詩譚

壺舟甫著

余《倚劍詩草》起於定戍西域時。自作小序，有語云：「廷尉森森，空作山頭之望；湛盧耿耿，別尋天外之觀。讀留侯傳於圜扉，何妨學步；磨盾鼻書於絶徼，豈伊異人？十九年不歸，蘇屬國已先有壽；一萬里爲遠，張博望恐當笑人。」當時見者喜其脱略。故朱晴山焯贈行長句有「臨歧不作兒女語，萬里之行何慨慷」云云，蓋爲此也。

余訟案已成，過院日，信筆成長句，中有云：「尺鷃驅之萬里行，長鯨並失千鈞力。」蓋其時當道中不乏同年交好，欲爲余斡旋其事者，而迫於時勢，但呼負負也。又云：「哈密城邊瓜葉黄，伊里江頭魚尾黑。我昔依稀夢見之，或有前緣期不忒。」此夢在數年前，自知數之所定，無可挽回，雖匪達人，亦當知命也。

余西戍之行最深惋惜者，爲吴城司馬張春槎湄。其時春槎眷一校書，名菱仙，爲輯《采菱新詠》成編。自序中有「絮語醉心，柔情動魄」語，集中佳句甚多。如云：「平子歸田賦，雲英未嫁身。」「燒殘夜雨三條燭，訴盡平生一片心。」最佳者如絶句云：「圍爐絮語有餘歡，摻手傾茶破曉寒。若遇愛才牛節度，朝朝街卒報平安。」又一絶云：「臨行莫忘是初三，後約還將軟語探。新歲恰當人日到，迎門翻笑尾生憨。」春槎最工填詞，集中言情之作，雖秦七、黄九，無其穠麗。深以余羈於訟庭不得見爲恨，日日過從爲余計，行李之外，所口者皆菱娘也。有《別後舟中見寄》詩云：「薄宦浮沉已可憐，客途忽又失青氈。看他鼓棹揚帆去，滯我朝朝下水船。」「五張六角緣何事，輒爲壺公喚奈何。君患才多吾患少，從今只譜定風波。」「北風催我掩孤篷，難遣離愁總懊儂。安得紅爐匳鏡畔，選詞還唱鬢雲鬆。」「避債臺高不避風，尚餘綺語戀芳叢。歸來索共梅花笑，未負窗前一萼紅。」每末句用一詞名。前兩首爲余寄慨，後兩首又不勝司馬情多。余次韵和寄，則安詞名於首句。其一云：「相見歡疎已可憐，何期絶塞更吞氈。憑君慰藉心彌苦，恰似長江上下船。」其二云：「解語花遥恨正多，緑林風雨奈君何。南華胠篋高吟後，秋水篇中睇渌波。」時春槎舟中被竊，故來詩有「失青氈」語，此詩答其意也。其三云：「聲聲慢櫹倚孤篷，楚尾吴頭見阿儂。羨煞博陵張學士，會真記裏和應鬆。」其四云：「臨江仙舫蕩回風，君去窗前草滿叢。曾記相期重把臂，上元燈火滿街紅。春槎長君子嘉名受穀，爲廣西畢節典史。因事戍輪臺，與余遇於隆德，遂偕行至戍。」

丁酉秋冬間，以南昌縣署西園爲寓室，本應置之叢棘，上臺不爲已甚，聽其自逸也。比屋而居者，爲幕友王漁溪履泰，紹興人；江鑑溪清，江西人；王芳友耆香，湖南人。窮日與夜，聚坐讌談，蓋苔岑中無是契也。余次蘇長公《送鄧宗古還鄉》韵，各贈一詩。其贈漁溪有「比屋時對酒，同食西江魚。情話不能已，往往輟官書」之句。贈芳友有「我昔官萍昭，未訪幽人墟。今幸共把臂，蓮葉東西魚」之句。而鑑溪才尤美。余所贈，起手有「欲求珣玕琪，當往醫無閭。欲覓璆琳琅，當之崑崙墟。翳余與子遇，莊惠濠梁魚」語。漁溪本不善詩，而其《贈行》一律，有「塞外將軍來揖客，中原盟坫憶才人」二句，頗自以爲得意。芳友能吟，屢作不就。一日酒後口占《唐多令》詞云：「萬里走堂堂，令原共遠將。數征鴻、古塞斜陽。到處雲山供眼界，儘收拾，入詩囊。　壯志快蓬桑，斯文闢大荒。待刀環、撿來歸裝。他日西窗重剪燭，共浮白，話星霜。」此特小令耳，而有風馬雲車之勢。殆其鬱勃之氣蓄之，久而欲發耳。至鑑溪則有次余《留别》詩韵四首。如云「文章報國還憎命，造物因人轉忌才」，「從頭事業成芻狗，滿目雲山逐塞鴻」，「棋於敗局偏贏劫，山過重坳别有天」，雖情深一往，似稍顯露，轉不及芳友詞之渾融，而不着邊際矣。時三弟令樵同行，故芳友有「令原」之句。

舊雨難忘，吟成出塞古風，可接鞭贈繞朝。此余於瀕行時，感不去心者也。至有素未覿面，而贈綈之舉，則爲之贊其成；飲馬之歌，則爲之切其痛者，不多得也。金璞生珉，揚州人，寄跡西江鹺賈中。聞余將西行，爲説項於商主，獲贐金若干，並題送行册《滿江紅》一闋云：「萬里投荒，數不盡、才人潦倒。説君是，携琴載硯，尚餘清操。南浦何堪重賦别，西河況復增悲悼。想從來、造物忌多情，誰同調。　休再憶，居清要。也莫憚，循邊徼。且讀書行路，遣君懷抱。過眼雲山留畫本，關心風月添詩料。待賜環、他日檢歸裝，從吾好。」聲調情詞，穩愜如是，蓋才而隱於市者也。余轉傷其潦倒矣。時余有喪明之戚，故詞中有「西河」語。

朱瀚字寅庵，又字瀛庵，本名時序，後改今名。高安朱相國之文孫也，以蔭授都司。工詩能賦，學義山而不拾其唾。出語費百解，而實則枕經葅史，無句不典也。著有《小滄溟館詩》初、二集，皆千錘百鍊而出。與余交莫逆，集中寄懷詩最夥。其《春雨寄壺舟》七古，後半云：「君辭坐曹來指麾，手劍下砍蛟龍螭。萬驤軼群峰側垂，欲往從之阻寒飢。明神發夢與我疑，中蘭粸蕙姿瓌奇。瑶鸞鏡空烟抹岐，下物擾擾無成虧。今我不樂看霜髭，碧沉絳動辰來遲。何時與君言宴私，手拂玉麈雙揞頤。」又有《次黄壺舟春詞》、《仿范黄門建除體》、《效山谷作二十八宿歌答壺舟》、《夜夢壺舟會於小滄溟館不見壺舟六七年》、《立秋日寄壺舟一百韵》、《風雨秋夜寄壺舟》等作，皆驚心動魄語。如云：「芰衣涼换舞，楸帽晚增癡。」又「裘帶羊公笑，衣香荀令吹」，又「緑醅才門綺，銀蠟韵拈危」，又「荆庭姜被遠，子舍狄雲遲」，又「啼猿經枉渚，囈燕啅芳蘺」，又「渴飲黄麞血，豪驂白鳳褵」，又「茶瓶聽宛轉，醪榼取淋漓」，又「花山月夜横湖思，荆舫春雲漲海頭」。單句如「鱗雲沓天暝，冰霜語蟠胸」，「紫埃埋局髮，宇宙誰推轂」，「鴻蒙蟻磨垂，荒砌餘蜩甲」，「瓊芽毿堞壓，戴笠删賓從」，皆似不經人道語。獨記其風雨秋夜見寄之作云：「九秋霖雨潰無源，風江莽莽人濤喧。平生論交滿天下，眼前黄子可與言。聲鴻冥來吹瑟瑟，計挾大雅聞孤騫。藥齋名士五陵魄，蘇室老翁半菽魂。故人剪紙招不盡，錦囊舊血模糊温。原注：藹翁、祁孫俱下世。傍無知音浩三歎，子不來讀誰能論。豫章欲去插羽翼，與君共駕飛雲軒。」其冡兀之概可髣髴也。

寅庵於予將行，寄贈番蚨三十餅，并媵以詩。余次韵答謝。先是，以玉𡵆佩刀見寄，開緘得長句，甚有奇氣。諸賤藏篋中，一時未能遽檢。惟余次答之作録《倚劍集》中。云：「酒酣仰視青天高，上馬仗劍辭其曹。丈夫出門氣浩浩，千秋自信爲人豪。我别故鄉心已死，遠戍那須論道里。恨無巨刃摩天揚，安得長杓酌江水。江南縱酒杜司勳，槐南殺敵淳于棼。罷令已慙陶栗里，度關却憶孟嘗君。五色牋從雲裏出，不爲雲泥負車笠。寶刀瓊笋塍瑶篇，遥惜故人臨異域。故人搔首傷遲暮，鶗撥欲歌《丁督護》。傾觴提鋏出關門，何慮蚩尤五里霧。高昌葡萄凍玉寒，吕嘉蠻血吾欲餐。却感迢迢持贈者，遠從空谷操猗蘭。」余自笑，始則仰視青天，繼則自傷遲暮，未免貽笑河間。然士夫失意，實有此忽豪忽餒之態，非獨爲予寫照，亦爲千古窮厄人丁之碑也。寅庵又有寄余兄弟《惜别賦》，殊得《離騷》遺意。

先嚴二峰公晚年得隔症，湯茗不入者月餘，入一口，出且倍之。名下醫俱謝去，一市醫命以鷄汁飲之而愈。蓋飯菜茶點中俱下鷄汁，乃安然受之，否則與汨俱出也。桐城吴牧皋犖，六旬餘，患是證。時遊幕江西，泊舟章門，將就報故里，以書辭。余見其字如蛩蚓，詞亦悲愴，惻然傷之。進以鷄汁，能受咽，因市數鷄遺之食，至家而病全愈。戊戌西行，道出桐城，訪之。牧皋大喜，留余住五日，無日不携酒饌至，勸酬甚殷。并爲余寫入關圖於册上，且題曰：「坦途自昔接崎途，莫説名流幸免無。杯酒且銷離别恨，爲君快寫入關圖。」及余脂車出城，牧皋步行隨余後者十里。余初不知，至臨路店，呼余下，酌酒爲别，淚隨言墮，曰：「余老矣！君縱歸來，未知他年有相見期無。」余忍淚慰藉之，信口吟曰：「瓦缶如玉瓶，村酒如醁醽。殷勤酌我東門外，白水青山送客情。君且樅陽住，我且榆關去。他年曳策倘歸來，與君共酌臨岐處。」

張淡村年伯儆彬爲余同年，張子畏寅本生父，時就養南昌太守署。子畏爲建春暉樓於署中，又造一亭，余爲題「頤亭」額，爲年伯頌也。年伯以諸生受四品封，脱略埃壒，而工詩。余在南昌署半年，日以吟酌相慰藉。及西行，贈詩云：「四海彌聲教，雖荒亦可投。伊江今樂土，遷客古名流。失馬寧非福，驅車且恣遊。況逢恩詔近，即日大刀頭。」臨歧口占，而能渾脱如是，可謂老而彌壯者矣。年伯亦桐城人。

石瑶辰家紹爲余壬午同年，以江西南昌令陞石鼓營同知，山右翼城人也。翼城近太岳，故其能文之士類多雄奇，瑶辰獨以精密稱，其爲政亦如之。然如送余西行四絶句，其第二首云：「此行權作壯遊看，葱雪龍沙縱大觀。子厚文章坡老字，都因遠謫富波瀾。」雖稱許過當，以氣體論，不可謂非雄奇矣。

文静涵太守海，滿洲人。以能吏受知。生平不甚爲詩，然偶爾衝口而出，輒能道人胸臆事。余臨行時，以幅紙相贈，纍纍二十韵，起手云：「鄙儒困里巷，跼蹐無遠志。悻悻小丈夫，失意恒怨懟。君懷極夷坦，不以榮辱異。生平富遊覽，江山助奇氣。」可謂深悉鄙懷者矣。

余出關之行，贈詩滿篋，其叙事之清婉而情理俱盡者，未有如張春槎司馬湄、蓋式如同年鈺兩作者。張詩云：「男兒墮地懸弧矢，就傅髫年能奉雉。讀聖賢書志聖賢，下帷非獨窮經史。江夏才華邁群彦，拾芥無心取青紫。憶自牽絲江右來，捧檄毛生爲親喜。牛刀小試到萍川，馴雉聲名徧雩水。惟時我綰赤緊符，雙江接壤比鄰耳。弭盜青郊枕漸安，懸魚畫閣心同耻。聽鼓我又移南州，君向柴桑帆亦駛。誰知宦海有驚波，瞻望白雲悲陟屺。年來蕉鹿更奇幻，覆雨翻雲困泥滓。窮邊荷戈真壯遊，定沐聖恩看旋軌。一樽飲餞脩江濱，萬里之行從此始。」蓋詩云：「昔我從戎伊吾西，冰天火地馳征鞬。

今君往我舊遊處，其間風土吾能稽。聖朝疆域拓前古，古來窮邊今善土。商賈如雲百貨屯，甲士回夷歸部伍。勸君遠道開愁顏，萬里真同咫尺間。博望鑿空定遠戍，至今遺跡猶班班。男兒墮地四方志，況君搜奇兼好異。文章詩筆兩入神，插脚風雲恣遊戲。更偕難弟聯轡吟，倡予和汝稱同心。不聞遺戍吴季子，《秋笳》一集傳至今。靈踪秘跡經探討，神奇到眼舒懷抱。河源遠溯崑崙山，輪臺遍歷征西道。雲端雪磧千芙蓉，冰崖凍裂鳴笙鏞。甘瓜如甕寒沁齒，葡萄馬乳琉璃鍾。此行定入將軍幕，羽檄軍書煩斟酌。一朝丹詔下金鷄，慎勿依依此間樂。期君東望返征輪，天台風景仙爲鄰。洞口桃花紅若錦，春風含笑待歸人。」張宦蹟與余最近，張莅贛邑，余莅雩都；張來新建，余調彭澤，相望二三百里間，時得以公事往來談讌，故言之親切如此。而蓋則以甘省軍興辦糧口外，故得以暢所欲言，導余先路也。

同年張子畏寅少年科第，著績户曹，歷九江、南昌太守，所至以循能稱。其在南昌修城築堤，造書院，諸大工歷舉無遺，辦義倉數百間，積穀至二十八萬石。乃不得於大僚，至有求全之毁，登諸白簡。幸聖明洞察，得以保全。余登程之日，正其在官聽議時也。以余將遠行，日邀樽酌，不廢嘯歌。余乞其贈詩，漫應之。洎驪駒在門，始選片紙，奮筆捷書，云：「冰山雪海極西頭，萬里馳驅抵壯遊。身世浮沉原瞬息，詩才磊落已千秋。數年萍聚情何洽，此日襟分淚漫流。聞説天涯自知己，況兼棣萼破邊愁。」瞬息浮沉之語，乃其憤懣之發於不自知者也。未幾，果以丁内艱歸里，不得謂非詩讖。

沈曉峰鴻，浙東人。遊幕西江，與余初不相識，及余被議後，始來過訪。瀕行，贈詩二律。其一云：「落梅風裏唱《陽關》，萬里長城一望寬。馬踏廢營沙怒語，人來絶域鳥驚看。天教才大傳名遠，我獨情多送别難。恨不執鞭隨遠戍，披星戴月傍征鞍。」「沙場匹馬路非賒，一樣從軍兩樣誇。名士題痕新筆墨，美人艷色古琵琶。生逢聖世無分甸，走到窮邊尚一家。雖得壎篪吹萬里，不須羌笛譜《梅花》。」前首三、四兩語極爲新警，然當時祇誇好句耳。及行戈壁沙海中，車腹嘵嘵如怒語者，而塞外之鳥不下數十種，其音聲迥與中國殊，毛色亦異，以人之驚看，而知其亦必驚看也。嘵峰足跡未至西域，何以知之最真？次首「走到窮邊尚一家」句，聖朝疆域之大，千百言不能盡，乃以七字俚言括之，亦奇句也。人自尋常看過耳，故爲録全詩而論之。

余登途之先，三弟今樵買舟直抵楚北，候余同行。及余至九江，始知驛道宜從皖省，乃急促喚之回潯，而今樵舟抵武昌，大被胠篋，悶悶而返。故余門人彭澤許標贈之詩，有「曾是塞翁宜失馬，不須歧路歎亡羊」句，用語可謂恰當。

德研香林，文静涵太守之冢君也。年少嗜讀，能書畫。余西徼之行，於邑侘詫，不啻若身受者，乃轉爲曠達語以壯余膽。其贈行詩四絶，第二首云：「不用臨歧泪滿巾，男兒本是遠遊身。短衣匹馬陰山下，大筆題詩有幾人。」

蔣玉峰同年啓勷，廣西全州人。以刺史銜宰南昌。余被議時，居其署，蓋以西堂爲請室也。臨行，題余册。其自叙云「道光戊戌閏四月十八日，挑伯山同年自粤過江，招同壺舟、式如、瑶辰諸同歲生讌集衙齋。壺舟時有塞外之行，爲瑶辰畫蘭石，伯山、式如皆即席題詠，勉和一首，爲壺舟仁兄贈别，兼志一時同譜之誼」云云。其詩云：「他山訂石交，同室忘蘭臭。所以素心人，簪聚快良覯。客從海嶠來，烟霞携滿袖。雄談珠玉落，健筆龍蛇走。爲君題畫箑，崇德勉相就。君今出絶塞，壯遊神不疚。識君作畫心，空谷鬱芳茂。豈慮知音難，地遠名益壽。古人重離别，贈言以爲富。清夜集壺觴，嘯詠雜殘漏。努力愛春光，刀環嵩可遘。記取今宵樂，他年重話舊。」是夕，席中惟同譜五人，天涯萍聚，話舊論心，飲酒樂甚，不知燭之幾跋。余爲瑶辰司馬寫蘭於扇頭，伯山、式如題之，玉峰即題此以送余行。伯山復題余扇頭云：「藉甚台州老畫師，投荒偏在聖明時。酒酣不作傷心語，太息斜川一卷詩。」蓋是時余酒酣作畫甚多，故以老畫師呼余。余方有喪明之戚，故未語云。然次日伯山遂北上，更一月，余亦西行。是秋，玉峰亦以告養歸。瑶辰則作郡雙江，惟式如未有耗。西園雅集，風流雲散，迄今思之，南皮之會，真不可多得矣！

晴山朱大煒，江南人。隨其父遊西江，遂家焉。以書記爲諸侯賓客。工山水，詩筆韶秀。其自題幀首，時有可觀。若巨篇，則尚窘邊幅。獨其送余行一篇，灑落縱横，有跨海蕭雲之概，傑作也。全録於此：「江草江花慘無色，短衣匹馬向西域。胸有煩冤太抑塞，仰天目斷飛鴻翼。作圖送子情爲傷，熱淚紅濺春衣裳。臨岐不作兒女語，萬里之行何慨慷。蠮螉塞外古沙漠，剺面吹蠡鎮相逐。妖雪晴飛日色寒，角聲宵奏秋霜肅。龍碉雁磧青頑孱，紅柳斜傍焉支山。此時風景悲歌裏，何處鄉關落木間。有弟有弟偕行去，氊帳穹廬共居處。三更刁斗夜開尊，倚劍青天作狂語。窮荒會見馬角生，刀環樂府吟雙聲。歸來著書高一尺，何羡燕然銅柱名。」「妖雪」二字未見所出。然余在輪臺，自初冬至春仲，日光之中，時見灑灑如碎塵，晶瑩耀目，土人謂之明霜，殆即朱所謂「妖雪晴飛」者歟？

鹺商率多大腹賈，目不識丁字，見文人作白眼，窮儒尤甚。何則？厭其以漫刺扡秋風也。獨雪樵何君名佳琛，鎮江人，以儒士詩人而作鹺家總簿。蓋其豪華好客，有四公子風，非負郭之田所能供其揮霍，不得不借資於計筴。與余交莫逆，余西行時，雪樵在揚州，書來慰藉，若不勝情者。其贈詩有「著書翻悔十年遲」之句，蓋惜余遲暮投荒，若早十年，見聞尤夥也。又有「所幸清貧聖主知」之句，蓋憐余家寒，而喜余罪薄也。雪樵曾刻張即之書《金剛經》，余爲跋其後，一時藝林奉爲墨寶。石存章門螺墩，今不知載歸鎮江否？同時西江商肆中有曹春漪焯，江都人，亦能詩，送余有「自來遷謫半才人」之句。

張午莊鳳翾，吳興人，同莊珍臯之從弟也。余識同莊於京華者多年，後官山西縣令，以事戍伊江，期滿授職賜環。蘇撫陳芝楣囑余於武林訪之，不得，蓋遊興方濃，殆在三竺雲山深處矣。午莊遊幕江右，爲德研香之師，與余兄弟交最久，亦最摯。余西來之日，午莊贈五古一篇，蓋次余留別午莊，用坡翁和王晉卿韵也。詩云：「世態如浮雲，得失無定屬。逆來而順受，一笑萬事足。君具曠達懷，不畏蠭蠆毒。丈夫事遠遊，山川盪心目。邊城風雪寒，車聲碾冰玉。倚劍嘯長空，高搴輕鴻鵠。古人所來到，圓輿窮嶽瀆。壯哉萬里行，安知非奇福。況有季方賢，秉轡共追逐。滿斟葡萄釀，醉聽《伊》《凉》曲。行囊富千卷，隨身等竿木。送君不忍别，夜談跋樺燭。感君期我厚，贈言賡菉竹。金門朝射策，時爲故人祝。窮通固由命，升沉奚可卜。倘可假羽翼，亦不甘雌伏。他日君歸來，好種三徑菊。萍簪會有期，相對笑容掬。拔幟立騷壇，發棠我請復。」次韵於燭闌香炧、酒酣耳熱後，而能妥貼排奡如是，不易才也。

山陰馮静山習仁爲南昌尉，余被議之日，頻頻過從。其和余留别四律，有句云「史雲薄宦餘塵甑，仲蔚閒居没草萊」，又「泛駕偶鞭難馭馬，長征方逐未歸鴻」，又「大江東去疑無地，絶塞西投尚有天」，皆佳句也。其年静山改官蘆溪司巡檢，以《蘆溪載弩圖》屬余題，余爲調《喜遷鶯》云：「浮沉墨綬，儘錦囊詩滿，祇憐官瘦。縠浪停鷗，綃蘆隱艇，得地别成奇秀。一家風月裏，總隨着志和依舊。最瀟洒，是科頭讀《易》，蓬窗清晝。　將就。細揣究，宦海夢華，面爲浮名皺。汗馬功虚，開邊事拙，都落南柯窠臼。豈如耽吏隱差，免得心兵頻鬥。枕與漱，有幾多水雲，消受將就。」「細揣究」二句，乃曲中語，當時偶用之，究屬不宜。而「汗馬開邊」雖爲寄慨，與巡尉比事，亦覺徑庭。蓋余當時别有見聞，借以輸泄，非爲静山，亦非自爲寄託也。

余門生許標，彭澤人。以縣試案首入黌宫，故感余最深。余西行日，贈贐至數百金。余小駐九郡時，又携錢數十緡，親來爲余治庖膳，供薪米焉。記其和余留别詩四律，有句云：「名流從古多逢劫，天意如斯倍愛才。」次語雖違心之談，亦能自翻窠臼。又云：「囓雪身爲蘇屬國，著書人是吕東萊。」押「萊」字，亦現成。又云：「公猶老興能行遠，我更何人證坐忘。」則離感深矣。許行第四，其長兄楷，次兄檏，三兄桂，雖未讀書成名，各以他途進，而並能吟詠。其三兄尤工楷書，在章門時，日與過從，殊有及門之誼。許楷和余有句云：「雛鳳驚飛傷老鳳，夏蟲誰語悵秋蟲。」上句哀余喪明之戚，下句則别有感慨也。又云：「勞身笑説搬薑鼠，大筆珍看戲海鴻。」又云：「風重有聲隨北騎，草深無夢入西堂。」皆工警。許樑有句云：「久把功名嗤蟣蝨，肯争得先到鷄蟲。」又云：「短衣長劍宵征馬，老地荒天絶塞鴻。」大都語不猶人。至云「事難插手徒生感，愁到周身豈有邊」，真如何滿之歌。許桂和余有句云：「人當垂老何堪别，恩到知心那得忘。」可謂沉頓。末一首中四句云：「四海湖山詩卷裏，一家兄弟雪霜邊。胸襟浩浩堪千古，風雨依依悵各天。」一氣卷舒，頗有無前之概。獨門人歐陽基在九江隨侍兩月餘，本能詩，而以不工自晦，僅有一律送余行，甚佳，而失其稿，爲可惜也。其父鐵松先生軾，與余交尤摯。余數居停其家，寄裝資焉。一夕爲火所焚，并其新構，俱爲灰燼。鐵松不惜其屋，而獨爲余愁行李。蓋其愛友之誠，皆非貌交所能致者。年七十餘，殊老健。别二年餘，今不知如何矣。

戊戌五月十三日，余赴西徼之戍。先是丁酉臘月二十日，兒子象兑水死章門，寄棺北蘭寺。而兩妾國香蘭、天香桂，一侍婢露香名菊花，一老僕張林尚在江右，因於燈節後，託友人陳作舟廷楫任送挈之役，并扶柩以行。比作舟由故里返，而余未起程也。初擬五月初四日行，親朋留過端節。又將以初七日登車，文静涵太守以是日爲余生日，堅留不許，爲擇初十日。而粤東鹺使陳仲雲、學政蔡雲士兩同年，寄贐南昌太守張子畏同年處，張亦自有所贈，適以事未致送，不得不緩以待之，乃以十三日行。送余車者，蔣玉峰司馬、馮静山少尉、范駿之建棨巡檢、王莘田、陳湘鄰、蔣松岡、蔣二十四諸幕友。其送至利濟渡者，則王芳友者香、柳益三芳、王仲臺孝標、王朗予炯、陳作舟、江鑑溪也。朗予父漁溪以病酒不與。余臨别口占：「風烟一道塞程開，路向滕王閣下來。送我自崖皆返矣，獨予驅馬信悠哉。趙陽臺已關中別，蘇屬國應老去回。不識西江諸舊侣，幾人爲酌洗塵杯。」蓋是時西江之局，余早識其將變改，故結語云。然今聞官幕諸君皆風流雲散矣。

道出樂化，見壁間題二詩，署曰：「戊戌元宵朔方樵子偶題。」多道北方風土之美，兒女觀燈之樂，并及華山之筍，渭河之魚，殆陝右人也。至鄙西江爲鬼國，則未免可笑。因次其韵書後，今録一首云：「西去窮關塞，郵程萬里多。車腰收華色，馬足亂涇河。亦有英雄氣，何堪兒女歌。旗亭題壁處，之子意云何？」

余以雨留建昌王明府勉齋署者四日，爲作《唤渡亭記》。蓋唐白樂天曾唤渡其地，後人亭之，而勉齋欲修其廢也。余《紀雨》詩中二句云：「浩蕩客居海昏國，拍浮人憶蠡湖船。」時三弟琴曹先以舟至九江候余，建昌即古海昏侯國也。時幕中熊玉航綬有和余留别詩四首，顧藍淳燦有贈余《西江月》詞，惜並失之。

玉航留别詩見和之作，偶於行篋中檢得之，次蟲字韵。「幾處聞風邀竹馬，一時多難起桃蟲。」甚爲切貼。又云「著書總作禾秋想，報國何曾一念忘。盛世邊疆皆樂土，犁庭風景即華堂」。又云「暫借南風吹五兩，直窮西域過三邊。玉門關外詩題柱，大樹營前劍倚天」。皆闊大壯浪，不作兒女子刺促語。

余以五月二十二日至德化，七月二十六日始行，凡駐足者二月餘。將至德化時，道出廬山，有《望天池》詩云：「仰首見靈區，亭亭出霞表。指以問輿人，云此是天沼。孤塔聳高寒，人烟攢萬杪。知是仙者居，時有雲氣繞。我生困行役，拔身苦不早。安得凌空冥，脱然逐飛鳥。籟虚群喙息，目曠衆山小。去去勿復言，方寸徒縹緲。」又有《過西林》詩云：「行經西林寺，山氣鬱盤回。前村蔽烟樹，想像空王臺。乜斜度石橋，始見山門開。僧舍亦巉屯，非復古崔巍。惟有山下塔，易世無傾頹。我行艱遊歷，策蹇何時回。」去年別天竺，前年別天台。比至德化，東門有觀音閣，寓居其下，閣名慈雲。余次東坡鑒空閣韵云：「我聞落伽山，乃是金仙境。偉哉大士容，水月涵清影。兹閣供大士，歲月亦已永。萬水同一泓，萬月同一鏡。有合固有分，此亦水月耿。誰云歸一途，萬途皆可屏。昔人名慈雲，法蔭護窮冷。我心如亂雲，時借水月警。慈雲即水月，此意今悟穎。請看香雲蓋，豈獨護鷲嶺。」又《於月下看廬山雲》云：「潯陽稱名區，亦藉江山助。少矚得清娱，晚步不欲遽。仰視廬阜頂，雲白如鋪絮。上有明月輝，下有蒼烟翥。山容庵藹間，杳莫知其處。晃朗銀世界，豈無金仙據。誰能凌絶壁，一攀鸞鶴馭。歸來聞步虚，入耳聲宛如。黄山矜雲海，蜀江誇灩澦。我將登崑崙，玉田自來去。」潯江、廬阜皆滉漾靈秀之區，故寄跡其間，發爲謳吟，亦自覺清婉可誦。

湖北黄梅縣城中有神塔，相傳云有僧不運磚石，一夕造成。余有詩云：「不須運石不須泥，一手工同萬力齊。莫道神僧矜幻法，不容思議是菩提。」

離黄梅城三十里，有五祖肉身，寺中香火之盛莫比。余過其地，未得瞻仰。然竊謂前代高僧往往留肉身，以示世解脱之意云何，因口占云：「破頭山下舊胚胎，寄宿還將夙慧來。悟得三身都是幻，肉團何用占黄梅。」

余小住九江時，吴緒五明府正緯贈詩有「謫仙畢竟是詩仙」之句，余愧其言。彭澤門人張馥字蘭坡，謁余最遲。余宰其邑，未之識也。及余西行，小駐九郡，乃介許子赤城標來見，修北面之儀，自是無日不過從，且勸赤城梓余詩。故余贈蘭坡有「憶余自莅彭湖後，諸子從遊君獨否。信知見面有前緣，緣速緣遲俱不偶」之句。西蘭坡送余詩，亦有「許家園林盛梨棗，擬付良工勒新稿。望師指日大刀頭，一卷麻沙續遊草」之語，皆紀實也。

潯郡亦有庾樓，在太守署後。樓旁有晉時槐樹，樓之西南隅有浪井，李太白詩曾及之。大風時，井即起浪，相傳云與江通。樓北倚雉堞，其下横大江。武昌庾樓，余未之見，僅登此而已。宰彭澤時，曾與朋儕邀太守讌集其上。戊戌歲，竟不復登。記乙未舟過，有《憶庾樓》詩云：「湓亭潯浦昔時遊，最足關情是庾樓。棟壓荒城風雨古，江横遥岸荻蘆秋。衰槐如見清談日，廢井常通大海流。記得衣冠曾此會，而今無復姓名留。」嗚呼！自典午至今千餘年，名流會此者不知幾何人，姓名之不留者，豈獨區區數裙屐而已哉。

晉陶淵明宰彭澤九十五日，余則一百九十日。淵明不肯爲督郵折腰，棄官而去。余則以不善脂韋，觸上官怒，至於褫職。友人輩每戲余有「雙料彭澤令」之稱。九郡經歷張東之贈余詩，有句云：「彭澤九句陶令懶，夜郎千古謫仙才。」

鄧袖海文瀚，桐城人。遊幕潯陽，性謙挹。事余以父執禮，知余最悉。故贈句有云：「三絶才華常縱筆，十年宦况不言錢。」蓋余宰彭時之清貧，多有人爲袖海述之者。

戊戌六月望，三弟今樵在武昌舟中有夢，見岸側一園洞開，內有綠蕉紅亭，俯臨園外。門中一麗人招之入。方將從之，忽覩一僧如阿羅漢狀，卓其錫，響若洪鐘，立門外，麗人懼而逸。僧高語今樵曰：「汝福山寺大虛弟子也。別幾何時，遽不識我。蓋已隔一塵矣。且汝與汝兄昔爲同師，今爲同懷，行業未堅，均致淪落。好語汝兄，破蒲團上，當早尋本來面目。業海茫茫，無出期也。」今樵欲師之，僧曰：「汝自有師，不須師我。」遂寤。今樵爲記以示余。余惕然於僧語，借次東坡《芙蓉城》詩韵以記其事，命之曰《紀夢行》。中有四句云：「夢中仙園門不扃，翩翩雌鳳招梳翎。忽聞卓錫如轟霆，玉女落魄逃荒亭。」寫今樵夢中事，可謂周匝。後又云：「僧言身世雖聚萍，各自有師歧門庭，吾睫未許棲焦螟。」指「汝自有師」語也。「吾睫」句尤似警闢。全詩見《倚劍草》第三卷。

余在九郡時，與譚清溪俊同寓觀音閣下。清溪工山水人物，贈余《風雨歸舟圖》扇，并爲畫釋裝、道裝兩小影，蓋清高孤寒士也。因清溪晤畢樾林德隆，又因樾林而見其父執劉養園啓秀詩集。養園又號懷芳，都勻人，曾爲玉田令。樾林父酣亭桂於其死哭之，所謂「一生詩酒興偏豪，到處題詩掛酒瓢」者，其性情也。「母老家貧甘旨缺，欲歸耕去恐無田」者，其宦況也。自題《居庸射鹿圖》七古一首，雄健蒼茫，勁氣直達，至結處忽作調侃語云：「范君爲我作此圖，青天匹馬精神孤。惜君不到居庸塞，畫得雲山似五湖。」余深喜之。蓋余宰雲陽時，曾派秋闈內簾分校。是科詩題爲「海不揚波」，通場詩皆寫江景，「兩山燈火」、「兩岸樓臺」等句，滿紙迷離，蓋其人習覩彭蠡、鄱湖之勝，木華《海賦》曾未夢見，無怪其眼界之狹也。又余西行時，友人有爲余寫出關圖者，層樓叠岫，金碧青葱，亦惜其足跡未踏邊荒耳。養園又有《石銚》詩，叙云：「真州尤江村購得石銚，上有元祐字，與坡公石銚詩摹寫全是，斷爲坡公物。」詩中有云：「蘇仙上昇去，於今歲七百。獨有此物留，完好無缺剳。」此則迂腐可笑。石銚之製，不獨元祐時有之。元祐時之石銚，亦不獨周穜之贈坡公祇此一枚。坡公所詠之形製，凡石銚皆是也。文人好附會，大抵如是。其《捕蝗行》有「遺蝻紛起如蝟毛」之句。余按，《古今字書》無「蝻」字，雖《明史》載有《蝗蝻録事》，究出近代，不典，大雅家所不宜用。五言如「曙檐喧凍鵲，寒木起春烟」，「天光臨酒醆，魚沫近蓬窗」，「蟬響帶風急，江聲來夢寒」，「曉風鳴凍樹，初日晒冰花」，「山隨雲氣轉，城近野鳬飛」。七言如「開徑教穿紅雨過，起樓爲看白雲生」，「蒙頭白髮來偏早，信手黄金去已多」，「雨來巫峽飄雲夢，風自湘江帶小波」，「列宿四垂天讓水，浮沙幾點地沉山」，「高樹凉飈吹落照，遠空雲氣捲殘鴉」，「鴛鴦拍翅墮烟岸，村女洗頭簪杏花」，「桃花桃實三千歲，春雨春風十四城」，「禪機今日頑於石，世味頻年冷勝冰」。皆能清綺闢生，筆隨心撰。余尤愛其「纔出山來君已病，欲歸耕去我無田」及「三年試向心頭想，幾事能當去後思」四語，爲一片白地光明錦，言愈淺而意愈深也。

戊戌七月二十九日，行至太湖。是夕於夢中得句云：「老去詩篇在，歸來草木青。」

余過舒城，遇年辰園順行於逆旅。傾談之下，始知爲李芝齡師宗昉主考安徽時所取懷遠士，乃同門也。讀余次大關壁間洪竹侯十律，題其後云：「沉鬱頓挫，豪健俊偉，絶無去國離鄉之感，可謂壯哉！」蓋余十律中如「多緣磨蝎剛臨命，未必纍臣便不才」，「吟窺柳絮追三影，塢築桃花讓六如」，「食瓜路訊奇臺縣，沽酒腰藏普爾錢」，「投壺笑我輸多馬，破鏡由他盼大刀」，「出畫輪蹄三宿宿，侍前螟蠃二豪豪」，「童無牧馬迷途遠，星似牽牛貰債貧」，「劍珮已寄緣去國，塤篪相叶喜同心」，「宋生莫任牛蝨笑，郭隗慚教馬骨灰」，「秦庭休問燕丹角，梁案終慚德耀眉」，「弓箙成吟鷄塞遠，關山如畫虎頭癡」等句，皆不肯作楚楚可憐語故也。辰園復贈余長短句，其自序云：「新城尚書與西樵先生當患難相見時，不暇他及，輒曰：『弟視吾詩境若何？』此可見先達古誼繼坡、潁矣。今古樵、今樵賢昆季同赴伊江，道路之間，不廢吟哦，亦何愧於前輩哉！獨坐挑燈，情難已已，慨成數語，以贈其行。」詩曰：「東莫望台州，家山萬里愁更愁。一肩行李月三秋，清光欲到西海頭。南莫望柴桑，柴桑父老多神傷。牽衣灑淚送臨江，使君遺愛人豈忘。與我相逢在逆旅，夜中拔劍爲君舞。爲君舞，酒酣耳熱不能語。蟲聲墻角急如雨，一燈如荳光還吐。明日望君君何許，欲送不送身無羽。願君此去著作高等身，西域傳注容再補，自注：近日徐星伯先生有《漢書西域傳補注》。輿地中原傳萬古。歸來與我醉百觴，好携老同細説伊江今樂土。」辰園此詩可謂急節苦調，顧不勉余以他而獨勉余以著作，亦可見其古心古趣，不欲以世俗相期矣。余有和作，載《倚劍集》。辰園又題余行册二律，起句云：「萬山風雪古今樵，塊壘何須濁酒澆。」最爲豪放。

余過合肥周公瑾故里，有作，頷句云：「赤壁樓船憐炬滅，小喬夫婿憶風流。」年辰園同門曾爲余誦岳陽樓楹帖，云：「吴楚乾坤，杜子美昔聞今上；江湖廊廟，范希文後樂先憂。」可謂天造地設，惜不記作者姓名。

余行安徽道中，多有題詠，其意各有所指。如《經孔壠》有句云：「堤殘田未出，耕廢犢空存。」憫水災也。《太湖訪李竹醉師故里》云：師名振翥，山東臬司。「白公詩裏妾，嚴相匣中琴。」弔陳跡也。《太湖道中》云：「郭外晴嵐松偃蓋，林中初旭水明樓。」快清景也。《潛山道中》云：「乍嘗魚味思佳釀，欲聽濤聲憾小松。」嗟缺事也。《登滁岑》云：「山色蒼蒼連皖歙，人烟鼎鼎半公卿。」誇盛地也。《過周公瑾故居》云：「赤壁樓船憐炬滅，小喬夫壻憶風流。」句已見前。思雄才也。《過舒王墩》云：「當時拗相虚封國，前代何王有廢邱。」疑故跡也。《廬州》云：「未必奸雄真挾妓，不嫌名士尚留臺。」辯傳聞也。箏笛浦相傳曹操沉妓處。又有鮑明遠讀書臺。《鳳陽》云：「萬世本根樓尚矗，七年營造堞空存。」鼓樓前石刻「萬世本根」四大字，爲明初物，城塼多刻「洪武七年造」。憫王跡也。《臨淮驛》云：「曾見諸侯誇有酒，更無太守號臨淮。」傷古懷也。迨至仁橋集而皖境已盡，至永城，即河南界矣。故余次宋張梅源龍榮《摸魚兒》詞韵，有「明朝別却江南路，一日一程鄉遠」之句。又云：「鵓鳩喚，屈指是汴梁古月垂楊岸。亭長堠短，看廢堞棲鴉，荒洲宿雁，景物逐番换。」過此以往，又不勝南宋江山，繁臺歌吹之感矣。

永城爲皖入豫首站，余有句：「安道風規猶髣髴，太丘名姓未模棱。」蓋漢陳實、宋張方平皆其邑人。至虞城有句云「何代交遊非管鮑，讓渠名姓滿江湖」，以其地有管鮑分金處也。歸德爲古梁地，孝王之封在焉。其先則莊周爲漆園吏，園址猶存。又唐小説所謂定婚店者，云在是地。余感成一律云：「柳絲楓葉送斜暉，我到嚴城恰授衣。蝶夢難尋風栩栩，兔園何處雪霏霏。同心莊惠今無忝，謂今樵。工賦鄒枚昔已稀。便欲月中詢皓叟，一生緣斷是耶非。」

睢州壁間有周叔程謁湯文正祠詩，甚工。惜不能記，僅記余和作，中四句云：「學追濂洛歸源處，政著東南秉鉞年。盛世君臣魚得水，良時幹濟道由天。」

叔程詩憶得兩句云：「崇祠獨殿三千末，名世剛逢五百年。」殊爲勁拔。

余過杞縣作長短句，後一行云「昔人憂天畏天圮，今日天衢平似砥，我去天涯方未已」，此非諛世語，試思江南至新疆，萬數千里，而舟車無阻，侯尉咸通，唐虞之暨訖漢唐之雄强，能之乎？

詩有借對之法。余至汴梁，同年郝衡橋文光贈余一律，有句云：「夜郎今李白，彭澤舊棠陰。」以「李」對「棠」，視唐人「下土」「秋風」之句有過之矣。

同年梅庾村茂南中書，遊幕浚儀，待余最爲殷摯，與郝衡橋爲余籌旅橐。不獨故交襟誼，如何逸人覲揚、張静軒虎臣、鄒松友堯廷三明府，鄒鍾泉鳴鶴太守、鄭羲亭家蘭少尉，乃至波及於秦苓溪伯度太守，施曉岩熙、永銘、高步月三司馬。雖推解無多，其眷卹之情不可没也。庾村贈余五絶句，皆直道胸臆，不作世俗應酬語。如云：「伊吾萬里多霜雪，莫要寒侵出塞鞭。」何等真摯。又兩絶云：「三十年前聽廣寒，與君同抱紫雲還。而今欲索梅花笑，羞對簷前月一灣。」「相逢且酌菊花杯，陶令風流憶舊時。料得潯陽高會在，詩人一去主盟誰。」回首前塵，爲之愴惘。

郝衡橋同年招余飲。同席者，白退葊讓卿比部、梅庾村、何逸人，皆落落不得志。逸人即席賦詩志感，并贈余行：「凉飈秋滿古吹臺，落日呼朋邐迤來。名世文章都豹隱，當筵骨相盡龍媒。謫仙鳳翮隨雲墮，棄婦蛾眉藉酒開。曲冷霓裳塵劫惡，不堪天上首重迴。」「北馬南船去路分，自注：退葊比部將入都，予亦擬南旋。天涯萍水暫殷勤。百年幾共團圞月，自注：時九秋望夕。四座真同黯澹雲。自注：賓主近皆失意。曲爲歌離頻囑緩，杯兼贈別漫辭醺。梁園他日霏霏雪，祗讓高才賦軼群。自注：謂鍾泉太守、松友刺史兩同年。」「行行相送指天山，應共春風度玉關。遠去更逾山谷貶，重逢好待老坡還。氊廬暖入詩情壯，笳奏清娱酒盞閒。聞道才人邊塞滿，唱酬莫忘賦刀鐶。」可謂慨當以慷，淋漓盡致者矣。退葊時作寓公，於予之行亦質衣以贈，可感也。欲以詩餞余而不果。

鄭羲亭與予有撫塵之好，且同鄉之誼，篤倍恒情。然少年氣盛，與余褊僻之性兩無咀含，其於歡愛之懷固無間也。詩筆亦倔强。戊戌九秋餞予行於夷門之王氏別業，時羲亭爲朱仙鎮巡檢。贈詩云：「遇酒逢花且樂天，錦囊豈乏賣詩錢。馬蹄塞雪三千里，鴻爪春泥十七年。我輩有魔方作吏，人生無劫石成仙。此行却爲邊民幸，絶域文風起二賢。自注：時令弟令樵茂才同行。」

羲亭餞余贈行，余以詩報謝，乃次其雪中舊作韻，有句云：「人到梁園愁雪早，客開芳宴及秋遲。」又云：「攬將雁塞風雲氣，印出鴻泥指爪來。」又《出汴城口占》有句云：「艮嶽夢華三殿月，繁臺烟柳九秋霜。」意致頗似羲亭。

戊戌重九日，余在汴梁，偕顧小硯少尉、李占林騎尉、三弟令樵，登相國寺藏經樓。重訪方丈雲熙和尚，不值。持螯酒家，以當黄菊之會。成長句一章，起手云：「六十年來此重九，壺舟老向夷門走。秋風萬里正西來，吹到夷門變衰柳。夷門西望萬里餘，別有天地爲吾廬。便欲迎風更西去，三秋佳日停余車。」頗自以爲有興會。中間叙四望云：「東南指點繁臺在，歌舞當年春似海。杜老空懷簫管音，梁王鸞馭邉相待。西南臨路玉津園，園門東對開重軒。禊遊帬屐醉春暮，夢華幾度空頽垣。西北瓊林攬咫尺，桃杏春風絢丹碧。聞喜香銷玉筍班，而今無復題名跡。東北入望尤堪哀，千尋艮嶽何崔巍。白雁西來泥馬去，花綱石貢皆成灰。四顧遺踪無不有，憑誰迴溯千秋後。我是今人視昔人，後人視我知誰某。」王右軍云：「情隨事遷，感慨係之矣。」

余出鄭州，有云：「圃田麋鹿今何有，東里衣冠昔盛遊。」圃田在州東三十里。鄭辭秦戍，所謂取其麋鹿以閒敝邑者，不應在城之東。東里在州東門内，亦恐非公孫僑舊居。又行滎陽、汜水、鞏縣間有作，中四句云：「遊説齊梁皆此路，争雄漢楚有餘嚚。山形天險臨鴻塹，樹色秋嚴逼虎牢。」此道崎嶇，周、秦、漢遺跡具存。然行程倉卒，無從細爲憑吊矣。

李、郭同舟處，余亦有作，中四句「賢流異地終能合，黨禍衰朝苦未休。望似神仙傷雨别，垂之史册亦風流」。兩賢有知，必不以余言爲河漢也。至偃師看碑，中四句：「宰樹猶縈埋處緑，史編難昧殺餘青。忠臣曾化周郊血，寒士能談孔壁經。」蓋謂周萇弘、唐王輔嗣遺跡。弘不善終，輔嗣亦短折。余結語引《老子》「多言數窮」語以告來者，且以自警焉。

余每至勝地，輒不勝望古之懷。惜旅程匆促，睹記又罕。惟至洛陽，則大放厥詞，今録全首云：「行行復行行，行行至洛陽。洛陽花事跨群芳，大北勝壓小南强。我來秋盡葉亦萎，名園想像徒嗟傷。高山仰止在何許？耆英之會，午橋之莊，龍門千尺流湯湯。箕山潁水遠莫致，況復鴻都東觀千載歸荒涼。我夙欽儒宗，二程崛起孔道昌。洛源演漾注四海，後生一勺羞池潢。我欲學仙去，追踪王子吹笙簧。白雲茫茫杳不見，緱山草木徒秋霜。我思皈釋部，初祖面壁曾坐忘。九年事了隻履去，少林古壁餘神光。不然便學蘇季子，縱横捭闔紛張皇。今時無六國，何用讎秦倉。不然更學留侯亦快意，坐籌帷幄收嬴疆。吾貌離奇遜女子，况無黄石貽青囊。不然康節先生有遺範，編成《擊壤》恣徜徉。吾行長城歌飲馬，一窩安樂將奚藏。今吾所思乃在草茅之二士，每况愈下真迂狂。吾聞秦劇孟，窮簷俠氣淩高蒼。一諾千金庇良友，遂以舌辯全逋亡。千秋而下安得此氣誼，雅欲執鞭隨其旁。又聞漢卜式，輸家百萬供邊防。拜令封侯等芻狗，直要借鼎烹弘羊。史公尋常置之《貨殖傳》，毋乃瓦缶盛珠璫。知人論世吾豈敢，藉以斗酒澆枯腸。酒酣望古更遥集，夕陽冉冉低龍岡。明日驅車向西去，二陵風雨天蒼茫。」一時興會所至，不覺言之過激。然劇、卜二君其誼氣之重，識見之高，實余夙所欽佩，初非過其里而諛之也。

新安城南有漢函谷關，由樓船將軍楊僕耻爲關外民，改設於此，時都長安故也。余過之，口占云：「不是秦時函谷關，樓船移轍計何頑。鷄鳴虚説田文度，牛背空思老子還。設險原非天塹固，驅車尚覺地維艱。丸泥莫作西封計，聖代經涂達九寰。」迨入周秦時函谷關，又吟云：「剛逢秦朔入秦中，是日十月初一。欲訪猶龍弔祖龍。《道德》五千歸末吏，河山百二付孱童。關前羞作鳴鷄客，塞上聊爲失馬翁。更欲大荒追逸足，由來夸父有奇功。閿鄉有夸父山。」南人非歷其地，又烏知數百里内有兩函谷關也哉！

余行潼華道中，有雜詩十首。中一首專咏潼關云：「左枕洪河右列屏，中間勃窣見潼城。飛翬雄雉今猶昔，太息哥舒百萬兵。」以哥舒之才，而百萬之衆竟潰於此。信乎！地險不足恃也。然今之所設，未知即唐時遺址否？倉卒過車，無從攷之。

華山曉望，偶成五古二十四韻，中有四句云：「天帝玩靈珠，誤向金天落。是誰椎之碎，萬屑森廉鍔。」今遊以爲得兹山之情狀。

渭南西門外有萬里橋，非杜老所咏西蜀之萬里橋也。然余過之，不能無感。口占云：「初日輕塵上柳條，渭南城外路迢迢。馬蹄霜重征衣薄，十月西風萬里橋。」

鴻門坂東十里有戲河墩，殆即《史記》所謂沛公軍戲下之地也。余故有句云：「嘆息重瞳真豎子，不將帝業就鴻門。」洎過鴻坂，又有句云：「赤符久已歸天子，白璧何勞獻大王。」一則責之人事，一則歸諸天命，與太史公意頗合。

余過新豐，口占云：「漢皇別作新豐市，鷄犬來時盡識家。寄語太公逢故舊，莫談鼎俎話桑麻。」吾知太公與故鄉父老話舊時，提及踞俎之危，當必有黯然神傷，怵然色變者矣。

過驪山時已昏黑，見樹色蒼然，而無片椽寸柱。因弔之云：「驪山入望使人哀，天寶風流夢未回。此日有情惟草木，當年無處不樓臺。玉顔漢代宫中水，烽火秦時劫後灰。日日紅塵馳驛騎，香魂休望荔支來。」

余西行半載餘，塵垢滿身，過太真温泉，乃喜曰：「此不可不浴也。」秉燭而往，雪體而歸，遥溯遺踪，不勝怊悵。調寄《薄倖》一闋，用此詞名，所以呰三郎也。其詞曰：「過驪山下。聽艷説、温泉碧瀉。便覓向、潺湲聲裏，欲把緇塵陶寫。帶結鬆、肌粟微生，融融漸暖春無價。恨綽約姿遥，温柔香遠，不與情波俱化。　爲追憶、唐宫事，新賜浴、繡簾低亞。侍兒扶難起，海棠春睡，愛憐最是承恩夜。惜分離。乍報漁陽、鼙鼓聲來，錦韉無端卸。方塘瀲灩，空賸華清舊話。」余著是編，本不欲以詩餘闌入，然忍俊不禁，既録是闋，因憶前過華州時，經陳希夷先生墮驢處及郭汾陽王故里，作《沁園春》兩闋。其一云：「嘆息當年，希夷先生，亦痴矣哉。爲英雄馬上，削平區宇，軒渠驢背，跌落塵埃。事不相干，關心則甚，也費胡盧笑口開。肝腸熱，豈仍耽世味，志在雲臺。　因憐滿眼庸才。便弄盡干戈運不回。乍黄袍加體，真人天水，紫雲作蓋，帝子香孩。有主河山，無驚洞壑，争不眉峰喜作堆。留踪處，對蓮花面目，如見咍臺。」其二云：「健羨當年，郭汾陽王，亦豪矣夫。正流離戎馬，兩朝再造，艱危社稷，隻手親扶。震主無疑，窮奢莫議，體大功高物論乎。千秋後，荷熙朝盛典，俎豆枌榆。　由來天地蘧廬。況竹帛功名更子虛。嘆咸陽城外，空懷黄犬，邯鄲道上，祇剩青驢。笏滿牙牀，姻連帝室，都屬華胥一夢餘。祠垣外，有寒烟叢樹，落日啼烏。」三詞皆有寄慨，覺兒女英雄同歸空寂。獨不解希夷先生以物外之身，而復留心世故也，故詞中稍迴護之。

過灞橋，成一律，中四句云：「幾多征客無家望，自古才人欲别難。命到蛾眉應契闊，詩成驢背亦清寒。」滻水一律，頷二句：「地勢近連長樂月，灘聲邊咽暮鐘秋。」

興慶坊即興慶宫故址，今在咸寧縣南門外。余故有「追思天寶笙歌日，凝碧沉香大内春」之句。坊僅如街栅在闤闠中，覽風景不殊之語，猶爲難得可慨也。

經咸陽有詠，中四句云：「舊是帝都殘鹿馬，今無宰樹跳猩猿。樓臺烽火銷三月，城闕規模剩九門。當秦時國都必宏闊，今恐非，故址然尚九門。」

乾州離長安一百六十里，余亦有作。中二句云：「雲開好時堂山見，木落横關漆水流。」好時、天堂山皆在其地。大横關今無存，有鎮名關頭鎮，當是故址。

余《乾州夜起即事》結語云：「且憑青柿釀，發我黄葉顔。」陝右潼關間多以柿爲酒，日飲所沽，更無他釀。然味殊不佳，聊以取醉而已。

《自永壽至邠州紀事》五古一首，中有句云：「下上歷崖崀，時觸石骨蒼。馬足踏冰澌，寒玉聲琅琅。巖懸已無路，車迫仍康莊。所以少陵詩，戴石紀邠疆。」蓋山轉路盡，大石阻崖，車抵其下，穿越過之。少陵《北征》詩所謂「邠郊入地底」，又云「蒼崖吼時裂」，又云「石戴古車轍」者，想即此處。余又有句云：「倏爾見平壤，天宇爲軒昂。疑此古豳原，公劉所規方。猶存于胥意，氣象何堂堂。」蓋未至邠州，平原一二十里，地高勢壯，余疑爲古邠原。又有句云：「地形忽若墮，一落千丈强。乍見雉堞開，邠州在其旁。卑窪更迫促，絶異歌允荒。」余蓋疑今之邠州斷非公劉故址。又有句云：「傳聞履跡坪帝武，歆神姜方在高辛。」時豳居豈所，當可知三代前事跡多荒唐。履武係高辛時事，荒豳係公劉時事，今邠州有履跡坪，誠爲附會。

余生平未宿山洞。至長武，下榻窑室，中則土而非石，殆即《詩》所謂「陶復陶穴」也。戲題絶句云：「陶復遺風溯古豳，我來土榻喜相親。挑燈恍卧湖州艇，半夜開門月似銀。」差勝袁簡齋窑中三宿無詩之歎。

今樵次涇州題壁詩，余亦次其韵云：「湖柳分行似列營，唐時節度此專城。千年壁壘連雲石，一道輪蹄挾鐵鳴。月魄曉寒征夢覺，霜華宵重鬢絲驚。旅吟響徹東西屋，猶勝涇原百萬兵。」

過六盤山，有《口號八首》。如云：「食罷當壚瓜樣餅，大風吹上六盤山。」此間所鬻之餅，多作長形，亦奇。又云：「不知周穆西征日，八駿如何過此山。」蓋山道之拗折，未有如此區者也。故又云：「捲起車簾看過險，不知吹面朔風寒。」至巔四望，心目曠然。又吟云：「極目群山萬首聚，膝前峰嵂盡兒孫。不堪回首東南望，杳靄還應見海門。」山以東似豳人遺俗，山以西又略似長安風景。又吟曰：「山根老屋幾人家，疎柳柴門寂不譁。頓與豳風陶穴異，始知世外有桑麻。」

八音冠首體，仿前人建除體也，未見有穩愜者。余在途戲作一律云：「金母徵予共宴謡，石交休爲歎無聊。絲牽傀儡身隨轉，竹報平安路太遥。匏苦心情憐我獨，土苴面目任人描。革縧何日鷹離皂，木末西風雪正飄。」似當無牽强之病。

青家驛壁間有李南枝題壁，余次其韵，有句云：「渭水以西無客送，長城而外覺天寬。」

余至會寧，卧病旅邸。江右徐信軒敬明府時宰其邑，頻來視余，爲予施胗。蓋信軒固靈素斲輪也。余是以有「烹鮮手復辨温涼，銅瀝傾波病頭香。頻過高軒憐鬢影，相招官閣探花光」之句。以信軒招飲未赴，故又云「一丸待熟丹宮裏，半指無緣翠釜旁。」

信軒頻以越酒見餉。余又有句云：「謂酒祛愁病有功，自注銅瓶遺親僕。寸腸芒角藉消除，況復時來論心曲。栽植看君縣有花，句留笑我胸無竹。」信軒在會寧修城鑿池，政聲大著，今且加銜任劇，自張掖調補首邑矣。且善畫竹，故余句云然。

病中楊廣文梧園翬鳳見訪，余贈之詩，蓋追次東坡贈段比田韻也。中有云：「淡守苜蓿盤，老營梁孟案。代耕飽有餘，無欲心不亂。蹈履健如鶴，白髮墮朝盥。耳目謝龍鍾，談笑劇欵緩。每吐三語雋，尚覺六經貫。」徐信軒以爲傳梧園之神。梧園新近續經，而精神矍鑠，笑語間必雜經語，故余詩云然。

周蓮峰西範學博，會寧人。棄官不仕，構屋自怡。頻來訪余，招爲平原十日之飲，意猶若未慊者。余成三律贈之。如云「但有素心存竹石，久將世態絶炎涼」，「閉門擬與黄塵隔，愛客偏嫌白首遲」，皆寫蓮峰之真。蓮峰失耦三年，恬然孤孑，常膳惟壺漿乾糒，皆其所自營，不煩僮僕。蓋其天性嗜淡習勞有如是者。故余有句云：「齋已太常千日外，食同顏子一簞時。」嗣余西行，乃又有金裹葠蘂之贈。《别周蓮峰》一律：「不是萍逢是夢逢，一鞭荒驛去匆匆。平原十日憑投轄，儋耳三年任轉蓬。鶴骨拚隨詩共瘦，雁程差喜信能通。瓜沙白草枝陽柳，雪不同看月尚同。會寧，古枝陽地。」

清溝驛壁間，有諫堂題壁詩四律，余與今樵皆和之。余有句：「鷄塞雲山朝復暮，鴒原風雪弟兼兄。摩空劍作雄龍語，戛壁琴爲大蟹聲。」

余至甘省後，多追次東坡之作，覺胸次坦然，欲如坡翁之夷曠。如《初至蘭州》，則次其《成都府》韵，有云：「安心自有命，時哉悟山梁。盡人以聽天，此理終微茫。」《小駐蘭州爲度歲之計》，則次其《除夜贈段屯田》韵，有云：「椅妻與影妾，藉作燈前伴。風霜所銷磨，氣已餒平旦。」又云：「朝來對明鏡，白髮添新盌。百病皆可回，獨此謝和緩。」《服藥示今樵》，則次其《次子由病酒肺疾》韵，有云：「極目秦漢墟，荒冢石虎卧。始知百年身，瞥如壺矢過。何必南柯醒，方悟北鄷墮。」又云：「鄭人痛同根，所嗟弱一个。爾我幸天全，風揖任欹簸。」又云：「譬如垂老驥，伏櫪待芻莝。寒暑近黄昏，佛火聊晚課。夕陽上簷隙，好景留些些。蓋勞筋暫息，意理彌恬非。」真能一掃塵緣，如坡翁之空諸所有、置身度外也。

蘭州莊嚴寺大雄殿前繪壁十八阿羅漢像，相傳爲吴道子真蹟。余閲之，乃數十年前俗工筆耳。吠影吠聲，殊可怪嘆。因成長古一首，中有云：「古人用筆見神彩，如血出甲鑿精粺。俗工恬熟詎可同，誰許么膂逞狡獪。」

蘇九齋刺史履吉讀禮蘭城。余未至之先，聞余假館四輔巷，即來見探。余抵寓後，往拜之，一見如舊相識。小駐兩月餘，無日不相過從，往還餞素，同於飛雪，亦客中一勝事也。九齋初晤即乞余訂其《友竹山房詩稿》，先媵以詩云：「新詩六卷乞君評，盡是當前瓦缶聲。敢望知音争擊節，猶慚拈韵祇言情。推敲一字憑誰定，廢讀三年感此生。但得如椽删訂後，非因舊草博虚名。」蓋九齋詩一氣卷舒，不事雕飾，如欲節其一二，爲聲病之資，則絶不易得。如《己亥新正九日小酌邀今樵不至即次其送窮詩見示原韵並送壺舟西行》云：「日昨約良朋，詰朝過顔蒼。將藉縱談詩，敢説開春釀。曉起啓冰厨，窮儉難名狀。幸值新年來，盤飧多餽餉。半是受人憐，無漫侈廉讓。况余屬艱苦，情形正彫喪。寂坐嘆無聊，春風轉惆悵。適有南來人，胸懷獨高尚。匪石與締交，鑄金合供養。更幸有季方，萬里相依傍。功名不屑圖，性情尤超曠。筆花酣舞時，倏爾墨雲漲。我愧枯腸搜，傾心倍趨向。惠我送窮詩，吟懷見雄壯。晉謁旋枉臨，接談屑霏颺。杯酒託言歡，冀君毋我忘。玉趾胡自珍，使我虛企望。數日鄙吝萌，未獲重造訪。爲和君佳章，藉以舒幽暢。西望出陽關，權作三疊唱。他日再相逢，別來兩無恙。」此詩隨意揮灑，暢所欲言，不得以雕蟲篆刻期之。其次余見贈三絕，中一絕云：「杯酒何妨藉結歡，新春愧乏五辛盤。陶然一醉無他事，但乞談詩到夜殘。」《次今樵題友竹山房詩草元韵》云：「老年非復舊青春，勞碌難爲自在身。漫道酣吟隨俗吏，終慚餘事作詩人。羈懷猶愛書盈篋，離緒還看淚滿巾。多謝同心謬推許，願隨鞭弭奉清塵。」皆恬雅可誦。其餘與余唱和詩數十首，及題余小姬張桂《封臂圖》，皆以五色牋行草書贈，詩、字兩絕。余襲什藏之，將裝潢成帙，以貽阿買，茲不暇備録也。

九齋《友竹山房詩前集》七卷、《續集》亦七卷，《補遺》一卷，又《年譜詩》四十首，則出自創造。《前集》，陸芝田作序；《續集》，其自序。兩集題詞數十家，惟袁玉堂潔二絕最爲簡切。詩云：「挑燈連夜讀君詩，想見吟髭欲斷時。絶似香山《長慶集》，世間老嫗總能知。」「廿載誰憐爨尾焦，遊踪處處掛詩瓢。龍眠圖畫真堪羨，千古文章重白描。」然亦有警煉濃奇之句，如「風雨愁人天亦病，友朋苦我日加餐」，「車從石罅扶輪過，馬向溪坳勒索行」，「照鏡應憐青縷細，吟詩欲將紫莖陳」，「對客有談皆麈尾，思家無夢不刀頭」，「顏色寒時金已盡，輪蹄熱處鐵初銷」，「假使成群盡豚犬，何妨入夢層虺蛇」，「雲間峰影開晴雪，林際泉聲聽晚濤」，「得句何妨話兒女，論詩不必借神仙」，「深巷今朝猶賣杏，老農明日欲分秧」，「柳絲繫岸風初暖，花影移磚晷漸遲」，「酒逢心熱能先醉，詩到情濃覺易成」，「在佛莊嚴千變相，殘碑剥蝕幾經秋」。以上各聯並經鎔鑄而出。《續集》雖偶句亦盡流逸，未能摘艷。集中各體俱備，而余終以五古爲第一。其顯豁痛快處，雖香山未能或之先也。惜長篇難登譚囿耳。

九齋閨人張淑芳名滋，能詩，刻有吟册。其《和外選歸里詩》六首，穩愜之至。第六首中四句云：「自解多情憐妾病，誰將秀色療君饑。行期畏卜心難别，離緒酣吟語暫違。」尤爲清刻。《南歸日過赤金峽題壁》云：「塞上風霜消受慣，夢中雲雨往來忙。」過客指爲褻語，多以蕩冶之詞步其後，不知行雲行雨，但言其踪跡之迷離耳。自元曲有巫女楚襄陽臺雲雨之説，而後人遂沿襲不改，謬悠有自，固難與俗子辨也。香閣謳吟之士女，其盍慎諸。

馬鷗生桂齡，海寧人。以府經歷需次甘垣，與余寓咫尺，昕夕往來。年逾弱冠，倜儻風流，詩筆亦迴不猶人，以同鄉之誼爲忘年之交。除夕度歲余寓，與余兄弟聯吟達旦，詩載《倚劍集》中。冬夜和予贈詩二律：「離離寒影月無聲，似聽蝦蟇記短更。説到風華猶掩映，評來月旦太分明。客憐歲籥愁難挽，人傍燈花覺有情。此日天涯同憶遠，凍雲黯淡滿蘭城。」「盎盎春光破歲寒，萍踪慎勿嘆居難。不妨西域留張奂，何必東山起謝安。險語約君時共鬥，宦情如我已將闌。今宵滿酌屠蘇酒，羯鼓傳花且盡歡。」又有《紅豆詩贈蘇九齋刺史》，中四句云：「旅客秋風愁緑鬢，美人心事耐黄昏。纏綿似寄新離恨，檢點難尋舊夢痕。」皆沉著而有風趣。「月無聲」三字，友人紛紛譏之，群以質余。余笑而不答，非不欲答，不知答也。

陳文甫子簡亦以佐貳候銓蘭省，而酷嗜謳吟。以二律送余行，録其一云：「萍水岑苔意倍親，交從文字有來因。揚鞭不避邊陲雪，下筆能回絶塞春。豈爲逃名羞吏隱，大都減福作詩人。紅山迢遞三千里，後會惟期返畫輪。」其贈令樵詩，有「下第文章偏錦繡，逢場咳吐總珠璣。無難並馬從戎去，不忍孤鴻出塞飛」之句，極爲老到。又有《餞歲迎春雜咏二十首》，余僅取其《春酒》一聯云：「色釀黄柑開臘甕，香饒生菜下青盤。」餘語多似影響。蓋文甫善言情，而不善詠物故耳。

程可莊繼武，又號漢水醉漁。需次蘭州，往來亦數。送余行二律，亦録其一：「陽關莫向笛中吹，怊悵河橋送别時。天既生才何用妬，人逢知己定難離。鞭絲帽影長城度，劍匣書囊古道馳。計出玉門春已半，落紅塵軟馬蹄遲。」又有謝余畫蝶菊詩兩律、四絶句，律句云：「疎英細蕊鬚痕活，冷艷寒香翅影偏。」蓋余畫菊蕊作蝶形，故詩亦兩兩夾寫也。絶句云：「栩然來也翩然去，知是花魂是蝶魂。」皆楚楚有致。

吴心泉修敔亦在蘭候補。贈余兩律，有句云：「漫道行囊澀，偏饒腹笥便。文章名進士，詩酒小神仙。」余深愧其言。又有鄭君聲聞遠贈余二詩，甚佳，惜失其藁。鄭君號篴樓。范仲孺希湖，會寧名孝廉。余相識於其邑，洎來蘭，又獲晤言。贈余詩有「自古才人遭白眼，於今俠氣動青雲。金城日暖花聯萼，玉塞風和雁有群」之句。孝廉老就廣文，今未知司鐸何方也。

蘭州太守唐子方樹義，政聲洋溢，物望攸歸，以其能任艱鉅，故上官同僚並欽愛之。余在蘭時，延欵殊殷，屢邀盛設。自言爲都門舊交，余茫然莫憶，但唯唯而已。洎見唐月芬夫人談及，始知即二十年前，燕丹市上招尋縱酒之唐子方也。回首夢華，可勝浩歎！余西出玉關時，贈詩云：「才大無由見，天教萬里行。文章非不幸，仕宦若爲情。笛怨春風晚，笳悲夜月明。從知歸騎富，囊篋滿邊聲。」著語無多，而神情風景，前後際都到，正不必多買胭脂也。

馬鷗生贈行詩二律，蓋次余留别韵也。今録前首：「離情灞岸不須悲，且向旗亭聽《竹枝》。狼籍酒波衫影重，蒼茫别恨落花知。詩如東野客低首，會續南皮有定期。慎莫邊聲傷卷葉，期君絶域買胭脂。」「衫影」、「落花」，微嫌欠整，然莫能易也。

瀕行時，有友口占一律送余，余録之名紙上。過後閲之，竟不知爲誰氏也。登諸編，以俟他日訊之。「梁園二陸小棲遲，讀畫談詩喜暫隨。宦況渾如春夢短，物情真有夏雲奇。那堪水驛山程路，正是橙黄橘緑時。至竟夜郎徵李白，故人僂指計歸期。」詳梁園及橙黄橘緑語，當是在汴梁時九秋啓行事。然其時朋舊如郝衡橋、梅庾村、何逸人、鄭義亭諸君，皆已有贈，則此詩或即白退莽作也。依依友誼，草草離心，過眼健忘，難爲追憶，其毰毸可知矣。詩情流逸，亦似退莽風神。

程可莊述其《重九登金山》詩四律。余獨愛一聯云：「壁有題詩僧亦雅，寺能種菊佛都香。」

余在蘭州作《新春十詠》，領聯俱押「春」字。《春聯》云：「大書禹甸堯天字，陡焕千門萬户春。」《春勝》云：「叢叢市上千枝錦，艷艷釵頭一片春。」《春酒》云：「百壺遍饋鄰家臘，一醉真成太古春。」《春茶》云：「顧渚青芽三月雨，定州紅玉一甆春。」《春盤》云：「客子光陰殘肋味，太平時節滿盤春。」《春燈》云：「九枝燄奪三霄月，五夜光同四海春。」《春衣》云：「暖壓青州布衫重，寒消白傅大裘春。」《春旗》云：「茶開騎火三分雨，柳展當門一色春。」《春官》云：「北鄙衣冠周甲歲，東皇職任建寅春。」

《春牛》云：「迎來雜沓官街鼓，鞭起陽和大地春。」

臯蘭宰張葛民于淳，雲南浪穹人。癸未進士。與余僅兩面，一病不起。余輓之，有句云：「四十日憐花縣雨，五旬人似草頭霜。」蓋葛民任臯蘭僅四旬也。

余在蘭州，觀冰橋，登盪諠樓，尋匯園，遊石壘山，皆有詩。獨以不得遊五泉爲恨，即詩亦未嘗及之。兩月之間，與諸友好唱和之作，幾盈一卷，僅和蘇九齋詩中「五泉春色溢烟霏」一句而已。信乎！山川題咏，皆有緣也。

天海山人許天玉珌，著有《鐵堂詩稿》。以閩人而宰安定。失官後，娶一老嫗爲伴，遂家焉。詩筆雄奇蒼古，爲王貽上先生所推許。余次其《訪貽上於慈仁寺雙松下》韵，起句云：「國初詩人盛如市，漁洋獨尊許夫子。」蓋謂是也。近時詩人多不知其名，余是以又有「李䓝擫笛鳴一代，忽雷誰問開元朝」之句。聞其卒葬安定，荒冢頹廢，無有識者，故又云：「惜余空過定西州，太白一抔不知處。」

自平番至武勝，有句云：「山盡已過北武勝，水出還經南大通。」蓋武勝有南北兩莊，南大通在平番縣東，故余詩云然。

自武勝至岔口驛，有句云：「行過鶯窩纔十里，亂山堆裏已斜陽。」鶯窩，地名入詩，甚雅。

平番道中，見羌婦少年頗清俊。其服飾之異，生平所未覩。口占云：「怪見羌夷婦，殊難問姓名。截襟排砢貝，編髮抵繁纓。眉目深沉見，珠錢絡索盈。更堪雙吉莫，浩蕩踏莎行。」

余《凉州雜詩》六首，第一首云：「驅馬至凉州，州城屹崔巍。當時竊據者，覇圖何雄哉。天梯連青巖，中有靈均臺。竇公惜烟銷，張氏亦已灰。惟見谷水流，林柏有餘哀。」後數首如云：「去思繫人情，孔君况循良。歸來茂陵道，壓擔無餘裝。」美孔奮也。「刑亂用重典，君子以仁觀。獨惜問狐狸，埋輪非長安。」惜任延也。「功名止騎侍，所得實已多。李杜服膺人，敢以綺麗訶。」表陰鏗也。「人臣處危地，觳觳亦可歎。古有顔處士，步履惟其安。」諷賈詡也。

余在涼州市上買一鐵器，狀似劍函。蓋短身長，共尺有五寸，兩頭有終葵。首底蓋合處，各有一穿紐。器中僅容一筋，不知爲何用，亦不知其名。問之老於其地者，益各茫然。余作《市鐵行》紀之，中後一段云：「古來事實半荒唐，每每虚空亦著楔。岐陽石鼓果何朝，岣嶁篆書究誰碣。專車敢信防風脛，三年詎必萇弘血。此鐵無用亦無名，與我老來同一拙。」不能博物知名，翻鞭辟古人以蓋其陋，可自笑也。

涼州梅花以三月盛開，朔日見之元真觀，次東坡《松風亭下梅花》韻。中有句云：「素鶴掠烟翻縞袂，雲英餌玉離蓬門。」頗欲學東坡原韵，兩句未知有當否。

弱水發源山丹縣，迤邐而西，即《禹貢》所云道弱水至於合黎，餘波入於流沙者也。余有《口號》云：「江漢南流日夜澌，黄河東去海雲低。惟餘弱水西流去，何事人過弱水西。」蓋《禹貢》道川西至弱水、黑水而極，而余則西行尚數千里也。

《過甘州有作》云：「長風來塞外，驅馬過甘涼。叢樹圍荒堡，平沙下夕陽。雪開張掖郡，路入酒泉鄉。不見天山影，浮雲蔽莽蒼。」

抵肅州，成五古長篇，詞多不録。次日宿嘉峪關上，又次日出關。是日適接某大憲，關門大開，關外隊伍紛然。余有詩云：「雄關白日漲黄埃，我到關門自在開。沙漠荒邊原墮淚，南人呼爲墮淚關。馬班壯志未成灰。驅車猶挾風雲氣，揮麈羞爲筦庫才。正是太平好時節，葡萄多處且銜杯。」「陽關陳跡玉門荒，嘉峪山開税榷場。前代由來成利藪，我朝惟是慎邊防。嚴城西鑰雄天下，關上顔曰「天下第一雄關」。賫玉東輸賤此鄉。欲繼山經圖異物，犁庭萬里盡神疆。」蓋是關國朝不攤他貨，僅額設玉税數百金而已，故有「賫玉東輸」之句。

余出關後車行甚速，顛簸殊甚，不克觸處成吟。故自玉門至哈密，中間一千二百餘里，薈萃成一詩；由哈密抵烏垣一千六百餘里，亦薈萃成一詩，皆五古長篇，不能殫録。惟在哈密次壁間白山静齋韵云：「毳幙猶堪望帝京，十年磨劍大荒行。關門柳色春原晚，疆場瓜廬夢不驚。去國久經忘涕淚，從戎何以答休明。山川草木新奇處，增我逌然物外情。」過天山，仍次前韵云：「空談八駿度瑶京，不上祁連不當行。奇刃矗空天欲破，修蛇盤磴鳥猶驚。一山古雪當頭近，萬仞寒光入眼明。待過松塘風景異，淡烟細雨動鄉情。」

余抵烏魯木齊後，追憶出關一路風景，乃有《塞外二十詠》。其目曰：《玉門晚照》、《西臺朝旭》、《柳園初月》、《猩峽夕風》、《長流甘水》、《密隴灌泉》、《天山快雪》、《松塘細雨》、《巴里晴雲》、《戈邊野色》、《木壘烟嵐》、《奇臺暖靄》、《古城叢緑》、《吉木森陰》、《滋泉澍流》、《阜康麥氣》、《古木翳日》、《博克淩霄》、《紅岫叠霞》、《烏壤熙春》。其中秀逸之句，如「角聲昨夜寒三叠，柳色何人酒一樽」，「玉軑已過人柳外，金烏剛上女墻頭」，「白墮半消銀鑿落，碧空新吐玉蟾蜍」，「松陰濕翠牛方臥，草隴雲青蝶未知」，「踪緣寄嶽如相識，出本無心尚未還」，「雪消囊底千山盡，風掠裙腰一道斜」，「望中謝墅青山在，踏去蘇堤緑草多」，「寺幽如抱兜羅手，塔迴彌添倭髻鬟」。蒼凉之句如「斜照愛從關外落，斷垣猶似漢時存」，「峭壁烟空惟雪在，征車風逐只雲間」，「夕照紅連圈馬地，酒旗青黯野回家」，「人家八九如鴉散，樹影高低與屋平」，「墻角千蛙沉巨竈，簷牙萬馬雜征鞶」，「頽垣松柏能撑日，古壁龍蛇不見天」。壯闊之句「幾日未逢故人至，此間真見大王雄」，「萬井雲橰翻渴烏，千尋烟筧走修蛇」，「山意欲聯新舊雪，天心不阻去來關」，「繞堞枝高森倚馬，參天風勁怯藏鴉」，「風交百里塵俱凈，浪捲千畦雪盡消」，「高寒尚有千年雪，盤礴應通八柱根」，「一方人氣魚龍海，兩座星垣牛斗墟」。俱似可存。

余解裝烏垣，假居東關趙民屋，次前《都門僦居》韵四律。《僦居》押四「單」字。「暖融鴻雪春剛老，久别鷗波夢亦單。」「祇期屠狗逢都市，豈必車螯上食單。」「多馬似移雙陸局，一牀又掛老僧單。」「花明九陌鶯聲近，雲渺三吴雁影單。」兹復押云：「屋對東西差有侶，枕支風雨不嫌單。」「頭銜幕府稱前令，脚病醫方覓舊單。」「食無魚味饞心動，樹斷鶯聲吟韵單。」「鬼入詩腸懲李賀，火攻愁陣學田單。」八「單」字，友人取「車螯」、「火攻」兩句。

王漁洋有「風落墻陰積殼花」之句。余《掃室口號》有句云：「斜插銅瓶沙棗花。」《北極山途中》云：「五月纔開芸菜花。」「墻角初開白芨花。」《月芬孫夫人送花報謝》云：「呼童來送剪絨花。」《桂姬小影供花戲成》云：「莫姤瓶留百合花。」《趙氏花圃》云：「就中嬌絶翠蛾花。」《咏鳳仙花》云：「香口齊呼海蒳花。」《王莳香送蠶豆戲答》云：「祇少鄉園醃菜花。」蓋塞外一種草花，似鴨脚草而小異，亦青色，俗呼翠蛾。而呼鳳仙花爲海蒳。余鄉細切醃菜作葅，謂之醃菜花。皆前人所未經用者。沙棗花，南人亦罕見。

甘省歲科兩試，惟安西府及烏魯木齊都統代爲扃試，閱卷招覆，定名次之前後，封送學院，定榜取進。己亥秋間，都院試士，廉都憲派余充閱卷官。余口占云：「倒綳往事幾經過，又向天涯作阿婆。到眼文章彌突鶻，回頭歲月似旋螺。老來氣覺風雲少，塞上吟誰雅頌多。且向軍門圖一醉，較磨盾鼻興如何。」又次東坡《催試官考較》韵云：「都府衙中樹，滿地清陰好。午晴把筆對紗幮，淡沱風光似瑶島。都府齋中地，瀟灑一塵無。厨傳青州有從事，使君白衣猶大夫。停杯不學醉翁醉，操刀恐作屠伯屠。人間世事真莫必，塞外論文那易得。記得矮簷三才寸燭，奕者一心有鴻鵠。」

余罕作四言，張粟園金囑題畫僧，其僧作偏袒合掌大笑狀，旁置杖鏟布袋。因題云：「豈汀州師，忘却布袋。豈虢州師，笑容可繪。和南合十，即須彌山。大千世界，一領褊衫。放下鏟子，諸魔亦懼。於意云何，應無所住。」

小説中有詠酒帘，限「篘眸樓瘆頭」五字者。戲次其韵：「鵝黄灩灩映香篘，青出茅簷豁健眸。指點莫迷鄰舍甕，招邀群上謫仙樓。醉先蕉葉風情引，望似梅林渴病瘆。莫任杖頭消已盡，尋常見處但搔頭。」似比原作較切。

福純齋觀察旬宣鎮迪，招致君子堂飲射。余次東坡《有美堂醉歸》韵，起四句云：「静久厭塵囂，出門我心悄。豈有少壯情，而與屩屐鬧。」鄙意可知，今且相與淡忘矣。

金棒瓜狀長皮黃，肉作淡紅色，味勝哈密，出自吐魯番王子家。戲次前《掃室》韻：「紅香風味溢銀叉，種出戎王第一家。一自火州嘗此品，青陵抱蔓莫開花。」又一種白如凝雪，味更過之，恐仙家之冰桃、火棗未能勝此。再次一絶：「紅腴吟罷手重叉，膚雪重逢姑射家。恰似洛陽春宴後，又從隋苑看瓊花。」出關後，羶羔乳酪，風味索然，惟此可以誇示南人。

移居滿城頭道渠八條巷，成四律。有兩句可誦，云：「秋深對菊依依別，雪後移家事事妍。」蓋趙園多菊，而九月朔日初雪，移家在第二日也。

國朝（孔洪谷）（孔尚任）《桃花扇傳奇》題詞無慮數十家，惟田山薑六絶寄託幽深，別成風韻，餘非弔艶憐香，即讀史論世之作，詞盡意竭，尠餘味矣。病中漫次其韻：「《春鐙》、《燕子》説從頭，往事南朝幾度秋。哀竹豪絲零落盡，丁簾日暮水空流。」「殿閣微風鈴索哀，風流天子教歌迴。誰知江上紅鞓甲，暗逐桃花錦浪來。」「鏡潮扇血滴潺湲，無處東風不杜鵑。獨有媚香樓上月，照花照水尚年年。」「秦淮烟景燈船酒，知是陳隋第幾朝。剩與佳人添粉本，江山風月亦無聊。」「樺燭軍門作淚流，回舸空費渡江愁。桃根桃葉飄零後，衹有梅花在嶺頭。」「招魂何處覓巫陽，世外棲霞枉斷腸。回首白門秋色老，風情猶似寇家孃。」自謂度關以來，惟此數詩差强人意，未知吟家見許否？

「掌花撲面絮吹簾，鶴骨全憑老毳添。錦帳銀屏曾見慣，翻宜人在夜明簾。」此余次姜白石《雪中六解》之一也，同人許爲瀏亮。

讀洪稚存先生亮吉出關貽畢侍郎沅託梓黄仲則景仁詩集一書，即用仲則《雜感》詩韵志感云：「風流春樹雜花成，悽切秋蟬抱葉鳴。百代窮儒多血淚，《兩當》詩卷見心聲。仲則詩以「兩當軒」名集。菁華已竭留遺幹，指趣休乖託友生。仲則囑勿改其詩，恐乖指趣。一紙故人生死意，出關何暇計身名。」蓋稚存獲咎出戍時，遺書當道，惓惓亡友遺編，無一語及己事，故可感也。首兩句自謂頗得仲則詩趣。

詩之最可噴飯者，如余左頰齒動，甚長，而可以進退不礙於食。戲成七律，中四句云：「自存退步甘相讓，高出群倫也不妨。與我同生時戀戀，任渠大嚼總堂堂。」及齒落，次前韵，中四句云：「木朽根株非易斸，屋頹鄰舍也相妨。不留此豸原無事，但恐群髡欲捲堂。」僧家散伴謂之捲堂，故戲及之。

惠詩塘吉都統以己亥秋來莅烏垣，乃得讀其先尊人《蘭岩詩稿》。蘭岩先生氏富察，名恭泰，以名進士爲粤東學政。著有斯編，朱石君珪先生時撫粤東，爲之叙。其詩大約以清新爲主，自抒胸臆，不屑步武前人。如「曲徑客來花歷亂，小窗風打玉丁東」，「秘閣夜銷新絳蠟，玉堂春暖舊青綾」，「柳外乍停車歷鹿，耳邊忽聽觽伊鴉」，「紅葉白雲山向背，夕陽衰草路東西」，「一村秋晚家家雨，兩岸陰濃樹樹風」，「地下黄金悲郭巨，人間白髮笑馮唐」，「風湧江聲來鄂渚，天垂帆影指襄陽」，「笛吹黄鶴樓邊月，人倚晴川閣外秋」，「不知身竟在何處，但覺月仍如此圓」，「夢本非真何有鹿，事無可樂不知魚」，「座邊蟬噪吟情健，水面雲凉酒氣除」，「入簾花氣風停後，繞樹鴉聲月上初」，「一簾微雨輕黏草，半臂春寒淺勒花」，「書卷讀多回味少，琴絃調久易音難」，「客愁將雪催雙鬢，花事隨春入小園」，「千古名多争没世，一生人貴得知心」，「衣篝趁暖初長夜，酒醆同澆話别心」，「竹客細添雙屐雨，林深濃掛一簑烟」，

「未必有仙人到此，多應好事者爲之」，「女墻緑抱層層樹，燈蕊疏分點點星」，「自古焦頭爲上客，何曾焦尾遇中郎」，以上皆稱名句。其最爲悽切者，《夜坐有感》云：「一枕初凉入板扉，夜深燈火暗書幃。《蓼莪》久廢詩難讀，鴻雁初分志已違。灑淚那堪韓愈痛，喪明亦解卜商非。雨聲滴得愁心碎，不遣離魂逐處飛。」録之以見富貴之場，不能免骨肉之痛，天下傷心人，豈獨蘭岩一老耶！五言如「古洞含風冷，崩崖倚樹牢」，「巷僻常關户，民貧不住樓」，「竹密常疑雨，城灣不礙撓」，「水深能見底，山好不知名」，「枯荷喧斷港，寒竹瀉虚寮」，「僧定月浮塔，客聞船隔江」，「月地輕鋪絮，風池細縐羅」，「月痕秋圃淡，墨畫夜窗虚」，「鷄柵斜陽外，人烟古畫中」，「人面隔秋水，香烟留白雲」，「孤窗斷續雨，遠戍短長更」，「亭高微借石，花密不遮山」，「入雲雙屐健，破曉一筇孤」，「髮以愁催白，山因雪失青」，「亂鴉分夕照，孤夢惹秋窗」，「夜盡殘杯裏，秋深落葉中」，「馬蹄榆莢雨，鳥語杏花風」，「鬢影將催雪，秋寒已到花」，「濃花仍驛館，客路又江天」，均經妍鍊而出。五七古美不勝收，如《出古北口》起句云：「匹夫不出鄉，終於牖下死。安知天壤間，奇境在山水。」《廣仁嶺》起句云：「一山又一山，一嶺又一嶺。石磴幾盤旋，繞破蒼茫影。」《有人貧窘而夢必富貴已數十年者感賦》云：「人海蒼茫萬千頃，此身飄泊如萍梗。變滅須臾不可窮，一切有爲皆幻影。憑虚結想夢非真，生老死苦皆無因。有客别尋此中趣，獨從舊境翻其新。共誇温潤顔色好，坐享富貴何其巧。漸久還將夢作真，浮生一任情顛倒。噫唏嘘！但令世事盡如意，何須更辨醒與睡。誠恐大夢有大覺，一笑逢場皆作戲。」嘗鼎一臠，可以知味矣。

廉將軍己亥秋有《留别紅山》詩四律。其自叙云：「予由烏魯木齊都統簡授成都將軍，族蒙恩調授烏里雅蘇臺將軍。瀕行，時粟園二兄以富海帆中丞留别浙江詩見示，即用其韵留别。紅山自愧素不工詩，又拘於步韵，更無佳句，祇因戀友情深，聊以誌意云云。」其詩云：「忝任輪臺善政無，忽傳恩命授成都。似碑譽未留人口，如雪容先上我鬚。祇有小心持謹慎，敢云大事不糊塗。名臣法則昭然在，史册閒披悟一隅。」「峰繞紅雲瑞氣攢，巖疆坐鎮漸忘寒。屯田事業頻追慕，逝水年華付永歎。身駐邊城思遠馭，勢如砥柱望迴瀾。勗勸賴有他山助，深愜和衷共濟歡。」「征鞭將指錦城樓，盼到瓜期又滯留。紫塞别移新使節，烏垣載接舊交遊。自注：烏里雅蘇臺及科布多參帥四人皆予舊友。投艱愧荷邊陲寄，傷老徒嗟歲月流。握手臨岐頻駐馬，柳陰相對共悲惆。」「四牡皇華路指東，驪歌欲唱意何窮。别時戀友情彌篤，去後評官論自公。敷政未能臻化洽，安邦惟有祝年豐。九邊此後雖遥隔，體國愚忠志總同。」廉公統轄文武，撫馭氏回，綜理簿書，勘磨章奏，日不暇給，而能揮麈清吟，妥貼排奡如是。賢者固不可測，豈不信哉！余有《以詩代啓七十五韵寄呈》，并次四律云：「仰承聖則奉三無，萬里綏懷莅此都。金旅桓桓親肺腑，玉山朗朗見眉鬚。參旗北指星移次，符節東還雪載途。欲訊起居天一壁，難逢瀚海躍娵隅。」「遥睇恩暉萬感攢，賜絺曾慰范雎寒。指揮日遠留侯略，鑽仰時興闕里歎。羊峴庾樓留歡詠，潘江陸海見波瀾。遥知旌旆飛揚處，定愜關門父老歡。」「坐我元龍百尺樓，嚴公去後草堂留。曾參諸葛軍中事，不負張騫海上遊。西旅儲胥非草率，東山帬屐自風流。祇聞都護移麾後，烏戈黄支盡悵惆。」「歸朝珂珮伫丁東，回首三邊意不窮。玉壘浮雲吟杜老，銅堤甘雨望山公。紀勳定有碑摩葉，埋質應憐劍在豐。虔爲去思賡雅什，感恩知己古今同。」廉公詩穩愜老成，非後生所能學步，但以一時感會之故，附録於此。將軍號聚之，長白人。

友人謂予：詩必窮而後工，我今窮矣，求其工而不得，何也？余笑曰：「詩之工，可以求耶？」因憶室人秦氏甫結褵之歲，見余挑燈苦吟，輒笑曰：「詩若求工便不是詩。勸君不必費神思了。」余喜曰：「『詩若求工不是詩，勸君不必費神思。』此兩佳句也。」蓋室人祖穆雲先生錫淳，以文章名海内。籍隸臨海，與天台齊次風侍郎召南齊名。伯行淶，又名雄聲，以童子召試。父行汾，並有聲詞苑。故室人樸訥之中，稍含夙慧。今則以鳩盤荼作詅癡符矣！第四姬張氏名桂，字香天。曾封股醫太夫人，余特愛敬之，不獨以其貌也。余罷官之歲，一日晨起把鏡，張自後視之，悽然曰：「先生又白一根髭矣。」余笑曰：「『先生又白一根髭』，此亦一佳句也。」遂爲足成一絶。張姬貴筑人，呼鬚爲髭，其俗語云爾。

石樓詩話

石樓詩話提要

《石樓詩話》四卷，據道光十七年刊巾箱本點校。撰者孫煦，字漫士，號石樓居士，漢陽人。道光元年辛巳自武林歸居櫧山。據道光十七年劉興樾序，其人是年尚在世。此書卷一論歷代詩，至前明皆有可取，惟詆元遺山《中州集》格卑；卷二以下論本朝詩人，推服王漁洋，詳於江漢一帶，從國初王戩漁洋序其《突星閣集》、李以篤工艷體叙起，至吴仕潮刊《漢陽五家詩》，益以彭心錦、文師汲、汪穎，五家外復又論及李昌祚等十餘家，朋儕間則推許范鍇（白舫）與黄承增（心盦），相與主盟嘉、道間漢上詩壇，原原本本，叙之甚備。録詩偏於閑淡一路，頗存佳句。陳文述曾遊寓江漢，序其詩集，遂推《頤道堂詩》與陸放翁《劍南詩稿》相埒，此則不免阿私之嫌。

石樓詩話序

詩話不同乎選詩，選詩之家，必取古今人詩，會萃而錯綜之，擇其合乎己意者，而後入吾選。亦不同乎論詩，論詩之家，必取古今人詩，品評而次第之。要其各執成見者，不必皆定論。石樓老友與余交最久，而角詩亦最多。三十年來，主盟漢上，吾黨傾風，遠近士大夫莫不樂以一編相質正。余歲時過從，見鄴架累而積者如束筍，而四壁吟箋則又應接不暇矣。今者隱居櫧山，結茅編竹，積四時花，吟嘯其中，若不知人世間尚有何事者。余行吟海嶽，與君別五六年矣。春水方生，將扁舟吴越，苦雨返棹，夜艤黄磯。君聞余至，輒侵晨冒雨來，余卧篷窗未起也。把臂久之，索行吟一編去，且告余有《詩話》之刻，屬綴數語於簡端。余惟海内詩人廣矣，衆矣，顧安得盡其詩而見之？然則欲讀海内之詩，且聽石樓之話；因聽石樓之話，遂得海内之詩。話以詩傳耶？詩殆以話傳乎？匡鼎説詩，妙解人頤；儀卿喻詩，每緣禪悟。吾不知讀石樓《詩話》者，又將何辭以説也？時余歸帆匆匆，君偕諸友遮留，不覺閲數晨夕，而飛觥鬥捷，如應衆敵。席上趍聞得此，他日迴憶，亦未必不傳爲佳話云。道光丁酉五月午日梧孫弟劉興樾拜序。

石樓詩話卷一

漢陽漫士孫煦

《陌上桑》：「十五府小史，二十朝大夫。三十侍中郎，四十專城居。」古詩：「十三能織素，十四學裁衣。十五彈箜篌，十六誦詩書。十七爲君婦，心中常苦悲。」晉辭：「莫愁十三能織綺，十四采桑南陌頭。十五嫁爲盧家婦，十六生兒字阿侯。」義山《無題》詩用之曰：「八歲偷照鏡，長眉已能畫。十歲去踏青，芙蓉作裙衩。十二學彈箏，銀甲不曾卸。十四藏六親，懸知猶未嫁。十五泣春風，背立鞦韆下。」

《古艷歌》：「今日樂上樂，相從步雲衢。天公作美酒，河伯出鯉魚。青龍前鋪席，白虎持榼壺。南斗工鼓瑟，北斗吹笙竽。姮娥垂明璫，織女奉瑛琚。蒼霞揚東謳，清風流西歈。垂露成帷幄，奔星扶輪輿。」首二句引起，下盡用對偶鋪叙，章法奇絶，所謂無縫天衣也。

「胡馬嘶北風，越鳥巢南枝」、「枯桑知天風，海水知天寒」，皆於散體中插一聯排偶。鮑明遠《代東門行》「食梅常苦酸，衣葛常苦寒」亦然。歐公所謂「時爲一對，則體格峭峻」也。

古今評淵明者多矣，惟東坡、朱文公數語最當人意。東坡曰：「外枯中膏，質而實綺，癯而實腴。」文公曰：「淵明詩平淡出於自然，作詩須從陶、柳門中來乃佳。不如是，無以發蕭散沖淡之趣。」淵明嘗懷止足之意，又嘗諄諄致念於衣食。如「耕織稱其用，過此奚所須」、「營已良有極，過足非所欽」、「衣食當須紀，力耕不吾欺」、「人生歸有道，衣食固其端」、「孰是都不營，而以求自安」云云，異於晉人專尚浮靡。

蘇李贈答、無名氏《十九首》後，如嗣宗《詠懷》，太沖《詠史》，射洪、曲江《感遇》，太白《古風》，皆原本《風》、《騷》，抒寫己意，寄興無端，不可擬測。合而觀之，五言之能事極矣。雖時代有先後，未易軒輕也。

老杜詠馬諸篇，相題立論，各臻其妙。如《天育》則云：「矯然龍性合變化，卓立天骨森開張。」是天子之馬。《高都護》則云：「雄姿未受伏櫪恩，猛氣猶思戰場利。」是老將之馬。「顧影驕嘶自矜寵」，寫賜馬入神；「委棄非汝能周防」，寫瘦馬無用。他如「五花散作雲滿身，萬里方看汗流血」、「隅目青熒夾鏡懸，肉駿碨礨連錢動」、「晝洗須騰涇渭深，夕趨可刷幽并夜」，用意用筆，無一處略同。後人極力摹擬，未能步其後塵也。

范景文謂老杜《瞿塘兩崖》詩「入天猶石色，穿水忽雲根」，「猶」、「忽」二字如浮雲著風，閃爍無定。他如「古牆猶竹色，虛閣自松聲」、「江山有巴蜀，棟宇自齊梁」、「故國猶兵馬，他鄉亦鼓鼙」、「詩書遂牆壁，奴僕且旌旄」，皆用力於一字。又第三字中下一拗字，如「一徑野花落，孤村春水生」、「山縣早休市，江橋春聚船」、「老馬夜知道，蒼鷹饑著人」，用實字而拗也；「行色遞隱見，人烟時有無」、「簷雨亂淋幔，山雲低度牆」，用虛字而拗也。予尤喜其通體用拗，極跌宕排奡之致。五言如「光細絃欲上」、「亦知戍不返」、「致此非僻遠」、「亂後碧井廢」等篇是也，七言如「主家陰洞細烟霧」、「愛汝玉山草堂静」、「城尖徑仄旌旆愁」、「霜黄碧梧白鶴棲」、「北城擊柝復欲罷」等篇是也。

杜《北征》詩起四句云：「皇帝二載秋，閏八月初吉。杜子將北征，蒼茫問家室。」《送重表姪王砅評事使南海》云：「我之曾老姑，爾之高祖母。爾祖未顯時，歸爲尚書婦。」用文筆入詩，他人莫能跡其妙處。

杜用疊字極妙。《對床夜語》專録五言、七言，如「短短桃花臨水岸，輕輕柳絮點人衣」、「青青竹笋迎船出，白白江魚入饌來」、「娟娟戲蝶過閒幔，片片輕鷗下急湍」、「江天漠漠鳥雙去，風雨時時龍一吟」、「雲石熒熒高葉暗，風江颯颯亂帆秋」、「穿花蛺蝶深深見，點水蜻蜓款款飛」、「風含翠篠娟娟凈，雨浥紅蕖冉冉香」、「無邊落木蕭蕭下，不盡長江滚滚來」、「信宿漁人還泛泛，清秋燕子故飛飛」、「客子入門月皎皎，誰家搗練風淒淒」、「小院迴廊春寂寂，浴鳧飛鷺晚悠悠」、「却繞井欄添個個，偶經花蘂弄輝輝」，意彌深而韵彌遠。其源從《三百篇》、《十九首》中來。

杜七律每對起對結，意自層疊而下。對起如「崆峒使節上青霄，河隴降王款聖朝」、「青蛾皓齒在樓船，長笛短簫悲遠天」、「竹裏行厨洗玉盤，花邊立馬簇金鞍」、「風急天高猿嘯哀，渚清沙白鳥飛迴」，對結如「即從巴峽穿巫峽，便下襄陽向洛陽」、「共説總戎雲鳥陣，不妨遊子芰荷衣」、「請看石上藤蘿月，已映洲前蘆荻花」、「關塞極天惟鳥道，江湖滿地一漁翁」。

宋初競尚崑體，蘇、梅力矯其弊，所詣未臻極處。歐公起而振之，盡掃浮華，獨標雅正，詩格爲之一變。七言歌行，時蓦杜、韓之奥。《廬山高》、《明妃曲》，公所自負。其他傑作甚多，五言如「人醒風外酒，馬度雪中關」、「竹雪晴猶覆，山窗夜自明」、「寒雲依晚日，白鳥向青山」、「老杉春自緑，古壁雨先昏」，格力不減老杜。

鄴中七子，陳思爲最，起調高超尤難及。如「驚風飄白日，忽然歸西山」、「高臺多悲風，朝日照北林」、「轉蓬離本根，飄飄隨長風」、「明月照高樓，流光正徘徊」，譬如神龍見首，夭矯無前。王讚「朔風動秋草，邊馬有歸心」、明遠「胡風吹朔雪，千里度龍山」、玄暉「大江流日夜，客心悲未央」，亦起調之高者。

唐五律起句之妙有二種：劉希夷「佳人眠洞房，回首見垂楊」、張九齡「海上生明月，天涯共此時」、右丞「不知香積寺，數里入雲峰」、老杜「涼風起天末，君子意如何」，又「落日在簾鉤」，此以風韻勝；岑參「送客飛鳥外」、右丞「風勁角弓鳴」、老杜「素練風霜起」，又「莽莽萬重山」，此以格力勝。若太白則劈空直入，尤非他人所及。如「五月天山雪，無花只有寒。笛中聞折柳，春色未曾看」，又「陶令辭彭澤，梁鴻入會稽。我尋《高士傳》，君與古人齊」，猶之天馬行空，不可羈紲。孟浩然「八月湖水平，涵虚混太清。氣蒸雲夢澤，波撼岳陽城」、右丞「萬壑樹參天，千山響杜鵑。山中一夜雨，樹杪百重泉」，皆高渾峭拔，與太白並驅。中晚唐如皇甫冉「暝色赴春愁，歸人南渡頭」、楊巨源「孤城笛滿林，斷續共霜砧」、李義山「高閣客竟去，小園花亂飛」、温飛卿「古戍落黄葉，浩然離故關」、馬戴「孤雲與歸鳥，千里片時間」，亦屬傑出。

梅聖俞五言，亦工於發端。如「青山夜來雨，溪水已潺湲」、「雨脚收不盡，夕陽半古城」、「寒葉下瀟湘，之官逐雁行」，是也。他如「野烟昏古寺，波影動危樓」、「碧樹斜通市，清流曲抱城」、「人烟將近郭，松竹不知秋」、「木老識秋氣，徑幽聞草香」，皆有唐人風韵。

鍾嶸《詩品》云：「『思君如流水』，既是即目；『高臺多悲風』，亦惟所見。『清晨登隴首』，羌無故實；『明月照積雪』，詎出經史。古今勝語，多非假補，皆由直尋。」只此數語，深合風人之旨。其他踳謬不少，未足據爲定論。

康樂詩尚雕鏤，然如「石淺水潺湲，日落山照曜」、「雲日相輝映，空水共澄鮮」、「清暉能娱人，遊子憺忘歸」、「想見山中人，薜蘿若在眼」，皆極自然，不獨「池塘生春草」及「明月照積雪」也。玄暉「天際識歸舟，雲中辨江樹」、「餘霞散成綺，澄江静如練」等句，膾炙人口，他如「池北樹如浮，竹外山猶影」、「何知白露下，坐視階前濕」、「無論君不歸，君歸芳已歇」、「已有池上酌，復此風中琴」，皆極清幽宛折之致。

東坡愛「亭皋木葉下，隴首秋雲飛」，朱文公愛「寒城一以眺，平楚正蒼然」，予尤愛「露濕寒塘草，月映清淮流」。必求媲美，則「芙蓉露下落，楊柳月中疎」、「微雲淡河漢，疎雨滴梧桐」，或庶幾爾。

明遠詞氣俊偉，獨「松色隨野深，月露依草白」二語有蕭淡之趣。

玄暉《玉階怨》：「夕殿下珠簾，流螢飛復息。長夜縫羅衣，思君此何極。」已是唐人絶句。太白：「玉階生白露，夜久侵羅襪。却下水精簾，玲瓏望秋月。」亦小謝之亞。

劉琨有《胡姬年十五》詩，宋武帝有《自君之出矣》詩，梁元帝有《賦得蘭澤多芳草》詩，沈約有《江蘸生幽渚》詩。古詩爲題，見於此。宋武「自君之出矣，金翠暗無精。思君如日月，迴環晝夜生」，顔師伯「自君之出矣，芳帷低不舉。思君如迴雪，流亂無端緒」，王融「自君之出矣，芳蕙絶瑶巵。思君如形影，寢興未曾離」，范雲「自君之出矣，羅帳咽秋風。思君如蔓草，連延不可窮」，陳後主「自君之出矣，空房帷帳輕。思君如晝燭，懷心不見明」，雖各有意致，總遜徐幹自然。唐人擬之最工者，張曲江「自君之出矣，不復理殘機。思君如滿月，夜夜減清輝」。

詠雨更難於雪，自「密雨如散絲」、「夜雨滴空階」外，名句寥寥。唐惟韋蘇州詩中多有之，如「雲澹水容夕，雨微荷氣涼」、「秋山起暮鐘，楚雨連滄海」、「川上風雨來，須臾滿城闕」、「寒雨暗深更，流螢度高閣」、「谷鳥時一鳴，田園春雨餘」、「客從東方來，衣上灞陵雨」、「不知湘雨來，瀟洒在幽林」、「微雨颯已至，蕭條川氣秋」、「空齋對高樹，疎雨共蕭條」、「獨向高齋眠，夜聞寒雨滴」、「半雨夕陽霏，緣源雜花發」、「微雨靄芳園，春鳩鳴何處」、「微雨夜來過，不知春草生」、「蕭條林表散，的皪荷上集」，當景直書，自饒神韻。明薛君采「一望春波上，蕭條烟雨緑」，亦佳。

玄暉「餘雪映青山，寒霧開白日。曖曖江村見，離離海樹出」，寫雪後入神。明皇甫沖「江光開初霽，山雲未全斂。輕烟尚棲花，積雨猶在蘚」，寫雨後極妙。

「朅來」，見《文選》注，劉向七言曰：「朅來歸耕永自疎。」又顔延年《秋胡詩》：「朅來空復辭。」後惟東坡常用之，「朅來東觀棄丹墨」、「長陵朅來見大姊」、「朅來城下作飛石」、「朅來畦東走畦西」、「朅來從我遊」、「朅來齊安野」、「朅來清潁上」、「朅來廉泉上」、「朅來湖上得佳句」。

晚唐佳句如「茶香秋夢後，松韻晚吟時」、「遠烟平似水，高樹暗如山」、「宿鳥連僧定，寒猿應客吟」、「潮來無別浦，木落見他山」、「芳草已云暮，故人殊未來」、「河長隨鳥盡，山遠與人齊」，前此無人拈出。

元、白、皮、陸，競尚次韻，至蘇、黄而已極。鄭厚云：「詩之有韻，如風中之竹、石間之泉、柳上之鶯、牆下之蛩，風行鐸鳴，自成音響，豈容擬議。」嚴滄浪亦云：「和韻最害人詩。」

昌黎《南山》詩，中間連用五十一「或」字，陸魯望《讀襄陽耆舊傳寄皮襲美》云：「或能醢髖髀，或與翼雛彀。或喜掉直舌，或樂斬邪脰。或糅鉏翳薈，或整理錯謬。或與百千騎，合沓原野狩。」又《太湖石》云：「或裁基棟宇，礧砢成廣殿。或剖出温瑜，精光具華瑱。或將破仇敵，百礮資苦戰。或用鏡功名，萬古如會面。」盧仝《放魚》詩亦連用六「或」字，皆本《北山》什「或燕燕居息」以下用一十二「或」字也。

《藝文類聚》載魏武《短歌行》云：「對酒當歌，人生幾何。譬如朝露，去日苦多。明明如月，何時可掇。憂從中來，不可斷絶。月明星稀，烏鵲南飛。繞樹三匝，無枝可依。山不在高，水不在深。周公吐哺，天下歸心。」歐陽詢删去其半。謝玄暉：「洞庭張樂地，瀟湘帝子游。雲去蒼梧野，水還江漢流。停驂我悵望，輟棹子夷猶。廣平聽方籍，茂陵將見求。心事俱已矣，江上徒離憂。」嚴滄浪删去「廣平聽方籍」一聯。柳子厚「漁翁夜傍西巖宿」之詩，東坡删去後二句。古詩：「步出城東門，遥望江南路。前日風雪中，故人從此去。」予謂後四句亦可删。何仲默《秋江詞》：「烟渺渺，碧波遠。白露晞，翠莎晚。泛緑漪，蒹葭淺。美人立，江中流。暮雨帆檣江上舟，夕陽簾櫳江上樓。舟中采蓮紅藕香，樓前踏翠芳草愁。芳草愁，西風起。芙蓉花，落秋水。江白如練月如洗，醉下烟波千萬里。」若删去末二句，尤有不盡之意。

詩有語句相同者，薛道衡「遥原樹若薺」、孟浩然「天邊樹若薺」，右丞「遠樹帶行客」、杜「暝色帶行客」，太白「山隨平野盡，江入大荒流」、杜「星隨平野闊，月湧大江流」，杜荀鶴「夜市橋邊火，春風寺外船」、張喬「夜火山頭市，春江樹杪船」，劉長卿「片雲生斷壁，萬壑偏疎鐘」、寇萊公「片雲生斷壁，孤石礙中流」，樂天「誰憐九月初三夜，露似真珠月似弓」、牧之「一夕小尃山下夢，水如環珮月如襟」，許渾「潮寒水國秋砧早，月暗山城夜漏稀」、于忠肅「風來踈牖銀燈暗，月轉高城玉漏遲」，郭元登「不知楊柳將春色，緑到淮南第幾橋」、林初文「不知今夜秦淮水，送到揚州第幾橋」，劉子羽「桃花柳絮春開甕，細雨斜風客到門」、臧岱青「蒹葭秋水人如玉，細雨黄花客到門」，此類不可枚舉，皆不謀而合也。若淵明「狗吠深巷中，雞鳴桑樹巔」，本古《雞鳴行》；太白「柳色黄金嫩，梨花白雪香」，本陰鏗詩；老杜「蛟龍得雲雨，雕鶚在秋天」，見《晉書》載記。雖全襲其語，古人不以爲嫌。

何水曹多佳句，老杜嘗襲用之。如「薄雲巖際出，初月波中上」，杜則云「薄雲巖際宿，孤月浪中翻」；如「野岸平沙合，連山遠霧浮」，杜則云「遠岸秋沙白，連山晚照紅」。

江淹雜擬，不獨《李都尉》一首不似西漢，即《擬阮步兵》、《左記室》，亦去之甚遠。惟《擬陶徵君》得其自然，其次則《劉太尉》、《謝臨川》二篇稍似。《擬休上人》云：「日暮碧雲合，佳人殊未來。」視康樂「圓景早已滿，佳人猶未適」、玄暉「春草秋更緑，公子未西歸」，尤覺雋永。

世但稱林和靖梅花詩，其他佳句甚夥。五言如「夕寒山翠重，秋浄雁行高」、「水波隨月動，林翠帶烟微」、「片月通蘿徑，幽雲在石牀」、「酒波欺碧草，歌叠裊晴雲」、「鐘遠移齋候，香遲上定身」、「石莎無雨瘦，秋竹共蟬清」、「風迴時帶笛，烟遠忽藏村」、「雪竹堆寒翠，風梅落晚香」，七言如「雲噴石花生劍壁，雨敲松子落琴牀」、「新溜迸凉侵静語，晚雲浮潤上殘書」、「伶倫近日無侯白，奴僕當年有衛青」、「春水浄如僧眼碧，遠山濃似佛頭青」、「公廨寒生對廬阜，客帆風定泊潯陽」、「烟含晚樹人家遠，雨濕東風燕子低」、「迢迢海寺浮杯興，杳杳秋空放鶴心」、「新題對雨分蕭寺，舊夢經秋説杜陵」，皆恬淡清曠，無纖塵染其筆端。

寇萊公「明月夜還滿，故人秋未來」、姚仲純「西風著梧竹，歸思入烟波」、崔正字「去帆瓜蔓水，遺愛《竹枝歌》」、岑希微「極目又芳草，卷簾非故山」、石曼卿「意中流水遠，愁外遠山青」、范德機「小橋烟外過，流水月中聞」、汪廣洋「懷人當永夜，看月上疎桐」、吴維岳「細雨來因晚，空山到已秋」，皆情景兼到。

東坡「野桃含笑竹籬短，溪柳自摇沙水清」、王介甫「已無船舫猶聞笛，遠有樓臺只見燈」、楊公濟「天遠樓臺横北固，夜深燈火見揚州」、王從周「山色兩間供步障，松陰半畝當郵亭」、王亞夫「泉飛窗牖長爲雨，日上岡巒半是雲」、嚴滄浪「空林木落長疑雨，别浦風多欲上潮」、陳剛中「櫓聲摇月歸巫峽，燈影隨潮過漢陽」、沈石田「竹枝雨暗蠨蛸户，豆葉風凉絡緯籬」、曾棨「草緑野塘多是水，雨晴沙路不成泥」、程松圓「瓜步江空微有樹，秣陵天遠不宜秋」，所謂「狀難寫之景如在目前」也。

昔人謂四靈襪材，窘於方幅，然五言間有佳句。趙靈秀「野水多於地，春山半是雲」、「水禽多雪色，野笛忽秋聲」、「湘江連底見，秋客與誰吟」、「江近秋陰早，山多曉氣清」。觀其《答人問句法》云：「但能飽喫梅花數斗，胸次玲瓏，自能作詩。」宜爲四靈之冠。翁靈舒「石老苔爲貌，松寒薜作衣」、徐靈暉「殘磬吹風斷，眠禽壓竹低」、徐靈淵「寒烟添竹色，疎雪亂梅花」，均有風致。

晚唐劉駕絶句，每用三疊字。《登成都迎春閣》云：「香風滿閣花滿樹，樹樹樹頭啼曉鶯。」《春夜》云：「近來欲睡渾難睡，夜夜夜深聞子規。」《秋懷》云：「秋來何處開懷抱，日日日斜空醉歸。」《望月》云：「酒盡露零賓客散，更更更漏月明中。」

借音屬對，唐人多有。如孟浩然「厨人具雞黍，稚子摘楊梅」、崔峒「九遷從命薄，四十倖人聞」、鄭谷「白首爲遷客，青山繞萬州」，此類不可勝舉。其有作意出奇者，則張賁「清秋將落帽，子夏正離群」是也。又用人名天然成對者，張祜「懷中陸績橘，江上伍員濤」是也。

義山《錦瑟》一篇，解者多穿鑿附會。嘗聞前輩云全是比體：「五十絃」猶云五十年也。三句喻仕途變幻。四句喻望知己引薦。五句喻己之被放。六句喻他人富貴，以形己之寥落。七八伸縮收應，言邇時已微知之，第不能絶望耳。思而不怨，猶有風人之遺。

義山詠史有不著議論者，如「梁臺歌管三更罷，猶自風摇九子鈴」，閒閒著筆，自有無窮神味；又「小憐玉體横陳夜，已報周師入晉陽」、「晉陽已陷休回顧，更請君王獵一圍」，直叙其事，而刺譏之意已見。至若「玉璽不緣歸日角，錦帆應是到天涯」，屬對名貴，而以議論行之，大氣舉之，便非駢青妃白者可比。

嚴滄浪以禪喻詩，五言頗得三昧。《塞下》云：「鞍馬連年去，關河萬里賒。將軍思報國，壯士恥還家。大漠春無草，天山雪作花。誰憐李都尉，白首卧黄沙。」視唐人邊塞諸作，何多讓焉。句如「一徑入松雪，數峰生暮寒」、「江花兩岸白，烟樹一行青」、「杯行江色裏，櫂進月明中」、「殘雲和雁斷，新月帶潮生」，此大曆以還小乘禪也。

宋胡武平「西北浮雲連魏闕，東南初日照秦樓」、元吴成季「渭城朝雨歌《三疊》，湘水秋風賦九疑」，可謂好句天成，不可湊拍。

宋詩僧以九人著稱。歐公謂惠崇詩多佳句，有《百句圖》，刊石於長安。厲太鴻《宋詩紀事》全録之，略摘數聯於左。如「陰井生秋早，明河轉曙遲」、「地形吞蜀盡，山勢抱蠻迴」、「鳥歸杉墮雪，僧定石沉雲」、「繁霜衣上積，殘月馬前低」、「落潮鳴下岸，飛雨暗中峰」、「海人來相鶴，山狖下彈琴」、「古戍生烟直，平沙落日遲」、「雲陰移漢塞，石色入秦天」，視唐皎然、靈徹亦無媿。宇昭「餘花留暮蝶，幽草戀斜陽」、「茶烟逢石斷，碁響入花深」，希晝「殘日依山盡，長天向水低」，行肇「江聲鰲背去，帆影斗邊飛」，惟鳳「岸盡吴山出，潮平越樹低」，皆堪吟諷。

虞伯生自評其詩如漢庭老吏，七言古體，遺山後一人而已。吴立夫才氣有餘，醖釀不足，差遜一籌。范、揭以下，更無論矣。

高季迪詩爲有明一代之冠。何仲默顧推袁景文第一；虞山極詆李、何諸人，至推程孟陽爲一代宗主，俱不可解。竹垞謂楊孟載七律似《浣溪紗》詞中語，切中其病。至謂五言足與季迪方駕，亦非通論。

王弇州評徐昌穀詩「如白雲自流，山泉泠然，殘雪在地，掩映新月」；高子業「如高山鼓琴，沉思忽往，木葉盡脱，石氣自青」。王敬美謂：「徐能以高韵勝，有蟬蜕軒舉之風；高能以深情勝，有秋閨愁婦之態。更千百年，李、何尚有廢興，二君必無絶響。」漁洋嘗選二家詩，於徐主《迪功集》，於高主五言。鋟版京師，以申平生瓣香二公之志。

竹垞謂昌穀七言勝於五言，絶句尤勝諸體。「興慶池頭」、「送君南下」等作，不讓龍標、太白。予讀《迪功集》，各體俱工，五律如「洞庭木葉下，瀟湘秋思生。高齋今夜雨，獨卧武昌城。重以桑梓念，淒其江漢情。不知天外雁，何事樂長征」，章法渾成，可作古詩讀。

明初七言古，季迪外惟張志道、劉子高有王、李、高、岑遺韵。至李賓之學杜，北地、信陽繼之，駸駸乎一代之盛。然獻吉時露倔强，不若仲默沈鬱頓挫之中復饒秀逸。如《聽琴獵圖》、《送徐少參津市》、《打魚歌》、《吴偉飛泉圖》、《畫魚》、《畫馬》等篇，直奪北地之幟，何論餘子。

《中州集》詩格甚卑，除劉無黨歌行數篇，無可取者。王元美謂直於宋而太淺，質於元而少情；漁洋第取李長源「烟波蒼蒼孟津戍，旌旗歷歷河陽城」一聯；歸愚謂「好景落誰詩句裏，蹇驢駝我畫圖間」，好句不過爾爾。然遺山小序，自足傳也。

鐵崖《西湖竹枝》，各本所載不同。顧俠君《元詩選》謂從《西湖竹枝唱和》傳本録出。予嘗喜諷詠之，記三首於此。「家住西湖新婦磯，勸君不唱《金縷衣》。琵琶本是韓憑木，彈得鴛鴦一處飛。」「勸郎莫上南高峰，勸儂莫上北高峰。南高峰雲北高雨，雲雨相隨愁殺儂。」「湖口樓船湖日陰，湖中斷橋湖水深。樓船無柁是郎意，斷橋無柱是儂心。」漁洋謂劉夢得後工此體者，惟廉夫、虞伯生耳。

集句昉於晉傅咸，唐人此體絶少；至王介甫、石曼卿輩，始競尚之。東坡獨不喜集句，有云「天邊鴻鵠不易得，便令作對隨家雞」，山谷目爲「百家衣」，且曰「正堪一笑」。近閲元郭豫亨《梅花集句》百篇，皆詞貫意串，自謂璧合珠聯，有天然之巧，不知其爲古作也。録三首於後。「天寒落日淡孤村，東坡。占斷風情向小園。和靖。翠羽啼花追昔夢，陳起。縞衣和雨立黄昏。陳竹泉。蘚厓直上雙飛屧，方惟深。茅店驚寒半掩門。放翁。憶得去年風雪裏，程梅窗。江南石上對窪樽。山谷。」「踏破溪邊一徑苔，石屏。與尋陳迹久徘徊。吕居仁。雲漫隴樹魂應斷，秦韜玉。風静寒塘花正開。劉滄。只恐好枝爲雪壓，石屏。留看瘦影上窗來。易涉趣。花前獨立無人會，趙嘏。謾使詩腸日九迴。元廣。」「勾引春情出苑牆，楊燔。無人知處忽然香。玉蟾。愁連粉艷飄歌席，羅隱。亦要天花作道場。李商隱。風約暗香臨淺水，失名。月明疎影媚寒塘。無逸。浣花溪上堪惆悵，鄭谷。可是無心賦海棠？王介甫。」散句云：「甘與雪霜同冷淺，醉看參月半横斜。」「兩岸嚴風吹玉樹，一灣流水護柴門。」「定知深院黄昏後，多在青松白石間。」「一生知己林和靖，晚歲論交何水曹。」「肯隨騷菊爲奴僕，却説山礬是弟兄。」「已成白髮潘常侍，自棄明時孟浩然。」

石樓詩話卷二

漢陽漫士孫煦

漁洋爲海内風騷主，詩尚神韵。五言入漢魏六朝、盛唐作者之室；七古歌行自王、李、高、岑、李、杜、韓、蘇，以及放翁、遺山、空同、大復，悉入鑪錘；近體高華典貴。《帶經堂集》美不勝收，愚山謂「如華嚴樓閣，彈指即見，又如仙人五城十二樓，縹緲俱在天際」，品騭極當。《蜀道集》詩格稍變，五言如《七盤嶺》、《馬鞍嶺》、《龍背洞》、《天柱山》等篇，仿佛老杜《發秦川》、《同谷》諸詩；七律如《望八陣圖》、《渡河西望》等作，格調高渾，氣韵沉雄，使北地、信陽見之，亦當斂手。

漁洋《題趙承旨畫羊》云：「三百群中見兩頭，依然秃筆掃驊騮。朅來清遠吴興地，忽憶蒼茫勅勒秋。南渡銅駝猶戀洛，西歸玉馬已朝周。牧羝落盡蘇卿節，五字河梁萬古愁。」不必直斥其失，只借「銅駝」、「玉馬」等事唱歎一番，刺譏自在言外。想見興酣落筆之妙。

南施北宋，施以五言勝，宋以七言勝。《感舊集》録愚山五言，皆章法渾成，警句如「不辨翠微色，秋山紅葉重」、「微雨洗山月，白雲生客衣」、「輕陰疎雨散，遠色萬峰歸」、「風帆争落日，佛火亂寒星」、「野水合諸澗，桃花成一村」、「陰雲沉岸草，急雨亂灘舟」、「高柳不藏閣，流鶯解就人」、「月照竹林早，露從衣袂生」，此類甚多，不能具録。

宋荔裳《驛使》云：「濁酒更深醉不辭，短檠疎簟怯涼颸。樓邊哀雁飛何早，海上鱸魚歸又遲。銀漢欲斜爲客夜，金釵初墜憶眠時。空閨應有刀環夢，泣向流黄説鬢絲。」情深詞婉，格合音諧，與沈佺期「盧家少婦」一篇同妙。

程周量「朝行青山頭，暮歇青山曲。青山不見人，猿聲聽相續」，本是古詩，漁洋删作絶句，以爲有不盡之意。王言遠「獨鳥鳴南園，曉來雨初歇。空庭生秋陰，莓苔長寒色」，亦古詩，歸愚删作絶句。《明詩綜》載郭元登《甘州》絶句云：「甘州城西黑水流，甘州城北黄雲愁。玉關人老貂裘敝，苦憶平生馬少游。」亦是長古。

吕元素《荆州懷三閭大夫》云：「《風》、《雅》以還兼正變，懷襄之際獨憂勞。」張鵠巖《菊江亭懷靖節先生》云：「羲皇以上復何事，魏晉之間無此人。」吴縠人《讀放翁集》云：「蘇黄以外無其匹，梁益之間老此生。」三詩句法正同，皆能道盡前賢生平。

宋葉水心創爲《橘枝詞》云：「蜜滿房中金作皮，人家短日挂疎籬。判霜翦露裝船去，不唱《楊枝》唱《橘枝》。」汪鈍翁演之云：「郎行時節橘花零，南風吹來香滿庭。今年橘實大如斗，勸郎莫羨楚江萍。」予客衢州，亦賦云：「衢州寒食橘花白，衢州重陽橘實黄。昨夜月明船上望，離人錯認洞庭霜。」

李屺瞻《漢陽》云：「帆開門對武昌出，岸轉江吞漢水流。」吴伯其《漢口》云：「十里帆檣依市立，萬家燈火徹宵明。」俱確切不可移易。

漁洋《題寒山寺》云：「日暮東塘正落潮，孤篷泊處雨瀟瀟。疎鐘夜火寒山寺，記過吴楓第幾橋？」汪蛟門：「吴中池館日吹簫，只有寒山寺寂寥。幾樹江楓對漁火，行人歸去雨瀟瀟。」二詩風韵，何其相似。

漁洋極稱竹垞永嘉諸絶句。予尤愛其《題倦圃圖》云：「霜林吹石溜，清響徧亭皋。夜半愁風雨，不知山月高。」《錦淙洞》。「風吹石蘭花，柔荑雨中長。清夢入空山，亂落紅泉響。」《聽雨齋》。《紺園雜詠》云：「斷岸緣楊齊，濃陰覆水低。東風吹太急，扶起過橋西。」《柳浪》。「山月無片雲，夜半松風起。欲寫入瑶琴，風聲吹不已。」《松風臺》。

程周量「柳色依人欲上樓」、丁雁水「花外夕陽人倚樓」，不減晚唐名句。

孫豹人《焦山遇風》云：「風起中流浪打船，秦翁失色海雲邊。也知賦命原窮薄，尚欲西歸太華眠。」不直説欲歸，而以「賦命窮薄」襯出下句，便覺曲而有味。邱季貞《贈程穆倩》云：「病後相逢邗水涯，歲寒雪壓客盧斜。縱然淡盡人間事，又寫青山過酒家。」張友鴻《懷人》云：「西南諸國滇爲大，六詔新開僰道平。應憶松江蓴菜好，却將老眼看昆明。」皆曲盡用筆之妙。

梅村《功臣廟》云：「鹿走三山争楚漢，雞鳴十廟失蕭曹。」運古而以議論行之，尤見識力。漁洋《皖江懷古》「鶴化千年非故國，雞鳴十廟不同時」一聯，可稱勍敵。

陳伯璣最工五言，如「疎鐘荒寺在，澹月空牀得」，「得」字妙，本少陵「老樹空庭得」也。太倉釋子行悦「松高寒鳥得，石冷暮雲知」，亦佳。

楊夢山「風雨樓煩國，關山李牧祠」、程孟陽「江水曹娥廟，湖山賀監祠」、王西樵「老寺裴休宅，春沙范蠡湖」、董亦樵「春風公瑾墓，細雨吕蒙城」，皆詩與人地相肖，然句法悉本右丞「官橋祭酒客，山木女郎祠」。釋靈一亦有句云：「春山子猷宅，古木謝敷家。」

嚴方公「古臺高見月，喬木澹生烟」、朱野愚「花氣蝶分去，松陰鶴借眠」、陳元孝「流螢分夜色，疎竹聚秋聲」、杜于皇「烟合疑無樹，山空但有秋」、吴薗次「溪色忽生樹，泉聲多入樓」、吴符五「野火明孤雁，村春答暮鴉」、陳伯璣「竹聲時作雨，樹色欲成山」，右數聯，可入摘句圖。

汪鈍翁《吴江雜感》云：「江上西風滿棘枝，夕陽遥映去帆遲。不須便作思歸計，且爲鱸魚住少時。」宗定九《留鄒訏士》云：「新開蘭蕙正芳菲，初到鰣魚入饌肥。最好流光是三月，如何抛却渡江歸。」二詩情致纏綿，耐人涵泳。

鄺湛若《過賈太傅宅弔三閭大夫廟》云：「天高未敢重相問，年少何勞更上書。」彭子贊《書屈陶合刻》云：「對酒不忘書甲子，懷沙空自歎庚寅。」皆天成對偶也。

計甫草《無題》云：「半額長眉學畫成，臨妝私許意盈盈。高樓柳暗誰相待，别浦鶯歸空復情。團扇舊經郎眼見，鏡臺還照妾心明。最憐寂寞銀燈上，挑得雙花落又生。」「不勝幽怨却生疑，又見楊花滿地吹。小妹生男良宴會，阿姨新寡又于歸。一時輕薄横相誘，幾度踟躕不自持。日暖游絲争入户，轆轤腸内有誰知。」二首别有寄託，與敷粉撚脂者迥别。又熊雪堂「鸚䳇熟眠金作鎖，鴛鴦新畫玉爲環」、倪山宗「花貪蝶媚偏容咋，柳賺鶯聲久怕眠」、彭羨門「人同楚峽來如夢，地是隋樓到欲迷」，造語俱工。

《東皋詩存》載吴萬時宗《詠史》極佳。其一云：「博浪一椎天地空，大索弗得其猶龍。封留有身不許漢，報韓終古成孤忠。古來忠臣難自保，願從赤松拂衣早。儒者氣象王者師，肯與韓彭殉飛鳥。」其五云：「同室操戈，開門揖盜。永嘉不競，家居再造。誰司其責，清談坐嘯。誤我蒼生，排牆獲報。君不見，蕩陰血濺帝衣斑，至今弗浣猶未殷。又不見，執鄙吝者成陽公，一門忠孝何從容。」其七云：「戰守兩無策，耻爲城下盟。況復非族類，安有香火情。存亡係呼吸，僅以口舌争。捐軀爲孤注，免胄開精誠。杯酒釋嫌疑，朔氣静征營。軍中如巫言，安穩見大人。吁嗟乎，此行安穩有天幸，不戰而屈人之兵。豈知計窮力竭無所出，致之死地乃能生。」其十云：「大道本無我，得朋亦非黨。眉山與洛川，樹幟相雄長。相視如仇讎，交惡不相奬。小人乘其釁，深文張羅網。海外負奇文，經筵罷直講。君子自取之，何以杜群枉。」意亦人所盡有，喜其筆端靈敏，運古融化耳。

胡夢白香山《真州絶句》云：「涵虚亭對壯觀亭，處處凴欄似畫屏。遊女只疑山咫尺，不知山是隔江青。」「垂楊碧似玉欄干，曲曲溪亭釀曉寒。折贈休過仙掌路，柳屯田墓月初殘。」此詩亦從《東皋詩存》録出。又吴松亭協姞「每逢芳草如歸客，纔見梅花似故人」，吴琴屋球「一事無成真鑄錯，百端交集只書空」、「振轔作板歌紅豆，剖瓠爲樽醉緑醽」，錢循陔岳「萍鷗世事參棋局，蕉鹿生涯問酒籌」，徐澄之學清「天涯知己黄花老，海外音書白雁傳」，丁文同僎「山頭葉落秋風寺，江上烟棲夜雨船」，范栗園亶「石倚寒泉瘦，花因曲檻低」，沙蘗房漢儀「雁嘶瓜步月，人語秣陵烟」，葛右纕緯「雨過凉生樹，茶香客到門」，劉卓侯道明「花光濃似酒，僧意静如梅」。如皋雖小邑，作者不乏，如吴萬時《研北詩存》、鄭依聞《噶月樓詩》，皆可傳。又黄文勳克業《緑牡丹》云：「姚魏稱尊已濫觴，嫁來碧玉汝南王。蘸他號國新眉黛，占斷楊家姊妹行」。「么鳳啾啾鬧小枝，轉鶯花底曲參差。妙香一色珍同賞，不辨香鈿倒挂時。」「河畔青青草長肥，女郎花艷趙昌扉。漫將國色誇群婢，大有夫人賦《緑衣》。」

鄭依聞大德《題桃花扇》云：「鍾山無復舊蟠龍，回首金陵王氣終。玄武湖波沉夕照，白門楊柳暗秋風。陪京幾見安神器，跋扈何人議戰功。又是江南興廢事，小長干在石城東。」「國步艱難舊鼎遷，選聲中酒尚依然。桃花著意題羅扇，燕子何心説錦箋。兒女暗憐風月夜，英雄長恨革除年。那堪江左風流盡，泪落秦淮水榭邊。」「斜陽荆棘没銅駝，秋盡長橋落葉多。自昔君臣荒宴飲，至今風雨雜悲歌。新亭泪盡餘鉤黨，舊院人稀散綺羅。脂粉無情陵谷變，媚香樓上月如何？」「燈船子夜極盤游，六合風塵黯未收。不謂神兵從北下，可憐江水向東流。烟花野史詞人泪，禾黍離宫過客憂。試按紅牙聽法曲，清樽銀燭不勝愁。」

胡君信「楚人門巷瀟湘色」，爲漁洋所賞。彭石源「羈旅楚人多」，五字亦佳。

《曝書亭集》中《涼篷聯句》云：「平鋪一面席，高出四邊牆。查慎行。雨似撑船聽，風疑露頂涼。魏坤。片陰停卓午，仄景入斜陽。竹垞。忽憶臨溪宅，松毛透屋香。查。」又《瓦噴壺》云：「病葉分疎雨，珍珠迸小槽。」

漁洋「年來慣聽《吴孃曲》，暮雨瀟瀟水閣頭」，本説聽雨，得前句，便委宛多姿。鄭嵎谷廷暘亦有句云：「不堪更聽《吴孃曲》，恰是瀟瀟暮雨時。」

天台道士周漁山《梅花》云：「黄菊飄零紅葉殘，芙蓉蕭瑟老江干。一枝瘦挺霜添白，半榻香凝月弄寒。谷口樹生斑似鹿，山腰花放色如鸞。不須有雪方高卧，及至披衣日幾竿。」

茶陵彭石源尚書維新藏書數萬卷，披閱皆遍。曾孫可齋茂才錫均嘗以公手録第九號五經見示。蓋公歸田後録過十二通，可謂老而好學矣。著有《經疑》、《史臆》、《詩經論世》、《歷代著述人名書目考》、《唐音集》、《穀音誤舉正》、《墨香閣詩文集》。《登碧霄峰頂》云：「晚風吹兩腋，欻已上孱顏。落葉滿寒水，夕陽移遠山。塵鞿何日息，行役蹔時閒。始信樵耕樂，巖居早掩關。」《贈華陰令簡霞山》云：「怪得清癯甚，崚嶒嶽影侵。行田仙掌下，視事碧蓮陰。露洗三峰月，風攢萬户碪。此時巖瀑響，流水入鳴琴。」《蛺蝶》云：「原與花同色，應知夢亦香。午風隨浩蕩，斜日迭悠揚。夾岸春蕪緑，連畦野菜黄。團飛渾不定，生態惱滕王。」《遊衡山》云：「浹旬泛宅將迎少，清曉山容面目真。七十二峰新沐色，四千餘里乍歸身。染衣塵土非今我，觸眼烟巒是故人。便擬揞笻登絶頂，盪胸雲海莫辭頻。」「一徑縈紆萬壑間，松風謖謖水潺潺。暫離舟楫經旬暑，來趁烟霞半日閒。數里一亭疑入畫，幾人六月肯尋山。籃輿薄暮穿林出，咫尺雲巒七二鬟。」「罡風鼓腋上南天，森冷侵肌氣候遷。嚮日遥看空翠處，此時都在短笻前。千尋碧石三更月，半壁蒼山幾點烟。結想十年今始到，振衣長嘯祝融巔。」《七夕》云：「塵世滄桑倏改移，仙家日月自紆遲。由來歲歲年年别，只是朝朝暮暮期。碧宇晶澄羅幕浄，白榆的皪燭光垂。銀河清淺無風浪，不共人間怨别離。」警句云：「河流趨海急，秋色入城寒。」「雁影低涼月，蟲聲滿夜燈。」「草分層沼碧，烟助遠峰青。」「暝色迷歸翼，涼飈急亂蟬。」「斜照有餘映，遠山無數青。」「片月清如此，微雲澹若無。」「落葉下苔徑，夕陽移槿籬。」「中峰時一雨，初地更層雲。」「瀑泉飛近竈，澗石卧成橋。」「浮雲不暫住，落葉共孤征。」「山翠寒僧面，溪聲洗客心。」「鷗前春水碧，鴻外暮天青。」「石齣聯甕盎，巖沫幻烟嵐。」「江引輕風分樹色，雲移斜照作山光。」「汀烟隨上樵人艇，巖樹層遮釋子扉。」「崖壓風篁欹小鳳，浪團汀石漾頑黿。」「養鴨欄沿黄木岸，叱牛聲徧緑楊村。」

國初吾邑詩人惟王孟穀戬、李雲田以篤名最著。孟穀《突星閣集》，漁洋爲之序。又謂《池陽山行》長句過歐公《廬山高》遠甚，惜篇長未録。《對酒示東除郡博》云：「塞雁歸飛後，湖邊芳草多。東風一帆疾，斜日數峰過。汨水試酤酒，《竹枝》聞唱歌。黄陵廟前月，還與弔湘娥。」《寄雲田》云：「菜根堂外竹松曛，霜壓平空木葉聞。應有一寒憐范叔，尚餘多病愛文君。江邊風雨晴川合，樹杪人家鄂渚分。欲伴謫仙黄鶴飲，湘波天限白鷗群。」又「不借直踏寒烟裏，麝香獨遊亭午時」，漁洋極稱之。

雲田别號老蕩子，高才淪落，放情詩酒，有《菜根堂》、《醉白堂》等集。尤工艷體。《無題》云：「蕭娘家在浣紗溪，近傍西涂曲又西。我是蒹葭纔倚玉，卿如蓮葉不沾泥。春寒浦溆壺觴亂，日暮樓船絲管齊。此去孤山鶴夢穩，疎簾清簟即香閨。」散句云：「酒味臨風吹不斷，愁心似草刈還生。」「浪跡真如萍在水，浮生不敵燕歸樓。」「一宵白紵催香夢，三月紅衫漬酒痕。」

吴小韓仕潮刊《漢陽五家詩》，孟穀、雲田外，爲彭擬陶心錦、文賓門師汲、汪遯漁穎。擬陶有《雲望堂集》。《爲東山和尚題畫》云：「道人愛幽獨，長歲居山溪。溪雲無朝夕，常滿水田衣。屋角見烟火，林端横落暉。開門候歸杖，晚飯石耳肥。」句如「夕陽連雨脚，秋水到山根」、「群山來浩浩，孤櫂入濛濛」、「古城沿夜火，秋水入新涼」、「人烟沙際白，山色馬頭青」，皆泠然可誦。

賓門《紡山草堂集》，五言尤勝。如「涼風吹夜柝，明月照邗溝」、「遠浦寒烟直，長江積雪明」、「新水澮殘照，孤烟歸細鶯」、「暗燈猶在壁，匹馬已嘶風」、「星光浮水白，螢火逐山高」、「崖風吹暑散，溪月墮烟深」、「疎雨斜光外，遥山秋氣中」、「緑樽花下少，白髮鏡中多」、「曉烟遲白日，孤嶂落寒雲」，此類數十句，置之《英靈》、《間氣集》中，幾無以辨。

遯漁雅好韜略，康熙甲寅，滇黔用兵，曾獻策軍門。後將叙功，固辭歸，遂殫力於詩，有《東漪草堂集》。句如「晚雲封寺白，春雨逼山青」、「細雨鳴秋瓦，吟笻破碧苔」、「夜色斜陽近，秋聲老樹知」、「淡月忽成水，疎梅已著花」、「疎桐葉落清砧夜，細雨人歸白雁秋」、「燕子已銜春色去，柳花吹送故人歸」、「入洛少年偏任俠，過江名士誤談兵」、「八厨鈎黨歸張儉，五岳逃名老向平」，風神俊雅，最近大曆十子。

五家外復有李過廬昌祚、許漱雪承欽、羅蓼懷俊、李令貽必果、王敷言上訓、羅魯峰世貞、張禹木三異、熊元獻正笏、彭秋堂一楷、張鵠巖叔珽、李惠伯能哲，皆以詩名。過廬《山居》云：「謝客成今日，桐陰緑到亭。農蓑千乘雨，樵笛一山青。設榻延秋夢，留花待晚醺。不知家計落，簷畔任飄零。」漱雪《釀泉》云：「立馬聽泉日已斜，泉聲字字咽梅花。春寒不管遊人醉，流到城南賣酒家。」魯峰《别王汾仲》云：「摇落鄉心屬暮秋，王郎真合古人求。終宵對月燒茶竈，竟日臨江上酒樓。雁外山低黄葉路，日邊帆去白蘋洲。江流漠漠天如水，圖畫何曾盡别愁。時蕭尺木畫《送别圖》爲贈。」惠伯《西湖閒詠》云：「閒坐濃陰卧柳邊，一竿釣破晚湖烟。風來水面斜陽動，笑看笙歌在畫船。」「暗門西去近雷峰，塔上藤蘿翠萬重。正是蒼茫殘照裏，南屏忽送一聲鐘。」「才人老大説臨川，斷送蛾眉正少年。魂作荷花嬌月色，夜來香散一湖烟。内江一女子自矜才色，不輕許人。讀湯若士《牡丹亭》而悦之，遂造西湖訪焉。願奉箕帚，若士以老辭，女不之信。一日，若士宴客湖上，女見其皤然一翁，傴僂扶杖而行，歎曰：「吾生平所慕才子將托終身，而老醜若此，固命也。」遂投水而死。」「傳來山水有英靈，月姊風姨孕結成。莫訝天開圖畫巧，須知女子本多情。隆慶中，武林婦柳凝翠愛游西湖，遂窮其勝，歸而有孕。後産一毬，堅不可破。家人驚怪，懸之檐前。適遇安南人以厚價鬻去，隨鋸分數片，視之，皆西湖景也。」

熊鍾陵學士《立春日送二弟覲還》云：「偏向東風送雁行，五年萬事九迴腸。難期朱紱同春酒，忍見辛盤是別觴。聊可救時擕作吏，縱然許國老爲郎。連床夜話知何處，莫遣書來鬢有霜。」警句云「地入吴山盡，天連海氣青」、「濕烟出户晚，流水入鄰多」、「坐使星芒淡，幽知鳥語生」、「西風吹不斷，只此數行書」。先生制藝，海内家傳户誦，奉爲矩矱，鮮有知其詩者，録此以見一斑。

黄山吴鶴關邦治僑居漢上，工書畫，精篆刻，論詩以三李爲宗，謂太白、義山、長吉也。遊吴門，初無人知，一日賦《斷炊》詩，遠近傳誦，名遂大噪。詩云：「湖田松色自蒼蒼，客路逢年亦遘荒。不分吹簫向吴市，幾曾乞食困柴桑。塵生短甑書盈几，人坐閒階月似霜。孤鶴海天飛未得，白雲深鎖舊茅堂。」《漢口》云：「大别亭亭鬱翠霞，江深漢廣思無涯。如何自古風流地，賸有於今富庶家。秋熟一尊籬下酒，春飛幾點樹頭花。蕭然磬室烟波穩，獨把漁竿弄歲華。」《盆梅》云：「香優尺幹古交加，玉照金堂態益斜。似是高人欹半榻，多應仙子在鄰家。簾垂新月微留影，笛響東風不落花。居易近來耽素賞，斗泉寸石好生涯。」《西郭草堂落成漫作》云：「漢城西郭事烟霞，三畝初成一畝家。不是數弓營不足，讓他新月上梅花。」《登漢口第一樓獨望》云：「飛鳥斜陽外，平皋壯此樓。雲霞生履跡，山水豁清眸。别岫横蒼靄，過帆帶白鷗。獨醒人不見，風月好漁舟。」「古市梁陳久，於今百萬家。炊烟凌曉霧，野客住明霞。地湧黄金貴，人誰彩筆花。閒閒憑弔罷，鶯燕語平沙。」

世大父考功楚池公諱漢壯歲即解組歸，閉户讀書，三十年不交當世。著有《春生閣》、《讀易軒詩文集》。《題周文矩畫楊太真教雪衣娘心經圖》云：「離宫晝静春光靡，玉案經横貝多紙。金籠初啓雪衣明，一團素練霜毛委。玉環嬌春鬘鬌妝，罷將金屑譜《霓裳》。離章斷句走相教，爲憐解語通心腸。色空五藴金仙句，字吐如珠出輕嗉。宫娥側耳總心傾，簷馬收聲花散雨。周郎懷古圖粉墨，玉羽蛾眉呼欲出。想見花明羯鼓時，九齡《金鑑》蛛塵没。琵琶羌笛奏堂堂，粉蠹誰教蝕畫梁。蛾眸可意終虚耳，鸚鵡徒知問上皇。」《咸陽》云：「眈眈九虎控關東，歎向河山百二雄。十帝鼉魚穿漢墓，二川波浪隱秦宫。愁生繡嶺青門道，醉過長陵小市中。拊缶彈箏愴逸興，商歌楚調付玲瓏。」

大父北池公諱潞年未四十，遽捐館舍。張秋崖丈比於明之何仲默、高子業，有才不禄，同爲恨事。大父有句云：「白沙杳杳沿江路，翠竹娟娟向水村。」「兩度雪占來歲稔，一枝梅訝故人疏。」《飲村店》云：「桑柘陰陰一畝塘，柴門風過棗花香。主人勸盡尊中酒，歸路遥山已夕陽。」嘗與同邑段寒香嘉梅、彭念堂湘懷相倡和。寒香《秋夜懷北池公》云：「支筇力疾小窗前，多病回思實自憐。氣爽九秋皆是月，寒凝萬瓦盡浮烟。孤山人説尋梅客，三徑予懷擁菊賢。此景今秋良不易，何嫌深夜聳詩肩。」又

《偶述》云：「少年也自負祥麟，衰老今成芻狗身。名不可居惟國士，天偏吝與是閒人。月從既望光隨減，水到落槽浪便勻。物理靜觀須領會，太平時節賤貧民。」詩格在劍南、石湖之間。

念堂和世大父楚池公《後山眺望即事》云：「生平畏薰灼，閉門養貧賤。雖足遠緇氛，難言滅聞見。夫子儻葛人，家居鳳山半。示我《登高》詩，沖襟泠然善。恍如夢天姥，逸情不可按。放神周碧落，攝衣上石厂。雜花開好顏，飛鳥振柔翰。遠峰青若眉，近水白如練。既緬黄鶴仙，更憐赤壁戰。往事已沉銷，曠懷且蕭散。感彼曳屣者，乃屬金閨彥。守素辭崇班，抒真申夙願。榮名不足珍，元空性所玩。拓抱充今昔，搜冥入幽幻。南畝此暫栖，東山詎久戀。功成待他年，耦耕庶能踐。」《謝陳紫瀾先生見寄蓮洋詩集》云：「太息河中老，譚詩成一家。時爲菩薩語，恍見青蓮花。領取先生意，緘來千里遐。不知能許我，同上白牛車。」念堂有《皋廡》、《獨持》等集，寒香詩不多見，兩人皆以諸生終。

朱定山在鎮，吾邑名布衣也。與鶴關、寒香、念堂稱詩江漢間，有《藍田集》，世少刊本。曩從鶴關孫山穀茂才處抄得數首。《送春》云：「好笑白頭人，今年又送春。送春春自去，何處著閒身。杜宇因思蜀，桃花也避秦。成都桑八百，先問武陵津。」《送楊大巳軍》云：「握手班荆日，朱樓大道邊。竹西歌吹起，同上泛湖船。吴楚分歧後，幽燕匹馬旋。壯夫頭白盡，相對各潸然。」《竹西》云：「東風腸斷玉鉤斜，十里春燈隔絳紗。亞字牆高三丈六，紫簫吹出水紅花。」《別興》云：「門前柏樹烏頭白，隴上柔桑雉子斑。我自戀君君戀我，那堪山外更多山。」又有《繡毬花》詩爲時傳誦，其一云：「十八花飛縠雨收，何曾一破素娥愁。從今嫁與東風去，個個團欒到白頭。」

袁簡齋詠古諸作，議論筆力兼到，如「霸才越國追句踐，家法河西仿竇融」《臨安》、「能支江左偏安局，難遣中年以後情」《謝太傅》、「生對河山常感慨，死猶歌舞是英雄」《銅雀臺》、「功名遠掃蕭曹局，歌舞長消蠡種愁」《汾陽王》、「白紗帽急金甌小，野葛燈懸玉燭忙」《宋武帝》、「山河割據人才貴，華夏興亡歷數偏」《王猛》、「一關開閉隨王氣，絶頂河山感霸才」《秦中》、「天意兩回南渡馬，秋痕滿地故宫花」《金陵》、「九廟冬青無故主，半庭紅豆有新花」《拂水山莊》，皆具知人論世之識。《春草》詩：「三生蓬海騷人老，六代雲山燕子低。」可稱絶唱。

陸放翁「晨露每看花蕊拆，夕陽頻見樹陰移」，自謂二事非閒寂不知。王夢樓「烟光自潤非關雨，水藻俱馨不獨花」，亦從静中得之。尤愛其《題畫》一絶云：「村塢無人曳杖藜，衡門晝掩草萋萋。午雞啼罷睡初覺，紅日照到葵花西。」又《聽可詠上人彈琴》云：「詠師抱緑綺，爲我奏漁歌。漢上秋風至，瀟湘烟雨多。指邊滴清露，絃外有滄波。便欲刺船去，言尋張志和。」

陶篁村元藻《過蘭溪》云：「白沙翠竹滿汀洲，烟抹蘭溪舊酒樓。一片淒迷夕陽渡，旅人西去水東流。」予《題潯陽酒樓》云：「雪花片片弄輕鷗，客醉潯陽舊酒樓。莫訝扁舟獨西上，鄉心不共水東流。」

衡山聶京圃太史鎬敏視學安徽，刊有《皖江采風録》。《皖江櫂歌》得《竹枝》縹緲之音，如安慶江爾維云：「估客風帆乍有無，黏天不著浪花麄。人家夫壻長相見，争似彭郎嫁小姑。」吴熙云：「大龍山頭雲氤氲，小龍山下雨紛紛。大小龍山面江水，妾心愁雨復愁雲。」方命虎云：「船到波心帆影斜，滿江風雨蕩楊花。吴儂不識峰高處，郎指船頭是九華。」楊泰云：「羅刹磯頭落日黄，澹烟薄霧似瀟湘。風帆收到漳葭港，繫艇沿堤有緑楊。」張宿云：「吴孃慣賃小舟居，蘆筍堆盤勸酒初。恰值上江風味好，河魨網得又鰣魚。」桐城葉琛云：「皖公山色向人青，皖水迢迢不肯停。直向長風沙裏去，郎扶柁尾妾揚舲。」施霽云：「青草離離碧色滋，送郎皖口近瓜期。愁心深是桃花木，已值河豚上市時。」方宫聲云：「十三磯石總嵯峨，第一攔江怕浪婆。羨煞長年好身手，蒼龍脊上打帆過。」方遵巘云：「樵青打槳掌頭篙，漁婢拏帆倚畫橈。一笑采菱湖上去，鵲江平長二分潮。」懷甯江望岳云：「山到皖山山色明，江到皖江江水平。山上出雲江上雨，潮來樹杪看船行。」

長沙周希甫中翰有聲《黄陵廟》云：「蒼梧東去接蠻天，祠廟空山響杜鵑。最憶雨昏花落後，片帆飛掠一江烟。」《陶公祠》云：「戎衣慷慨誓興師，夢醒天門折翼時。江左夷吾猶作達，西風空障庾元規。」《道林寺》云：「一杖穿雲叩碧寥，名藍依舊枕山椒。殘碑剥盡江聲轉，只有寒松記六朝。」《鐵佛寺》云：「一灣碧瀉功德水，四面青分髻頂螺。還向浮圖高處望，秋風黄葉洞庭波。」有《東岡詩賸》行世。

張阜橋《過三竺》云：「嵐影都歸寺，人烟直到山。」曩至其地，始知二語之工。

武陵唐竹谷開韶博學工詩，著有《俠野草堂詩文存》、《讀史偶箋》。嘗構湘上園以居，藏書甚富，被大水淹没殆盡。有《湘江櫂歌》三百首，自謂僅記其一云：「欲采芙蓉奈晚何，秋風嫋嫋洞庭波。美人香草情無那，落日湘江聽櫂歌。」風情嬝娜，已見一斑。又《贈傅重庵觀察》一絶云：「介子勳名著楚疆，半生精力盡邊防。花衣五姓安耕鑿，銅鼓村村賽竹王。」湘陰楊惺齋先鐸題其湘上園云：「青松翠竹繚垣栽，垂柳蕭蕭覆釣臺。門外一池寒碧水，照人清影坐莓苔。」

竹谷輯《湘繫》三十二卷，中載陶雲汀宫保澍《秦中懷古》詩極佳，其一云：「手剪群雄鬬草萊，楊花開盡李花開。裼裘早識真人氣，保鑑全收命世才。九廟衣冠尊柱下，百神觴豆集靈臺。孫兒得寶成何用，猶費昭陵汗馬來。」宫保《印心石屋詩文抄》，内附黎環溪詩「一春卧病人初起，滿地落花君獨來」、「茶烟忽向竹中出，山雨有時溪上來」、「杉皮屋小蒼苔澀，石骨秋寒老樹斜」、「江村犬吠月徐上，野寺鐘鳴船早開」，謂其詩多蕭閒自得之趣。

石月川泩《青谿渡》云：「小姑本無夫，家在青谿口。谿口打魚郎，雙雙沽美酒。」《長干里》云：「悔住長干里，門外即江頭。江頭郎去後，日日有歸舟。」

張崑南「桃花一夜雨，春水數帆風」，十字殊佳。

陳元孝「新詩多似嶺頭梅」、朱青湖「秋晚詩如落葉多」，雋語耐人尋繹。

梁蒼巖《江浦道中》云：「柳塘春水弄新晴，花草金陵促去程。雙袖染來青嶂色，六朝送盡暮江聲。」末句不減龔芝麓「流水青山送六朝」語。

查初白「人來小雨初晴後，秋在垂楊未老間」、「雪飄燈事闌珊後，春到梅花淺淡間」，翁石瓠「人來山色蒼茫裏，春在梅花淺澹時」。

楊紫卿《金陵》云：「燕子應知前代事，梨花猶向故宫春。」朱青湖：「白鷺豈知千古事，蒼山猶帶六朝秋。」

張賓公《白丁香》詩：「人含舊恨青山外，花結新愁細雨中。」所謂「不著一字，盡得風流」。陳至言「泠垂串串玲瓏雪，香送絲絲麗㲲風」，亦描寫盡致。明人《詠紅葉》云：「宮水正寒愁字字，吴江初冷錦鱗鱗。」《蘆花》云：「半夜雁群清避影，數聲漁笛淡吹香。」《芭蕉》云：「美人閒立秋風裏，羈客孤眠夜雨中。」皆詩中有畫。

吴竹嶼《寄江于九湖南》云：「揚子江頭暮雨涼，送君南下楚雲長。孤舟遥夜楓林泊，聽盡猿聲過岳陽。」「天際君山一帶青，片帆何處弔湘靈。愁心莫聽巴陵笛，楊柳春風滿洞庭。」二首神似昌穀。

蒲圻張白蒓學博開東，别號海岳游人，嘗載數千卷書，行數萬里路，訪古搜奇於人跡不到之地。車轍所經，名公卿争相延攬。山川奇偉之氣一發於詩，有《白蒓詩集》、《海岳文集》行世。《湘江雜詠》云：「東風吹過洞庭西，雲裏數行歸雁啼。二十五絃彈欲亂，不堪芳草緑萋萋。」《湘中歌》云：「長沙雲麓即衡山，七十二峰相連環。行人盡日渡湘水，不知身在衡山裏。我問舟子亦杳然，山靈不語生寒烟。有時蒼蒼摇我目，月明影照湘水緑。」《玉女峰歌》云：「南峰東峰蓮花萼，中有玉女何綽約。千迴百轉不得見，窈然含睇藏虚閣。山上朝雲日濛濛，欲雨不雨如輕幕。我爲拄杖洗頭盆，玉池香露銀河落。白馬一嘶青天空，萬古千秋想寂寞。當時不曉神靈意，龍衣鳳冠争炫爍。却向危巒倚石窗，天寒風吹翠袖薄。」《恒山紫霞洞》在舊殿東有紫霞元君祠，門外懸流界道，拖素如練，石稜激湍，灑落成珠。云：「紫霞飛不盡，何處覓元君。泉漱明珠佩，風飄白練裙。芳祠留皓月，古殿宿寒雲。日夕鳴鐘磬，依稀洞裏聞。」《海上新秋》云：「絶域烽烟望裏消，無邊秋色與逍遥。高麗野水添新漲，長白山光帶暮潮。高麗在蓬萊東南，相去不過千里。遼東正東，只五百里。海水從東南入天津，爲少海。風起鮫人時擊鼓，月明龍女夜吹簫。張騫故是乘槎客，不假銀河渡鵲橋。」

紀曉嵐尚書《曹光禄席上賦送白菰》云：「不謂吾曹飲，斯人肯見尋。鬚眉留古色，天地入孤吟。寥落塵中跡，蒼茫物外心。寒暄都未及，先自話登臨。」「踏遍天涯路，燕郊上古臺。一囊貯山水，雙屐帶莓苔。問子今何適，云余是偶來。孤雲無住著，野鶴任徘徊。」「珥筆金華殿，飛騰畫馬揚。美人弄蘅杜，秋水隔瀟湘。風雅寧殊調，雲龍且共翔。他時清夜直，應憶孟襄陽。」

石樓詩話卷三

漢陽漫士孫煦

予少從孝感程竹坪先生遊。先生諱明渤，字北際，負才不遇，客遊秦晉二十餘年。歸已七十餘，白髮青燈，吟哦不輟。著有《條麓草》、《柳向吟》、《西池偶憩集》，予爲録板行世。復摘録於此，以當嘗鼎一臠。《西行有日自述》云：「四載汾蒲寄，三年鄠杜留。識途先老馬，逐水後閒鷗。閱歷深何用，雲山好自愁。最憐茅店宿，來往説春秋。」「急颯來空闊，刁騷直北寒。霜輪沙磧市，烟飯石門灘。帶月披墟落，聞雞動夜闌。氈裘勤補綻，鄭重客衣單。」《登靈岩洞過柳湖》云：「叠石起崇墉，穿雲下若龍。牙旗盤虎豹，玉粒轉村農。九折烏耶水，千秋白翟蹤。至今殷草色，猶惹將臺烽。」《次嬌梨》云：「暮雲連遠岫，落日次嬌梨。客至棲雞栅，年衰倦馬啼。秦音何嫋嫋，夜枕自淒淒。明發宜川道，崎嶇路不齊。」《韓皋》云：「韓皋春色早，一路小桃花。照水容華麗，無言蹊徑斜。山空成獨笑，地僻少停車。迢遞仙源上，漁郎何處家？」《韓城訪蘇子卿墓》云：「屬國孤忠仰至今，豐碑何處悵幽尋。貳師枉抱吞戎計，九塞空勞執節吟。玉帛凋零虛雁字，南枝蕭瑟感禽音。單于臺上霑襟别，白雪穹廬萬古心。」《梁綏郡齋與主人張瑶村甥》云：「崇墉上郡控遐方，百二秦封古戰場。勁卒尚能調狗馬，村農漸解力耕桑。渾茫河套籌邊舊，幕壓雲峰出塞强。無限瘡痍思衽席，相期早晚報循良。」《清涼山》云：「危梯直上立崔巍，繞郭河流瀲瀲開。石骨瘦於霜後樹，雲容淡似劫餘灰。人皈古佛金輪去，尸毘佛本金輪王子，修行於此山，後有尸毘洞。塞扼窮荒白翟迴。躋勝陶然同地主，玄冥高處俯秦臺。」《柳湖柳》云：「風流豈儗章臺緑，冷淡偏揉野水藍。幾點栖鴉仍塞北，數枝垂雨似江南。夕陽樓閣寒空閉，玉笛關山聽不堪。留得長條工宛轉，銷魂終古送驂驔。」《琵琶橋》云：「清涼山半琵琶橋，踏之有物聲條條。或云此石殊瑰異，中藏往古絲桐器。當日明妃出漢宫，斷送玉顔空委翠。手抱紅絃不忍揮，至今青塚猶餘泪。梨園領袖康崑崙，漁陽羯鼓西南奔。龜年遠徙幡綽死，檀槽鐵撥抛平原。況復此間盛塗毒，髑髏戰骨紛相屬。夜雨青燐野鬼嚎，何似琵琶聲斷續。安能尋妙手，咄嗟負之走。轉軸調絲一再彈，緱笙湘瑟迴雲端。鵾雞撚盡沉憂曲，分付哀猿與急湍。更作驚鴻鳴觱篥，頓令九陌幽氛出。歡喜同皈大法王，免使精靈驕白日。」

業師胡心泉先生諱賡善曩客漢上，與方以齋、巴蓮舫、吴澹芷倡吟社，極一時文讌之盛。人日集顧木原司馬梅花書屋，各賦五律二首。先生得「歸」字云：「一爲黄鶴客，三款碧雲扉。暫向芳辰集，渾忘故里違。亭林花競發，江渚雁群飛。貪結同心契，淹留未忍歸。」「春風何澹蕩，春霰復霏微。谷口新鶯出，山中宿麥肥。鄉心同脉脉，執手重依依。已豫斜川會，須隨彭澤歸。」木原移倅黄州，引疾歸，先生送以詩云：「飛雁急歸響，清宵遺客聞。愁心當異地，尊酒復離群。緑上晴川草，紅生雉水雲。杏花春雨漲，千里倍思君。」「歸去黄州路，君應略駐颿。江山仍赤壁，遊宦自青衫。試躡披茸徑，言尋栖鶻巖。清風憑拾取，太守未爲饞。」「當年書畫舫，傳説米襄陽。今日烟波客，争稱顧武黄。鶯聲辭楚澤，柳色入江鄉。魚麥宜歸老，相攜趁夜航。」先生經學淵邃，古文制藝，卓然名家，詩其餘事，亦清迴乃爾。

曾賓谷先生《漢陽柳枝詞》云：「武昌門外兩三樹，漢水城邊千萬條。始信無情是楊柳，至今猶學楚宮腰。」「楊花滚滚復濛濛，生與桃花命略同。妾在桃花祠畔住，年年寒食雨兼風。」黄心盦承增和云：「柔枝容得乳鴉栖，未到春深緑已齊。生怕女郎妬眉黛，恰教遮斷月湖西。女郎山在縣西南二十里。」「緑草黄花接漢津，津邊游女慣嬉春。一株别擅夭斜態，臨水牽風倍感人。」范白舫錯和云：「烟波灣裏緑侵門，水繞儂家别有村。妬煞一匳明似鏡，曉妝長與鬥眉痕。」「楚王臺榭久荒蕪，烟鎖千條傍月湖。猶作細腰宫女樣，幾番眠起不勝扶。」予和云：「相思幾樹曉妝前，瘦損腰支絶可憐。莫去攀條登大别，與郎小别已經年。」「眼波斜瞥烟波里，眉月低懸却月城。幾許春愁消未得，有人樓上笛初横。」

心盦詩才卓越，七言古瓌奇閎肆，在遺山、淵穎之間。遍遊燕、趙、秦、晉，所至有聲，尤爲鐵梅庵制軍所賞識。僑居漢上，與予倡和極多。《詠金銀花茶》云：「采采藤花曉露溥，瀹投蟹眼當龍團。書生竟有豪華分，學士應無冷淡歎。香涌碧瓷占實氣，珍逾瑞草供清歡。小槽更壓紅珠酒，持傲齊奴也不難。」予和云：「採得藤花手自煎，龍團香泛藉芳妍。撑腸那用文千卷，小啜真同食萬錢。堪與腐儒澆儉腹，應將活水汲貪泉。夢餘舌本甘回後，檢點《茶經》恐未全。」心盦《春雪》云：「屑金成粉復成團，淺草原頭糝更寬。幾處歸鴻遲北嚮，頻來社燕話春寒。平添酒價疇能貰，欲典羊裘可是難。饒有灞橋前度興，冷吟只當落梅看。」予和云：「詠罷花朝夜雨詞，玉塵和夢繞芳枝。斜侵繡閣餘香粉，細糝青山斂翠眉。梅柳渡江春寂寂，管絃隔座意遲遲。謝家飛絮休輕妬，舞向東風蝶未知。」心盦云：

「予詩非不刻意求工，較君作何止三舍遠。」又題予《紅袖添香圖》云：「有美一人顔如玉，十三解唱《大堤曲》。十四鵾絃撥即工，十五移家漢之澳。漢江姊妹多娉婷，平居艷質誇傾城。見卿盡欲紅妝洗，從此吴孃獨擅名。銅街西弄枇杷下，誰繫章臺紫騮馬。但聽蘇門鸞鳳音，便開北里鴛鴦社。罷唱《烏鹽》却緑醅，夜披緗帙肯深陪。銀虬莫問丁東歇，寶鴨還添篤耨來。袖紅映頰如酣酒，眉妬遠山腰妬柳。欲寫嬌花伴讀圖，因煩癡虎傳神手。芳名藉甚郢中姝，端恐風流畫不如。我挾題詩要一見，果然名下洵無虚。乍離乍合光難揣，雜卉雜花疇得擬。仿佛衡皋感洛神，錯疑神女逢江水。更憶迦陵麗句工，書聲亦在粉牆東。展看莫漫輕題詠，姍笑須防女侍中。」心盦曾以兵書授林刺史曉岑，刺史得以破賊。張老薑詩所云「奇書授子房，又疑黄石公」是也。然則不當僅以詩人目之矣。噫，心盦下世十餘載，詩稿散佚，無從蒐輯。所撰《漢口漫志》，其家亦未鋟版。追録遺篇，爲之憮然。

孝感嚴石舫華祝負才不羈，詩文行楷，悉臻能品。嘉慶丙辰經教匪之亂，一病十年，屢瀕於死。重來漢上，心盦贈詩云：「客過黄罏思舊雨，天留碩果僅斯人。兵塵小歷修羅劫，驚癇全瘳現在身。風虐竹枝添雅韵，雪饕梅蕊轉精神。乾坤老眼應相眷，再得看花五十春。」予貽以《青溪遺稿》、雅雨山人墨，蒙答云：「石樓居士本清才，文采風流得得來。曾向程門立尺雪，頃從王氏訪三槐。時館王敬伯家。聯吟並撿藏書贈，索字頻將寶墨催。我媿報之無好物，木瓜桃李趁春栽。」

内兄程執齋紹允能詩畫，工駢體。家歙之金竺山，嘗往來漢上。有《潄潤書屋詩鈔》。如「林際歇微雨，江干生薄寒」、「月依樊口樹，霜落武昌魚」，佳句也。

程耕雲秉《後湖柳枝詞》云：「馬蹄踏踏麴塵生，踠地鵝黄畫不成。十里花飛湖上路，東風野館自清明。」「裊娜晴絲幾萬行，遠臨孤驛近横塘。相逢又恐牽離思，陌上遊人半異鄉。」耕雲詩筆清雋，窺見三唐作者閫奥，早歲即有紙貴洛陽、價重雞林之譽，不獨稱雄江漢間也。猶記其《訪舊》一絶云：「温風開遍女兒花，芳徑無人問狹斜。記得第三橋畔路，枇杷門是泰娘家。」又《見懷》云：「黄陵磯下桃花水，漂出春鱗尺半紅。幾月别來詩愈健，一襟題後墨猶濃。龍門雷雨看兒輩，鴻爪湖山記醉翁。聞道蔣生闢三徑，有誰相訪曳吟笻？」

予識白舫垂三十年，中間或離或合，而苔岑之契，兩人始終無間。今白舫主漢上詩盟，《題襟》一集，與心盦新雨聯吟，後先雄長。曾撰《漢口叢談》，可補邑乘之缺。近復梓其《苕溪漁隱詩》、《詞》等集行世，長短調咀宫含商，有白石、梅谿風韵，辛稼軒以下，不屑爲也。詩不矜才，不使氣，婉而多風，令人擥結不盡。如《昭君詞》云：「穹廬毳帳月如霜，一曲琵琶泪萬行。回憶漢宫歌舞罷，畫圖猶得近君王。」此意未經前人道過。昔人謂小謝工於發端，白舫如「長空一雁度，蒼蒼雲色寒」，又「晚烟鎖林扉，涼月忽飛上」，又「小艇浮大江，飄然如泛宅」，又「苕溪溪上水烟起，化作白雲散渺瀰」，又「白雲吹盡青天開，遠峰三四迎人來」，起調之妙，豈媿古人耶！句如「水寬魚唱路，秋净雁聲天」、「夕陽移塔影，落葉響僧扉」、「入世空裁《鸚鵡賦》，尋春且典鷫鸘裘」、「黄葉村香菰米飯，白沙路響石輪車」，俱佳。又《落梅》云：「到處苔堦糝玉英，但聞敲徹竹聲清。宵來却憶孤山鶴，獨下柴門唳月明。」《柳枝詞》云：「錦城城外柳毿毿，倦舞東風睡正酣。苦勸游人莫攀折，容伊一晌夢江南。」又題予《紅袖添香圖》，調寄《解蹀躞》云：「百尺桐陰初轉，别院横深翠。料無人叩閒門、踏苔砌。分付早爇金猊，儘堪消受紗窗，夢回滋味。　傍書几。若個添香隨侍。含情暗凝睇。整鬟低問檀奴，可知未？風度六扇珠簾，篆飛幾縷沉烟，只留心字。」

王五懷學博郢玉爲賓于五世祖，隱沌上之櫧山。學問該博，著《四書繹》四十卷，以朱子《集注》爲主，參以先儒之説及古注疏，間附己意，最爲醇正。賓于克守家學，將謀鋟版以傳。其《思貽軒詩》斂才就範，蘊釀功深。如《書懷》云：「頭童齒豁抱殘書，蕉雨松風老敝廬。之野人猶求搏虎，入城吏不許騎驢。農居田畝工居肆，山可樵蘇水可漁。非分妄營窮技巧，揶揄鬼魅也欷歔。」《讀朱子詩偶賦》云：「瓣香原不在陶韋，太古元音聲自希。想像寒潭秋月映，碧天夜夜滿清輝。朱子《感興》詩：「秋月照寒水。」」

布衣蔣東衍魯傳隱居沌上，工書，善舞劍。有《願學堂集》，無力付梓，詩多散佚。嘗見自書詩幅，《對雨》云：「清明愁對雨，一雨更多時。短草添新緑，寒花别故枝。泉聲遥入户，天影漸平池。戴笠還垂釣，嚴陵是我師。」

何梅塢詠「芳草緑楊圍酒地，夕陽黄葉著青天」、「天涯到處吟芳草，客夢逢人話故山」，亦嫻雅可諷。

同里徐沖之熊飛好學能詩，年八十餘，手不釋卷，與白舫、洪旃林檀、王古靈應祥、吴克齋廷讓爲五老會，頗有香山洛社之風。著《晴翠山房稿》。《喜晤臨湘張明府》云：「相逢一笑梵王家，禪榻茶烟兩鬢華。聞道武陵仙吏好，不將徵税及桃花。」《阻雨》云：「睢陽磯畔雨初歇，緑草新泥沾屐痕。滿岸蘆芽溪水長，漁家正好賣河豚。」

白舫以昔年所輯朋舊詩寄示，摘録於後。吴江丁琴泉太守雲錦《花田》南漢葬宫人處。云：「歎息華林景物非，野田零落舊芳菲。三春細雨催花老，一棱斜陽化蝶飛。金塔未埋孤寺佛，光孝寺金塗鐵塔，南漢王劉鋹所建。玉鈎誰識故宫衣。聲聲賣斷東風信，賸有香魂壓擔歸。」孝感沈熙三明陟《弔神女祠》云：「赤帝瑶姬女，陽臺晚作雲。峰青思綰髻，水碧想拖裙。宋玉才如海，襄王夢欲焚。仙蹤杳何處，楓葉落紛紛。」句如桐鄉程葦村綸「鄉心懸夜月，旅病入秋風」、「星河摇曙色，風露咽秋聲」，餘姚謝文若洲「松葉晚遮村徑暗，柳陰寒壓板橋低」、「滿榻寒山惟隱几，半谿殘雪不開門」，震澤顧懋英鴻生「雲陰無定照，人語有空譍」、「夕陽低燕子，春草没鳧翁」，休寧吴蔭南士棠「夕陽依岸草，酒色上桃花」、「虀鹽風味原吾分，竹帛勳名竟子虚」，奉新宋慕劬五仁「茶香消世味，松影静禪心」、「家徒四壁書連屋，門對雙峰雪滿山」，孝豐吴蘅皋應魁「野麝難尋跡，山花只辨香」、「鏡裏秋霜堪送老，燈前春夢不關身」，均有思致，可供吟玩。又湘潭釋子竹軒本照，予舊相識也，正欲訪其詩，喜得此卷，亟鈔存之。《自雁峰南登舟作》云：「曉發回雁峰，渺漫臨江路。來時雨雪零，今兹春已莫。落蘂罥游絲，芳草迷前渡。秉志高塵寰，栖心向岩户。江邊鷗鷺群，舊是同盟處。一縷白雲生，扁舟去如鶩。」句如「溪風喧粥鼓，山雨濕茶烟」、「亂峰迷出路，一壑有生涯」、「水聲涼引月，山色淡迎人」、「雙槳仍飛湘上月，一囊還帶嶽中烟」、「荒徑不辭秋掃葉，新詩穩待夜敲鐘」，視宋九僧，當不讓江南宇昭、峨眉懷古也。

梁山舟侍講《秋圃雜咏》云：「白花何淡淡，紫花何離離。晚花角上總，早花眉下垂。一番涼露泫，幾點疎雨肥。生香傍籬落，風味野老知。我來棚底坐，散髮斜陽時。似聞絡緯語，爲我寫鄉思。」《豆花》。「秋星曉未妝，光景浄於洗。小草澹衆芳，延緣青竹尾。圓摺皺欲舒，一碧翦天水。惜哉抱弱質，開落朝槿似。爲語牽蘿人，莫採此花蕊。采遲色不如，采早露如許。叶。」《牽牛花》。「昔人疏草木，或云即蒲蘆。低傍青豆架，高綴碧玉壺。犀老腹則堅，斷取霜寒初。小可供几案，大可浮江湖。所以王元禮，愛玩常區區。詩成在一擲，我媿非其徒。」《葫蘆》。「吾弟讀書處，青乳顏其屋。宿土埋深根，蟠曲纔一束。方春引龍須，怒走漲天緑。漸看纓絡垂，却喜珠露沃。顆綻不容排，色浄似可漉。遠人憶此無，悔不涼州牧。」《蒲桃》。「沙壠寬作畦，香苗自成畝。年年秋社前，磊落分子母。黄割朵朵雲，紅茁纖纖手。是時飽霜螯，到處鳴齏臼。園官吾故人，分致意則厚。藉糟儲瓶罌，歸而謀諸婦。」《薑》。「蔬中有萊菔，是處種不乏。尤宜出沙壤，脆玉不勝搯。北人麥爲飯，炎毒苦難戢。生啄勝梨頭，涼冷沁肺葉。園丁資地利，街市肩擔壓。不見王爽兒，千緡易宦業。」《羅蔔》。

吴門黄穀原均工山水，風流自賞，不汲汲於榮利。浮沉下僚，非其志也。詩亦清穩。《七夕有雨感懷》云：「疎雨瀟瀟夜，涼生枕簟秋。一聲天際雁，何處水邊樓。聚散思兄弟，悲歡異女牛。燈殘人不寐，寂寞數更籌。」嘗爲予作《秋窗伴讀圖》，一時題者甚衆。程雲芬庶常恩澤云：「寫韵軒中絶妙詞，不争壇坫不求知。傾城名士謳吟夜，騃女癡兒敝佩時。」「元家雙壁抵連城，消受孫郎海樣情。手爪相如縑素似，阿誰才調似郎清？」「我是秦嘉計總非，君真東美不相違。遥憐翠袖機絲月，一見團欒十夢歸。」曹曙階侍墀云：「畫眉京兆擅風流，何似孫郎艷福修。見説玉臺新有詠，相如病渴轉消愁。」「西風庭院響蕭蕭，燈影書帷伴寂寥。恰好伊吾聲略住，隔簾茶喚小鬟嬌。」「工吟亦有未吟安，煞費推敲到夜闌。笑共蘭閨商定後，來朝新稿播詞壇。」「才人伉儷知原篤，韵事閨房覺特多。莫誚三生狂杜牧，朱樓只解聽笙歌。」曹穀生振鏞云：「微雲疎雨可憐宵，秋士逢秋客思撩。宋玉每愁腸易斷，相如況值病初消。病消畢竟無人曉，獨倚秋窗怨啼鳥。庭竹烟浮寶篆微，井梧風顫銀鐙悄。此際輕寒怯錦衾，此時何處買珍珠？冰絲不管牙籤冷，空把靈芸當玉芙。孫郎艷福花争妬，繡得鴛鴦鍼暗度。自按宫商譜瑟琴，底勞工拙分縑素。織縑織素較量難，儂是仙人吴綵鸞。碧海不妨成小謫，肯教名士泣團欒。傾城名士真良眷，共擁瑯嬛三萬卷。紫麝香分翡翠匳，紅脂艷奪琉璃硯。畫角初沉夜氣涼，唾壺遥答漏聲長。最憐字字經郎口，書味調來分外香。憐郎轉又因郎惜，病骨珊珊同鶴瘠。隔座殷勤爇紫茸，隔簾珍重烹雲液。相惜相憐韵事傳，要郎新詠付黄荃。生綃不用橅花鳥，花自連枝鳥並肩。披圖浄浣薔薇讀，我亦鸞膠經復續。書劍飄零塞草荒，年年辜負金錢卜。漢上逢君艷唱酬，情天意海幾生修。濃歡願似秋來月，從此團欒到白頭。」汪奐之正燮云：「中都才筆推輿公，《天台》一賦詞氣雄。恨不叙入劉與阮，雙鬟引出桃花紅。我友石樓擅艷福，病起秋窗開卷軸。神仙眷屬最多情，忙佐書聲機斷續。畫眉纔罷擘瑶箋，滿院蟲聲態可憐。捧茶小婢聽應熟，偷誦《周南》第一篇。新圖繪就題佳句，自喜新人却如故。舊夢依稀水上雲，閒情點染毫端露。高梧翠竹鎖書樓，往事分明紙上留。昨夜畫簾飛白雪，圍鑪小詠應相酬。黄荃妙絶丹青手，近日閨中得良友。何不裁縑自寫真，傳箋遍索詩千首。」汪臨之正堃云：「書聲燈影夜窗虛，滿院桐陰小結廬。怪底題詩清麗甚，閨中新得女相如。」「梁家莊案樂羊機，佳話重教付畫師。抛却新愁和舊感，閒來更寫入時眉。」汪叔瞻觀光云：「良夜復如何，秋聲窗外多。滿階堆月色，一几共清歌。舊事欣能續，閒愁任自過。丹青煩寫照，消遣病維摩。」黄心盦云：「剪刀聲與書聲和，應是勸郎勤六經。仙比文簫得佳耦，事殊擁髻有餘清。添香謾憶雙紅袖，頌菊新題滿繡屏。早晚蘇門去偕隱，勝他對泣爲浮名。」嚴石舫云：「問誰永夜伴歐陽，如友如賓共墨莊。定有翠山能入畫，不須紅袖更添香。披吟姒氏《關雎》詠，指點曹家《女戒》章。莫向鹿門同石隱，庭前鯉對望聲揚。」汪均之正鋆云：「秋聲夜與書聲共，萬卷書城擁。鴛鴦繡罷乍鍼停，知否香閨小簡署門生。　清才艷福人爭羨，合付《金荃》演。不須映月更吟哦，只向圖中朝夕對姮娥。」調寄《虞美人》。金手山學蓮云：「涼蛩砌下深秋語，疎林殘葉疑風雨。豆小一燈青，窗虛月娉婷。　夜妝相對靚，萬卷縹緗影。袖薄又添香，一更如許長。」《菩薩蠻》。陶定生本忠云：「涼雲滿地秋烟白，屏山照影銀鐙碧。斜月綺窗疎，更長人讀書。　晚妝重理處，香燼頻添炷。蟲語耿無眠，那知宵可憐。」《菩薩蠻》。黄嘯岩虎文云：「才筆孫登妙，寫新圖、碧梧翠竹，境尤幽悄。怪底女兒箱沉重，大半經生舊稿。都付與、郎君讀飽。四首詩成清麗甚，倚雙聲、合配《清平調》。閒愁悶，煞時掃。　金針暗度知誰教，漫傳箋、題襟漢上，又添詞料。無底書囊修綆汲，此事何時能了。喜在御、琴聲偕老。漏鼓三通燈一縷，想惺惺相惜還相勞。天倫樂，解人少。」《賀新郎》。華蓮塘汝仁云：「小院秋深，涼宵病起，藥鑪茗椀幽閒。聽蕭蕭絡緯，舊恨都刪。翻出房中新譜，先付與、錦瑟輕彈。夜沉也，添香翠袖，頻喚雙鬟。　詞壇。孫登年少，算艷福清才，占盡人間。看生花筠管，淡掃眉彎。笑煞癡情兒女，輕離別、夢繞關山。真輸與、春風畫圖，鎮日團欒。」《鳳皇臺上憶吹簫》。秦東麓鶴齡云：「小院西風落葉繁，響逗琅玕。夜窗紅袖伴更殘。聯新詠，倚欄干。文園渴疾良宵解，應忘却，玉階寒。畫屏秋影上眉彎。巧合着，月團欒。」《燕歸梁》。

太倉黃嘯巖明府著有《鳳蕉山館詩草》，各體俱工，七古尤爲傑出。《飲太白堂放歌》云：「我不望如李太白，沉香醉譜《清平》章。當時榮寵固殊遇，無端被謫流夜郎。亦不望如王子安，白雲黃鶴遊仙鄉。騎鶴一去不復反，蓬萊咫尺終渺茫。崔顥題詩不過五十六字耳，乃與人上夕陽船。柘北暝烟合，沔南秋氣偏。蕭蕭同去雁，目斷蓼花天。」《資山松風亭》云：「六時仙樂三霄裏，五月濤音萬壑中。」《覺山》句云：「短篷聽雨秋先到，孤館懷人日易曛。」

沔陽李月溪茂才維紀嘗作晴川黃鶴之遊，有《江漢遊草》。《鄂中留別友人》云：「長亭把酒泪闌干，八月秋風特地寒。天上桂花消息遠，人間芳草別離難。江城今夜勞新夢，沔水何年續舊歡。野客姓名留在此，榜頭書否倩君看。」句如「砧杵搗殘千户月，漁歌喚起一湖秋」、「花裏罰依金谷酒，月中吹斷玉人簫。」五言如「鐘磬長林隔，人烟小市攢」、「路軟沙含雨，波香水載花」、「緑殘官道柳，黃綴野籬橙」、「望火投官路，披星補客程」、「岸柳衫邊緑，江霞醉裏紅」、「白波新漲水，紅樹夕陽山」、「遠火疎星亂，長天片月浮」、「梅影半窗畫，松聲一枕濤」、「酒醉傾尤易，詩工對較難」，皆不減唐人語。

「清渠到寺風千頃，晴色過橋花半肩」、「月照深林池水見，燈張小圃草蟲圍」、《春風》云「遠客樓高愁獨覺，深閨帳暖夢偏知」，數聯忘作者姓名。

潛江寧雙梧孝廉熙朝以庚辰春游越，時予客西泠，未相識也。及歸，遇於芝仙座上，彼此恨相見晚，因出《庚辰集》見示。《金陵雜詠》云：「莫愁石城女，不住石頭城。何事一湖水，偏爭兩地名？」《塘西》云：「秋水澮迴環，秋閒人亦閒。夕陽難畫處，明滅石門山。」《楊柳渡》云：「渡口黄昏月上時，楚天新雁一聲遲。傍舟正有人吹笛，莫向秋風唱《柳枝》。」雙梧貧，無以自給，同人爲治裝赴都，大挑以訓導用。歸數月，病卒，深爲惋惜。

黄嘯巖明府宰江夏，雅著政聲。有《鳳蕉山館詩草》，諸體皆工，尤長於七古。《讀吴梅村祭酒詩即效其體》云：「莫釐峰下具區東，千樹萬樹梅花中。南國山川供話更，平泉樓閣付吟風。風雨迷離芳草渡，年年歲歲春光度。巨閥猶題祭酒祠，殘碑自署詩人墓。詩人少擅筆如椽，衛玠登車更可憐。盛名日下無雙士，甲第瀛洲第二仙。含香屢侍延英殿，中使頻催大宫膳。禁苑紅牙舊制歌，昭陽白紵新題扇。才大還窺中秘書，千金一賦買相如。盡道風雲真際會，誰知薄命遘乘除。烽火中原驟馳突，銅駝荆棘嗟埋没。九廟烟塵躍馬場，六宫粉黛啼鴉窟。扁舟直下廣陵濤，負母移家勢驛騷。蒿目南朝袁叔死，甘心東海魯連逃。興朝屢下求才詔，病後楊彪重應召。事去金川故國悲，歌殘《玉樹》遺民弔。乞身歸里鬢霜生，感逝傷離無限情。琵琶弟子彈琴伎，併作悲風怨雨聲。杜陵老去詩篇絶，一讀真堪一擊節。綺語纏綿鸚武羞，淒絃激越哀蟬咽。滄桑欲説泪霑衣，蓋世才名晚計非。鷗波亭畔耽詞翰，紅豆莊前厭蕨薇。先生心事猶堪訴，餘事箋毫備掌故。易代重看剞劂新，當時豈爲妻孥誤。擊筑彈絲唤奈何，名山一一舊編摩。且傾燕市澆愁酒，細讀香山《長恨歌》。」

予客武林，董鏡溪以《西泠閨秀詩》一卷見貽。徐淑則德音《詠明妃》云：「莫爲丹青殺畫師，君王原不識蛾眉。可知沙塞淒清日，只似長門冷落時。」又有「涼雨催開白豆花」句。林亞清以臨《落花》云：「寂寞春林覆碧塘，杜鵑啼徹月昏黄。長門有泪無由達，化作飛紅入未央。」又句云：「破夢半簾桐葉雨，迎涼一榻楝花風。」錢雲儀鳳綸《採蓮曲》云：「芙蓉灼灼鬥紅妝，雙槳中流蕩夕陽。頻囑小姑輕笑語，莫教驚起宿鴛鴦。」「盡日輕風泛畫船，波摇翠袖舞蹁躚。何緣花裏忘歸路，貪看湖心並蒂蓮。」皆思致清婉，不以雕瓊翦綵爲工。

臨川李北溟副憲宗瀚《湘江夜泊遲友人舟不至》云：「湘帆轉夕暉，偶與故人違。坐久月初上，到來船亦稀。疎鐘隔江斷，遠火出林微。沙鳥不知冷，夜深還獨飛。」《秋海棠》云：「一樣名花海國移，獨含紅泪寫相思。從來冷艷難成賞，未信秋容肯入時。華屋春歸香夢遠，長門夜静月明知。金盤銀燭生無分，腸斷崔家舊侍兒。」句云「野火明深葦，繁星動遠沙」、「楚中又是逢人日，湘上偏多送客時」。吴蘭雪稱其格韵高秀。

國初詩僧正嵓、蒼雪輩爲漁洋所稱賞。蒼雪《自雲棲過湖上》云：「春水平湖緑映堤，六橋芳草正萋萋。東風不爲遊人待，催盡桃花襯馬蹄。」他如長洲然修《金山》云：「蒼茫落日下藤蘿，身在荆關畫裏過。飛去斷雲雙白鳥，浴殘寒浪一青螺。蘄王有廟疎烟冷，郭璞無墳亂石多。千古寂寥俱莫問，且聽江月送漁歌。」金華戒凡《迷樓懷古》云：「君王臺榭結層陰，竹樹迷離傷客心。只有寒鴉啼廢塚，絶無螢火照空林。二分明月留天地，一派烟波自古今。六代繁華空極目，杖藜從此罷登臨。」南海函可《甦築新齋成》云：「天邊仍舊一經傳，南郭新看結數椽。剩有白雲來席上，隨他緑草到窗前。詩篇不數開元後，茶椀還書嘉靖年。但使主人能愛客，何妨竟日共流連。」皆清迥無香火氣。

吾邑詩僧東白，忘其名，《春日雜興》云：「雨去竹樓静，晴窗四望開。東風著意處，芳草過山來。鶴唳青松頂，雲翻碧澗隈。偶因尋釣叟，途遇早春梅。」又《武昌天定水漲》云：「雨急溪流漲，橋平江勢連。纔看没洲渚，忽已及園田。農欲更漁業，吾將買釣船。濯纓與濯足，唱入蓼花眠。」《雨中》云：「簷花不向雨中開，屐齒無人破緑苔。贏得一池春水碧，倚門閒看白鷗來。」又《醴陵大成山居》云：「一株兩株老松青，松下結個小茅亭。三日五日來一次，肩荷楖栗手持經。讀經讀到山月出，聽松聽罷天落星。適然抛卷松間卧，夢與松根乞茯苓。」

善化江竹溪遴《桃花》云：「花骨夜寒蘇簡簡，酡顔春醉李當當。」長沙周春田鍔云：「紅粉娥娥簾乍捲，羅衣葉葉路相當。」兩押「當」字，極工。

江寧秦遠亭耀曾《楊柳》云：「寄語垂楊柳，從今休作花。花飛無定跡，容易到天涯。」《秋月》云：「更闌秋月上，漸覺羅衫冷。獨鶴夜歸來，摇動松梢影。」

奉新徐幼眉明府必觀《書漁洋山人感舊集後》云：「詩壇迴首舊鷗盟，篋衍重編海内名。遺老飄零存野史，古人生死重交情。九原自灑興亡淚，一代猶存雅頌聲。秋柳白門今亦盡，不堪摇落暮煙横。」君以名進士宰蘄水，未幾，奉諱去官。凄凄逆旅，至不能具舟車。因用明金文毅公文中語寫《浠川拙宦圖》，賦詩誌感。《賣刀》云：「割雞舊悔從孤宦，買犢歸謀學老農。」《市書》云：「三篋久知無我相，一瓻權算借人看。」《鬻衣》云：「束帶幾年依賤子，贈袍他日累何人。」宦況蕭條，人情落寞，良足浩歎，然君子之清白益著矣。

新安程蔌園茂才樹滋工駢體及尺牘，博涉群書，《素問》、《海角經》皆能達其奧旨。爲人相宅，言休咎輒應。過予晚香山館，《即事》云：「蓬徑少來輒，蕭然仲蔚廬。青山當户牖，白鳥下階除。共此林下酌，時聞溪上漁。徘徊日云莫，風露襲衣裾。」句如「帆隨秋水遠，鳥度夕陽低」，皆清婉可誦。

歙龍井山爲郡水口，當漁梁壩下水土衝激之交，上有禹王臺。胡心蓮編修正仁詩云：「漁梁百丈挾奔瀑，上有高臺拱法宫。松翠亂飛山出雨，灘聲直下樹生風。徑穿十寺尋幽遠，地壓雙城作鎮雄。築堰修堤成水利，敢忘疏鑿賴神功。」其從姪實君茂才華發詩云：「曾記當年講院回，探幽直上禹王臺。峰迴龍井飛靈雨，水激漁梁起怒雷。南服久懷明德遠，浙原終賴聖功開。何時更泛山陰棹，窆石摩挲剔緑苔。」

石樓詩話卷四

漢陽漫士孫煦

桐城方石伍于穀客汪稼門制府幕中，一日偕均之渡江過訪，出所著《稻花齋稿》見贈。喜其詩才儁異，摘録於左。《曉發》云：「底事辭家底事旋，匆匆便下漢陽船。天開大麓雲辭樹，日上空江水化烟。若論河山真莽蕩，請看士馬亦精妍。荆州霸業終豚犬，空事抽毫命仲宣。」《問杜樊川祠堂》云：「南牙北寺苦交争，牛李紛紛黨又成。豎子承恩都作賊，書生得罪且談兵。薊門不入諸侯貢，河朔還連大將營。今日杏花村口過，如何人僅説詩名。」《江行竹枝》云：「大姑私理鬢，小姑學畫眉。每説雙姑好，郎心已可知。」「大别山前住，蘼蕪春又生。朝朝山上望，不敢唤山名。」《皖江登舟》云：「海門西望楚天低，襄漢風雲接大堤。有路不愁行不得，鷓鴣只管盡情啼。」警句云：「江雲昏似墨，湖草碧如烟。」「别院聞鐘小，長廊度鳥遲。」「泉飛疑帶雨，雲起忽吞山。」「嵐重化爲雨，春遲留有花。」「餘花稀似客，嘉樹暗成城。」「長橋經雨斷，亂水抱村流。」「山外夕陽鳩唤雨，水邊籬落牸眠風。」「好花出户疑窺客，弱柳垂波欲趁魚。」「出峽樹如魚貫下，迎人山似雁行來。」「曉雨不多村路滑，東風無力酒旗輕。」「有花便可稱名士，好友何妨是熱官。」「老去相憐惟骨肉，客中最怕是清明。」「荆軻匕首真兒戲，郭隗黄金亦等閒。」

陸春鋤喆駢體華瞻雅麗，詩得力於《才調集》居多。太倉十子後，如王存愫愫、邵蔚田嗣宗、吴廉夫維謂、蘇維晉加玉，皆不媿古作者。春鋤可謂枇杷晚翠，嘗客黄嘯巖明府江夏幕中，一日過吴克齋廷讓案頭，見予詩，稱賞不已，遂介克齋訂交。同人集月湖精舍，春鋤首唱七律六首，有「江天一嘯識孫登」之句。同時和者熊兩溟郡博士鵬、程蕉雲川佑、陳芝楣鑾兩孝廉、錢竹西明府清履及嘯巖、克齋共十餘人。春鋤因裒輯前後篇什爲《南樓唱和集》。彈指廿餘年，追念舊雨，已多物故，今惟芝楣中丞開府洪都，蕉雲浮沉郎署，克齋溷跡市廛，而余亦老矣。僅記芝楣中丞一聯云：「十里野花紅隔岸，一篙春水緑平橋。」

竟陵自胡君信後，作者寥寥。熊兩溟繼起，五言刻意清真，有《鵠山小隱詩集》。句如「高柳受霜早，幽苔生月遲」、「頻年如落葉，孤艇又斜陽」、「烟入孤村暮，鴉知落葉寒」、「深院鳥空噪，小橋花亂流」、「門掩暮蟲冷，窗生秋月微」、「溪冷色先暮，竹繁聲易秋」、「竹陰涼小簟，溪色皓疎簾」、「野烟升古木，禽響墜空潭」、「一雁遠天至，高樓秋思多」，幽秀似永嘉四靈。

錢竹西明府官蘄水，公餘澆花飼鶴，彈琴詠詩，有古仙吏風。同時官吾楚者，俱能從容嘯咏，上薄《風》、《騷》，郵筒往來，傳爲佳話。竹西因輯同列十五人詩爲《楚江萍合集》。年祖裘慎甫先生外，如顧伴檠刺史澍、黄嘯巖、方竹儂策兩明府、張豳原司庫廷弼，皆予二十年前舊雨也。暇日録其詩，曷勝死生契闊之感。伴檠《詠白桃花》云：「玄都前度未曾逢，淡月輕烟一笑中。化去蝶魂猶帶粉，重來人面竟銷紅。水晶簾捲春微逗，雲母屏遮色是空。只合素心長結伴，肯隨凡艷嫁東風。」《水仙》云：「畫工手段賦家心，管領幽姿兩不禁。小叠松紋沙際石，半彎梅影月中琴。江皋客去曾遺佩，湘水人來合墮簪。一自西湖盛祠宇，便繁枝葉到於今。」竹儂《秋柳詞》云：「漢南回首弄輕柔，到眼韶光翠欲流。昨日西風今日雨，不堪摇曳入深秋。」「草草銷魂過板橋，栖鴉流水共蕭蕭。行人切莫輕攀折，千古傷心是斷條。」嘯巖《鸚武洲弔禰正平》云：「西風如聽隴禽呼，滚滚寒濤長荻蘆。奇氣偶因鳴鼓洩，狂名竟以殺身沽。薦章當日虚文舉，怨魄千秋繼左徒。贏得江湖淪落者，袖中懷刺幾踟蹰。」豳原《宿瓜步》云：「一城如斗大，晚泊露烟濃。篷背金山月，潮頭北固鐘。燈光凉似水，人語碎於蛩。明發南徐去，江樓倚别峰。」《大明湖櫂歌》云：「乍晴乍雨天清和，鵲華橋畔好烟波。瓜皮艇子渾如畫，撑入湖心晒釣蓑。」「殘陽秋水女牆隈，一半湖烟一半苔。七十二泉噴未了，萬荷葉上雨珠來。」詹湘亭明府應甲《題陳筠樵白門倡和詩卷》云：「隔江殘笛雨瀟瀟，又曳秋聲戰柳條。曲本盡翻南北院，詩題還記短長橋。重尋幽夢三山杳，不放香名六代銷。回首河梁舊時月，年年流影送春潮。詩中多涉梁家河房舊事。」「百蜨羅裙化杜鵑，傷磬兒也。荷衣難裹泪珠圓。簾鈎隱約横丁字，箏柱悲凉絮子絃。九曲清溪觴月地，五更紅雨葬花天。可憐柳色飄零盡，依舊風情殢少年。」

李怡堂太守世治有《怡堂六鈔》。如「客夢猿啼斷，鄉心雁帶來」、「流年悲落葉，生事看浮雲」、「閒看人世榮枯事，如對園林早晚花」、「三巴葉落江頭雨，萬里蟲吟劍外苔」，皆佳句也。劉澄齋太守錫五有句云「當門香好終須刈，傍月枝高也易摇」、「子雲刻苦終如此，叔夜疎狂更可知」。有《澄齋詩鈔》行世。

陸放翁夢一友人曰：「我爲蓮花博士，鑑湖新置官也。行且去矣，君能暫爲之乎？月給千壺酒，亦不惡也。」因爲詩記之。吴蘭雪嵩梁官國子博士，時取以自號，并繪圖，屬同人歌之。譚蘭楣太守光祥作云：「天上爵秩不可知，人間博士官亦卑。天上種花不可見，蓮花世界人争艷。月千壺酒又看花，仕宦何必執金吾。讀衙。此官此福許長享，都願身爲鑑湖長。放翁以後七百年，再夢亦復無人傳。仙才淪謫有吾子，前身恐是青蓮李。惜無斗酒當俸錢，一笠但銜湖上烟。君嘗冒雨獨遊浄業湖觀荷。仙人拍手雲中語，讓君暫作蓮花主。一花索君詩一篇，酒債可免詩不蠲。不然捉君玉堂去，明歲頭銜别人署。」同時題詠雖多，清脱無逾此作。君南豐人，有《聽茶館詩偶鈔》。

錢塘陳雲伯明府文述學問淵雅，詩才宏麗，平生著作甚富。其《西泠閨詠》五百首，古今宫閨略備矣。兩遊江漢，寓齋正與黄鵠山相對，登臨眺覽之餘，形諸篇詠。如《楚碧樓》黄鵠磯上觀音閣小樓也，慶蕉園宫保督楚日所建，裴之取姜白石詩意爲題此名。閣即古頭陀寺。云：「大江環楚碧，白石句。秋在小樓前。霜月荆門樹，雲帆漢水船。鷗盟寒聽雨，鶴夢遠横烟。梁代殘碑在，登臨一泫然。」《苔枝館懷姜白石》云：「白石填詞處，横枝卧古苔。佛香消作雪，僧影瘦於梅。江月窺棊局，湖雲墮酒盃。夜深横玉笛，倘有鶴飛來。」《黄鶴樓吕仙笛是畢秋帆尚書姬人張霞城絢霄所製秋日登樓借吹一過因成是篇》云：「黄鶴樓頭吹玉笛，吹落梅花江月白。仙人去後笛聲孤，江水無聲暮雲碧。美人如花秀可餐，何年翠袖憑朱欄。昭華親製白玉琯，唤起玉龍招玉鸞。樓頭夜夜笛聲起，疑有仙人綵雲裏。一片穿雲裂石聲，四山香雪吹成水。落日蒼茫酒一杯，三層高閣八窗開。臨江試作《梅花弄》，黄鶴仙人倘下來。」《武昌廉訪署後有古塚相傳是陳友諒葬處》云：「戰艦春消一炬紅，鄱陽江水恨無窮。螢飛翠鈿餘荒苑，謂鄭婉娥。

花墮珠衣泣故宫。謂桑妃。祇可興亡歸氣數，莫將成敗論英雄。孝陵雲樹啼烏急，一樣蕭蕭白露中。」《江舫玩月書寄吴門》云：「銀漢無聲轉碧天，金風蕭瑟感流年。殘星一笛客欹枕，明月半帆秋放船。露氣夜深全作雨，江光涼極不生烟。遥知羅袖高樓上，花影横窗也未眠。」《頣道堂詩》與陸放翁《劍南詩稿》相埒，此特一鱗片甲耳，然一滴水可知大海味也。嘗序予詩，比於「羚羊挂角，無跡可尋」，又謂「五言似孟襄陽，七律似劉長卿、許丁卯」，猥蒙推許如此。

鮑覺生學士初入詞館，假歸掃墓，過漢皋，同人觴於晴川閣，限「題襟」二字韵。覺生詩云：「武昌官柳緑初齊，漢口斜陽鳥背低。珠佩不辭交甫贈，彩毫應共禰生題。我來城郭真圖畫，人説荆襄尚鼓鼙。安得手傾江上水，洗將金甲事春犁。」「名賢東箭與南金，舊誼枌榆更竹林。醉後不知誰主客，興來容我一登臨。樓中黄鶴仙人夢，笛裏梅花故國心。明日揚帆大江去，春波渺渺惜分襟。」

甘泉汪玉屏坤與同里張老蕫鏐有齊名之目，所著《忍冬盦詩》專主性靈，不假雕飾。《登北固山》云：「吹殘畫角引邊愁，望裏岷峨一線收。海氣東隅朝日紫，軍威北府夜城秋。沙沉鐵戟銷前代，地割蓬萊據上游。到此方徵天塹險，西風人倚石帆樓。」晚遊漢上，與予相知最深。嘗結延秋吟社，偕諸同人觴詠無虚日。黄芳谷至棠用韓冬郎句作轆轤體《無題》云：「入夜砧聲侵曉月，已涼天氣未寒時。」又「明月虚堂温嶠鏡，夕陽歸路蔣侯祠。」玉屏和云：「無限歡情將盡夜，已涼天氣未寒時。」又「飄零柳絮身無主，辛苦蓮心的倒垂。」又《留别》句云：「降格文章卑屈宋，談天口舌亂星辰。」「知我未嘗無鮑叔，賞音難得遇中郎。」玉屏不得志，歸一載，鬱鬱以殁。録其詩，愴然泣下。

張老薑有《求當集》，歌行獨步一時。《賣花謡》云：「賣花人住花村裏，日日賣花作生理。幾間茅屋春自好，數畝花田税無幾。去年賣花長食肉，今年賣花惟啜粥。有粥猶自可，無粥愁煞我。君不見近來城中尚新巧，家家插花愛通草。」《漁父詞》云：「雪花如掌風滿湖，老翁掉船行捕魚。大魚無多小魚少，一半還納官中租。官來取魚飛艓下，明日入城領官價。回頭沙上羡鷺鷥，終日捕魚官不知。」《白蓮花詞》云：「涼堂雲壓蓮塘夕，風舉霓裳露華濕。渡頭聲斷採蓮歌，三十六陂紅不得。銀河瀉水流光窅，明月漸濃花漸少。美人何處隔秋烟，一點相思入花小。」《晚烟》云：「夕陽落後滿前汀，似淡如濃隔杳冥。低壓晴光沉極浦，暗催暝色到閒庭。迢迢歸雁行邊没，渺渺昏鐘斷處青。只有漁舟遮不住，疎燈時露兩三星。」《欄干》云：「水邊樓閣護玲瓏，圍住修廊宛轉通。鎮日常依簾影下，誰家閒在月明中。扶來似覺花無力，憑處應愁夜有風。十二回環渾不斷，碧城迢遞在晴空。」《秋草》云：「烟痕瘦盡露華清，人去西堂蟋蟀鳴。芳意不因寒色改，晚心都爲别愁縈。蝶尋舊夢非三月，螢藉餘光又一生。何事重來南浦地，衹憑涼翠寄遥情。」散句云：「一蝶下春晝，衆花開午晴。」「鳥知嗔俗客，花不笑閒人。」「寂寂妨人笑，年年受墨磨。」「夜長無賸夢，秋老有餘閒。」「石因擊碎才知玉，桐已燒殘莫問琴。」「酒邊燈火如春暖，月下簾櫳似水生。」「謀事成如生馬角，累人多不止猪肝。」

胡遜安孝廉存仁以詩文自負，與老友汪貿壑鍊嘗共唱酬。有句云：「我來尋舊雨，天已放新晴。乞米空留帖，催租久廢詩。」《房山訪方萬年明府》云：「客似刺舟陳曲逆，官如空甑范萊蕪。」《襄陽》云：「每思叔子猶揮淚，最愛龐公不入城。」貿老殁後，詩稿散佚，僅記一聯云：「百年光景如馳電，四海交游感聚塵。」

漢川李雪坪腴清《藥江竹枝》云：「北船莫下上三灣，南船莫上下三灣。三灣盡是迴流水，挽住郎船不放還。」無錫顧松圃錦春《襄陽竹枝》云：「夫人城邊水羅羅，太傅碑前石峩峩。五更送郎出城去，妾比看碑墮泪多。」二詩最近老鐵。

甲申四月晦日，同寧雙梧熙朝、白舫、耕雲集常芝仙道性容膝居，限「杯」字韵，各賦七律一首。明年此日復聚，則雙梧在襄，白舫入蜀，復用原韵。耕雲有「詩興淋漓終日雨，酒懷棖觸去年杯」之句。芝仙秉燭作圖，題一絶云：「石瘦松枯竹不高，一椽風雨冷蕭蕭。可堪酒盡燈殘夜，兩個詩人話寂寥。」

江夏韓二鶴準、吾邑沈丹穀烜皆工吟詠，而偃蹇不遇。一種耿介傲岸之氣，兩人正復相同。韓書畫有逸致，尤善寫真，爲予作《深柳讀書圖》，題云：「東風澹澹柳依依，深屋横經掩翠微。抛卷忽隨鶯喚起，不知新緑已沾衣。」沈書畫出韓上，遊跡半天下，詩得江山之助，有句云：「風小迴舟易，湖寬受月多。」「沙鳥忽驚帆影散，山花似爲路人開。」《泊楓橋》云：「寺僧恐攪還鄉夢，不打寒山半夜鐘。」

沔陽張楚峰琴，舊家子也。慷慨好施，不事生産，以筆耕自給。吴門有沙白汀者，與同寓省垣，貧不能歸，楚峰傾橐中金與之。後客藥江，得賣賦金，攜歸度歲，復盡散以賙貧乏，雖甑釜生塵，弗顧也。工畫及寫真，詩不多作。然如「客路逢秋早，江樓貯月多」、「水闊疑無路，蘆深若有人」，雖苦吟不能到。予贈句云：「傳神除是逢佳士，傾橐何難贈路人。」

慶蕉園制府工指頭畫，嘗作夜合花扇貽家楓人謙觀察。題云：「濛濛細雨點蒼苔，清曉遊蜂尚未來。只有蜻蜓貪早起，石闌干外等花開。」

陳孟湖廉訪將刊其《香草堂詩》，屬楓人觀察校訂。予獲讀一過，記其《金陵懷古》云：「山鳥群呼帝奈何，美人狎客玩干戈。雲端分擘紅箋句，江上争傳皂莢歌。秋老後庭瓊樹少，鵶啼仙閣月明多。斷腸莫問胭脂井，幾點愁紅黦緑蘿。」江夏傅星帆孝廉以成有句云：「却怪麝囊花放日，都忘烏柏燭燒初。」

江州何卓齋熾僑寓漢皋，書法鍾記室。性靈敏，善諧謔。漢口春宵燈謎社極盛，争新門捷，群推擅場。亡何，歿於旅邸，予爲經紀其喪，初不知其能詩也。後從吴澹芷求處見其《社日憶燕》云：「記得當年傍母飛，呢喃絮語影相依。如何自解成巢日，零落空山不復歸。」「空梁寂寞負芳辰，啓户搴簾枉費神。三十三年春夢醒，眼前誰慰白頭人。」澹芷，江都人，《詠白杜鵑花》云：「唤不歸來血已枯，青山彳亍客提壺。分明枝上三更月，莫漫樓東一斛珠。金屋那能藏小玉，使君何必問羅敷。而今毋論神仙事，獨洗穠華謝彼姝。」

如皋沙稚良一駒《梅花》云：「玉龍昨夜弄珠胎，瑶圃移從月底來。太古風期留渾沌，山村被服點莓苔。蘇卿自適氈旌節，謝傅空餘梁棟材。細雨鶻鵃禁不得，且邀芳魄入春杯。」「斗轉危柯漏幾分，中庭冷露静生雯。太羹未鑿宜元草，尺璧無聲抱素文。蝶夢沉沉遊化國，蟫心脉脉寄江濆。徘徊高寄胸如水，悠徹關山笛一聞。」句如「抱璞不言幾悟矣，伊人宛在瘦如斯」、「覥我龐眉投縞帶，多君古道照蒼山」、「人間嫠婦冰千丈，天下春風草一庭」、「透出香魂凌兔窟，破除寒氣結珠龕」，掃去陳言，別出機軸，覺「雪滿山中」、「月明林下」，終落俗調。近日吾邑危白門煥樞有句云：「半生冷澹香方實，千古清高數獨奇。」「晨雞未曒夜將曙，明月欲來山已空。」又湘潭徐倬湖其相句云：「一笠暮天風雪裏，半函春意有無間。」皆描寫入神。白舫稱其鄉前輩嚴海珊遂成句云：「自入山來皆雪意，更無人處有香痕。」謂直欲見梅花之影於李夫人帳中也。

湘潭張小蒼明府家棉，官鍾祥，頗著政聲，有《磵松軒草》。《函谷關》云：「丸泥封谷氣徒雄，鎖鑰重重障陝東。望氣我思周李耳，棄繻人羨漢終童。二陵草木秋風裏，三晉雲山夕照中。夜度不煩雞報曉，車書一統萬方同。」

予甫與熊夢華上舍壎結鄰沌上，旋有武林之行。及辛卯冬歸，夢華已先一月下世。從哲嗣小華索得《蘭陔堂遺稿》，朝夕披閱，不忍釋手。其七言長古，沉鬱頓挫，在信陽、北地之間。小樂府亦佳，如《襄陽樂》云：「走馬銅鞮坊，停橈弄珠渚。白蓮劫已消，與郎相爾汝。」其二：「大堤諸女兒，相見即相憶。踏歌大堤南，定情大堤北。」其三：「漢水鴨頭緑，春風媚遠天。尊中宜城酒，盤内槎頭鯿。」其四：「羊公峴首碑，山公習家池。不知銅雀妓，何似并州兒？」又詠物小詩，如「奇草樹之背，能應則百休。獨是兒女花，不解壯士憂。」《萱》。「螬徵井上廉，兒識道傍苦。其下不整冠，聞諸古樂府。」《李》。「遽集中書瓜，誤點屏風墨。可怪虞仲翔，以汝爲弔客。」《蠅》。「攻寡而兼弱，兩敵戰河内。勿曰僅慕羶，可使金堤潰。」《蟻》。「首推固神物，乞憐流俗欣。幾人如汲黯，長揖大將軍。」《叩頭蟲》。雖游戲三味，亦如西樵《蟲豸》諸詩，漁洋謂「非才人不能道」也。《素馨詞》云：「萬釘貼雲星雚烟，露脚一白涼無邊。街頭賣花幾聲喚，深閨競費新鑪錢。楚羅之幃簟紋冷，銀絲簇處晚妝靚。午夜鴉鬟墜枕凹，花香髮香薰夢醒。」《蕉窗》云：「漆紗泥窗烟霧深，芭蕉分緑生涼陰。幽人坐鼓蕉尾琴。一曲松風操未已，瓶花墮香香滿几。夕陽院落蟬聲起。」《蓼花》云：「如鏡秋波蘸晚霞，幾叢紅到白鷗家。勾留蓮唱兼菱唱，夾雜蘆花更葦花。蟹斷有霜明夜火，烏亭倚月怨清笳。鯉魚風起芙蓉老，寂寞懷人水一涯。」「落拓關河感昔遊，短簫殘筑兩悠悠。蛾眉亭下吟詩艇，鶯脰湖邊賣酒樓。旅服尚淹他日泪，畫欄獨倚故園秋。一般棄置無人惜，瘦盡瓊枝詠《四愁》。」集中附黎湛溪宫保《和菜花詩》，其三云：「輕黄漠漠夕陽斜，六代頹垣路易差。一片野芳飛燕井，半城寒雨故侯家。僧寮自蓄瓢兒種，别館誰尋玉樹花。記得江南櫻笋節，蔞蒿滿地間蘆芽。」梁芷林觀察和云：「雨絲風片忽横斜，泥濘相邀路未差。客思黄歸張翰句，詩情青到庾郎家。但教淡泊明吾志，那有清真似此花。寄語主人勤灌溉，東皇定與護靈芽。」

夢華《春暮》云：「白祫衣纔試，其人瘦不禁。鳩啼回午夢，花落損春心。小病非因酒，孤懷半入琴。西塘微雨歇，烟水一時深。」《後湖》云：「一鎮消金窟，風流奈爾何。路隨芳草遠，人向夕陽多。曲榭沉絲竹，輕衫鬥綺羅。那堪追往事，獨訪廢襄河。」《寒食》云：「酒熟酴醾醉不辭，服成春暮恰相宜。常疑介子焚山事，又到龐公上冢時。楊柳枝邊人繫馬，棠梨花下鬼吟詩。賣餳天氣晴和甚，試聽簫聲處處吹。」《錢武肅王廟》云：「英雄一事生平恨，不討朱梁報國讎。」《讀茶村先生詩》云：「詩如杜甫傷天寶，人是陶潛在義熙。」

劉梧孫興樾詩才敏捷，風發泉湧，七言律最近許丁卯。尤工行楷儷語。嘗受知於楊介坪中丞。居沔之白湖，每遊江漢，道出櫧湖，必過予晚香山館，賭酒角詩，盡歡而去。和予《梅花》云：「同此愛梅癖，前身或姓林。山深微見雪，夜静忽鳴琴。不辨古香處，時聞流水音。斷橋斜畔路，攜手一相尋。」《次韵見贈》云：「摇筆光芒争陸離，元音今復得牙期。謂與柳薌倡和詩。開門櫧阜憑空怯，擬登櫧山不果。往日紅裙何處隨？芳草斜陽遥入畫，小橋春水自吟詩。此來幸拜松烟守，欲報平原合買絲。」「紅裙」句，謂予遊櫧山，群婢扶以行，胡薌溆有「紅裙圍繞過前峰」句也。别後見懷云：「藥罏茗椀芰荷襟，誰向櫧山碧處尋。林岫杳冥霞雨氣，嘯歌高下鳳鸞音。斷無樵客非同調，賴有劉生識此心。又是如年長日永，可堪緑蔭共眠琴。」

辛巳冬，歸自武林，卜宅縣南櫧山之麓，闢小園半畝，種竹栽花，以娱暮景。每花晨月夕，與同人擘牋選韵，射覆圍碁，極宴遊之樂。山館落成，梧孫有句云：「偶蒔疎花簪短鬢，戲栽新竹作遊笻。」又：「半丸古墨三升酒，一角閒亭四壁詩。」彭可齋云：「屋小宛同書畫舫，門閒時有漁樵人。」賓藝圃宗惠云：「雨餘移竹穿新徑，風定扶花上短籬。」王賓于宜觀云：「天末懷人曾北顧，花間賭墅又東山。」上巳櫧湖修禊，吴柳薌承焕詩云：「新鶯出谷口，芳草度河干。有客同攜榼，何人賦采蘭。鷗前波渺渺，花外雨濛濛。莫惜芒鞵濕，湖山畫裏看。」陳筠軒任云：「趁蝶尋春去，閒登水上亭。柳摇新漲緑，花露遠山青。雅會無前哲，騷壇有獨醒。不須掉蘭槳，騎鶴過前汀。」

王竹嶼行簡好學能文，兼工韵語。坎軻不遇，竟以布衣終。和予《對梅憶梧孫》云：「客去忽聞香在水，天寒惟有鳥窺簷。」又如「野水鷗光白，寒山樹影微」、「草閣寒殘照，松林淡晚烟」，均堪入畫。又高松盟「半幅蒲帆秋水闊，一林楓葉夕陽紅」、竇藝圃「野水寒蘆漁放艇，夕陽風笛牧歸村」，皆沌上之錚錚者。

釋德修字韵禪，自南海歸，攜其《遊草》過訪。江風颯颯，不遠數十里破浪而來，其眷戀舊雨如此。贈予詩云：「坐卧櫧峰下，翛然遠世情。開軒黄葉墮，掃徑碧雲横。茶罷聞山雨，詩成掣海鯨。八年重得見，懷抱一時傾。」有《移艇看山圖》，予題云：「昔予泛烟艇，飽看浙西山。今日讀君畫，彌清塵外顔。况聞海潮至，遠自普陀還。遥想安禪處，雲巒杳靄間。」廣純字常净，精於弈，兼工韵語。警句云：「千花明斷塔，一鳥下寒塘。」「江帆秋共遠，巖樹雨先昏。」餐霞字赤城，有句云：「滿塢茶烟孫竹緑，一龕蕉雨祖燈紅。」皆吾邑近日詩僧。坡公所謂「無蔬筍氣」者也。

劉松嵐觀察大觀《過漂母祠》云：「一鹿初收一雉來，母恩雖報母心哀。祠前獨立吟飛鳥，無限秋風起釣臺。」梧孫極爲予稱之。然《玉磬山房集》中五言絶句有極佳者，《相思江》云：「我渡相思江，流覽江中水。水流有盡時，相思何時已。」《磯上》云：「流水去不還，山下漁磯冷。磯邊有石鏡，照見群鷗影。」

楊介坪中丞《使滇紀程》一篇，洋洋數千言，讀之覺山川道里之奇險，風土人物之蕃阜，靡不歷歷在目。末附途中諸詩，尤宜參閲。《上拉幫坡至阿都田》云：「危磴一千仞，坡高趁曉行。雨餘添野色，樹杪忽泉聲。雲與馬争路，山隨人進城。崎嶇黔地險，底事總難平。」《甲秀樓》云：「甲秀樓高百尺巔，潭名涵碧水痕鮮。玉虹聯社思前日，張蓮濤明府曾於此結玉虹吟社。鐵柱銘勳記昔年。樓旁有西林相國及勒宫保紀功鐵柱，樓下爲諸鉅公題名處。幾輩有名題歲月，何人不負此山川。鄂公祠畔憑高望，城市晨炊萬井烟。」《中元洞》云：「傑閣峥嶸瞰衛城，中元眞労妙天成。登臨信可延秋爽，呼吸還疑近太清。洞裏古苔含雨氣，巖端飛瀑接灘聲。滇黔名勝尋蹤訪，不負星軺萬里行。」《武陵舟中》云：「淺水蘆花映釣谿，天涵秋影雁聲低。遠山一角疎林外，知是巴邱西復西。」

梧孫贈句云：「但肯據鞍同馬援，還應搜句到麋泠。」因記昔年交趾使臣過漢上，避暑後湖天都禪院，爲予書便面一律云：「路入中州眼界寬，山無烟瘴水無瀾。解將聲氣遭逢易，忘却梯航道路難。風送芝蘭來座上，月明珠玉落毫端。詩人更有閒情在，日坐湖船把釣竿。」行書跌宕可喜，扇失去，忘其姓名。

予用漁洋《秋柳》韵詠《秋草》云：「拂砌侵簾半是霜，慵尋舊夢到池塘。誰家裙影涼拖水，如此袍痕怕啓箱。内苑放螢成底事，春風揚蝶感前王。吟鞭指處添惆悵，苜蓿蕭蕭牧馬坊。」大兒琨押「王」字云：「六朝裙屐銷金粉，白露園陵吊帝王。」吴笏山摺光「燒殘野火萬千劫，瘦到空山三兩村」，竇藝圃「隱士初歸松菊徑，美人空老苧蘿村」。

予《和白舫過鸚武寺》詩末云：「江草萋萋江水東，寺門長對夕陽紅。行人過此休惆悵，銅雀銷沉繐帳空。」擬改「繐帳」二字，小女在旁曰：「何不云『片瓦空』？」時年十一，頗屬穎悟。嘗詠《春柳》

云：「楊柳曉風匀，依依緑水濱。不須苦攀折，留拂弄珠人。」

胡湘生茂才炳南有句云：「兩岸蓼花漁放櫂，一林楓葉客停車。」《糊窗》云：「最宜月上横梅影，好待蠅鑽作鼓聲。」

予最愛陳雲伯《隋宫詞》云：「大業垂楊初賜姓，迷樓面面宫腰憑。錦帆行樂不思歸，零落故宫仁壽鏡。三千殿脚扶龍舟，香風吹暖長淮流。寒雲影奪二分月，景華夜照仙人游。十斛甲煎鏁香靄，院院花枝紛作隧。紅迎鳳輦寶兒花，緑寫蛾眉絳仙黛。長星勸爾酒一杯，李花已逐楊花開。麗華含睇歌《玉樹》，紅粱未醒吴公臺。瓊花歸去春魂蹙，金合同心葬寒緑。十年歌舞劇繁華，空留《南部烟花録》。紫泉宫殿冷棲鴉，曾是當年帝子家。太息阿麽墳畔草，年年青到玉勾斜。」

白舫仿段柯古刊友朋倡和之作爲《續漢上題襟集》。雲伯謂琴瑟並陳，笙簧交引，若衆鱗之歸大壑，群羽之萃繁林。摘録於左。《蓼花詞》，白舫云：「江村月落釣船回，短笛横吹泊水隈。唱到冷花紅簇簇，不知雲外曙光催。」程耕雲云：「萬叢如糝爛交加，愛景臺前弄日斜。一夜寒飈遞霜信，粉痕輕褪水葒花。」《寒柳》句，金谿李香谷湘云：「小雪江潭晴漠漠，西風城郭暮蒼蒼。」甘泉吴克齋廷讓云：「灞橋幾樹葉全脱，羌笛一聲春未歸。」江陵王我園樹滋云：「杜秋老去殊堪惜，司馬重來未忍攀。」《魯肅墓》，金谿謝小峰有蘭云：「當年鼎足定江東，經國平生第一功。魏武虚要天子詔，先生獨有大臣風。調和兩姓心原苦，慷慨同仇氣亦雄。此日漢陰留古墓，魯山青似建康中。」《石榴花塔》，則全椒王小鶴城樂府擅場，而吾邑吴寶雲松齡「斜照依然留塔影，曉風何忍聽雞聲」一聯殊佳。《題韵禪僧移艇看山圖》七古，則首雲伯，而烏程陸瓣香長春調寄《邁陂塘》云：「點秋光、半篷紅雨，涼波澹蕩空碧。畫船載取新詩卷，掉去橛頭三尺。呼白石，共黄鶴飛來、笑弄梅花笛。隔江山色。向摇櫓聲中，推窗影裏，吟破楚天寂。　晴川外，分得閒鷗片席。瓜皮來往如織。風塵嬾託沿門鉢，且蠟一雙游屐。歸未得，悵篛笠蓑衣、空把綸竿憶。披圖又惜。甚蠏國新愁，鱸鄉舊夢，遲泛五湖宅。」

李香谷詩思靈敏，不假雕飾，自然合度，有《霞麓山房稿》。白舫與爲莫逆交，復録其古今體爲《香谷詩選》。《曉起懷白舫》云：「昨暮碧雲合，微風生柳條。今晨疎雨歇，涼意出芭蕉。客思如秋澹，溪聲入夜驕。伊人猶宛在，高枕聽江潮。」《漫興》云：「蒼茫雲水西，颿挾浪花飛，落日在江樹，微寒生客衣。吾生徒浪跡，孤櫂未言歸。憶得溪山好，勞勞心事違。」白舫同里余浣花新傳亦能詩。《遊武昌西山緑陰深處亭》云：「孤亭圍衆峰，益以草木秀。時聞一鳥啼，密蔭永清晝。何處理眠琴，琤琮響岩溜。」

李海颿觀察宗傳和友人《黄陵廟》云：「木落洞庭波，黄陵廟若何。蒼梧雲不散，斑竹雨偏多。子有浮湘興，誰爲鼓櫂歌？芷蘭蕭瑟處，愁絶弔雙娥。」

周蘇門明府向青宰吾邑，餘事作詩，嘗與白舫、浣花相唱和。時雲伯寓省垣，郵筒往來，風雨無間。海颿觀察序其《勾麓山房集》，謂詠史諸篇，尤善於持論。兹録《過彭澤》云：「千古陶彭澤，清風尚此間。人家都抱水，城郭半依山。孤嶼鐘聲遠，平沙漁唱閒。東風吹五柳，飛鳥亦知還。」《庾公樓》云：「當日荆襄鎮上游，庾公曾此領名州。衹談風月偏宜夜，如此江山合有樓。當局殷桓誰國士，舊家王謝本清流。不須更灑新亭泪，晉代衣冠總古邱。」《韓蘄王湖上騎驢》云：「祖宗百二關河地，留得錢塘裏外湖。大獄已憑三字定，中興自覺一身孤。斜陽歸馬餘殘壘，疎雨寒鴉失故都。老去英雄惟飲酒，六橋時策小奚奴。」《司馬相如》云：「市上猶貽犢鼻羞，枉將消渴説風流。君王已感《長門賦》，却有佳人怨《白頭》。」句如《諸葛武侯》云：「卧龍未遂英雄志，司馬猶欽國士風。」《謁寇萊公祠》云：「樗蒲談笑親臨敵，社稷安危首建儲。」《岳忠武王》云：「雄情欲抵黄龍飲，和議方刑白馬盟。」《讀于忠肅公傳》云：「徽欽榜樣誇奇貨，瑕吕勳名觸佞人。」《昆陽懷古》云：「諸將登壇年正少，老臣投閣死何遲。」《讀史隨筆》云：「百二關河哀亞父，八千子弟剩虞姬。」「蜀棧燒殘王業始，鴻溝割後霸圖終。」

蒲圻張晴舫至曙寓栖卻月城南，破屋三間，不蔽風雨，筆牀茶竈，吟嘯自如。余與神交有年，一日見寄七律四首，其一云：「鏽鋏枯琴載一籐，黄陵磯下泊舟曾。隔溪僧院初聞磬，近市人家漸有燈。高詠滄浪消永漏，醉呼明月作閒朋。那知秋水伊人在，悔不龍門載酒登。」又「悲歌酒肆真無賴，趿履豪門尚未曾」，又「落落古今誰健者，寥寥天壤幾吟朋」。其《月夕坐香佛閣讀友人集》云：「明月滿高閣，照人秋夜長。孤鶴横江去，天風吹夢涼。把君瓊雪句，吟坐佛龕傍。鐘磬寂無響，悄然聞妙香。」清空淡遠，須烹陶家凍茗讀之。句如「風雨人眠早，江湖酒醒遲」、「亂蟲如雨響，孤月向人圓」、「水驛殘星外，人家曉夢中」、「雲樹極天勞遠夢，關河滿眼入羈愁」、「荒店閉門村酒惡，萬山窺夢雨聲多」、「河聲閲世自終古，湖氣上天成白龍」。晴舫爲白莼先生孫，其詩清真峭拔，信家學之有淵源也。

黄心盦《月湖雜詩》有「一瓣桃花一美人」之句。予《題九九消寒圖》云：「一瓣梅花一首詩。」

同里胡薌淑茂才遠秀性曠達，豪於飲，自號酒蕩子。每宴客，杯盤狼籍，議論風生。研究經史，工制藝，詩其餘事，然頗多性靈語。有句云：「皎如玉樹風前立，清比梅花竹外斜。」「蝸角功名來不易，雞窗燈火笑徒勞。」《枉贈》云：「人生七十古來稀，小隱多年住釣磯。出岫可知雲意嬾，閉門不覺世情非。心懸令子呈三策，手種名花坐四圍。擘得蠻箋題好句，行間流露是天機。」

震澤金山甫茂才錫桂家赤貧，環堵數版，吟詠自如。著有《谿雲閣稿》，身後白舫爲捐貲付梓。《春柳》云：「春來何處最相思，野店山橋露酒旗。鶯背嫩黄裁細葉，鴨頭新緑卧横枝。生憐殘月三分墮，禁得東風一面吹。畫出小蠻好身手，雙鬟定唱白家詩。」「黄金爲楫桂爲舟，載得名姬字莫愁。一桁飛花催打槳，半灣流水照梳頭。玉關有恨吹羌笛，銀蒜無情鎖畫樓。記得板橋千萬樹，舊曾游處路悠悠。」

劉亦陶茂才本唐居天門之五華山，即鍾伯敬先生故里。真、行書出入晉、唐，兼畫竹蘭。寓漢上，避水來黄磯。袖詩過訪，情誼款洽。録其《寓齋偶述》云：「得遇仙人王子喬，同來磯下弄輕橈。漢口大水，值王進之歸，遂同至黄磯，主其家。幾回問水將書寄，忽漫看雲把鶴招。夜月移花催好句，秋風吹浪過平橋。一枝權作羈棲計，日寫《黄庭》慰寂寥。」句云：「金盡庸夫侮，詩成志士憐。」「夜涼蟲語豆花下，雨過水穿瓜蔓中。」

天門王晉卿明經銓《詠石竹》云：「麝香眠雨後，翦碎海霞紅。粲粲臨階久，羅衣怯晚風。」

亦陶語余云：「潛江李瑶臺九苞、邑人鄧竹卿瑞筠，家徒四壁，苦心孤詣，俱坎壈以終。所存篇什寥寥，恐久而湮没，君其録入《詩話》。」余感亦陶生死友誼之重，爲録李《旅邸即事》云：「他鄉初作客，獨坐覺淒然。風捲空堦葉，寒生隔水蟬。烟綃籠浦漵，雁字寫雲天。鄉信無由達，愁吟夜不眠。」鄧《詠紅菊》云：「秋風秋雨易傷神，紅菊花繁落帽辰。疑作醉顔陪靖節，宛開笑口對靈均。世人白眼休教看，處士丹心合與論。堪歎芙蓉不如陋，猶呼兄弟索相親。」

王賓于茂才工舉子業，耽吟詠，家有園亭竹石之勝。與予衡宇相望，朝夕過從。及亦陶來，觴詠更無虚日。《贈亦陶》云：「欣逢襆被此經過，掃榻荒齋帶薜蘿。落月停雲情自遠，唐碑晉帖手重摩。惜無繭紙供揮灑，幸有蘇門共嘯歌。不信青袍似春草，墨痕更比酒痕多。」《同亦陶枉過次韵》云：「同訪孫莘老，清言喜共聞。水光當户映，秋色隔簾分。細雨侵桐帽，新詩寫練裙。淹留文字飲，籬角已斜曛。」《湖上柳枝》云：「桃花水淺蕩輕橈，夾岸垂楊似六橋。雨細風斜寒尚峭，不關離別也魂銷。」

全椒金子春茂才望華，吴、楚知名士也，雖溷跡市廛，手不釋卷。餘事作詩，已得此中三昧，所著《筆山吟屋詩稿》，各體俱工，五七古尤爲卓絶，惜難具録。《題戴小蘿玉厨山館圖》云：「一徑松杉密，青浮雨後苔。吟聲過湖去，山色隔江來。偶貰論文酒，時登弔古臺。紅塵飛不到，何用訪蓬萊。」《琴臺看芍藥》云：「千朵玲瓏露影滋，鈎簾坐對曉晴時。客因結伴來何暮，花爲留春放獨遲。絃外湖山餘古意，江南櫻笋動相思。詩成且覓高樓醉，莫折瓊苞感鬢絲。」警策則有「曉月真如詩意淡，江流不敵別愁長」、「倦游心似投林鳥，惜別人如上水船」，艶麗則有「春藏楊柳尋蘇小，曲唱迴風對麗娟」、「誰量金谷珠千斛，怕倚瓊樓笛一枝」。他如「三徑黄花孤客夢，四山紅葉故關秋」、「老屋秋風蘿未補，疎籬小雨菊猶存」、「到處青山容蠟屐，此行赤壁可維舟」、「春雨杏花歸客路，東風楊柳霸王城」，皆有目送手揮之妙。

（吴忱、楊焄、張宇超點校）